Sommer 2002. Die Erzählerin kommt als Touristin, sie quartiert sich ein im »Malibu« nahe der Seepromenade von Oostende. Dort bildet sich schnell ein kleiner Kreis: de Rouckl, dauergekränkter Künstlertyp; Willaert, Antwerpener Parfümerist und undurchschaubarer Führer durch die belgische Stadt und Kolonialgeschichte des Landes; und Roy, der unglücklich Verliebte, der mit seiner Großmutter da ist. Im Zentrum: die von ihrem Lover begleitete Italienerin Sonia, die »Schneeantilope«. Alle werden beobachtet von Frau Fesch, der Erzählerin, die niemals »ich« sagt, sondern stets »man«. Es entspinnt sich ein Reigen der erotischen Beziehungen und ambivalenten Sehnsüchte ...

»Ein Roman von der Macht der Verführung. Eine manchmal jubilierende, dann scherzhaft trällernde, dann wieder lakonisch ausgebremste, aber stets poetische Prosa. Wie das schwankt zwischen Sarkasmus und Euphorie, zärtlichster Menschenliebe und bösem Blick ...«
(Andrea Köhler in der ›Neuen Zürcher Zeitung‹)

Brigitte Kronauer wurde am 29. Dezember 1940 in Essen geboren. Sie studierte Germanistik und Pädagogik und war einige Zeit als Lehrerin tätig. Heute lebt sie als freie Schriftstellerin in Hamburg. Ihr schriftstellerisches Werk wurde u. a. mit dem Georg-Büchner-Preis, dem Mörike-Preis der Stadt Fellbach, dem Fontane-Preis der Stadt Berlin, dem Heinrich-Böll-Preis, dem Hubert-Fichte-Preis der Stadt Hamburg und dem Joseph-Breitbach-Preis ausgezeichnet.

Brigitte Kronauer

Verlangen nach Musik und Gebirge

Roman

Klett Cotta
Deutscher Taschenbuch Verlag

Ungekürzte Ausgabe
November 2006
Deutscher Taschenbuch Verlag GmbH & Co. KG,
Munchen
www.dtv.de
© 2004 J. G. Cotta'sche Buchhandlung Nachfolger GmbH,
gegr. 1659, Stuttgart
Umschlagkonzept: Balk & Brumshagen
Umschlaggestaltung: Stephanie Weischer unter Verwendung
eines Fotos von Corbis/Jean-Luc de Zorzi
Gesetzt aus der Garamond 10/11,75·
Gesamtherstellung: Druckerei C. H. Beck, Nördlingen
Gedruckt auf säurefreiem, chlorfrei gebleichtem Papier
Printed im Germany
ISBN-13: 978-3-423-13511-5
ISBN-10: 3-423-13511-5

»Stad aan Zee – Oostende«
WERBEPROSPEKT

».. . daß man nach Ostende sei. O-o-ostende!«
HERRMANN HARRY SCHMITZ

*»Diese Erdichtungen, welche unseren Trieben der
Zärtlichkeit oder des Scherzes oder der
Abenteuerlichkeit, oder unserem Verlangen nach
Musik und Gebirge Spielraum und Entladung geben ...«*
FRIEDRICH NIETZSCHE

Abteil

Durch und durch rechtwinklig gebaut, der junge Mann, zu allem Übel auch noch rücksichtslos mitteilsam: »Außer Mut und schnellem Geist zu reagieren im Moment von irgendeiner Schwierigkeit ...«

Was?

Aber da, ein Weg, der sich um ein rabenschwarzes Waldstück biegt. Da werden wohl Messer gewetzt, Felder, wo es graugrün wächst, weht und sich wellt. Schauplätze, die Färbung und Fäden von früher aufnehmen. Man gerät deshalb nicht aus dem Häuschen.

»... mußt du auch eine einwandfreie technische Vorbereitung haben, die das Wissen umfaßt um die Normen der Sicherheitsbestimmungen für jede einzelne Darbietung und einen unerschöpflichen Wunsch, zu erobern und zu besiegen die eigenen Unschlüssigkeiten.«

Unglückswurm!

Da, aufgetaucht und vorübergekreiselt, aus den gekachelten Ställen bäuerlicher Viehhaltung herausgebläht das Reich der Rinder, schönäugige Riesenköpfe, träumerisch kauend über der Gräserwildnis. Badewannen in der Wiesenmitte, Hügel, bedeckt mit Autoreifen. Ein Gemütszustand auf dem Acker in Gestalt einer Katze. Der Zug rast viril davon. Es will nichts besagen, will nichts sagen. Nach Oostende geht die Fahrt. Das könnte man nicht nur bequemer, sondern auch schneller haben.

Man will aber nicht.

»Auf diese Art den Gemeinplatz widerlegend, der die Stuntleute als Verzweifelte sieht, auf der Suche nach adrenalinischen Erregungen, immer schärfer disponiert, das Leben für eine Handvoll Dollars zu verkaufen.«

Junger Mensch, finanziert das Runzelmenschlein neben dir deinen Sprachunterricht? Sehr junger Mann, willst du deiner Großmutter beweisen, daß sich die Investition gelohnt hat? Die Großmutter legt ihm begütigend eine gebrechliche Hand aufs Knie. Er merkt nichts.

»Jamie hat sich sofort über unsere physische Ähnlichkeit amüsiert. Sie hat sich nie davon getroffen gefühlt, nicht einmal als Kinder ihr Autogramm von mir verlangten, wie es beim set von ›True lies‹ passiert ist. Als wir die Szene drehen mußten, in der Jamie von einer Brücke auf die Limousine fliegt, bereitete ich mich vor, indem ich mein Mantra der Selbstüberzeugung – oder besser Selbstüberwindung? – rezitierte, um eine perfekte Ruhe und Sicherheit zu erlangen. Es geschah mir, daß ich nach unten sah, in den Fluß, wo das Rettungsschiff war mit den Sauerstoffgeräten und einem Arzt, bereit für den Notfall und ich fühlte, wie ein tröstliches Sicherheitsgefühl in mich eindrang. Aber ich wußte noch nicht ...«

Man fragt die Großmutter, ob sie einen Enkel möchte, der nicht nur tolpatschig Artikel aus italienischen Illustrierten übersetzt, sondern einen, der selbst auch Stuntman wird. Controfigura, nicht wahr, so heißt es doch? Nur, um ihr neckisch sich gruselndes »Ahaha!« zu hören.

»An diesem Abend schickte sie mir eine Flasche Champagner ins Zimmer, einen Glückwunsch und das Foto, das sie geschossen hatte während meiner Rettung mit dem Helikopter. Ihre Worte zitterten vor Stolz wie die einer Schwester oder Mamma. Dies hier ist für mich die Art des Gefühls, für die sich auch die Mühe lohnt, weil du dich geschätzt fühlst für das, was du wirklich bist.«

Das Enkelkind beginnt zu prusten, lacht, platzt aus allen Nähten, Tränen springen ihm aus den Augen. Vor Verlegenheit ißt die Großmutter ein Butterbrot. »Weil du dich geschätzt fühlst für das, was du wirklich bist.

Prost Mahlzeit!« schreit der junge Mann und wischt sich das Gesicht trocken. Zuckende Schultern dabei, wohl absichtlich zuckend, um sich noch mehr in Stimmung zu bringen. Weniger quadratisch wirkt auf einmal sein Knie. Er haut sich drauf und weint, verliebt in seine eigene Stümperei, noch ein bißchen vor sich hin. »Prost Mahlzeit!«

»Danke«, schmunzelt Großmutter so ungefähr und beginnt, animiert von den Sätzen des Enkels, aus dem Nähkästchen zu plaudern: »Graf Luckner war stark wie kein Zweiter. Hat nach dem Zweiten Weltkrieg im Ruhrgebiet zum Zeichen seiner Kraft Telefonbücher zerrissen. Das von Bochum und das von Herne noch obendrauf.« Dann, unvermittelt, mitten im Mahlen und Kauen der Kiefer, ist sie, eventuell ja schon Urgroßmutter, eingenickt.

Jetzt ist der Junge allein wach und muß verstummen.

Sie aber, wovon sie denn wohl träumt? Zweige in schwermütigem Gold, das landläufige Leben versickernd, tiefstehende Sonne, die von unten die Blätter zu Funken zersplittern läßt, ein Kitzeln und Säuseln in den alten Adern wie Licht und Wind im Laub? Warum nicht, greises Hexchen?

Frechheit siegt, sagt sich der Enkel und liest nun ungebeten vor: »Die Tatsache, daß dort ein anderer verfügbar war, der sich den Schaden aufhalste ohne zu klagen und dann für Tage herumging, zugerichtet wie das Opfer einer Schlägerei, ist immer Quell gewesen großer Wertschätzung von Kim.«

Ist sie eine von den Glücklichen, die jederzeit auf fast alle Gegenstände ihr Wonnegefühl werfen können, hier auf die Schinkenschnitte und den noch sehr holzgeschnitzten, in mancherlei Hinsicht belehrungsbedürftigen Jungen – es könnte einem in den Fingern zucken –, oder gehört sie zu den Pechvögeln, die hinter jedem

9

Gläserklirren aus nachbarlichen Gärten die Vorenthaltung eigener Freuden wittern?

Mit dem Enkel jedoch macht man die Probe und erzählt den heutigen Morgenunfall des jugendlich auftrumpfenden Buntspechts, in einer einzigen Sekunde des noch frischen Jahrtausends vom kleinen Raubtier gepackt und verunstaltet, oberflächlich gerettet durch dilettantische Menschenhand, der rechte Flügel abgespreizt, vielleicht gebrochen, wankende Flucht durch den Garten, in Gebüsche taumelnd, abrutschend von den Stämmen, laut rufend, dann still. Biß sich wohl auf die Zunge im Schrecken, sich und seine große Not verraten zu haben.

»Von wem war der Specht das Double gewesen?« Der Enkel lacht wieder aufschluchzend, um Stimmung zu heucheln. »Oder war der Specht der Star, der Star der Specht? Hatte kein Double und mußte alles am eigenen Leibe ausbaden?« fragt er, Aufgabe prompt bestanden, ohne Begriffsstutzigkeit. Sehr ungeschlachte Lippen noch, roh und rot die einfachen Ohren. Entwicklungsfähig jedoch.

Ehe er aber zu philosophieren beginnt, wechselt man höflich das Abteil und denkt an Horizonte, denkt das Wort »Horizont«. Überall Inseln einer Unkrautkerze, lilarot. Wie die Häuser, erst grau, dann lilarot. Aber auch niedrige, steile Felswände, bedenklich schräg stehende Pferde, halbverfallene Fabriken, Untergang im Grün. Plötzlich in Häuserform erstarrte, vielfensteräugige, spähende und stierende Geister in einer Reihe nebeneinander, neugierig vor dem Fremden versammelt. Ruckhafte Anhöhen, schornsteinreich. In Gebüschen abgestellte Lokomotiven und Waggons. Erfinderisch arbeitet sich der Zug voran, produziert Ort um Ort. Vermutlich zerfallen die Städte danach wieder alle.

Ein sehr kleiner Mann, der sich mit seinem Verstand

wohl noch so gerade zurechtfindet, will in den Zug gegenüber einsteigen. Da stürmen zwei Polizisten heran, einer mit blondem Zopf bis zum runden Hintern, reißen ihn an seinem Rucksack von hinten zurück, werfen ihn beiseite, um schneller im Wagen ermitteln zu können. Er fällt zu Boden. Dann steht der schwer Gekränkte wie angewurzelt mit offenem Mund. War das jetzt Brabant? Rose von Brabant? Mohn von Brabant. Schon Leuwen! Schon Leuwen? War das jetzt eine regennasse Straße oder ein stiller Fluß? Man möchte plötzlich einen Satz, wenn schon nicht mit dem Wort »jählings«, so doch mit »verschmähen« sagen. Der Kellner mit dem Kaffee kommt. Man verschmäht also, und sei es auch bloß durch ein lächelndes Kopfschütteln, lächelnd auf eine Art, wie man es nur im Ausland in den ersten Stunden tut. Auch um einen Herrn nicht zu beschämen, der ohne Erfolg versucht, klammheimlich pustend, seinen viel zu heißen Kaffee direkt aus der Thermoskanne zu trinken, dann horcht er daran, wohl weil das Zischen, wenn er die Augen fest schließt, einen Orkan, eine Sturmflut suggeriert. Schon Brüssel, neuerdings zunehmend »Herz von Europa« genannt. Die Hälfte des Landes durchgondelt. Da, ein Lockenkopf, démodé, aber das Herz schlägt kurz schneller, o Gott.

Man weiß warum, man selbst, sonst niemand. Bald, bald!

Alle Abteilinsassen beobachten wohlwollend, wie jemand rennt, aber den Zug nicht mehr kriegt. Türen boshaft zugeschnappt. Alle zufrieden bis auf den Düpierten. Er da draußen schämt sich jetzt natürlich vor den Zuschauern hinter den Fenstern, macht in seinem Pech eine sinnlos pfiffige Miene, die ihm keiner glaubt. Hätte er sich verletzt, müßten wir es sehr bedauern. Aber so! Als er noch lief, war unsere flüchtige Hoffnung eine doppelte: Schafft er's, schafft er's nicht? Die größere und launige ist in Erfüllung gegangen. Ostflandern, Gent, Westflandern. Von Brügge fährt der Zug ab, in Gedanken versunken. Flach alles, graugrün, diesig. Flammender Mohn in Fanfarenstößen bis Oostende.

Da ist der Junge ja wieder und der Großmutter sehr aufmerksam beim Aussteigen behilflich, stellt sie in zarten Regen und zugigen Meeresgeruch. Was wollen denn die hier? Wüste Brandung? Gefahren ohne Gefahr ansehen? In dieser Jahreszeit?

Doch jetzt, über ihren Kopf hinweg, starrt er plötzlich ein Mädchen an. Fast läßt er seinen alten Schützling dabei fallen.

Auf einen Schlag so ernst und blaß geworden, Spaßvogel? Die Fassung verloren? Zack, und schon weiß er, weshalb er hier sein könnte. Hier ist. Das Mädchen hat allerdings auch ein unvergeßliches Hemerocallis-, vielmehr Tiergesicht, Antilopenprofil? Und sich einen vor Verliebtheit düsteren, fast allzu athletischen Begleiter mit ans Meer gebracht.

»Roy! Lule Bilalu, Roy, bäh, bäääh, Lule Bilalu«, sagte die Großmutter sehr laut. Eine Warnung? Er winkt scharf ab. Ach, wer hätte das gedacht: Er hinkt ja!

Liebespärchen

Und die zwei Verliebten, warum sind wohl die ausgerechnet nach Oostende gekommen? Dachten die Einfältigen, hier gäb's noch eine Seepromenade zu besichtigen wie auf den Fotos der Belle Epoque? Die werden sich wundern! Ist wohl die reine Beliebigkeit, eine Art Fahrt ins Blaue, günstige Buchung für ein paar Tage im preiswerten Liebesnest. Bei so viel möglichen Beweggründen passen sie vorzüglich hierher.

Aber nicht zusammen!

Nein, zusammen passen die nicht. Wer ein bißchen liebeserfahren ist, kann es bequem bei einem Glas Tee studieren. Was soll er sonst tun im Regen in einer so grauen, vom Bahnhofsvorplatz an und in alle Himmelsrichtungen schiefer-, muschel-, staub-, baugrubengrauen Stadt, wenn schon der Zufall uns hier, Hotel »Malibu« am Wapenplein, wieder zusammenführt, unter dem Dach des Vorbaus, mit Blick auf den Markt-, beziehungsweise wohl eher Rathausplatz, weiß-rote Pflichtblumen rund um das Geländer des Musikpavillons mit eisernem Spitzenwerk, überwölbt von der Deckschale eines wohlgeformten Krustentieres, silbrig glänzend, versteht sich ja von selbst: In dieser Art, nur viel, viel größer, malen sich die beiden Tröpfe vermutlich das Casino am Seedeich aus. Da erwartet sie eine Überraschung! Ganz platt werden die sein, wenn die große Einbuchtung der Promenade kommt, über die verruchte Ansicht. Sie sind noch zu jung für ein Ehepaar, aber doch eben erst eingetroffen und sitzen schon oder immer noch hier unten, in der, zugegeben gemütlichen, warm plaudernden Öffentlichkeit, die das schlechte Wetter nicht bekümmert. Hat man in einer fremden Stadt erst mal die Obdachfrage geklärt, möchte man am liebsten, jetzt, wo man festen Boden unter den Füßen und vier sichere Wände um sich herum hat für den Notfall, gleich ausschwärmen, wenigstens weg von der Schlafstätte.

Aber doch nicht als minderjähriges Pärchen!

Die haben ja oben lediglich die Koffer abgestellt. Was sie dazu wohl für eine Miene geschnitten haben. Keine einzige Berührung?

Sind es die Zuschauer, die sie zur Stimmung benötigen? Wenn ja, dann bloß blind atmosphärisch, beachten tun sie die anderen Gäste überhaupt nicht bei ihren Spielereien. Aber vielleicht macht es ihnen angenehme

Empfindungen, daß man umgekehrt Blicke auf sie, den überaus sportlichen, im Vergleich schon eher vierschrötigen Mann und das gläserne Mädchen wirft, das er nahezu vollständig und vorsichtig auf dem Schoß hat und keine Sekunde aus den Augen und den Fingern läßt, während sie, interessant!, den Giraffenhals zur feuchten Straßenseite biegt, ohne Ausdruck. Schneeweißes, sehr verhangen dösendes Tiergesicht, Taglilienprofil. Ob sie, wie angeblich die Feldhasen, schläft, ohne die Lider zu senken?

Selbst als eine verschnupfte oder verweinte Kellnerin ein Glas Wein vor sie hinstellt, rührt sich nichts in der mondsüchtigen Miene der Schönen, aber das verquollene Gesicht der Bedienung, zu dem die Hände gut passen, so schwer und rot, gesundet sofort ein bißchen und vorübergehend, als ein Mann, den sie draußen erspäht hat, am Cafévorbau entlang zur Rezeption schlurft, ein mit mehreren Pullovern versehener Mensch. Er hat sie über der Brust verknotet, ein naßkaltes Mittelalter kommt einem in den Sinn. Auch von fern Indianisches, indianisch Ausgefranstes, mittelalterlich Durchlöchertes. Er könnte die Bedienung mit einer Erkältungskrankheit angesteckt haben, der bleiche Vermummte. Schon ist er vorüber, schon verschlimmert sich die Grippe der Serviererin.

Da flüstert der junge Liebhaber finster zärtlich seiner Freundin etwas ins Marmorohr, nein, ins vermutlich samtige Antilopenohr, etwas, das sie wahrhaftig zum Lächeln bringt, glanzvolle Reihe der Zähne, nur vorn ein Spalt: Sie spricht! Fast möchte man rufen: Himmel, bei all ihrer Schönheit kann sie auch noch lachen und sprechen! Und wie sie es tut! Nämlich italienisch, träge und schnell zugleich, wie es sich gehört in dieser Sprache.

Während der Liebhaber sie daraufhin ganz besessen zwischen Hals und Schulter küßt und damit offenbar in neue Apathie versetzt, fragt man sich, was das lange, wie aus rohen Holzlatten zusammengebastelte Enkelkind mit der Großmutter, was der junge, konsternierte Mann auf dem Bahnsteig wohl dazu sagen würde, daß sie ausgerechnet in der Sprache seiner Übungsillustrierten redet.

Wo ist er überhaupt geblieben?

Da, beim Zeehelden Standbeeld! Was nicht verwunderlich ist: Wer sein Quartier gefunden hat, kommt, sobald sich das Wetter gebessert hat, hier zum ersten Promenadengang vorbei. Sein spendables Großmütterchen hat er mitgebracht. Das Meer, ist auch gut so am Anfang, haben die beiden nur als Widerschein am Himmel geahnt auf dem Bahnhofsvorplatz, haben sich trotz der Regen- und Stadtgräue eingebildet, die milchige Seesubstanz am Himmel zu erkennen, ihre garantierte Anwesenheit. Wozu denn sonst die Mühe der Herfahrt! Harmlos die Masten der Boote im Yachthafen direkt vor ihnen, aber, charakteristischer, sie wissen es bloß noch nicht, kreuz und quer hochschießend die Baukräne, nein, das kennen sie noch nicht, überall in der ganzen Stadt die komisch flehentlichen Abdrucke eingerissener Häuser in den Nachbarwänden, freiwillig anachronistische Nachkriegsansichten. Schon bald für immer erledigte Spuren unökonomischer Raumaufteilungen. Bevor sie ins Taxi stiegen, sicher noch ein Blick auf die Plastiken der schwarz gezipfelt wartenden Frauen und das im Regen doppelt alberne und bürokratische Sprudeln der Springbrunnen aus dem Boden heraus. Die kaputten Gepäckschließfächer – von der teureren Gepäckannahme extra zerstört, würde der junge Mann Roy scherzhaft behauptet haben – werden ihnen entgangen sein, aber vielleicht nicht das Erstorbene in der Bahnhofshalle, die verbleichenden Kübelpalmen in ihren großen Aschenbechern, um in die allgemeine Gräue dieser Stadt als Willkommensgruß einzuführen. Draußen dann aber sofort, in gewagten, wirren Schrägen, der Chor der Baukräne.

Er wischt der Großmutter einen Promenadenbankplatz trocken und begutachtet den auftrumpfenden Betonseefahrer auf seiner Heldensäule, hoch oben von schnell anwachsender Bläue umgeben. Ob das alte Weiblein ihn, den Matrosen – hübscher kleiner Heldenhintern, die Arme leger untergeschlagen, kühn den Horizont bespähend –, mit ihrem noch nicht ganz so muskulösen Roy vergleicht? Oder eher mit dem Zwillingsseemann und deprimierten Gegenstück, auch aus Beton, am Fuß des Podests und zu ihm gehörend, der die Hände scheu über dem Geschlecht zusammenlegt, wie sie es so oft im TV bei den Fußballspielern beobachtet hat, der dem Meer den Rücken zuwendet bei gesenktem Kopf und trauernden oder schuldbewußt hängenden Schultern? Sie weiß es nicht, kann sich auch nicht entscheiden, was die Ähnlichkeit der beiden mit ihrem Enkel betrifft.

Ein Hündchen sieht sie mit bebendem Hinterteil und einer Schleife im Pony, das haben viele hier. Es speit eine gelbe Flüssigkeit in Schüben aus sich heraus, neben den entmutigten Matrosen, als wäre es eine ordnungsgemäße Verrichtung, so gewissenhaft entleert es sich, gut, daß auch ihn, den Bekümmerten, für das Tier und seine Beschmutzung unerreichbar, ein Sockel fürsorglich entrückt. Ein anderer Hund, größer und schwarz, rennt zwischen den unter Kniehosen meist nackten Waden männlicher und weiblicher Leute und trägt quer eine geraubte Klobürste im Maul. Über allem jedoch, erkennt das Mütterchen mit den müden Augen noch recht gut, der hochheilige Möwenflug: Schmettert da nicht ein herrlicher junger Tenor stählern und aufblitzend seine Laute in den Himmel, kurvt darin zum Herzkneifen? Das Weibchen auf seiner Bank summt mit. Wo ist Roy geblieben?

Zur Stelle! Durch einige Spaziergänger, es sind ja nur wenige da, verdeckt. Dahinter versteckt? Studiert, wie am Strand Menschen und Vögel auf ihrem Spiegelbild balancieren, wo der Sand überflutet ist, und konstatiert das trügerische Waldgrün von Moos und Algen am unteren Teil der Deichmauer. Auch er verfolgt die Möwen, die hier als Seepocken auf den Steinen hocken, in die Generalgräue anstandslos eingefärbt. Wenn er ahnte, daß ein gewisses Mädchen, allerdings mit Begleiter, ganz in seiner Nähe eingetroffen ist.

Weiß er längst. Er verstellt sich bloß. Kein Interesse an Grün oder Grau oder dem Starren der zigtausend Appartementfenster aufs Meer, auf das eine ewig gleiche Programm, nein, nicht am Gierig-Vielfenstrigen, nicht an der Einigelung gegen die nasse waagerechte Übermacht bis zum Horizont. Kein Interesse, keine Frage. Was kümmert ihn, auch wenn er beschäftigte Anteilnahme heuchelt, ob das ruinöse Versicherungspaläste sind, fragwürdige Privatkliniken, feudal-kriminelle Altenheime oder verlassene Gehäuse degenerierter Meerestiere in nie abreißender Kette, was noch? Irgendwas Verkapptes jedenfalls.

Er hat es spitzgekriegt wohl fixer als jeder andere, hat nämlich Ausschau gehalten, seitdem sie ihm am Bahnhof verlorenging, und gerissen diesen unvermeidlichen Punkt am Kleinstrand angesteuert. Instinktiv? Um so schlimmer! Nur deshalb nämlich durfte und mußte sich das Mütterchen setzen, so liebevoll geleitet, aber ohne fünf Minuten gegönnte Zeit, um im Hotel nach der Reise einen Moment die Füße hochzulegen. Was er will, ist freie Bahn für umherschweifende Kontrollblicke.

17

Aber natürlich: Weder die alte Dame (Was hatte sie noch gerufen? Lule? Lilly Bilali? als sie in Oostende eintrafen und ihr Schutzbefohlener so erbleichte. Auch: Roy! rief sie ja. Das tut sie jetzt, unbesorgt, fast ein bißchen mechanisch, wieder) noch der Wächterschatten der Taglilie sollen mißtrauisch werden! »Blut …«, flüstert sie vor sich hin, greift sich an die Brust, »blut …«, dann schmunzelnd und kopfschüttelnd: »Diese blutjungen Menschen!« »Ah, Madame, c'est bien vrai. La jeunesse! Fff fff fff«, antwortet ein alter Mann neben ihr – sie hat ihn gar nicht kommen sehen –, der das Kinn eines kuriosen Hundes auf seinen Schoß preßt. Sie stellt sich erschrocken taub. Was redet der denn, der Herr? »Fff fff fff«, macht er noch einmal. Das Mütterchen rekapituliert das Geräusch und nickt: »Nach Bohnen, Erbsen, Linsen muß der Poppo grinsen.«

Das Enkelkind aber kann nun endlich aus dem Hinterhalt das schneeweiße Mädchen beäugen, das in den Wind gereckte Gemsen-, nein, Gemmengesicht, während ihr Freund jeden Hauch von ihr abzuwehren sucht. Die Verliebten umkreisen das Heldenpostament, der Begleiter imitiert, um sie zu amüsieren, den Eroberer oben und den Resignierten unten. Sie kichert zerstreut. Zum ersten Mal könnte Roy jetzt – und er wird es! Er wird es! Zu sehr liegt er ja auf der Lauer nach Anzeichen für seine Chancen – ihr merkwürdiges Flehmen bemerken, ohne daß sie die Miene ändert, eine Art ratloses Wittern, Schnüffeln ohne Erfolg und ohne direktes Ziel, aber modelliert es nicht einzigartig die – welchem noblen Tier vergleichbaren? – Nasenflügel? Macht sie überhaupt richtig die Augen auf? Nötig hätte sie das nicht. Der Wächter geleitet sie wie eine Blinde durch alle Gefahren, und es wird ihm sogar recht sein, wenn sie nur nach innen blickt. Bloß keine Ablenkung. Denn umschleicht sie nicht jemand schon eine ganze Weile, eine unausgegorene, dünne Gestalt, insofern kaum bedrohlich, aber unverschämt? Schon mal gesehen? Kürzlich? Der also mit seinem Fotoapparat soll sich ja an seine Touristenmotive halten!

Roy, mit begierigen Ohren, wird inzwischen etwas festgestellt haben, und zwar in allergrößter Begeisterung, wird womöglich an einen Wink des Schicksals glauben und daraufhin gleich frech. Wahrhaftig geht er aufs Ganze und bittet die beiden, Augen zwischen Mann und Mädchen hin- und herwandernd mit ganz verschiedenen Blicksorten, auf italienisch um ein Foto von der Großmutter und ihm auf der Bank. So einen Apparat wie das Mütterchen Roy geschenkt hat, bedient jeder Mann selbstverständlich allzu gern, um dann überaus souverän damit zurechtzukommen. Ah, da, elegisch und schnell ein paar Worte des Mädchens halb zum Freund, der sich, wie das dem gar nicht so simpel gefertigten Enkel gefällt, prompt an der Maschine verhaspelt, aber halb auch zu Roy, den sie aus zwei millimeterschmalen Ritzen zwischen den Lidern mustert. Der Mann mit Hund muß ein bißchen rücken, als der Enkel die alte Frau zum Knipsen so hitzig umschlingt, als vergäße er sich.

Wie wird das Gesicht der Großmutter auf dem Bild zwischen Entzücken und Argwohn schwanken!

Roy bedankt sich bei dem Mädchen, das gar nicht fotografiert hat, und geleitet in plötzlicher Eile seine Schutzbefohlene und Sponsorin nach Hause. Was? So genügsam auf einmal? Spornstreichs den Film zum Entwickeln bringen? Wer hinter ihm hersieht, stellt fest, daß er tatsächlich, Irrtum ausgeschlossen, ein Bein nachzieht. Jedoch beugt er sich so hilfreich – guter Einfall – zum Mütterchen, daß jeder glauben muß, sein Hinken würde allein von dieser Unterstützung herrühren.

Vom Mond natürlich keine Spur, es ist ja erst Nachmittag, dafür wird er demnächst für das Einsetzen der Flut sorgen. Am Anfang spart man sich das Wellenbegaffen noch etwas auf, aber jetzt meldet sich das Meer durch ein Rauschen unverzüglich zu Wort.

Das Meer

Also: heller Horizont, fast schwarz das Wasser dagegenstoßend, weiter vorn weiß brausend, erstarkend. Mutwillen, als sollte selbst den toten Häusern, den leer glotzenden, Leben einmassiert werden. Schon sind Kinder da, die der Flut in Gestalt kleiner Wälle Paroli bieten, damit sie was zum Zerstören hat. Alle Möwen auf den Buhnen mit den Schnäbeln gegen den warmen Windandrang, die Fenster beginnen schon zu vibrieren in grausanftem Licht. Dann die Sonne, volle Kraft voraus, wie herbeigepfiffen, aus dem Boden geschossen von einem Umschwung unzählige Leute auf einen Schlag, überschwengliche Belebung auch ihrer Stimmen zum Wassertoben, weiß der Kuckuck weshalb. Einzig die Möwen schieben ihren Standort auf der schrägen Deichwand etwas höher. Man würde gern in die Horizontale gleiten, das Getöse der Wellenflut an Kniekehlen und in Achselhöhlen. Wie sich das auftürmen wird. Schon sieht man wuchtige Strudelbildungen an den Buhnenenden.

Die Spaziergänger flanieren hier mit den skurrilsten Hunden. Warum, bei solchen Vorlieben, die Sturheit der Appartements? In der Umkehrung liegt die Antwort. Das Liebespaar fragt sich das wohl kaum. Die beiden wenden sich getrost zum Gehen. Genug von der Außenwelt. Rechtzeitig, ein Verdacht bestätigt sich, taucht ein gewisser Jemand auf mit begehrlichem Blick, diesmal ohne Mütterchen. Keine Augen fürs Meer. Er beschattet die beiden aus der Ferne. Zufällig wendet sich das Mädchen einmal um. Wortloses Wittern. Keine Auflösung der schönen Starre. Niemand könnte mit Sicherheit sagen, was sie bemerkt.

Was ist ihr wohl durch den mediterranen Kopf gegangen: Brandung, in den Wolken verdoppelt, dunkel gerippter Wolkenbrustkorb, Flüchtigkeit krummer Chiffren da oben. Ein Gefühl, Eifersucht, Schadenfreude, Glück oder Todesangst im Vorüberflug. Das Mittelmeer entrollt leuchtende Räumlichkeit. Wellenbewegungen spiegeln Abgründe vor. In größerer Entfernung bleiben die Schiffe stecken in der Bläue, entschlafen, weiße Stichwörter nur noch. Vorn die Steine: vom flachen Wasser umspitzelt, umwitzelt, im tieferen: wogend, flatternd beinahe. Schirokko, Schirokko? reißt Wasserbarrieren durch die flache Meeresmasse, der Sturm fegt weg, merzt Schiffe und Schwimmer aus, preßt aus allem Geräusche heraus und entleibt es fast dabei. Einer Frau wird eine Abfalltüte ans Fußgelenk geweht, sie beachtet es nicht. Dann löst sich das zappelnde Fähnchen, rennt übers Wasser, bis es versinkt, Handtücher ahmen das nach, in Fluchten auf den Horizont zu. Von dort werden wenig später dröhnende Brecher ausgesandt. Am Abend langwieriger Brand über grünsilberner See, bis alles ausgedämpft ist von einer resonanzlosen Nacht.

Oder hat sich die Italienerin eher an die sanften Marienstrandbilder erinnert, zwanzigmal das nackte Jesuskind mit Schwimmuskeln an der Hand von zwanzig Madonnen? An die Halbmenschen, deren heikles Fleisch dem Wasser entwächst, ein Waagepunkt ihrer Entwicklung, in beide Richtungen, anscheinend für alle Ewigkeit festgehalten und dokumentiert? Am Morgen, wenn sich das Meer unsichtbar macht, lediglich in der Ferne zu strenger Bläue gestaucht, springt es plötzlich an den Felsen auf in Brechern unter Schwalbenwirbeln.

Wechselseitiges Imitieren von Meer und Himmel. Hat sie etwa daran gedacht, fremdelnd und fröstelnd, als sie ohne weiteren Ausdruck das transalpine Schneeantilopengesicht von der Nordsee abwandte?

Oder vielmehr: an nichts? Dachte an gar nichts? Kein Nein also, sondern ein Nichts? Überhaupt nichts?

Oder statt dessen eine Art inhaltloses Wünschen, reine Wunschdynamik, noch ohne Stoff? Gibt's das aber?

Im Frühstücksraum

Der Seeheld? Unser Nationaal Zeeliedengedenkteken? Gut und schön. Ganz gewaltig, wie er bei Wind und Wetter und Tag und Nacht über den Ozean wache, ein sehr tüchtiger und dabei legerer ...

Sieh an! Schon hat man sich, bei guter Aussicht auf die Marktstände – albern, wie unter den rechteckigen Schirmen seitlich die Füllung aus Menschen und Waren rausquillt –, am langen Tisch vor dem Frühstücksraumfenster ja beinahe angefreundet. Da hört das Liebespaar nach hoffentlich annehmbarer Nacht dem bleichen Mann zu, der gestern in den vielen Pullovern zur Freude der Serviererin an der Rezeption vorüberschlich, so wie er auch jetzt zu ihrer fortgesetzten Gesundung anwesend ist, von Strickwaren umknotet, und in englischer Sprache Ratschläge gibt, während sie das Büfett ergänzt.

..., bei allem Respekt vor der Klugheit des Seesoldaten, der Stadt lieber den Rücken zuzuwenden und sich an ihr Bestes, das Meer zu halten, wesentlich interessanter sei eine andere Figur, die ebenfalls den Horizont eisern bestarre, komme was wolle. Wenn nicht ganz von solcher Höhe aus, so dafür hoch zu Roß und in solcher Blasiertheit, daß es die Wände zum Wackeln bringen könne. Tatsächlich, nähme man das Ganze ernst – es nicht zu tun, sei eigentlich eine nationale Kränkung, haha, Vaterlandsverrat –, müsse man sich, anders als bei dem Matrosen in seiner leichten Bekleidung, hier, vor dem bis über beide Ohren uniformierten Typen, äußerst gering, geradezu nichtswürdig vorkommen. Und das solle man ja auch. Er aber, der ihnen hier ein bißchen über Oostende vorschwätze, heiße de Rouckl, um das nachzuholen: de Rouckl.

Täuscht man sich, oder macht er nicht eine kleine Pause, weil er mit ihrer Verblüffung, de Rouckl vor sich zu haben, gerechnet hatte? Die bleibt aus, und er fängt sich mühelos. Ein Weltmann, scheint's, trotz der drei, vier Pullover. Zumindest der äußere und kleinste hat ein großes Loch unterm Ärmel.

Was das Pärchen antwortet, ist nicht zu verstehen, vielleicht lächelt der Liebhaber auch bloß ungelenk, vielleicht begreifen sie nur die Hälfte. »Betty«, ruft de Rouckl. Schon bringt sie im gepunkteten Sommerkleid mit enthaarten Achselhöhlen und ohne Schnupfen ein neues Kännchen Kaffee. Sie immerhin ist von der letzten Nacht verschönert worden. Gut geträumt, Betty?

Unten bei den Ständen greift ein Mann in die Einkaufstasche einer jüngeren Frau und macht sich aus dem Staub. Alle hier oben müßten es eigentlich gesehen haben. Keiner weiß es genau vom anderen. Würden wir uns einmischen, wenn es sich um ein altes Mütterchen handelte?

Ein König sei er, der steife Reitersmann über dem gemeinen Volk der Promenadengänger, ein belgischer König, Sohn des ursprünglich deutschen Fürsten Leopold I., Skandalkönig und Menschenschinder Leopold II., Schwager des österreichischen Erzherzogs und in Mexiko dann ja hingerichteten Kaisers Maximilian, der wiederum das Schloß Miramar (vier gewichtige M's in rascher Folge) – passendes Reiseziel für ein Liebespaar wie sie beide, blendender Romanzenhintergrund, zum Knipsen viel tauglicher als der Reiter auf dem Seedeich, harmloser auch und genauso verlogen – nördlich von Triest habe erbauen lassen. Nie gehört? Immerhin gebe es gegenwärtig im hiesigen Königshaus an vorderster Front eine Italienerin, eine blonde Paola aus Kalabrien, früher skandalumwoben auf andere Art, auf entschieden nettere, in ihrer Jugend, das aber sei ihnen ja zweifellos ... »Le passé du roi Léopold II. reste mal connu de la majorité«, murmelt er zwischendurch vor sich hin, als zitierte er aus einem kürzlich geführten Gespräch.

Jetzt ist der Augenblick da, wo de Rouckl einen Pullover abknotet. Er wirft ihn stürmisch über die Lehne, legt auch den nächsten ab, wird immer dünner, greift nun, routiniert systematische Aktion, wieder zum ersten und schlingt ihn sich guten Mutes, unter Auslassung des zweiten, um die Schultern. »Der Kaffee«, sagt er zur Erklärung. Der aber sorgt nicht nur für Erhitzung von de Rouckl. Er ist auch, ohne Anstoß zu erregen, auf den Pulloverknoten unter dessen Kinn getropft, fast als wäre das so gewünscht, wie ein Tropfenfänger unter der Öffnung einer Kanne seine Funktion erfüllt. Zum ersten Mal betrachtet die tieräugige Taglilie, lilienäugige Wasserböckin etwas interessiert. »Macht nichts«, ruft de Rouckl und lacht die frischen Flecken an. Weil Betty ihm die Pullover wäscht?

Statt einer Decke ist eine dicke getönte Glasplatte auf die Tische geschraubt. Erstaunlich, wie diese Fläche über den Tischbeinen den gesamten Frühstückszinnober langmütig am Herabstürzen hindert. Man verläßt sich darauf, ohne ihr zu danken. Man sitzt ruhig und löst eine Scheibe süßes Brot aus einer Cellophanhülle, und was steigt da ohne Anmeldung in einem auf? Das Bedürfnis, eine recht giftige Bemerkung zu machen, eine große

Bosheit in die Welt zu setzen, steigt auf wie ein Lachen oder Gähnen, kaum zu unterdrücken, ungesund, sich das zu verkneifen, man will es auch nicht, nur weiß man das Opfer noch nicht und muß erst rasch eine Kollektion von geeigneten Leuten durchgehen. Warum sich nicht an die Anwesenden halten, der Bequemlichkeit wegen? »Herr de Rouckl«, wird man im nächsten Moment hinterhältig anfangen, doch da ist das Bedürfnis vorbei.

»Also«, sagt er und steht dabei auf, »als nächstes unseren König Leopold ansehen, den kompletten König Leopold mit Käppi und Waffenrock, Biedermannbart, Schwert und mit seinen Untertanen, Abkürzung von Untertanen natürlich bloß, rechts und links unten jeweils. Bitte vergleichen! Nicht zu verfehlen, einwandfreie Adresse, Thermaal Instituut.«

De Rouckl wurstelt sämtliche Pullover umeinander und macht sich wortlos, im stadtstreicherhaften Outfit aus dem Staub. Auf einmal menschenscheu geworden? Scheu mag er ja sein wie ein Krebs, nur ißt er nicht so manierlich wie der. Alle sehen ihm nach. Erst jetzt fällt auf, wie befremdlich die Stapel von Stuhlkissen wirken, die jemand offenbar vor der Nacht draußen weggeräumt und in die hintere Ecke des Frühstücksraums geworfen hat. Betty?

Sie bemerkt die Blicke wegen de Rouckls Abgang und – auch hier passables Englisch – flüstert dem Pärchen ein Wort zu, wohl um Verständnis für ihn werbend, erträgt nicht, daß man Unfreundliches von ihm denkt. Eine Befürchtung, die sie gesprächig macht. Dabei hebt sie immer wieder die nackten Arme, die auch an den Innenseiten dermaßen gerundeten, daß man eher an die Rückansicht weiblicher Oberschenkel denken muß. Erst recht bei der verschmitzten Falte unter den molligen Achseln, kugelrund wie Pohälften, eine anatomische Irritation. Vielleicht ist es das, was de Rouckl gelegentlich in Bann schlägt. Auch die Taglilie betrachtet es, wenn auch weniger fasziniert als von den betropften Pullover-knoten des Vermummten. Immerhin! Das Paar, wenn man es kühn so nennen will, interessiert die Hemerocal-lis wahrhaftig ein klein bißchen, detailweise. Paar? De Rouckl hat jedenfalls sitzend die Wange der stehenden Betty berührt, um nicht zu sagen: getätschelt.

Betty denkt nach, indem sie sich die Augen reibt. Dazu hebt sie die Ellenbogen in pummelige Schulterhö-he. Freie Sicht in ihre schelmischen Achselhöhlen. Das sieht kindlich unbeholfen oder anzüglich aus. Sie verrät, er sei kein Gast wie andere, sondern hier gewissermaßen zuhause, wohne hier nämlich auf Dauer. Wenn das kein Grund ist, ihn ins Herz zu schließen! Ihr jedenfalls geht es so. »Einwandfreie Adresse«, scherzt sie zitierend, »de Rouckl, Hotel ›Malibu‹, Wapenplein.«

Das heißt doch im stolzen Klartext: Der gehört mir. Logiert wohl nachts verstohlen hinten zwischen den Stuhlkissen? Er habe ein schönes Zimmer ganz oben, ruhig, das sei ihm äußerst wichtig, mit Blick auf den grün bepflanzten Innenhof, ungestört. Sie spricht schnell, sie hat zu tun, aber sie erzählt so gern von ihm, de Rouckl, dem zugluft- und kälteempfindlichen, um den sich doch jemand kümmern müsse. Im Vertrauen noch dies hier: Ursprünglich sei er Lehrer gewesen, verheiratet sogar, reich verheiratet. Lehrer? Der Vermummte?

Betty muß sich einem alten Ehepaar widmen, das nicht ganz ohne Mühe Einzug hält. Sie rückt ihnen zärtlich die Stühle am Fenster zurecht und holt Gewünschtes vom Büfett. Das ist nicht ihre Aufgabe, und sie tut das sonst freiwillig sicher nur für de Rouckl. »Madame und Mon-sieur Collin aus Brüssel. Ehemals berühmte Sängerin, der Mann ein bekannter Augenarzt«, sagt Betty leise in einem Ton, als gehörte auch diese Frau zur Hälfte ihr – »berühmt«, »bekannt«? Übertreibt Betty nicht ein biß-

26

chen? Statt im »Malibu« würden die beiden dann sicher im »Thermae Palace« logieren – und fährt fort: Lehrer, ja. Es habe einen Skandal gegeben, schon viele Jahre her, der habe die Ehe de Rouckls dann vollends zerstört, die Ehe mit der reichen Erbin. Auch der Galan des Wasserbockmädchens beginnt stirnrunzelnd und wohl eher ablehnend das erstaunliche Schauspiel von Bettys anspielungsreichen Oberarmen und Achselfalten zu bemerken. Reizt ihn nicht. Kräftige Arme hat er selbst. Man glaubt, viel mehr Entblößtes zu sehen, als der Fall ist.

Ein guter Lehrer. Bis zu dem gewissen Vorfall, der aber doch niemandem geschadet habe, nichts Schlimmes oder Schlimmstes habe sich ereignet. Es sei um eine bestimmte Erzählung gegangen, ein amerikanischer Autor namens Poe habe sie geschrieben, Poe, da glaube sie, sich richtig zu erinnern – ein Grund für Betty, die verblüffenden Arme zu heben, wenn sie die Fäuste zum Grübeln in die Augenhöhlen steckt –, so hatte er es ihr erzählt, eine Geschichte über das perfekte Verbrechen, über einen Mord. De Rouckl habe die Schüler angeleitet, anstatt nur zu lesen, sich selbst ein real lebendes Mordopfer zum Modell auszuwählen in ihrer Umgebung und eine persönliche Untat als Plan auszuhecken und an ihr zu feilen.

Man beißt sich entgeistert auf die Lippen, Betty aber platzt raus, kann nicht an sich halten wegen der Schnapsidee ihres de Rouckl, schüttelt die vergleichsweise kleinen Brüste zwischen quellenden Oberarmen – ein angedeutetes, nicht unangenehmes Verwachsensein beinahe –, bis ihr Tränen übers Gesicht laufen. Sieh an, denkt man da, wie der junge Mann im Zugabteil, gestern erst. Es sei ja nur zum Spaß gewesen, er aber entlassen worden, als man ihn dabei erwischt habe. Sie ist erschrocken über ihr Kichern. Das alte Ehepaar scheint die Anekdote schon zu kennen. Die beiden lächeln wohl

verzeihend herüber, man weiß nicht recht, ob sie de
Rouckls Einfall oder Bettys Ausplaudern mit sehr sanfter Arroganz entschuldigen.

Nicht zum Spaß, bewahre! meine sie. Zum Nachspie-
len? Auch nicht, eben gar nicht, er habe eine Art Ernstfall für diese verwöhnten Oberschüler gewollt. Betty
hat de Rouckls Version auswendig gelernt: Sie hätten
erkennen sollen, daß es den dumpfen Triebtäter gebe,
dem die Leidenschaft die plumpe Feder führe beziehungsweise Hand und Tatwaffe lenke und andererseits
den kühlen Mordartisten, auch, wie schwer es für einen
Verbrecher sei, einen vollkommenen Mord zu verwirk-
lichen, nachdem er dessen Konstruktionsplan erstellt
habe. Keinesfalls Anstiftung zu Kriminellem im echten
Leben, um Himmels willen keine Ausführung habe de
Rouckl beabsichtigt. Auch Respekt vor der Leistung des
Schrift …

Sie reckt sich: »Da! Er selbst! De Rouckl geht über
den Platz!«

Die Taglilie betrachtet Betty, als wollte sie etwas begreifen.

Betty aber muß endlich Ordnung auf den noch nicht
abgeräumten Tischen der Frühaufsteher schaffen. Sie läßt
das Pärchen zurück, und dem Liebhaber, dem mürrisch
blickenden, hellt sich nun die Miene auf, denn so gefällt
es ihm, keine direkten Zuschauer für sein Glück, keine
zudringliche Öffentlichkeit und doch Zaungäste, die ihn
diskret bewundern wegen seiner Eroberung, die er sofort
zu sich heranzieht, der er die feenhaften Hände streichelt, die schlaffen, müßiggängerischen Elfenbeinfinger,
die er biegen kann, wie er will, kein Widerstand, so daß
er sich weiden darf am Gegensatz – wer duftet hier
eigentlich so, sie oder er? – zu seinen männlichen
Handrücken, die ja nur energische Ausläufer dunkel be-
haarter Unterarme sind, deren Wirkung auf schwache

Frauen er zweifellos kennt. Das Antilopengesicht läßt sich gern bei halb geschlossenen Augen betäuben von seinen Artigkeiten.

Jetzt hat auch das alte Ehepaar das erlesen Animalische ihres Profils bemerkt und äußert sich darüber leise auf französisch. Die Bewunderte dreht ihrerseits vage suchend den Hals in Richtung des auffälligen Greisenpaares. Aus Eitelkeit, oder ist es etwas anderes?

Lido

Das Meer ist allen sicher, von morgens bis abends und sogar nachts. Darum treibt man sich vorher noch lange unter den blauen Marquisen des Hotels oder, weiter vorgeschoben, auf den mittlerweile aufgelegten blauen Stuhlkissen herum oder zwischen den Marktständen, die den Kiosk arg in die Klemme nehmen, und besichtigt robuste Miederwaren und in Blecheimern die Pracht abgeschnittener Sommerblumen. Schließlich, durch Beschallung, Fahnen und Frittengeruch, geht es auf der Vlaanderenstraat leicht ansteigend hoch zum Wasser.

Noch sieht man sie nicht, die andere Welt, spürt aber den Anhauch, merkt dem Himmel darüber den hingelagerten Raum schon an. Dann ein einziger Federstrich, den ganzen Horizont entlanggesaust: Ausstreichen der zivilisierten Welt – sofern man stur auf die graue Masse unmittelbar gegenüber starrt.

Man kann es aber lassen. Die älteren Leute lauern, den Möwen und Tauben angeglichen, in grauen Reihen auf den Bänken. Nachdem die Oostender hier die lustigen Häuser abgerissen haben, gelingt ihnen nur noch dieser Farbton: Gräue. Man ist nicht bereit, das für Stil zu halten, es ist eine Strafe, ein Verhängnis. Da hilft auch nicht, daß ein Esperanto-Kongreß an Ort und Stelle stattfindet. Grau wird ihnen unter den Händen alles, gegen ihre Absicht. Daher wohl auch das süchtige Schielen, Schnüffeln nach einem blauen Streifen oberhalb. Ein Aufatmen, ein allgemeines, vergebendes Lächeln auf Menschen, Hunde und Immobilien herab. Liegt denn wirklich so viel an ein bißchen Sonne?

In der dämlich stierenden Appartementreihe entlang der gesamten belgischen Küste von den Niederlanden bis nach Frankreich haust, hinter vielen blanken und düsteren Fensterschuppen, ein einziges Lebewesen in seinem Betonpanzer. Wenn es den verläßt und sich der Außenwelt zeigt, zerfällt es in die rührige Masse seiner Bestandteile, vom Verzweiflungsbunt der Bekleidung geschützt.

Zieht es sich aber in seine Höhle zurück, dann natürlich kommt es erneut zur Vereinigung der sehr gleichförmigen Partikel. Die verdauen in mächtigen Gesamtbewegungen, auch wenn sie, scheinbar vereinzelt, in die Rechtecke ihrer Wohnungen gepreßt und in isolierten Boxen aufbewahrt werden. Das gemeinsame Außenskelett des kaschierten Organismus ist nahe an einer gewaltigen Tischkante aufgerichtet, von der die feste Gegenstandswelt endgültig ins waagerecht strömende Nasse bricht. Sieht man diesen endlosen, verbissenen Häuserwall an, spürt man sofort, wie sich die Bevölkerungen des Kontinents und ihre gescheiten und zweifelhaften Hervorbringungen dahinter stauen und ducken, denn jenseits der Barriere beginnt die grundsätzliche Leere. Aber bitte, nicht so hoch hinaus: »Leere«! Es genügt, Flüssigkeit, Verflüssigung zu sagen. Das ist gut so, wenigstens einmal Schluß mit allem, vorbei die vertikalen Anmaßungen, jedenfalls bis England.

Übrigens, was für ein Theater um das Meer, an allen brauchbaren Küsten Europas das manische Begaffen des

Wassers aus Millionen oder Milliarden Fensterlöchern. Ein Tick, dieses Drängeln um den besten Aussichtsplatz vom Trockenen aus.

Hier versuchen die Spielzeugläden unten in den Hochhäusern mit Gummidämonen einem anbrandenden, gesuchten und gefürchteten Nichtsda! zu trotzen. Ja, aber was will man denn? Sich loswerden, befristet natürlich, tändelnd Körper und Seele, sogar Gedächtnis, das kostbare Gedächtnis verlieren, kein Charakter sein, sich ausufernd im sogenannten feuchten Element uniformieren? Selbst der intervallweise Anblick verheißt Auflösung und Gewiegtwerden, Abschaffen der Mühseligkeiten einer Geschäftskontur als gefahrloser Rausch am Mittag. Der alte Umriß frißt Hafer, schnaubt und steht ja für alle Eventualitäten bereit.

Die paar Surfer mit ihren Anfällen, die Oberfläche des Meeres schnurstracks Richtung Horizont markieren zu wollen oder gar schneidig für Sekunden zu massakrieren, fallen dabei doch gar nicht ins Gewicht. Zählen mengenmäßig doch gar nicht mit, martialisch maskierte (vier kleine m's) Möchtegernmassakrierer.

Aber da! Wer bewegt sich vorsichtig über die tiefen Reifenspuren von Transportfahrzeugen im Sand? Hemerocallis Klippspringergesicht und der offenbar aus Gewohnheit düstere Liebhaber, das Pärchen als scharf geschnittene Klammerfigur, präsentiert von einer plötzlich ungeheuerlichen Weite, die sie zu impertinenter Wichtigkeit bläht. Die üblichen Übertreibungen vor freigeräumten Hintergründen. Ob sich das Mädchen, im nördlichen Licht herumstolpernd, an ähnlich nachdrückliche Figuren in italienischer Beleuchtung erinnert? Etwa: drei Matronen in glücklicher Feistheit auf Steinen lagernd, ein Großvater mit eingestürztem Brustkorb und einem zarten Enkelkind an der Hand, ein Herr, der, in der Sonne sitzend, doch immerfort nur sein im Schatten angeleintes Hündchen ansieht? Denkt sie an diese weder Guten noch Bösen, die aber mit ihrem Körper für Augenblicke nichts als einfache, zu Herzen gehende Gesten sind? Das kleine Liebespaar entfernt sich, verschwindet allmählich, immer weiter schrumpfend, zwischen den Sandkörnern.

Sie werden doch wohl zügig dem Vermummten gehorchen und das Leopold-Standbild besichtigen, bevor sie wieder die Kurve zum Hotel nehmen? Schon, wenn es dem grimmigen Verehrer nach ginge. Das Meer kennt er ja nun, und Badewetter ist eben nicht. So drohend wie er aussieht, wird es ihm recht sein, daß Nutznießerblicke auf ihren Körper – wer sollte auf den seinen neugierig sein? – vorerst unterbleiben müssen. Allerdings ihn, nun ja, ihn kennt man eigentlich noch nicht ganz. Vielleicht tut man ihm Unrecht, dem Gärtnerburschen neben der Impalagesichtigen.

Wendet man aber dem Meer hier den Rücken zu, dann hat man sie vor sich, die unselig brütende Glucke, das glasig graue Monstrum, Casino-Kursaal, dem Horizont dumm entgegengewölbt, das Licht versumpft in den unnützen Fenstern. Und doch, was für eine Kurve und Mulde und Kniekehle zum Lido hin, Großstrand, »Petit Nice«, die hier eingeleitet wird! Man ist in eine Armbeuge genommen, die wärmer pulsiert als jede andere Stelle an Promenade und Seedeich, so daß man auf einer der noch spärlich besetzten Bänke die Augen schließt, den Koloß hinter sich vergißt und etwas für immer Versunkenes, die komplizierte Pracht eines früheren Jahrhunderts erdöst, ein Wasserschloß, vom Meeresgrund heraufgeholt, das den flüchtigen Entwürfen der Brandung antwortet mit erstarrten Spritzern, gefrorenem Gischtsaum aus Türmchen, Arkaden. Gesträubte Spitzen, siegesgewisses Auftrumpfen von Spiegeln und Glasuren, Girlanden aus Stein und Metall in den Sälen für Bälle, Konzerte, leidenschaftliches Glücksspiel, alles international, schäkernd Auge in Auge mit der See.

Man öffnet die eigenen Augen und erkennt ganz in der Nähe das Liebespaar. Das Mädchen maunzt seine Enttäuschung angesichts des tatsächlichen Bauwerks in die Welt und ins Ohr des immer identischen Nächstbesten – man dachte es sich bereits: völlig falsche Erwartungen unten, von Italien aus gehabt –, der Mann erträgt achselzuckend ihr Lamento, vielmehr höflich ihrer Klage lauschend, interessiert ihren Körperstellungen folgend. Lange dauert das nicht. Jetzt wirft auch sie den kleinen Kummer mit einem Schulterheben von sich. Zeit, an einer Banklehne die Mähne (mit leisem Wiehern?) in sein Gesicht wehen zu lassen. Man hat endlich ihre Namen verstanden: Sonia, Maurizio, und gewinnt wieder einen Vorsprung vor Roy, der, zur Besinnung gekommen, vom Herumlungern und Spionieren wohl die Nase voll hat und nicht mehr auftaucht.

Würden sie aber versuchen, in das Gebäude zu gelangen, sähen sie Fotos der Demontage, unsentimentaler Abriß – fort mit dem orientalischen Luxus, weg Palme, Emaillierung, Skulptur, weg die überalterten Kindereien – zwecks Bau von Bunkern an derselben, in ganz anderem, nämlich im Zentralsinn wertvollen Stelle. »Het kursaal moest tijdens de Tweede Wereldoorlog wijken voor de bouw van bunkers in de verdedigingslinie ›Atlantikwall‹«. Darunter noch einmal: »Der Kursaal muß während des 2. Weltkriegs weichen für den Bau von Bunkern in der Verteidigungslinie ›Atlantikwall‹«.

Deutsche Gäste werden nicht attackiert durch solch sanftmütige Ausdrucksweise – ist das nun Geschäftssinn oder Ausdruck traditioneller flämischer Deutschfreundlichkeit? –, nur heimlich und um so bitterer beschämt. Der Abriß des nutzlosen Bauwerks an militärischer Schlüsselstelle, könnte das Pärchen lesen mit mal kurzfristig nicht verliebten Augen, erfolgte durch die deutschen Besatzer. Ein großer Teil heutiger Besucher war noch gar nicht geboren.

Wie erschrocken allerdings müssen die gewesen sein, die damals schon lange auf der Welt waren und den Untergang hilflos mit ansahen, bei dem das 19. Jahrhundert, das hier den 1. Weltkrieg noch 40 Jahre überlebt hatte, lernunwilliges Pärchen, im Eiltempo zusammengeschlagen und gerodet wurde. Wäre es, bemüht man sich zaghaft zu denken, statt der Nazitruppen doch wenigstens eine schnelle Erosion, ein Flutwelle gewesen, schöne Naturgestalt eine schöne Kunstgestalt verschlingend.

Rezeption

Zwei graue Sesselchen, die Rezeptionstheke, die Fahrstuhltür, alles eng beieinander: Das ist schon die ganze Hall oder Lounge oder Lobby. Reicht ja auch, weil gleich daneben, man muß es eigentlich dazuzählen, das bequeme Café-Restaurant beginnt, wenn man will, mit je nach Witterung gestuftem Übergang nach draußen, auf den Marktplatz. Aber da, wer steht wartend an der Theke, wer sitzt zwischen Koffern auf einem der beiden Sesselchen und murmelt unfromm ungeduldig jenes Rosenkranzgesetz, das da lautet: »Was soll der Unsinn?«?

Stuntman Roy, ah, man hört gerade den ganzen Namen bei der Anmeldung, Roy Neutling hat es also geschafft! Hat die Großmutter unter einem Vorwand in dieses andere Hotel, das nach der gestrigen Fahndung unbedingt seins werden mußte, mit Zuckerworten oder Gewalt herverfrachtet. Die Meeresluft wirkt sich in seinem Gesicht unter italienischem Blickwinkel nicht unbedingt günstig aus fürs erotische Geschäft. Es ist noch röter und jünger, insofern etwas naiver geworden. Das könnte aber den Vorteil haben, daß es den durchtrainierten Konkurrenten in Sicherheit wiegt, in täuschender, versteht sich. Dieser Roy zeigt sich als ein zu allem entschlossener. Allerdings: Was wird die Italienerin dazu sagen? Impala Rotduckergesicht? Sie zeigt der Welt eine unzweifelhafte Schönheit und Süße, man braucht nicht die Augen der Liebe, um dahinterzukommen. Es ist das diffuse Ausschauhalten, das träumerische Spähen, das an die sehnend nach vorn gezogenen Konturen vorwiegend milder Pflanzen- oder Kleinsäugerfresser denken läßt.

Ob Roy in seinem Wahn die Zuginsassin von gestern wiedererkennt? Sofort. Er geniert sich nicht im geringsten: »Weniger Platz als im Abteil«, sagt er ohne Befangenheit. Das Großmütterchen lacht, wie in die Seiten gezwickt. Gut gelaunter junger Herr Neutling, Neuling, Roy Neuling! Du nimmst also unser Treffen als vorzügliches Omen für andere Wiedersehensfeiern. Und wie fährst du jetzt stürmisch herum, als in deinem Rücken ein Geräusch entsteht!

Seine Enttäuschung läßt er sich ohne Scham anmerken. Strenggenommen beleidigt es uns. Eingeweihte allerdings könnten sich damit entschädigen, daß sie sich über den Kontrast des eintretenden Mannes – geradezu schreiend weißbärtige Würde um den gesamten Mund herum wie ein alter Film-Professor, aber bös lustig funkelnd die Augen im jugendlichen Gesicht – mit der Erwarteten amüsieren. Wo vor allem hat er den, man möchte sagen, für und für schwarzen Radmantel her? Vielleicht ist er darunter viel weniger rundlich, als es jetzt scheint, der schwungvoll auftretende Neuankömmling, mit, wahrhaftig, galantem Spazierstock. Nein, keine Spur vom Rotduckersehnen diesmal, keine schneeige Taglilie, gefoppter Draufgänger Roy.

Dem Mütterchen gefällt der Herr offenbar nicht. Sie stampft mit dem alten Fuß auf und sagt, sie wolle jetzt sofort Pantoffeln anziehen. Den Schwarzgekleideten kümmert ihre Abneigung nicht. Er zieht erfreut nickend den Hut vor ihr. Sie schaut extra weg. Es entzückt ihn, das schnippische Weibchen: »Pantoffeln« will sie! Köstlich!

Man versucht sich dünn zu machen in der Enge und blättert diskret in einem Prospekt, jedoch läßt sich nicht übersehen, daß Roy geradezu auf stummen Befehl des neuen Herrn die kleine Greisin nach oben geleitet. Besser: sich anschickt, es zu tun. Denn gerade in diesem Moment gibt es wieder Geräusche an der Tür, die bei wärmerem Wetter offenstehen würde, und diesmal spannt Roy alle Muskeln an, rührt sich nicht von der Stelle, lauscht in Ergebenheit seinem Schicksal konzentriert entgegen, alle anderen haben freie Sicht. Was Roy schließlich hört, ist nichts Italienisches, vielmehr ein lautes »Ah, Willaert! Willaert! Ahahah, Willaert!« Der Vermummte! Der junge Mann lockert sich. Betrachtet er Willaert nicht mit einem merkwürdigen, womöglich ungläubigen Stutzen, jetzt, wo er erst mal alle Hoffnung auf ein schnelles, anders besetztes Wiedersehen hat fahren lassen? Den befremdlich umwickelten Gönner Bettys dagegen ignoriert er.

Richtig, es gibt eine auffällige Ähnlichkeit zwischen Willaert, der de Rouckl noch immer umarmt, und einem anderen Mann aus Oostende. Ob das beabsichtigt ist? Aber dieser andere ist schon mehr als ein halbes Jahrhundert tot. Er selbst, jene Berühmtheit, kann es also nicht sein. Immerhin, Roy, gar nicht dumm, hat etwas entdeckt. Das Mütterchen schiebt er in den Fahrstuhl, dreht sich dabei aber noch einmal verblüfft nach Willaert um.

Der redet währenddessen leise flämisch auf de Rouckl ein. Eine Stimme, aus der selbstverständliches Wohlleben raunt, eine lebemännische Wärme, er wird im Mund

Goldzähne haben und – gute ältere Schule – vertrauenerweckend nach Zigarren riechen, obendrein dezent nach, sagen wir, Sandelholz. Ein tolles Paar, die beiden, der Mann in den löchrigen Pullovern und der nostalgische Vorkriegscasino-Elegant, den das Modrige des anderen nicht stört, obschon man meinen könnte, er schnupperte mit belustigter Mißbilligung an seinem Freund und käme zu dem herzlich resignierten Fazit: kein Zweifel, de Rouckl, noch immer der alte de Rouckl, wie er leibt und schlecht gelüftet lebt! Auch dieser aber genießt wiederum an jenem, zurücktretend, so weit es in der engen Räumlichkeit möglich ist, irgendwas, Willaert musternd, ironisch, dabei gutmütig. Ist es die gewisse Ähnlichkeit mit dem renommierten Verstorbenen, die sich eventuell seit dem letzten Treffen noch verschärft hat?

Und wer kommt da, wirbelnder Teufel aus dem Kasten, nicht klein zu kriegen, aus der Fahrstuhlkabine gesprungen? Roy Neuling natürlich mit dem unerschöpflichen Stuntmanwunsch, zu erobern und den ebenfalls erforderlichen Nerven wie Stahl! Willaert lächelt ihm zu, ein Meister der Jovialität, da, nun sieht man im Schokoladen-, ja Kongodunkel der Mundhöhle das Schimmern seiner belgischen Goldzähne. »Hat sie die Pantoffeln angezogen?« fragt er mit einschmeichelndem Akzent, erwartet aber keine Antwort, es ist nur eine kleine, beiläufige Aufmerksamkeit. Dermaßen ermutigt, wird Roy mit dem kleinen Finger die ganze Hand ergreifen wollen und innerhalb der nächsten fünf Minuten rücksichtslos kundtun, daß Willaert ihn an jemanden erinnert, an einen Jemand, von dem es, wird er womöglich eitel ergänzen, falls er auch das schon weiß, am Seedeich eine Bronzebüste gebe.

Etwas kommt dazwischen schon im nächsten Augenblick.

Schlag auf Schlag geht es jetzt für Roy, besonders, wo

sein verlangsamendes Großmütterchen abgeführt worden ist. Er steht mit dem Rücken zum Eingang und starrt Willaert unzivilisiert an, sammelt sich, hat schon kräftig eingeatmet für sein Rausplatzen. Da verändert sich Willaerts Gesicht vor ihm, bevor Roy noch irgendwas gesagt hat, so plötzlich, daß der junge Grobohrige alarmiert zusammenzuckt. Die bleiche Haut des imponierenden Herrn, so dicht bei ihm, verfärbt sich, erblüht dermaßen in den alten Gefühlen Heiterkeit, Freude, Begeisterung, daß man meint, die weiche, inwendige Blutwelle müsse auch den weißen Bart rosig tönen. Er sieht an Roy vorbei, das wird auch diesem jetzt klar. Jemand hatte die Tür aufgestellt, deshalb konnte das Pärchen lautlos eintreten. Roy muß sich gar nicht umwenden, muß nur Willaerts Verklärung betrachten, um zu wissen, daß Impala Antilopenmäulchen eingetroffen ist.

Zögert Roy den Moment des Umdrehens nicht extra hinaus, um sich zu weiden an dem glühenden Echo der Schönheit in Willaerts Miene, das aber, er ahnt es nicht, sich wiederum in seiner eigenen niederläßt? Obschon ein anderer Gedanke da wohl in ihm auftaucht. Hat er, Roy, nicht nun zu dem Rivalen Maurizio noch einen zweiten gewonnen, ist gewissermaßen und wörtlich von ihnen beiden in die Zange genommen, der eine athletisch, der andere soigniert und keiner von beiden hinkend? Ein schnelles Grübeln aber nur, immerhin ist er jünger als der zweite, hat mehr »schnellen Geist« als der erste und überhaupt: Koste es, was es wolle, und was kostet die Welt! Ganz gut übrigens, so lässig dazustehen und die Ankömmlinge nicht zu beachten, das kann seine Chancen nur erhöhen.

Auch hat ihn der mißtrauische Liebhaber bereits halb von hinten erkannt und zieht die Brauen zusammen. Die Fotos seien noch nicht entwickelt, sagt Roy im Grunde fehlerfrei und jedenfalls reaktionsschnell im Umdrehen.

Das hatte er sich bestimmt schon viel früher für die Begegnung vorgenommen. Wie würde sich das mäzenatische Mütterchen freuen! Was warf sie noch für einen Namen – oder war es eine Parole? – gestern auf dem Bahnsteig zur Ankunft in die Debatte? Lulu? Lale?

Wird man sich hier, wo alle so dicht beieinanderstehen und man sich fast schon kennt, noch lange so komplett wie bisher raushalten können? fährt einem da durch den Kopf. Der italienische Satz des holzgeschnitzten Roy aber erzeugt nun doch in Willaerts äußerst charmiertem Gesicht eine flüchtige, freundliche Hinterhältigkeit, als hätte auch der deutsche Junge »Pantoffeln« gesagt.

»Non capisco.« Abfuhr vom allzeit wachsamen Maurizio. Knapper geht es nicht, sein Liebchen streichelt ihm sofort mit einer Lilienhand den Nacken und schlägt dabei sehr schön und gelangweilt die Augen nieder. De Rouckl allerdings hat, warum das denn, die Brauen hochgezogen, das sahen wir noch nicht an ihm. Beunruhigt? Warnend? Etwa lauernd? Es spielt sich irgend etwas heimlich ab, nur Impala Faulpelz merkt es nicht. »Scusi, capisco, ah, eh, eh, viceversa«, setzt nun Roy täppisch nach, aber doch wenigstens an das Mädchen gewandt, so daß sie ihm ein schläfriges »Niente« gönnt.

Und was macht er jetzt, von den zwei Konkurrenten zu schnellem Handeln gedrängt? Sehr umständlich und ungefragt – ein erster fataler Fehler – erklärt er ihr – um Gottes willen! – mit einer Körperwendung andeutend, nur ihr allein, er ziehe zur Zeit etwas ein Bein nach, ein unerheblicher Sportunfall – dabei hinkt er viel zu routiniert! –, in zwei, drei Wochen ausgeheilt. Auch dafür entschuldigt er sich bei ihr, wahrhaftig, unglaublich, sogar zweimal hintereinander. Besser jetzt nicht den Adamsapfel ansehen.

War nicht beim zweiten Mal ein leises »Sonia« angehängt?

In was manövriert sich der arme Junge, so schnell die stählernen Nerven verlierend, da hinein! Es mag ja an der großen physischen Nähe der Schönen in dem kleinen Raum liegen. Eigentlich schneidet der Liebhaber eine Grimasse, als wollte er Roy an die Gurgel, er tut's aber nicht. Etwas hindert ihn, bestimmt nicht Mitleid oder Angst vor der Gegnerschaft der restlichen Männer. Man muß im Grunde nur der stärksten Spannung, beziehungsweise der zweiten, der Gegenspannung nachfühlen, dann weiß man es. In diesem Rezeptionskabuff läßt sich ja so gar nichts verbergen:

Es sind Willaerts Augen, die den jungen Italiener zur Contenance zwingen. Der ärgert sich offensichtlich, daß er gehorcht, kann aber nicht anders. Kein Wunder. Willaerts Willen! Willaert wirft keinen einzigen Blick auf das Mädchen, das wieder zwischen Tür und Angel in sein vages Flehmen verfällt. Und da, sieh an! Roy hat fürs erste erreicht, was er wollte, und entfernt sich aufgeregt. Zum weiteren Rekonvaleszieren? Zur Ähnlichkeitskontrolle an der Büste? Währenddessen beobachtet de Rouckl den Freund und Maurizio mit Höchstspannung. Fünf Sekunden lang fällt kein Wort. Dann stellt er die beiden, so ausdrücklich, als stieße er sich für immer von einem Hintergrund ab, einander vor.

Das freundliche Grüßen der alten Sängerin, von ihrem Ehemann gestützt, beide beim kühlen Sommerwetter in Winterkleidung, nimmt nicht mal der galante Willaert zur Kenntnis.

Als man sich zurückzieht, bevor man überflüssig wird wie das Pflanzenfresserchen oder gar lästig, auch, um die eigene Neugier mit der Beherrschung eines Stuntman trainingshalber zu besiegen, vertagt man die Frage, ob de Rouckl hier ebenfalls auf stummen Befehl Willaerts handelte oder ob es ein privater Schachzug von ihm war.

Der erregt, leicht hüpfend davongerannte, mit seinem

bescheidenen Erfolg – eine Art Geständnis an die richtige Adresse, das alles in allem noch unverfänglich ist – zufriedene Roy jedenfalls ahnt nichts von der neuen Nuance und damit von der für ihn steigenden Gunst der Sterne. Und Maurizio selbst? Was schwant dem Rotdukkerfrätzchen?

Vielleicht hat man auch nur – man kann es nicht lassen – zuviel lausige Phantasie wegen der stimulierenden Seeluft, anstatt sich mit sich selbst oder dem wartenden Meer zu beschäftigen.

Das soll weiter warten!

Hotelzimmer

Wo man sich das Meer zur Not auch ganz gut hinholen kann und sich freuen an der demutsvollen Dienstbereitschaft wartender Hotelhandtücher, weich wie Tierohren. Ob das Klippspringergesicht da unten, mit seinem undeutlichen Wittern, solche Handtuchohren hat? Ob es Gott gibt?

Ein nettes Zimmer, wie beim Vermummten nach Bettys Auskunft, nur etwas tiefer gelegen die Aussicht auf den Garten zwischen vier hohen Mauern, Kübelpflanzen überall, sieben mal acht Platten für einen Platz mit Tischen und Stühlen, reizendes Paradiesgärtchen in der Tiefe, feuchtgrüne Abgeschiedenheit.

Dazu kann man sich die erlesenen Tage der Vorsaison ausmalen, keiner sieht einem ja dabei zu. Man will überhaupt gar nicht die krachende Sonne, die lärmende Beitragsentrichtung der Badesaison. Die soll der Himmel für sich behalten. Damals also: Träumerisch mattsilbriges Versprechen. Welche Klugheit und Finesse gegenüber der Dummheit und Endlichkeit eines allseits ge-

buchten Prachttages! Zu einem Café auf der Mole geht
es die eiserne Treppe hoch, ach das Bleiche, Abgeblätter-
te, das sich taktvoll dem bleichen Meer anpaßt und der
allgemeinen lächelnden Müdigkeit. Die Terrasse ist mit
Glas bis in Schulterhöhe gegen Wind geschützt. Die
Gäste murmeln und lallen betäubt im diesigen Licht.
Wieviel Stilgefühl im Rost ringsum, auf diesem schein-
baren Oberdeck, wo man hinaustreibt in ergebener Läh-
mung, in die ergebene Ferne ohne Ende, ohne Widerstand, zusammen mit den wenigen, ein wenig summen-
den, allenfalls manchmal knisternden Leuten an den
Eisentischchen, die verwittern und rosten wie alles im
milden Dunst.

Eine kurze Wellenerregung verschweigt man sich
nicht. Was macht es schon? Das schnelle Schiff nach
England: High-Speed-Hover-Craft. Was geht es uns an?
Etwas stillere Vorbeifahrt eines Touristenschiffes für einen kleinen Meeresausflug an der Küste entlang, immer
an der begleitenden Appartementreihe entlang.

Noch weniger Geräusche kommen vom bewegungs-
losen Angler weiter vorn. Seine Gedanken tasten und
fingern durch die Wasseroberfläche nach funkelnden
Opfern, ohne sich zu verraten so leise, ohne einen Schatten zu werfen. Wie er ihnen so geduldig, um sich zu
beruhigen an der Natur, nach dem kurz zuckenden Leben trachtet. Ein Bild insgesamt, das im gleichmütigen
Glanz verschwimmt mit dem nur vermuteten Horizont
und uns wenigen und einer von der Vorsaison bedusel-
ten, lichtgelben See.

Was sagen sich die wohlig verloren dasitzenden
Schwärmer? »Es gibt uns schon immer, wie ein Wind
streifen wir schon immer über alles hin. Wir sind ein
vieläugiger Energiestrudel. Jawohl, gleichwohl. Aber
erst mit unserer Geburt fing die Zeit, fing die Gegenwart, fing das Jahrhundert an, sich unseres Lebens

schmarotzerhaft zu bemächtigen, hat uns eine Biographie aus den Flanken gerissen, um sich zu sättigen: unser hiesiges Leben.«

Sie flüstern: »Heute abend essen wir am Visserskaai Oostender Fischteller, selbst wenn er ganz woanders herkommt.«

Einer der straflos vor sich hindämmernden Cafébesucher sagt sich vielleicht – vor wem müßte er sich wohl rechtfertigen? –: »Aaah, Recken und Gähnen bis in alle Verästelungen, Aufschwellen, großes Einverständnis mit der umgebenden Lufthülle, Anschwellen bis zu den Wänden, auch Naturwänden. Wollust ohne Richtung, irgendwann kann sie nicht weiter ausufern. Da holt sie, zurückweichend in einen einzigen zentralen Punkt, in eine Beherztheit und Bündelung, Schwung für die kurzfristige Explosion in die alte Generalgegenwart, Zerstörung, Leere, Licht, aufgespritzt, zerplatzt, zurückgesunken.« Vorbei.

Vorbei? Dieses Hotel »Malibu«, nichts Besonderes übrigens, aber irgendwie zwangsläufig, wie es so am Wapenplein steht. Kaum möglich, es zu verfehlen. Man muß hier wohl schließlich und unvermeidlich landen.

Einzelne Gesten bleiben einfach stehen, auch Sätze: »Der Kursaal muß während des 2. Weltkriegs …«, »Aber die Herausforderung an sich selbst und die eigenen Grenzen scheint das gemeinsame Band zu sein in einem Beruf, geschaffen für den, der Nerven hat wie Stahl.« Die Zeit, klar, fließt weiter, die hält keiner auf, aber die fünf Sekunden zwischen Willaert und Maurizio, das dösige Flehmen des Rotduckerchens, der betropfte Pulloverknoten, die bleiben. Die bleiben monumental. Noch ärger wäre es nach längerem Schlafentzug.

Friedliche Vorahnung des Todes? Die Welt zersetzt sich vor den Augen, Auflösung in wankende Laubmassen, in flimmernde, raschelnde und brausende Teilchen.

43

Aber durch Ballung in ihrer Großkontur gehalten bleiben die Gegenstände, in schwerfälligem Wiegen, im Hotelzimmer durchaus. Die tapsigen Körper lassen sich durchrieseln von Euphorieschauern, alles in Geldstücke, in blinkende Münzen zerschellt, die Dinge, wie komisch, wehen, ohne sich an den Füßen vom Platz zu rühren, in Partikelchen vorüber. Stürmen Wellen heran? Wogt jetzt ein alter Wald? Wogt man mit ihm, in lauter Blätter zerflimmert, zerblitzt? Zerstückelt, vielmehr verstreut in Sandkörner, unwiederbringlich?

Ah, das tat gut, das mußte sein!

Ob der junge Mann Roy es mit seiner läppischen Vertraulichkeit gegenüber Sonia sogar besonders klug angestellt hat? Möglich, daß sie durch das Rührende bei Männern, auch im Kontrast zu ihrem italienischen Moritz, selber gefährlich zu rühren ist. Zu rühren vielleicht, aber gefährlich für sie selbst? Wohl kaum.

Das Zimmer gefällt sehr und immer mehr. Der kleine Vorbau, ein verglaster Balkon, stellt sich als das Beste heraus. Eine Loggia mit Scheiben, die man jeweils öffnen kann. Dafür haben sie hier eine Schwäche. Wegen des unberechenbaren Wetters sind sie gerüstet für alle Fälle. In der Tiefe der trauliche Innenhof. Die Wand zum Nachbarbalkon ist natürlich gemauert. Man weiß schon, wer da wohnt: das alte Paar. Sie singt gerade, vorsichtig, ganz von fern erkennt man eine Arie wieder, natürlich gehen aber davon nicht mehr die Lichter an, kein Haus wird mehr in die Lüfte erbaut und kein Stockwerk nach dem anderen erleuchtet. Ein wenig rostig blättert das Lied von der Verwitternden ab. Man muß nicht lauschen, um zu verstehen, was ihr Mann jetzt erzählt (damit sie zu singen aufhört?). Die berühmten Austern von Oostende seien früher sogar am russischen Zarenhof serviert worden und die Fischer die Ärmsten der Armen gewesen, hohe Todesrate, kein sozialer Schutz. Ein lauter französischer Seufzer von Madame. Die ernsten Frauen der Fischer hätten den vornehmen Damen, als das adlige Strandleben begann, beim Umkleiden in den Badekabinen geholfen, die damals noch Räder hatten, um sie aus aufwendiger Schicklichkeit bis ans Wasser zu fahren, hätten den Luxusgeschöpfen aus all den Rüschenkleidern und Miedern geholfen. Und aus Spitzenröcken und was nicht allem.

Die Sängerin lacht, trällert sie nicht plötzlich das Lied der Musette? Da möchte man sich auf der Stelle als angemessene Ovation die Kleider vom Leib reißen und sie Stück für Stück in eine lüstern-indifferente Menge werfen. »Les pêcheurs de haute mer restèrent les moins bien défendus de la classe prolétarienne«, sagt der Mann trotzig. »Quando me'n vo'«, singt die Frau immer jugendlicher und frecher. Man weiß, wie die Szene früher ausgegangen wäre.

Auch die berühmten Deutschen Karl Marx und Friedrich Engels hätten hier Ferien verbracht, belehrt er die alte Sängerin, als sei es ein Argument, dessen Richtung er aber unterwegs aus den Augen verloren hat, die Familie von Marx in einer von Engels extra gemieteten Wohnung. Vielleicht hat sie das hundertmal gehört. »La commedia è stupenda«, sagt sie und unscreins sieht durch die Wand hindurch, wie sie lächelnd ihren alten Mann auf den Mund küßt oder schlägt. Finale, kein Widerspruch.

Hat man vielleicht doch gelauscht? Pfui Teufel! Wird man es wieder tun? Was soll man machen, offenbar ist Betty aufgetaucht, hat vielleicht eine wärmende Zusatzdecke gebracht. Der Mann spricht mit ihr flämisch und will wohl wissen, ob anfangs der Kursaal im Rathaus, Stadthaus untergebracht war, auf das man vom Frühstückstisch aus sieht. Er hat es vergessen. Ja, sagt Betty etwas gehetzt, ein Kohlengroßhändler habe doch die Konzession gehabt, noch vor Mitte des 19. Jahrhunderts. Nachdem sie einmal anfängt zu erzählen, kann sie so schnell nicht aufhören, man kennt das schon an ihr. Furchtlos im ärmellosen Sommerkleidchen schwatzt sie nun drauflos wie vom Teufel gejagt, es wird prompt für die Sängerin vom Ehemann ins Französische übersetzt, d. h. man versteht eigentlich nur das, was er weitergibt.

Es ist ja nicht so, daß man das Ohr an der Zwischenwand hätte, vielmehr sind drüben und hier die Fenster der Loggia geöffnet.

Der Seedeich, rattert Betty unaufhaltsam herunter, sei damals noch militärische Zone gewesen (ach?), Besitz des Militärs, jawohl, und als man einen richtigen Kursaal errichtet habe, weil der alte am Markt längst zu klein geworden war, sei es direkt bei den Festungsmauern gewesen, nur eben außerhalb natürlich, mit zwei Kiosken, jeweils rechts und links und dem höchsten Türmchen, regelrecht orientalisch und hübsch in der Mitte des zunächst ganz und gar hölzernen Gebäudes. Man hatte ihn so konstruiert, daß man ihn abbrechen konnte, ohne ihn zu zerstören. Das habe man später auch getan, alles eingepackt – das stelle man sich bloß vor! –, verschifft und nach Frankreich verkauft, wo er noch ein halbes Jahrhundert gebraucht worden sei. Dann sei der erste Casino-Kursaal an der heutigen Stelle, ganz aus Stein, entstanden, schon damals halbrund gegen die Meeresseite gewölbt.

Im ein klein wenig tückischen Auftrag von Madame fragt Collin, ob sie, Betty, als stolze Oostenderin denn die James-Ensor-Suite von Flor Alpaerts kenne. Offenbar beschämt, schweigt Betty, schüttelt vermutlich nur den Kopf – und ist verjagt.

Stille. Monsieur Collin räsoniert darüber, warum die regional-patriotische Betty, auch wenn sie dazu in der Lage wäre, was keiner weiß, niemals ein Wörtchen französisch sprechen würde. Ob sie den Vlaams Blok wählt? Stille. Nachdem die junge Betty mit ihren hellen Achselhöhlen im Zimmer war, mag die Sängerin keine Musette mehr sein. Aus mit Französisch und Flämisch oder Niederländisch, mit Belehrung und Gegentralala.

In deutschem Schutt nach einer Gasexplosion hatte man einmal eine halbe blaue Kachel gefunden, ein einziges blankes Stückchen nur, ein Schnipsel Himmel oder Meer im Abfall und es fest in der Faust gehalten bis in die Nacht, hat tagelang besessen weitergesucht und wußte gar nicht, warum mit solcher Gier, bis auch das gefundene Kachelbruch-Beweisstück verloren war.

Hat man was versäumt?

Man muß nicht gleich gestorben sein, hat aber lange geschlafen. Fast den ganzen kühlen Sommernachmittag verratzt. Die Wirkung der Seeluft wohl, ja sicher, aber was hilft das jetzt. Jetzt sind nämlich plötzlich, beim Anblick der Kräuselungen am Himmel, das Herzklopfen stark und die Angst groß, man könnte Wichtiges verpaßt haben, und alle anderen aber gerade nicht. Hätten sogar extra das Wichtige verschwiegen, wie früher, wie es früher so oft vorgekommen ist. Schnell raus also zur Kontrolle, zum Nachholen, zur Wiedergutmachung, irgendwas hat sich geändert, wärmer ist es nicht geworden, aber fiebriger, schnell also die Vlaanderenstraat hoch, durch die verrückte Fußgängerzone auf die quadratisch wartende Verflüssigung zu, die ihren Anhauch stürmisch zum Frösteln und Freuen entgegenschickt auf halber Strecke, am Schaufenster vorbei, mit dem Mohren, dem Schwarzen aus dem tiefsten Afrika, ehemaliges Belgisch-Kongo vermutlich, Elfenbein- und Kautschukkongo, der ein nacktes Damenbein verspeist unter den ausgestellten anekdotischen Kleinigkeiten. (Ließ denn nicht aber genau umgekehrt der belgische Standbildleopold – unbedingt de Rouckl fragen! – den Kongolesen die Arme, jedenfalls in großen Mengen die Hände abschlagen? Hat man nicht Fotos gesehen, wo ein schwarzer Vater die im Staub liegende Hand seiner jungen Tochter beweint?) Aber rasch weiter, da ist schon, mein Gott, so viel man davon haben will, das grau-feurige Meer in voller Breite, in dem gut und gerne einmal die Sonne mit allen rotgoldenen Trompeten aus Leibeskräften untergehen könnte. Der Westen rüstet sich bereits. Ein wolkiger Westen allerdings.

Und jetzt? Nach rechts zum Seehelden? Nach links zum Casinomonster? Nach links, sagt die feine Ahnung, nach links geht die Strömung, nach links macht alles die Hälse lang.

Schon überholt man mit langen Schritten das Ehepaar Collin. Betty hatte uns erzählt, der Mann sei Arzt oder Fabrikant gewesen. Typisch für Sängerinnenehemänner. Jedenfalls ist die nach außen präsentierte, gereifte und mürbe Noblesse gar nicht so leicht in Verbindung zu bringen mit dem vorhin hörbaren Interesse am Striptease der Baronessen und Gräfinnen in den Badekarren. Eben gerade! würde die Sängerin darauf bestehen: Gerade!

Der Wind bläst scharf vom Meer, kein Mensch hat auf einer der Bänke Platz genommen, man sieht auch gar nicht hin. Jetzt fließt man schon mit allen, bei sehr wenig Gegenbewegung, auf die Einwärtsbiegung beim Casino zu, hört auch ein grimmiges Stampfen, etwas kracht gegen das Gebrause an. Das Meer randaliert auf der gesamten Strecke, über Knokke und über La Panne hinaus, aber dieses besondere Menschengetöse gibt es nur einmal und hier, im Casinowinkel, und alle, in Pullovern und Schals, starren das Schauspiel an, wenden dem Wasser ostentativ den Rücken zu.

Die drei Mädchen auf ihrer Bühne haben es nicht leicht, so in Kälte und Meeresnähe. Sie lassen es sich nicht anmerken, zwei Tänzerinnen und eine Sängerin, alle drei in schwarzen Trikots, die Körper schlangenförmig und parallel bewegt, die Mienen stählern. Stählern über die Menge hinweg und durch sie hindurch, ein gut eingeübter Kontrast, der verfängt. Ein grünhäutiger Junge mit schwarzen Stehhaaren und luziferischer Sonnenbrille schimpft per keyboard, ordentliche DJ-Schule, auf das Publikum ein. Beleidigt uns gerade so, wie es gemocht wird. Unerfindlich erbittert der wildfremde Jugendliche, großartig wütendes Gebell. Die Mädchen verbiegen blasiert die Oberkörper, als wären sie aber mit imaginären Bügeleisen, Kleinkindern oder Schrubbern zugange. Die Gesangskünstlerin turnt genauso herablassend mit. Vermutlich spielt sie das Singen ja nur und hat deshalb ausreichend Atem fürs Dekorative. Man kennt sie hier, womöglich sind sie an Ort und Stelle regelrechte Legenden? Die Zuschauer geraten auf etwas zögernde Weise aus dem Häuschen. Recht so! Die Oostender, sie können ja das Meer nicht bunt anstreichen, müssen es jederzeit ertragen, riesige Leere, entweder heranpreschend oder alles einsaugend. Spucken oder Schlürfen. Einmal, für einen kühnen Lichtschuß, kommt die Sonne raus. Das Meer, wir wollen es nicht immer, nicht jetzt, es soll sich einmal an sich selbst verschlucken.

Ganz zufrieden sind die Leute noch nicht, erwarten Besseres. Mürrische Mienen der noch nicht recht höllischen Einheizerinnen. Die schlängeln davon und trinken seitlich sofort, restlose Verausgabung kühl skizzierend, aus Pappbechern.

Willaert befindet sich mittlerweile in der ersten Reihe des Halbkreises. Interessiert ihn denn das? Viel erstaunlicher aber: Er steht breit zwischen Maurizio und Sonia. Als von Wärme und Schokoladen-Zigarrenduft dampfender Onkel hat er wahrhaftig die beiden Arme einlullend auf die Schultern der beiden gelegt. Zwei aus dem warmen Süden an die strenge Nordsee verschlagene Kinder und Liebende kuscheln sich, rechts weiblich, links männlich, an ihn, an seinen schwarzen, anspielungsreichen Radmantel. Der wachsame Athlet fürchtet nichts für seine Taglilie. Verblüffend! Willaert redet auch gar nicht mit ihr, er flüstert – doch, es ist wohl ein gegen Maurizios Ohr geneigtes Flüstern – statt dessen ununterbrochen auf den jungen Mann ein. Sonia hat ja das Musikschauspiel zur Unterhaltung, könnte zudem über den gewölbten Leib Willaerts hinweg, selbst wenn sie wollte, durchaus nicht nach Maurizio Ausschau halten.

Auf der Bühne tanzen drei Jungen, auch die in schwarzen Trikothäuten, singend perfekt synchron. Ha, das sind andere Sprünge und Spreizschritte! Das ist ein anderes Gekrächze und Gefauche durchs Mikrofon. Play back? Na und? Sonia flehmt ungläubig, aber nicht unfachmännisch zu ihnen hin: Maurizio kann sie, Sonia, ja ebenfalls nicht kontrollieren. Das, was alle fesselt, nur vermutlich Willaert nicht, dem wird egal sein, was die drei da oben treiben, ist das gespielt willkürliche Hinundher, Vorundzurück, Raufundrunter, so wie es jedem der Springer gerade einfällt, so zufällig und abstrus wie nur möglich und gleichzeitig die hundertprozentig exakte Verdreifachung. Man glaubt, sie steigerten sich aneinander im Absurden. Augenblickseinfälle? Von wegen. Alles abgesprochen und eingeübt. Vollkommene Multiplikation. Keine individuelle Abweichung gestattet. Wir wundern uns, daß uns gerade das so maßlos imponiert.

Da ist ja auch Betty, und immer noch ärmellos. Deshalb also hat sie so überstürzt im Nachbarzimmer ihr Casinowissen rekapituliert. Wollte schnell mit der Arbeit fertig sein, um hierher zu rennen. Keine Zeit, eine Jacke anzuziehen. Jetzt friert sie, man erkennt es über die Lichtung vor der Bühne hinweg. Wohl nur, um sich zu wärmen, schmust sie am hartherzigen de Rouckl rum. Der aber gibt keinen seiner Pullover an sie ab. Er braucht sie alle selbst. Betty preßt im Tanzrhythmus ihre schneeweiß molligen Oberarme gegen die Brüste, spielt mit ihnen Schifferklavier. Vielleicht erweicht das den Vermummten? Ja, das wirkt endlich. Er knotet den oberen Pullover ab, den dicksten, dann den dünneren darunter, gibt ihr den, und bindet sich den dicken wieder um, sieht von nun an aber unglücklich aus. Merkt Betty denn nicht, wie er dabei ist, sich den Tod zu holen? Betty lacht und bearbeitet die gewölbten Seiten ihrer Brüste unschuldig mit denen der Oberarme, allerdings kann man es nicht mehr so gut verfolgen unter dem Strickzeug.

Warum nun aber nicht diskret im Tumult in die Nähe von Willaert schlendern? Gewiß! Die Beine haben sich längst von selbst in Bewegung gesetzt. Man ist, da alles auf die jetzt angestrahlte Bühne starrt – vom scharfen Meeresgeblitze kein Wort bitte – en passant hinter ihren Rücken gelandet. Willaert, in fließendem Italienisch, erzählt seinem Schützling von jemandem, der sich mit Blut bestrichen, der nackt in Schweineställen gestanden, mit fragilem Bleistiftstrich chimärische Abbreviaturen seiner Kindheitstraumata gezeichnet und sie tattrig aus Draht geformt habe. Er habe seine Exkremente vergoldet und zum Zeichen für unsere fragmentarische Welt – ob Maurizio folgen kann und will? Willaert setzt es einfach, seinem Zuhörer schmeichelnd, voraus – Litfaßsäulenbeklebungen zerfetzt. Er sei aufgetreten als knarrender Cowboy, Tropenreisender und Zuhälter bei Vernissagen, als Mönch und orthodoxer Frauenjäger, habe sich aufs Matterhorn hieven lassen in einer Kiste und so auch wieder hinunter ohne auszusteigen, Farben gegen Leinwände geschmissen und andere monochrom angestrichen, serienweise die Gesäße alter Männer in der

Sauna gefilmt und ihre bedenkliche Vorderfront auf Video parallel auf zehn Bildschirmen gezeigt, dazu die Schöpfungsgeschichte rückwärts vor Publikum gelesen, Flure eines Regierungsgebäudes voll mit Schildkrötenpuppen, kleinen Gummiskeletten, Plastikembryos, zerschossenen Stahlhelmen und aus Salzteig gebackenen Hakenkreuzen gekippt, Skandal und Parteienstreit erregt, wunschgemäß die bekannten kulturellen Entzückensschreie von Groupies und Kunsthistorikerinnen kassiert, auch ordentlich Auszeichnungen dafür in Empfang genommen, nicht zuletzt in Gestalt öffentlicher Aufträge. Dann aber hätten sie ihn vergessen, ziemlich plötzlich, die nervigen Galeristen und kreidegesichtigen Kunstmakler, ob mit oder ohne Glatze. Einfälle, Capricen, Provokationen, die dem internationalen Standard genügten, habe er wie eh und je vorgewiesen, aber plötzlich wollte man dasselbe aus Köpfen mit neuer Unterschrift. Unmöglich für de Rouckl – das ihm, de Rouckl! –, solche Kränkung zu vergessen. Mit Textilien schütze sich sein alter Freund nun gegen die Welt. Da drüben stehe er ja, sogar mit seiner Betty, der guten Seele. Der habe er, psst, nur zum Spaß, eine ausgedachte Lehrer-Biographie aufgetischt, gewissermaßen sein letztes Kunstwerk.

Man weiß aber nicht recht, ob man alles korrekt verstanden hat.

Ist Maurizio nicht verdattert, daß zum ersten Mal wahrscheinlich, seit er mit Impala Antilopenschnute zusammenlebt und mit ihr renommiert, alle Aufmerksamkeit ihm zuteil wird und nicht ihr? Noch verschanzt er sich hinter seinem allerfinstersten Profil. Davon läßt sich Willaert nicht im geringsten täuschen. Er weiß längst, was er wissen will, legt sich aber weiter lächelnd ins Zeug. Endlich besinnt er sich, nachdem er deutlich und gewissermaßen schonungslos sein Interesse zur einen Seite bekundet hat, auch einmal auf das Mädchen, ohne sie aber zu Maurizio zu lassen, im Gegenteil, schiebt seinen Leib extra zur Trennung nach vorn. Ob sie das wohl nachdenklich macht? Über das Casino solle sie sich nicht betrüben. Sicherlich sei es zur Zeit, dermaßen verbaut, ein Schandfleck, aber die Renovierungsarbeiten auf der Grundlage des ursprünglich sensationellen Neubaus von 1953, modernisiert selbstverständlich, seien bereits im Gange. Man müsse, äh, Geduld haben, am Ende jedoch werde auch der angeborene und stets bewundernswerte Schönheitssinn einer Italienerin befriedigt sein.

Er geniert sich nicht und hat Erfolg damit. Sonia äugt ihn erwachend an (Was würde wohl Roy für diesen Blick geben!). Mehr ist einstweilen gar nicht nötig.

Die Zuschauer, ob reguläre Oostender oder Touristen, sind wild entschlossen, einen begeisternden Abend zu erleben. Die drei auf der Bühne erstarren plötzlich, bitten um Pause. Im Chor! Betty, gegenüber, sieht auf die Uhr. Sie muß schleunigst ins Hotel zurück, vorher noch was anderes: den geliehenen Pullover auszuziehen, hopp.

Und Roy?

Nur einer hat gefehlt. Unser Stuntman, dem eine Gelegenheit entgangen ist. Das greise Mütterchen wird den Enkel nicht weggelassen haben. Es kann einem richtig das Herz bluten, als man Roy, mit vom Bier glutroten Ohren zu seinem notgedrungen frühen Abendessen aus Kroketten, Fritten oder Pfannekuchen womöglich, im Hotelrestaurant neben der Großmutter nur eben wahrnimmt. Mehr möchte man nicht, aber er winkt so großartig, ein Schiffbrüchiger, der im Namen der Menschlichkeit seine Rettung fordert, daß man, was man den anderen eben ausschlug, hier gewährt: Man setzt sich zu ihnen, wird alle seine Fragen, sofern man kann, beantworten. Die sieht man ihm nur allzu deutlich an. Doch zuerst das Wichtige, zuerst, nun schon eine alte Bekannte, das Großmütterchen: Frau Quapp heißt sie, Frau Fesch heißt man da, die Höflichkeit verlangt's, notgedrungen selbst.

Sie trage jetzt Pantoffeln auch im Restaurant, unterm Tisch störe es doch keinen, Fräulein Betty habe es gestattet. Auch sei ja gutes Wetter prophezeit gewesen für Oostende. Daß man es nicht gehalten habe und also kalte Füße kriege, sei nicht ihre Schuld.

Roy wirft vor Ungeduld beinahe sein Glas um. Das lenkt nur das Gespräch auf ihn, unterbricht es aber nicht. »Lule Bilalu«, sagt Frau Quapp. Roy schlägt mit der Faust auf den Tisch und stöhnt ohne Fröhlichkeit. »Lule Bilalu, Roys Freundin, kam aus Kosovo. Da hat er sich viel Verantwortung aufgeladen, jung wie er ist. Ist praktisch schon gebunden, verlobt um ein Haar.«

Irrt man sich, oder kichert sie ihn schadenfroh, richtig tückisch aus ihren schrumplig gerahmten Augenlöchern an? Hält sie hier jemanden für eine Kupplerin und will der vorsorglich drohen?

Das Enkelkind wird brutal: Ob er sie hoch aufs Zimmer bringen solle. Sie plappere blamablen Blödsinn. »Blamablen Blödsinn«, erschrickt das Mütterchen und packt ein Portemonnaie auf den Tisch. Ist es nicht ein bißchen schimmelig am Rand? »Sprich italienisch zu uns, das hört sich schöner an«, klagt es dann mit feinem Stimmchen und legt eine Hand auf seine, auf die von Frau Fesch auch eine: »Nicht wahr, Frau Fesch?« Als Roy den Kellner herbestellen will, läßt sie die eine Hand frei und hat den jungen Mann im Doppelgriff.

Roy sieht trotz des hochroten Gesichts aus, als hätte er die ganze Zeit in Oostende kein Auge zugetan. Aus lauter Verliebtheit? Wenn er nämlich nicht mitkomme, quengelt Frau Quapp, und dann später das Licht anmache, blende es sie. Von Schlafen könne keine Rede sein. Armer Kerl! Der Stuntman hat also gar kein eigenes Zimmer. Plötzlich lacht er drauflos, so, wie man ihn vom Zugabteil kennt, die liebe rohe Fröhlichkeit: Sein Vater habe ihm ein Kinderbuch vererbt mit einer Widmung drin: »Zur Erinnerung an Deine erste heilige Kommunion, Weißer Sonntag, 1951«. Darüber aber stehe der Titel des Buches: »Drei kratzen aus«. Ohne das Mütterchen? Das Mütterchen fragt, warum er so ruckzuck guter Laune sei, ganz anders als bis eben.

»Jetzt«, sagt Frau Quapp und bricht noch immer nicht auf, läßt auch Roy nicht zu seinen Fragen vordringen – man ahnt sie – und zu den sicherlich für ihn aufwühlenden Antworten, »wohnt ein italienisches Pärchen im Hotel. Der Vater von ihm ist Schneider.« »Einer der bekanntesten Herrenausstatter in Florenz«, fährt ulkigerweise Roy dazwischen, als beträfe es seine eigene Ehre, nun mit einem Anflug von Glück das alte Mütterchen ganz neu ein bißchen dämlich anlächelnd (die Liebe eben).

»Das Mädchen spricht gut Englisch, kein Wunder, die Mutter ist ja Engländerin. Roy weiß es von Betty. Er erzählt mir alles, der Junge.« Sie beugt sich vor, verbirgt den Mund hinter drei Fingern: »Diese Italienerin! Ziege, Schlafmütze, Flittchen!« Roy hat nichts gehört, aber mit der nun frei gewordenen Hand dem Kellner das Zeichen fürs Zahlen gegeben.

Es rührt einem ans Herz, wie er, abgeschnitten von den anderen, die lebenslustig ihr Schäfchen ins Trockene bringen, während er behutsam dem Mütterchen beim Aufstehen hilft, ein »Bis gleich« so vertrauensvoll zur Seite murmelt, daß man versucht ist, seine felsenfeste Hoffnung nicht zu enttäuschen. Was aber tut man? »Und dann noch das Sterben, also … da kann einem ganz schlecht werden«, flüstert kopfschüttelnd Urgroßmutter Quapp zum Abschied. »Komm jetzt, Ernst, zu Bett!« Kaum zu glauben: Man bleibt.

Man bleibt für einen Augenblick

»Ziege, Schlafmütze, Flittchen«? Das Rotduckerchen, Hemerocallis Rotduckerchen? Hätte Roy das mitgekriegt, würde er oben dem Mütterchen die Leviten gelesen haben und nicht schon jetzt wieder eintreffen. In seiner Not entwickelt er eine strenggenommen beleidigende Zutraulichkeit. Also wartet man, nachsichtig, gar nicht die Bitten um Auskunft ab, sondern erteilt sie. Mahnt ihn aber (man selbst ist auch nur ein Mensch) gelegentlich wie das Double von Jamie sein Mantra der Selbstüberzeugung, vielmehr Selbstüberwindung zu rezitieren, damit ein »tröstliches Sicherheitsgefühl« in ihn eindringe. Er steckt das gut weg, schlägt sich, etwas übertrieben einverständig aus Nervosität, aufs viereckige Knie.

Sie sitze jetzt oben, habe plötzlich wie der Teufel zu husten begonnen. Ernst? Quatsch, das sei der Name ihres toten Mannes. Manchmal rede sie ihn auch mit Franz, dem Namen ihres Vaters, an. Er frage sich, ob sie das möglicherweise absichtlich mache. Schon beißt sich der arme Junge schlechten Gewissens auf die Lippen.

Man berichtet getreulich, auch unparteiisch, vom Konzert in der Casino-Mulde. Warum hat ihm Betty eigentlich nicht erzählt, wie sie im dünnen Fähnchen ins Hotel gerannt ist, die anderen vier aber beschlossen haben, hier ganz in der Nähe am Wapenplein zusammen essen zu gehen? Weil sie nicht allwissend ist.

Man kann es Roy nicht ersparen: drei Männer und Sonia, Sonia und drei Männer. Man war auch dazu eingeladen, hat sich aber lieber zurückgezogen.

Roy jedoch, mit allen Sinnen wieder nach unten zurückgekehrt, ist viel zu eilig, viel zu zielbewußt, um sich etwas auszumalen. Der Typ im Radmantel sei dabei? Der besitze, er wisse das schon, in Antwerpen eine ganze Reihe von Parfümeriegeschäften und wohne gar nicht hier im Hotel (dann sind ja in Gestalt von Willaert und Maurizio, falls der schon Juniorchef ist oder wenigstens Hemden verkaufen darf, zwei Geschäftsleute unter sich). Er erinnere ihn, so wie er sich fortbewege, an einen toten Alligator, der am Genick weggeschleppt werde, weil er alle Gliedmaßen so hängen lasse (Eifersucht, Roy? Dabei wäre man doch so gern ein abgebrühter junger Herr), erinnere ihn aber vor allem dunkel an einen berühmten Verstorbenen. In diesem Punkt habe Betty ihm nicht weitergeholfen. Er habe auch nicht gefragt. Er fragt auch jetzt nicht danach, sondern bloß, schon startklar: »Wo?«

Ein guter und ein böser Einfall stehen bereit, wer überläßt wem im letzten Moment den Vortritt?

(Betty wäre ihm sicher gern beigesprungen, denn alles wird ja offenbar groß, berühmt, reich unter ihren Händen, sie sorgt dafür, daß sich hier lauter Legenden begegnen, die »gute Seele«! Ob Frau Quapp, Roy und Frau Fesch auch schon welche geworden sind für das Ehepaar Collin, für Maurizio, Sonia, Willaert, de Rouckl? Erstaunliche, bedeutende Figuren? Schwer vorstellbar, man wüßte es gern.)

Er ist auf Vermittlung angewiesen, unauffällige Einführung in den kleinen, ersehnten Kreis. Die Musik vom Casino-Konzert, wo die Leute wohl noch immer, ihre Kinderchen auf den Schultern, in wetterfester Sportkleidung das Zucken der jungen Familienväterhasser auf der

Bühne in das gemächlichere Wiegen einer vereinigenden Bombenstimmung übersetzen, die ist in Rudimenten auch auf dem Platz zu hören. Aber näher und greller ein hohes Geschrei: Schwärme, wilde Rudel der einfachen Tretfahrzeuge – man kann sie überall am Strand mieten – fegen um den Wapenplein-Kiosk herum. Zehn- bis Zwölfjährige am Steuer, die aufeinander zusausen, furchtlos die Karambolage suchen und ihr erst im letzten Zentimeter ausweichen, aber auch in Mustern zusammenschießen und auseinanderfliegen, Wirbel, Sterne, alles in hoher, schriller Geschwindigkeit und Steigerung, ausflockend bis an die Ränder des Platzes und zurück in die Kontraktion, ohne Absprache alles und wohl mit Mühe nur auf dem Erdboden bleibend.

Der verliebte Enkel soll schon vorgehen und die Lage vom Restauranteingang aus eruieren. Ein einziger Pfiff über alles Gekreisch hinweg sorgt für ein schönes, eisiges Erstarren und Verstummen. Keine Bewegung mehr, kein Laut für eine Handvoll Sekunden. Mehr muß man nicht wissen, auch nicht sehen. Woher der Pfiff? Wohin mit den Kindern? Egal.

Roy kehrt mit hängenden Schultern zurück. Keine Spur von den Verfolgten. Sie haben es sich anders überlegt. Schon greift er mit Stuntmanhänden nach einer Schulter, die sich zurück zum »Malibu« wenden wollte. Nur schnell die Runde durch die Gaststätten rund um den Platz. Gibt man nach, weil er so rohe rote Ohren hat? Weil er, wahrhaftig, mein Gott, wahrhaftig bittende Verführerblicke unkundig bei der Falschen versucht, sich gleich aber, dumm ist er ja nicht, deswegen sehr schämt? Übereifrig schlägt Roy vor, die vier noch beim Kursaal zu suchen. Im abendlichen Gedränge? Man überlegt insgeheim, wo derjenige, der das Kommando hat, seine Pläne am besten vorantreiben kann. Momentan unter Leuten am besten, das schon, aber nicht in einer so großen Menge, die Maurizios Bodyguard-Instinkte treulich wecken muß. Noch jedenfalls würde der sogleich und ununterbrochen die schöne, ihm anvertraute Taglilie vor fremdem Anhauch, vor Berührung und Zudringlichkeit unter Anspannung all seiner vielen Muskeln schützen wollen.

Also beginnt man mit dem Rundgang und bildet sich ein, es könnte amüsant sein, sich von einem in ein Klippspringergesicht Vernarrten dermaßen in Beschlag nehmen zu lassen. Während Roy den lästigen seiner Freiersfüße nachzieht, haben sich die zurückverwandelten Kinder stumm davonrollend getrollt.

Was man inzwischen aus Sympathie oder bloß Neugier versäumt hat, falls der Sonnenuntergang sichtbar war, wofür der Himmel, der sich von einer Höhenferne, dem akkuraten Naturnachbau einer Rokokokuppel, in die nächste steigerte, noch eben sprach, das ist der Blick von der Mole (oder ist es nicht ein Pier, parallel zu einer Buhne?) auf den Kursaal in der Appartementreihe Richtung Mariakerke. Es soll dann dort für eine halbe metallische Stunde eine spiegelnde Festungsmauer stehen, bei Ebbe außerdem vom stillen Wasser in allen Details zurückgeworfen, das Original vom Echo nur durch eine glühend braune Achse, die Strandlinie, getrennt.

Also gehen wir das gesamte Viereck ab, Patrouille im Uhrzeigersinn, als brächte uns das Glück, sehen durch die Fensterscheiben, treten ein in die gläsernen Vorbauten und das eigentliche Restaurant dahinter, taxiert für allerlei Spekulationen von den Gästen und keinen Winkel beim Spionieren auslassend, gleichgültig, ob wir die Kellner bei ihrer Arbeit stören oder nicht, beinahe Tabletts zum Kippen bringen oder nicht, angebotene Plätze ausschlagen müssen oder nicht, beäugt und beäugend, wie Leute erwartungsvoll über Speisekarten oder eben eingetroffenen Tellern sitzen, vor Servietten und Kerzen oder Papierläufern, jeweils todernst animiert von einem Individualappetit, grübelnd jeder in seinem Einzelhunger, plaudernd und gewaltig kauend. Wie man sich auf den Gang nachher zum schwarz rollenden Meer freut! Vorher aber geht es penibel von einem Lokal – ein Glas Wein, ein Kaffee bescheiden dazwischen – zum anderen, bis wir wieder am Ausgangspunkt angelangt sind. Kein Schneegesicht unter all den hübschen und häßlichen Statisten.

Da steht man mit dem unbekannten Verliebten direkt vor dem Hotel, wo oben das Großmütterchen dem Enkelkind entgegenwacht. Man bemerkt, wie er aus lauter Angst, es könnte nun vorbei sein, Dynamik suggerierend sich die Hände reibt, als ginge das Suchen jetzt erst richtig los. Eine Alternative? Undenkbar! Man soll durch eine unwiderstehliche Gestik mitgerissen werden. Das ist so komisch, daß man es geschehen läßt, nicht obschon, sondern weil dieses Nachschnüffeln nichts als ein absurder Zeitvertreib ist. Außerdem sagt Roy: »Gestatten Sie, daß ich mal eben verrückt werde? Ist gleich vorbei!«

Auch spürt man wohl die unerwünschte, aber nicht abzulehnende Verpflichtung, den jungen Mann seine, nun, geschlechtsspezifische Überredungskunst ein bißchen erproben zu lassen.

Und schon sind wir auf dem Weg zwischen Groente Markt und Mijnplein zu den für unser Vorhaben eventuell plausiblen Lokalen am Visserskaai. »Oostender Fischteller«: Das gerät im Kopf in die Vervielfältigungsmaschine, als hätte man es gestern und vor einem Monat und vor fünf Jahren gehört. »Vielleicht essen sie dort Oostender Fischteller – in Antwerpen gibt's die hundertprozentig identische Komposition und Spezialität«, sagt man (und hat man nicht auch das schon vor zehn Monaten oder drei Jahren gehört oder gar gesagt)?

Im Überqueren der Schippersstraat ohne Ankündigung ein uferloses Mitleid. Mit wem? Gar nicht zu bändigen ist der Gefühlsanfall. Um nicht zu wanken, greift man nach Roys Arm. Verdutzter Roy Neuling, es hilft ja nichts, er heißt wirklich beinahe so, er wird mit neunzig, nach vier Ehen und mit monströsen Ohren inzwischen noch fast so heißen. Schwupps oder Zack: Unvermittelt, bei Erreichen der Bordsteinkante, ist die Empfindung vorbei.

Trotzdem läßt man ihn nicht allein bei der Suche nach der einen Bestimmten unter den Vielen. Wo käme man da hin, wenn man sich dergleichen launisches Kommen und Gehen von Grillen anmerken ließe!

Irgendwo, vermutlich nicht da, wo wir nach ihm fahnden werden, sitzt das Mädchen mit den Männern, berauscht von seiner eigenen Wirkung, schlägt die Augen nieder unter phänomenal langen, unwirklich gebogenen Wimpern, bringt sie ein wenig zum Beben über zart bläulicher Haut und spürt ohne hinzusehen die ihr garantierten Blicke. Sie sind ihr so sicher, daß sie sich eine Überprüfung schenken kann. Oder doch nicht?

Roy aber, nicht sehr bemüht, sein Hinken zu verbergen (richtig, Roy, spar dir deine Kräfte für den entscheidenden Auftritt!), erzählt von Betty, die, auch ihm ist es bereits aufgefallen (was hat sich bloß alles abgespielt, während man schlief?), beim Nachdenken schnell die rundlichen Ellenbogen beidseitig anhebt und sehr ernsthaft und reizend unbeholfen – so sagt es Stuntman Greenhorn natürlich nicht, aber man erinnert sich wieder daran – und sich wohl größtenteils dessen nicht bewußt, die Fäuste in den Augenhöhlen reibt. Was geht denn ihn, den anderweitig Verliebten, das an?

Am Visserskaai schlägt jedem der Wind auf Haupt und Maul. Das Maul hält man deshalb am besten. Sehr lockend winken die Lämpchen in den Restaurantfenstern. Herein, Herein! Die Speisekarten verheißen Gutes. Die Tische in den schmalen Korridorlokalen sind zum Willkommensgruß freudig geschmückt oder längst in Benutzung, in Aufruhr und Aufbruch, darüber die blühenden Gesichter der Esser und bis zur Schwermut Gesättigten. Ein ums andere Mal, unter verschiedenen Parolen zusammengeschart: Mal »Prince Charles«, mal »Old Fisher«, mal Oberhemd, mal Anzugjacke. Wie es denen allen schmeckt. »Blutunterlaufene Augen«, sagt der ungläubige junge Mann neben mir. Er kann sein Pech nicht fassen. Überall Tische, inzwischen schon solche, die sicher nicht mehr heute abend neu besetzt werden, überall das ähnliche, nach Preisklasse ein wenig divergierende Schauspiel des Mahlzeitenrunterschluckens, Weinschlürfens, Bierrunterkippens. »Prost Mahlzeit!« schreit ungezogen der enttäuschte Roy. Ein Gutmütiger hebt sein Glas, ein anderer eine Fritte. Und jedesmal stapft der Junge kontrollierend bis zum Anschlag nach hinten durch. Alle vier werden sich doch nicht vor dem erbosten Ermittler auf der Toilette versteckt haben. Wir bringen es noch zum zerzausten Schreckenspärchen der Restaurants und immer viel häßliche Zugluft mit rein und schneiden die mißvergnügtesten Gesichter. Nicht der allerschönste Gast, ob männlich oder weiblich, wenn es ihn gäbe, könnte uns ja zufriedenstellen, nicht die herausforderndste Vorspeisenvitrine. Dazwischen immer die mulmige Geruchsmischung Meer-Öl-Fisch vom Montgomery Dok nebenan. Später, später, flüstert man in die Richtung. Man will nicht mehr, keinen zigsten festlichen Esser mehr sehen und keinen feisten.

Man ahnt nicht, man weiß, wie dem Kleinen zumute ist. Der Welt fehlt grausam das, was sie nämlich einzig erträglich machen würde. Die Nuance eines Dufts, Tonfalls, Geschmacks fehlt ihr zur Zeit mehr als Frieden,

Demokratie, soziale Gerechtigkeit. Diese Abwesenheit quält ärger als die der bewußten Person selbst: Roy kämpft mit Entzugsschmerzen. Nicht das, sondern der verspielte Wunsch – das Mitgefühl war ja schon vorhin zugange und ist jetzt nicht zur Stelle –, ihn endlich mit der Nase auf etwas zu stoßen und der sicher lustigen, wenn auch völlig unwesentlichen Entdeckung beizuwohnen, trägt die Verantwortung für den Vorschlag, es zum krönenden Abschluß der nächtlich ergebnislosen Jagd spaßeshalber doch bei einer gewissen Gaanderij zu versuchen.

Er rappelt sich tatsächlich, obschon ziemlich angeschlagen, noch einmal auf. An Ruhe ist für ihn ja ohnehin nicht zu denken, schließlich bildet er sich augenblicklich die Liebe ein. Vorbei also am Hotel, wo das Uraltmütterchen Quapp schläft, wie eine Schäfchenwolke selig dahintreibend, oder, zornig wachend, sich die dunkelböse, lebensgierige Außenwelt vorstellt, aber auch den lebenzermörsernden dunkelbösen Tod.

Man tut so, als bemerke man es nicht, aber gerade, das »Malibu« zur Rechten, schlägt sich Roy auf eins seiner groben Ohren. War das nicht ein leises Stöhnen, sogar Aufschluchzen? Er kaschiert es flugs als Gähnen und setzt es als das tapfer fort: Uuaahh! Schon gut, schon gut. Oben das Mütterchen, unten der Enkel, in konträre Richtungen jammernde Gefühle.

Um die Ecke, die Vlaanderenstraat hoch, aber nicht bis zum Meer. Keine Musikgeräusche mehr vom Casino. Gleich links in die Passage. Man muß ihn auf deren Namen extra hinweisen, so erschöpft versonnen trottet er mit. Ensor Gaanderij! Nun stutzt er, ja, so hat man es an der Rezeption bei ihm gesehen, trotz aller Verliebtheit dieses hübsche, flüchtige Verblüfftsein. Es staunte in ihm, sein Kopf staunte stellvertretend für sein anderweitig sondierendes Herz. Das tut er jetzt wieder: »Der also!«

»Der also«! Mehr nicht. Das muß reichen, braucht keine Erklärung, kein Wort zur aufopferungsvollen Begleiterin, ob die auch was begreift. Die aber, während man zielgerichtet die seitlichen Lokale außer acht läßt und schon die rote Leuchtschrift des »Restaurant Ensor« im Blick hat, spricht es aus, zeitverzögernd auf den letzten Metern, denn plötzlich ist klar, daß wir die vier unverzüglich sehen werden, in diesem großen touristischen Lokal mit dem Namen des Malers, der im Gegensatz zu Sonia einen englischen Vater hatte, aber vor allem, wenigstens auf einigen Abstand und durch die Kostümierung so schamlos unterstrichen, daß es nach einem Jux aussieht, Willaert im schwarzen Radmantel mit Hut und schneeweißem Bart komplett zu gleichen scheint.

Umgekehrt natürlich.

»Da also!« Roy ist weiß geworden, trifft die Feststellung aber lakonisch. Sie sitzen direkt am Fenster, freier Blick durch die gerafften Gardinen. Das hätte man leichter haben können. Und nun gähnt er wirklich, vergißt, sich den aufgerissenen Mund mit der Hand zu versperren, gähnt vor Entspannung.

Es gibt sie noch auf der Welt! Es gibt sie sogar hier, in Oostende, ganz nah. Man kann sie sehen, man wird gleich mit ihr sprechen. Auf einen Schlag ist das fast zu viel des Guten.

Wie irreführend aber: Würde das Rotduckerchen jetzt genau durchs Fenster auf die Straße flehmen, müßte es sich präzise in Roys ungeschlachten Rachen sehen.

Alle vier sind sanft rötlich beschienen. Uns fröstelt. Roy will noch nicht, muß wohl noch seine Kräfte sammeln. Aus Gewohnheit wartet man mit ihm. Auch kann man aus dem Dunkeln so ausgezeichnet die Gruppe beobachten. De Rouckl vorn, Auge in Auge mit der Italienerin. Was er ihr wohl auftischt, welche Lebensgeschichte? Die mit Poe oder den im Stich gelassenen Künstler? Eine neue? Jedenfalls gibt er sich große Mühe, ihr Interesse auf sich zu lenken und festzuhalten, von Maurizio weg. Denn der sitzt neben ihr und Willaert, dem selbsternannten genius loci gegenüber, der vermutlich indirekte, fast akzentfreie, noch keineswegs anstößige Komplimente formuliert. Das kükenjunge Pärchen lauscht, unterm Tisch vielleicht mucksmäuschenstill allerlei treibend. Die älteren Männer setzen auf die Kraft des Wortes. Ob Sonia da drinnen eine Musik hört, die sie erst recht verliebt macht? Roy wird anderen Gedanken und Kombinationen nachhängen, aber man hätte Lust, so eine Weile auszuharren, im friedlichen Anblick dieser vier von uns so lange begehrten Menschen, die es sich währenddessen, ohne uns zu vermissen, wohlsein ließen. Durch eine Scheibe von ihnen getrennt, könnte man sich hineinsteigern in die phantastische und selbstlose Schwärmerei, sie hätten das Glück, von nun an immerdar weich lächelnd in einem rötlichen Schein, gefeit, jedoch gefühlvoll, mit einem Glas oder Löffelchen in der Hand in göttlicher Heiterkeit dahinzusegeln, von einer Ewigkeit in die andere, ohne je wieder die Ellenbogen von der Tischdecke zu entfernen.

Man weiß es aber besser. Gleich wird der rohe, rotverfärbte Roy, die imaginäre Glasur zersplitternd, einbrechen, und da der Weg von der Eingangstür sehr kurz ist, muß er nicht mal beim kühnen, wie ganz zufälligen Auftritt auf sein invalides Bein achten. Man selbst will nicht mehr mit und muß es nicht. Zu so später Stunde, nach Beendigung des Essens, kann der Junge sich inoffiziell, ohne Assistenz und Vermittlung, zu ihnen gesellen. Sie werden ihn höflich bitten, bei ihnen Platz zu nehmen, ob es ihnen paßt oder nicht. Roys Gesicht – sonst, wenn man es länger betrachtet, eine formbare Masse, auf der die Züge wegrutschen, einfach an etwas andere Stellen gleiten – ist jetzt in allen Details vom Kampfgeist festgezurrt. Man beobachtet es gern bei so jungen Menschen. Es ist gewissermaßen typisch für sie.

Maurizio sieht ihn als erster und zieht die Brauen zusammen. Eins ist klar: Er wittert, noch immer unbetäubt von Willaerts Werben, Nebenbuhlergefahren, und zwar die vom frischen Eindringling zu erwartenden deutlich stärker als etwaige vom Pullover-de Rouckl. Da wird er wohl recht dran tun. Nun blickt auch Sonia auf, mit ihrem einmaligen, vag fragenden Erkennen und mit wunderschönem, allmählichem Heben der vielleicht doch angeklebten Wimpern. Da sie von unten hochsieht, könnte für Roy in ihren Augen ein träge schwebender Glanz liegen, auf den er sich bedenkenlos und ausgehungert stürzt. Ehe Maurizio etwas ablehnen kann, haben ihn die huldvollen Herren de Rouckl und Willaert kaum herablassend eingeladen. Hören die eigentlich sein Herz nicht klopfen? Wie man sich die fünf Gesichter, die jetzt grell und lampiongleich im leichten Windhauch des Gesprächs über dem Tisch schwanken, einprägt!

Alles in Ordnung und auf den Weg gebracht, man überläßt Roy seinem Schicksal und Geschick. Falls Frau Quapp viel später vom Licht geblendet wird, hat sie gewiß viele Stückchen Schlaf hinter sich, auch wenn sie das bitterlich abstreiten sollte. Fort also. Fünf schaukelnde Lampiongrimassen verlöschen von einem Augenblick zum erschreckenden anderen wie weggestorben.

Und nun endlich, eigennützig allein und wieder nichts weiter als hier unter dem Namen Fesch bekannt, die, wie heißt sie noch? Christinastraat? hoch zum Meer, wo man nicht benötigt oder gar umworben ist, wo einem der Atem in die Kehle zurückgeschlagen wird, so daß man, damit hatte man nicht gerechnet, fast an sich selbst erstickt.

Unheimlicher Ort

Der Standort, sagt man sich, ist jetzt nicht exakt, aber ungefähr der zwischen dem Seehelden und dem Casino. Man hält sich, mutig vortretend gegen das rotierende Schwarz, das vom nördlichen bis zum südlichen Nachbarland – was für eine Zugluft in der Lücke zwischen den Niederlanden und Frankreich! – aus ominöser Quelle in voller Breite vorprescht, an einer Oostender Banklehne fest, stemmt sich mit dem Namen »Frau Fesch« dagegen, aufgepumpt mit dem Titel »Frau Fesch«. Ein bißchen wuchtig das Ganze für eine einzige Person. Weshalb ist man hier, weshalb noch mal? Schnell wird die minimale Geste einer gewissen anderen, bisher abwesenden Person beschworen, eine geizig gehütete, die sonst immer Zuversicht einflößt. Keine Wirkung. Kaum von Herz und Gehirn herbeigezwungen, ist sie von der Maschine draußen weggerissen, da, in Fetzen fortgetrieben! Unsinn, sie hat sich vor dem grölenden Hintergrund gar nicht erst zusammengesetzt.

Weiße Linien also, aus der Schwärze gegen die wie eine Eins dastehenden Immobilien heranflutend. Und doch dringt, behauptet Frau Fesch, das Meer heimlich in alle Ritzen der Stadt. Erwartung, Grauen, Glockenschlag. Allerdings, ehrlich eingestanden, ist da ja gar nichts, nur Finsternis, leider, in gewisser Weise Nichts und Langeweile. Anstarren hilft nichts. Und doch, daß sie drinnen in den Häusern ihren kleinkarierten Vergnügungsquatsch treiben, während hier das Wasser donnert und pfeift in der Übermacht! Die Stadt, natürlich, kriegt zuviel, sperrt es mit den ansteigenden Straßen aus, verärgert über den immerwährend schneidenden Anblick, hält sich die Ohren zu, wenn auch rund um die Uhr darauf ausgerichtet.

Also Rücken zur See? Sind sie nicht etwa alle in der

Appartementreihe versammelt, tummeln sich mit ihren Leibdaten auf 365 Tagen, müssen aber im Laufe der Nacht nach dem großen Gemeinschaftsvergnügen doch unerbittlich wieder ins eigene Bett, in den für den Vorstandsvorsitzenden wie die Putzfrau dämonisch einsamen Schlaf, die Freunde, Pappamamma, Hotelgäste, Zuginsassen, alle, alles hinter dieser ununterbrochenen Mauer gestaut.

Etwa auch die Schrecken und Katastrophenanekdoten, Asien ruhig inclusive, dahinter angesiedelt, aber versiegelt von der Immobilienmauer gegen das Meer und hier, auf der Küstenseite, dann der Neuanfang, naß, jung und kalt? Feuchte Augen gekriegt, Frau Fesch? Schnell weg hier, so viel unbewundertes Ausharren im Extremen muß heute noch nicht sein. Und sowieso fragt sich, ob überhaupt.

Noch einmal also an den fünfen vorbei, ohne einen Blick durchs Fenster zu werfen. Man würde sonst, nicht ausgeschlossen, der Versuchung nachgeben und sich bei ihnen verkriechen. Am Tisch prägt sich der durchhungerte Roy jetzt wahrscheinlich einen allzu wichtig genommenen Zufallsblick der dösenden Taglilie ein, fahrlässige Berührung seines Unterarms? Knies? durch das Rotduckerchen. Im gegenwärtigen Zustand genügt ihm das vollkommen. Er wird den Eindruck durch Abdruck, was sonst, die restliche Nacht über rekapitulieren, bis er ihm als unbegrenzt kreditwürdig erscheint, und kann ihn auch nach einer Desillusionierung womöglich nie mehr vergessen. Währenddessen treibt Willaert, aufgeräumt und ohne Hast, ohne Zweifel am Erfolg, seine unseriösen Interessen voran.

Das soll eine Sommernacht sein?

Eine Sommernacht?

»Frau Fesch?« Man sei die Rettung, man wisse bestimmt Rat, sie habe auf Frau Fesch gehofft, seit einer Stunde wenigstens, ja, gehofft und sie herbeigesehnt. Jetzt stellt Betty, zitternd auf dem Hotelkorridor, längst erkältet natürlich – und heute nachmittag am Casino der Rückfall –, Frau Fesch sich selbst als begnadete Nothelferin gegenüber, verliert aber keine Zeit dabei, sondern zieht sie schniefend woandershin: zum Fahrstuhl und hinauf, ins Zimmer von Frau Quapp und Roy. Die Tür steht offen. Es ist schon makaber oder morbid, marode, mesquin?, wie sie hier eine verkappte Menschenfeindin mit einem Schutzengel verwechseln.

Das Mütterchen sitzt am angeblichen Schreibtisch und hat Ausweise, Scheckkarten, Geld in verschiedenen Währungen vor sich ausgebreitet. »Wo bin ich hier?« schreit es sofort. Kein Erstaunen über die plötzliche Anwesenheit von Frau Fesch. Betty hat einfach die Tür hinter ihr geschlossen und sich selbst ohne Erklärung aus dem Staub gemacht. Frau Quapp trägt Pantoffeln, aber noch immer ihr Tageskleid. »Welche Jahreszeit? Ist Donnerstag?« erkundigt sie sich, und man denkt auf einmal: flüstern. Warum nicht grundlos flüstern? Also antwortet man in der Nähe ihres Ohres sehr, sehr leise: »Sommer.« Das bringt sie zur Besinnung: »Roy wird wiederkommen, der wunderschöne junge Mensch, einmalig, der gute Junge, oder nicht?« Kommentar von Frau Fesch? Es überkommt sie der Wunsch, sonst müßte sie fluchen – danach will sie selbstlos, bis Roy auftaucht, die hier erforderliche Krankenschwester sein –, Frau Quapp mit einem ganz anderen, aus dem Zusammenhang gerissenen Satz zu verwirren. Ein Satz, den sie vor einigen Wochen gelesen hat und seltsam fand, ein Teilstück nur: »... ich aber sollte doch dabei die Allerunglückseligste sein, indem mein lieber Freund mit einer kleinen Kugel durch den Kopf geschossen wurde, und dieserwegen sein redliches Leben einbüßen mußte.« »Freitag?« fragt das Großmütterchen, ohne mit der Wimper zu zucken.

Man gibt sich geschlagen: »Dienstag« (und denkt aber, von neuem verblüfft: »mit einer kleinen Kugel«. Warum kitzelt das so?).

»Er ist nicht ausgerissen, mein Roy. Sagte ich Roy oder Ernst? Und so begabt, Sie glauben nicht, wie begabt, trotz seines Hinkefußes. Ich finanziere ihm alles. Ein schöner Junge, sauber und gesund. Eine Freundin hat er schon. Das muß sein. Das wollen sie leider alle, sind alle von dieser Welt.«

Wie verschmitzt, wie putzmunter sie auf die Kreditkarten hinunterlächelt und dann zwinkernd aufblickt!

»Hier, sehen Sie nur, ein Foto vom Prinzen Charles aus England. Ich habe lange keins gesehen von ihm und nun dieser Schock. Was für ein schiefer und gedörrter Mensch inzwischen, mit Trockenfruchtgesicht. Die alte Mutter sollte ihn sofort krönen, damit es nicht mehr so auffällt.«

Quicklebendiges Mütterchen, ins Bett mit dir, da will man nämlich auch endlich hin. Schon hat sie die treulosen Gedanken erraten, läßt nicht die kleinste Abtrünnigkeit zu: »Ich brauche Hilfe, Gesellschaft.« Eiskalte Fingerchen umklammern den Arm von Frau Fesch. »Fühlen Sie meine Nase. Eisig. Ihre auch?«

Ihr Gesicht überlaufen Stimmungen, diese und jene, ein Kommen und Gehen ohne Grund, Böen über dem Meeresspiegel, wie es ihr einfällt: »So herrlich wie ich hat niemand getanzt. Walzer, Walzer, aaah, Walzer. Ob noch einmal einer, einmal noch, mit mir Wiener Walzer tanzt? Wissen Sie was? Ich habe nie Angst gehabt. Denken Sie nur: mein Leben lang nie Angst gehabt. Ist das zu glauben? Mancher könnte sich ein Beispiel daran nehmen. Ich erzähle es immer Roy, dem guten Jungen. Er kommt demnächst. ›Keine Angst haben, Charles‹, predige ich ihm. Er verspricht, es sich zu merken.«

Er hat es sich schon gemerkt, Mütterchen. Wenn du wüßtest, wie tollkühn er sich ins aussichtslose Getümmel stürzt, gerade in diesem Moment, auch wenn er gesittet am Tisch sitzt, nicht weit von hier.

»Mein Mann, der Gute, wollte mich unbedingt haben. Hören Sie nur. Ich war gar nicht so angetan davon. Im Sommer, beim ersten Mal, sah er besser aus als im Winter, ganz braungebrannt, ein richtiger ... eine richtige Herrschernatur. Da traf ich ihn zum zweiten Mal. So eine Enttäuschung! Meine Güte, so bleich. Hab' ich ihm nie gesagt. Die große Liebe, hieß es ja, aber dann so blasser Teint bloß? Am Hochzeitsmorgen wollte er noch ausreißen, allerdings. Man hat ein Suchkommando nach ihm ausgeschickt.« »Auch Hunde?« »Testpilot war er.« (Roys Schwäche für Stuntleute? Unsinn, er hat bloß eine fürs Italienische, auf italienisch interessiert ihn jedes Thema.)

»Ein großartiger Pilot. Wie der testen konnte! Das hat ihm keiner nachgemacht. Auch Roy ist großartig, aber tut zu sehr, was er will.« »Das hoffe ich!« »Hier darf er es aber nicht. Hier ist Lule Bilalu nicht dabei. Jemand anderes? Eine andere?«

Könnte sie nicht plötzlich einnicken und umkippen, so wie im Zug? Was soll man dann mit dem greisen Mütterchen im Tageskleid machen? »Es ist nicht warm hier. Sie müssen unter die Decke, sonst holen Sie sich den Tod.« »Was macht das schon«, trotzt das Mütterchen mit schiefer Stimme, »ach, mein einziges, kostbares Leben, auch der Krieg damals hat es mir genommen, so schwindet es dahin, so starre ich in den Regen.« »Es regnet nicht.« Das kann sie nicht beirren, sie horcht ihren Sätzen nach, Verse, die alle anderen in den Bann einer undeutlichen Schuld ziehen. »Der arme Teufel Roy

mit seinem Unglücksbein.« »Was ist's denn?« »Ein großartiger Junge, aber ich, ich habe Angst.« »Sie? Frau
Quapp? Sie und Angst?« »Nicht vor dem Sterben. Was
anderes. Die Leute sollen sich nicht vorstellen, daß ich
da unten zerfalle, verwese, als Skelett liege. Das ist es,
nur das. Ich will es nicht, nicht zulassen, will mich
wehren dagegen. Wenn ich daran denke, kann ich vor
Zorn nicht einschlafen. Wenn Roy nicht bald kommt,
soll er sehen, wo er bleibt.«

Plötzlich rollen ihr Tränen übers Gesicht. Heute sei
ihr Geburtstag. Niemand, nicht einmal Roy, habe daran
gedacht. So ein Schmerz! So eine Verlassenheit, niemand,
nur sie auf der ganzen Welt habe sich daran erinnert. Das
sei der wirkliche Grund dafür, daß sie so traurig sitze
und irgendwas schwätze. Sie wolle nicht allein sein,
nicht bitterlich allein heute, im Finstern, stammelt sie
schluchzend und schiebt Frau Fesch ihren Personalaus-
weis hin.

Geboren sei sie am 3. Februar. Jetzt sei Sommer, Anfang Juli im Jahre 2002, hier, sie solle es nachlesen! Und
das elektrische Licht brenne auch.

Kaum hat das Pantoffelmütterchen sich überzeugt,
springt es auf und beginnt sich auszuziehen. »Nicht
mein Geburtstag? So ein Glück!« Ich solle nun gern
gehen, sie müsse ins Bett, schön schlafen, so eine schöne
Müdigkeit, lacht sie herzlich. »Dann ist doch alles gut
ausgegangen und hat sich gelohnt«, sagt sie noch und hat
schon das Nachthemd überm Kopf, als man die Tür
zuzieht.

Als man seufzend die Tür zuzieht. Es reicht! Und als
man die Treppe ein Stockwerk tiefer hinuntergeht und
unterwegs auf Roy trifft, reicht es erst recht. Man starrt
ihn so abweisend an, daß er nichts zu sagen wagt. Nein,
nicht die geringste Neugier meinerseits. Hau ab, haut
bloß alle ab!

»Bitterlich allein heute im Finstern«? Die ist gut, die Kleine! Schnell Licht gemacht, schnell Fernseher an, schnell wieder aus. Man erträgt es jetzt nicht mehr. »Pace, pace«, singt man leise und falsch vor sich hin. Ach, nebenan noch Geräusche. Die Stimmen des Ehepaars Collin, natürlich, die gibt es ja auch noch. Was für ein gut besetztes Murmeln. Womöglich über ihre Sängerinnenvergangenheit? Große Partien? Alles halb so wild?

Man hat keinen Schimmer, wovon sie reden, aber sie ereifern sich, werden auf französisch immer munterer, melodisch und schrill, zwitschernd und brummend. Was soll man machen? Man lauscht notgedrungen dem späten Duett. Sie halten sich wohl in der Nähe der anderen Wand auf, diesmal ist nicht zu verstehen, worüber sie diskutieren. Lacht nicht die Diva a. D. einmal höhnisch auf, in wahrlich gellendem, prima gelerntem Hohn sehr anmutig auf? Ein echter Streit zwischen den beiden, oder spielen sie sich, aus der Erinnerung rezitierend, ein Eifersuchtsdrama vor, eine Oper mit demonstrativer Stauchung von Zeit und Handlung, Gefühl und Charakter? Ob es ums Geld geht, einen ehemaligen Rivalen, den Sinn des Lebens oder die Verdauung: Klingt hübsch, dieses Rauf und Runter und Sich-Überschlagen, ein bißchen lästig um diese Zeit, aber hübsch theatralisch, alle Register der Leidenschaft gezogen in unversehens ausgebrochener Jugendlichkeit. Jetzt will man ausdrücklich gar nicht mehr wissen, was drüben los ist. Jedem Inhalt steht ihr musikalisches Gezeter offen. Man kann sich den plausibelsten aussuchen. Stille. So schnell wieder alt geworden. Oder gar tot. Er wird sie erwürgt haben, der Monsieur Collin, hat ihr mit anatomiekundigen Händen den sangesfrohen Hals umgedreht.

Vor dem Einschlafen denkt man unwillkürlich doch an Roys furchtbar junges Gesicht im Treppenhaus. Hat Frau Fesch kaum erkannt, so geistesabwesend, verliebt, betrunken, was auch immer, hochzufrieden in sich gekehrt. »Hinkefuß?« »Hinkebein?« Zurück, Stuntman, das kann nicht gutgehen! Andererseits: Warum sollte es das? Macht doch alle, was ihr wollt, ihr ungebetenen Ballonköpfe!

Da aber, gerade als man zufällig den Papierkorb ansieht, bemerkt man, daß man schon immer, und erst recht hier wieder, die Leute für Vermummungen von sich selbst hält. Sie tun nur so, als wären sie andere. Tatsächlich, man hat es bisher, vor dem Papierkorbblick, nicht geahnt. Will man beweisen, daß man sie hinter der Maskerade erkennt? Sie? Will man sich hinter der verkleideten Truppe verstecken? Vor wem?

Einschlafen! Daß man nicht lacht. Was sagte Frau Quapp, vor der ein gnädiger Himmel im Augenblick den Heimkehrer da oben verschone: »Ich brauche Hilfe«? Hat man. Schlaftabletten. Gleichzeitig in den Schlupfhöhlen der Appartementmauer: aberwitzig multipliziertes Geratze! Ob das Mütterchen auf Anhieb, wenn schon nicht das Geburtsdatum, so wenigstens sein Alter kennt? Man selbst, unter der Überschrift »Frau Fesch«, viel viel jünger als das Weibchen Quapp, weiß eine Zahl, sich selbst betreffend, natürlich jederzeit zu nennen, aber darüber hinaus? Alte und aktuelle Liebesanekdoten, keine Kriege, aber kleingekriegt? Nein? Nicht? Schöne Brüste, so allein heut nacht?

Da ist man ja wieder!

Ein Tier liegt zusammengerollt auf dem Treppenabsatz. Könnte eine Katze sein, die seelenruhig schläft in ihrem Glück. Sagen wir lieber: Glück, sehr seelenruhig in einer Katze schnarchend. Flog vorbei und ist in die kleine

Kreatur gefahren zum Rasten. Als man sich niederbeugt, um sie streichelnd zu stören, wird ein Pullover daraus. Einer, den man kennt, aus de Rouckls Kollektion. Schon hat man ihn aufgehoben und könnte ihn in freundlicher Absicht mit zum Frühstück nehmen oder auch wieder fallenlassen.

Statt dessen wirft man ihn, eine Unart, hui! in einen leicht geöffneten, gravitätischen Wäscheschrank zu gefalteten Handtüchern und Laken, damit er aus der Welt ist. Soll dort brüten, gegebenenfalls seinen Rausch ausschlafen.

Schon strafft man sich, ist ein vernünftiger Tages- und Gesellschaftsmensch und erspäht nach ein paar Schritten drei, vier fremde Leute, die nicht weiter interessieren beim Kaffeetrinken, vor allem jedoch Willaert und Maurizio.

O lala! Die beiden ganz allein an einem Tisch. Sieh an! Das ging schneller, als die Polizei erlaubt. Erst mal in der Tasse rühren, bevor man, spärlich begrüßt und extra weit entfernt von ihnen, einen Kommentar dazu denkt.

Was war das übrigens eben im Treppenhaus? Das darf nicht wieder passieren.

Mit den Augen wird zur Abwehr von Spekulationen nun doch sorgfältiger die Runde gemacht. Gibt es ein einziges Gesicht, dem man das nahe Meer ansieht, etwa so, wie man es heute früh von der Loggia aus dem Himmel anmerkte? Ganz andere Wölbung, andere Färbung als bei einem Himmel ohne solch gewaltige Wassermasse darunter. Von ihm wurde Glanz und Widerschein weitergereicht an die grauen Oostender Häuser.

Da, in einer Ecke fast versteckt, weil sein richtiger Platz schon belegt ist, das Paar Collin. Es muß sich stumm aus dem Bett geschlichen haben, um nun gütig, jedoch, wenn nicht alarmiert, dann immerhin animiert, das frischgebackene Männerpaar zu berätseln, währenddessen allerdings auch in lang geübter wechselseitiger Galanterie einander zu verwöhnen. Unsere übliche Betty zeigt sich ja nicht.

Vor nicht allzu viel Stunden haben sich Willaert und sein Opfer getrennt – oder gar nicht getrennt? Und warum spielt sich der Gedanke so bösartig als regelrecht und unbefugt persönliches Erschrecken auf? Man schere sich nicht drum. Schließlich hat man sie alle, die Lampions, die Ballonköpfe, freiwillig aus den Augen gelassen. Vor nicht allzu vielen Stunden getrennt und nun schon so bald wieder gierig und ohne es zu verbergen beieinander! Frühstückstisch in der Öffentlichkeit als beste Tarnung, die helle Unbefangenheit. Impalas Liebling gepackt von dem, was Willaert ihm da unentwegt, die Kongokakaohöhle des Mundes öffnend und schließend, satt und intim lächelnd – es müssen Komplimente sein, wie sie der gebannte Maurizio noch nie in seinem ganzen Leben gehört hat –, ohne ihn je aus den kühlen Augen zu lassen, verrät, über die ungehobenen Schätze des Bodyguard Maurizio verrät. Aber weiß er, Willaert, ganz Grandseigneur nach der Morgentoilette, vom geschwätzigen Signalisieren seiner eigenen geblähten Nasenflügel?

Dabei werden sie, dem Inhalt nach, wahrscheinlich über Herrenhemden und die zweifelhaften Freuden des Geschäftslebens reden, Willaert immer ein bißchen italienischer – penetrante Artikulation aller selbstsicheren Nicht-Italiener – als der unsicher finstere Maurizio, der sich, selber wortkarg, mit allerlei Konversationsnaschwerk bedienen läßt. Wer was davon versteht – Madame und Monsieur Collin und Frau Fesch, so ist zu vermuten –, erkennt leicht, wie sehr das erste Wanken in der bislang so überzeugend vorgetragenen Düsternis unseres jungen Athleten den Parfümeriehändler bis hin zum Wangenröten entzückt.

Und da kommt Roy.

So früh dem Mütterchen ausgerissen. Bevor er irgendwas anderes wahrnimmt, sieht er die beiden am Fenstertisch. Hat in der Nacht kein Auge zugetan, man merkt es ihm an, o herzloses Verliebtsein! O scharfsinnige Blödigkeit, die jetzt sofort und fieberhaft errechnet, was für Kapital aus der schaurigschönen Tatsache zu schlagen ist, daß Sonia den beiden keine Gesellschaft leistet, also irgendwoanders steckt und ohne Aufsicht. Roy bleibt mit seinem Glas Saft beim Interpretationsversuch mitten im Raum stehen und starrt ohne Rücksicht die beiden an, die sich offenbar seiner nur flüchtig erinnern. Aber Maurizio, war da nicht ein nichtswürdiger Nebenbuhler? Der hübsche Zehnkämpfer zieht pflichtbewußt die Brauen zusammen, scheint aber nicht mehr genau zu wissen, warum er das eigentlich macht.

Schluß mit dem Grübeln, Roy! Dein Vorsprung war zu klein. Schon tritt Frau Quapp pantoffeltreu in das Frühstückszimmer, und jemand, der hinter ihr geht, hält ihr die Tür weit auf. Es ist die Taglilie. In ihrem Gesicht, weiß über grünem Kleiderstengel, muß es über Nacht frisch geschneit haben, sie wendet es, Fluidum des Ätherischen, geschminkt oder nicht, der alten Frau zu, flehmt sie, fast ein bißchen betulich gekrümmt, geradezu an, führt sie weiter in den Raum, dahin, wo Roy noch immer bis über die großen Ohrmuscheln staunt, sieht jetzt in dieselbe Richtung wie Roy, der sich aber langsam, wie unter Mühen nach ihr umdreht, als würde ihn eine intuitive Gänsehaut vor einem Zuviel an frühmorgendlicher Freude warnen. Spürt das Rutduckerchen, als es Maurizio und Willaert betrachtet, so etwas wie die plötzliche Unzuverlässigkeit einer Balancierstange, die es bisher so bequem handhabe? Irritierender Schwereverlust durch einseitig nachlassendes Interesse, jedoch aus anderem Winkel überstürzt heranschießend ein neues, das sich auch gleich in wunderlichem Italienisch äußert? Eigenartig – man weiß nicht recht, ob man die Figuren in Aktion studieren sollte oder lieber kontrollieren, wieviel das Ehepaar Collin zu Toast und gekochtem Ei davon mit durchaus nobler Klatschsucht registriert –, wie das italienische Paar, der eine sitzend, die andere stehend, symmetrisch träumerisch träge verharrt, der Belgier und der Deutsche dagegen, um keinesfalls ihre jeweilige Beute zu verlieren, ein offenbar für beide geltendes, geheimes Einsatzzeichen befolgend, mit übereifrig geflüsterten Sätzen – wir Zaungäste verstehen sie beklagenswerterweise nicht – an ihren Opfern gewissermaßen rütteln, sie mit Gewalt aus dem Zauber einer vermeintlichen älteren Liebe reißen wollen.

Und das ist wirklich erstaunlich. Jetzt wird man dafür gestraft, daß man gestern abend die fünf verlassen und daher keine Ahnung von den nächtlichen Vorfällen hat: Nach kurzem Zögern, Wittern über langem Hals zu ihrem Liebhaber hin, wendet Sonia ihm den Rücken und, noch immer mit dem Mütterchen am Arm, sich selbst dem Tisch von Frau Fesch zu. Während Willaert noch feuriger Unhörbares redet, keine Pause entstehen und also kein wehes Stutzen bei Maurizio aufkommen läßt, nähern sich die drei, vom Tempo der alten Frau domestiziert, in Schlurfschrittchen. Maurizios Gesicht hinter ihnen scheint sich nur noch mit großer Anstrengung an ein hier fälliges Gefühl, war's nicht Eifersucht? zu erinnern. Oder sind das alles bloß kleine Liebeskomödien, die sich beide zur Erfrischung darbieten? Man kennt sie und ihre möglicherweise schlechten Scherze eben noch nicht genug. Soll man der dösenden Taglilie Frivolität zutrauen? Dazwischen sagt Monsieur Collin deutlich vernehmbar und offenbar ein Menschenfreund, auf seine Zeitung tippend zu seiner Frau, Belgien beginne erst jetzt, aber wenigstens endlich damit, öffentlich seine korrupte Kongovergangenheit unter Leopold II. zu diskutieren, seine Völkermordverbrechen in jenem Land, das dann bis heute, über den von der CIA befohlenen und vom belgischen Geheimdienst lancierten und vertuschten Mord an dem einsamen Idealisten Lumumba und die lange Diktatur des USA-Lakaien Mobutu hinaus, ein unseliges, mörderisches geblieben sei.

Und war es nicht jenes fromme Milchgesicht, Baudouin, König und Gatte der Fehlgeburten-Fabiola, der es fertigbrachte, während der Unabhängigkeitsfeierlichkeiten des Kongo 1960 vom »genialen Leopold II.« zu sprechen, worauf Lumumba seine Rede im letzten Moment verhängnisvoll schärfend abänderte? ergänzt man stumm vor sich hin.

Willaert horcht nur eine Sekunde. Vielleicht will auch Madame das alles wie die meisten Belgier gar nicht hören. Nicht auszuschließen ist, daß Collin es in diesem Moment so übergangslos und laut nur zur Ablenkung und aus Höflichkeit gesagt hat, um uns anderen im Frühstücksraum, uns halbwegs Eingeweihten, sofern wir sein Französisch verstehen, eine Beschämung durch das offensichtlich indezente Schauspiel Willaert-Maurizio zu ersparen und um selbst desto ungenierter hinzusehen.

Es sind ja lediglich ein paar Meter bis zu Frau Fesch, aber Frau Quapp hat sich schwer in Sonias und nun auch Roys Arme eingehängt, man könnte meinen, sie wolle eher rückwärts als vorwärts. Ob sie so wollüstig die Nähe der jungen Menschen genießt, ob sie ihnen zeigen will, was es heißt, eine Urururgroßmutter zu verwahren? Hold triumphierend lächelt sie Frau Fesch entgegen, wir kennen uns ja. Das Rotduckerchen aber, hingerissen von der Gebrechlichkeit der Greisin, möchte offenbar am liebsten die Zeit stehenlassen. Impala, zum ersten Mal in Oostende glücklich? Vor allem jedoch

Roy, Roy mit zitternden Lippen und hochrotem Ohr –
meine Güte, das andere ist wahrhaftig weiß – und mit
derart erregt flackernden Zügen, daß man die Lider nie-
derschlagen muß, natürlich um sie schnell wieder zu
heben. Nur das Mütterchen, eine hinfällige Barriere,
befindet sich trennend zwischen ihnen, sonst nichts. Das
ist ja beinahe, so wird es im Stuntman Roy jauchzen,
eine hochzeitliche Konstellation, ein geschlurfter Hoch-
zeitsmarsch.

Und wie man ihm die Flausen ansieht!

Vielleicht fürchtete er, das Mädchen würde sie nur bis
zu Frau Fesch geleiten und dann schnurstracks zurück
zu ihrem Beschützer oder Besitzer eilen, und hat vor
Anspannung das Blut so unterschiedlich in den Ohren
verteilt? Jetzt darf er sich beruhigen, darf aufatmen. Sie
hat sich ohne Blick zurück bei uns niedergelassen und
betrachtet schwärmerisch das Mütterchen. Roy wird das
in einem Anflug von Kühnheit für ein liebenswertes
Täuschungsmanöver halten. Er selbst verzichtet auf sol-
cherlei Garnierung, zwinkert Frau Fesch sogar schwe-
renöterhaft zu. Diese Miene ist ihm danebengegangen.
Er meinte gewiß: verschwörerisch. Schon ist das Mädchen, die Schönheit, aufgesprungen und macht sich, da
sie nicht weiß, wie sie mit Frau Quapp sprechen soll, am
Büffet zu schaffen. Roy, keineswegs begriffsstutzig gegenüber möglichen Avancen, rennt sogleich hinterher
zum Gepländel zwischen Aufschnittplatte und Bröt-
chenkorb.

Frau Quapp sieht es nicht gern. Als einzige nimmt
man ihren Kommentar entgegen: »Was will die Person?«

Die Person spielt überzeugend willige Serviererin,
halb englische, halb italienische. Wo bleibt Betty? Ernstlich krank geworden? Drei Fragen stellen sich Frau
Fesch und dem müßigen, zumindest musikalisch leiden-
schaftserfahrenen Ehepaar Collin – »… marche pas en-

tre les deux«, hört sie einmal, als sie eine Scheibe Brot nachholt, von Madame –: Will unser aller Taglilie den ein wenig abtrünnigen Maurizio provozieren? Liegt im Gegenteil schon ein beginnendes Interesse vor für Roy? Oder begeistert die schöne Sonia sich einzig und allein, exakt so, wie es scheint, für das Pantoffeltierchen in seinem ehrfurchtgebietenden Alter? Ist es eine für sie unwiderstehliche, mimische Würde des Alters an sich, vor der sie in die Knie gehen möchte?

Gesichter in Ehren ergrauter und nun weißhaariger Männer. Unsterbliche Gattung: amerikanische Geheimdienstler, belgische Polizeioffiziere, so diplomatisch wie vulgär, schwarze Handlanger. Da tauchen sie ungerufen, von Collin erwähnt und gerufen, plötzlich auf und erzählen vor Kaminfeuern, schon greisenhaft unsauber artikulierend, schmunzelnd, von niemandem geächtet, wie sie den debütierenden afrikanischen Führer gejagt, sehr guten Gewissens gemordet haben, verscharrten und, ganz amerikanisch-europäischer Zivilisation verpflichtet, ein wenig peinlich berührt, verlegenes Lächeln, aus Sicherheitsgründen in Stücke schnitten und mit Säure übergossen (Schwarze haben es willig ausgeführt), damit alles verborgen bliebe, der eine von diesem, der andere von jenem gemäß Arbeitsteilung und Bildungsgrad plaudernd, und es reut sie alle nicht. »Warum denn?« Wie in solchen Fällen üblich, hat man es geschickt zur nationalen, hier: kongolesischen Privatangelegenheit deklariert.

Aber Frau Fesch, woher jetzt dieser Erregungsschub und was verbirgt sich dahinter?

Und es fährt noch immer kein Blitz vom Himmel in sie und räuchert sie aus beim Faseln in aller Gemütlichkeit von ihren einstigen, nun ja, blutigen Streichen. Anderen stellt sich ihr verbrecherisches Leben in senilem Vergessen fälliger Gewissensbisse als rechtschaffenes dar, unschuldig geworden durch nachlassende Gedächtniskraft.

Frau Fesch, bitte!

Das stets preziöse Klingeln des Kaffeelöffels in der Tasse verscheucht das jetzt, nur: Wo ist Roy geblieben? Sonia jedenfalls fehlt er nicht, Sonia läßt auf ihre Weise den Schwanenhals dem Mütterchen zuranken. Sie kann die barschen Englischbruchstücke der alten Frau als reine Ungelenkigkeit verbuchen und führt entweder alle verteufelt geschickt in die Irre oder sich wirklich aus reinem Herzen auf wie ein liebend geduldiges Enkelkind. Das hält sie sogar bei, als Roy wieder erscheint. Er bringt Frau Quapp ein Medizinfläschchen.

Ach, es ist nicht das richtige. Da muß Roy leider noch mal weg. Entweder soll das Mädchen zur Abschreckung sein Hinken bemerken oder gar nicht mit ihm reden können, wenn sie sich schon, so wird es sich das Quappsche Hirn zurechtlegen, dem Jungen so aufdrängt. Denn kaum sitzt Roy erneut zwei Minuten und stammelt den ersten italienischen Satz, da verlangt das gute Mütterchen die Tasche mit der Geldbörse.

Man ahnt Schlimmes, und es kommt.

Nach einem Intervall, der gefüllt ist mit blinder Sanftmut von der Seite des Mädchens und grobem Grimm der alten Frau, taucht Roy, diesmal außer Atem vor Eile und in der Hast deutlich das Bein nachziehend, im Frühstücksraum auf. Sofort greift Frau Quapp nach dem Portemonnaie, legt Roy einen Fünzigeuroschein hin, nennt es sein »Taschengeld« (»Aber nicht verschwenden!«) und blinzelt uns in boshafter Arglosigkeit an. Roy beginnt mit den Zähnen zu knirschen, er springt auf. Passiert jetzt was?

Genau im richtigen Augenblick schlendern Willaert, heute trägt er sogar eine violette Schleife unterm Hemdkragen, und Maurizio auf unseren Tisch zu.

Die beiden sabotieren aus reinem Zufall Frau Quapps Tücke, Roys Zorn. Fünf Gesichter in derartiger Dichte und Bewegung sind zuviel, man kann fünf Solitäre des Ausdrucks nicht alle zugleich würdigen und wird sich noch ein gedankliches Bein brechen dabei. Sie treiben ihr gefühlsbedingtes Grimassieren zu toll. Einen Augenblick, nimmt man noch eben wahr, wird überhaupt nicht gesprochen, alle zeigen zwischen Kinn und Stirn eine klar ablesbare Empfindung: Enttäuschung (Roy), Heiterkeit (Mütterchen), trotzige Indifferenz (unsere kleine Taglilie), Mißtrauen, falsch, Schuldbewußtsein! Schuldbewußtsein! (Maurizio), vollkommene Befriedigung (Willaert). So, und wie ist das jeweils motiviert, auf wen gemünzt, wen abwehrend?

Denn schon erscheinen fünf andere, die ersten abschattierende Gefühlsmienen, schweben etwa dreißig Zentimeter über der Tischplatte: Trauer, Schadenfreude, zusatzlose Indifferenz, aggressives Schuldbewußtsein, Neugier, eins, zwei, drei, vier, fünf, und weiter wandelt sich Willaerts Neugier in eine bedenkliche Doppelgesichtigkeit, deren Folge eilig einander abwechselnde Gemütsbewegungen beim suspendierten Bodyguard sind. Ein paar Minuten müssen die anderen nun vollständig vernachlässigt werden, denn, fragt man sich, sind die zwei gar nicht hergekommen aus wiedererwachtem Interesse an uns, sondern nur, weil sie uns als Staffage für ein delikates Spielchen brauchen, Willaert zumindest?

Jede beliebige Person scheint ihn nun mehr zu unterhalten, stärker zu fesseln als ausgerechnet Maurizio. Der bleibt links liegen wie das gleichgültigste Ding der Welt, keines Blickes gewürdigt, während wir anderen, ohne zu wissen, wie uns geschieht, hofiert werden als die spritzigsten Gesellschafter des Frühstücksraums, Oostendes, womöglich Flanderns und ganz Belgiens obendrein.

Und das soll man glauben! Dieses diabolisch Onkelhafte seines plötzlichen Wohlgefallens am Mütterchen, am unglücklichen Roy, der auch beim Stillsitzen ein Hinkender bleibt, an der unter einer Schneedecke träumenden Hemerocallis und sogar an Frau Fesch. Sollte das uns Toren wirklich allesamt täuschen über die hier offensichtlich werdende Grausamkeit unseres unverhofften Gönners – wird er gleich eine Runde Champagner ordern? – gegenüber dem Italiener, der aus allen Wolken fällt? Von einer Sekunde zur anderen ist Maurizio ein wertloser Apparat geworden, so daß er über dieser Irritation, sogar direkt konfrontiert mit Sonia, die letzten Reste seiner vorgestern noch so dräuenden Leidenschaft aus den Augen verliert. Man ahnt ohne Mühen, wie er nun nackt in der Zugluft steht nach dem wohligen Baden in Willaerts Lobhudeleien, weniger seinen Körper als, viel erstaunlicher, erregender für Maurizio, seinen Geist betreffend. Den hatte noch niemand vor Willaert so scharf geortet. Sollte Willaert bereits aller schnell überflogenen Kammern des maurizianischen Verstandes überdrüssig sein?

Keine Angst, Maurizio, alles Bluff, könnte man ihn leicht trösten. Willaert will noch ganz anderes von dir, ist bloß schlau genug, damit zu warten, bis du ihm in den Schoß fällst. Recht nach Verführerart geht er vor, läßt dich ein Weilchen unvermittelt ins Leere – das hast du bisher gar nicht geahnt, daß es so einen Ausbund an Leere gibt – stürzen, nachdem du gerade das Salz geweckter und den Honig oder von uns aus den Wein befriedigter intellektueller Eitelkeit zum ersten Mal geschmeckt hast und schon ganz toll danach geworden bist. Das merkst du natürlich erst jetzt, beim Verlust. So ist es beabsichtigt und geht, falls man sich nicht in Willaerts Strategie irrt, bald wieder vorbei. Einstweilen wirst du ein bißchen gequält, zubereitet gewissermaßen, so verlangt es das erotische Einmaleins, so schreibt es die sexuelle Kochkunst vor, wie dein zukünftiger Verführer sie gelernt hat.

Merkwürdig, ausgerechnet die beiden jungen Männer am Tisch, die doch eigentlich Rivalen sind, müssen gegenwärtig leiden. Wir anderen halten uns mit weniger gewichtigen, unter Umständen nicht weniger prickelnden Empfindungen auf. »Ah, die Pantoffeln, sehr schön«, sagt Willaert, sich so kavaliersmäßig vor Frau Quapp verbeugend, daß sie diesmal nicht widersteht, ein jungmädchenhaft dummes »Ja« flüstert und in Verwirrung über sich selbst die böse Becircerin ihres Enkelkindes anlächelt, weil sie irgendwohin sehen muß, und damit nun aber auf der Stelle die schon fast geistesabwesende Sonia neu entflammt in deren Altersehrfurcht. Sie schüttet, das undankbare Mütterchen verkennend, zu ihrer eigenen, Sonias, Lust Kaffee nach, hebt die hingefallene Serviette auf, zeigt Maurizio und Roy die kalte Schulter, ohne es überhaupt zu merken.

Es langt, man will sie alle, die viel zu nahen Gesichter in diesem Moment verlassen, sich auch einen Wortwechsel mit Willaert ersparen. Da gibt es im Treppenhaus und durch die weit geöffneten Türen bis zu uns her vernehmlich, nur versteht man die Sprache ja nicht ausreichend – ach, das Ehepaar Collin ist ohne Abmeldung verschwunden –, Frauengeschrei. Vielmehr ist es das laute, sehr unvornehme Fuchteln einer weiblichen Stimme und dazwischen die mißglückenden Versuche einer zweiten, sich zu verteidigen. Es scheint die von Betty zu sein. Ein Schluchzen? Mit Energie und Zacken neu einsetzend das Gezeter. Das einzige, was man sicher heraushört, ist einige Male der Name »de Rouckl«. Roy und Maurizio, Sonia, Frau Quapp und Frau Fesch, wir sehen jetzt gebannt und eine sofortige Übersetzung verlangend Willaert an, jeder aus seiner speziellen Lage herausgerissen und auf einen Schlag alle vereint in sensationslüsterner Sorge um unsere freundliche Informantin Betty und ihren Vermummten.

Er erlöst uns aber nicht unverzüglich, lauscht, winkt ab, lauscht wieder ein Weilchen kopfschüttelnd, bewegt die Pupillen einmal flink kontrollierend zu Maurizio hin, verbeißt sich ein Lachen – es erleichtert uns –, verzieht – lesen wir das aber richtig? – angewidert die Lippen.

Wenn man die Augen zusammenkneift, als sähe man ihn aus der Ferne, etwa als Spaziergänger auf dem Seedeich, in der Nähe seiner Vorbildbüste und des Leopoldstandbilds, geht, wie unverschämt, von seinem weißen Bart der Eindruck großer Güte aus.

Willaert ist momentan der Sprachendirektor, kostet es weidlich aus, aber kennt, als Weltmann, natürlich den Zeitpunkt, wo er mit seiner Interpretation herausrücken muß, um nicht albern zu wirken. Er tut es in einer gelenkigen Mischung aus Deutsch, Englisch und Italienisch, so sind alle zugleich, teils lückenhaft, teils mit Überschneidungen, ganz ordentlich bedient.

Hat sich die Taglilie intuitiv etwas Ähnliches vorgenommen, bezogen auf Maurizio, wie es Willaert ihm gegenüber praktiziert? Nur, falls es sich so verhält: Kriegt der Athlet und Liebhaber diese Fastenzeit überhaupt mit?

Es handele sich da draußen um einen spaßigen, für Betty aber durchaus brenzligen Vorfall, um eine kleine Kalamität, in die sie wieder einmal durch seinen, Willaerts, alten Freund de Rouckl geraten sei. In dieser Runde wüßten ja alle, daß de Rouckl hier im Hotel unter der schützenden Hand der gutmütigen Betty fest und ständig wohne, das übrigens zu einem Preis, der so gering sei, daß man seitens der Direktion nicht gerade zu sonderlicher Duldsamkeit neige. Hört das Mütterchen eigentlich zu? Es versucht die Finger Roys auf der Tischplatte zu streicheln, der zieht aber die Hand weg. Ob sie sich noch an die Geständnisse der letzten Nacht erinnert? Jetzt hat man, da Willaert ausgerechnet hier ins Italienische wechselte, den Anschluß verpaßt:

... schon öfter zu Verärgerungen gekommen wegen de Rouckls Nachlässigkeit. Es scheint, daß Willaert an dieser Stelle mit der Nase empfindlich die Luft einzieht, andeutungsweise, aber man könnte es für das stumme Signal des Parfümeriebesitzers halten: De Rouckl riecht nicht immer frisch. Sollte man nicht lieber und schleunigst ans Meer ausreißen?

Schluß mit dem Gezänk. Willaert hält scherzend noch einmal die Hand an seine Ohrmuschel. Es bleibt still bis auf ein leises Schniefen, Naseputzen. Und wer sieht da vorsichtig um die Ecke, zieht sich aber, mit neuerlichen Tränen, sogleich abwinkend, um Fassung kämpfend, zurück? Unsere arme Betty war's. Vermutlich hat sie hier zu arbeiten, und es wäre von uns die reine Menschenfreundlichkeit, endlich zu verschwinden und sie allein gewähren zu lassen.

De Rouckl, so Willaert, sei gestern nacht wohl ziemlich angetrunken und später als die anderen hier eingetroffen und dann die Treppen hochgestapft. Dabei habe er einen seiner vielen, in diesem Haus von jedermann zu identifizierenden Pullover offenbar ausgezogen und, deshalb die Beschwerde draußen, »den nach Schweiß stinkenden Unrat«, so etwa, in weinseliger Verwirrung in einen Schrank mit frischer Gästebettwäsche geworfen, so daß es zumindest zu geruchlichen Verunreinigungen gekommen sei. Nun habe man durchblicken lassen, daß man sich deshalb unmittelbar bei de Rouckl beschweren wolle, der aber, das wisse Betty natürlich nur zu gut, werde dann womöglich bei seiner Empfindsamkeit – hier hält Willaert mal eben die Hand vor den wahrscheinlich spöttischen Mund – ausziehen.

87

Ein lächerlicher Vorgang, das Ganze, so Willaert.

Was für ein trübes Wetter. Sah heute früh verheißungsvoller aus. Das soll nun ein Sommermorgen in Meeresnachbarschaft sein. Man hat doch eigentlich nicht das Geringste mit diesen zeitweiligen Tischgenossen zu schaffen. Augenblicklich will man sie durchaus nicht ansehen. Niemand kann das für ein schuldbewußtes Ducken des Kopfes halten. Das ungehörige Gewisse im Treppenhaus will man aber nie wieder tun, Herrgott, so ein Dampf wegen eines Späßchens.

An einem Vormittag wie diesem solle man am besten seiner Einladung folgen und mit ihm, gleich hier um die Ecke sei es ja schon, während de Rouckl noch immer seinen Rausch ausschlafe und Betty sich beruhige, ein niedlich kleines Museum besuchen, ein wichtiges ehemaliges Wohnhaus, viel Schabernack und unechte Bilder. Willaert sieht den momentan Schwächsten, Maurizio, mit einem Ruck auffordernd an. Der ist, kein Wunder, bereits aufgesprungen und quasi unterwegs. So geschwind unter Willaerts Geraune zum Kunstjünger geworden?

Ins Museum? Das Mütterchen will nicht mit. Nein nein! Sie nicht! Das aber duldet Willaert keineswegs. Befohlen ist befohlen. Er droht mit entblößten Goldzähnen. Frau Quapp sieht sie respektvoll im Dunkel der Mundhöhle glänzen. Liegt Willaert an ihrer Exkursionsteilnahme, weil er auf amüsante Kommentare von ihr hofft? Das vielleicht auch, mehr aber noch will er wohl verhindern, daß Roy mit ihr zurückbleiben oder zu rasch umkehren muß. Nicht aus Vorliebe für den rohen Roy, nur wegen seiner Pläne mit Sonia. Sie begünstigen die von Willaert mit Maurizio wie bestellt. »Aber nun flink die Pantoffeln aus!« mahnt er unser Mütterchen. Er redet mit ihr, als wäre sie sein vertrauter Spitz. Sie zieht ein Schnütchen, es gefällt ihr immer besser. »Sind Sie wirklich Pralinenhersteller?« fragt sie vernascht. Roy hört nicht hin, wacht nicht über Großmütterchens Contenance – Willaert behagt, daß sie bröckelt –, weil er, obwohl sich abzeichnet, daß Willaert das italienische Liebespärchen aus boshafter Spielerei beim Abmarsch zusammen sehen möchte, seine Chancen ausrechnet, dabei doch einige erlesene Meter allein mit dem Gazellengesicht zu gehen, zu schweben. Wie die wohl bis zum Äußersten zu nutzen wären?

Also Vlaanderenstraat hoch, Rue de Flandre, dorthin, wo rechterhand der Schwarze ins nackte Damenbein beißt. Sollte man nicht, da man es schon wittert, noch die kleine Anhöhe überwinden und zum Meer, zum grützegrau schaurigen Wellengewoge entwischen, insgeheim erwünscht, gefürchtet die Flutwelle bis zum Ural, radikale Begradigung, die Begradigungen der Appartementmauer mit einem einzigen Prankenheben lässig und seelenlos übersteigend? Man hatte sich doch Oostende ausgewählt, sich etwas vorgenommen und dringend erwartet, richtig, aber keine Unterrichtsstunde von diesem Antwerpener Geschäftsmann und Ensor-Darsteller. Popgeheule in der Fußgängerzone. »Muziek in de Vlaanderenstraat«, zitiert Willaert ein berühmtes Gemälde – um 1890, taxiert Frau Fesch aus dem Gedächtnis –, auf dem der Geist, Geruch des Meeres an den Häusermauern als aufgekratzte Helligkeit sichtbar werden.

Roy spricht ihn, da er, Roy, ja doch nicht an die Seite Sonias gelassen wird – wie unergiebig, wie frostig das südländische Paar – auf seine Ähnlichkeit mit dem belgischen Maler ohne Umschweife an. Da streicht Willaert mit posierendem Hüsteln seine violette Schleife heraus. Er wolle dem ehrlichen Frager ein Geheimnis verraten: All diese Attribute vom Bart bis hin zum schwarzen Radmantel trage er, damit man an eine Kostümierung, eine Nachahmung durch Verkleiden glaube. Würden jedoch er und Ensor, James Ensor, diese seriösen Attribute jeweils an sich beseitigen, so müsse jedermann allzu sehr erschrecken, nämlich ohne Mühe erkennen, daß sie beide nicht zweierlei, sondern ... ein und derselbe seien!

Roy lacht fröhlich auf, mein Gott, was für ein Halbstarkenkehlkopf, freut sich seiner unbehauenen Jugend, fast vergeßlich für circa fünf Sekunden: Wenn man bedenkt, wie verliebt er ist – zu vergeßlich lustig, zu lustiges Intermezzo für drei bis fünf Sekunden –, aussichtslos zudem. Das allerdings gesteht er sich noch nicht ein, nie und nimmer. Will schließlich was zum Hoffen und Leiden haben, verlangt es. Genau das will Maurizio eben nicht, hat es aber. Unverlangt.

Und man selbst?

Vlaanderenstraat 27

Da fährt eine bleiche Mutter, während uns Willaert vorm kärglichen Schaufenster, dekoriert mit ein paar Habseligkeiten wie aus alten DDR-Zeiten, über den nachgestellten Souvenirladen von Onkel und Tante seines Doubles belehren möchte, ein bläulich-blasses Baby vorbei. Sonia sieht das Gesichtchen an, und schon erwärmt und belebt sich die weibliche Hälfte des unterkühlten Pärchens, lehnt sich schnend nach außen weg, getroffen vom dunklen Säuglingsblick. Wir anderen starren nicht das Kind an, auch nicht die Muschelaschenbecher hinter Glas und unter Staub, sondern den manieristisch gebogenen Giraffenhals der Taglilie. Willaert muß der Tick längst aufgefallen sein: Irgendwohin und irgendwie wird sich in diesem verschlafenen Mädchen unaufhörlich sanft gedehnt und gereckt.

Auch paßt Willaert wohl nicht solche Unaufmerksamkeit seiner Person gegenüber. Das zuckersüße Kleinkind da, sagt er laut auf italienisch zu Sonia, das entpuppe sich in einigen Jahren als ganz brutales Mörderchen. Darauf könne sie Gift nehmen. Der schönen Impala Hals beginnt haltsuchend zu schwanken. Roy freut sich. Richtig, hier, bei uns, bei ihm, nicht in den Gnomenaugen von Greisinnen und eben Geborenen, spielt die Musik! Freilich, freilich, setzt Willaert auf deutsch fort, trotzdem glaubt man, ihn bei seinem jetzt wunderlich prahlerischen Artikulieren nicht ganz zu verstehen, horche man den Detonationen, die alle frühen Kindheitseindrücke hinterließen, sein Leben lang nach. Soll das Pärchen dieses Geheimnis, diesen kaum hierher passenden, etwas prunkenden Einfall nicht mitanhören? Ob der Parfümeriehändler in Gegenwart de Rouckls bescheidener aufträte?

Wir warten noch immer vor der viel zu lange verschlossenen Eingangstür, aber die zuverlässig somnambule Sonia scheint unseren Gedanken zur Hälfte erraten, erwittert oder auch erträumt zu haben: »Betty, povera Betty! Tante seccature!« seufzt sie sehr schön, als das Kleinkind aus ihrem Gesichtsfeld verschwunden ist. Und was jetzt?

Jetzt berichten abwechselnd Roy und das Klippspringerchen, das im Gegensatz zum immer glückseligeren Roy wieder keine verräterischen Zufälle bemerkt, flüssig, naturbegabt, beide englisch und italienisch durcheinander wie extra als Duett geprobt – es fehlt nur noch, daß Sonia neben ihm respondierend zu hinken anfängt –, während sich Maurizio anstrengt, die frühere Eifersucht in sein ratloses Gesicht zu zwingen, gestern abend habe Willaert erzählt, wie de Rouckl seiner Freundin, povera Betty, Betty La Povera, im Zusammenhang mit der Poe-Geschichte weismache, er sei damals durch einen Knall in der Nacht aufgewacht und von der Entdeckung eines Projektils auf dem Schlafzimmerteppich erschreckt worden. Es habe Rolläden und Fensterscheiben durchschlagen. Die Polizei fand später Patronenhülsen auf der gegenüberliegenden Straßenseite, richtig. Aber in Wahrheit habe er die Geschichte aus der Zeitung. Nun sei Betty um so unumstößlicher überzeugt, er sei nur bei ihr, in Oostende, im Hotel sicher.

Es ist fraglich, ob Sonia die Täuschung wirklich begreift und vor allem: Wie hat sich de Rouckl, der doch am Tisch saß, herausgeredet? Er sei zu der Zeit auf der Toilette – Willaert lacht und spricht mit fast geschlossenem Mund –, Poe aber Ensors Lieblingsautor gewesen. Man müsse Betty, unter anderem Symbol flämischer Identität, bei ihrer Auffassung lassen. Sie glaube nun mal an die alten Tugenden, an das Gute im Menschen. Und nun heute morgen: tante seccature! Natürlich, deshalb hebt sie beim angeblichen Nachdenken die Ellenbogen so hoch und reibt die Augen: nicht um besser, sondern um schlechter zu sehen, bis sie das Gute sogar an dafür untauglichen Gegenständen erkennt, der Zuschauer aber ihre Achselhöhlen sieht.

Doch da! Riesenüberraschung vor und hinter der Museumstür, daß überhaupt jemand kommt. Tatsächlich: Wir werden eingelassen in eine alte, ja weltvergessene Muffigkeit. Willaert zahlt für alle sechs. Stiller Überfall der Frage: Ob es früher einmal Gott gegeben hat, waltend bis in die staubigsten Ecken? Auch das Mütterchen spürt Ängstlichkeit, ein Verlangen nach den Tröstungen von Serotonin und Endorphinen, das fällt heute als erstes schon jedem Supermarktlehrling ein. »Haben Sie Pralinen für uns mitgenommen?« macht es sich an den einen Moment lang sprachlosen Willaert ran. Aber warum nicht privat in belgischen Museen um Schokolade betteln, da man es in belgischen Kirchen mit der nackt

hingehaltenen Hand um Geld tut, wenn auch Willaert
zur Zeit nicht mal ein Parfümpröbchen für Frau Quapp
in der Tasche hat. Die Idee allerdings, sie mit solchen
Kleinigkeiten wie ein Tierchen zu necken, aufzustacheln
und abzuspeisen, die gefiele ihm wohl. Man sieht ihm,
fehlte nur noch, daß er zu Walzerklängen ein paar Runden mit ihr riskierte, ein bereits für die nahe Zukunft
geplantes Vergnügen am Runzelweibchen an, vielleicht
ein Doppeleffekt: kombiniert mit einem winzigen
Aufstören der Taglilie in ihrer Altenverehrung.

Willaerts Goldzähne glühen auf im Kongokakaodun-
kel seiner Mundhöhle. Frau Quapp äugt auf Zehenspitzen von unten hinein. Ist der Herr nicht ein Dämon,
eine Autorität? »Mein Roy – mein Mann war Testpilot,
auch wenn ich dagegen bin, den Himmel so anzugrei-
fen – studiert in Wirklichkeit. Studiert Rechte, ich erle-
dige alles, Herr Willaert, studiert fleißig in Leipzig,
glaube ich, Jura sagen wir dazu in Deutschland. Ich
bezahle ihm alles. Jura, Rechnung an mich. Er ist ein
Wunder-, ein Waisenkind. Lule Bilalu heißt seine Freundin. Jetzt ist es rausgekommen. Mein Geburtstag war
gestern dann doch nicht. Deshalb war ich auch gar nicht
vereinsamt.«

Willaert verrät nicht, ob er ihr noch zuhört. Er legt
ohne Übergang lässig seinen Arm auf Maurizios Schulter, der nicht weiß, wie ihm geschieht, und wendet sich
ab. »... marche pas entre les deux«. Wen haben Collins
vorhin eigentlich gemeint? »Lule Bilalu heißt seine
Freundin, Kosovo«, wiederholt Frau Quapp etwas verloren zum Rotduckerchen, etwas verlassen und etwas
giftig. Sonia lächelt arglos, sie versteht es ja nicht. Roy
dagegen sind Schwanken und Zagen deutlich ins Gesicht
geschrieben, ob er nämlich nicht, ähnlich wie Willaert
sich Maurizios bemächtigt, dem durch seine, Roys, Anwesenheit nur noch von sehr fern eine eigentlich heilige

Verpflichtung zu schwärzester Eifersucht dämmert – ihm inzwischen womöglich von seinem übermütigen Mäzen scherzhaft souffliert –, in sittsam scheinheiliger Freundschaft über Sonia verfügen darf.

Man ahnt, wem dann Frau Quapp zufiele, und macht sich behutsam davon, kriegt aber noch mit, wie Sonia wahrhaftig voller Andacht »Nonna« zum Mütterchen sagt. Wirklich? Ja, »Nonna«! Die aber antwortet, das wechselseitige Unverständnis nutzend, hinter Roys Rücken: »Blöde Trulla.«

Ach Rotduckerchen, wenn du schon nicht eine Geliebte sein kannst, so hundertprozentig und ganz phantastisch, wie es das tatsächlich geben soll, dann stillst du dir eben eine ältere Sehnsucht und bist ein gutes, wenn auch unbenötigtes Enkelkind.

Man läßt sie alle in der Ladenrekonstruktion des Erdgeschosses zurück. Dort haben sie ein Weilchen bei den Nippessachen, kleines künstliches Strandgut vom Spülsaum, zu tun, während man in der Stille oben das nahe Meer an den Wänden lauschen hört, das Meer von außen, man selbst von innen in der Enge nach ihm horchend. Schnell steigt man in den ersten Stock, kümmert sich nicht darum, wie sie sich unten aufteilen.

Ach Roy, wie würdest du wohl Auskunft geben über deinen Zustand? Kein besonderes Interesse an der Impala, aber einen frech zugemuteten Schmerz jeden Augenblick ohne sie, dagegen vollkommenen Seelenfrieden mit ihr? Oder lieber, verlogen und keusch: keine gewaltigen Gefühle, o nein, nur eben Interesse an ihr?

Zurückgebliebene, nichtsnutzige Materie aus Ensors Leben hier oben. Man muß zu den sang- und klanglosen Gegenständen eben eifrig den Namen des Malers und das Selbstporträt des jungen Mannes mit den sanftmütigen und späteren Gewehrkugelaugen, mit Blumen und geschwungener Feder am Hut dazudenken, so wie sein

Licht auf den gemalten Dingen niedergeht, falsch, sie alle um- und umgräbt und zerrüttet.

Leute vom Schlage Roys haben so viel Begeisterung als Rohstoff in sich, daß man sie vor leere Kartons stellen kann und ihnen befehlen: Sei außer dir, sei euphorisch, rase! Nach einiger Zeit der Konzentration schaffen sie es. Wenigstens ganz ordentlich, ziemlich täuschend für Dumme zumindest.

Hier aber liegt der Fall anders. Die Taglilie ist für ihn keine inhaltlose Verpackung. Sie überwältigt ihn, es überwältigt ihn überhaupt zum ersten Mal in seinem Leben, es löscht ihn geradezu – er will es und will es nicht – aus. Warum? Weil er, Stuntman Roy, der vom puren Augenschein Sonias auf dem Oostender Bahnhof Getroffene und hinterrücks Zermalmte, diesmal von Anfang an nicht das Geringste dazutun mußte, um entzückt zu sein.

Aber sogar er geht Frau Fesch durchaus nichts an.

Ehemaliges Privatmuseum Ensors und jetzt voller Gemäldeimitationen, Doubles, »Fälschungen«, kein einziges Original darunter. Was macht es schon! Selbst eine Postkarte als Anhaltspunkt, wenn sie nur farbig ist, reicht aus, damit es ersteht und sich vergrößert in der Erinnerung: das Flackern, die heimlichen Unterredungen, das stets weiß durchschimmerte Lodern von Blau und Gelb. Masken, Blumensträuße, Meerestiere, heimgesucht von der Hysterie kreidiger Farben, die ihre gefügigen Sujets bis zu einer brenzligen, bis zur kritischen Temperatur erhitzen, Weißglut, jawohl, das läßt sich hervorpressen aus Verkleinerungen und Kürzeln, wie aus dieser Enge der Nummer 27 das nahe, helle, sandunterlegte und kreidige Meer, das pocht und schlägt unter allem Grün und Rot. Unten sollen sie noch bleiben, die Lampionköpfe, ungerufen, meist viel zu dicht herantorkelnd, und Frau Fesch hier oben die geschlossenen Augen gönnen. Nur für sich allein will sie einen Brief, geschrieben im Jahre 1905 vom Haupt- und Meisterkavalier, vom Chefingenieur und Ersten Liebhaber des Lichts und der Farbe, die, ihrer allerhöchsten Majestät, der Erotik wegen, immer in den Umrissen einer Figur bebend gefangen bleiben: aufsagen, wenn nicht singen oder wenigstens trällern.

»Das Meer wird melancholisch und schon gegen Abend hüllen graue Schwaden die Landschaft ein. Immer seltener sieht man die hellen Toiletten und die weißen Füße der Damen, welche durch die Seevögel kaum zu ersetzen sind. Bald werde ich mich auf das Malen von Masken in hellen Lumpen beschränken müssen und ihre aufreizenden Farben werden mir in gewisser Weise den Glanz und die Freuden des Sommers zurückbringen.«

Ob auch Willaert die Zeilen kennt und vor allem auswendig hersagen könnte? Ob Betty Ensors lustige und höhnische Metzel-Version, reich an nackten Hintern, der »Schlacht der goldenen Sporen«, des legendären Triumphs der flämischen Bürgerwehr über französische Edelleute im eben begonnenen 14. Jahrhundert, je angesehen hat? Ob, ob, ob! Dafür müßten doch gerade die Siebenhundertjahrfeiern anlaufen.

Ach »Schönheit der grellen Akzente« auf Fächern und Stoffen,

»Kräftiges Licht hüpft herein, springt über den Tisch, verzerrt Gläser und bricht Scheiben und Geschirr«,

»Licht, Du reiches aus Flandern und weiches aus der Wallonie« auf Endiviensalat, Auster und Mohn, Licht, auf dessen Wirkung sich das graue Oostende zu dreist verläßt,

»Aus dem Norden kommt das Licht und aus dem Osten die Farbe zu uns« in Epiphanien und Stippvisiten auf Grimassen, Heiligen und melancholischen Fischweibern,

»Reines Meer, Stifterin von Energie und Ausdauer und ungesättigte Verschluckerin von blutroten Sonnen. Ja, dem Meer verdanke ich viel. Ah, leeren möchte ich es wie dieses Glas, in dem fahles Gold funkelt, schattenlos strahlend wie unsere Freude«, auch Frau Fesch, auch sie möchte es ausleeren in einem kleinen Glas, vielleicht am besten und liebsten hier, Vlaanderenstraat, Rue de Flandre 27, in einem Gläschen das ganze fahl goldene Meer,

»Oostende, ich habe Deine reine und salzige Milch getrunken«, aber kein einziges bedeutendes Gemälde Ensors ist hier in öffentlichem Besitz,

»Farbe, Farbe, Leben der Wesen und Dinge, Zauber der Malerei, Farbe unserer Träume, Farbe unserer Geliebten, reine Farben. Salve! Salve!! Salve!!!« Farbarien, Farbterzette und -konzerte, bei denen einem das Herz sehr wohl zerbersten könnte.

Und was hört man da von unten aus Willaerts, zur Sicherheit diesmal in drei Sprachen redendem Mund? Einen Satz, den man auf seinem heimlichen Zettelchen, jederzeit parat, damit einem die Stadt besser gefällt, verfolgen kann: »Wir ziehen das Licht ein und zielen auf das Licht ab«! Ja, Du stets Himmel und Hölle spiegelndes und entfachendes Signalrot, Safrangelb, Tintenblau, Giftgrün!! Eingekerkert und entflammt in den Konturen der aufgefundenen und gesuchten Dinge!!!

Schnell noch das empfunden, bevor die da unten hier angelangt sind: Ob man nicht am klügsten hier, in der betulichen Enge von Ensors Wohnhaus, sich das Meer vergegenwärtigen sollte? Wie leicht man es hier erträgt, wenn man es Behälter und Spender von Licht und Farbe und Gestaltenerzwinger nennt, ohne seine schaurige Blankheit vor Augen zu haben.

Aber auch nur so, mit dem Meer als treuer Parole im Kopf, hält man andererseits diese klammkümmerlichen Raumfesseln aus.

Mit wem spricht die Impala auf der Treppe? Wen schmachtet sie zur Zeit am begierigsten an? Was für ein dösiges Dauersehnen in diesem Körper, obschon sie den Athleten Moritz zur Hand, zu Bette, zur Nacht hat, was für ein unglückseliges Eingesperrtsein eventuell sehr trivialer unerkannter Bedürfnisse, so wenig angemessen in Alabaster und Elfenbein. So könnte es immerhin sein und sich klärend auf sie herabsenken als vorläufige Formel. Das Klippspringerchen, eine Chinoiserie mehr in diesem Museum oder Panoptikum? Aufstachelnde Parolen zu Visionen, Träumen: unsere Namen für die Dinge. »Drei Personen am Strand«, »Die verärgerten Masken«, »Die verzweifelte Dame«, »Zärtlichkeiten für Priapus«, »Tänzerinnen und Pantöffelchen«, »Skelette, die sich wärmen wollen«, »Die guten Richter«, »Die Intrige«, »Dämonen, die mich quälen«. Sie, die Gegenstände, machen Taufe und Namensverleihung erforderlich, aber der pure Titel, der nachhallende Klang, das abgelöste Wort pfeift dann die Dämonen herbei, die oft bösen Engel einer unkalkulierbaren Welt, ausgestattet mit wahrhaft fürchterlicher Macht, wie die zunächst unschuldigen Gesten, die harmlose Mimik, in denen sie sich einnisten und ihre Wirkstätte haben.

Frau Fesch? Frau Fesch! Rasch die Feuerwehr! Monologisierend hingerissen vom Pseudogenius loci? Schande über jegliches dionysische Geschwafel, am falschen Ort, an diesem tristen Ort der rekonstruierten Ehrenbürgerschaft. Ehrenbürgerschaft? Ach, der betrübte Mann, der etwas zu lange von der Welt zurückgewiesene Maler. Klar, ohne weiteres wäre das ein sprechendes Plätzchen für de Rouckl. Ob er deshalb in unmittelbarer Nachbarschaft wohnt? Ob er die Pulloveruntat als die seine gestanden hat? Hier könnte er sich noch besser verpuppen. So wie sich die Stadt vor dem Meer vermummt, aber sich doch nicht von ihm trennen kann, so der gekränkte de Rouckl vor den Menschenbestien, die er aber doch anscheinend unbedingt und gerade deshalb studieren will.

Was ist das? Sie überschlagen Frau Fesch, beziehungsweise den ersten Stock? Stapfen gleich hoch in die kleinbürgerliche Salonwelt und anekdotische Puppenstube? Willaerts Zugeständnis an die Damen? Wie herzlos, sie kommen gar nicht hier vorbei. Doch. Eben doch. Roy steckt den Kopf herein, er solle Frau Fesch suchen und holen im Auftrag des »Chefs«. Daß er dir das antut, Roy, dich für zwei Minuten von der Einen zu entfernen. Wird die Stimmung letzten Endes weiter steigern, ist schon recht so. Man geht also ohne Einwände aus Mitgefühl gleich mit ihm los, überlegt sich aber auf der Treppe, ob man jetzt das unregelmäßige Auftreten des Jungen auf den Stufen nicht weithin hören kann. Roy konstatiert das wohl auch und gibt sich sofort Mühe, es durch unsinnige Schürfgeräusche der Sohlen zu vertuschen.

Nicht um ihn zu quälen, sondern um ihn abzulenken und, immerhin, wegen unserer halben gemeinsamen Nacht, fragt man, da es durch Frau Quapp ans Licht gebracht ist, was es mit Lule Bilali, Kosovo, auf sich hat. »Bilalu«, sagt Roy zunächst bloß. Es paßt ihm nicht, er hat schon genug mit dem Mütterchen, fängt nun auch Frau Fesch mit den Ermahnungen an? Das war nicht so gedacht von ihr.

»Herrgott, die wird jemanden finden für ihre Triebe und Hoffnungen.« Das sagt er, von sich selbst überrascht, gleich zweimal und beim zweiten Mal nicht weniger barsch.

Hübsch! Man betritt eins der frühen Wohnzimmerbilder Ensors in Gestalt eines damaligen Bürgersalons, in dem wiederum Farbreproduktionen anderer Gemälde von ihm an den Wänden hängen. Aber zunächst fällt der

Blick doch auf Willaert zwischen Sonia und Maurizio. Wie schon am Casino hat er unverfänglich, Pose eines Vaters und Schwiegervaters, in herzlicher Vertrautheit den Arm um beide gelegt. Schwer zu sagen, wen er inniger an sich drückt. Man rätselt darüber sofort, auch Roy tut das offenbar. Willaert gefällt's. Keiner der beiden widerstrebt. Vielleicht verehrt Sonia ja auch in ihm schon das weißhaarige Alter, und er merkt's nicht?

»Ich bin nur ein Häufchen Mist«, piepst da mit blassen Lippen Frau Quapp, auf knallgelbem Sofa sitzend, verbotenerweise gleich neben einer lebensgroßen Maskenfigur und mit ihr zu verwechseln in der dicklichen Salonatmosphäre zwischen geblümten Teppichen, Tapeten und dem Kaminspiegel. Kleiner Fürstenaudienzsaal des Bürgertums, kein Sturm kann hier herein, bis auf den feurigen der Reproduktionen. Ein geeigneter Schauplatz für gedämpfte Damen und Dramen, da ließe sich mancherlei ausdenken mit dem herumstehenden Personal, aber man hat ja versäumt, die fünf in der letzten Zeit zu beobachten. Was ist zwischen ihnen vorgegangen an Heimlichkeiten in diesem vollgestopften Haus mit dem kärglichen, wie bestohlenen Schaufenster? Intrigen am runden Tisch unterm Kronleuchterpomp. Täuschen sie mich? Irgendwelche Verabredungen?

Da tritt Willaert auf das Mütterchen zu und zeigt ihr ein Foto. »›Selbstporträt mit Masken‹, ›Die Masken und der Tod‹«, sagt er zu mir, zu ihr aber: »Da sehen Sie ihn, Ihren sicher verehrten Bundeskanzler von damals, Kohl, als Ehrendoktor in Breslau, dahinter mit Baretten auf dem Kopf die Honoratioren der Universität. Ensor hat schon Vorläufer dafür gemalt und hätte es ›Kohlporträt mit Masken‹ genannt. Wissen Sie, was darunter steht, in einer deutschen Zeitung?: ›Willkommen im Club der Fehlbaren. Kohls Ehrenwort und die Spendenaffäre‹.«

Tatsächlich, komponiert wie nach einem echten Ensor! Dichtes Gedränge der Ballonköpfe. Frau Quapp ist gar nicht gekränkt, und das enttäuscht Willaert ein wenig. Sie sitzt da, unbeeindruckt im eisernen Horizont einer beduselnden privaten Gräue, in dem nur das eigene Glück, die eigene Angst untergebracht werden können. Ein vollgestapelter Raum, kein Platz für anderes, kein Durchlaß, kein Eintritt. Willaerts Analogieentdeckung ist verblüffend. Er hatte sich daher den Effekt anders vorgestellt. Nur Roy lacht, als hätte er die Impala noch einmal vollständig aus den Augen verloren. Über Willaerts Schulter geneigt, liest er vor: »Polen achtet weniger aufs Barett als auf Bimbes« und fügt dann großspurig hinzu: »Alte Zeiten!« Er versucht, es Sonia zu übersetzen.

Das Rotduckerchen betrachtet noch immer Frau Quapp, als hätte die in sich drinnen ihre Lebenserfahrungen zu einer Zauberessenz gekocht, zu einem heilkräftigen Kompott, eingeweckt und konzentriert durch den Druck eines langen Lebens, von dem man bei Gelegenheit und demutsvollem Dienen kosten darf.

Was ließe sich hingegen in diesem anderen Dampfkessel aus Plüsch, Historie und Imitation mit uns sechsen inszenieren, sechs Leute, drei Männer, drei Frauen, drei jung, drei in sehr gestufter Folge älter. Schon fast zu viel des Guten! Vielleicht nur deshalb, weil er Roys Italienisch nicht erträgt, erzählt Willaert huldvoll entschieden dem Mütterchen, man werde jetzt aufbrechen zu einem sehr, sehr anstrengenden Strandgang.

Der watschelnde Lebemann will wandern? Willaert? Platsch, platsch am Strand entlang?

Sie aber, Frau Quapp, würden Roy und Sonia – Sonia, weil sie so graziös besorgt um die alte Dame sei – zum Ausruhen ins Hotel bringen. Was? O nein, das will sie durchaus nicht. Das betagte Püppchen, das Testpiloten-witwechen stampft zur Entladung mit dem Fuß auf. Nein und nichts da!

Wird ignoriert. Willaert reicht der sehr verlassen Dreinschauenden unerbittlich den Arm. »Hat ... hat ... Hühneraugen in der Nase«, flüstert sie trotzig. »Hat Heftzwecken im Hirn«, donnert Willaert sie an.

In doppelter Freude ist Roy rot geworden, speziell an den Ohren, und würde wohl am liebsten seinem kupplerischen Retter um den Hals fallen. Kompliment an unseren Boß! Das hat er gut gedeichselt. Natürlich will man nicht stören, wenn er mit Maurizio, der ohne Widerspruch einen Totenkopf mit Zylinder studiert, aber vielleicht doch lieber in allerletzter Notwehr Willaert einen Faustschlag verpassen möchte, hier oben allein ist. Man braucht also noch rasch aus der Apotheke Tabletten, irgendwas gegen Kopfschmerzen oder Schlaflosigkeit, egal. Bahn frei und sturmfreie Bude zum Küssen oder Prügeln für die beiden in Ensors ehemaligem Atelier, Salon, Gästeempfangszimmer – er wird nichts dagegen haben –, als er, so Willaert gerade zum Abschluß, die bittersten Leiden seines Lebens in Resignation begraben hatte.

Dann sei auch für Roys krankes Bein der Weg am Wasser zu mühsam. Das ist ein Quappscher Geistesblitz an der Treppe, ein arglistiger Treppenwitz. Sie strahlt zwischen Stuntman und Impala: Viel zu gefährlich sei ein solcher Marsch für ihren Roy.

Willaert erwidert mit drohender Verbeugung: »Quatsch!« Vor Zorn stößt das Urgroßmütterchen Sonias Arm weg (eine Sprache, die unsere bell' anima, endlich vom Strahl der Aufklärung getroffen, zu begreifen sich hoffentlich erkühnt), stürzt um ein Haar, schlägt daher lieber nicht nach Roy, der das wie walzerselig kreiselnde Runzelweib in zerstreuter Fürsorge auffängt und Sonia auf dem Rückweg über seinen beinschädigenden »Sportunfall« sicher ein filmreifes Abenteuer vorschwindeln wird.

Medizin

Draußen rufen sofort die Möwen nicht ein robustes »Kopf hoch!« sondern: »Herz, hoch mit dir! Wir tun's auf Exklusivbefehl an deiner Stelle und damit du ein Vorbild hast.« Die Frage ist nur, ob man auf dergleichen noch einmal, wie man dringend möchte, hereinfallen kann. Balsamisch-ruppiger Wohlgeruch der See zur Bekräftigung optischer Verheißungen, vom Horizont, von England her. Die Apotheke wird nicht mehr gebraucht. Was sonst? Sonst was?

Übermorgen!

Übermorgen. Übermorgen, am Nachmittag. Es wird noch hell sein, bei gutem Wetter und schlechtem Wetter noch taghell. Vielleicht wäre dämmrig am besten, gewiß, das wäre in jedem Fall besser, besser als Dunkelheit, besser als Sonnenlicht.

Man erkennt jede dritte Einzelheit,
zum Glück aber nicht,
woran's ihr gebricht.
Süß wird es sein,
im Dämmerschein.
Ist nicht mehr weit.
O tralala,
o Christenheit.

Lange Wanderschaft

Da kommen sie zur vereinbarten Straßenecke Vlaanderenstraat/Van Iseghemlaan, die beiden unterschiedlichen Pärchen, gleichgeschlechtlich und ungleichgeschlechtlich, und versuchen – man sieht aus Diskretion natürlich nur heimlich hin –, wie normale Passanten herbeizuschlendern. Nein, daran denken sie gar nicht, sind viel zu sehr mit sich selbst beschäftigt. Bravo! Erst als sie aufeinanderprallen, nehmen alle wieder gesellschaftliche Vernunft an. Das soziale Grimassieren klappt von allein.

Vor einer im Prinzip bebauten Straßenecke stehen wir, nur, daß die eigentliche Ecke fehlt. Die Spuren des Geisterhauses, Kissenabdrücke in einem morgendlichen Gesicht, bleiben an den Nachbarwänden, bis die Luft mit einem neuen Haus gefüllt ist. Ensors Wohnhaus von 1875 bis 1917, belehrt uns Willaert ingrimmig, von ganz oben habe er »Muziek in de Vlaanderenstraat« gemalt und nicht nur das, sondern das gesamte Hauptwerk. Etwas Unsentimentaleres als das abrißbegeisterte, schändlich schnöde Oostende, das sich immer mehr von einer Stadt in einen endlosen grauen Faden, Doppelfaden verwandle, das er, der Antwerpener, mit schwärzester Verachtung heiß liebe, liebe, weil der unverwüstliche, wenn auch dringend zu beschützende Geist Ensors, ohne den es freilich eine Null sei, aus der fatalen, auch geistigen Gräue dieser Stadt herausflackere und irisiere, ja zische, blühe und wettere, und immerhin gebe es seit 1948 »Les Amis de James Ensor«, die wie er beispielsweise an jedem 13. April, dem Geburtstag des Malers, Blumen auf dessen Grab legten und ein Foto vom Abriß als höhnischen Protest auf sein Grab gestellt und wenigstens das kleine Museum vor Zerstörung gerettet hätten, kurz, eine bis zur Idiotie vergeßlichere Stadt sei kaum denkbar, auf der ganzen Welt nicht. Sie habe nicht mal den traurigen Witz

erkannt, daß man als Touristenattraktion zum 50. Todes-
tag 1999 eine Reproduktion des mehrfach erwähnten
Bildes mit Biographie des Künstlers vor das Wohnhaus
postiert und auch nach Abbruch im März 2000 zur eigenen Schande noch immer vor der gähnenden Lücke ste-
hengelassen habe. Zur Hölle mit ihnen!

Ist er so wütend? »Tempi passati«, sagt Willaert zu
Sonia sogleich beherrscht und charmant seufzend, und
zu Frau Fesch, in präzisem Deutsch, aus Eitelkeit?
Höflichkeit?: »Alle Meere sind hier eins, das weiße Meer,
das rote Meer, das gelbe Meer, das schwarze Meer, das
Mond- und Sternenmeer, und 365 000 mal im Jahr wechselt es – sobald der Mond lacht oder eine Wolke passiert
oder pißt – das Kleid, das Hemd oder das Tempera-
ment.« Sieh an, Ensor aufgesagt von seinem visuellen
Wiedergänger, der aber außerdem eins jener Bildungs-
ungeheuer aufgrund eines glänzenden Gedächtnisses ist.
Das Meer verdiene Ensor, die Stadt tue es nie und nimmer, trotz des Touristenkarnevals zu seinem Todesjahr.
Verdiene keinesfalls seinen großen Sohn, dessen extra-
terrestrische, er zögere nicht zu sagen: himmlische Palette das erbärmliche Oostende erst erträglich mache, dieses
erdenferne (erdenferne? Was meint er?) Schrillen und
Beißen blauer, gelber, roter Gluten, als zögen und husch-
ten fahnenschwenkende Prozessionen durch die Straßen,
hinter einem gewaltigen Blasorchester her zu Ehren des
Meeres und des Lichts, an dessen Pracht Oostende ja
keine Schuld trage, diese Stadt, der Ensor in seinem fast
neunzigjährigen Leben so unwandelbar treu gewesen sei.

Willaert und Frau Fesch verständigen sich rasch. Roy
aber, die Taglilie und Maurizio lauschen schülerhaft brav,
Willaert bemerkt es und hebt die Hand, um seinem Lieb-
lingsschüler einen Klaps zu geben. Auf Schulter, Rücken?
Etwa auf das unverhohlen akzentuierte Hinterteil? Willaerts Hand ist schon ziemlich weit unten, als er sich

gottlob zusammenreißt und nicht ungeschickt abbremst. Schwer zu sagen, wer es außer Frau Fesch registriert. Hat ihn in Wahrheit weniger Ensor als Maurizios verständnisloser und um so bewundernderer Blick bei seiner Eloge befeuert?

»Sie geben ausgerechnet hier, an einer Straßenkreuzung und Baustelle, solche Sätze über das Meer zum Besten?« fragt Roy nun endlich, sich auf seine Unabhängigkeit besinnend, ein wenig aufsässig. Man kann ihm nicht ansehen, was er inzwischen bei Sonia ausgerichtet hat. Ensor, erwidert Willaert wieder unverdächtig träge, habe vom Dachatelier, wo also jetzt nur noch ungestalte Luft sei, nicht nur die Rue de Flandre wie auch den Boulevard van Iseghem sehen können, sondern vor allem die See. Im übrigen seien seine Meeresbilder nicht unbedingt seine originellsten, wie man wisse, aber seine gemalten Hymnen auf die verborgenen, freilich von den Fischern und Fischfrauen nach außen gestülpten, phantastischen Einwohner des Wassers, die gehörten wiederum zum Allerbesten.

Der erstaunliche Parfümeriehändler rekapituliert höflich und knapp auf italienisch. Vermutlich, damit Roy es nicht erst zu seiner, Willaerts, Qual versucht. Dann funkelt er uns plötzlich böse an: »Kein einziger von euch hat das phantastische Haus in der Vlaanderenstraat 17 bemerkt. Ein Test. Ich war gespannt. Alle durchgefallen, alle dran vorbeigelaufen! Theobald van Hille hat es entworfen, einer der großen art-nouveau-Künstler Belgiens, damit ihr euch daran freuen sollt. Frisch renoviert zu eurem Glück. Vergebens! Eine erlesene belgische Praline. Alles umsonst. Der Kiosk auf dem Wapenplein stammt auch von ihm. Muß man auf alles hinweisen? Wohnt ihr nicht deshalb im ›Malibu‹, obschon es sich nicht gerade zum Besseren entwickelt? Nein, deshalb nicht, sondern weil es ›Malibu‹ heißt, denn nach Malibu,

USA, ist das berühmteste, wenn auch nicht beste Bild Ensors verkauft worden. Die Amerikaner werden schon was damit anzufangen wissen. Schließlich ist es überdimensional.«

Ganz reizend, Willaert, wie Sie uns beschimpfen.

Zum Deich hoch läuft uns das Hündchen mit dem bebenden Hinterteil vom ersten Tag voraus. Falsch! Es ist nur außen genauso gelb wie die Flüssigkeit, die das andere aus sich herausgespuckt hatte.

Wohl um zu verhindern, daß er, Roy, eine Weile hinkend vor Sonia gehen muß, wendet er sich an Frau Fesch: »Ensor litt also wegen mangelnder Anerkennung?« Er artikuliert es als vorbeugend geringschätzigen Verdacht gegen allzu weltliche Eitelkeit. Ahnungsloses Bürschchen Roy! Wehe, wenn es hieße »Leiden wegen zurückgewiesener Liebesleidenschaft«! Mein Gott, was würdest du da emsig nicken! Aber hier? Die roten Fanfaren eines Mohnstraußes, der ganze Meereshimmel über Oostende als Konzentrat in ein rebellisches Stückchen Stoff gezwängt, ein aufrührerischer Fächer – verflixt, man hat sich von Willaert, der in bester Welt- und Lebemannmanier nicht mehr die geringste Bewegtheit zeigt, anstecken lassen –, sind ein einziger Liebesleidenschaftskuß und -schuß ins unterstellte Herz der Wirklichkeit, die keins hat. Und so muß man als Hersteller selbst die Konsequenzen tragen, das heißt: Wenn nichts zurückkommt, rinnt man schlichtweg aus. Lakonisches Pathos eines Naturgesetzes! Aber nach außen sagt Frau Fesch, plötzlich mürrisch, nur: »Sicher.«

Während die anderen drei vor uns gehen, fällt ihr zum ersten Mal auf, wie klein Maurizio ist, vielleicht hat er deshalb seine Muskeln so sorgfältig ausgebildet. Sein Gesicht eben, als er Willaert lauschte oder besser: sich dessen angenehmer Stimme und Mimik hingab, war nicht nur das eines andächtigen Schülers, es war, bei aller

Männlichkeit, das einer erwachenden Frau. Oder bildet man es sich nur ein, um flüssiger zwei und zwei zusammenzuzählen? Vorsicht! Die alte Schwäche, Frau Fesch! Roy aber, so viel darf ja wohl registriert werden, redete vorhin bei der Annäherung unentwegt auf die Taglilie ein, mit jedem Schritt verbissener, dachte bestimmt, so ließe sich der Weg um ein paar arme Meter verlängern, und hat dabei womöglich den alten Kalauer und Evergreen bemüht, ihr in vorbereitender Feldbestellung einzureden, sie sei

1. hinreißend exzeptionell,

2. von ihrem Liebhaber nicht begriffen,

3. deshalb, ob sie es sich eingestehe oder nicht, unglücklich.

Und das Mädchen? Akzeptiert jedenfalls, so verwaist ohne das Mütterchen, Stuntman Roy als familiären Ersatz.

Verdutzt, ein bißchen gerührt auch, hat es ihm zugehört. Weil es ihn kaum verstand? Wegen seiner angestrengten Werbung? Man fragt sich, ob wir jemals Zeuge werden, wie es in diesem Gesicht zu tauen und zu wanken beginnt, und weiß, auch wenn man jetzt nur ihren Hinterkopf vor Augen hat: Die schönen Tierkonturen lösen sich an den Rändern, den langgezogenen Rundungen sanft auf, gehen dunstig über in die Atmosphäre, das schon und jederzeit, nur halten sie die Umgebung gleichzeitig durch eine Aura konstanter Geistesabwesenheit eben auch treulich auf Distanz. Schwieriger Fall, Roy, für jeden, dein Elfenbeindornröschen.

Das ist bei Frau Fesch ganz anders. Sie ist in diesem Moment von einem Mann, der mitten auf dem Bürgersteig voller Elan eine Frau umarmte, über deren Schulter hinweg mit eindeutig, ihn offenbar selbst überraschendem, sexuellem Interesse direkt angesehen, geradezu aufgegabelt worden, und sie, die wirklich ganz anderes hier in Oostende und felsenfest im Sinn hat, spürt diesen Blick und eine ungehörige Beschwingtheit noch immer – für einen Augenblick wurde eine ständig unsichtbar von Hand zu Hand offerierte Droge sichtbar –, nicht einmal ausschließlich zwischen Brust- und Beinansatz.

Das spürt sie verdutzt. Jedoch auch, Roy, und das ist der Unterschied, ungerührt.

Aber was war das jetzt?

Zwei Dinge sind gleichzeitig passiert, gehören logisch allerdings hintereinander. Das heißt: Roy ist gestolpert, sehr ulkig, aufsehenerregend gestolpert, weil plötzlich Maurizio mit der größten, besitzanzeigenden Selbstverständlichkeit die Hand auf den Hintern des Rotdukkerchens gelegt hat. Ist gestolpert wie spontan, aber mit so albernem Hopser, daß sich hier einiges kreuzte, wohl kreuzte und vereinigte. Roys Schrecken über Maurizios erotisches Auftrumpfen – Anordnung Willaerts oder Protest gegen ihn –, der Versuch, den Schock darüber, daß sich der Italiener noch immer als Eigentümer Sonias betrachtet, zu kaschieren mit dem gespielten Ärger über das Verhaspeln der Gliedmaßen und: die echte Behinderung. Dabei herausgekommen ist etwas Artistisches, das die drei gottlob nicht zu Gesicht gekriegt haben, auch Frau Fesch hat es nur von der Seite gesehen, aber einer Frau ist der Mund offen stehengeblieben, und ihr Hund hat nach Roys Arm geschnappt in seiner belgischen Wut, von einem Dahergelaufenen so verhöhnt zu werden.

Nun müssen wir das Trio also eine Weile von hinten bestarren. Und natürlich kann Roy den Blick nicht wenden von der bitteren Pantomime, auch wenn er mit äußerst munterer Stimme plaudert. Soll er, solange er nur nicht zu weinen anfängt.

Dabei rennt er auf den ärgerlichen Anblick versehentlich immer wieder zu, merkt es erst knapp davor, bremst ab und von neuem. Ach Roy, armes Pingpongbällchen, und Frau Fesch macht alles mit, nicht aus Mitgefühl, nur automatisch, schematische Kopie von Mitgefühl. Dem Meer gönnt er keinen Blick. Inzwischen ist es ja rechts von uns aufgetaucht, und wir haben alle unsere Schuhe ausgezogen im Sand, widerspruchslos, wie Willaert wollte, Willaert, der mächtig wuchernde, wollte, Freund des Räusche ausschlafenden de Rouckl wollte. Ob ihn Maurizios nackte Füße interessieren? Erste Entblößungen? Aber wer weiß, welche Szenen die letzte Nacht bereits im Geheimen hervorgebracht hat. Besonders hart für Roy, wie schläfrig eingeübt nach dem Sockenausziehen die Hand des Konkurrenten zum kleinen Gesäß der Taglilie glitt.

Als wäre das noch gar nichts.

Die Fußsohlen erschrecken und amüsieren sich, die Augen könnten beschäftigt sein, falls es sie dazu drängt, mit nassen Lichtausuferungen. Himmelseinbrüche gleichmütig durchwatet, Pfützen in emotionaler Höchstspannung zwischen Beben und Gleißen, zerstreute Verwüstung einer Dünenlandschaft für Mikroben. Wir nehmen uns zur Zeit nichts an von dem, was uns da unten bildlich nahegelegt wird.

Roy gibt einen Eröffnungslaut von sich, der furchterregend nach einem Stöhnen klingt – vielleicht werden wir ja wieder zu seligen Flechten, Fischen Krebsen, ohne irreführende Bedürfnisse, nur aus aufs Fressen und Kopulieren, und die Weichtiere in den Häuserkrusten sind schon feste dabei, zum Glück, bei Badewetter wäre hier ja kein Durchkommen –, als sei Maurizios Hand nicht in der Nähe von Sonias Popo, sondern als Ohrfeige in seinem, Roys, Gesicht gelandet. England, vom Horizont versteckt, muß hier, wenn nicht als Fremde, so doch als Ferne herhalten und taugt, solange es unsichtbar bleibt, nicht weniger dazu als Feuerland. Roy würgt, kommt einfach nicht zu Potte.

Eventuell wäre es adäquat, die Gefühle, Schmerzen inklusive, wie Färbungen zu betrachten, Chamäleonverfärbungen, nicht als Anzeichen von Stimmungen, nur als Farbnuancen, quasi unter Weltraumperspektive.

Roy, endlich und plötzlich wie am Schnürchen: »Ganz klar: Wenn hier alle nichts als Ferien machen, muß man natürlich zwangsläufig an die gerade nicht faulenzende Bevölkerung denken. Zum Beispiel an postunterdrückende Briefträger, Zündelheiner als Feuerwehrmänner, mordende Altenpflegerinnen, Küchenhilfen, die ins Essen spucken, Professoren, die aus den Promotionsarbeiten ihrer Doktoranden klauen, Verkäuferinnen, die ihren Kunden extra unmögliche Kleider andrehen.«

Natürlich zeigt man, sich erbarmend, keine Skepsis und lauscht dem, was er nun fast ohne Atemholen ungefragt, beinahe schluchzend, runterrasselt, den Blick immer nach vorn aufs fatale Pärchen gerichtet: »Was sich die alte Dame einbildet mit ihrem sogenannten Taschengeld! Das verdiene ich mir selbstverständlich selbst. Um das klarzustellen. Ich brauche sie in Wirklichkeit eh – eh – nur ein kleines bißchen. Verschaffe mir Bargeld und Erfahrung durch Tauschgeschäfte, quer durch die Stadt, quer durch alle Schichten. Handele mit alten Aschenbechern und Zeitschriften, Andenken aus den Fünfzigern. Habe besten Kontakt zu den Spezialisten für Miederhosen und Kleinigkeiten am Wegesrand. Hey, was glauben Sie, in was für Wohnungen ich komme, Nordend, Westend, Südend, Ostend, Junggesellen, Geschiedene, Familienväter, homosexuelle Pärchen, die kindliche Hobbywelt hart arbeitender Manager. Ganz klar.«

Ist ja gut, sehr junger Mann, beruhige dich!

Da passiert etwas Neues. Er stammelt noch, weil er nicht so schnell stoppen kann: »Flohmärkte, Sammlerbörsen, Adressenkarteien«, dann hören alle Laute auf.

Das Rotduckerchen hat sich umgedreht! Hat sich

natürlich nach keinem anderen als ihm umgedreht, suchend, ein wenig schnuppernd sogar, und hat ihn angelächelt.

Roy sagt nichts. Er sagt mehrere Schritte lang kein Wort mehr, holt offenbar nicht mal mehr Luft. Dann hat er eine Tüte in der Hand beziehungsweise, merkwürdig, eine Hand in der Tüte, will die Hand immer tiefer in der Tüte verstecken, die Hand, die raschelnd Zuflucht sucht. In ihrem Bau?

»Ich liebe sie! Wenn auch nur kaum.«

Explosion und Nachglühen? Er hält das, was er bekennt, für eine Riesenüberraschung. Die Hand fährt aus der Tüte. »Ich denke immer an sie, weiß gar nicht, was ich von ihr will, liebe sie nur kaum, aber denke immer dran.« Völlig ahnungslos sagt Roy das: »Ich habe sofort geschwitzt, als ich sie auf dem Bahnsteig sah.«

Man begreift schon. Er gesteht es ihr, der Taglilie. Frau Fesch ist nur umständehalber die Stellvertreterin – raus muß es auf alle Fälle aus Roy –, die zwangsläufig an einen Abend denkt unter Vollmond, in optischer Täuschung Einblick in bleckende Himmelsinnereien, der während einer unvergeßlich langen Taxifahrt immer wieder riesenhaft auftauchte. Man wechselte mit dem Fahrer kein Wort darüber, als würde eine große Leidenschaft, die beide betraf, unter Geplänkel strahlend verschwiegen.

Roy, mit den redlichen Füßen im Wasser, ächzt vor Wonne. Das Mädchen allerdings, sollte es nicht, um sein vages Fühlen (Gefühlskeimlinge? Klingt ja widerlich!), falls überhaupt vorhanden, entschiedener zu modellieren, gelegentlich einige einschlägige Arien anhören? Bei Madame Collin? Wasserspiele, unversehens von ihrer, Sonias, Kraft betrieben? Es müssen ja nicht gleich leibhaftiger Schmerz oder eigene Erkenntnisse sein, die ihre wiederkäuende Tierseele ein wenig ziselieren.

»Wie soll's weitergehen?«

»Das sehen Sie doch, ich verfolge sie.«

»Trotz der muskulösen Begleitung?«

»Ich nehme den Kampf auf.«

Er lacht wie unverliebt, ist aber verliebt.

Männer in roten Anoraks schwenken mit demonstrativer Strenge von Linienrichtern rote Fahnen und goldene Hörner auf fahrbaren Leitern. Eventuell durch Leichtsinn Gefährdete unter den tapfer Badenden überwachen sie mit ihrem Tritonenblasen, nicht aber dich, Roy.

Liebe setzt die Alltagstauglichkeit und das Denkvermögen herab, verhindert auch Angstgefühle. Andererseits ist es die einzige Realität, an die man wirklich herankommt, weil man unmittelbar in ihren, sagen wir: Produktionsprozeß gerissen wird. Ist uns bekannt.

Sieh an, offenbar sollte nur die Beichte von Roy ans Licht. Schon läßt nämlich Maurizio sein Liebchen wieder fahren, gibt Rumpf oder Stengel der Taglilie frei. Aufgabe unwissentlich erfüllt. Die Liebe, Roy, Frau Fesch könnte es dir im Nu erschöpfend verraten, hat drei Geheimnisse.

Das erste: Alles vom Leben oder wem auch immer Verlangte schießt herrlich in einer Person zusammen – Willaert hält an und gibt Zeichen Richtung Seedeich.

Zweitens: Ungefordert kriegt man eine gewaltige Weltentzündung dazu.

Drittens – Willaert befiehlt, die Schuhe anzuziehen –: Es kommt aber – man dürfe auch barfuß gehen, räumt er jetzt ein – überhaupt nicht auf die Person an, einzig auf die Liebesverrücktheit. Das Letzte würde, spräche man es aus, Roy natürlich noch nicht schmecken.

Sonia hat Sand im Schuh. Roy darf sie beim wiederholten Reinigen stützen, und kein anderer sieht genau hin. Doch, doch, erläutert Willaert nämlich ablenkend, unzuverlässig kupplerisch, wie wir ihn inzwischen kennen, der zunächst lachhaft verklemmte Ehemann Leopold – er führe ihn uns hier gewissermaßen im Auftrag de Rouckls auf seinem Sockel vor – habe später, ganz Wüstling, ganz Herrscher, ganz Privatier, eine ausgesprochene und kostspielige Schwäche für sehr junge Nutten gehabt, sich zum durchaus genießerischen Massenmörder gemausert. Er meine: zum Genußmenschen und Massenmörder zugleich. Man stelle sich das zeitgerafft mal umgekehrt einen Augenblick vor, vom Horizont kämen plötzlich Schiffe, eine Besatzung von kongolesisch Wilden schüttele die wehrlosen Appartementbewohner wie Affen, besser: als weiße Biomasse von den Bäumen aus ihren Stockwerken und versklave sie für ihren schwarzen König. So erzählt, klinge es fast nach Piratenklamotte aus längst vergangenen Jahrhunderten. »Beziehungsweise«, sagt Willaert plötzlich auf deutsch, »man würde, wenn es noch barbarischer gewünscht wird, all diese Paare und Familien abtransportieren in Viehwaggons Richtung Polen auf Nimmerwiedersehen zu ihrer industriellen Vernichtung.«

Willaert! Er weiß sich die Leute, jeden auf seine Art, gefügig zu machen.

Aber dieser Mann vor einigen Minuten in der Vlaanderenstraat, der aus seiner Umarmung heraus treulose Blicke warf: Ohne Warnung nähert er sich der Erinnerung von Frau Fesch noch einmal in der unverschämten Ahnung seines möglichen Geruchs. Es folgt eine nicht beabsichtigte Vertiefung in fremde, verschiedengeschlechtliche Körperwärme. Kurzes Ersaufen darin.

Blödsinn, das ist alles nur die heimliche, etwas nervöse Vorfreude auf übermorgen, bestimmt ja übermorgen, weil Willaert uns was über Schiffe am Horizont vorschwadronierte. Angesichts des ernsten Themas aber ein peinliches Abirren von Frau Fesch. Gottlob merkt es niemand. Alle schneiden betretene Gesichter und starren auf den sturen königlichen Reitersmann, hoch, sehr hoch über uns.

Jaja, Metallkloß und Wassermasse glotzen einander an, tagaus, tagein, und nichts kommt dabei heraus, heroische Konfrontation ohne den geringsten Gefühlsaufwand von einer der beiden Seiten, aber die untertänigen Zuschauer, wir nämlich, sollten empfinden und das Herz erheben.

De Rouckl, sagt Willaert, nehme ja gern alles persönlich, ihn, Willaert, interessiere eher die vollkommen zur Plastik gewordene Ironie. Hier denke er, als simpler Parfümverkäufer, künstlerischer als unser Künstler im Ruhestand. Er müsse pünktlich lachen, sobald er zum übrigens halb deutschstämmigen »génial protecteur« Oostendes hochsehe, dem steifen Bock.

Und ihm geschieht recht, in einer Ballettreihe mit den kongenialen Appartementhäusern zu stehen. Fleisch von seinem Fleische.

Der Clou sei natürlich, so Willaert, gebannt von dem öden Monstrum, als hätte er den wie gewohnt stummen Maurizio und seine diesbezügliche Mission aus den Augen verloren, das Entstehungsjahr des Kunstwerks. 1931! 1931, als ja die Welt, von Staats wegen kolonien-geil wie er, Leopold, über Leopolds Schlächtereien zur Elfenbein- und Kautschukgewinnung im Kongo zugunsten seines Privatkontos dezidiert informiert gewesen sei, nachdem er sie, die sich allzu gern habe täuschen lassen, viele Jahre irregeführt habe mit seinem Philanthropen- und Sklavereiabschaffungsbart. Hier, in Belgien, aber sei die Bevölkerung – man habe in der kritischen Phase möglicher Aufdeckungen durch tagelange Aktenverbrennung nachgeholfen – über Jahrzehnte hinweg dumm gehalten worden. Was ihr sicher gefallen habe.

Aber da schnellt Roy, unser Roy Neuling nach vorn, in besserem Englisch, als man das selbst zustande brächte: Auch in Deutschland, 1998 und schon wieder vergessen, habe man zwischen Bundestagswahl und Regierungswechsel zwei Drittel des Datenbestandes gelöscht. Die CDU habe das als »normal« bezeichnet.

Das paßt Roy natürlich ins Konzept. Hier geht es nicht um zwei geradegewachsene Beine, sondern um Grips. Da kann er Maurizio sauber ausstechen. Und auch gar nicht so schnell lassen davon: Kongo, das drittgrößte Land Afrikas, sei eines der an Bodenschätzen reichsten der Erde. Die hätten zu ihrem Unglück alles, Silber und Gold, Kupfer. Zink, Uran und natürlich, natürlich die heutzutage in der Kriegswirtschaft besonders beliebten Diamanten. Außerdem das sehr seltene Germanium, das man unter anderem für Glasfaserkabel benötige. Es sei das Eldorado der Waffenhändler und Kriegsproduzenten. Die eigenen Regierungspolitiker plünderten das Land in Zusammenarbeit mit internationalen Großkriminellen und multinationalen Konzernen: Verkauf von langlaufenden Schürflizenzen zu Spottpreisen, aber in die eigene Tasche usw.

Willaert strahlt ihn an. Die beiden, mitten im Gedankenaustausch, kümmern sich nicht um ihre jeweiligen Liebesinteressen. Oder tun es hintenherum sogar sehr: Willaert erregt en passant schon wieder ein eifersüchtiges Verfinstern bei Maurizio, das den Antwerpener bezaubern wird, eine bisexuelle, bilaterale Eifersucht womöglich. Roy imponiert – hoffentlich – dem träumerischen Pflanzenfresserchen, das den beiden Männern, während sie ihr erotisches Süppchen im Schein des Sachinteresses kochen, vielleicht sogar zuhört.

Ob Leopold den Eintritt Belgiens in das Wettrennen um Kolonien mit dem auch heute noch in allen internationalen Belangen schlagkräftigsten, dem ewig aktuel-

len Neandertaler-Argument: »Nationale Interessen«
und »Sonst machen es die anderen« durchgesetzt habe?
fragt Roy.

Willaert nickt wohlgefällig und sagt, wieder auf
deutsch und mit leichter Verbeugung gegen Frau Fesch
und Roy: »Vor allem Ihr Bismarck hat ihn schließlich
starten lassen, weil er ihm, Leopold, wohl jede koloniale
Lumperei, aber keine politische Gefährlichkeit zutraute
wie anderen möglichen Bewerbern Europas um Kongo.«
Was aber, so Willaert nun wieder an die ganze Versamm-
lung, denn schon hat das italienische Pärchen ein eventuell konspiratives Flüstern begonnen, die Ironie der Anlage betreffe, auf dem Hintergrund eines eventuell besseren Wissens, das sei zum einen, diesen König, den
ganz Europa als gerissenen Schurken entlarvt habe, freilich: Schurke von größtenteils Schurken entlarvt, wie
ahnungslos als edlen Reiter und Retter darzustellen.
Zwar sei die Stadt Oostende, bevorzugter sommerlicher
Wohnsitz Leopolds, stark von seiner Bauwut geprägt
gewesen, habe auch als eleganter Badeort enormen Auf-
schwung durch ihn genommen, Parks, Promenade, Pfer-
derennbahn, aber profitiert hätten davon nicht die Oostender Fischer. Für die seien bloß die Wohnungen in der
Stadt zu teuer geworden. Trotzdem müßten sie hier, aus
der Tiefe hoch zum Genie, das seinerseits auf ein sich
windendes Gewürm herabsehe, falls es nicht überhaupt
bloß horizontal stiere, ihrem Beschützer zujauchzen.
Aber solche Flunkerei sei ja noch Usus bei Standbildern.
Links vom Betrachter sitze die eigentliche Pointe!

(Hat er nicht auch schelmisch seine Kolonie Kongo
ausgerechnet »Kongo-Freistaat« getauft, ganz offiziell?)

Man könne ja unter Umständen zunächst glauben, die
zerbrochenen Ketten, die dort, links von uns, von Afri-
kanern zum König hochgereckt würden, seien ein Fanal
der Revolution gegen den ihnen stets fern bleibenden

Unterdrücker. Ein netter und logischer Gedanke. Hier freilich rücke eine Inschrifttafel solches Abirren sogleich zurecht. Dort nämlich könne jedermann lesen, daß es sich um den Dank der kongolesischen Bevölkerung für die Befreiung aus der arabischen Sklaverei handele.

Willaert schüttelt sich, ostentativ im Wunsch, uns mitzureißen oder doch eher selbstvergnügt? vor Lachen. Um den Dank der kongolesischen Bevölkerung für die Befreiung aus der Sklaverei! Mit anderen Worten, das von der belgischen Kolonialregierung im Auftrag Leopolds II. versklavte Volk werde mit dieser Inschrift und eben diesen gesprengten Fesseln noch einmal in die eisernen Ketten einer eklatanten Geschichtsfälschung gelegt. Sicher würden wir unter den Schwarzen den legendären Stanley erkennen, den Leopold für seine dunklen Geschäfte in Oostende empfangen und in seiner Residenz zu Überredungszwecken verwöhnt habe. Auch auf ihn, wenn auch tief unter Leopolds Paradefigur, falle so ein bißchen falscher Glanz der sogenannten Sklavenbefreiung. Mit ähnlichem Recht! Übrigens – wieder das stechend amüsierte Gelächter von Willaert – sei es dessen grandiose Idee gewesen, die gezähmten Wilden in die ausgedienten Livreen, Uniformen, Talare, Fracks aus Europa zu stecken. Mitten im Urwald als Kellner, Husar, Verbindungsstudent, Portier verkleidete Schwarze. Das male man sich bitte aus. Schade, daß nichts daraus geworden sei. Belgischer Surrealismus und Karneval: Evvivano! Stanley selbst, mit seinem obligatorischen, von ihm entworfenen Hut, wirke, als wolle er partout den komischen Anfang machen.

Merkwürdig sei, daß Leopold stellvertretend für den ganzen korrupten Kontinent unbedingt das Meer bestarren müsse, als käme von dort die Erlösung. Dabei hätten sie alle das Übel doch seit Jahrhunderten dorthin und darüber hinaus transportiert. Aber ein großartig entsühnendes Bild brauchten offenbar auch die Übeltäter. So wie die Massen, anstatt in den Anhänglichkeiten ihrer Lieben genügsam als einem unbesiegbaren Nest zu existieren, nach einer Superfigur verlangten, nach einem zu bestaunenden Superschicksal, einem Idol zur Verehrung, sei's ein Pop-Titan, sei's ein mordender Gauner wie dieser hier.

Noch immer gemütlich lachend, schüttelt Willaert den Kopf, bemerkt dann aber verärgert, daß unser italienisches Pärchen sich mit intimen Tuscheleien, ja fast schon Turteleien beschäftigt. Will jetzt Maurizio einmal der Machthaber sein und Willaert strafen und Roy ohnehin? Oder besinnt er sich ernstlich auf die ältere Liebe zur Hemerocallis?

Willaert zischt einen einzigen Satz auf italienisch, den Frau Fesch nicht versteht, zu Maurizio hinüber. Schon fährt das Pärchen auseinander. Roy gefällt es. Ach, er hat ja seine Schuhe gar nicht angezogen! Ob er vorführen will, daß wenigstens die Füße beidseitig kerngesund sind? Erst in diesem Moment konstatiert die sogenannte Frau Fesch eine weitere Ähnlichkeit zwischen Willaert und Ensor, unabhängig vom Kostüm, nämlich das lauernd, fast tückisch Beobachtende aus dunklen, unfreundlichen oder besser: dämonischen Augenpunkten. Drumherum freilich Bart und Biedersinn, zur Weitwirkung und Tarnung.

»Of course you must take care of the motives – right motives – always.« Das hat gerade Willaert gemurmelt und widmet sich mit dem Hinweis, dies sei der Abschlußgag, jener großen, fackeltragenden und zweifellos symbolischen Frau, die als einzige dem Meer den Rücken zuwendet. Ist es eine Freiheitsfackel, die sie – unbeabsichtigt höhnisch – huldigend dem Scharlatan und Sklavensouverän Leopold entgegenschwingt? Selbstverständlich dürfe man aber auch vermuten, dem Künstler seien hier irgendwie die Pferde durchgegangen und er habe die Figur als flammenden Protest, dem König drohend, die Auftraggeber täuschend ... Wohl eher doch nicht?

Willaert spricht, in Gedanken versunken. Wir anderen können es ohnehin nicht entscheiden. Jedenfalls sei Höhepunkt der Komik, daß in Joseph Conrads berühmtester Novelle »Heart of Darkness« kein anderer als das Monstrum Kurtz, was für ein Name! – wieder verbeugt sich Willaert, als mache er den anwesenden Deutschen ein Kompliment –, auch so eine pathetisch sinnbildliche Frau gemalt habe, die eine brennende Fakkel trage ... mit verbundenen Augen.

Warum klopft Frau Fesch denn plötzlich das Herz so stürmisch, als Willaert Conrad erwähnt? Der ist doch gar keine Überraschung in diesem Zusammenhang, ist eher unvermeidlich, und doch, es regt sie ja viel mehr auf als der Blickwechsel mit dem fremden, lebendigen Mann vorhin. Beides blieb und bleibt glücklicherweise unbemerkt.

Ist also kaum passiert.

»Das ist ja interessant«, sagt sie da dummerweise mit wackliger Stimme. Willaert sieht sie sogleich an.

Aber da geht ja der Taschendieb vorüber, den wir vom Frühstücksfenster aus beobachteten! Wer weiß, vielleicht hat er gerade, ohne daß wir, abgelenkt von Willaert und Leopold, irgendwas mitkriegten, einen von uns beraubt.

Ob Ensor Leopold persönlich gekannt habe? Selbstherrlich hält Willaert uns, seine manierlichen Lämmer, noch immer fest, jetzt mit der Beantwortung unterstellter Fragen. Es gebe von Ensor in Mischtechnik und, leicht variiert als Radierung, das Werk »Strandbad in Oostende« vom Ende des 19. Jahrhunderts. Ein wahres Wimmelbild, grotesk bis zur Karikatur des badenden

Publikums in den absurden Positionen häßlich anzusehenden Ferienglücks, und das in Massen. Jeder sich nach seiner Façon ohne überflüssige Schamgefühle amüsierend.

Hier legt der von Kopf bis Fuß mit unsommerlicher und, wie sich zeigt, mißbilligender Sorgfalt gekleidete Willaert eine Pause ein. Selbst Maurizio und das vor sich hin schlafende Rotduckerchen werden erkennen, daß sie bedeutet und distanzierend markiert: exakt wie heutzutage! Allerdings spricht man solche Banalitäten nicht aus.

Es gebe Voyeure auf Badekarren und allerlei in die Luft gereckte nackte Hinterteile, eine blickfängerisch aus Malheur Hochtragende, so daß man sich gleich frage: Von wem wohl geschwängert? Noch heute werfend? Diverse homosexuelle Zungenküsse und einander begattende Hunde. Was das mit Leopold zu tun habe, dem »protecteur«? Mindestens dies: In der Brüsseler Ausstellungseröffnung, so die volkstümliche Legende, habe die Darstellung Anstoß erregt und aufgrund von Protesten entfernt werden müssen. Daraufhin habe sich Ensor bei dem anwesenden König beklagt, der das Werk in Augenschein genommen und sein Urteil in dem Befehl zusammenfaßt habe: »Sofort an gut sichtbaren Platz hängen!« Als Anekdote müsse das natürlich gefallen und hier sogar für den König einnehmen. Auch sei Ensor wenige Jahre später zum Ritter des Leopold-Ordens ernannt worden.

Willaert kokettiert mit seiner lila Schleife. Das bringt offenbar sein Ensor-Gedächtnis weiter in Gang. In stiller Belustigung fügt er hinzu, bald darauf habe ihm, dem Maler, eine gewisse Frau ein Harmonium geschenkt. »Immerhin«, sagt er dann auf deutsch mit süffisant klingendem Akzent zu Roy – ein kleiner Tritt vors nationale Schienbein, fragt sich aber, ob Roy eins besitzt –, »hat

Ensor ein Jahr nach Beginn des 1. Weltkriegs im Gefängnis gesessen, weil er Ihren Wilhelm II. als Aasgeier gezeichnet hat. Das Gesetz gegen Beleidigung ausländischer Staatsoberhäupter hatte Belgien Jahrzehnte vorher wegen Victor Hugos Brüsseler Attacken auf Napoléon III. erlassen. Ist das nicht hübsch?«

»Aasgeier«, wiederholt Roy erfreut und nachdenklich.

»Den eigenen König hat Ensor von hinten beim Stuhlgang dargestellt.«

Man betritt mittlerweile schon die trotz ihrer mondänen Position – ein vollkommen beige gestrichener Säulengang als Abschluß des beigen Strandes gegen die Stadt und spielerischer Wall vor kaltem Meeresfeuer, jede Säule ein strenger Taktstrich, der den flutenden Meeresanblick unterbricht und scherzhaft in einzelne Zellen sperrt – etwas geistlosen »Koninklijke Gaanderijen« in neuer Konstellation, ohne Leopold einen weiteren Untertanenblick zu gewähren.

Was ist eigentlich gerade passiert und hat uns so merkwürdig umgruppiert?

Offenbar hatte Roy Willaert gar nicht mehr zugehört, sondern einen Blickwechsel mit Sonia versucht. Sogar einem Uneingeweihten konnte ganz schwach von so viel Wollen werden, vom puren Willensausdruck und Verlangen. Der italienische Liebhaber hatte sich ihr zwar schon, vermutlich im schieren Bodygard-Trott, an die Seite gestellt, aber hier mußte Roy nun seine Chance einmal erzwingen, setzte auch gerade dazu an, als die Taglilie nach so langer Stummheit mit heiserer Stimme, verwunschene Augen aufschlagend und dermaßen errötend, daß wir sie alle anstarrten, Willaert langsam und Wort für Wort fragte, was man denn im einzelnen den Sklaven getan habe. Das meinte sie, fragte allerdings bloß: »Schiavi? Come? Schiavi?«

Das »Gran Dio«, das man dann auch noch hörte, war sicher Einbildung, denn gerade da ging ein gebrechlicher Mann vorüber, der trotz seiner Hinfälligkeit, ja, richtig, ihr zum Trotz ein burgunderrotes Jackett trug. Er wohnt in diesem Kleidungsstück, dachte Frau Fesch wegen des fälschlich gehörten »Gran Dio«, wie die Zuschauer einer Oper beiwohnen.

Erst während des Sprechens wurde Impala Pflanzenfresserchen wohl bewußt, daß etwas Fragwürdigeres als die unschuldige Suche nach Aufklärung über Quälereien an Wehrlosen sie antrieb zur Wißbegierde. Aber da war es zu spät.

Mit seinen bereits alten Eltern, in einer Lederhose auf winzigem Roller fahrend, sauste uns ein Knirps, sauste uns mit faltigem Gesicht ein Zwerg aus dem Säulengang entgegen.

Willaert, sofort an solch verräterischem Wechsel der Gesichtsfarbe interessiert, wandte sich Sonia ganz entbrannt zu, mit einem gewissen triumphierenden Seufzer. Da konnte Maurizio bleiben, wo er mochte! Gern, sehr gern berichte er, Willaert, Damen stets zu Diensten, ihr Details. Ein Strandfahrzeug, aufwendiges Gestänge, kunterbuntes Kreischen, mit fünf nicht mal Halbwüchsigen und einem im Gesicht frech bemalten Anführer, rollte an uns vorbei. Willaert zog das Rotduckerchen überflüssig energisch am Arm aus dem Weg. Sie solle zur Einübung bedenken, wie sicher vier von den sechsen zu ihrem Vergnügen bei Gelegenheit Tiere quälten, sich erfreuten am Schreien und Schluchzen der Geschöpfe, an den zitternden Flanken zu ihrer Lust. Und, dachte man da zu seiner eigenen Überraschung, wie nett es wäre, sie in ihrem Gefährt zu verschleppen und ihnen Falsches über die Welt beizubringen. Verderben junger Hirne. Sie der Gesellschaft wegzunehmen und einer anderen, nicht weniger künstlichen Moral zuzuführen.

Man erinnert sich plötzlich: Das Meer, gegen die Sonne gesehen eine wogende Ackerlandschaft und donnernd, mit ihr im Rücken: geräuschlos, versponnen, aber immer ein und dasselbe Wasser. Der zarte Lichtton im Crescendo, ein einziges Instrument, dem die Muskeln schwellen bis zur Orchesterstärke, ein rein optischer Sturm, in der Windstille fühlbar, großspurige Bauschungen. Riesige Bögen wachsen in die Luft. Eine stützen- und pfeilerlose Architektur über der Immobilienstadt und ihren Kränen, in der alle auf dem Weg sind zu einem fernen, aber gierig ersehnten Höhepunkt, ein starker Duft bis zum Horizont von unbekannter Herkunft.

Willaert hat uns rüde die Taglilie entrissen. Maurizio und Roy, ob sie wollen oder nicht, trotten als Pärchen hinterher. Frau Fesch läßt sie vorausgehen. Soll sich doch ein Weilchen der Italiener an Roys unbeholfener Aussprache delektieren und der an einer offenkundigen intellektuellen Schwerfälligkeit seines Rivalen. Man gönnt sich eine Verschnaufpause von ihnen allen.

Dieser Zwerg jedoch! Ursprünglicher Rufname im Säuglingsalter? Ob ihn seine Erzeuger, noch ahnungslos, Hercule genannt haben? Mit einem womöglich tollen Wunschnamen bedacht von hochfahrend träumerischen, jetzt gebeugten Eltern zu seinem Hohn, steckt der sicher Vierzigjährige in einer Kinderlederhose. Die vier aber haben überhaupt nichts bemerkt. Zu sehr verstrickt in ihre Interessen natürlich.

War hier früher nicht auf einem Postament die Büste von Ensor aufgestellt? Vom Erdboden verschluckt. Sein Konterfei auf Restaurantschildern reicht. Da kehrt, so schnell er kann, Willaert bereits mit einer verstörten, fast ein bißchen verunstalteten Sonia um. Bevor man sich fragen kann, was geschehen ist, übergibt er das über Greuel kolonialer Sklaverei nun weniger zu seiner Unterhaltung als zu seinem Leidwesen wohlinformierte

Mädchen an Maurizio, sagt jedoch auf deutsch zu Roy: »Hier haben Sie Ihre kleine Friseuse wieder«, und zwingt uns, bevor Roy groß zusammenzucken kann, noch einmal von der Höhe des Thermenhotelrestaurants mit den hellgrünen Callaangebinden auf jedem Tisch einige Schritte zurück. Hat er ihr womöglich von dem Usus kriegsführender Kulturnationen erzählt, junge Mädchen des Gegners in Militärbordelle zu verschleppen?

Durch die Scheiben der hinteren Säulenreihe sieht man, was uns vorher gar nicht aufgefallen ist, auf eisigblaue Schwimmbassins, unglaubwürdig grünen Rasen und wie von Samt oder einer Algendecke umschlossene Liegen, die schneeweiße Seerosen spielen. Es herrscht Menschenleere, hoffnungsvolle, resignierte oder blasierte. Nur ein paar kraulende Männeroberkörper tauchen in charakteristischen Stößen aus der Wasseroberfläche auf und dringen maschinenwütig, doch voll durchtrainierter Eleganz in sie ein. Manchmal steigen die Schwimmer auf den Beckenrand, lachen geräuschlos auf, wie bestellt, als einer der eben noch so Maskulinen aus der knallgelben Rutsche mit hochgereckt gespreizten Beinen ins Wasser klatscht. Willaert hat den Arm freundschaftlich um Maurizio gelegt und erklärt ihm etwas, nehmen wir an: die Anlage betreffend. Wir drei verschleichen uns ohne Absprache. Als wir bei den Callas ankommen, starren die beiden noch immer, allem Anschein nach angeregt, ja schon übertrieben amüsiert plaudernd, durch die Scheiben. Willaert winkt mit rundlicher Hand, aber nicht uns, es muß jemandem von den Schwimmern gelten.

Ein bißchen, der Etikette wegen, bleibt man noch bei Roy und der Taglilie, die jetzt keinerlei Ausdruck zeigt. Wir wenden uns nicht mehr um, nähern uns bei der Wellington-Rennbahn, an der häßlichsten Stelle der Appartementreihe, ohne Willaert um Erlaubnis zu bitten,

vom Kachelweg weg wieder dem Meer zu. Da sind in
schwarzen Anzügen die Profi-Surfer, schleppen ihren
einzigen Flügel, mit dem sie aus dem Stand über die
ersten Brandungswellen springen, schreiend und si-
chelnd, blinkende Raubfische in der Sonne, rammen sich
in die Ferne, rasen gegen den Horizont und schnellen
zurück, nach säbelnden Wendungen, bis unmittelbar zur
Küstenlinie. Der Impala steht im Staunen lieblich der
Mund offen, Roy betrachtet es. Bevor sich auch ihm vor
Entzücken darüber die Lippen öffnen, verabsentiert
man sich ein wenig durch Langsamkeit.

Niemand wird es bedauern. Was verpflichtet Frau
Fesch, hier länger die Anstandsdame für das italienische
Bräutchen und ihren deutschen Kavalier abzugeben. Sicher ist Maurizio viel zu betäubt von Willaerts Schmei-
cheleien, um sich noch über das Treiben des ohnehin
halbinvaliden Roy zu empören. Der gewitzte Beobachter konnte ja ganz gut feststellen – zum gemeinsamen
Baden in den Bassins will Willaert ihn doch wohl nicht
überreden, so dumm, seinen eigenen Körper der frischen
Luft auszusetzen gegenüber der muskulösen Konkur-
renz der Braungebrannten, wird er nicht sein –, wie
Willaert seinen Schützling beim Betrachten der Krauler
angespannt, Maurizio vermutlich manche Finessen des
fleischlich Plastischen eröffnend, studierte.

Was denken sich eigentlich die Leute, wenn sie auf
dem Seedeich so besessen hin- und herpilgern, gerade so,
als wollten sie, entgegen der Seßhaftigkeit dieses ganzen
Familienwesens in den Häusertürmen, ihrer aller Le-
bensformel bis zum Tod darstellen? Unvermeidliches
Pathos solcher Gänge auf ein imaginäres Ziel zu. Stehen
sie dann zufällig frontal zum Meer, sind sie, ungefragt,
selbst ein Inbild der Erwartung, kaum zu glauben bei
diesen Guten, Biederen. Gleichmaß der Ausdruckskraft
von Mensch und Meer in solchen Augenblicken, das

heißt: die des Meeres springt auf die Zuschauer über, minutenlang. Dann wieder gruppieren sie sich in den gewünschten Verbänden des sogenannten glücklichen Daseins am Strand. Warum das aber Jahr für Jahr? Gibt es eine Addition, eine Summe und Bilanz der Hochmomente erster Klasse? Muß das immerzu rekapituliert werden? Alle dösen aus ihren Gesichtern Mal um Mal aufs Meer, als hätten sie die vielen Tage dazwischen nicht sehr unterschiedliche Schicksale gehabt. Jetzt fallen sie in die gemeinsame Urlaubsstarre, verjüngen sich aneinander, glotzen aufs Wasser, glotzen wie verrückt auf ihr abstruses Idol.

Und da sitzen im Windschatten der aufgespannten Zeltplanen die Alten und beneiden mit gerührten Mienen die kleinen Enkelschreihälse um deren erste Begeisterung in Sand und See. Bilden sich ein, es wäre Bewunderung für die Jugend, ist aber nur die für das strotzende Gefühl.

Erneut also barfuß an der Wasserlinie entlang wie die zwei wenig Beaufsichtigten da vorn. Manchmal treibt der Wind, oder was sonst, die eine Gestalt zuckend und zerfleddert auf die andere zu, bis sie fast übereinander stolpern.

Nutzt die Gelegenheit, ihr beiden Tölpel!

Aber, ach verdammt, man selbst ist es ja, die gerade um ein Haar zwischen Muschelresten und Flaschenverschlüssen zu Boden gegangen wäre. Das Hindernis, ein sexuell versammeltes Dreiergrüppchen, hatte sich mit toujours-l'amour-Schlagern zur Vernebelung beschallt und tauchte hinter einem halb zerfetzten Tuch zu plötzlich auf. Ein circa Dreizehnjähriger, der im Sand sitzt und eine vor ihm kniende, zart betrunken wie er selbst dreinschauende Gleichaltrige durch die Jeans hindurch wie eben gelernt zielgerichtet und eventuell noch halb verwundert zwischen den Beinen scheuert, daneben ein Kind von vielleicht zehn Jahren mit rot angeschwollenem Gesicht, das ertappt aussieht, aber auch so, als erhoffte es zu seiner Erlösung, daß ausgerechnet Frau Fesch sie alle auseinandertriebe. Offenbar auch hier ein nicht besonders glücklicher, zu ungeliebten Pflichten verdonnerter Tugendwächter, die pausbäckige Kleine. Oder ein den beiden in noch unklarer Weise erotisch beispringender Helfershelfer?

Das Meer droht nur anstandshalber leise knurrend. Der Blick prallt von ihm ab zu den Strandgängern in ihrer unverdient grandiosen Vereinzelung und von ihnen zurück zum Wasser. Warum also dieser endlos sture Weg am Ufer entlang und höchstwahrscheinlich wieder retour? Wenn man nicht achtgibt, stellt man sich diese gottverlassene Frage die ganze Zeit über, kahl wie die nach dem Lebenssinn.

Unmöglich, während man das Meer ansieht, lange das Meer anzusehen! Was man wahrnimmt, ist entweder der Spülsaum oder der Horizont, die eigentliche Wasserbreite und Wellenmasse dazwischen wird jedesmal schnell abstrakt.

Um Gottes willen, mach was aus der Situation, Roy! Selbst wenn dir der Italiener hinterher die Zähne ausschlägt, greif zu!

In der Erwartungswütigkeit, jetzt ist es heraus, ist das Meer enttäuschend, ja enttäuschend, enttäuschend. Und was ist das Abstoßende der geistlos platten See? Hier die Antwort: der in ihr geäußerte Verdacht, auch der Tod könnte sich als so platt herausstellen, ein unbeleuchtetes Ding oder Vorkommnis, schnöde sichtbar und nichts weiter. Frau Quapp, dem biesterigen, beleidigten Quäppchen, schwant wohl immer öfter was in der Art.

Was hat Frau Fesch bloß so misanthropisch gestimmt! Etwa die pubertäre Dreierformation? Wie steht es dann aber hiermit: Gerade als man kurz in die Hocke ging, um einen halb vom Sand überspülten Möwenflügel zu begutachten, und in der hinteren Ferne das komische Pärchen Willaert – Maurizio und in der vorderen Ferne das andere sah, jeweils wie zusammengeschmolzen durch die Distanz und das Ganze ähnlich einer gelösten Gleichung, sind sich hier zwei Männer, ein Schwarzer, nicht nur im Gegenlicht schwarz (Kongolese?), und ein Weißer begegnet. Vielleicht war die Buhne ausgemachter Treffpunkt, und nun störte man sie hier, denn sie kamen von weitem wie sorgfältig austariert aufeinander zu. Kein Gedanke, sich auch nur um Zentimeter zu verfehlen. Beide hatten die Hände in den Taschen ihrer Jacken vergraben. Als sie auf einer Höhe waren, in der Nähe, blieben sie nicht stehen, nur die jeweils inneren Hände fuhren aus ihrem Versteck zu einem blitzschnellen Kontakt. Schon schlenderten beide auseinander, kontrollierten lediglich fünf Sekunden später verstohlen, was sie da getauscht hatten. Geld gegen Drogen natürlich. Keine Überraschung.

Greif zu, Roy, egal unter welchem Vorwand, los, die Zeit drängt! Allzu lange kann Fesch die Agenten Willaert und Maurizio durch Gedankenspielchen nicht aufhalten.

Und sie da vorn, unsere Taglilie, ob ihr dieses elende Geradeausmarschieren überhaupt zusagt?

Das kennt sie doch anders, das italienische Schwelgen im lauen Wasser wie im Leben selbst, die Wonne, daß es so gegenständlich umwälzend und umflutend wird, und man weiß: Man ist darinnen, im geliebten Leben, und wird von ihm gehoben und gesenkt. Dann die kleinen Volksstämme um Handtuch oder Liegestuhl, tief in sich ruhende Mittelpunkte, gesellig und freigestellt von ein bißchen unbesetzter Fläche drumherum, vor ausgerenktem Himmel und breitgerecktem Meer. Großzügig vorgeführte Szenen über die wohlige Umständlichkeit des körperlichen Daseins, wohin man blickt. Diese kleinen Mädchen, Söhnchen, Mütter, Hündchen. Die Männer! Alle Leibesformen geduldet. Mütter mit Jesus und Johannes dem Täufer als Knäbchen, das eine Sonnenbrille seines Vaters trägt. Weit davon abgetrieben ein glücklicher Eremit, der unterm Strohhut aufs Meer sieht, Rücken zu allen. Ein Ausrutschen hin zur Horizontlinie, die allem den Appell, die Attacke, das Gewürz einer leisen, fast schläfrigen Sehnsucht beimischt. Im Vordergrund eine winzige blaue Badesandale neben einem lange nicht gereinigten – davon versteht die »kleine Friseuse« was – roten Kamm. Vielleicht, Rotduckerchen, ist dein südliches Meer einfach ein immerwährendes Gähnen, freundlich, gelangweilt, gefräßig, das unendlich viel Zeit suggeriert und alles, auch die zappelnden Kleinkinder, in einen Schein von Ewigkeit, von ewiger Wiederholung taucht, die zähe Masse des Wassers, die verlangsamten Wellen, die schließlich beinahe erstarrenden. Plötzlich Wolkenschatten über das Wasser weithin fegend, noch ein ahnungsloses Segelboot vielleicht, das vor der untergehenden Sonne das Licht für einen Moment zusammenbrechen läßt. Später von rechts nach links und zurück geistern, eiern und glitschen waagerechte Lichtfäden, die rasch verlorengehen. Das Meer mit schwarzer End- und Urzeitmiene. Die apokalyptische Grimasse behagt dir nicht, Impala. Es gefällt dir nur, wenn durch die Blitze für eine Sekunde ein unberührter Abendhimmel als Wirklichkeit mit rosig lagernden Wolkenbänken sichtbar wird.

Los, ihr beiden, hopp, der Abstand zu den Verfolgern ist doch noch größer als der zu Frau Fesch, die sowieso beide Augen zudrückt! Maurizio wird nicht gleich mit dem Messer auf dich losgehen, Roy, wenn du ein bißchen geschickt bist oder wenigstens die Geschicklichkeit der Impala überläßt.

Oder ziehst du an der Seite vom Stuntman Roy das leere Glühen der Oostender Strandwüste der italienischen Küste vor? Ach Rotduckerchen, was weißt du mit deinem Bodyguard von der Liebe, auch wenn er an deinem Lilienkörperchen gehörig rumgetappt haben sollte! Weißt du, daß im herrlichsten Fall eine Oper die Liebe erzwingt und die Liebe in ihren besten Momenten die Arie? Wie sich die Gefühle, Rotduckerchen, in schmachtenden, silbrig zerstäubenden Tonfolgen vollziehen und verästeln, Note für Note, wie es die Musik ihnen vormacht? Feste Überzeugung von Frau Fesch, wenn die Sängerin zu den hohen Tönen aufsteigt (kraxelt?), über Bergspitzen segelt, furchtlos ohne Schwanken, immer mit größter Absturzgefahr. Eine, warum nicht, stählerne Säule aber ebenso.

Wie die Arie der Sängerin hierher gehört, wo Meer und Appartements einander einfallslos mustern, der Sängerin, wenn auch nicht der alten Madame im Hotel, die ihre Töne erfinderisch in die rabenschwarze Einsamkeit schraubt? Ein Anflug nur im Vorwärtsstapfen zwischen den entfernten Paaren. Wo eben noch Verdrossenheit war, erzeugt die simpelste Herzensmusik schon fast Glück, kurze ewige Seligkeit.

(Auch, husch, ein heimlicher, verfrühter Blick zum fraglichen England rüber!)

Hier in Belgien weiß man das wie kaum was anderes. Die beschwipsen sich doch ununterbrochen am musikalischen Lärm, ein Volksrauschmittel, Parfümierung, auch ohne Willaerts Produkte. Spendierte die Stadt aber über kommunale Lautsprecher eine regelrechte Operndroge, dann würden wir alle für zwei, drei folgenlose Momente vereint. Das ist im Gegensatz und in Ergänzung zur vertikalen Wirkung, das heißt zum immensen operntypischen Vergrößern der eigenen persönlichen Leidenschaften, der zwiespältige Verbrüderungs-, der

Horizontaleffekt der Musik. Mitgekommen, Sonia? Ist auch egal.

Tempo, ihr beiden, Dynamik, los, los, die Uhr läuft! Niemand hört eure zweideutige? eindeutige? Verständigung, keiner sieht eure schlingelhaften Gesichter dabei. Hoffentlich plant ihr gerade den Umsturz.

Bloß ein Zeitvertreib, sich das zurechtzulegen, perspektivische Grillen. Auch, wie die Leute über den Seedeich pendeln, hin und her, die Figur des Auf und Ab in Permanenz, kurioser noch als das Imkreisgehen, weil es wie die energiegeladenen Surfer ein Zielbewußtsein heuchelt. Oder ihr beiden, der um Liebe flehende Roy und du, Flehmchen, vag flehmende Taglilie, wie ihr das Amorphe – du in deinem Dösen – und das Polymorphe – Roy in seinen hektischen Bemühungen, dich durch sein stammelndes Anekdotengewitter nicht zum Tiefschlaf kommen zu lassen – so hübsch geschieden verkörpert. Beim Meer rechterhand hat man immer beides gleichzeitig.

Nutzt eure Chance, damit man nicht umsonst den Kopf hinhält und ihn sich zur Ablenkung im einsamen Vorwärtsstapfen zerbricht.

Die Jäger nähern sich jetzt ziemlich schnell, als hätten sie was wiedergutzumachen oder zu rächen. Wer weiß denn, was ihr beiden Schlimmes verabredet habt! Nur erstaunlich, daß Roy gestikuliert wie eine Windmühle im Orkan und du aber, Impala – denkst du etwa in Wahrheit noch immer an die aufpeitschenden Sklavereigeschichten Willaerts? –, dir offenbar die Ohren zuhältst, oder hältst du sie fest? Die Hände, die Arme hat Leopold seinen schwarzen Untertanen abschneiden lassen, Sonia, nicht die Ohren! Impertinent: Hält sich die ungezogenen Porzellanohren zu. Wegen des brausenden »Meergefieders« (von wem?)? Jedenfalls bemerkt Roy es zu seinem Glück gar nicht.

Soll man noch einmal zurücksehen zu den Häschern? Die Appartementhäuser sind geronnen, kleine Erscheinungen unter blauem Himmel samt den konsternierten Wolken darüber, denen mit einem für Menschen unhörbaren Pfiff untersagt wurde, die Dächer auch nur einen Meter zu überschreiten. Durch ein allerdings unwahrscheinliches Hitzeflimmern instabil, verwittert, nahezu spitzfindig die monumentalen Blöcke, aus denen die Bewohner als Erosionsergebnisse herauswimmeln könnten. Willaert und Maurizio? Die bewahren standhaft ihre Kontur, vielleicht sogar eine Gefühlsinbrunst gegenüber den Einebnungsattacken von Himmel, Sand, See. Die See andererseits ermattet ein bißchen, erbleichend, blaß zur Zeit.

Das alles kann sich rapide ändern. Bald posieren die Appartements aus der Ferne gesehen als heroische Großfiguren, und das Meer – sollten wir fünf ihm nicht einmal eine mehrsprachige Litanei neuer Ruf- und Necknamen verschaffen? – wird sich im Leuchten bis an die Stadt blähen, konvex, prahlerisch und dann wieder konkav, scharf das Mark aus den Einwohnern saugend. Macht nichts, nur bewahre uns Gott vor der schrottfarbenen Gottlosigkeit dazwischen. Wenn man sich ihm ohne Kompromisse zuwenden würde, was für eine Freude an der Auslöschung, nichts Menschliches mehr, nur Meer, wie ein Gebirge in funkelnder Menschenfeindlichkeit aufragt. Kann die Gemütsverfassung von Frau Fesch mit ihm Schritt halten? Herrscht augenblicklich Ebbe? Flut?

Man möchte die Leute in einen Sack tun und dann wieder hervorholen und mit einem Ruck vor sich hin auf den Tisch setzen.

Dann unverhofft die lästige Rührung bei einem kindlichen Fußabdruck in Wassernähe: Ach, das jetzt!

Man stapft und stapft, noch bleibt keiner von uns

fünfen stehen, und es ist, als würde man anfangen, alles, was gerade geschieht, ins Imperfekt zu entrücken, diese Gegenwart jetzt ins Präteritum.

Dazu beinahe lautlos das Sausen des Meergefieders, das jedenfalls keine Erfindung von Frau Fesch ist.

Lange Nacht

Richtig, auf ein Signal hin – aber was mochte das gewesen sein? – haben wir uns dann schließlich alle oben auf dem Seedeich versammelt. Zuerst sah das Rotduckerchen Willaert wieder so entsetzt an, daß er sagte: »Noch immer erschrocken? Bedenken Sie, meine Schöne, alles ist Mode, fast alles, auch das Händeabschlagen, genau wie das Fürblödverkaufen, Parieren und Protestieren, gar nicht böse gemeint, Quiz, Gott, Nicht-Gott, Fahnen, das Elend der Uniformen, mia bella: alles unvergänglich internationale Mode, Saisonhaarschnitt gewissermaßen. Das kommt, das geht, das kommt, für die Dummköpfe genauso wie für die Intelligenz. Hat nur eine andere Mütze auf. Kommt, geht, kommt. Die Intellektuellen basteln sich bloß für ihre Zustimmung kompliziertere Gründe zurecht.« Sagte Willaert das auf englisch, auf italienisch? Zu Frau Fesch, nicht zu Roy, bemerkte er auf deutsch: »Liest die denn nicht mal Feuilleton?«

Darum geht es nicht, Willaert, nicht um die Sache. Sie wissen das. Die Kleine ist beleidigt, weil Sie es ihr so roh, so unbeeindruckt von ihrer Schönheit ins Gesicht gepfiffen haben.

Maurizio wollte versuchsweise ganz der sein, der uns mit gewohnt düsterer Eifersuchtsmiene einschüchterte. Selbst die Impala Immaculata biß sich da verdutzt auf die sogleich verfärbte Unterlippe und fragte sich wohl, ob das jetzt ein Rückfall ihres Liebhabers in die eigentlich abgelegten Gefühle war oder bloß gewitzte Maske, hinter der er ein zu Recht bestehendes Schuldbewußtsein verbarg, Angriff – womöglich auf Anraten seines psychologisch versierten Mentors – als beste Verteidigung, die Sonia, wenn nicht erschrecken, so doch als bombensicher leidenschaftliche Überwachung ihrer Person schmeicheln würde.

Ganz richtig, damit ist es gegen Mittag ungefähr weitergegangen. Ihr Gesicht hatte in der rüden Meeresluft ein wenig gelitten. Eine Kränkung für die Alabasterhaut, das heißt, sie sah schmählich gesund aus. Auch trug sie einen Schal, der ihr wirklich nicht gut stand. Eine Leihgabe, ein Geschenk von Roy? Ob er das riskiert hatte? Maurizio schielte sie an, wir anderen mit Spannung ihn, unsern Herrenausstattermoritz. Er mißverstand ihre Wangenröte als brenzliges Zeichen, nämlich als Symptom unerlaubter Erregung an der Seite von Roy, der sich neben ihr aufbaute, zu allem bereit.

Es wurde jedoch dem Stuntman zu seinem Schmerz vorerst nichts abverlangt. Der Wind wehte schwächer, Sonia bemerkte es sogleich, wickelte den Antilopenhals aus dem scheußlichen Schal und reichte ihn an Roy zurück. Der betrachtete ihn, als wollte er ihn an Herz und Lippen pressen.

Jetzt steht der arme Kerl unten auf dem Wapenplein in greller Platzbeleuchtung, lacht vor Glück vor sich hin, in den Schal gepackt, liest die vier Komponistennamen vom Kiosk ab und starrt hoch zu Sonias Fenster hinter dem kleinen Balkon. Dann wieder die vier Komponistennamen. Sonias Fenster ist auch das ihres morbiden, ja, immer morbideren Bodyguards. Kann das gutgehen?

Ob es aber der sogenannten Frau Fesch im heulenden Dunkel hier draußen besser geht, ist die Frage.

Erst die Doppelumarmung kurz darauf, ja die Umarmungen nach zwei Seiten waren es, die sie, Frau Fesch, dann so lange außer Kraft setzten, o ja, mit Beschlag belegten für den Rest des Tages.

Etwas Doppeltes ist dem bereits vorausgegangen. Wir waren erst gerade, noch auf der Strandseite, offenbar mit frischer Aufmerksamkeit für einander, wieder zusammengestoßen, als Roys ungenierter Blick auf Maurizio Frau Fesch ins Auge sprang: Man wußte nicht, war es Neid auf dessen Kraft und Körper oder eher ein erneut wutentbranntes Rätseln darüber, wie sich die Hemerocallis mit solch einfältiger Maschine zufriedengeben konnte. Simultan taxierte Willaert Sonia, die offenbar seine undeutlich aufputschende Zudringlichkeit spürte. Auch hier ließ sich nicht entscheiden, ob der Parfümeriehändler spielerisch erwog, mit welchen psychologischen Tricks und konkreten Handgriffen sie denn wohl zu knacken wäre. Oder grübelte er ganz zielgerichtet, bloß damit er, Willaert, freie Bahn für sein Abenteuer mit ihrem ebenfalls triebmäßig aufzuschreckenden Freund hätte, ohne von dessen anderweitig okkupierter Braut gestört zu werden?

Was für ein widerwärtig routinemäßiges Spionieren von Frau Fesch! Glücklicherweise lenkte uns ein Abbruchhaus in der Appartementreihe ab. Da wollten alle drei Männer, plötzlich ein Herz und eine Seele, die Straßenseite wechseln. Zu gut gefiel ihnen nämlich, was der Bagger zwischen den noch stehenden und schon heruntergekrachten Mauern trieb.

Am Morgen, ein Anflug nur vor einem kleinen, blitzenden Haushaltswarengeschäft, hätte man am liebsten noch all die blanken, nützlichen Gegenstände aus dem Schaufenster herausgekauft zu einer adretten Haushaltsführung, auf das Wohl der vier eigenen Lieben hartnäckig bedacht, in den eigenen vier Wänden. Vier Wände um die Ticks statthaft schützend herumgebaut, die Zimmerchen von vier Seiten den Ausbruch des Familienwahnsinns verhindernd.

Man wunderte sich ja schon, wie nah man uns heranließ an die großartige Darbietung, bei der Baggerführer und Hydraulikzange manövrierten, was das Zeug hielt in der zerschlagenen Mitte des Hauses, mit herabhängenden Latten und Trägern, unterschiedlich widersetzlich gegenüber der schnappenden Kieferzange des Krans. Letztlich schaffte die es immer, und es krachte nach Herzenslust aus dem vierten Stock herab. Eine herrliche Katastrophe. O ja, Bloßlegung, Veröffentlichung der Seele und dann weg damit, Vorderfront längst perdu, eiligste Verwitterung, ganze Wände liquidiert wie Küchengerüche, daß es ein Grausen und nicht weniger eine Lust war, Querschnitte ehemaliger Fußböden, imaginäre Schichtungen, Stapelungen von Familien, vier um den Tisch herum, eine über der anderen. Jetzt die Wollust des Offenbarungseides, die eine, die erste, die letzte Öffnung zum Meer. Offene Hintertüren starrten, als hätte eine riesige Flutwelle die Beschädigung, hurrahurra, angerichtet, die Bewohner weggespült, alle ihre Zwergenschicksale gelüftet und in Nichts aufgelöst, während der schamlose Leopold ungerührt auf hohem Roß weiterhin paradierte. Zwischen Lastwagen und Dach, an dem sich der eiserne Muskel nun tastend vergriff – viel zu niedrig in der Reihe war mittlerweile das überfällige Haus gewesen –, schwang die Zange virtuos hin und her, eine allerdings tödliche Herzmassage, scherzte tänzelnd mit der willigen, dann unversehens spröden Ruine – aber was sollte sie schließlich machen? – und entriß der Trümmergestalt, mal listig, mal ruppig, die entscheidenden Rippen, griff sie im Zerren, fing sie im Fluge oder ließ sie, mit allen Krokodilszähnen lachend, in die Tiefe sausen. Akrobatische Grazie richtete ein plumpes Chaos an.

Man ist dann aber nach einer Weile wieder vom Persönlichen gefesselt. Maurizio hatte, wie heute schon einmal, den Arm in die Nähe von Sonias Hinterteil geschoben, und man glaubte fasziniert, ein winziges Widerstreben an genau dieser Stelle bei ihr zu bemerken. Nein, kein Erbeben, das wohl ausgerechnet nicht. Jawohl: Widerstreben, ein winziges und höfliches, das Maurizio nun doch verärgert spürte und weshalb er klarstellend ihre äußere Pohälfte packte.

Gerade da schrie jemand abscheulich gellend auf.

Augenblicklich wurden die beiden ein Stück vor uns stehenden offiziell Verliebten auseinandergerissen, einander nach rechts und links rücksichtslos entzweit. Ein Balken war der Zange entglitten und auf das Pärchen zugestürzt. Willaert und Roy in der Maske geistesgegenwärtiger Retter, die passioniert ihre jeweilige Beute umschlingen durften, der Ensor-Darsteller den Bodyguard, der Stuntman die Taglilie, einer gieriger als der andere und anschließend in plausiblem Nachschrecken lange pausierend in dieser allerwünschenswertesten Haltung.

Unglücklicherweise blieben Willaerts und Sonias Gesichter verdeckt, er zunächst aufrichtig schockiert, sie im Schock willenlos einverstanden? Aber unvergeßlich ist Maurizios Miene. Was für eine Grimasse weinender Nachgiebigkeit, fast mitleiderregend kapitulierend in den Armen seines bösen Schutzengels! Erinnerte er sich, in der nach kurzer Zeit ja scheinheiligen Position, der Gefahr entronnen an den Körper Willaerts gepreßt und besiegelnd festgehalten, an Beschämungen der letzten Nacht?

Roy, weißer, als es jemals ein gewisses Elfenbeinfrätzchen war, begriff dagegen nur langsam nach dem Entsetzen über die Bedrohung, in der die Impala geschwebt hatte, sein Glück. Er taumelte ja selbst. Erst etwas später, noch immer blaß bis über die derben Ohren und zitternd, begann er den Leib des noch ein Weilchen wehrlosen Mädchens (brav, Impala!) Abschnitt für Abschnitt zu fühlen und die Umarmung aus der Schreckstarre in ein Abrücken und Heranziehen, immer unbedingteres Heranziehen zu verwandeln.

Man sah natürlich aber doch nicht zu genau hin.

Viel nachdrücklicher wirkte nämlich die Tanzfigur vor dem aufgerissenen Haus, den gesamten Nachmittag und Abend über wiederholte sich im Kopf von Frau Fesch die zunächst von Maurizio erzwungene Annäherung des Paares und das Auseinanderfliegen in entgegengesetzte Richtungen. Immer neu die starrenden Hauseingeweide, das zusammenschießende Pärchen und der Schwung seiner Trennung, als hätte den ganzen Vorgang ein verborgener Mechanismus an zwei lebensgroßen Puppen, die mit den Augen rollen konnten, unbegrenzt rekapitulierbar bewirkt.

Jetzt, in der sehr ungemütlichen Nacht hier draußen, fragt man sich selbstverständlich, oder etwa insgeheim?, ob die Rettung so blitzschnell wie sie vonstatten gehen mußte, bei einer anderen Position der Außenfiguren Willaert und Roy geklappt hätte, nämlich überkreuz, gegen deren Herzensinteressen. Was wäre dann passiert?

Roy, eventuell noch immer schwindlig wegen des für sein Rotduckerchen sicher mörderischen, aber ohne Schaden zu Boden gegangenen Balkens – nach dem hier obligatorischen Beleidigen des Baggerführers, das Willaert übernahm –, machte zum Abschluß eine lächerlich einknickende Bewegung und mußte daher Sonia abrupt abstellen. Sie sah ihn verständnislos an.

Nein, sie sah instinktsicher sein Bein an. »Pazienza!« rief sich da in der Not voll stählerner Nervenstärke Roy zu und schlug sich auf den Schenkel. »Pazienza!« lachte er dröhnend auf, obschon ihm etwas weh zu tun schien. »Pazienza, pazienza!« Und das sollte nichts anderes heißen als: Ist bald wieder o. k., das alte Ding. Währenddessen hielt er die Augen zugekniffen.

Schwer zu sagen, wie sie sich dann arrangierten. Willaert und Frau Fesch gingen auf der Strandseite den anderen voraus. Er hatte sie leicht am Arm genommen, ein gelenkiger Gastgeber unserer Wanderung, der sich, das Stillen eigener Bedürfnisse unterbrechend, nacheinander allen zuwandte. Frau Fesch sah das auseinandergerissene Pärchen vor sich.

»Schabrackenmolch, was sagt man dazu: Schabrakkenmolch«, begann Willaert. »Ist der Ausdruck bei Ihnen üblich? Nein? Also eine Kreation des jungen Verehrers unserer hübschen Italienerin! Hat er gestern abend so zwischen den Zähnen für sich zu de Rouckl hingemurmelt. Wahrscheinlich weil der sich zu sehr um die Kleine gekümmert hat. Ob der alte de Rouckl unserer Betty, der guten, der heiligen, schon wieder mit seinen Pullovern Kummer macht? Er ist mein bester Freund, aber seine Kunstaktionen fand ich immer schauerlich. Ich bin Traditionalist.«

»Sie halten das Pulloververstecken für eine künstlerische Aktion de Rouckls?«

»Warum nicht? Was geht es mich an. Der eine erfindet Wörter, der andere verstört das Hotelpersonal. Kennengelernt habe ich ihn vor vielen Jahren als ..., sagen wir als Tourist auf dem Burgberg von Pergamon. Er hat dort alte Scherben gezeichnet, drei Monate lang mit einem deutschen Studenten zusammen im Auftrag eines Archäologischen Instituts, glaube ich. Was für eine einmalig sinnvolle Aufgabe für de Rouckl! Hören Sie, der Deutsche hatte schöne lange Locken wie Ihr junger Dürer. Hat sie leider abschneiden lassen, wollte in der Türkei nicht so auffallen. Leider, Ihr junger Deutscher. Ist nicht bei seinen Locken geblieben wie de Rouckl nicht bei der sinnvollen Tätigkeit. Ich selbst hatte heute in der Frühe teuflische Kopfschmerzen. Lag es am gestrigen Wein, am Wetter, an schwerer Krankheit? Jedenfalls wollte ich sterben, aus dem Fenster springen. Glauben Sie mir? Ich ging die Wände hoch. Dann, zwei Minuten nach sechs, war alles vorbei, ich befand mich auf Wolken, im Himmel. Die reine Willkür! Noch drei Minuten vorher hätte ich auf den niedlichen Maurizio verzichtet, wenn das der Preis für Schmerzerlaß gewesen wäre. Wir reden doch unter Erwachsenen? Ich könnte ohne weiteres auch jetzt den Jungen in Ruhe lassen, aber ich will nicht. Ich fühle den, nun, Auftrag, die Sendung«, Willaert kicherte übermütig, »etwas ans Licht zu bringen, Sie begreifen? Aber im Ernst, könnte ich ihm widerstehen, wenn ich es wünschte? Er ist ein ungetaufter Säugling. Seine kleine parrucchiera ist es auch, darum taugt sie keinesfalls, die Zeremonie an ihm vorzunehmen. Und umgekehrt. Es freut mich, zu sehen, daß Sie mir bis hierher ohne Mühe gefolgt sind.«

Willaert täuschte sich nicht. Aber man schämte sich dessen wenigstens. Durch die frische Luft um uns her allerdings nicht übertrieben quälend. Nein, das wirklich nicht.

»Schabrackenmolch! Gefällt mir. Muß ich de Rouckl erklären. Aber Sie, Frau Fesch, wie stehen denn Sie eigentlich zu Ihrem Namen?« kam dann unvermittelt.

Griesgrämig antwortete man, es sollte griesgrämig klingen: »Mittlerweile hieße ich lieber anders. Immerhin sieht man in geschriebener Form das e und daß mir nicht das c zwischen dem s und dem h fehlt!«

Willaert zeigte lachend die goldenen Kongozähne: »Aha, Ihre Stimme!«

»Wie?«

»Atemlos. Wie sympathisch! Das fiel mir heute schon einmal auf, weiß nur nicht mehr, welche Okkasion.«

Man wußte es noch, verriet es aber nicht.

»Ausgezeichnetes Deutsch«, sagte Frau Fesch. Das Beste, was sie antworten konnte, besser: das Erstbeste. Wir lachten jetzt beide und starrten uns dazu ruhig abschätzend in die Augen.

Willaert: »Also keine unmittelbar amerikanische Verwandtschaft.« Er zupfte wie vor einem privaten Spiegel vor den Augen von Frau Fesch seine violette Schleife zurecht.

»Bei debilen oder korrupten Königen und Putschgenerälen kann sich die Bevölkerung auf das Schicksal rausreden, wenn ihr danach ist. Bei einem wie auch immer gewählten Präsidenten, mit dessen Regierungsantritt die Welt noch ein bißchen schlechter als bisher geworden ist, auch wenn man hier von einer Art unterbrochener Erbfolge sprechen muß und er zusätzlich das Betongesicht des Oostender Promenadenkönigs mit allerdings kürzerer Nase trägt, eigentlich nicht. Streng genommen eigentlich wirklich nicht. Wie recht Sie haben, Frau Fesch!«

Spottete er ins Blaue hinein?

»Bedenken Sie, mit welchem Genie die Natur das politische Wirken Ihres Namensvetters in dessen Gesicht ausdrückt, ausgestopft von den einflußreichsten Interessenverbänden: Energie, Rüstung, Sektenwesen. Man stelle sich vor, daß dieser Mann die Nation von Ensors Lieblingsdichter Poe vertritt! Ein ausgelassener Streich der Weltgeschichte. Sein Werk weise auf jeder Seite das Wirken einer Intelligenz und eines Willens zur Intelligenz auf, so Valéry nicht über Fash junior oder senior, sondern über Poe.«

An dieser Stelle lachte Willaert unbändig, bis zum Verschlucken, lachte sich fast tot.

»Poe und Ihr Namensgevatter! Grandioses Pärchen! Aber denken Sie bitte auch an den anderen großen Amerikaner: Bei Melville gibt es einen Schiffszimmermann,

den er mit einem Taschenmesser vergleicht, das man
›multum in parvo‹ nennt. Ein solches Werkzeuggesicht
hat der bewußte Präsident. Er ist ein unschuldiges Viel-
zwecktaschenmesser, mit dem der Weltgeist Entwick-
lungen, die uns vielleicht gar nicht schmecken wollen,
zügiger vorantreibt.«

Wieder versuchte Willaert sein pompöses Gelächter.
Es blieb bei dem Bemühen. Er hatte sich verausgabt:
»Soll man sich wünschen, er wäre wirklich so einfältig,
wie wir beide uns vormachen? Da fällt mir ein, was ich
unbedingt unserer träumenden Schönen erzählen muß.
Sonia, sofort herhören! Ich hab's ja im letzten Winter
von meinem Schlafzimmerfenster aus in Antwerpen
selbst beobachtet. Auf einem Garagendach versuchte ein
Turmfalke den Star zu töten, den er, Sonia, am Boden
geschlagen hatte. Hören Sie zu, Sonia? Hören Sie mir
gut zu mit beiden hübschen Ohren? Das unpassende
Beutetier war natürlich viel zu groß für den Falken. Die
Schmerzensschreie dauerten zehn Minuten. Lockten
von allen Seiten die Krähen an. Sechshundert belgische
Sekunden. Stop! Wir sind am Ziel und müssen die Straße
überqueren. Ach ja, die Tierwelt, die Tierwelt!«

Die Tram kam uns aus südlicher Richtung entgegen.
Alle warteten an der Ampel, und Willaert machte großes
Theater um die Gefährlichkeit ausgerechnet dieses Ver-
kehrsmittels, indem er jeden von uns im ausdrücklichen
Zwiegespräch warnte. Gerade in unmittelbarer Strand-
nähe rechne man nicht mit der Möglichkeit, unter Räder
dieser Art zu kommen, aber es sei schnell und dann
unausweichlich passiert. Dann: bonne nuit. Habe man
Glück, sei nur das Bein ab. Willaert unterstrich die Aus-
sage pantomimisch durch angedeutetes Hinken.

Es war ihm sofort peinlich. Er verneigte sich, kurzfristig aus der Fassung geraten, vor der Impala, als hätte
er es nur zu ihr gesagt, um gerade sie vor ihrem über-

großen Leichtsinn zu schützen: »Buona notte! Haha! Ahimé! Haha!« Roy – war er nicht ein bißchen blaß geworden oder rot? – verzog keine Miene.

Vergessen und wettgemacht die »atemlose Stimme« von Frau Fesch. Eklatanter Souveränitätsverlust, Willaert!

Er rettete sich, die Gelegenheit war ja günstig, dabei die Sprachen beliebig wechselnd, dozierend in sein Hauptfach: »Onze-Lieve-Vrouw ter Duinenkerkje! Nur noch das Sträßchen ins Land hinein, an den restlichen Drecksdünen vorbei. Dort haben sie ihr Maskottchen begraben. Na, nicht ganz so. Seien wir gerecht: James Ensor wollte dort unbedingt sein Grab, und die Bevölkerung von Oostende hat ihn in einem langen Trauerzug dahin geleitet. Natürlich wäre mir aber wiederum Oostende ohne Ensors Wirsing und Mohn keinen Pfifferling wert.«

Frau Fesch: »Was wäre Oostende ohne sein flammendes …«

»Blau«, fiel Willaert mit ein und fuhr fort: »Was wäre das Meer von Oostende ohne die Schätze, die Ensors Palette ihnen entreißt, frischer als alles auf dem großen und kleinen Fischmarkt zusammen.«

Die Stimme, Willaert! Warum so außer Atem plötzlich?

»Sehen Sie die alte Kirche, so klein, lieb, trotzig« – ›liebtrotzig‹, sagte er auf deutsch, sicher weil er gerade Lust hatte, ins Herz geschlossen zu werden – »gegenuber dem weiten Ozean gebaut. Der kann inzwischen brüllen wie er will, verschlingen wird er das fromme Häuschen nie. Hier das Etwas, dort das Nichts.«

Willaert streckte die Hand aus, als wollte er vor Rührung – standen ihm nicht sogar Tränen in den Augen? – die dunkelroten Mauern tätscheln: »Das Nichts: Papierfetzen in den Zäunen um die staubigen Dünen herum, dahinten die Campingwüste, rings nagelneuer Immobilienspuk: das heulende Nichts. Macht nichts. Onze-Lieve-Vrouw ter Duinenkerkje wankt überhaupt nicht. Natürlich hat er auch sie gemalt. Kaufen Sie sich die Postkarte.«

Der Friedhof bestand ja nur aus einem einzigen, um die Kirche gelegten schmalen Gräbergürtel, man wußte das schon lange, hatte die steinerne Ensor-Gruft aber kahler in Erinnerung. War sie von den »Ensor-Freunden« verschönert worden? »Baron James Ensor, 1860 bis 1949«, las uns Willaert barhäuptig vor. »Dabei ist er es, der nicht nur Oostende, sondern ganz Belgien geadelt hat.« Er zog ein Sträußchen roter Plastikrosen aus der Manteltasche und klemmte sie an das r in Baron. »Schäbig, schäbig«, lachte er dann, ohne Ankündigung zur Gegenwart erwacht, und haute funkelnden Auges Maurizio, der daraufhin zu Boden sah, kräftig auf die Schulter. Joseph Conrad allerdings, merkte Frau Fesch für sich im stillen an, hat den Adelstitel, den ihm die britische Regierung schließlich antrug, abgelehnt.

Ob die anderen auch den Sand überall am Körper spürten wie man selbst?

Willaert war nicht mit in die Kirche gegangen. Er mußte offenbar – Maurizios Ruhe bedeutete entweder, daß er endgültig, mit jedem vorübergehenden Entzug von Willaerts Aufmerksamkeit stärker, in dessen Fänge geraten war oder daß er einen Hinkenden, was sein Früchtchen Sonia betraf, für einen indiskutablen Rivalen hielt – am Grab wichtige Ensor-Nachhilfe erteilen. Frau Fesch führte, schon wieder Anstandsdame und Kupplerin in einer Person, das eventuell frische Liebespaar ins Innere. Konnte es einen schlagenderen Kontrast zum Meeresaroma geben als den von Weihrauch und Kerzen? Wenn man unbedingt Verlangen danach hatte, auch kaum einen tiefsinnigeren. Die Taglilie ahnte so etwas.

Ihr Schwanenhals tentakelte auf der Kirchenschwelle zwischen Diesseits und Jenseits.

»Danken Sie für Ihre und Ihres Verlobten wunderbare Rettung«, rief Willaert ihr nach, »bitte mit einer besonders dicken Kerze, ich bezahle das dann! Hören Sie, hmm, eine schön dicke, wenn ich bitten darf!« Exaltiert brünstiges Männerlachen von ihm und Maurizio.

Die Impala aber dachte sich nichts, flüsterte nur sehr artig, nahezu knicksend ihr »Certo!«, und abrupt hörten wir in unserem Rücken den Beginn einer strengen Lektion für den Italiener. Frau Fesch übersetzte es sich etwa so: »Ich, Ensor, habe konsequent heftige Wirkungen gesucht, vor allem bei den Masken, wo die lebhaften Töne überwiegen. Diese Masken gefielen mir auch, weil sie das Publikum verletzten.«

Wieder sah Frau Fesch das Bild des auseinandergerissenen Paares vor sich, aufgeteilt zwischen denselben Krähen wie vor dem Abbruchhaus.

Das Rotduckerchen, in heimisch anmutenden Weihrauchschwaden schreitend wie zwischen den fliegenden Inseln Waak-al-Waak, als uns die dunkle, duftende und überall mit Flämmchen zuckende Kirchenhöhle aufnahm, verlor keine Zeit durch Herumtändeln, steuerte sogleich auf den nächsten Altar zu, ohne weiter nach rechts und geradeaus zu sehen. Mit dem Ritual ja fast von Geburt an vertraut, entzündete sie vor sich hinlächelnd und ungehorsam sieben kleine Wachstöpfe. Wem mochten sie gelten? Natürlich uns fünfen, außerdem Betty und Frau Quapp. Schneewittchen mit den sieben Zwergen!

Den Schabrackenmolch hatte sie vergessen.

Oder etwa Frau Fesch? Sie einfach ausgelassen und überschlagen? Da fragte man lieber schnell ganz demütig, ob man in die Fürbitten eingeschlossen sei. Was konnte das schaden! Aus einem italienisch sprechenden Herzen steigend, waren sie vielleicht auch in dieser Saison noch nicht ungültig. Ihrer Macht auf spezifischem, geradezu heimatlichem Terrain erstaunlich bewußt, beruhigte Sonia, auf einmal ganz huldreiche Schein- oder Halbheilige: Die zweite von links sei die für Frau Fesch.

Es handelte sich aber gar nicht um einen Altar unserer Lieben Frau, sondern, wie zu lesen war, um eine Heilige Rita in Nonnentracht, das machte nichts. Keine in Dankbarkeit gespendeten silbernen Einzelteile, kein Arm an die Wand geheftet, keine Hand. Man hörte einlullend hausfraulich einen Staubsauger und vom Tonband mittelalterlich stimmenden, wie aus unverputzten Gemäuern kommenden Mönchsgesang im allerdings molligen Dämmerlicht. Vorn neigte sich vom Kreuz Jesus lauschend zwei kirchlichen Putzhilfen zu. Das größte Glück mußte gegenwärtig sein, hier eine windstille Weile schlafen zu dürfen, man begann schon damit und stellte sich dazu vor, was wohl in der auf einer Art Küchenstuhl sitzenden Impala vor sich gehen mochte. Auch etwas Liturgisches hätte Frau Fesch gefallen, im Sinne einer zusätzlichen, immateriellen Kapelle um sich herum, wie Roy hier im frommen Hohlraum und zugleich auch noch im wetterfesten Häuschen seiner Liebe hockte, gegen die bleckenden Flächen da draußen.

Hier draußen, im Geheul und Klatschen gegen die Deichmauer, ist es so allein im Grunde fürchterlich, gäbe es nicht dahinten, noch für kurze Zeit verborgen, England, eine sehr private und geheime einstellige Abordnung, hochmusikalische Abordnung übermorgen aus England, wo im Augenblick nichts, nur Schwärze haust,
und zaust
und nistet,
ihr enervierendes Dasein fristet.

Hat man nicht gehört, die Impala stamme aus Padua? In Padua sieht man sie unverzüglich in der Giotto-Kapelle. Ja, wenn sie nicht den Leuten die Köpfe frisiert und mit Maurizio schäkert, hält sie sich in großer Selbstverständlichkeit mit verdrehtem Hals in jenem Raum auf, wo eine gewisse Erlösungsgeschichte, unter der die jetzigen Industrienationen einstmals jahrhundertelang träumten, in lauter gleichmäßige Stücke zersprungen auf die Wände gemalt wurde, damit man durch diese Bilder, durch diese von unauslöschlichen Gesten des Zorns und Erbarmens, des Leidens und des Entzückens geprägten Bilder die Welt ansehen und auch die Welt in solch bedeutungsvollen Rechtecken in sich herumtragen konnte. Die Krone der Säugetiere, bei aller Bosheit eingehüllt in die freundlich schützende Erdatmosphäre ihrer alten Bilder.

Die Impala Antilopenschnute – sollte man glauben, sie würde, Willaerts Auftrag gemäß, für die Rettung vor dem mörderischen Balken danken oder lieber ein Mittel gegen die Gefährdungen Maurizios erflehen oder die Erlösung Leopolds aus der fegefeuerähnlichen Hölle oder die Entschuldigung Belgiens bei den Kongolesen? – war wohl einfach mit schön gerecktem Hals vor der heiligen Rita oder Nicole, wie heute morgen vor Frau Quapp, in Verehrungsstarre gefallen. Roy saß schräg hinter ihr. Komisch, die Ellenbogen und Unterarme hielt der Stuntman unnatürlich, Stummeln ähnlich, vom Körper abgespreizt. Vielleicht hatte sich der Unglücksrabe beim Auffangen Sonias eine uns bisher verschwiegene Verletzung zugezogen. Im bebenden Halbdunkel bewunderte er sie jetzt als Heiligenerscheinung im Fleische. Roy, Roy Neuling, immer noch entgeistert und ergriffen vom nachhallenden Abdruck ihres Körpers an seinem. Keinesfalls zu verwechseln mit dem älteren einer ehemaligen Lule Bilali oder Bilalu, Kosovo: Er ahmte, ohne es zu wissen, in

Rudimenten die Haltung des eben genossenen Umarmens nach. Frau Fesch überfiel plötzlich, während am Grab bei den Ligusterhecken Willaert zu Ensor und Maurizios Muskeln betete, eine nervöse Frömmigkeit. War es nicht etwas Wunderbares, wie man im Singsang von Staubsauger und elektronischen Mönchen den schwärmend selbstvergessenen Roy betrachtete, wie er seinerseits ein religiös entrückt sich gefallendes Rotdukkerchen, das wiederum das Flehmen zum weihrauchduftenden, erleuchteten Abschluß brachte in der spirituellen Rita? Durchlief uns nicht alle, sich steigernd, derselbe Schauer?

Nein, es war allein Roy, Stuntman Roy mit den groben Ohrmuscheln, das rechtwinklige, ungeschlachte Enkelkind war's, das im Stande der Gnade weilte, nämlich dem reinster, inbrünstig männlicher Oberflächenverzükkung.

Dabei schien er irgendwas zu kauen, ähnlich hatte es davor Willaert draußen mit seinem vollständig anders gearteten Gesicht gemacht, als er von Ensor sprach. Es sah aus, als hätte einer dem anderen etwas zugesteckt, dessen Verzehren beide vor uns anderen nicht zugeben wollten.

Man machte seinen fälligen Rundgang dann allein, von einem Kerzchengeflimmer zum nächsten, ließ die beiden also eine Weile aus den Augen und kam noch gerade rechtzeitig, um etwas Erstaunliches zu sehen.

Die Impala, graziös auf den Zehenspitzen, malte Roy, der ihr, als sollte er geküßt werden, den Kopf zusenkte, mit dem ins Weihwasser getunkten Finger sorgfältig ein Kreuzzeichen auf die Stirn. Dann aber, vielleicht angeregt durch Roys irritiertes Schmunzeln, richtete sie sich noch höher auf und berührte, nein, man täuschte sich nicht, mit den sanften, ungeschminkten Lippenpolstern bedächtig die freie Stelle zwischen seinen Augenbrauen und setzte in einer Art Fließkuß zu einer Verlängerung auf seinen Nasenrücken an.

Gerade da betrat Willaert voller Schwung die Kirche, erfaßte die Szene, sog betont die Wangen nach innen, reagierte sofort. Er kündigte, Maurizio von der Tür wegdrängend, diesem mit lauter Stimme an, wir seien im Begriff, zum Vorschein zu kommen. Vielleicht war das dem stark erröteten Roy nicht mal recht? Jetzt hieß es, ohne Übergang Fassung zu gewinnen.

Aber diese Beichtstühle rechts und links vom Eingang! Ein grüner Vorhang in der Mitte, einer rechts und einer links. Hinter welchem hätte man am liebsten ein Weilchen gesessen, abwechselnd gebeichtet und die Beichte abgenommen, losgesprochen und Strafen verhängt, dann wieder vieles gestanden und bereut? Diese schönen, nilgrünen Vorhänge!

Wie knifflig der Liguster roch! Nach schal gewordenem Weihrauch? Man solle sich, ordnete Willaert an, drüben in der Ensor-Taverne stärken. Immerfort hörte man einen buhlenden Täuberich, huuh, huuh, huuh. Architektonische Hölle ringsum? Die zag bunte Häuserreihe gegenüber der Kirche pulsierte verstohlen.

»Keine Farbe: Mit sechsundzwanzig Jahren«, so ungefähr und zusammengefaßt unser Cicerone, leicht schnaufend vor Begeisterung, mit dem Hut in der Hand vom Ensor-Grab Abschied nehmend, »hat er uns eine andere Kirche präsentiert, seine bedeutendste Radierung, eine riesige, Schrecken einjagende Kathedrale oder, wie die Herrschaften wollen, eine Himmel und Erde bedrohende urtümliche Rakete vor der Zündung.« Sie sei steil wie eine in vielen gesetzmäßigen Formen verwitternde Felswand, davor horizontale Massen aus Winzigkeiten: zur Hälfte Prozessionen paradierender Soldaten, militärische Manien im Irrsinn der Schnurgeraden schwelgend. Feiertags hätten die mit dem blutigsten Geschäft immer die adretteste Haltung und Uniform, vom Rekruten bis zum General, das sei stocksolide, internationale Militärpsychologie. Zur anderen Hälfte wüstes Geknäuel von Zivilvolk, fratzenhaft sich freuend oder fratzenhaft sich fürchtend. Das Ganze leider ein Eldorado für Interpretationsfreibeuter, besonders der psychoanalytischen Couleur.

Natürlich, das wußte man doch längst, aber jetzt erst erkannte man sie wieder: die Appartementreihe und das Gewimmel ihrer Bewohner am Strand davor, die Bewohner als Strandlandschaft, die plötzlich zur Metaphysik verdonnerten Appartementburgen als düsterer Urteilsspruch über die Sandkorn-Existenz ihrer Eigentümer und Mieter.

Auf endlich in die Ensor-Taverne! Alle aßen gierig Toast und Pfannekuchen, waren ansonsten von der Welt suspendiert, und auch man selbst blieb für einige Zeit zufrieden nur über das eigene Essen geneigt. Der kalte Sonnenschein verwandelte sich drinnen in summende, gurrende Wärme, im Hintergrund auch in zwitschernde. Zu sehen gab es nur mehrere Aquarien mit aufblitzenden Fischen darin.

An dieser Stelle muß es passiert sein, etwas Unwesentliches: »Aller guten Dinge sind drei«, sagte Willaert und bestellte sich das dritte Bier. Kräftig durchblutet glühte nun seine zarte Wangenhaut. Mysteriös, daß es sich so einprägte. Frau Fesch, wieder zum Leben erwacht, sah daraufhin vor sich einen bestimmten Männerhals mit einer hell blutenden Rasierwunde, dann den Mund desselben Mannes mit einem darüber hinausgerutschten Lippenstiftfleck, und nun suchte sie nach der dritten roten Stelle. Da sie die nicht fand, dachte sie, es könnte wohl gut eine kleine Wunde in der Schläfe sein. Es mochte aber auch daran liegen, daß an einem benachbarten Tisch eine deutsche Stimme sagte: »Und dann,

Hilde, kommen sie nach ein paar Jahren wieder raus und richten neues Unheil an.« Nein, wohl kein Schrei nach der Todesstrafe für Psychopathen, eine Feststellung nur, vorgetragen von einem bärtigen, trostbedürftigen Mann, der auch nicht weiterwußte, im Ton tiefer Entmutigung über den Lauf der Welt. Ob dieser Gast und seine Begleiterin wegen Ensor hier waren oder vom nahen Campingplatz nur zufällig auf einen Abstecher?

Man spürte, wie Willaert mühelos diese letzten Gedanken las. Er sagte jedoch und zeigte dabei unauffällig auf einen anderen Tisch und dessen Gesellschaft, zwei ältere lachende Frauen, die flämisch sprachen: »Die eine will nicht erben. Will in eigener Umgebung leben, nicht in einer Welt von früher, keine Tassen von Anno dazumal, keine Bettlaken von Methusalem. Die andere hat ihrem Mann drei chic gestreifte Unterhosen gekauft, flotter Beinschnitt, damit er die unmodernen Dinger wegtut. Aber dann drückten sie ihm auf den Bauch, und er hat heimlich zum Weiten eins der Höschen auf Holz gespannt. Die anderen zwei bestaunt er hin und wieder, sagt, sie seien auch zum puren Betrachten schön.«

Alle sahen Willaert an bei seinen Unterhaltungsversuchen. Möglicherweise wollte er irgend etwas überspielen. Wenn er was hinzuerfand, konnte es keiner kontrollieren: »Da drüben die vier Greise haben zuerst über die Korruption in den belgischen Fußballclubs gesprochen, jetzt rätseln sie ganz desperat über den Namen eines berühmten nationalen Radrennfahrers. Ich könnte ihnen helfen, tue es aber nicht.« Er versetzte Maurizio einen Puff, als der gerade trank, so daß ihm ein Schaumschnauzer wuchs, der Sonia zum Kichern brachte. War es der völlig verstummte Roy, von dem Willaert ablenken wollte?

Auffiel, daß alle, die von der Toilette zurückkehrten, still vor sich hinlächelten. Aber dann war ein Bekannter mit einem Rucksack hereingekommen und gleich zu uns getreten. Man wußte nicht, warum man ihn für einen Bekannten hielt. Ungebeten, ungefragt und, wie er einsehen mußte, unerwünscht packte er unseren Tisch voll mit Teddys in diversen Größen und betrachtete sie jeweils so auffordernd entzückt und überrascht von seiner eigenen Ware, daß es schwerfiel, nicht mitzumachen bei den Gefühlen. »Alles Handarbeit«, übersetzte Willaert. Die Impala rang die Hände und sah von Maurizio zu Roy und zurück. Willaert schüttelte rechtzeitig sehr streng, wenn auch nicht unfreundlich den Kopf. Nach einem wehmütig verebbenden Hoffnungsblick auf die Taglilie sammelte der Mann leicht geduckt seine feixenden Plüschfiguren zwischen Tellern und Gläsern ein.

Wollte man etwa so die Menschen vor sich hinsetzen und nach einer Weile wieder wegstecken?

Er ging von Tisch zu Tisch, immer neu entzückt, überrascht über das, was er da selber ans Tageslicht brachte. Man kann nicht sagen, die Leute hätten ihn zum Narren gehalten. Bis zuletzt Entzücken, Überraschung, aber kein einziger Verkauf. »Wucherpreise«, erklärte Willaert. »Eigentlich lieben die Belgier genau solche Sachen, sind ganz wild danach. Aber es muß nicht Handarbeit sein, es genügt das Als-ob.«

Vor dem Aufbruch ging endlich, ob sie was versäumte oder nicht, zwangsläufig auch Frau Fesch nach hinten. In der Helligkeit des Korridors vor den Klos gab es Nymphensittiche, Kakadus, Kanarienvögel, die sofort, wenn man zu ihnen trat, bunt vibrierend durcheinandersprangen und zu singen, zu schmettern, zu jauchzen begannen. Hinter einem niedrigen Pappbrett kugelten sich weiße Hündchen. Es war ein kleines, paradiesfarbenes Glück plötzlich und offenbar der eigentliche, Insidern geläufige Schwerpunkt dieser ehrwürdigen Ensor-Taverne. Deshalb also blieben alle beim Gang zur Toilette so lange weg. Das einzige Waschbecken war für weibliche und männliche Benutzer. Im Spiegel darüber sah man, da die Schwingtür offen stand, zum Gezwitscher direkt in die Urinschalen für die Männer.

Wieder riß Willaert, wenn auch dezent, das Bezahlen der Gesamtzeche an sich. »Noch ein Ausflügelchen Richtung, nur Richtung De Panne, La Panne, nur ein paar Meter«, sagte er unerwartet, sah prüfend in die Runde und dann: »Wir nehmen bitte die Straßenbahn. Ich bin nicht so ein guter Wanderer.« Er legte Roy leicht die Hand auf die Schulter: Also mußte er doch gespürt haben, daß der Weg dem Jungen allmählich Qualen bereitete, wie das Mütterchen Quapp, nicht in der allerbesten Absicht, vorhergesagt hatte.

Welch ein Unterschied, ob Willaert den Bodyguard an der Achsel anfaßte oder den Stuntman! Selbst wenn er Maurizio burschikos in den Rücken schlug, gab es etwas in der Geste, das der behutsamen Berührung Roys grundsätzlich fehlte. Man konnte es natürlich nicht nachweisen und fuhr im übrigen nun direkt im Wehen und kühlen Gleißen des Sommernachmittags an der Nordsee, am Atlantischen Ozean entlang, ein Husarenstück der Straßenbahn, über den Seedeich, daß allen das ansonsten sicher sehr unterschiedlich beschäftigte Herz einmütig lachte.

»Raversijde«, sagte unser Führer, beugte sich zuvorkommend nach vorn und hinten. Und da, als die »Kusstram« gerade quietschte und schrillte, sah Frau Fesch wieder das aufgerissene Haus und das auseinanderstiebende Paar. Zusammengeschoben, auseinanderfliegend. Wieder und wieder, eine automatische Gymnastik.

»Domein Raversijde. Etwas für unsere deutschen Gäste. Geschützrohre, die den Horizont kontrollieren und die mahnend über die Dünen ragen, frisch gegen den Feind aufgefahren. Freiluftmuseum Atlantikwall: Küstenbefestigungsanlagen aus dem 1. und 2. Weltkrieg,

Bunker, Artilleriestellungen, Panoptikun, Animation. Da fällt mir ein: Ist Hitlers Ardennenoffensive hier noch ein Begriff? Haben unsere italienischen Freunde jemals das Wort gehört? Wie auch immer, hier sind Sie mit der einzigen Geschichte konfrontiert, der die Stadt die Treue hält, wenn man vom Seedeich-Leopold absieht. Was uns interessiert: Trotz schwerer Bombardements hat der hochbetagte Ensor sein Oostende nicht verlassen wollen. Oostende, die übermäßig graue Stadt, aah, er hat sie entbrennen lassen mit allen Hausdächern, Gemüsen, Frauenröcken, Gesichtern. Der heiße Atem seiner Farben schlägt aus ihnen heraus, – falls man seine Bilder im Kopf hat. Was die Bewohner selber schaffen, ist allenfalls anstreichen.«

Willaert zauberte plötzlich aus seinem Mantel den kleinsten der Tavernen-Teddys hervor und schenkte ihn dem Rotduckerchen. Man konnte es für eine Wiedergutmachungsgabe nach den Schrecken seiner Sklavereierzählungen halten. Wie hatte er es bloß angestellt, das Ding hinter unserem Rücken dem Mann abzukaufen?

»Er ist der Bruder von Betty. Ich weiß von de Rouckl, daß er so was macht. Er muß es gewesen sein«, sagte er, genoß kindlich unsere Verblüffung und, mit einer geringen Prise Bosheit zwinkernd, zu Sonia gewandt: »Zur Erinnerung an Onze-Lieve-Vrouw ter Duinenkerkje!« Allerdings: Hätte Willaert den Teddy im Lokal vor aller Augen bezahlt, wären noch andere sicher seinem guten Beispiel gefolgt. Vielleicht die Frau, die alles selbst kaufen und nichts erben wollte, oder die vier sportbegeisterten Greise, die ein Maskottchen brauchten?

Wir fuhren lange. Willaert, einmal in der Tram, mußte seine Pläne geändert haben. Schließlich, irgendwo zwischen Middelkerke und Westende, fanden wir uns, aus dem flutenden Sonnentau gegriffen, in einer düster flakkernden Spielhölle wieder.

»Infernalisch«, meldete sich endlich Roy zu Wort, aus tiefem Schlaf erwacht und auf einen Schlag munter. »Ein infernalisches Rumoren.« Er lobte die Musik. Hier einmal, von Willaert sarkastisch konstatiert, war er sich mit dem Italiener einig. Sehen konnte man, nach dem Licht draußen, eine Weile überhaupt nichts außer den grellen Bildschirmen im gesamten, offenbar gigantischen Raum, der sich nach allen Seiten in Dunkelheit verlor.

Zuerst schleppte Willaert das Rotduckerchen vor ein altmodisches Spielgerät. »One-armed bandits«, erläuterte er und hieb sich pantomimisch einen Arm ab, wie er es für sie bei seinen Kongogeschichten wohl getan hatte. Man sah deutlich, wie sich das Mädchen vor ihm zu grausen begann.

Da freute ihn seine Geschmacklosigkeit.

Ob er vorhin doch das Roy beleidigende Hinken nach einem möglichen Tramunfall mit Absicht vorgemacht und seine Verlegenheit nur vorgetäuscht hatte?

Die Hauptattraktion nicht nur für uns, auch für Kinder, Hausfrauen, junge und alte Männer, ob Touristen oder nicht, war jedoch eine große, runde Maschine, um die man wie um eine runde Theke mit münzengefülltem, sternförmig unterteiltem Aufbau herumstand. Zu ihr hingezogen wurde man durch die Menge der Spielhungrigen, die sie umgab, mehr noch durch die Stille, die vervielfachte Atemlosigkeit, als überwölbte diese Stelle eine Glocke, die jegliches Außengeräusch abwehrte. Zumindest nahm die kurios gemischte Bruderschaft der Spielenden nichts wahr als ein bestimmtes, prasselndes Klingeln, das sich manchmal durch den ersehnten Münzenregen ergab. Am stärksten verwunderte, wie ältere Männer, Väter oder Großväter, Acht- und Zehnjährige vor sich stehen hatten und sie gewissenhaft zum Glücksspiel anleiteten.

Es bestand darin, soviel begriff man rasch, in einer

Mischung aus wenig Geschicklichkeit und viel Schwein durch einen Schlitz Münzen oder Chips gleiten zu lassen, und zwar auf einen darunter befindlichen Geldhaufen, der sich an einer Kante staute. Traf man genau den Punkt, wo die gehäufte Masse der unterschiedlichen Münzen das heikle Gleichgewicht und den verschachtelten Zusammenhalt verlor und teilweise abstürzte, durfte man das in den Schacht gefallene Geld kassieren. Immer sah es so aus, als ständen die Geldstücke unmittelbar vor diesem kritischen Moment. Unverzeihlich, gerade jetzt das Unterfangen, nachdem man so viele Münzen geopfert hatte, aufzugeben. Die Profis unterschieden sich von den Laien dadurch, daß sie, wenn eine Position frei wurde, sogleich ihre Chancen abschätzen konnten, während der Neuling – von uns beteiligten sich nur Willaert und Maurizio – leicht irregeführt wurde und Geld verlor, von dem nach seinem Aufgeben die Könner profitierten.

Überall in der Runde waren die Augen unablenkbar auf die jeweilige Absturzlinie gerichtet. Der Fanatismus der durch ihn zeitweilig gealterten Kleinen stand dem der Onkel hinter ihnen nicht nach. Nur ab und zu hörte man einen Fluch, ein Stöhnen. Freudenschreie nach dem Münzenfall nie. Es schickte sich nicht. Unmöglich schien, an anderes zu denken als an die entscheidende Kante und den zu erwartenden, kapriziös verzögerten Rutsch, der oft nur aus ein, zwei Stücken bestand, immer auf Messers Schneide im Glas- oder Plastikkasten, immer das geballte und gebannte Wünschen davor.

Das alles mit dem Rücken zum ausgesperrten, unter der nachmittäglichen Sonne fern wogenden Meer. Die hier drinnen hatten es achselzuckend satt und widmeten sich der dämmrigen Offenlegung einfacher und insofern solider Glücksmechanik hinter Glas. Man hätte nicht darauf schwören wollen, aber der Mann, der neben Wil-

laert stand und kurz mit ihm sprach, mochte gut der
sein, der, von hinten überholend, vorhin am Strand mit
dem Kongolesen den schnellen Drogenhandel vollzogen
hatte. Identisches Halbprofil!

Würde Roy eine Entführung der Impala, die sich zwischendurch wie in Verzweiflung mit gespreizten, zugleich auch unvermeidlich kundigen Friseurinnenfin-
gern durch die Haare fuhr, bemerkt haben? Jedenfalls
nutzte er wohl nicht die Gelegenheit, soweit man es
beobachtete, für eine neuerliche Annäherung.

Ganz anders Willaert. Er stand aufrecht und allzu
dicht hinter dem seine Wächterpflichten schändlich
vernachlässigenden Bodyguard, der sich, von seinem
Beschützer eifrig mit Münzennachschub versorgt,
zwangsläufig in vorgebückter Haltung befand. Vielleicht
lag es an der Übereinstimmung aller ins Spiel wirklich
Involvierten, aber man hatte den Eindruck, die beiden,
Maurizio und Willaert, würden in einer öligen Schwärze,
ja, in einer Emulsion gleiten, und das war wohl für den
Parfümeriebesitzer der höchste Preis, der hier zu gewinnen war. Ob die Partie am Ende mit einem Münzsegen
endete oder nicht, blieb dann gar nicht im Gedächtnis
haften.

Auch das nicht: Trug Willaert vor dem Spielautomaten
seinen Hut auf dem Kopf oder hielt er ihn wie an Ensors
Grab in der Hand?

In Erinnerung blieb dagegen, daß er danach in einer
Confiserie einige Pralinen aussuchte. Wir beobachteten
ihn dabei, in einer Reihe vor dem Fenster aufgestellt. Er
gab uns nichts davon ab und erklärte nichts, doch man
erriet schon, für wen sie bestimmt waren. Darin hatte
man sich dann auch, wie sich ja zeigte, nicht getäuscht.

In der Tram, lange Zeit mit kleinen Unterbrechungen
am immer ferner blitzenden Meer entlang – verblüffend,
wie der Kontinent der Wassermasse noch immer stand-

hielt –, fand niemand einen Sitzplatz. Man hielt sich oben an den Schlaufen fest und rempelte, im allgemeinen Schaukeln parallel zum Meer beinahe seekrank, immerfort den einen oder anderen an, rieb sich beliebig reihum an den Körperteilen aller Gruppenmitglieder und konnte allenfalls, je nach Geschmack, versuchen, begünstigt von der Gelegenheit und durch simple Verstellung, einen speziellen Kontakt zu erstreben, zu meiden, je nachdem. Aber meist, da man seine Augen ja nur vorn sitzen hatte, war gar nicht sicher herauszufühlen, ob man gegen eine gebetene oder ungebetene Flanke fiel. Zumindest bemühten sich alle, den Anschein zu erwecken, sie würden die wahllose Konfrontation mit Bäuchen und Hinterteilen ignorieren. Ob Willaert gewußt hatte, daß die Straßenbahn um diese Zeit so voll war? Die Situation amüsierte ihn, er behielt jeden mit freundlicher Tücke im Blick, in tückischer Liebenswürdigkeit. Manchmal ertappte man ihn. Dann nämlich verbarg er das Stechende seiner blanken Augen nicht schnell genug oder legte gerade keinen Wert darauf, es zu tun.

Er redete während der gesamten Fahrt und immer englisch. Die anderen schwiegen aus verschiedenen Motiven wohl ganz gern. Man bekam aber das, was er sagte, wegen des dauernden Gependels nur in Bruchstücken mit. Jedesmal wenn man zu Roy hinsah, bemühte der sich, sein seliges Lächeln zu unterdrücken, als stände er in sehr vertraulichem, ununterbrochenem Schunkelkontakt mit dem Bräutchen des Bodyguards. Der hingegen hing, wenn es im Gedränge möglich wurde, an den Lippen seines Mentors, der so vieles wußte. Und in Wirklichkeit doch nur ihn, den in der Verborgenheit seit langem schon intelligenten, endlich entdeckten Maurizio meinte.

»Nachher gut aufpassen, kurz vor dem Ende der Fahrt, beim Leopoldpark: Da sieht man den König von hinten, den halben Leopold über dem Pferdehintern, er allein gegen den ganzen Himmel. Meist sitzt ihm eine Möwe auf dem Kopf«, hatte Willaert zu uns allen beim Einsteigen gesagt.

Dann kriegte Frau Fesch mit, daß er von Flamen und Frankophonen sprach, über die kitzlige Situation weniger des zweisprachigen Brüssel als dessen Umlandes und die Furcht der Flamen vor einem frankophonen Korridor in die Wallonie. Andererseits träume der flämische Ministerpräsident Patrick Dewael laut von der eigenständigen EU-Mitgliedschaft eines autonomen Teilstaates Flandern, wenn auch ohne Ablösung von Belgien. Trotzdem schien es dabei um Leopold II. zu gehen.

Etwas später: »... denn die flämischen Attacken auf das Königshaus sind für die Wallonen ein Angriff auf den Föderalstaat.«

Ob das Maurizio wirklich interessierte? Er kratzte sich den Rücken, indem er sich nach Art der Pferde an einer Haltestange scheuerte.

»... flämische Emanzipation. Die Flamen wollen nur noch rein repräsentative Aufgaben für das Königshaus. Der eigentliche Punkt aber ...«

Wie rührend! Die Impala preßte – Roy schielte verständlicherweise so gut er konnte dorthin – unentwegt den Teddy an ihre Brust, sah ihm nur zwischendurch, vielleicht in Erinnerung an den dunklen Säuglingsblick in der Vlaanderenstraat heute morgen, tief in die gläsernen Knopfaugen, ihrem Ersatzbärchen für den immer deutlicher davontreibenden Freund.

»... föderale Umverteilungsmechanismen. Deshalb halten sich die wallonischen Sozialisten offiziell aus der Kolonialdebatte heraus.«

Hielt aber Roy das für ihn sicher besonders schwierige Stehen noch durch? Jetzt konnte ihm nicht mal Willaert beispringen. Man durfte ja gerade in seinem Fall niemanden bitten, Platz für ihn zu machen.

»... König Baudouins Machenschaften mit der belgischen Groß- und Schwerindustrie und die damalige Regierung Mark Eyskens. Der Nachweis eines direkten Befehls zur Ermordung des ersten kongolesischen Premierministers ... Idealist? Freiheit? Gerechtigkeit? Laßt den Glamour weg, dann bleibt eine zähe Angelegenheit von Zweidrittel- und Vierfünftelmehrheiten übrig, in jedem Land. Aber ohne solches Bannerschwenken ...«

Einmal sackte Frau Fesch gegen Maurizio und prallte regelrecht zurückfedernd von seinen Muskeln ab, die wie aus Ablehnung gespannt waren. Wie fühlten sie sich wohl für das Rotduckerchen an, für Willaert?

»... die Bitte von Außenminister Louis Michel an das kongolesische Volk, die belgische Beteiligung an der Ermordung Lumumbas zu verzeihen.«

Erst da, beim Abbiegen vom Meer, merkte man, wie festlich der Tag bis jetzt verlaufen war, Ach-ach-ach, machte die Tram, die plötzlich ihren Glanz verloren hatte.

»... Blok und die flämischen Linksliberalen verlangen im Gegenzug eine Entschuldigung für die Grausamkeiten an den Weißen nach der Unabhängigkeitserklärung 1960.«

Willaert tippte an, wen er erreichen konnte: Da zeigten sich als heroisches Trio, zwischen zwei Torbögen, die das schönste Meer- und Himmelsblau füllte, die Ausschnitte hoch überragend im Gegenlicht, Pferdehintern, königlicher Rücken und die Möwe auf dem Monarchenkäppi.

»... die Frage politischer und moralischer Schuld beziehungsweise neuerdings: politischer Schuld oder, wohlgemerkt alternativ: oder moralischer Schuld ...«

Hier packte Willaert Frau Fesch an der Schulter, damit sie ihm nicht entrissen würde, und sagte auf deutsch: »Natürlich ist es für alle in Belgien bequem, die Puppe

Leopold zum alleinigen Sündenbock zu machen. So glaubt man seine eigenen kolonialen Verstrickungen loszuwerden.« Versteinert starrte der König auf die Meeresleinwand, um dort, stellvertretend für alle älteren und brandneuen Kolonialherren, seine Schändlichkeiten anzusehen. Der Schurke war er, die anderen nicht.

»Das Böse und der Böse, wir wissen es alle, sind wider Erwarten neu im Gespräch, Frau Fesch. Gott im Himmel: Fash, Präsident und Vatersöhnchen, eine forsche Märchentante mit einem Hang zu Todesstrafe und Folter, die vor ihr zum Kind gewordenes Volk tritt und, als Machthaber und als das Gegenteil von Moral und Intelligenz, diesen beiden nach bestem Wissen und Gewissen eine Demütigung nach der anderen zufügt: Wollen wir das so sehen oder lieber ganz anders? Im Vertrauen: Als de Rouckl sich so schlecht fühlte, daß er sein Zimmer nicht mehr verließ, hat er schließlich vom Bett aus die Türklinke für die Personifizierung des Bösen gehalten und sie den ganzen Tag fixiert und bewacht, damit sie ihm nicht an den Kragen ginge.«

Das seltsame Fingertierchen Aye-Aye mit den beiden lebenslang nachwachsenden Schneidezähnen haben die Einwohner Madagaskars fast ausgerottet, weil es dort als Unglücksbote gilt. Frau Fesch wollte es gerade zur Ergänzung erzählen. Aber die Bögen rechts und links unterhalb des Leopold-Standbilds, vor dessen Frontseite uns Willaert schon am Vormittag Ähnliches gesagt hatte, nur ein bißchen allgemeiner und deshalb bombastischer vielleicht, rahmten das blaue Vakuum so prächtig, daß man sich fragte, was das Meer ohne das Kleine und Krause solcher Vordergründe eigentlich wäre.

Nach dem Aussteigen blieb Roy zurück. Es sollte keiner mehr hinter ihm gehen. Als geschähe es aus vergnügter Kumpelei, bot ihm Frau Fesch ihren Arm an, und er zierte sich nicht lange, da er unbeobachtet und am Ende seiner Kräfte war. Dazu, nein, davon abgetrennt, lächelte er bis zur Unkenntlichkeit vor Glück, konnte nicht anders. Mein Gott, waren die Ohren riesig und feuerrot. Er holte einen Zettel aus der Tasche. Zwei Worte standen darauf: »Du Rabenaas«. Er müsse sich das ab und zu vorlesen, um nicht weich zu werden. Gemeint sei das Großmütterchen Quapp. Auch heute morgen habe sie ihn mit der Drohung entlassen, sie werde wohl sterben in der Zwischenzeit.

Jetzt winkte sie uns in bester Laune zu vom winzigen Balkon ihres Zimmers über dem Wapenplein. Man hörte Roy, der wieder frei mit beiden Armen schlenkerte, tief aufseufzen, wohl vor Erleichterung.

Willaert: »Unsere greise Julia erwartet ihren Roy-Romeo.«

Frau Fesch: »Rapunzel.« Leiser: »Runzel-Rapunzel.«

Während wir noch am Eingang zum Hotelcafé standen, kam es dann zu einer komischen, strenggenommen sehr ungehörigen Szene.

Frau Quapp war in nahezu unverständlicher Geschwindigkeit zu uns heruntergekommen, als ahnte sie etwas von der Überraschung, die Willaert, als einziger von uns elegant und zwar noch immer ohne Einbußen, ganz wie heute morgen, für sie bereithielt. Er holte den kleinen, wohl nicht zufällig und in leichter Ironie wie er selbst mit einer violetten Schleife aufgeputzten Pralinenkarton auch sogleich aus seinem Mantel hervor. Frau Quapp aber ist ein Mütterchen, ein Großmütterchen, ein nicht gerade hochgewachsenes, im Alter sicher noch geschrumpftes Weiblein. Sie strahlte, strahlte rührend auf übers ganze Gesicht, als sie merkte, was Willaert ihr da überreichen wollte, der auch ansetzte zu einer tiefen Kavaliersverbeugung, so daß Frau Quapp die Schachtel schon berührte. Im letzten Moment mußte ihm ein anderer Einfall gekommen sein.

Er riß nämlich auf einmal den Arm nach oben. Die Hand der Großmutter folgte automatisch dem begehrten Gegenstand, so daß sie, ein abgeschmackter Witz von Willaert, wie ein Hündchen nach dem Knochen bettelnd an ihm hochhüpfte. Er senkte ihr die Pralinen entgegen, wieder griff sie danach und noch einmal, wenn auch nur noch kaum merklich, streckte sich Willaert, um ihr einen bittenden Hopser zu entlocken.

Vielleicht war man die einzige, die das registrierte. Frau Quapp selbst schien den Vorfall nicht als absichtliche Verspottung krumm zu nehmen, hielt dann ja auch ihr Päckchen sicher in den Händen, da sie so brav Männchen gemacht hatte. Ob sich der Ensor-Darsteller, nachdem sein Bosheitsanfall vorüber war, bereits schämte? Unterstellte Frau Fesch etwas? Warum kann sie solche Sachen nicht einfach links liegen lassen, gilt immer nur: die Teddys ganz auf den Tisch oder ganz in den Sack?

Da erschien ja auch Betty und war der zweite vor Glück lächelnde, vor Glück ein wenig verknautscht wirkende Mensch in unserer kleinen Gesellschaft. Unverzüglich geriet sie ins Schwärmen. Alles sei wieder gut. De Rouckl habe ihr gestanden, den Pullover, der inzwischen gewaschen auf der Leine hänge, in der letzten Nacht aus einer Laune heraus in den Schrank geworfen zu haben. Wir könnten uns seine Reue und Zerknirschung wegen dieser dummen Bagatelle gar nicht vorstellen. Sie seien nun endgültig ausgesöhnt. Auch im Hotel mache keiner mehr Theater, denn de Rouckl habe geschworen, fortan auf seine Pullover zu achten, sei aber kaum, der dumme Kerl, davon abzubringen gewesen, wie bei einem Mordfall den Tathergang an Ort und Stelle, möglichst in Gegenwart der Direktion, vorzuführen.

Da de Rouckl am Vorabend offenbar stark getrunken hatte, war nicht ganz von der Hand zu weisen, daß er den Unfug selbst glaubte.

Verwundern konnte der seltsame Blick, mit dem das Großmütterchen Betty musterte.

Man solle sich doch, an einem so prächtigen Abend, nachdem sich alle gestärkt und erfrischt hätten, noch einmal treffen, meinte Willaert. Das Molencafé sei der richtige Ort dafür. Er nickte Maurizio befehlend zu. Da gab es kein Vertun, und man durfte sich an den Fingern abzählen, wer in jedem Fall in einer Art Kettenreaktion dort hinkommen würde.

Zunächst aber zogen sich alle zurück, nur Frau Quapp hielt Frau Fesch noch fest und rief Roy zu, Frau Fesch werde sie dann schon hochgeleiten. Natürlich, das sah man ein, wollte sie nach dem langen einsamen Tag ein bißchen schwätzen. Ganz unglaublich kleine Kinder hätten auf dem Platz riesige Tauben gejagt, unermüdlich seien sie hinter den Tieren hergetorkelt. Das hatte sie den wunderbaren, den interessanten Nachmittag über verfolgt, und es war ihr wichtiger, als etwas über fremde Erlebnisse zu erfahren.

Plötzlich kicherte sie geniert vor sich hin und winkte Frau Fesch mit dem Fingerchen nah heran, dann platzte es – alles andere war nur Schein gewesen – aus ihr heraus: »Etwas Unanständiges ist geschehen. Meine Güte, das habe ich noch nie beobachtet, glauben Sie mir, bin auf so was nicht neugierig, nicht extra oder freiwillig. Ist eben passiert, es war so schrecklich still, bin nur eben im Haus rumspaziert, mit dem Aufzug gefahren, hoch hinauf, versehentlich. Oben auf dem höchsten Flur habe ich doch nur an eine Tür gestoßen. Was konnte schon dahinter sein. Aber! Aber dann um Himmels willen!« Das Mütterchen legte den Finger auf den Mund, die Augen blinkten vor Freude.

»Ein Pärchen war beim Sex zugange.« Die kleine alte Frau schlug mit der zur Faust geballten Hand in einer stempelnden Bewegung in die andere, hohle, sagte dazu:

»Puff, paff, paff, puff«, schüttelte entrüstet den Kopf und prustete endlich frohgemut heraus:

»Der Mann trug oben herum einen Pullover, unten rum nichts, mehr war nicht zu sehen von der Türspalte aus. Die Frau hatte eine Maske auf bis über die Nase. Denken Sie nur! Man sollte sie nicht erkennen. Nun raten Sie! Sie kommen nicht drauf? Nein? Nicht? Betty! Jawohl, jawohl, staunen Sie nur, Betty war's. Betty, Betty, Betty! Mich hat sie nicht hinters Licht geführt. Ich habe es am Kleid mit den Punkten gemerkt. Es lag auf dem Boden. Im ganzen Zimmer waren viele Oberhemden und Unterhemden, an allen Haken hing was. Dann der starke Schweißgeruch nach Füßen oder Schuhen. Von den beiden habe ich nichts gehört, aber fleißig waren die dabei, ich sage Ihnen, fleißig. Ist das üblich heute, daß die Teufelsmasken dazu tragen? Sah abscheulich aus. Unsere gute Betty! Mehr kann ich Ihnen nicht sagen. Schließlich schämt man sich ja auch.«

Unsere gute, unsere heilige und füllige Betty hatte also nicht nur vor Glück ein auffällig eingedelltes Gesicht. Es handelte sich um einschlägige Abdruckstellen auf ihrer hübschen Haut.

Und jetzt wollte man eilig das freudig erregte Mütterchen in seinem Zimmer verstauen und gab es ohne Kommentar an der Tür ab, die offenstand. Dort hörte man noch schnell, daß Roy duschte und dabei sang. Eine Nachtigall war er nicht gerade.

Man ist auf sein eigenes Bett gefallen und sofort eingeschlafen. Vorher stellte sich aber treulich das Paar vor dem Abrißhaus ein. Blödsinnig stupides Muster: ausgeweidetes Haus, zueinander strebendes Paar, nach entgegengesetzten Seiten weggerissenes Paar. Neu hinzu kam das fortwährend nach Pralinen springende Weibchen, das schrumpelige Gummibällchen, wieder und wieder. Physiognomisch Individuelles zählte nicht, nur das Programm, zu keiner Variation in der Lage, wurde rekapituliert von der neutralen Beobachterin, die wahrscheinlich, bevor sie sich zusammenrollte, das Wörtchen »übermorgen« zu ihrem Trost sehr wohl geflüstert hat.

Nein, nicht dabei zu sein, wenn die anderen sich draußen am Meer noch einmal trafen, brachte man schon nicht mehr fertig, sah nach dem Aufwachen erschrocken auf die Uhr, ob man vielleicht wieder zu viel Zeit versäumt hätte. Betty, mit einer Wolljacke über dem gepunkteten Kleid, verließ gerade das Hotel. Sie habe heute ihren freien Nachmittag und Abend. Den wolle sie genießen. Morgen müsse sie wieder hart an die Arbeit. Feriengäste seien oft wahre Kummerkinder, vergrämt vor lauter Angst um ihr ständiges allerbestes Wohlergehen. Damit wachten sie morgens auf, und so gingen sie abends ins Bett. Leider wolle de Rouckl nicht mit, sondern jetzt allein in seinem Zimmer sein. Dieser liebenswürdige, bedeutende Mann könne uns Menschen nur zu bestimmten Zeiten ertragen. Dann wieder nicht. Wenn er sich in solchen Momenten nicht absondere, erkälte er sich jedesmal. Darum brauche er für alle Fälle die vielen Pullover. Damit er, egal was ihm zustoße, bestens gerüstet sei. Vielleicht aber habe sie, Betty, Glück, und er entschlösse sich doch noch.

Wir gingen nicht auf direktem Weg durch die Langestraat zum Montgomerykaai, sondern, am kleinen Ensor-Museum vorbei, zur Albert I. Promenade. Selbst die Urlauber wurden goldstichig im Licht der tiefstehenden Sonne, und die fast schwarzen Wellen schienen von dessen Schwere plattgepreßt zu werden. Wie die gelb-roten Fähnchen überall der allgemeinen Farbgebung die Richtung wiesen! An einem Cafétischchen in der frischen Luft saß der Schabrackenmolch mitten im Getümmel, er gründelte in einer Zeitung. Betty sagte kein Wort dazu, ging einfach daran entlang und sah, plötzlich mit einem sanften bräunlichen Schimmer auf der Haut, zur Sonne hin. Wir kamen am Seehelden und seinem trauernden Zwilling vorbei. Am Kleinstrand spielten noch Kinder. Weit hinten mußte die Flut wieder eingesetzt haben, aber hier war der Sand noch trocken. Den Visserskaai ließen wir rechts liegen.

»Weststaketsel«, sagte Betty zu der fast endlosen Brücke, die, weit geschwungen, eine Stützkonstruktion für alle Sehn- und Streckgelüste, in die Ferne führte, aber schließlich kurz und gut zum Molencafé.

Leute in weißen Hosen promenierten auf und ab. Sie inspizierten die monströsen Buhnen, in deren grünem Algenfell die Möwen nach Futter suchten, und sahen hinüber zu der massigen Deichmauer, deren untere Zone in derselben Farbe leuchtete, so daß ein zartgrüner Schimmer auf dem dazwischen zu einer kleinen Bucht eingefaßten Wasser schwebte. Man konnte sich auch sehr schön im Abendlicht an das rostig gesprenkelte Geländer lehnen und zu der von hier aus rasant gebogenen, wie aus einem Guß sich darbietenden Appartementreihe in unverdient rosiger Beleuchtung hinübersehen, wegschießend die Skyline in beide Richtungen, in der Mitte vorgewölbt, als müßte sie schrecklichen Anbrandungen oder eingebildeten Untergängen standhalten. Betty zählte zum Spaß die Baukräne, ihr drückte aber etwas aufs Herz, und zaudernd rückte sie damit heraus. Wie weiß ihre Haut war! Zarter, undurchsichtiger Speck. Deshalb stach die Röte ihrer Arbeitshände mit den offenbar aufgeklebten Luxusnägeln so schmerzlich ins Auge.

Am Nachmittag hatte sie sehr wohl mitbekommen, daß sie und de Rouckl von Frau Quapp ertappt worden waren. Unerklärlich war ihr die Nachlässigkeit des Vermummten, nicht die Tür abzuschließen, denn ein offizielleres Entdecktwerden hätte doch ihre augenblickliche Entlassung bedeutet. Nun vermutete sie zu Recht, daß jenes unberechenbare Weibchen spornstreichs von den ausspionierten Wunderlichkeiten erzählen würde, hoffentlich aber nur Frau Fesch, die bitte nichts Falsches von ihr, Betty, denken möge.

Eine Beschwichtigung wollte sie nicht zulassen. Auch wenn es niemanden etwas angehe: Sie müsse es klarstellen. Die Maskierung sei nicht ihre Idee, es sei auch nicht ihr Geschmack, ach, im Gegenteil. Sie habe sich selbst noch nie mit der Maske gesehen, wisse aber, daß sie widerwärtig sei. Hier begann sie ein bißchen zu weinen in ihrer Ratlosigkeit. Den Promenierenden hatte man ja den Rücken zugekehrt. Es sei die einzige Möglichkeit für de Rouckl, mit ihr zu schlafen, unmaskiert klappe es nicht. Ob es sein könne, daß er sie trotzdem liebe? Ob das trotzdem möglich sei, obschon er ja ihr echtes Gesicht nicht vor sich haben wolle dabei?

Sie wischte sich die Tränen ab und versuchte zu lachen. Die Maske sei mit Samt gepolstert, jedoch unangenehm auf der Haut, ein Gefühl zum Ersticken, und sie verrutsche leicht. Außerdem müsse sie sich manchmal in der Sorge, nach einem zu raschen Umbinden die Nase der Maske auf der Stirn zu haben oder wie einen spitzen Hut, einen Zinken, ein Horn sogar mitten auf dem Kopf, mühsam das Lachen verkneifen. Würde ihr das Verkneifen in dieser Lage einmal nicht gelingen, wäre ganz sicher alles aus, denn de Rouckl sei dabei jedesmal sehr, sehr ernst gestimmt.

Im großen und ganzen gelang es Betty, ihre freiwillige Beichte in Gelassenheit abzulegen. Jetzt, hier draußen in der dröhnenden Dunkelheit, würde der Wind ihr jedes Wort vom Mund ungehört wegreißen. Ganz zum Schluß ging man durch ein Spalier der ans Geländer gelehnten Angelruten.

Oben waren alle Tische in der Sonne, die etwas später, erstaunlicherweise wie eh und je unter gespannter Aufmerksamkeit ihrer Betrachter auf der Horizontlinie dunkel anschwoll und wegschmolz, ohne Ausnahme besetzt. Wohlweislich erwartete uns Willaert aber schon mit dem italienischen Pärchen. Er hatte seine kleine Truppe gut in Schuß und seine lila Schleife gegen einen nachtblauen Seidenschal vertauscht.

»Sehen Sie nur Schönheit und kurzen Augenschein all dieser Dinge. Ich sage für heute nichts weiter dazu, das garantiere ich. Diese glühenden Oberflächen, in denen der ewig junge Ensor seinen Pinsel schwingt« – ob man ihn sich hier etwas falsch übersetzte? –, »die Stadt macht damit, soweit sie es versteht, Touristengeschäfte. Daß in jedem Kunstwerk, ob es sich ein Industrieller, Bankier, Spekulant an die Wand hängt oder nicht, der elementare Angriff des schönen Scheins auf den Pragmatismus steckt, begreifen sie nicht. Widersetzlichkeit gegen den kapitalistischen wie den wissenschaftlichen!« Der Parfümeriehändler hob sein Cocktailglas.

Ausgerechnet am Abend trug er eine Sonnenbrille, ausgerechnet in diesem Moment meldete sich sein Telefon. Bestimmt nur, um den armen Maurizio als einzigen Mann nicht mit uns drei Frauen im Stich zu lassen, blieb Willaert am Tisch und wickelte ein offenbar für ihn etwas ärgerliches niederländisches Geschäftsgespräch vor uns vieren ab.

Einige Male fragte die Impala nach Frau Quapp und Roy. Schwer zu sagen, wen sie mehr erwartete, wer von den beiden als Deckmantel für wen fungierte. Das transparente Lilienweiß war überall da, wo ihre Haut sichtbar wurde, beinahe schon wiederhergestellt. Sie wandte aber den elegischen Hals vergeblich suchend hin und her, und auch der Vermummte ließ sich nicht blicken, ohne Erbarmen für die ihn insgeheim erhoffende Betty, die kaum unserem Gespräch folgte.

Armer Roy! Er stand nach dem allzu glücklichen Tag

wohl unter neckisch erzwungenem Hausarrest des Mütterchens. Vielleicht sollte man ihm raten, seine Leidenschaft in kreuzweise gereimte Alexandriner zu gießen, genau hundert Verse, als Bewährungsprobe für die Dauerhaftigkeit seiner Passion.

Nur Maurizio, der unseren Maestro von Mal zu Mal offener bewunderte, und Willaert waren ohne Einschränkung zur Stelle, träge vor Zufriedenheit, freilich durchglitzert von einer ungezogenen Vorfreude. Plötzlich, vielleicht nur, um Betty gleichberechtigt an der Unterhaltung zu beteiligen, fragte unser Klippspringerchen sie nach ihrem Bruder, von dem ihr heute ein Teddy zugelaufen sei. Betty preßte, sogleich stark errötend, was sie eigentümlicherweise nicht verschöne, vor Verlegenheit ihre Brüste mit den Oberarmen ein und floh nach einer vagen Auskunft zur Toilette.

Er bedaure sehr, sie, Sonia, nicht von seinen neuesten Informationen unterrichtet zu haben, meinte Willaert gemütlich. Er habe vorhin kurz de Rouckl gesprochen und erfahren, daß der Bruder Bettys undeutlich in den Drogenhandel verwickelt gewesen sei. Einmal habe man ihn sogar mit einer Stichwunde im Oberkörper aufgefunden.

Ach, das war also nach Rasierwunde und Lippenstiftfleck die dritte rote Stelle, nicht eine Schußwunde, wie heute nachmittag angenommen! Auch allerdings am falschen Mann.

Da der Bruder in diesem Zusammenhang eine Weile im Gefängnis gesessen habe, sei die Sache für Betty peinlich, sogar schmerzlich. Dann beugte sich Willaert vertraulich der Impala zu: »Vielleicht sind in dem Bärchen Drogen versteckt, und Sie, Sonia, werden nur als Zwischenhändlerin benutzt?« Mit dem lächelnden Vorzeigen des Kongogolds in der Kakaohöhle seines Mundes setzte er leichthin einen kriminellen Begleitakzent.

Im kühlen Dämmern registrierte man, daß der Mann, der Frau Fesch auf der Vlaanderenstraat so erregend fixiert hatte, hier mit einer anderen Frau als der am Vormittag umarmten saß und dabei fast ununterbrochen die erlesene Hemerocallis bestarrte. Maurizio bemerkte es nicht, sie aber, die Taglilie selbst, sie schon. Einige Male rieb sie sich die Wangenseite, die ihm zugekehrt war. Irrte man sich? Der Mann, wie Maurizio höchstens mittelgroß, aber zudem eher schmächtig, verbuchte es mit einem optimistischen Grinsen. Er steckte sich sogar daraufhin seine Zigarette zwischen Mittel- und Ringfinger. Eine Anspielung?

Man ging, wenn ja wohl auch nicht deshalb. Man ging doch nur, um die zweifach geprüfte Betty nicht alleinzulassen, vor den anderen ins Hotel zurück. Willaert geleitete uns in höfischer Manier bis zur Treppe, winkte uns nach mit wahrlich zaubrischem Charme. Als wir ihm den Rücken zuwandten, stieß er einen Schrei aus. Wir drehten uns sofort um. Er winkte wieder zaubrisch. Aber er muß es doch gewesen sein! Wenn er an den Tisch zurückkäme, würde ihm Maurizio mit tiefen Blikken entgegensehen.

Im stickigen Zimmer ist man in der Nacht aufgewacht, im Ohr noch das krachende Gelächter vom Nachbartisch im Molencafé. Einmal in Schwung geraten, lachte die Gesellschaft wohl über geschäftlich-politisch erledigte Feinde und Konkurrenten, anschließend über Sex unter Berücksichtigung der anwesenden Frauen, die prompt aufschrieen, als griffe ihnen jemand wohin. Dann, kurz vor Schluß, erkannten sie, daß sie in Wirklichkeit die ganze Zeit gegen den Tod gewettert hatten, und schworen sich, bevor sie sich verschlichen, einander schnell wiederzusehen, damit nichts passierte. Dann wich das zurück. Das hopsende Mütterchen, das auseinanderstrebende Paar drängten vor, Betty mit den

Druckstellen im Gesicht, aber die Buhnen waren das Wichtigste.

Die gewaltigen Buhnenleiber links vom Weststaketsel: Wie würde sich jetzt das Meer verströmen, in Wasserlawinen heranjagen und sie überschäumen mit einander überkletternden Wellen und Gischtauftürmungen, ob jemand hinsah oder nicht, stundenlang blindlings eine rückhaltlose Hingabe und Vernichtung verkörpern, die gespielt katastrophale Annäherung zerstörerisch beschleunigend in langen, verheerend schwellenden Lieferungen, wieder und wieder zusammenschlagend über der Steinwölbung, im Überwogen immer neu den Untergang, die Auslöschung, der nicht zu entrinnen war, provisorisch bekräftigend. Man geriete in schweres Schlingern im unermüdlich ausgekosteten Untergang, als würde die Erde zum glatten, geschöpflosen Ball poliert, befreit von allen Leiden.

Dort mußte man hin, sprang, bevor Bedenken kamen und der Unfug andererseits überhandnahm, auf und ins Treppenhaus mit sichernder Zwischenstation im 1. Stock.

Durch die Fenster des nächtlichen Frühstücksraumes fiel die taghelle Platzbeleuchtung. Unten bewegten sich zwei Kinder, nein, es mußten zwei sehr kleine Erwachsene mit schneeweißem Haar sein. Die Frau mit ebenso weißen, sinnlos großen Schuhen führte einen Hund an der Leine, straff, als wäre es eine Stange, an der das Tier sie, die Frau, leitete. Der Mann ging mühsam an zwei Krücken, wie Krebse gingen alle beide, die sich jetzt, nach dem Taubenjagen der Kinder erst, hervortrauten, jeder in seinem eigenen kurzen Schatten, den sie zu ihrer Würde und aus Eigensinn jeder für sich auf dem großen leeren Platz auslegten.

Aber da war ja auch Roy, der heute abend sicher lange beim Mütterchen Wache halten mußte. Roy tauchte hinter dem Kiosk auf und stand still. Er sah hoch, er wußte, wo sich Sonias Zimmer, Fenster, Balkon befanden, und rührte sich nicht, stand da nur, der schlimm verliebte Zinnsoldat, und starrte lächelnd hoch in aller Genügsamkeit. Man traute sich selbst keine Bewegung zu machen, als Roy so inständig die Zeit vergaß, bis er zu einer Runde um den Kiosk kurz aus dem Gesichtskreis trat, hinkend vielleicht das richtige Gehen übte.

Da erinnerte man sich an das scheue alte Paar, und sie waren noch nicht einmal von einem der weißen Steinbänder des Platzes zum nächsten gelangt in ihrem umständlichen, aber unaufhörlichen Gehen, als würde eine sehr leise Musik aus dem Pavillon das ganze gebrechliche Wunder in Liedform berichten.

Jetzt aber, so lange schon in der sausenden Nacht hier draußen, braucht man all seinen Mut, um dem Gebrüll standzuhalten. In der frühen Jugend, sagt man sich zur Ablenkung – denn nur Schicht um Schicht will man das Meer an sich heranlassen, erst recht so allein in der Finsternis –, bedeutete jeder Ortswechsel, jede noch so unerhebliche räumliche Veränderung die Aussicht auf ein phantastisches Liebesabenteuer. Jeder rote Sonnenaufgang kündigte eins an. Es gab ein bettbreites Zimmer, in das man hineinfiel zu nur einem einzigen Zweck, mit einem immer dämmrigen Fenster, denn man ging im Morgengrauen hinein und verließ es, wenn es dunkel wurde. Noch zugespitzter das offene ebenerdige Fenster in einer Sommernacht, der Köder, die Lockung, eine kriminelle Tat zu begehen.

Die Abschweifungen helfen aber nicht. Nicht jetzt. Was hat man alles in das dummstumpfe Meer hineingelegt! Hält es noch die alten Versprechungen? Man kennt das ja: Der Anlaß zur Freude steht steif und fest da, aber der Elan, sich zu freuen, reicht nicht aus. Anders hier, bei diesem aushöhlenden, sinnlosen Sturm, der jeden vernünftigen Begriff auslöscht, der Sturm, der länger dauert als die schönste Interpretation, die man sich für ihn ausdenken kann. Langsam, langsam! Kommt das Meer noch an gegen die treuen Recken Oper und Gebirge, die sich hoffentlich gut halten zum Heil von Frau Fesch? Man hatte sich so viel vorgestellt. Soll das hier die Stunde der Wahrheit sein?

Jetzt lieber Aufschub, schnell zurück! Noch immer, am sehr frühen Morgen, ist der Wapenplein hell beleuchtet und kahl wie das All oder wenigstens wie ein geleertes Schwimmbassin. Ein letzter Blick wieder aus den Frontfenstern im Frühstücksraum, durchgefroren, erleichtert und gerettet vor allen möglichen Gefahren im Schutz eines Hauses. Man ist draußen den vergangenen Tag losgeworden. Gut so. Nicht direkt losgeworden. Alles im Augenblick Versäumte hat man nachgeholt und ordentlich untergebracht? Untergebracht wie Roy und Frau Quapp, Betty, de Rouckl, das Rotduckerchen und Maurizio – immer neu auseinandergerissen und wieder vereinigt – gleich auch Frau Fesch in diesem Hotel. Das alte Paar hat seinen Gang absolviert und Roy seine altertümliche Liebeswache.

Da, zwei Tauben laufen ungläubig vor einem Menschen weg, der wahrhaftig noch diagonal über den Platz schiebt, rauchend, an seiner Hose beschäftigt. Man riecht bis oben und durch die Scheiben hindurch, daß er im Bordell war.

Überraschung

Wie kommt denn, nach den paar Stunden Schlaf, die Kratzspur unter die linke Brust? Und hat man sich etwa selbst das Preisschildchen auf den Bauch geklebt? Für so wenig Geld kriegt man außerdem höchstens 250 Gramm

Pralinen oder auf dem Markt zwei bis drei Paar Weg-
werfsocken für Männer. Und erst jetzt, am hellen Morgen, wagt man sich etwas einzugestehen: Nach der
Rückkehr vom nächtlichen Meeresausflug, beim Zwi-
schenstopp im Frühstücksraum, hatte man das Gefühl,
Willaert mit seinem Hut auf dem Kopf säße hinten auf
den gestapelten Polstern und zeigte lautlos lachend die
goldenen Kongozähne. Im Bett dachte man an das Böse
in der Gestalt von de Rouckls Türklinke. Wenn sie sich
langsam senkte, weil der böse Teddyverkäufer sie auf der
anderen Seite runterdrückte, um dann seine lustigen Bärchen auf den Nachttisch zu setzen mit den Gesichtern
von Leopold, Willaert, wer weiß, der Taglilie und Frau
Fesch?

Was bringt der neue Tag?

Collins nebenan haben ihre französischen Eheduette ge-
zwitschert und sind schon nach unten gegangen. Betty
wird sie verwöhnen. Sie hat heute ihren schweren Tag,
was den Schabrackenmolch kaum anfechten wird. Auf
dem Wapenplein legen Kellner Polster auf die Stühle als
bombensichere Wettervorhersage. Willaert sitzt gewiß in
seiner nachts vermutlich von Maurizio besuchten Lu-
xuswohnung über der heutigen Tagesstrategie, und der
»kleinen Friseuse« haben sie was von einem ehrfurcht-
gebietend männlichen Casino-Besuch vorgeflunkert. Da
der Aufzug besetzt ist, benutzt man wieder das Treppenhaus und kommt an einem bewußten, sich frech in den
Weg stellenden Wäscheschrank vorbei, den man ausdrücklich übersehen wollte. Wenn er darauf besteht,
dann eben gut, dann kontrolliert man mal eben zum
Scherz, ob drinnen alles rechtmäßig und in Ordnung mit

Linnen und Laken ist. Es soll doch nur im Verborgenen ein zart frivoles Selbstzitat sein.

Man traut seinen Augen nicht.

Da liegt, als schliefe er schnarchend seinen Rausch aus, ein Pullover vom Schabrackenmolch – Roy Hinkefuß aber sollte sich vorsehen bei seiner Titelvergabe. Hat er nicht schon Willaert mit einem am Genick gepackten toten Kaiman verglichen? – ganz unerhört unflätig zwischen die penibel gefalteten Tücher gestopft, und wartet auf das unweigerliche Geschrei der Schrankhüterinnen. Es ist nicht der von gestern. Der hängt laut Betty auf der Leine, aber auch diesen erkennt man auf den ersten Blick, denn der Vermummte führt ja normalerweise seinen gesamten einschlägigen Bestand nach Obdachlosenweise am Körper mit sich herum.

Selbst ist man immerhin diesmal wohl nicht der Übeltäter. Man schwankt im Anblick des läppischen, hier aber unter Umständen verhängnisvollen Objekts, gerät ins Schleudern, schwerer Seegang zwischen seriös und böse, lacht leise im Genuß schadenfroher Vorahnung, reißt sich zusammen, nimmt die muffige Provokation aus dem Spukmöbel heraus und versöhnlerisch mit sich fort.

Außerdem macht man damit, zur Entschädigung für den Verzicht auf eine kleine Tücke, dem unbekannten Bösewicht einen Strich durch die Rechnung.

Schon kommt, wie gerufen, de Rouckl, dem Willaert – den erspäht man bereits am Tisch der Collins – seinen neuen Titel zweifellos mitgeteilt hat, aus dem Frühstücksraum. Bleich und mißvergnügt schleicht er heran, grüßt wie maßlos überrascht, bereits wieder auf einen Menschen zu treffen. Man überreicht ihm den extra zimperlich gehaltenen verfilzten Stein des Anstoßes, bemüht, ihn dabei nicht allzu forschend anzublicken und doch nichts zu verpassen von seinem Mienenspiel.

Jaja, das sei sein Pullover. Er muß gar nicht erst dran schnüffeln. Ach ja, er habe ihn schon vermißt und eben zu frösteln begonnen. Die Ventilation lasse, sobald ein Wams fehle, sich nicht mehr optimal regulieren. Momentan fehlten ja umständehalber sogar zwei. De Rouckl dankt zwar zerstreut, knotet sich den skandalösen Pullover aber leidenschaftlich um zu seiner Lebensrettung. Jedes dieser Dinger habe seine spezielle unverzichtbare Eigenart, die er, de Rouckl, sich zunutze mache. Erstens zwinge ihn seine Empfindlichkeit, die sich ein anderer schwerlich ausmalen könne. Zweitens seien andere aus ihm unerfindlichen Gründen schamlos robust, zum Beispiel sein guter Freund Willaert. Der brauche kaum Schlaf, wenn's um sein Vergnügen gehe. Unbegreiflich rohe Menschen gebe es. Er, de Rouckl, benötige die ganze Pulloverkollektion zum Überleben und dringend zum Schutz gegen ... nun ... allerlei Miasmen.

Im Wäscheschrank gefunden? So? Was für ein Zusammentreffen, gestern nämlich der gleiche Fall! Als Faktum rätselhaft und ihm schnurz wie die ganze Operette, die man hier im Hause darum veranstalte. Währenddessen schlügen sich gar nicht so ferne Völker blutig die Köpfe ein. Potverdorie!

Und man selbst – Frau Fesch, wenn er sich recht erinnere – leide nicht unter der Zugluft hier im Eingangsbereich? Er aber müsse sich jetzt schleunigst etwas zurückziehen. Von Willaert, den gewisse, vergängliche Motive zur Zeit dynamisierten, wenn nicht dämonisierten, obwohl er dringend in Geschäften nach Antwerpen zurückmüsse – de Rouckl spricht englisch, deutsch, wie es ihm gerade paßt, weniger gut als sein Freund, aber verständlich –, habe er erfahren, daß man sich in einer Stunde und höchstens dreißig Minuten zu einer Unternehmung zusammenrotte. Und die Juwelen der Promenade, Seeheld und Leopold: inzwischen besichtigt?

De Rouckl schlurft geröteten Auges und gackernd einer unverdienten Ruhe entgegen.

Dann muß Betty im Hotel eine Feindin, eventuell auch einen eifersüchtigen Verehrer haben. Oder es gibt hier einen unverantwortlichen Witzbold, den das gestrige Vorbild leider auf eine für diesmal zunichtegemachte Idee gebracht hat.

Gedankt wurde nicht für die gute Tat von Frau Fesch. Das ist gerecht. Sie bleibt diskret wie die vormalige schlechte.

Was die so reden!

Unter Elitesoldaten stelle sie sich unbegreiflich starke, auch sonst unbegreifliche Wesen in Tarnanzügen vor, mit ganz speziellen Hinterköpfen, so daß man sie lieber gar nicht erst von vorn ansehen möge. Es sei wohl außerdem überflüssig, weil sie, o lala, auch von vorn wie Hinterköpfe aussähen. Sie führten immer zu zweit einen kleinen, schwarzhaarigen, vor Angst schlotternden Menschen ab in eine sehr bedenkliche, nicht öffentliche Zukunft: französische Konversation zwischen Willaert und dem Ehepaar Collin.

Das hohe Arbeitsethos dieser durchdressierten Profis, und die Entwicklung gehe wohl insgesamt auch hier zur Spezialisierung, erlaube der modernen, westlichen Gesellschaft, per Delegieren einiger unangenehmer, gegenläufiger Praktiken, selbst im großen und ganzen weiterhin an das Gute, an das angenehm Humane zu glauben. Für Staaten bisher eine überlebenswichtige Illusion, erwidert Monsieur Collin seiner Frau, die eine Grimasse schneidet. Er schneidet sie auch: Es seien gewissermaßen hochspezialisierte Kammerjäger, und mit Giften, Gas und einem fallweise patriotischen ›Was kostet die Welt?‹ im Herzen würden sie vorgehen, auch dahin weise die Entwicklung, gegen das Ungeziefer, den jeweils angeordneten Feind, auf den sie gerade abgerichtet seien.

»Selig die Sanftmütigen, selig die Trauernden, selig die Friedfertigen, selig sind, die hungert und dürstet nach der Gerechtigkeit, selig sind, die um der Gerechtigkeit willen verfolgt werden, selig die Armen im Geiste und die, die reinen Herzens sind: der Elitesoldat und der Typus des klassischen Verlierers in der Bergpredigt!« Willaert hat es halb gesungen und setzt zu einer Steigerung an:

Sie seien die Killerzellen im Gesellschaftsorganismus, vom Bürgertum abgesondertes Kriegsgerät. Der Krieg selbst sei nicht nur Verteidigung im Notfall, sondern in seiner vollkommenen Ausprägung Bedürfniserledigung, die ab und zu nach dem Notfall verlange. Hin und wieder, daran führe, allen Weltverbesser-Träumereien zum Trotz, kein Weg vorbei, sei der Stuhlgang unerläßlich. Beflaggter Stuhlgang zu Marschmusik und Nationalhymne.

Frau Fesch hat sich freundlich grüßend an einen Einzeltisch verzogen. Auf nüchternen Magen verträgt man das nur aus der Ferne, könnte auch im Französischparlieren gar nicht mithalten.

Jetzt, meldet sich Madame wieder zu Wort, wo der lang tabuisierte Krieg im Westen neu in Mode gekommen sei, auch bei vielen Intellektuellen ja durchaus, könne man in den Opern doch auch wieder die seit dem Ende des 2. Weltkriegs geschmähte, merkwürdig verführerische Kriegsmusik allen Ernstes von Herzen schmettern und sei damit auf der Höhe der Zeit. Wenn schon Soldaten, dann auch musikalische Kampfgeist-Betreuung und Trost für sie! Daß ihnen noch einmal, bevor sie dann arm- und beinlose Krüppel würden oder es ganz aus sei, so recht das menschliche Gemüt aufgehe.

Plötzlich, beim Beklopfen der Eierschale, sieht man vor sich einen Don Giovanni, der als riesiger Löffel die Appartements umgräbt und durcheinanderrührt, bis die aus den Schlachten heimgehumpelten Männer unter den ostentativen Küssen ihrer Frauen wieder das Einzelschachtelwesen herstellen.

Man hat leider den Kontakt zu ihrer Unterhaltung verloren. Die Hingabe der Zuhörer treibe in glücklichen Momenten die Sängerin vor sich her, wie der Wind ein Segel blähe, und zur äußersten Verausgabung, sagt mittlerweile Madame Collin. Es sei die angestaute Energie sonst nicht ausgesprochener Gefühle. Die Zuschauer wüßten plötzlich, wohin damit, nämlich in die Arie, die ein anderer für sie singe.

Man hört vor Zustimmung auf zu kauen. Richtig, Madame, der Sehnsucht müssen Gegenstände, ein Gesicht, die heilige Rita, ein Hochgebirgstal (Felsschlauch glücklicher, wüster Menschenleere, klaffend zwischen europäischen Zufahrtsstraßen), ein Liedchen hingehalten werden, in die sie münden kann. Umgekehrt schlüpft man wiederum durch diese Schlüssellöcher tief in die phantastische Welt seines eigenen Inneren.

… aber nicht das allzu geräumige Gemüt der Treulosen sei die Fatalität. Die herzzerreißend gesungenen, besiegelnden Losungen »einzig«, »ewig«, »bis in den Tod« und so weiter, eingesetzt zur beliebigen Verführung, die seien es. Welch wahnsinnige Hoffnung werde hervorgerufen mit diesen Kunstworten! … Keiner glaube sie und gleichzeitig glaubten sie alle … Würden sie jedoch nicht mehr inbrünstig, sondern als Zierat und Refrain gesungen, dann welkten die Arien hin und es sei nichts als Schmierentheater. … Sei es aber nicht Schmierentheater in jedem Fall?

Die beiden Männer lauschen Madame Collin, die dabei nie, niemals das reizende Strahlen vergißt, das Strahlen für Willaert und das Strahlen für Monsieur, und gelegentlich wird sogar eins zu Frau Fesch hinübergeschickt, denn die Sängerin hat längst gemerkt, daß die sich möglichst kein Wort entgehen läßt.

Wie funkelnd sie residiert an ihrem Tisch!

Betty betritt den Frühstücksraum, Betty, die immer ein wenig entgleisende Gute, in weiß-blau gestreiftem Arbeitskleidchen, Vorder- und Rückenteil sind miteinander verknotet in Taillenhöhe.

Fast noch geschwinder als der Herr Collin selbst bemerkt seine Frau, auch heute morgen mit tapferer Präzision geschminkt, die Entgeisterung ihres Mannes, als er den Blick von der zweifellos geliebten Ehefrau und Diva wendet zur mühelosen Jugend Bettys.

»... eine tragische Rolle also«, sagt sie, ohne nach außen mit der Wimper zu zucken wie in Fortsetzung eines Satzes, »in der es um die weibliche Ohnmacht geht, wenn der Mann, der bisher so geartet war, daß ihm seine Schöne vor allem durch Intelligenz imponierte, durchaus nicht unbedingt auf ein Püppchen hereinfällt, sondern, viel schlimmer, einfach überwältigt wird von der schlichtweg jungen, noch ungeprägt kindlichen Frau.«

Collin hört ihr wohl nicht richtig zu. Lächelnd macht er Betty mit seiner Kaffeekanne ein Zeichen. Da setzt Willaert aus irgendeinem Grund die Sonnenbrille auf.

»Es ist aber in Wirklichkeit gar nicht so tragisch. Das eigentlich Verrückte an der Rolle ist folgendes: die plötzlich neu erwachte Unwiderstehlichkeit, die der ... der ... Mann eben durch diese Desorientierung für seine langjährige ... Schöne erhält ... keinesfalls als banale Folge der Eifersucht ... etwas ... anderes ...« Madame Collin ist selbst im Stammeln so geschickt, daß man es für eins aus Konzentration halten könnte, »es ist die gerührte, aber auch ... auch glühende Faszination durch das Wanken, das Taumeln des stolzen Felsens, seine hilf-

lose, bitte verstehen Sie, seine hilflose, aber auch so ...
entwaffnende ...«

Madame bedient sich jetzt, wie einem Spielvorschlag
Willaerts Folge leistend, ebenfalls ihrer Sonnenbrille.
Obschon man seine Augen nicht erkennen kann, ist man
sicher, daß Willaert sie bewundernd betrachtet. Collin
sieht überrascht in vier schwarze Gläser.

Ah, die Jugend

Nur kurze Zeit. Denn »Ah, die Jugend!« ruft nun Willaert aus und reißt sich schwungvoll die Brille ab. Tatsächlich erinnert er auch in diesem Detail an den großen
Maler: Der genau kopierte weiße Bart paßt nicht zum
faltenlosen Gesicht. Wie auf dem Foto des sechzigjähri-
gen Ensor erscheint er trotz aller Aura von Würde als
Posse und aus einer Laune heraus aufgeklebt zu sein.

»Ah, die Jugend!« Madame faltet unnachahmlich die
Hände unterm Kinn. Eingetreten ist das italienische Liebespaar, und Willaert kann im ersten unbewachten Moment seine Freude über den hübschen Maurizio nicht
verbergen.

Der steht zunächst, Muskel für Muskel, wie halbnackt
vor uns. Dann begreift man: Er hat seine Bräune raffiniert prahlend durch ein enges, armloses T-Shirt Ton in
Ton abgerundet und stellt sie zur Schau. Madame Collin
studiert mit schiefgelegtem Kopf und hohen, scharf gezogenen Brauen, die allmählich über den Gläsern sichtbar werden, das schlüpfrige Mustern, das Willaert mit
seinen Augen Maurizios Körper angedeihen läßt. Sie
singt eine Zeile, irgendwas, leider fast lautlos, und läßt
die Arme aufgestützt und die gepflegten alten Hände
unterm Kinn.

Viel verblüffender als der Bodyguard ist in Wirklichkeit doch aber die Taglilie, die uns beim Lächeln die glückbringende Lücke zwischen den oberen Schneidezähnen vorführt. Fast ist sie eine andere geworden. Haben sich denn etwa die beiden besonnen und einen neuen Frühling ihrer Pärchenschaft heraufbeschworen?

Das Neue ist die Frisur.

Zum ersten Mal sieht man die manierierte, umgedrehte Tropfenform ihrer Ohren, die in zwei goldenen Hülsen enden. Das über Nacht tiefschwarz und offenbar sogar innerhalb von Stunden länger gewordene Haar ist straff nach hinten gekämmt, aber oben auf dem Kopf trägt die Impala einen mehrfach gefurchten Acker, dessen Kammlinien in bräunlichem Blond schimmern. Der Hemerocalliskopf wächst aus dem straffen Kelch einer weißen Bluse heraus, die sich wiederum aus den nagelneuen Jeans zunächst ausgetüftelt nachlässig entfaltet. Betty sieht um die Ecke und macht sogleich, großzügig, wie es ihre Art ist, aus ihrer Bewunderung keinen Hehl.

Zweifellos, sagt Willaert etwas schrill befehlend und schnell, um angesichts des zweifachen italienischen Glanzes die Regie zu behalten, zweifellos habe er, Maurizio, auf dem kleinen Fischmarkt festgestellt, wie trostlos die natürlichen plastischen Fische gegenüber den gemalten Wundergeschöpfen Ensors seien, der gezeigt habe, welche Deformationen das Licht den Linien auf zwinge, und – das zu uns allen, was gehen ihn darüber hinaus die vier Fremden in einer Ecke und die zwei in einer anderen beim Frühstücken an – übrigens Monet unerschrocken einen »leichtsinnigen Koloristen« nannte. Dabei bleiben Willaerts Blicke ganz verhext an Maurizios überplastischem Oberkörper haften.

Offenbar ist der hübsche Schüler von seinem Lehrer mit entsprechendem Anschauungsmaterial konfrontiert und (gestern nacht?) beauftragt worden, das Gesehene mit der Natur heute früh an Ort und Stelle zu vergleichen. Immerhin hat sich Willaert so weit unter Kontrolle, daß er sich, als Collins vom Tisch aufbrechen, korrekt erhebt, verbeugt. Schwer zu sagen ist, ob Monsieur Madame oder Madame Monsieur beim Gehen ausschlaggebend hilft. Flinker als die beiden in der Nacht auf dem Wapenplein sind sie jedenfalls.

Die Impala bei den toten Fischen, wo die Touristen manchmal über die armen Tiere jammern, die ihnen kurz darauf prima zu Möhren- und Selleriebrühe an den Ständen schmecken oder in den Restaurants, als wären sie ohne Schuppen etwas vollständig anderes?

Sie öffnet die Lippen vor der Zahnlücke. Geglänzt hätten die Fische und rötliche Flecken gehabt. Von Frauen seien sie in Metallkörben und Plastikschalen angeboten und bei Kauf wie nasse Lappen auf eine Waage geklatscht worden.

Hier haut unser Rotduckerchen wahrhaftig auf Willaerts Tisch, daß seine Tasse bebt, und sie tut es mit einem Ausdruck, der nahelegt, die Nachahmung sei eventuell nur ein Vorwand, irgendein Ding in Willaerts Nähe zum Zittern zu bringen. Reißt der Impala der Geduldsfaden in der laufenden Affäre? »Meest verse Nordzeevis«, trägt sie auswendig vor, hängt aber an das letzte »s« ein fragendes »e«.

Sobald man sich ihnen genähert habe, hätten die Frauen runde Augen gemacht, sonst eher wie Kämpferinnen ausgesehen und fast alle Zigaretten geraucht. Auch Punkerinnen seien dabei gewesen, sehr trotzig drohend. Sie, Sonia, habe sich insgesamt gefühlt wie in einer alten, grauen Badeanstalt.

Alle staunen, daß sie so viel redet. Es ist gut so, denn Maurizio hat auf die rhetorische Frage Willaerts zu Problemen der Ästhetik vorerst nur zusammenzuckend mit einem Kopfnicken geantwortet. Da endlich erscheint Roy mit dem Mütterchen.

Es muß eine Verabredung sein heute morgen:

Auch Frau Quapp erkennt man ja kaum wieder! Sie sieht uns aus winzigen Augen in einem roten Vollmondgesicht fuchsteufelswild an. Es ist aber die reine Verlegenheit. Das merkt man, sobald sie, als sei auch die Stimme verunstaltet, Roy berichten läßt.

»So hat sie mich heute in der Frühe erschreckt. Gleich nach dem Aufwachen sieht mich so etwas Scheußliches an! Ein Witz? Karneval im Sommer? Wir waren schon beim Arzt und in der Apotheke. Schließlich kam heraus, was sie angestellt hat.« Roy kennt in seiner Erbitterung keine Rücksicht mehr. Das Mütterchen schielt uns von unten unfreiwillig zornrot mit schelmischem Schuldbewußtsein an. Der Stuntman kuckt gar nicht hoch, redet mürrisch vor sich hin, bis er den traurigen Kopf hebt und sein Blick auf die Taglilie fällt.

»Versehentlich ins Gesicht geschmiert«, sagt er langsam, starrt aber nur noch den Kontrast, das Mädchen, das Morgenlicht, die Erscheinung an, die ihm sanft unter den abenteuerlichen Graten ihres steil hochgekämmten, dann schroff abfallenden Haars entgegenlächelt. Seine Wiederauferstehung nach dem sicherlich zermürbenden Tagesanfang ist so überwältigend, daß sogar die Taglilie die hier eigentlich doppelt notwendige Hingabe an das hohe Alter in Gestalt der kleinen, angeschwollenen Großmutter vergißt und Roy ihre Kehle blitzschnell im Zurückwerfen lachend darbietet.

Roy wechselt ein paarmal die Farbe, ein interessantes, sprichwörtliches Schauspiel, und rettet sich mit knapper Not, flüstert vorher noch mühsam »Rheumasalbe, war wohl Rheumasalbe«, bevor ihm die Mundwinkel vor Seligkeit zu den Riesenohren wegfließen, in ein barsches: »Schöne Schererei!«

Auch Frau Quapp entgeht natürlich die Veränderung der Taglilie nicht. »Die sollte mir mal die Haare frisieren, hat's ja gelernt, versteht bloß kein Wort«, sagt sie mit einem Zischen, als machten ihr zusätzlich die Zähne Kummer. Unverschämter zu werden traut sie sich nicht des dicken Gesichts wegen.

»Höchste Zeit, die Kulissen zu wechseln«: Willaert achtet darauf, daß die Romanze in schicklichen Grenzen bleibt. Er legt eine Uhr neben seine Tasse und eine altmodische Postkarte, die er rasch verdeckt. Er wolle uns allen heute etwas Besonderes zeigen, etwas, das uns endlich einen erfreulichen Eindruck von der belgischen Küste machen solle. Dazu müßten wir eine Weile mit der Tram Richtung Norden fahren, auch Frau Quapp könne diesmal mit, man werde keine großen Märsche unternehmen. Er spricht wie ein rundlicher, langweiliger und gutmütiger Onkel zu uns. Eine Überraschung solle es werden, aber er beobachte an unseren mißtrauischen Mienen, daß wir ihm nicht ins Blaue folgen würden. Es mache ihn unglücklich. Nach seinen gestrigen Bemühungen um uns tief unglücklich, aber er füge sich und zeige uns unser Ziel, das legendäre Piercafé von Blankenberge.

Und wirklich hält er nun die Karte so hin, daß sein Liebling sie als erster anschauen kann. Der weiß, was man von ihm erhofft, und diesmal begnügt er sich nicht mit einem braven Nicken: »Stupendo! Un luogo da contemplazione!« sagt er mit angenehmer Stimme.

Die Bemerkung freut Willaert über die Maßen, freut ihn so sehr, daß er sich einen Heiterkeitsausbruch offenbar mit einiger Anstrengung verbeißen muß. Das kann nicht nur Stolz auf den Geschmack seines Schülers sein. Der gute Onkel führt was im Schilde. Frau Fesch zumindest entgeht nicht das Timbre bei seiner Wiederholung von Maurizios Satz.

»Un luogo da contemplazione«

Auch wir anderen, die schon in Kürze abmarschbereit sein müssen nach Willaerts Willen, dürfen, damit wir uns dann ohne Einwände unserem philanthropischen General unterwerfen, das Wunderwerk – einer von vornherein rückwärtsgewandten Gesinnung? – betrachten.

Man selbst hat es schon viel früher einmal gesehen und war dabei nicht allein, nein, weiß Gott, war nicht allein, war ganz und gar zu zweit, hat es zunächst aus der Ferne gesehen, bei diesiger Luft, eine monströse Vogelspinne oder Schwarze Witwe mit glimmenden Augen, auf vielen Beinen im Wasser stehend, durch einen Spinnenfaden mit der Küste verbunden. Jetzt dagegen ist die gesamte Anlage im sonnendurchfluteten Raum von »La Grande Plage Belge«, Brücke, Pfähle, die runden Terrassen zur gigantischen Hochzeitstorte gestaffelt, mit Marzipanrosen aus Sonnenschirmen, in das helle Gold des breiten Strandes getaucht, das Meer dazu beinahe in der Farbe, die der Maler »Ensor-Azur« taufte, das Ganze augenscheinlich Foto eines Werbeplakats aus den dreißiger Jahren.

Willaerts Telefon klingelt zwischendurch, und während er in den Apparat schnaubt, sogar zweimal aufspringt und sich wieder setzt, weist er zugleich in den Pausen trotz seiner Wut lächelnd auf die Abbildung, um noch mehr Begeisterung in uns zu erzeugen.

Hat er uns ausreichend angefeuert? Er beendet sein Gespräch mit einem energischen Kopfschütteln, dabei bleibt's, keine Erklärungen. Sonia solle um Gottes willen ihren Teddy mitnehmen, das sei außerordentlich wichtig. Oder hat sie ihn etwa aufgeschlitzt, um nach Rauschgift darin zu fahnden? Willaert droht schalkhaft mit einem beringten kleinen Finger. Und da, wie erstaunlich, öffnet die Impala den Mund und preßt von innen die Zunge gegen die Schneidezähne, so daß ein schmales rosa Räupchen zwischen ihnen erscheint.

Betty muß den Vermummten aus seinem Zimmer herbeischaffen, es soll sofort losgehen. Bevor sie gehorcht, denkt sie über etwas nach, hebt dazu die Ellenbogen, reibt die Augenhöhlen und – wir kennen es schon – nimmt dazu ihre Brüste in die runde Klammer ihrer Oberarme. Ob es nur ein verzögernder Protest gegen Willaerts Anordnung ist? Der gibt, als sie sich auf den Weg gemacht hat, noch eine Erläuterung zu unserem »Confidence Girl«: Sie selbst habe nie mit etwaigen Kurierdiensten zu tun gehabt, der Bruder aber sei damals verhaftet worden, weil er in Autoreifen Cannabis von einem türkischen Baustoffhändler aus den Niederlanden eingeschmuggelt habe. Keine große Sache in der verzweigten Welt der Drogen. Er selbst wisse es auch erst seit heute morgen. Nicht von de Rouckl, von Betty selbst. Sie sei so vertrauensvoll und umgekehrt so vertrauenswürdig. Betreue sogar die Schriftstücke, die mancher allzu achtlos in seinen Hotelzimmer herumflattern lasse.

Ist es ein Zucken der weißen Braue, ein gesträubtes Barthaar? Eine flüchtige Veränderung in Willaerts Gesicht verrät die Befriedigung, mit der er das konsternierte »Was?« von Frau Fesch zur Kenntnis nimmt. Weiter reagiert er nicht, man fragt, um ihn zu bestrafen, auch nicht nach. Ob es genehm sei, sich in fünf Minuten vor dem Hotel zu treffen? ordnet er dann an, betrachtet wohlwollend Frau Quapps Ballonphysiognomie und räumt ihr mit einem Handkuß, der sie zugleich unmißverständlich Richtung Fahrstuhl drängt, eine Verlängerung ein: »Zehn Minuten! Für Sie, gnädige Frau.«

»Da geht sie mit ihrem Plästerkopp«, antwortet das fuchsteufelswildrote Mütterchen, meint sich selbst, »und schneller gehen kann sie einfach nicht.« Am Arm von

Roy dreht sie sich noch einmal um: »Die Pralinen waren gut. Ich habe sie alle weggenascht, keinem eine abgegeben.« Ohne Zweifel, sie will dafür gelobt werden! Roy, aus Gedankenlosigkeit und vertieft in sein Morgenglück, tut es sogar.

Willaert erwartet uns, schon wieder telefonierend, mit Stock und Hut. Die Blätter oben im Zimmer lagen vielsagend ordentlich gestapelt auf dem Schreibtisch. De Rouckl, gerüstet gegen mögliches Unheil, ist verkleidet wie Fischfrauen in der Herrgottsfrühe. Wir sind also vollständig: Roy und Frau Quapp, Willaert und der Vermummte, die Impala und Maurizio, Frau Fesch. Unser Gönner hat bereits zwei Taxis zum Bahnhof bestellt. Betty winkt, zeigt freundlich trauernd zum Abschied (die träumerisch kauenden Rinder auf der Hinfahrt!) ihre Achselhöhlen. Sieben Leute, alle erwachsen, infantil überdreht auf Tagesausflug, wir alle jeweils nach unserer Art, wie vor einem künftigen und auch großen Glück, mit dem im Laufe der Unternehmung zwei, drei Leute rechnen.

»Da drüben«, sagt Willaert beim Einsteigen und zeigt auf das Rathaus, »im Museum voor Schone Kunsten, was finden Sie da? Kopien, sehr eindrucksvolle Schwarz-Weiß-Fotos, Hommagen anderer, geringerer Künstler an Ensor, Briefe von Ensor, brav brav, nur keine wichtigen Gemälde von ihm, und das in seiner Geburts- und ausschließlichen Heimat- und Lebensstadt.«

»Was mich mehr interessiert: Wird es Regen geben?« fährt der Schabrackenmolch dazwischen. Natürlich, Betty kann heute nicht auf ihn achten! De Rouckl, verwaist: »Irgendwann prüft Willaert seine Zuhörer: ›Wogegen und wofür kämpfte Ensor, als er kaum noch malte?‹ Die Antworten lauten: ›Gegen die Vivisektion, für den Erhalt der Dünen.‹ Damit ist jetzt auch dieser Punkt erledigt.«

Vorn sitzt Frau Quapp. Hinten Frau Fesch zwischen den beiden Männern. So kann ihr Willaert, von der anderen Seite um Bewunderung für seinen Schützling werbend, ins Ohr flüstern: »Dieser Bursche Maurizio ...«

»Dieses Taxi mit den jungen Leuten reißt aus, fährt uns für immer davon!« schreit das Mütterchen.

»Dieser Bursche Maurizio«, setzt Willaert, nun mit dem Anflug eines Drohens, wieder ein, »ist so wahnsinnig gut gewachsen, so lernfähig, was die Kunst betrifft! In seinem Alter, ach Gott, ach Gott, glaubte ich noch an den moralischen Fortschritt des Menschengeschlechts, an den eigenen ohnehin. Wie lange und für immer das vorbei ist! Er versteht auch eine Menge von Herrenoberbekleidung. Hier wohnt eine schöne Seele, ein erwachender Geist in einem schönen Körper.«

»Ein etwas gedrungener Körper«, wendet Frau Fesch leicht gereizt ein. »Das ist es ja, das ist es doch, begreifen Sie nicht? Das Kompakte, meine Liebe, das ist es: Fleisch und Knochen in ein Drittes, den angespannten Muskel, eingeschmolzen. Sie müssen es künstlerischer betrachten. Nach meinen Informationen dürfte Ihnen das möglich sein.« Willaert ereifert sich, und zwar, man ist sich nicht ganz sicher, ohne Ironie diesmal, schickt jedoch gewitzt ein seufzendes »Frauen!« hinterher.

»In seinem Alter glaubte ich noch ...« Es muß die Zeit gewesen sein, in der man, wenn man vom Hörensagen erfuhr, irgendwann falle ganz allmählich der Schatten des Todes in das Leben ein, vor sich hindachte: Herein mit dir, du interessanter Schatten! Ein zusätzliches, pikantes Lebensgewürz ist immer willkommen.

Und jetzt? Man weiß nicht.

Die Taxis bringen uns direkt zur bereitstehenden Tram, alles wie bestellt, Willaert! Auch die Platzverteilung in der Straßenbahn? Gewiß! Wir werden umgeladen aus den Autos in das Wehen und Leuchten der Außenwelt und weiter in die Bahn. Diesmal Richtung Niederlande und mit Platz für alle: Das Mütterchen mit Enkel und Italienern, Frau Fesch mit den Belgiern, dazwischen der Gang, der Gang, der Willaert von Maurizio trennt. Die Impala neben Roy.

Sie, Sonia, solle unter allen Umständen gut auf ihren Teddy achtgeben. Dessen große Stunde komme noch, ruft Willaert zu ihr hinüber. Man fragt sich natürlich, ob er wirklich so unverschämt ist, ihr das Ding als Entschädigung für Maurizio zuzumuten. Wieder läutet sein Telefon. Er errötet vor Zorn, wie das Mütterchen zur Zeit dauerhaft ohne Zorn errötet ist.

»Keine Sorge«, sagt der Vermummte, während Willaert unverständlich tobt, »nur vier Vorkommnisse könnten ihn jetzt wirklich aufwühlen: Wenn sich einer seiner zwei oder mittlerweile drei Ensors als Fälschung herausstellte oder gestohlen oder durch einen Transportschaden verletzt würde oder, der wohl schlimmste Fall: Wenn jemand ein bedeutendes Ensor-Gemälde – bei zeitgenössischen Arbeiten, Videos oder Installationen, wie ich sie, alles vergessen, früher gemacht habe, wäre es ihm egal – in einem Museum durch Anschlag zerstörte. Um alles das geht es aber nicht. Nur um Geschäftliches.«

Willaert schmunzelt schon wieder. Er stellt sein Telefon ab, ein Schlußstrich, und steckt es in die Tasche, streckt sich, ermahnt die Impala, die das Geschenk von gestern als Maskottchen an ihre Tasche gebunden hat, noch mal: »Kein Auge von ihm lassen, um keinen Preis! Ich werde es nicht mehr oft sagen«, weist auf die durchquerten Hafenanlagen hin und zeigt nach links: »Vismijn, gleich neben dem Visserijdok.« Ein ausgedehntes Industriegelände, da könne unsere kleine Italienerin mit der wunderlichen Frisur einmal sehen, was ein richtiger

Fischmarkt, nämlich Fischgroßmarkt sei. Wer dort arbeite, der werde den Geruch nie wieder los. Da sei selbst er, als Parfümhändler, dem die Wohlgerüche Arabiens zu Verfügung stünden, machtlos. Was habe sie, Sonia, dagegen für einen zierlichen und hübsch machenden Beruf.

Als das Rotduckerchen daraufhin Willaert ansieht, wird sie von den Knopfaugen des Stofftierchens betrachtet. Es hebt ihr die felligen Ärmchen entgegen und sitzt auf Willaerts Knie. Grund für den, mahnend mit dem Brillantenfingerchen zu figurieren.

Wer hat Willaert assistiert bei seinem Streich? Die Impala fragt sich das offensichtlich und prüft, schwankender Giraffenhals, die Gesichter, eins nach dem anderen. Ein Grund, mit den schwarzen Liderfittichen zu schlagen. Ach Roy, wahrhaftig. Wahrhaftig verliert er die Nerven unter diesem Blick und gesteht rechtschaffen, er jedenfalls sei es nicht gewesen. Willaert zieht daraufhin resigniert die Schultern hoch, läßt sie fallen: Dem Grünschnabel ist wohl nicht zu helfen.

Aber nicht, Willaert, weil er ein Grünschnabel, sondern weil er so schrecklich verliebt ist. Und wer darf der Impala den Teddy wieder an die Tasche binden und dabei mit einigem Geschick noch näher kommen? Mein und ihr und unser Roy!

Und warum macht man diesen Gruppenunfug eigentlich seit Tagen mit? Weil man die Zeit bis morgen abend totschlagen will. Weil man sich nicht trennen kann von ihnen, aus Neugierde.

»Es zieht«, sagt de Rouckl. »Sind wirklich alle Fenster geschlossen?« Er knotet sich einen Reservepullover um den Hals. Täuscht man sich, oder kontrolliert er heimlich, wer von uns unter Umständen ein Kleidungsstück leihweise entbehren kann, stellt womöglich schon eine Reihenfolge auf?

Dem Grünschnabel Roy sei nicht zu helfen. Von ihrem Platz aus, zwischen Willaert und dem Fenster, schräg gegenüber von den beiden, wird Frau Fesch den Eindruck nicht los, daß sich Roy und die Impala, ohne jetzt einander anzusehen, in ununterbrochenem Körperkontakt befinden, den keine Bewegung der Tram stören kann, in kontinuierlicher Enge und viel bequemer als am gestrigen Nachmittag. Die Impala zum Fenster hinausflehmend und dabei, wie Roy, der sich bemüht, im Übermaß der Euphorie möglichst männlich vergrämt auszusehen, konzentriert auf die Berührungszone? Etwas in Frau Feschs Nähe riecht stark nach Schweiß. »Fort Napoléon und Militair Hospitaal«, sagt Willaert, »müssen wir nicht besichtigen.«

Wir fahren durch ein Gebiet von großer Plattheit und Sattheit unter dem Sommerhimmel, das haben die Häuschen angerichtet, eins neben das andere hingezählt. Anders als die Appartementmauer folgt hier Einfamilienbungalow überaus reinlich auf Einfamilienbungalow. Auf der Meerseite hinter den Dünen – »Bredene«, sagt de Rouckl, diesmal flinker als Willaert – Wäldchen, dann auch versprengte Überreste schöner älterer Häuser darinnen. Die Sonne scheint heiß zu uns herein.

»Es zieht«, sagt der Vermummte.

Frau Quapp antwortet schräg zu ihm aus ihrer Fensterecke über den Gang hinweg und aus ihrem Schwellkopf heraus: »Sie! Ich bin in Brasilien zwischen Wasserfällen mit dem Hubschrauber rumgeflogen. Stellen Sie sich das vor, hier ein Wasserfall und dort einer und ich zwischendrin vom Hubschrauberpiloten umherkutschiert. In jedem Staat von Lateinamerika haben wir den schönsten Botanischen Garten besucht. Zweimal Rio, dann Patagonien. Leider nahm mich kein Schiff mit nach Cap Hoorn.« Dann, mit einem Blick zu Roy: »Ach so, ich war das gar nicht. Meine Freundin hat das alles gemacht.«

De Rouckl sieht zuerst sie an, dann Willaert, dann legt er eine Hand über den Mund und lächelt lange dahinter. So, denkt Frau Fesch, könnten die Träume in der Häusermauer von Oostende vor sich gehen: In der Nacht werden die Lebensläufe der Leute um ein Stück von einem Hirn auf das nächste versetzt.

Wenn Fahrgäste an uns vorbeikommen, starren sie die Impala an. Sie können nicht anders. Ob es daran liegt, daß in ihrem Gesicht nicht die geringste Schärfe existiert? Ein säuglingshaftes Dösen aller Konturen bei einer filigran ausmodellierten Erwachsenen? Es gibt einen Menschen in der Bahn, der nun schon zum zweiten Mal zwischen unseren Gruppenhälften vorübergeht.

Jetzt ist man sicher. Es ist derjenige, der gestern abend im Molencafé gesessen, unentwegt die Taglilie angestarrt hat und davor am Morgen zur Probe kurzfristig und nachhaltig Frau Fesch. Stutzt nicht auch er, als er die goldenen Grate auf dem Kopf der Impala sieht und die Goldspitzen ihrer Ohrläppchen? Unser Rotduckerchen träumt reglos, hebt aber gerade in diesem Moment die Liderflügel ein einziges Mal und senkt sie bereits wieder.

Wann man denn die Reise zu unserem schönen Ziel beschlossen habe, fragt Frau Fesch. »Nachdem Sie und Betty uns so früh verließen«, sagt Willaert. Er zuckt mit den Nasenflügeln. Auch er riecht fremden Schweiß. »Wir haben gelost: Brügge oder Blankenberge. Maurizio hat gezogen. Beschwerden bitte an ihn.« Das stimmt vielleicht nicht, aber der immer aufmerksame Bodyguard ist stolz, daß sein Herr und Meister ihn erwähnt, dabei hat der ihn, im strengen Sinne, gar nicht gelobt.

Unser alabasternes Klippspringerchen, das alle Spuren des robustierenden Meerestages über Nacht an sich getilgt hat, an wen denn denkt es so? Die arme Betty hat nur einen zum Hinsehen, der friert und schwitzt jetzt bequem und fern von ihr vor sich hin, aber die Impala könnte wohl gleich vier Charakterköpfe zum Schwärmen haben: den entflammten Roy und den durch Untreue um so lockenderen Maurizio, den kleinen Mann, der vorüberging und jetzt nicht zu sehen ist und: das Mütterchen.

Ja? Noch immer die Legende des guten Alters, da kein gutes Neugeborenes in der Nähe ist?

»Mein Roy«, wendet sich das »gute Alter« mit den geschwollenen Backentäschchen an die Impala, »mein Roy, der liebe Junge, leicht zu lenken und nichts – merken Sie sich das nur! – für Kinkerlitzchen und Quatsch, ist jetzt Student, aber früher war er ein kleiner Junge wie jedermann. Er hatte einen blauen Spieleimer. Sie wollen unbedingt ein bißchen davon hören? Einen blauen Spieleimer, das verrate ich Ihnen gern. Und was tat das dumme, liebe Kerlchen damit? Setzte sich unter den Kastanienbaum bei der Kirche und dachte, wenn die Uhr zwölf schlägt, fallen die Kastanien ab. Dann sammle ich sie in den blauen Eimer, und die Kastanien, die helfen mir gegen die Ameisen. So hat er es gemacht, mein Roy. Den blauen Eimer habe ich für ihn aufgehoben. Wenn er mal eigene Kinder kriegt, ich mal Urenkel kriege.«

Niemand weist Frau Quapp darauf hin, daß die Italienerin kein Wort von ihr verstanden hat. Aber alle sehen sie an, sehen Roy an, der leicht mit den Zähnen knirscht, beinahe gleichmütig, er schafft es wegen seines generellen Glücks nämlich nicht wilder. Der letzte Satz war ja gewiß nicht freundlich gemeint. Eine Botschaft von Frau zu Frau, ohne alle Mätzchen, man kennt sich, man macht sich gegenseitig nichts vor? Selbst wenn Frau Quapp ihre Nachrichten in englischer Sprache vorgetragen hätte, würde sie an dieses stets leicht abwesende Mädchen wohl gar nie herankommen, nicht so leicht rankommen. Vor allem deshalb nicht, weil ihr die Taglilie mit hingebungsvoll, mit verzückt geöffneten Augen lauscht, als spräche Frau Quapp, ein herzliches und weises Mütterchen, zu ihr mit den wunderlichen Lauten einer lange verschollenen, märchenhaften Zeit.

»De Haan«, erläutert Willaert. Sporadischer Fachwerk-Zierat, auch landeinwärts flache, konfuse Dünenlandschaft.

»Immerhin, das muß man meinem Freund Willaert zugute halten«, ruft uns de Rouckl aus der Landschaftsbetrachtung stante pede zurück, »daß er niemals, wie es viele gebildete Großverdiener und Machtmenschen zwanghaft tun, niemals, auch nicht unter Alkoholeinfluß schwerster Dosis behauptet, er wäre lieber Künstler, Dichter, Philosoph geworden.«

Willaert revanchiert sich laut flüsternd: »Frau Fesch, unter uns, früher hat de Rouckl, um für Frauen unwiderstehlich zu sein, mit den Ohren gewackelt und ihnen Fliegen in der Faust gefangen. Nun? Als das nichts mehr half, wurde er Künstler, danach Schabrackenmolch.« Er holt die Ansichtskarte von Blankenberge heraus mit dem lagunengrünen Übergang von Meer zu Strand und gibt sie Maurizio. Man solle sich noch ein wenig wegen der Vorfreude in unser Reiseziel versenken. Dann wendet er sich, als hätte er vier Kleinkindern, um die Verantwortung für sie loszuwerden, ein Spielzeug überreicht, ganz dem Schabrackenmolch und Frau Fesch zu: »Nun, Frau Fesch, müssen Sie das Geheimnis der Blätterstapel in Ihrem Zimmer lüften. Wir brennen darauf, Sie und Ihre Mysterien zu entschleiern, oder müßte ich sagen: zu entlarven?«

Wenduine? Statt Dünen rechts und links von uns Mietshäuser. »Ein Libretto«, sagt Frau Fesch, »mein erster Versuch, ein Versuch nur, ein Opernlibretto zu schreiben.«

Libretto? Jetzt ist es heraus. Will man die Menschen mit all ihren Seelenaufbauten und ihrem Schnitzwerk darstellen oder will man eben das ganz und gar nicht? Will man, fragt man sich krampfhaft, als könnte man Willaert durch solche Spekulationen entkommen, nicht lieber einfache Verhältnisse, die eine zappelig flatterhafte Gegenwart einsaugen und modellieren, so wie die ältere Oper es noch immer tut mit unseren neueren Empfindlichkeiten? Ähnliches meinte doch auch heute morgen die Sängerin. Eine Grundsubstanz blüht je nach Reizung zu verschiedenen Formen auf, mal gut, mal böse, oft in Gefühlen, seltener in Taten.

»Titel?« insistiert Willaert.

»›Das blaue Pantöffelchen‹.«

Frau Fesch weiß es erst seit dieser Sekunde selbst. Der Name fehlte ihr noch bisher, und er paßt wie angegossen. Außerdem eine Mischung aus Pantoffelmütterchen Quapp und Roys blauem Eimer. Und ein Gebrauchsgegenstand, der zu einer Art Emblem oder Geheimzeichen oder Chiffre wird, wie in Hitchcocks ›Bei Anruf Mord‹ die kleine rote Damenhandtasche, die dauernd von wechselnden Männerhänden wegen Schlüsselmanipulationen anspielungsreich geöffnet und geschlossen wird.

Ist die Impala, eng an Roy geschmiegt, während sie dermaßen entrückt erscheint, eine so gute Heuchlerin, wahlweise ein Wunder an Spiritualität, beziehungsweise an Gleichmütigkeit?

»Ob das ein glücklicher Titel ist? Ich schlage vor: ›Die Falschmeldung‹ und zwar zu meinem eigenen Operneinfall, den ich Ihnen hiermit vermache«, sagt der Schabrackenmolch und spricht überraschend zum ersten Mal durchgehend deutsch: »Jemand hört tagelang nun, nun, als akustischen Fond, als Folie seiner banalen Tätigkeiten und kleinen Gefühle ein Geräusch, so, ja, eine rumorende Melodie, rätselt manchmal, was es sein könnte, nun, vergißt es zwischendurch auch, Sie verstehen, ah, ja, so vergißt man ein permanentes Glockengeläut. Aber es ist immer da. Nun, erst am Schluß, ja, als es zu spät ist, erfährt er ganz bestürzt, daß es eine sehr spezielle Äußerung war, ja, nein, man muß dann noch sehen, ob er wirklich bestürzt sein soll davon.«

Es handele sich um die Artikulation der langen Todesqual eines gefangenen Tieres in seiner Nähe.

Bevor man antworten kann, nimmt plötzlich Frau Quapp einen Geldschein aus ihrer Tasche und reicht ihn ohne Kommentar im hellen Sonnenschein schräg zwischen dem italienischen Pärchen hindurch an Roy. Der stößt ihre Hand zurück und springt so abrupt auf, daß die angelehnte Impala fast umkippt. Um sein Zittern zu verbergen, geht er mit Rübezahlschritten zum Ende des Waggons, kehrt zurück, und das einige Male. Ohren rot wie das Quappsche Gesicht. Wir anderen sehen ihm zu. »Nehmen Sie sich in acht mit Ihrem Geld«, sagt Willaert zum Mütterchen, »gleich, an unserem Ziel, im schönen und leider teuren Café, müssen Sie, Frau Quapp, für uns alle die Zeche bezahlen. Das ist so vorherbestimmt.«

Nur unsere Taglilie versucht mit graziöser Fingerakrobatik das tief beleidigte und brüskierte Mütterchen zu beschwichtigen. Sonias Zuwendung aber, die will es natürlich ausgerechnet nicht. Schon hebt es die Hand, um nach dem Mädchen zu schlagen, besinnt sich dann doch noch zu seinem Heil, macht rechtzeitig ein abwiegelndes, auch abschüttelndes Tätscheln daraus und steckt das Geld wieder ein. Dann sagt es zu Willaert: »Was heißt ›Hexe‹ italienisch? Bitte laut und kräftig antworten, ich höre momentan schlecht.« »Stupenda«, schreit Willaert durch die Tram, ohne Umstände anstelle der alten Frau direkt zur Impala gewandt. Die zeigt daraufhin dem Mütterchen vor lauter Freude die Spalte zwischen den Vorderzähnen, aber ohne Zungenfüllung. Das Mütterchen bläst verwirrt die feurigen Backentäschchen auf.

Maurizio grinst, gar nicht mal hämisch, kamerad-schaftlich eher, als Roy sich, noch immer vor Entrüstung schnaufend, wieder setzt. »Le nonne!« sagt er gewichtig.

»Cosi fan tutte«, albert Willaert rum, »fahren Sie fort, Frau Fesch, mit Ihren bisher allzu keuschen Andeutun-gen.«

»Sehe ich im Gesicht wieder aus wie ihr anderen?« trillert Frau Quapp eitelbang und scheint sechs Antwor-ten zu erhoffen. Sie bekommt diesmal keine. Die einzige Person, die ihr gern und beschönigend Nachricht ertei-len würde, die versteht ihre Frage ja nicht.

Und inzwischen? Was ist danach den beiden erzählt worden von Frau Fesch? Sie hat sich jedenfalls provozie-ren lassen vom Duftwasserhändler, dessen gravitätische Kleidung den Watschelgang kaschieren soll, und von seinem Kumpan, der womöglich Dämm-Material zwi-schen Unterhemd und Haut trägt.

Was hat Frau Fesch ausgeplaudert? Daß ihr eigentli-ches Ziel die Chöre seien?

Willaert: »Die Chöre natürlich nicht in deutender Funktion und nicht in verdeutlichender, nichts sollen sie veredeln, nichts auf höhere Ebene hieven, nichts auf verallgemeinernde Ebene wuchten?«

Allenfalls multiplizieren dürfen sie. Jawohl! Das Mul-tiplizieren als das Entsetzliche. Die Chöre vor allem als der Inbegriff des Opportunismus.

Willaert: »Inbegriff des kopflos im Zeitgeist Schwan-kenden. Gruppenparolen und Gemeinschaftsinstinkte, mit jedem Wetterumschwung die Farbe ändernd?«

De Rouckl: »Die Stadt-, Land- und Strandbevölke-rung, von Marketingfirmen und Propaganda zu jeder Schande und ah, äh, Herzerhebung, nun, allezeit zu ver-leiten?«

Die Chöre als unendliche Vervielfältigungen von Du-plikaten, Chöre aus Drillingen und Sechslingen, die sich das eine Liebespaar, das entführte Kind, den beweinten und bewunderten Einzelfall leisten, bevor er in die Vielzahl zurückfällt.

»Chor der tiefgefrorenen Embryos!«

»Chor der Publikumslieblinge!«

»Chor der Groß- und Urgroßmütter!«

»Chor der Kondome in den Kläranlangen großer Hotels!«

»Chor der von ihrer Einmaligkeit besessenen Liebespaare!«

»Chor der Ensor-Darsteller!«

Die beiden geben keine Ruhe, Frau Fesch muß ihnen viel zu viel gestanden haben.

Sie fühle sich, teilt sie ihnen mit, vollkommen von ihnen begriffen. Das große Chorunterfangen sei allerdings erst für die nächsten Jahre ins Auge gefaßt wegen erheblicher dramaturgischer Probleme. Das, worein Betty ihre Nase gesteckt habe, »Das blaue Pantöffelchen«, beruhe auf einer weniger bekannten Erzählung Joseph Conrads: »A Smile of Fortune«, einer Südseegeschichte, in der, anders als hier, wo man vom Land aufs Meer sehe, zunächst vom Meer aufs Land geblickt werde.

»Chor der Hafenagenten?« ruft Willaert.

Er kennt die Geschichte also und hebt jetzt die Hand, um mit einer Kreisbewegung über das Gesicht von Maurizio zu wischen, der allem, was sein Lehrer gesagt hat, ohne Seitenblick anbetend gefolgt ist. Willaert berührt dabei nicht den Bodyguard, scheint aber, nicht ohne Selbstgefälligkeit, einen Bann nach Gutdünken aufzuheben, irgend etwas einzusammeln und in seiner Hand verschwinden zu lassen.

Wir sind angekommen. Hat man wirklich versprochen, Willaert das Manuskript bei unserer Rückkehr, noch heute nachmittag, für einen kleinen Einblick auszuliefern? Man kann nicht bei Trost gewesen sein.

»Blankenberge Park« steht weiß auf blau an der Haltestelle, ein großer schwarzer Hund beugt sich weit aus dem zweiten Stock eines Hauses auf der anderen, im Schatten liegenden Straßenseite, als erwöge er den Freitod. Lauter Männer in kurzen Hosen warten auf etwas und stemmen dazu die Hände in die Hüften. Die Mode verlangt, daß sie alle farbige Querbalken auf ihrer Brust tragen. Hinterrücks fragt Willaert sehr beiläufig: »Haben Sie denn einen Komponisten für Ihr Stück?«

»Wird sich bald herausstellen. Es ist einer ins Auge gefaßt«, sagt Frau Fesch zusammenfahrend, abweisend. Da schmunzelt Willaert sie zufrieden an.

Wie bald sich das herausstellen wird, morgen ja schon, und nicht nur das. Ach, wäre es schon so weit, ach, wäre es noch lange nicht so weit!

Hinterrücks nähern wir uns auch der Appartementmauer. Wäre nicht der mächtige Himmel, der Gerechte und Ungerechte bescheint, in wohltätiger Entrückung darüber gewölbt, bekäme man unverzüglich ein höllisches Kopfsausen. Aber was ist das? Als triumphierender Hahnenkamm im trüben Hühnerhof, prächtig bunt die hart glänzenden Schindeln und die gesträubten, chinesisch anmutenden Zapfen, Litzen, Leisten, begleitet uns ein Laubengang Richtung Meer. Da darf das Mütterchen auf der Längsbank unter dem Vorwand des Staunens die erste Rast einlegen.

»Frau Fesch«, flüstert es, »der arme Junge kann sich vor dem Weib ja gar nicht retten. Aber da täuscht sie sich, täuscht sie sich sehr in meinem klugen Roy, Jurist in Leipzig. Er durchschaut ihr böses Spiel. Er durchschaut sie wie gelernt und studiert. Was finde ich heute morgen in seiner Hosentasche, lese es und stecke es schnell wieder zurück? Einen Brief an die! Da wird sie sich wundern. Wird die sich wundern. Da brechen ihr die Zacken aus der komischen Krone, die sie sich auf den Kopf gesetzt hat. Es ist bis jetzt nur die Anrede fertig. Wissen Sie, was da steht? Er hat sich ein Herz gefaßt: ›Du Rabenaas‹. Weiter ist er noch nicht. Er wird ihr den Zettel heute geben. Und wieder gut dastehen, mein Ernst, mein Roy. Ist mein Gesicht jetzt besser? Sie, Frau Fesch, haben ja die ganze Zeit mit den Honoratioren geredet, aber ich hatte die Italiener am Hals. Es war rücksichtslos von den beiden.«

Man überläßt sie ihrem Schicksal, denn jetzt kommt der schöne, der jedesmal einzigartige Anstieg zum noch unsichtbaren, schon spürbar atmenden Meer, das uns sein Aroma entgegenschickt, direkt in den Himmel führend, abbrechend die Fritten-Snacks in die strahlende Leere zwischen Badeanstaltarchitektur und Kraut-und-Rüben-Häusern. Und doch richtet sich ab und zu eine schmale Front auf in zierlichem Backstein oder freudig funkelnd glasiertem Blau, zum Abriß freilich freigegeben. In der Mitte erwartungsvoll pochend, unberührbar das Himmelsrechteck. Ja, das Himmelsrechteck selbst ist es, das, wie wir zur Promenade Ansteigenden, schneller atmet, so daß man am liebsten immerzu so weiter darauf zuginge, an der weiß-roten Schranke vorbei, die neben den Autos auch alle kleinlichen Gedanken aussperren soll. Irgend jemand hat das Mütterchen gegriffen, Willaert ist es, der es jetzt an die Impala weiterreicht, dazu ihrem Teddy einen mahnenden Klaps versetzt.

»Nun wird es zugig«, sagt der Schabrackenmolch. Wie unwissentlich bedeutsam Schilder und Feriengäste auf der äußersten Linie vor dem hellen Rand des Himmels stehen, der zur Höhe hin rasch an dunkler Bläue zunimmt. Auch wir gehen jetzt auf diesen Augenblick zu, sehen uns selbst aber nie so heraldisch eingestanzt in den Hintergrund.

Und Roy? Er schlendert plötzlich mit anfangs bösem

und dann erbittert lächelndem Gesicht an der Seite der Impala, die das Mütterchen stützt. Als wäre es seine Enkelpflicht, ergreift, um nicht zu sagen: umarmt Roy wiederum Sonia, die so tut, als benötigte sie die zusätzliche Kraft. Der Quappsche Kopf scheint weiter anzuschwellen. Zur Zeit traut sich die Großmutter aber nicht, das Mädchen wegzuschicken oder wenigstens Roy an ihre zweite Seite zu beordern, zischelt nur, als man in ihre Nähe gerät, ein giftiges: »Stupenda Rabenaas!«

Un luogo da contemplazione II

So bunt?

Warum ist man hier und nicht in La Panne, De Panne, Malmedy, England oder Sidney?

Bunt und alles der Länge nach halbiert. Auf dem Deich wölbt sich ein Laubengang aus Morgenfrische und Schatten. Eine einzige Straßenbreite aufs Meer zu und die Mauer runtergehüpft herrscht Mittagswüste mit steil fallendem Licht. Hier oben auf Kacheln im bekannten Muster gibt es schnell pilgerndes, wie streng beauftragtes Hin und Her vieler Dicker – enorm dick die Vorbauten unter durchweg friedfertigen Gesichtern von bemoosten Kellerbewohnern –, fröstelnd in der Kühle der Appartementmauern. Unten am Strand dehnen sich fast nackte Einzelfiguren, von der Hitze verlangsamt bis zu Tiefschlaf und Trance. Blendendes Blau, Gelb, Grün, Rot niedergelassen, wie es gerade kommt, auf den schrägen Flächen simpler Kabinendachquadrate und Sonnenschirmkreise, die ihrerseits ruhen auf dem allzeit gegenwärtigen, fast kreidehellen Sand. Eine Zweiteilung ohne zu fackeln von Beleuchtung, Temperatur, Tempo, übergangslos über Zeltplanen und Körper hinweg und sie in zwei Stücke schneidend.

Die Leute auf der Straße sehen zum Strand, die auf dem Strand zur Straße hinüber. Wir sieben gehen alle im Schatten des Häuserwalles. Warum ist man hier mit diesen sechs fremden Personen und arbeitet nicht? Jetzt hat jeder von uns etwas sehr Bestimmtes in der Ferne, halb ungläubig wiedererkennend, entdeckt. Sofort meint man, alle, die in unsere Richtung unterwegs sind, strebten wie wir zum Piercafé hin und die uns Entgegenkommenden müßten von dort zurückkehren. Was denn sonst?

Noch ist der Abstand zu groß, um Genaueres auszumachen. Weht ein Wimpel auf der an langer Stange ins Meer gehaltenen Riesenbonbonniere? Wie sie so plötzlich aus dem Jahr 1935 in die Wirklichkeit gesprungen ist! Unverkennbar: das berühmte Piercafézelt, von den Einwohnern als Ziel und Köder für sich selbst zur eigenen orientalischen Lust, gar Wollust im Meer ausgelegt. Noch viel weiter dahinter, am seitlichen Horizont, vielleicht schon, in allerdings irreführend zaghafter Andeutung und noch an der eigenen Existenz zweifelnd, die Kräne der Industrieanlagen von Zeebrugge.

Jeder von uns sieben bemüht sich mit zusammengekniffenen Augen ein bißchen mehr zu identifizieren, zwischen Willaert und de Rouckl ist es eher ein Zwinkern. Es werde doch nicht geschlossen sein, fragt das Mütterchen wie in höchster Not und klammert sich herzzerreißend an Promenadengeländer und Roy zugleich.

»Molto arioso?« versucht sich die Impala. Die Bemerkung gefällt sowohl dem Schabrackenmolch als auch Willaert: »E come! Il caffè arioso«, lobt er großzügig ihren Scharfblick.

Wir marschieren in wechselnden Mischungen, auch

ein grün-weiß gestreifter Leuchtturm ist richtungweisend aufgetaucht, unserem Fixstern entgegen. »Es zieht«, klagt de Rouckl, »es zieht jetzt ganz besonders. Verdikkeme! Die Hölle des Familienlebens, wohin man sieht.« Meint er mit der Familie auch uns, die übrigen sechs? Willaert: »Für de Rouckl zieht es zwischen Sonnenauf- und Sonnenuntergang.«

Jemand stößt seinen furchtbaren Schrei aus. Man überlegt sich, ob Willaert das auch in Antwerpen riskiert, wo er ja als Geschäftsmann auftritt. Hier in Blankenberge ziehen die Eltern entrüstet ihre kleinen Kinder zu sich heran. Willaert dreht sich mit den Leuten suchend um und hält nach dem unartigen Schreihals Ausschau. Warum sind es so viele? Benötigte man nicht gerade jetzt eine wenigstens spielerische Besessenheit, für oder gegen irgendwas, zur Kräftigung? Was hat man statt dessen? Natürlich, Besuch aus England wird demnächst erwartet, natürlich!

»Diese Leute alle und ihr unästhetisches Eheleben. Im besten Fall kommt die Frau aus dem ehelichen Zimmer, als hätte sie soeben gut gegessen, und der Mann, als hätte es gut mit der Verdauung geklappt«, flüstert Willaert vage prüfend zu Frau Fesch hinüber.

Mit ihrem Fellbaby sei alles in Ordnung? Ordnungsgemäß befestigt der kleine Kerl? fragt Willaert als nächstes das Klippspringerchen. Sie solle nur abwarten. Frau Quapp greift den Arm des Enkels und schreitet verblüffend flott aus. Sie wittert jetzt eine Möglichkeit, der Impala zu entkommen und ihr dabei Roy gleich mit zu entführen.

Ob sie, Sonia, dort drüben diesen soignierten Herrn sehe, fast so ein uomo colto wie er, Willaert, dort auf der Bank mit dem weißen Hündchen und der bildhübschen, wenn auch etwas vulgären jungen Frau. Eine Kapazität, ein medizinisches Genie, ein Wunsch- und Wunderchirurg, das interessiere sicher auch Frau Fesch, die ja sowieso der Unterhaltung lausche, ein ärztlicher Nothelfer, der einem oder, ganz wie die Damen wünschten, einer Achtzigjährigen einen fehlerlos funktionierenden Penis verschafft, anmontiert oder eingepflanzt habe.

Äugt die Impala daraufhin auch zum Chirurgen hin? Nein, sie fragt Willaert lediglich sanft, ob er, Willaert, ebenfalls Patient oder nur Freund des Arztes sei. Der stutzt: »Eigenartige Reihenfolge«, brummt er auf deutsch und sieht eine Sekunde lang Maurizio unsicher an. Der merkt aber nichts, er hat instinktiv, vielleicht segnend, sein eigenes Glied berührt.

Hinter dem Café eine tadellose Linie von Wolken, über ihm ein roter Ballon. Willaert klatscht in die kleinen Hände: »Nanu, Umbauten? Sehe ich Gerüste? Ihr jungen Leute mit den tadellosen Augen! Keine Gäste, kein Treiben auf dem Pier? Ist heute Ruhetag, törichtes Fensterputzen?«

»So ein Reinfall«, jammert das Mütterchen und greift um sich ins Leere.

Aber da, wie erstaunlich: Maurizio ist dicht an Willaert herangetreten mit der guten alten Finstermiene, die wir schon so lange an ihm vermissen mußten. Zu dem lieben, fast vergessenen Eifersuchtsgrollen läßt er die Muskeln tänzeln. Aber wen, zum Teufel, meint er damit?

Willaert bemerkt das drohende Schmollen. Vergnügt blitzt er den Italiener an, wechselt rasch ein paar Worte mit ihm und packt ihn plötzlich in den Nacken. Eine Liebkosung auf offener Straße? Willaert läßt nicht locker, und Maurizio wehrt sich nicht, zieht nur kindlich die Schultern an, als Willaert ihn jetzt, ohne den Griff zu ändern, tief nach vorn beugt, ihn immer noch ein Stück weiter duckt, daß man die verliebte Erniedrigung nicht mehr mit ansehen will.

»Ist es ein Reinfall? Wie sehe ich inzwischen aus, kann ich mich so ins Café wagen, tut die frische Luft meinem Gesicht auch wahrhaftig schön gut?« ruft das Mütterchen vor sich hin.

Ein etwa sechsjähriges Bürschchen mit einer gleichaltrigen Begleiterin spricht uns an. Willaert lächelt sehr und bittet um Wiederholung. Der Knirps leiert sein Verschen tiefernst noch einmal runter. Daraufhin überreicht Willaert Maurizio, und lächelt noch tückischer dabei, eine Geldmünze, die er dem Kleinen in die offizielle Sammelbüchse stecken soll. Dann übersetzt er mit unbewegter Miene: »Ich sammle für brasilianische Straßenkinder. Wenn ich fünfzig Euro zusammenhabe, kann ich dafür ein Kind von der Straße holen.«

Das Rotduckerchen hat währenddessen nach dem nun sehr nahegerückten Café Ausschau gehalten, das wie sie selbst und wie das Molencafé gestern abend einen langen weißen Schwanenhals macht, der hier allerdings vollgestellt mit Bauwagen und Bretterhütten ist.

»Ob wir am Ende gar keinen Kuchen kriegen?« fragt Willaert frohgemut.

»Sie wollen sich vor dem Spendieren drücken? Sie kneifen, Herr Willaert, als feiner Herr?« fragt das Mütterchen, das durchtriebene. »Wir haben uns die ganze Zeit auf die Belohnung gefreut. Bedenken Sie doch, die trostlose Bahnfahrt in der fremden Sprache, die mühselige Wanderschaft bis hierher, all diese Beschwerden, Hunger und Durst. Auch für mein Enkelkind dort drüben, bei diesem Stupenda-Weib. Und das alles geht ja auch noch auf demselben Weg zurück. Hier sieht's aus wie kurz nach dem Krieg. Auf der Postkarte sah es aus wie davor. Wir sind angeschmiert, schwer angeschissen, ach mein Gott.«

»Tatsächlich, unglaublich, überall sieht der blaue Himmel durchs Gestänge. Sehr arios! Sieh dir das an, de Rouckl, wer hätte das gedacht, eine Baustelle im Meer, und die weitgereisten Herrschaften verlangen Kaffee und Kuchen!«

Sie lachen uns an, wie bedauernd. Da sagt ihnen Roy ohne Umschweife: »Sie haben es beide gewußt!« Die verschmitzten Belgier nicken. »Pfui«, sagt Frau Quapp, »ich wollte mir Ihren Stock, Herr Willaert, als Krücke ausleihen, jetzt brauche ich ihn, um Ihnen eine Tracht Prügel zu geben, das ist mein Recht als alte Frau.«

Maurizio erkundigt sich sachlich: »Wird das Ding demontiert?« Willaert strahlt über die »erste gescheite Frage«, ohne auf sie zu antworten. De Rouckl hat schon wieder aufgehört, sich zu amüsieren: »Windig hier.« Mit welcher Arbeit Bettys große rote Hände wohl beschäftigt sind in diesem Moment? In diesem Moment erscheint Frau Fesch zum ersten Mal wieder das auseinandergerissene Paar vom Abbruchhaus und löst keine Emotion aus.

Rechts am Anfang des Piers steht ein einstöckiger Betonkiosk, durch das Schießschartenfenster sieht man unten auf die leere Rückwand, oben hängt ein demoliertes Schild: IJSCREM, darunter: GLACES. Wie bei dem schönen Laubengang ist der schattenlose Weg zwischen den beiden ebenfalls grob aus Beton gegossenen Geländern in der Mitte durch eine Doppelbankreihe geteilt. Schon sitzt das Mütterchen zwischen Menschen und grüßt präventiv überfreundlich in die Runde, da sie ahnt, daß wir sie eine Weile verlassen werden. »Laßt mich nicht in der Zwischenzeit sterben!« ruft sie hinter uns her. Stellt sie sich vor, im entscheidenden Augenblick würde die Todesangst wie wild geworden und nun losgelassen aus einem bisher zugebundenen Sack fahren? Vielleicht täuscht sie sich ja auch gar nicht damit. »Ihr kommt nicht weit, da vorn ist alles verbarrikadiert.« Das erkennt sie, plötzlich heiter, sicherer als wir anderen. Hier täuscht sie sich ganz gewiß nicht.

Von der Brücke aus, auf das milchig grüne Wasser, regelrecht zartfühlend anrollende Wasser blickend, muß man sich das Wort »Blankenberge« vorsprechen, denn man sieht eine Appartementreihe und Baukräne darüber ganz wie in Oostende. Zur Unterscheidung hat man den teilweise erhaltenen auffälligen Turm des alten Casinos. Einen Leopold II. offenbar nicht.

Gab es jemals Schiffe, die aus England kommend hier anlegten? Das würde Frau Fesch interessieren, das würde ihr Herz viel schneller klopfen lassen. Da, es nimmt ja schon Fahrt auf, Herz und Puls, sie schlagen und klopfen, und es wandert schön schauerlich etwas den Körper von oben nach unten entlang.

Ein Geruch nach Sonne und Rost. Kein anderer außer uns folgt noch dem Weg. Jetzt haben wir die gelbe Baubude erreicht. Drinnen sitzt bei offener Tür ein Mann und beißt in sein Butterbrot, herzhaft, wie das Mütterchen im Zug. Nein, ein Durchgang für das Publikum ist hier aus Sicherheitsgründen nicht mehr gestattet. Schon springt er auf, das Treppchen herunter: Wollen wir Genaueres wissen? Er kann uns die Pläne, wenn wir eintreten, an der Wand zeigen, auf englisch alles erklären, wenn wir möchten, und sieht uns der Reihe nach prüfend mit Feueraugen an. Herein mit uns! Für normale Schaulustige hat man keine Zeit, für wirkliche Interessenten schon. Er legt sein Butterbrot weg. Eine Aufgabe für Spezialisten, Wasserbau, viel schwieriger als gewöhnliches Bauen. Er sei Niederländer, denen liegt es im Blut, auch die Belgier hätten ausgezeichnete Fachkräfte, aber hier seien die Probleme fast entmutigend groß, nachdem das alte Gebäude auf seinen Pfeilern beinahe zusammengebrochen war.

Da erinnert sich Frau Fesch wieder an den früheren Besuch zu zweit, durchaus zu zweit damals. Man hatte, von Zeebrugge kommend, die Anlage aus der Ferne für eine Baustelle gehalten, die sich dann als das Café mit den glühenden Tingeltangellichtern erwies, verfallend bereits. Sie hatten sich beide unten, bei Ebbe, die gewaltigen, venezianisch faulenden Säulen, die im schwarzen Wasser standen, angesehen und animiert und abgestoßen eine Luft der Verwahrlosung, von Heimlichkeit, von verbotenen Treffen eingeatmet, auch probeweise von geduldeten Verbrechen oder Scheinverliesen für Untaten, die spurlos geschluckt wurden durch Vergessen ohne Bestrafung.

Der junge Wasserbauingenieur zeigt uns Baupläne der Renovierung in verschiedenen, revidierten Zuständen. Es hat unerwartete Schwierigkeiten bei der Arretierung der Betonpfeiler gegeben wegen der Unebenheit des Bodens, da auf dem Meeresboden riesige Steine liegen. Wenn die Pfeiler nicht akkurat rechtwinklig stehen, kracht alles wieder zusammen, nicht die geringste Schiefe ist erlaubt. Dadurch wird alles teurer, die Bauphasen verlängern sich. Es gab Momente, wo sie nicht mehr weiterwußten, beinahe schon verzweifelten, aber nie vollständig, weil sich immer, so die felsenfeste Überzeugung, irgendwann eine Lösung findet. Die Arbeit wird noch Jahre dauern, eine wunderbare Arbeit, die einen packt. Am Ende werden sie es schaffen, die Herausforderung ihrer Intelligenz, Erfahrung und Erfindungskraft, für die es keine Lehrbücher gibt, bestehen. Er opfert für uns seine ganze Frühstücks- oder Mittagspause. Das Bauwerk mit Cafeterien, Terrassen, Geschäften auf den verschiedenen Etagen wird, beständiger als das alte, Salzwasser und Sturmfluten trotzen und, wie man sieht, seine Form, das schöne grüne Kuppeldach und das leichtsinnig flatternde Siegesfähnchen ganz oben behalten.

Ein Stück dürfen wir, ohne Schutzhelme aufzusetzen, mit ihm auf das rohe, zukünftige Luxus-Monstrum, das mit jedem Schritt größer, ungeheuerlicher wird, zugehen. Sehr steil sind die Abgründe, die rostigen Wände der Stahlpalisaden mit montierten Burgwehrgängen, die den unentwegt andrängenden Feind abhalten, das sich gerade scheinheilig lammfromm stellende Meer. Was für ein kompliziertes, auch rührend ausgeklügeltes System der Leitern, Stahlmatten, Holzgerüste und Zäune auf den unterschiedlichen, durch Spalten und Klüfte weit voneinander getrennten, konzentrisch gestaffelten Ebenen, wie die ein für allemal zementierten Wellenkreise nach dem Einschlag des vom Himmel gefallenen Kerngehäuses.

Von weitem hatte es so simpel gewirkt, jetzt sehen wir das empfindliche Skelett, das präzise und spielerische Innere der von kleinen behelmten Konditoren bekletterten Hochzeitstorte, mit einer himmelschreiend babylonischen Statik, die, wir haben es gehört, das Allerheikelste bei dem gefährlichen Vorhaben ist. Jeden Tag ändert sich ja etwas, unvorhergesehene Pannen auf schwankendem Grund, scheinbare Unmöglichkeiten, die um keinen Preis geglaubt werden dürfen. Aha, sollen wir begreifen, das Ganze sei nicht nur ein Werk aus Beton und Stahl, sondern vor allem des aufgerichteten, einstürzenden und wieder neu erstehenden Selbstvertrauens von Ingenieuren und Arbeitern.

Hat man nicht plötzlich Lust, dem Ingenieur zur Auflockerung von der Oper zu erzählen, wie sie Anlässe sucht für die Wucht riesiger Leidenschaften, die einmal losgelassen, diese Anlässe verwüsten durch maßlose Energie? Oder bietet sie Namen für schon Vorhandenes, eventuell ganz falsche Namen, zivilisierte für Triebhaftes, und man nennt es einfach Veredelung? Ach, man weiß es nicht.

»Da, sehen Sie die Pfeiler. Wenn die nicht hundertprozentig neunzig Grad fest verankert ohne die geringste Abweichung sind und bleiben, dann war die Plakkerei umsonst, aus der Traum, alles ginge katastrophal zu Bruch.«

Betrachtet man diese Tribünen, mein Gott, Gitter, Umläufe und Gestänge in der rundum abgeschlossenen Welt der gewaltigen Baustelle, möchte man die Verantwortlichen, zumindest diesen eindrucksvollen Ingenieur schon jetzt prophylaktisch trösten für alle Fälle. Verborgen hinter den Bauzäunen, hätten sie sich dann tagaus tagein vergeblich, mit immensen Schäden und Einbußen zudem, die größte Mühe gegeben, unbemerkt von den flanierenden Touristen, in diesem vor Konzentration nur leise knirschenden Reich. An einigen Stellen bröckelt es. Überreste des alten Baus oder bereits frisches, demoliertes Mauerwerk?

Maurizio hält Sonia im Auftrag Willaerts oder aus eigenem Antrieb beharrlich schützend um die Taille gefaßt. Er erinnert sich gewiß an den Vorfall beim Abbruchhaus. Aber hier ist doch alles genau umgekehrt und das Gegenteil von gestern!

Um nicht dauernd hinschielen zu müssen, befragt Roy ohne Unterlaß den Ingenieur.

Mit blanken Helmen in den Grundfarben und daher, je nach Ressort, gut in Gruppen zu erfassen, steigen die Arbeiter auf erstaunlich zierlichen Treppen Gerüste auf und ab, beißen in ihre Pausenbrote, rauchen – manche haben die Zigarette zwischen den hinteren Fingern wie der kleine Mann gestern im Molencafé, aber bei ganz anderen Händen und deshalb passender –, trinken aus großen Wasserflaschen. Manchmal kommen sie dicht in unsere Nähe, dann wandert auf weißem Hals selbst der Kopf der Impala ein Stückchen mit und hinterher.

Sie alle scheinen zwischen fünfundzwanzig und vierzig Jahre alt zu sein, das beste Bergsteigeralter, das Alter, in dem die meisten Unglücke passieren. Man erkennt sofort, daß es Spezialisten sind, hochprofessionelle Fachkräfte wie die Männer, die hohe Bäume fällen. Auch Willaert sieht es, er sieht es mit Freude und, nun, äußerster Sympathie. Es wird das vollkommen Uneingeschränkte und zugleich Disziplinierte in Gang, Gesichtsschnitt, Blick, Wortwechsel sein. Ah, das alles gefällt, auch ihr langsames Lächeln, nicht wahr, Willaert, prall ausgefüllte Rituale, das ist unwiderstehlich an diesen kräftigen Werktätigen. Der körperliche Ausdruck bis zur physischen Erleuchtung macht Maurizios Entdecker kurzfristig zu schaffen. Man kann's verstehen.

Hoffentlich läßt der Bodyguard das Mädchen nicht doch aus Beunruhigung über Willaerts neues und allzu offensichtliches Entzücken in einer kritischen Sekunde los, gerade dann, wenn das Geländer fehlt.

Am schönsten aber sind, meint Frau Fesch, und unser Klippspringerchen würde ihr diffus flehmend (oder inzwischen doch nicht, nicht mehr?) zustimmen, am aufreizendsten und ritterlichsten sind die langen blonden, flammendroten, auch schwarzen Haarschöpfe, die freiheitsliebenden Haarschwänze, die zusammengebunden im Nacken unter den Helmen auftauchen.

»Ungemütlich ist es hier trotzdem, zieht abscheulich. Wie kann man so seine Tage zubringen! Müssen das rauhe, robuste Gemüter sein!« De Rouckl ist das aus Tollkühnheit und Präzision gemischte Arbeitsethos absolut nicht geheuer, eine Zumutung für im Weltgram befindliche Vermummte. Er wickelt und nestelt bitterlich an sich herum. Für ihn selbst geht es schon wieder um Leben und Tod.

De Rouckl hat nicht allzu laut gesprochen, vernehmbar trotzdem für die »rauhen, robusten« Ohren des Ingenieurs. »Sie machen alle zusammen Ferien an der Küste?« fragt der nun höflich und begreiflicherweise abgekühlt. Da springt Willaert, unser Chef, Boss, Capo ein, um unsere Ehre wiederherzustellen:

Sein Kumpel sei ein alter Freund, aber ein Hypochonder von Teufels Gnaden. Künstler im Dauerurlaub außerdem. Einmal tief gekränkt von der Welt, dulde er nun nur noch, von ihr verwöhnt zu werden. Wir anderen seien ähnlich unsolides, dahergeflattertes Ferienvolk, aber keineswegs durch und durch Müßiggänger.

Der Niederländer lacht, er hält offenbar jetzt beide, de Rouckl und Willaert, für verschrobene Witzbolde und verabschiedet sich:

»Natürlich, das haben Sie nicht gemerkt, weil Pause ist und die Sonne scheint: Die Arbeit ist nicht nur riskant für den Bau. Man sieht es als Laie nicht, aber auf Baustellen wie dieser kommt es zu den schwersten Unglücken, Verstümmelungen, Todesfällen. Das wissen hier alle, mit und ohne Familie. Man spricht nur nicht davon.«

Er rennt das Treppchen hoch zum Rest seines Butterbrots, winkt aber noch und sieht dabei unserer etwas plötzlich entlassenen Kongregation ein bißchen spöttisch, nur spöttisch, meint und hofft Frau Fesch, nach. Allein wegen der Hemerocallis-Schönheit wird er uns das alles gezeigt haben. Sie grüßt, ein Sehloch in die atmosphärisch beschlagene Scheibe wischend, als einzige mit zwei Fingern zurück und richtet dann mit ihnen die stolz schimmernden Grate ihres Kopfputzes auf.

»Aber allen Ernstes«, kommt der Vermummte, englisch sprechend und also jeden meinend, unserem Angriff zuvor, »das ist Blödsinn, ich weigere und verwahre mich, den Quatsch auch noch zu bewundern. Die bringen sich heroisch in Lebensgefahr, spielen die knallroten und quittengelben Hohenpriester im High-Tech-Kampf gegen die Elemente ...«, er reißt sich, um Himmels willen, den obersten Deckpullover vom Leib und schleudert ihn kurz zu Boden, »und werden dann etwa heilige oder auch nur hohe Hallen daraus? Nichts da! Ein Vergnügungsdings, Amüsier ... Amüsierkrake, von der sich die Leute ihre Pfennige aussaugen lassen, jawohl, eine bunt angestrichene Geldmaschine, das heißt, ihr Spezialistenpathos wird in die goldigste Banalität verwandelt. Ist doch von vornherein idiotisch. Was reden die sich bloß ein, um ihren viel zu zugigen Job zu ertragen!«

»Die ziehen weiter, de Rouckl«, sagt Willaert. Er zwingt uns alle stehenzubleiben, weil er es tut. »Die ziehen weiter und nehmen ihr großartiges Pathos, ich nenne es großartiges Pathos, de Rouckl, nehmen es mit, drehen sich wahrscheinlich gar nicht mehr um, wenn alles fertig ist, tragen ihr großartiges, ich betone: ihr elitäres und völlig unsoldatisches Facharbeiterpathos an die nächste Stelle, den nächsten Ort, zu dem man sie ruft.«

Die müssen es ihm sehr angetan haben, die athletischen Profis.

Etwas in der Art nuschelt, sogleich wieder lustig, auch der Schabrackenmolch. Bevor wir uns erneut in Bewegung setzen dürfen, will Willaert die Tirade noch abrunden: »Ihr solltet gerührt sein angesichts des absurd teuren Aufwands, mit dem die Konturen des alten Baus gerettet werden. Wer wäre schon mitgekommen, wenn ich von Anfang an die Wahrheit gesagt hätte? An Ort und Stelle aber begreift gefälligst! Kapiert ihr nicht, daß es um ein Wahrzeichen geht? Seht ihr das Fähnchen auf der hellgrünen Kuppel? In Wirklichkeit ist das ganze Ding eine Fahne, ist die Flagge von Blankenberge. Die Wiederauferstehung eines Emblems, de Rouckl! Frau Fesch! Womöglich eines Symbols. Ein wunderbar kostspieliger Tick, eine Marotte, Maurizio! Sonia! Wie jede

Legende, aber hier sogar eine doppelte, denn man baut die Legende als Legende nach und spekuliert darauf. Das Piercafé wird neben dem Merkantil-Touristischen Denkmal der Legende schlechthin sein. Wie ich.«

Er dreht an seinem tadellosen Bart, wirft sich in die Brust. Dann stößt er seinen Pfauenschrei aus. Besonders das Klippspringerchen zuckt zusammen, greift sichernd nach dem Teddy. Das hat die Impala in der letzten Stunde ziemlich oft getan, vermutlich weil Willaert nicht mehr danach gefragt hat. Er vermerkte es jedesmal mit Genugtuung. Die Leute in der Nähe des kaputten Eiskiosks müssen den Schrei gehört haben, halten ihn wohl für den Paarungs- oder Todesschrei einer Möwe, niemals für den des vornehm altertümlich gekleideten Herrn – wie ausgezeichnet dieser Vorbote einer besseren Welt demnächst zu ihrem Café passen wird –, der jetzt jugendlich ausschreitend auf das Mütterchen zugeht.

Das allerdings registriert unsere Ankunft anfangs überhaupt nicht, plaudert statt dessen mit einem glanzvoll braunen älteren Kavalier und sieht dabei geradeaus: »Mount Everest, der höchste Berg der Welt zur Zeit«, erläutert Frau Quapp. Mit offenem Bedauern nimmt sie uns dann erst zur Kenntnis: »Schon alles restlos besichtigt? Immer wird man gehetzt. Nun, der Herr hier ist aus Eupen, spricht fließend deutsch wie ich und du, ganz reizend. Die Belgier sind durchweg ein liebenswürdiges Volk. Wir unterhielten uns angeregt über die größten Berge der Erde, weil alles so platt ist in dieser Region. Ob Niedrigwasser oder Flut, platt, platt, platt.«

Der freundlich glänzende Mann verbeugt sich leicht bei jedem ihrer Sätze und macht, leicht ausatmend, Anstalten, sich zurückzuziehen. Frau Quapp ergänzt aber noch: »Dort drüben, das Enkelkind: natürlich mein Roy. Ich erzählte von ihm. Roy, ich berichtete dem Herrn von dir das Nötigste. Die anderen Herren sind Belgier. Wie

Sie doch dort in Eupen auch! Das nun wieder, diese zwei, das ist unser italienisches Pärchen. Die beiden haben hier auf Hochzeitsreise zu tun. Nun ja! Wir im Norden fuhren früher aus gutem Grund nach Italien in die Flitterwochen. Italien galt als Ziel der Sehnsucht. Nun haben sie es umgedreht. Die Welt steht eben Kopf, wie wir es besprachen, Herr Schmitt. Zu diesem Urteil kamen wir ja wie aus einem Guß.«

Roy sucht mit abgewandtem Gesicht etwas in seiner Tasche. Das muß ein gewisser Zettel sein, auf den er zu seiner Erbauung eine Anrede, zwei Wörter geschrieben hat, ein kurzes und ein längeres, eine Silbe, drei Silben. Es wird ihm genügen, das Papier kräftigend zu berühren, als wäre es ein Liebesbrief.

Und ich, aber ich,
wo greife ich hin
so minniglich?
Zur Aspirin!
Die springt ohne Grund
Mir in den Mund.

Frau Quapp windet sich mit Hilfe von Willaerts Stock geschickt in die Höhe. Sie erstattet ihn, zum Abschied den Eupener grüßend nach Königinnenart, zurück: »Herr Willaert, ich sterbe. Ich wurde hier vergessen. Ich sterbe vor Hunger.«

Willaert hat nichts parat, um sie danach hüpfen zu lassen.

Unversehens überkriecht Frau Fesch ein Gefühl der Bänglichkeit. Man wendet sich noch einmal zum flachen grünen Turban der dramatischen Baustelle um, die wie von allen guten Geistern verlassen im Meer steht. Sacht wellt sich das Wasser an ihren rostigen Palisaden, schmiegt sich an ohne Lücke und Unterlaß. Man betrachtet vor sich Frau Quapp, im Stehen so reduziert und tapfer mitmarschierend, damit der belgische Herr

Schmitt bis zum Schluß von ihr bestrickt bleibt, daß es zum Weinen ist. Aber die Reihenfolge ist schon richtig: Erst war die Rührung da, man weiß es genau, dann erst kamen die Blicke nach hinten und vorn.

Die Gegenstände, auf die sie trafen, paßten dann genau.

Weiter im Strandleben-Text

Roy, immer noch bleich, fragt Willaert ohne lange zu fackeln, ob er Genaueres über die angebliche »Hochzeitsreise« wisse, und lächelt zu dieser gewaltigen Nebensächlichkeit. Natürlich glaube er den Quappschen Unsinn ohnehin nicht. Ratlos hebt Willaert den wertvollen Galanteriestock, für einen sehr kleinen Augenblick möchte er das ruppige Enkelkind doch zu gern quälen, meint dann, wenn es so wäre, hätte unsere Confidence Betty, die solche euphorischen Verhältnisse liebe, es längst ausposaunt. Kurzum, mit Sicherheit sei kein amtliches Flittern im Gange.

Jetzt liegt die Promenade zum größten Teil im Licht, keine Tiefen, Feuchtigkeiten, Schwärzen mehr. Die vielen Dicken sind unermüdlich unterwegs, viele lecken an Eishörnchen, den kleinen Glücksgranaten, eine fortwährend umschlingende und persönlich schabende Zungentätigkeit allenthalben mit dem Bestreben, im zügigen Vorwärtspilgern, Großrichtung immer entweder De Panne oder Knokke, das Eis schneller zu vertilgen, als die Sonne es schafft.

De Rouckl ist gezwungen, seine Pulloverstrategie zu revidieren. Willaert, ohne seine Anzugjacke zu öffnen – er läßt sie in der windstillen Hitze geradezu protestierend geschlossen –, nimmt wieder das penetrant Säuer-

liche des Schweißgeruchs als erster und als diesbezügliche Anzeigerpflanze wahr. Vorwurfsvoll bläht er die
Nasenflügel. Das eigentlich Erstaunliche ist jedoch, daß
mittlerweile die meisten der Ferien- und Familienfla-
neure in der Kostümierung de Rouckls in größter wie
grellster Bequemlichkeit herumlaufen, umknotet, um-
wurstelt sind Schultern, Hüften, Hinterteile mit Strick-
zeug-Beulen und Anorak-Wucherungen. Schlabberndes
und sich Bauschendes, wo es ursprünglich niemand
vorgesehen hatte und verantworten konnte, nicht anders die durch Verlagerung unverhofften Entblößungen.

Unser einmaliger Schabrackenmolch ist nun zigfach
kopiert, unwillkürlich untergetaucht, nahezu unterge-
gangen und nur auffällig durch seine verquere Miene,
denn er allein unter allen ist sich des eigentlichen und nie
ruhenden Kampfes zwischen Hitze- und Kältegraden
bewußt.

Was bei den anderen Vertrauensseligkeit gegenüber
der Temperatur und dem ästhetischen Gleichmut des
Ambientes heißen muß, ist bei ihm Taktik und Textilien-
kalkül.

Was bei jenen zum Signal freizeitlicher Befreiung
wird, könnte für ihn Gefährdung des unkorsettierten
Weichkörpers bedeuten. So etwa trägt er es ja selber vor,
wenn auch nicht ohne Blinzeln.

Was aber eben noch, vom weißen Betongeländer am
Pier aus, wie ein sprudelnd sprießendes Durcheinander
winziger Strandfiguren vor dem düsteren Appartement-
wall aussah, stellt sich vom Deich als streng gegliederte
Kastenlandschaft heraus. Es sind, ohne Zwischenraum,
von Zeltplanen rechtwinklig umzäunte Reviere voll akkurat ausgerichteter Liegestühle, beinahe leer, mit dem
Rücken zum Meer, auf alabasterfarbenem, gekehrtem
Sand. Aber, erinnert man sich plötzlich, das war schon

auf der alten Postkarte nicht anders, militärisch aufgereiht zur zipfeligen Zwergenschule die gestreiften Badekarren und Kabinen. Das ist nun ein verblüffender Dreisprung:

das Ferienvolk auf der Promenade, das alles Einengende über Bord wirft,

dann der eiserne Drill der jeweils ausnahmslos rot oder grün oder gelb-weiß gestreiften Liegestuhlgevierte,

und dazu das sich aalende Meer, das macht, was es will, keine Ethik und keine Moral, keine Kleidervorschriften und Schicklichkeiten kennt und offenbar den Leuten als strikte Enthemmungsvorschrift dient, obschon sie bis hinab zum Schulkind wissen, daß die See rund um die Uhr einem unerbittlichen Regelwerk unterliegt, aber: der Schein! Der schöne, irreführende Schein. Um den geht es schließlich, Herrgottnochmal!

Ein Dreischritt, ein Dreiklang. Und Frau Fesch hat es bemerkt. Wer noch?

Die Farbmonopole nun aber, die sorgen dafür, daß man sich zurechtfindet in der Eintönigkeit. Natürlich, genau wie bei den Bienenstöcken: rot, gelb, blau, grün. So schlüpfen immer die Richtigen in das bezahlte Gehege. Wer ist der Imker? Der Bürgermeister von Blankenberge? Der König von Belgien?

»Ich sterbe«, schluchzt das Mütterchen, »Herr Willaert, Sie müssen für Essen sorgen.« Willaert bleibt stehen und mustert sie fröhlich, dann droht er mit dem polierten Stock: »Frau Quapp, Frau Quapp, ich sehe in Ihre Seele und Ihr Herz, durch Ihre Wangen hindurch. Was entdecke ich da? Na?« Das Mütterchen schaut verschämt. »Ein Stück Schokolade, das gerade gelutscht wird, und Sie denken nicht daran, mit uns zu teilen.« »Der Herr aus Eupen, Herr Schmitt, hat es mir ausgegeben, nur dieses eine Riegelchen«, verteidigt sie sich sofort. Wer sollte ihr beweisen, daß sie schwindelt? »Ich hätte sonst gar nicht das stundenlange Warten durch-gehalten.«

»Wir wollen keine Zeit verlieren, wenn das so ist«, sagt Willaert. »Da vorn, wo die Tische und Stühle rot und die Schirme gelb sind, das Hauptzelt aber gelb-weiß, beim ›King Beach‹, da gibt's gute belgische Frit-ten mit Ketchup, Senf und Mayonnaise, eine Stehparty für alle.« Seinen wohligen, goldzahndurchfunkelten An-ordnungen widersetzt sich niemand, wie gewohnt.

Vom Horizont wird eine schmale, wulstige Wolken-schicht ausgestülpt. Man soll sich nämlich vorstellen, es wäre ein grau hervorquellendes England unter weißen Gletscherbergen. England wiederum quetscht die Wel-len hervor Richtung Oostende zwecks baldiger Aussen-dung eines Abgeordneten in drängenden Privatangele-genheiten.

Da unten, auf einem dürftigen Stückchen Strand mit freiem Publikumszugang, aber das mag täuschen, zwei Mohrenjungen, schwarz wie die Kongonacht. Mit hän-genden Beinen sitzen sie einander auf einer Wippschau-kel gegenüber und lesen beide, ohne aufzublicken, in Comic-Heften. Sie bewegen sich in einem unendlich langsamen, geistesabwesenden Auf und Ab, Auf und Ab. Blankenberge und Meer könnten im Strudel des Maelstroms versinken, es würde sie nicht berühren. Nur die Lektüre und das Auf und Ab zählen. Ein Wahrzei-chen auch das, Willaert? Da kann man Gift drauf neh-men! Es hat nur noch nicht seine Bedeutung gefunden, stellt jedoch bereits die Form zur Verfügung.

Inzwischen steht man schon beim Frittenstand in der Warteschlange. Man ist müde und hungrig und nimmt nicht mehr alles wahr, hört jedoch, was Willaert, der niemals erschöpfte, niemals aus den Fugen geratende, zur Impala sagt. Er hat ihr Maurizio weggenommen und kann sie trotzdem nicht in Ruhe lassen.

Was aber flüsterte der Vermummte vorhin Frau Fesch zu? Willaerts Verführungsmanöver seien deshalb keine Schändlichkeit, weil er hingerissen sei von dem Italiener. Verächtlich sei nur, wenn man bei einem Einfältigen taktierend die größte Schwachstelle berühre, das heiße, die Tasten des kindlichen Glaubens an die eigene Erwählung betätige, ein Glaube, in dem doch all unsere Hoffnung begründet liege, und dann dabei selbst kalt bleibe. Das sei bei Willaert allerdings nie ganz ausgeschlossen, gebe seinen Abenteuern hin und wieder schäbige und gefährliche Nuancen. Er mache den naiven Maurizio sehr gekonnt, was er, de Rouckl, sofort geahnt habe, durch seine Zuwendung und Interpretation von dessen angeblichen Begabungen mit der ganzen, vermutlich schlichten Person abhängig von sich. Zur Zeit sei der Junge ohne ihn überhaupt nichts wert. Natürlich gehe Willaert aber dabei das Risiko ein, lediglich als Lieferant toller Illusionen geliebt zu werden, was ihm aber unter Umständen egal sei.

Willaert: »Eine Information zu Ensor, die vielleicht sogar Sie interessiert, Sonia, als schöne Frau nämlich. Es fällt mir ein bei den vielen Leichtbekleideten hier. Ensor hat eine Bleistift- und Kohlezeichnung von einer jungen Frau gemacht mit einem abenteuerlichen Kopfschmuck wie Sie, liebe Sonia. Die Frau ist nackt, aber man sieht sie nur obenrum, also die Brüste, rund, wie es sich schickt, wohlgeformt und hoch. Nur erlaubt sich Ensor, da ist er noch keine Dreißig, einen Witz. Stellen Sie sich vor, das machte man mit Ihnen! Er malt ihr zwei Grimassen auf die beiden Brüste. Die Brustwarzen sind die Nasenspitzen. Zwei Frätzchen. Eins schneidet ein mürrisches, eins ein gut gelauntes Gesicht. Und darüber in klassischer Schönheit träumend das der Frau, die keine Ahnung hat von dem Streich unterhalb.«

»Zeigen Sie es mir? Einmal mit Senf«, antwortet die Taglilie, tastet dann unauffällig nach ihrem Maskottchen.

Willaert reicht Maurizio eine Tüte mit Fritten. Er sieht ihm tief in die Augen: »Mich verblüfft so vieles. Zum Beispiel, daß Katzen Schnurrbärte tragen, als würden sie dauernd, ohne es zu wissen, etwas apportieren. Zum Totlachen.« Maurizio grient in einer Weise, die ängstlich allen möglichen, wenn auch nicht verstandenen Bedeutungen gerecht werden will. Hat ihm Willaert nicht versprochen, er sei sehr intelligent?

Wenigstens mit Roy wird sich das Rotduckerchen, falls es ihr nicht überhaupt in der sexuellen Tragweite entgeht, über Maurizios Abenteuer unterhalten haben. Vielleicht klagend, vielleicht kaltblütig amüsiert. Oder zufrieden, weil es ihr als vorübergehende Beurlaubung entgegenkommt. Und Roy? Er könnte sie beschwichtigen, er könnte sie aufstacheln. Beides wäre strategisch zu rechtfertigen. Wenn er sie aber aufrichtig liebt, wovon er brennend überzeugt sein möchte, was dann?

Flehmt sie eigentlich noch? Jedenfalls hat das abgenommen. Auch Roy ist ja nicht mehr der alte, wenn auch: gealtert und ziemlich verstummt. Der Stuntman schläft zu wenig. Das Übernächtigtsein macht seine Züge interessant nervös, noch nicht gerade faltig, aber angespannt, gereizt. Es zuckt bisweilen sogar um seine Lippen. Wer ein bißchen phantasievoll ist, nennt es schon sarkastisch. Dann wieder ungebremste Seligkeit, und auf der Stelle ist er höchstens sechzehn. Die Wechselbäder nehmen den Enkel von Frau Quapp, die eine Fritte nach der anderen ins Mündchen schiebt und wegraspelt, als füttere sie ihr eigenes Haustier, ganz liebestypisch mit. Er muß die blödsinnig zeitverschwendenden Wanderungen die Küste rauf und runter mitzockeln, er hat ja keine Wahl.

Aha, das ist jetzt, wenn man korrekt zählt, das dritte, insgesamt aber das vierte Mal: Der kleine, ein wenig knittrige Mann ist wieder aufgetaucht.

Er steht mit einer Zigarette im Mund da, während alle in ihre Frittentüten spähen und sich an der große Menge freuen, und sieht die Impala an, sehr beifällig und ihrer Frisur zustimmend, betrachtet sie fachmännisch gelassen, wie ein Koch ein Huhn oder einen Fasan, den er zerlegen und braten wird. Ihr selbst kann die Dreistigkeit des Blicks unmöglich entgehen. Sie beschwert sich nicht, sondern zeigt, wieder bei niedergeschlagenen Lidern, die ganze Pracht ihrer Zahnlücke und stemmt sichtbar die Zunge von innen dagegen. Außer uns beiden hat vermutlich niemand etwas bemerkt, aber man weiß es nicht.

Schon hat er sich in Luft aufgelöst, nur seine halbe Zigarette auf die Platten geworfen, als würde er ausspukken.

Nun kann das Klippspringerchen wieder getrost in seine Tüte flehmen. Roy zieht einmal bescheiden, demütig, um nicht beim Frittenessen mit Senf zu stören, an ihrem von der Tasche baumelnden Talisman. Sie droht ihm freundlich, reizend mit geschlossenen Lippen, in der Stellung des »Onze-Lieve-Vrouw-ter-Duinenkerkje«-Kusses, und Roy darf ein Weilchen, da er selbst offenbar wenig Appetit verspürt, zusehen, wie die Kartoffelschnitzelchen Stück für Stück von ihrem blassen Mund eingesaugt werden, stets mit derselben zärtlichen Aufmerksamkeit willkommen geheißen, und ihr dabei erzählen, daß sich gerade solche Teddys und überhaupt Stofftiere aller Art in den Wohnungen tummeln, die er als Neben-Job-Kurier und Vermittler zwischen verschiedensten Sammlern quer durch die Stadt sieht, auf Sofas, Schränken, Fensterbänken. Selten werden sie mit dem Fanatismus gesucht, der vergriffenen Comic-Heften und frühen Nummern alter Rundfunkzeitungen gilt, eher sind sie flauschiger Ausläufer einer sonst erbitterten Hamsterbegierde.

Den in Bluse und Jeans verriegelten Körper der Taglilie kann er besser als bisher studieren, das Changieren der Linien bei jeder Drehung. Bloß ihr kleines Hinterteil ist ein bißchen flach geraten. Es wird das jetzt erst zum Vorschein gebrachte Leuchten ihrer hellen Haut sein, in der das Blut auf- und absteigt, überall an den Rändern, wo das Haar ansetzt, golden überpudert und die frische Straffung von Wangenkontur und Stirn durch den steilen Haaraufbau, das ihn schmerzlich beflügelt, fast, so scheint es, entmutigt.

»Jaja«, raunt Willaert plötzlich hinter Frau Fesch, hat sich da im stillen angeschlichen, ohne mit dem Essen aufzuhören, »irgendwann macht man eine wunderbare Entdeckung. Sie, Frau Fesch, haben sie wohl noch vor sich, denn im selben Moment ist man alt geworden. Was ich meine, ist der Duft der Jugend. Niemals vorher ist es einem aufgefallen. Schlagartig, von heute auf morgen, spürt man: Sie duften, diese jungen Leute, ob sie hübsch sind oder nicht, gerade oder krumm gewachsen. Selbst haben sie keine Ahnung davon. Nehmen das nicht aneinander wahr. Sie riechen nach Salzwasser und Waldboden, nach Magnolien und Hefekuchen«, hier stößt er viermal heftig mit dem Stock auf, »alles Dinge, die man sich einzeln leicht beschaffen kann, aber den Duft der Jugend, Frau Fesch«, er beschreibt einen illustrativen Sehnsuchtsbogen von sich selbst bis zum Horizont, »den atmet man erst ein, wenn man ihn selbst unwiederbringlich verloren hat. Deshalb erschrickt man so, wenn man ihn zum ersten Mal erkennt. Ein zwiespältiger Tausch. Man wird nicht gefragt. Aber immerhin eine Entschädigung.«

Wieso kommt er Frau Fesch jetzt damit, Willaert,

einsame Baronsgestalt auch beim Frittenverdrücken mit Mayonnaise inmitten der Urlaubsflegel?

Roy hat sich in den Kopf gesetzt, schwimmen zu gehen: »Und jetzt ins Meer!« Niemand begleitet ihn. Sollte er hier ernstlich auf die Impala reflektiert haben, auf eine mit solchen Zacken auf dem Kopf? Sie winkt, merkwürdig, wieder mit den zwei luftwischenden Fingern wie beim Wasserbauingenieur, aber jetzt eben als Absage. Vielleicht sollte es, von Roy aus, ein Aufstand gegen den Bodyguard werden, ein geforderter Zuneigungsbeweis vor aller Augen. Nun gibt es keinen akzeptablen Weg zurück, nun will er unbedingt und macht sich auch gleich mit viel zu schrillen Zeichen der Vorfreude auf. Ein Glück für Frau Fesch, daß er sie nicht wie in der vorletzten Nacht durch trotzige Munterkeit zur Unterstützung seiner Pläne animieren will.

Natürlich wird er sich kein Mal umdrehen. Er wird nicht schluchzen, aber vor sich hinpfeifen.

»Eier von Fotomodellen, Samen von Universitätsprofessoren, so sollte man zukünftig fehlerlose Lebewesen zusammenbasteln. Umgekehrt wäre es das größere Kunststück, natürlich«, sagt de Rouckl, hinter dem lahmenden Roy herblickend und auf einschlägige Gedanken gebracht. Eine Unschicklichkeit des Sensibeln, sie laut zu äußern. Willaert schnuppert kurz am Schabrakkenmolch, das könnte eine Zurechtweisung sein. Seine Nasenflügel sagen: »Ranzig! Kein Duft der Jugend.«

In der kleinen Ferne immer die runde, vollkommen stille Baustelle in der See. Leicht vorstellbar, sie würde, statt an der steifen Brücke arretiert zu sein, nur noch an einem dünnen Faden in den Wellen hin- und hertreiben. Je länger man hinsieht, desto mehr wünscht man sich, für ein paar Momente von solchem Schrecken Zeuge zu sein. Warum soll man es sich nicht ruhig wünschen, da es ja keine Folgen hat? Wir beißen in unsere Fritten, jetzt in die allerkürzesten, die übriggeblieben sind, und tunken sie reihum, beim Ersten in Senf, beim Zweiten in Ketchup, beim Dritten in Mayonnaise, senfgelb, glutrot, elfenbein. Natürlich, kaum ist der Hunger gestillt, beginnt das Spielen mit dem Essen. Dabei beobachtet jeder von uns den Stuntman in voller Beleuchtung auf seinem Weg zum Wasser. Wir tun es nicht unfreundlich, eher träge, studieren bloß von erhöhter Position aus, in welcher Weise sich zwischen der Starre der Zeltplanen und Liegestühle ein Strich freiwillig vorwärtsarbeitet, sind in gewissem Sinn dankbar für die spärliche, mit unserer Sättigung harmonisierende, ganz und gar ausreichende Zerstreuung. Das hat er sich, als er den Vorschlag machte, nicht ausgemalt.

Inzwischen wird es ihm bewußt sein. Er wird seinen Einfall sehr bereuen, ohne freilich einfach unverrichteter Dinge umkehren zu können.

Da er länger, dünner, blasser ist als die wenigen anderen Gestalten dort unten, hebt er sich gut für uns ab. Wir verfolgen jeden seiner Schritte, auch deren unterdrückt auffällige Art und Weise. Nur eins der fröhlich gestreiften Bretterhäuschen, die schwarze Schatten aufeinander werfen, oder ein Zelttuchgang entziehen ihn manchmal unseren Blicken. Aber es ist ja ein sehr breiter Strand, ein durch zahlreiche Hindernisse komplizierter Weg zum Meer, so daß wir viel von unserem Stuntman haben bei seinem verwegenen Kampf, nicht das Gesicht zu verlieren. Verständlich, daß er sich dauernd verläuft und, ohne ein einziges Mal zu uns herzusehen, häufig aus einer Sackgasse zurückkehren muß, vermutlich unverbrüchlich pfeifend. Er hat ja keinen Überblick in der Waagerechten über diesen vollgestellten Strand, auch wenn er hier und da das Wasser am Ende einer Schneise erkennen wird, ähnlich wie, Roy in der Vertikalen ergänzend, ein Bergsteiger in einer Wand mit Überhängen.

Plötzlich überkommt Frau Fesch der Wunsch, der nicht zu bezähmende Drang, einen bestimmten Satz laut herauszusagen. Da ist er schon: »Was hat Roy nur für riesige Ohren zu beiden Seiten des Kopfes!«

Willaert tritt zurück, um die vorwitzige Sprecherin aufmerksam zu betrachten, dabei steckt ihm zigarettengleich eine Fritte im Maul: »Mit denen kann er bis unten Ihre Frechheiten hören«, sagt er und übersetzt dann sogleich in gewohnter Boshaftigkeit für die Italiener. Man schämt sich, das hätte nicht passieren dürfen. Natürlich lachen Maurizio und die Impala, ja, leider auch die Impala, die aber immerhin keinen Blick läßt von unserem Mann. Das fürchtet er, das hofft er da unten. Das Mütterchen hat woandershin gelauscht, nach innen wohl, gottlob. Nein, doch nicht. Freundlich beschwichtigend sagt sie: »Hat nichts zu bedeuten. Bedeutet gar nichts.« De Rouckl war mit seinen Pullovern beschäftigt. Also Glück gehabt, insgesamt.

Roy schafft's immer noch nicht. Ein Bergsteiger in der Wand der Appartementhäuser, hätte der sein Ziel erreicht? Ein Eichhörnchen aber, falls man es dort fütterte, fände sich mühelos wie das Schicksal zwischen all den Balkons zurecht.

Einmal sollte es doch noch gelingen, das ungeheuer öde Meer in der richtigen Weise anzusehen, man ahnt ja, daß man es seit der Ankunft hier unzureichend tut, zu nachlässig, zu ängstlich. Nur jetzt, wo Roy sich ihm so verbissen nähert, erlebt man es wenigstens als seine, Roys, Destination und seinen ständigen Hintergrund. Manchmal meint man, das Hinken verlöre sich mit der Entfernung, dann wieder leider andersherum.

Da sehen wir ihn zum ersten Mal wieder von vorn. Einige Zeit war er uns entschwunden, nun bewegt er sich in unsere Richtung. So schnell kann er doch nicht gebadet haben!

Klar, es ist ein ewiges Hin und Her. Die See! Ja, Herrgott, die See, die See! Sie besticht und verspricht, hält aber nichts. Roy ist unverrichteter Dinge umgekehrt und kommt, wieder pfeifend, zügig heran, er kennt den Weg jetzt. Man kann taktvoll denken, das Nachziehen des Beins würde durch die Gemeinheiten des Sandes hervorgerufen. Unübersehbar ist das Hinken allerdings. Auch die verräterische, wie langjährige Gewöhnung daran.

Er hat schon ein Begrüßungslächeln parat, das Lächeln eines freien Mannes, den stierende Frittenfresser nicht gegen seinen Willen zum Schwimmen pressen können, besser: vier Frittenfresser und ein sich sehnendes Rotduckerchen mit den hübschesten kleinen Hörnern über der Stirn.

Wahrhaftig, er schüttelt wie äußerst amüsiert den Kopf: »Mir ist dauernd eingefallen, daß gerade heute Harry aus meinem Italienisch-Sprachbuch Hochzeit hat.« Dann das Ganze auf italienisch, so gut es geht, jedenfalls hochbelustigt. Wir sind es auch, aus anderen Gründen. Unnachsichtig betrachten wir seinen trockenen, nicht naß gewordenen Körper und lachen nicht mit.

Schließlich gibt er auf und breitet, nun fast durchgedreht vor Begeisterung, die Arme aus: »Gelobt sei der wunderbare, endlose, freie Strand von Oostende. Hahaha, großzügiges, generöses Oostende, weit und breit Sand, nichts als schönster, allen zugänglicher Strand, jedem offenstehendes Meer!« Was von hier oben als vergleichsweise übersichtlich sich tarne, erweise sich als ein Labyrinth aus Absperrungen gewissermaßen durchkommerzialisierter Stranddistrikte von sozusagen steriler Reinlichkeit und dazwischen öffentlicher Zonen voller Unrat, asoziales Niemandsland, ob wir verstünden, am schlimmsten an der eigentlichen Küstenlinie hinter den gekennzeichneten Revieren. Haha. In dieser Verwahrlosung oder Verwüstung oder Vorhölle sei ihm die Lust zu schwimmen restlos vergangen, sei gewissermaßen verflogen und er habe einer so schnöden antimaritimen Welt den Rücken gekehrt, hoffentlich mit unserem nachträglichen äh, äh Einverständnis. Und nun brauche er unter allen Umständen was gegen den Durst. Gewissermaßen, sozusagen!

»Großzügiges Oostende«? Verschwenderischer Raum immerhin an der Meeresseite. Die Hafeneinfahrt: zwei insgeheim sehnende Arme nach England, empfangsbereit ausgestreckt? Das gefällt natürlich besonders Frau Fesch. Die dort von der Brücke rasant in beide Richtungen sich rundend wegsausende Skyline, noch gestern mit der guten povera Betty bestaunt. Staffelung sanfter Brandung vor allen Buhnenausläufern in eine parallel zur Küste verlaufende Ferne hinein, das heißt, nicht nach England rüber, sondern diesmal nach Frankreich runter. Das Sonnenlicht, das sich am Mittag auf Möwenbäuche wirft, als ständen viele Tageshalbmonde am Himmel. Bei Ebbe auf den Horizont zu die Musterungen in Stein geschnitten, demoralisierend gleiche Helligkeit der Farbwerte oben und unten, für Stunden die Buhnen vom Meer wie seit Jahrzehnten verlassene, abgenagte Gigantenknochen, das Molencafé: steifer, in Fetzen herbeigewehter Gischtschaum. Der kleine Turm aus Sand im Sand, als die Flut kommt. Wie er umspült wird, jedem Wellenschlag nachgibt, schmilzt und sinkt, für immer untergeht, ein für allemal mit Pathos schwindet aus der Welt. Dahinter in der großen Burganlage wartet mit seiner Kinderschaufel ein erwachsener Erbauer darauf, daß sich die Gräben füllen und nichts gegen das Schicksal hilft, breitbeinig gefaßt wie der hohe Seeheld dastehend, sorgsam wachend die Festung umkreisend. Bunte Windräder, kindliches Werkzeug: ein Wall gegen die in Oostende viel gewaltigere Abstraktion, die niemals ihr Maul zuklappende maritime Leere mit dem Briefkastengesicht, die das eigene Leben stärker spüren, das Leben im Blutkreislauf protestierend herumschießen läßt angesichts solcher Gefräßigkeit. Die Unzahl der Strandidyllen von Gemütsmenschen, über die man sich unentwegt schieflachen könnte. Ja: »Es lebe das heilige Oostende!«

De Rouckl meldet sich, während Roy annähernd und unrechtmäßig in Heldenpose trinkt, kichernd zu Wort. »Auffällig ist, wie besonders junge Leute keinen Schritt mehr ohne ihre Wasserflasche tun wollen. Selbst an den Kassen der Supermärkte müssen sie ihr Mineralwasser saufen, als wäre es eine individuelle und ethisch beispielhafte Tat. Vermutlich ahnen sie, daß in spätestens dreißig Jahren circa drei Milliarden Menschen unter Wassermangel leiden werden. Aber auf drei Milliarden kommt es dann sowieso nicht mehr an.«

»Sonia, Sie haben keine jugendliche Mainstream-Wasserflasche im Gepäck, dafür aber Ihren Teddy unter Kontrolle? Seine große Stunde naht«, unterbricht Willaert des Schabrackenmolchs Gesang, »und wir sollten schleunigst zurück in Roys herrliches Oostende.« Roy entspannt sich zum ersten Mal seit seiner Rückkehr. Er wurde von Willaert praktisch in einem Satz mit der Impala zusammengeschweißt und verschmolzen, steckt beide Hände in die Hosentaschen und kann sie geradewegs ansehen. Sie erwidert den Blick, gleitet dann, ohne den Ausdruck zu wechseln, weiter zum Horizont, korrigiert die Haarzipfel mit weit gespreizten Fingern. Sind das nun geheime Signale oder nicht?

Beim Aufbruch spürt man Frau Quapp, ein Zupfen am Arm, schon eher ein Kneifen, und was muß man hören? Ein vertrauliches, ein zutrauliches Flüstern: »Frau Fesch! Frau Fesch! Wie sehe ich aus? Ist mein Gesicht noch ein oller Ballon? Bin ich Ballast? Frau Fesch.« Sie stellt sich auf die Zehenspitzen: »Hat man mich hier ein bißchen gern?« Noch leiser: »Frau Fesch, sehen Sie nur. Ich muß meine Tabletten einnehmen und habe mein ganzes Wasser schon ausgetrunken. Noch was. Ich kriege die Tabletten nicht mehr aus der Folie gedrückt. Die Kraft in den Fingern, Frau Fesch, die reicht nicht mehr aus, so sehr ich mich anstrenge. Ach Frau Fesch, Sie sind doch die Allerbeste, ich muß sie aufschneiden und habe doch mein Scherchen nicht mit und muß auch mal. Aufs Klo, auf Tante Meier. Müssen Sie denn alle nicht?«

Man macht also was ausfindig, die anderen wandern schon los, vom Meer weg, die Straße zur Haltestelle hinunter, Frau Fesch von Roy stumm beschworen, das Mütterchen zu pflegen an seiner statt. Wieviel Zeit ihm wohl noch für seine Liebe bis zu seiner oder der Impala Abreise bleibt? Er kommt nicht voran, wenn man sich nicht täuscht. Das Antilopenschnütchen macht ihm Zeichen wie am Schnürchen, nur keine eindeutigen. Das ist der Haken.

Dort, in der Nähe der Schranke, wo man so schön in das leere leuchtende Himmelsviereck direkt über den Straßenkacheln sehen kann und das Meer mit seinem runden Café sich noch verbirgt, treffen wir die fünf wieder. Sie stehen stumm in einer Gruppe und betrachten etwas. Sonst gibt es keine Passanten.

Nur noch einen. Der ist eigentlich etwas anderes. Aber was? Es ist ein Mann mit einer roten Jacke. Im ersten Moment denkt man, es könnte wohl gut der sein, der gestern beim Säulengang so festlich vorüberging, oder wenigstens seine Jacke. Es ist die gleiche Farbe, ein prächtiges, opernhaftes Rot. Dieser Mensch hier bietet uns sogar eine Aufführung dazu, die aber befremdlich ist und kein Gesang, nein, nicht direkt, aber ein Rezitieren vielleicht?

Dann wäre es ein Rezitativ des Tobens. Er umrundet schimpfend ein Bündel aus zusammengebundenen Tüten, seine Habseligkeiten wahrscheinlich, umrundet sie Kreis um Kreis mit Schlägen gegen die Brust und schreit dabei an- und abschwellend. Auch das, was er sagt, bewegt sich im Kreis, es kommt immer »Het minste, het allergeringste!« darin vor, und das wird stets gebrüllt oder geklagt. Sein Kopf ist rot angeschwollen, so wie der des Mütterchens heute morgen, aber hier zwischendurch abklingend und sich dann neu steigernd zum Wutanfall. Wenn es ihn am fürchterlichsten packt, bleibt er auf seiner Kreisbahn stehen und stampft auf: »Het minste! Het allergeringste!« Einige Leute sehen aus den Fenstern. Man beginnt zu fürchten, gleich würde der Mann von der Polizei oder von Irrenhauswärtern abgeführt. Willaert und de Rouckl einigen sich darauf, daß man ihm seine Wohnung genommen, ihn aus seinem Zimmer verwiesen und an die Luft gesetzt, ihm »das Mindeste, das Allergeringste, was einem Menschen zusteht« also, geraubt hat. Jedesmal wenn er bei seinem Selbstgespräch, das auch abwägende Passagen hat, dort angelangt ist, explodiert er.

Danach setzt er das Umrunden fort, als wollte er nie wieder die Peripherie verlassen, Mittelpunkt und Innenskelett seiner Person ist das Kleiderbündel. »Wie ein Häftling im Gefängnishof«, sagt Roy und läßt kein Auge von ihm. »Het allerminste!« schreit der Mann zum Himmel, schreit es zum Boden. Ein Schabrackenmolch, der sein Vermummungsmaterial als seinen eigentlichen Schwerpunkt von sich abgezogen hat, bis auf die rote Jacke. Sie habe im Sommer einmal eine Raupe von mehr als zehn Zentimeter Länge mit braunem Pelz bei solch einem besessenen Kreiseln beobachtet, sagt die Impala, und sie habe auch gedacht, wie hier, ob man ihr denn nicht helfen könne in ihrer Not.

Willaert: Dieser Mann erinnere ihn im Aussehen an einen Bekannten seiner Eltern. Mit neunzig Jahren habe er mit dem glücklichsten Gesicht vor einer schweren Operation, an der er auch gestorben sei, erklärt, er habe noch einmal, noch einmal in seinem Leben angefangen, eine Geschichte zu schreiben. »Niemand wußte bis dahin, daß es sein heimliches Laster gewesen war.«

Da fällt Frau Fesch ein, daß sie Willaert in der Tram etwas versprochen hat. Verdikkeme!

Der Mann hört inzwischen nicht auf mit seinen Steigerungen. Gelber Schaum oder Saft rinnt ihm aus den Mundwinkeln auf das Revers der prunkvollen, sicher viel zu warmen Jacke. Man fürchtet nun sehr, es könnte gewaltsam für ihn enden, aber wird er nicht von sich aus seine Fäuste oder eine Waffe gebrauchen, wenn man ihn auch nur anredet? Da liest er schließlich doch noch aus eigenem Entschluß seine Säckchen auf – nicht allzu weit von dem übriggebliebenen Haus mit dem freudigen Blau ist es ja, und vom ersten Stock eines Hauses zielt die Spitze einer Tüte, halb so groß wie er selbst, aus der die Reklamefritten sprudeln, aus dem grünen Buchstabenkranz FRIET blühen sie heraus, auf seinen grauen Kopf – und zieht mühsam, weit nach vorn gebeugt weiter, Schritt für Schritt, sagt kein Wort mehr.

Willaert, wie zu erwarten, überquert rasch die Straße, nähert sich dem Mann dann unauffällig schlendernd. Beim Überholen spricht er ihn an. Sie gehen ein Weilchen nebeneinander her. Willaert steckt etwas in die rote Jackentasche und fällt im Gehen zurück. Der Mann hat den Kopf überhaupt nicht gewendet.

Die Taglilie verfolgt alles mit dem echten alten Flehmen und fragt sogleich gespannt, was er erfahren habe über das Unglück des Mannes. Willaert antwortet nur mit einem zerstreut ablehnenden Lächeln, was die Impala ärgert und beschämt. Es geschieht ihr an unserer Stelle. So muß Willaerts übertriebene Diskretion uns andere nicht mehr groß verdrießen. Er biete uns auf unserer Exkursion ja doch Nettes und Lehrreiches, sagt er statt dessen. Zu Frau Fesch aber das Folgende: »Ich alter Narr habe ihm zu viel Geld gegeben. Dabei bin ich wahrscheinlich gerade dabei, sehr viel Geld zu verlieren. Warum habe ich es gemacht? Wegen der Ähnlichkeit mit dem Neunzigjährigen von früher? Entweder aus Mitgefühl oder um ihn für die Darbietung zu bezahlen. Vielleicht ist er ein Scheißkopf. Eine Sentimentalität? Hat mich unsere elegische Italienerin gezwungen?« Der Italiener, Willaert, Maurizio hat Sie verleitet. Aber wie kommt er bloß an den »Scheißkopf«!

Jetzt gehen wir unter dem lang gestreckten exotischen Hahnenkamm. Da, der verknitterte Raucher, der sich für unser Klippspringerchen interessiert, da lauert er. Nein, wohl eine Täuschung.

Wie gut, daß so viele Gefühle hervorgeholt wurden von lauter Nichtigkeiten. Allein wenn man mit Roys Verlegenheit bei der Rückkehr vom ausgebliebenen Schwimmen (es kann ja sein, daß er bloß nicht wußte, wo er seine Wäsche wechseln sollte) beginnt: die phosphorne Schadenfreude, die cayennepfefferrote Liebe, Empörung zwischen Stahl- und Französischblau, die Neugier silbrig-schieferfarben, Mitleid und Erbarmen in allen Erdtönen, Katzenjammer der Nichtswürdigkeit anthrazit und so weiter. Wenn auch nicht bei allen alle Empfindungen, so doch bei jedem von uns diese oder jene, schön abgesetzt vom gleichmütigen Meer, da schau her! Die Gefühle müssen hin und wieder nämlich durchgespielt werden, um erhalten und strotzend zu bleiben. Das Leben muß in sie einschießen wie das Essen in den Bauch, der Wein in den Schlauch, das Dingsbums in den Brauch, in den uralten Gefühlsbrauch. Herein, immer herein ohne anzuklopfen. Ah, der Neid, hui, die Verliebtheit, die Angst, Schockschwerenot.

Und: Entgeisterung, magermilchblaß! Wer wirft nämlich da beim Einsteigen in die Tram seine von Mittel- und Ringfinger nahe der Handinnenfläche wie ein unerhörtes Geheimnis fast verborgene Zigarette in scharfem, wie gespucktem Bogen weg? Sitzt in einer Ecke und bestarrt uns. Uns? Nicht uns, bestarrt die Impala!

Die aber sieht in ihren Schoß. Auf die langen Oberschenkel, wohlverpackt in den Jeans, sieht sie hinab und beißt sich vor Zufriedenheit in die Lippen. Vor Erregtheit? Zeigt die eigentlich gar nicht hübsche Zahnlücke, hebt flatternd die schattenwerfenden Wimpern und beugt den Kopf noch tiefer.

Merkt denn kein anderer was außer uns beiden?

Doch, Roy natürlich, der beobachtet das Rotduckerchen ja unentwegt und schöpft ganz gewaltig Mut! Fast gelingt ihm, trotz der sehr anders gearteten Physiognomie, seinen Gesichtsausdruck dem ihren anzugleichen, so heimlich erfreut und bemüht, nicht zu bersten vor Einverständnis. Denn lächelt sie ihm, Roy, nicht etwa mit ihrem ganzen Körper zu und bringt einen Geschmack auf die Zunge wie ein Morgen Ende März, wenn auf leicht überfrorenem Rasen wahre Daunenwolken eines früh und rosa blühenden asiatischen Baumes segeln?

Endlich ist auch der Bodyguard erwacht. Na, Herrenausstatterchen, funktionieren die vernachlässigten Instinkte wieder? Schon mal gesehen, die Person, gestern, heute, dämmert dir was? Riechst du die Gefahr nun doch noch, ehe es zu spät ist? Man kann sehen, wie er sich innerlich die Augen reibt, den Tiefschlaf aus den erschlafften Wachmannsgliedern schüttelt und zu begreifen versucht. Dabei hält er den Mann, klein wie er, aber eben viel, viel schwächer, verbrauchter, im Blick, läßt ihn keinen Moment los, und seine Züge verschärfen sich im Bemühen, dahinterzusteigen, was seine Alarmglocken ihm lärmend vermelden.

Willaert entgeht das keinesfalls. Auch er müßte sich nun erinnern, den Mann nicht zum ersten Mal gesehen zu haben, vielleicht zählt er schon die Treffen. Draußen die Dünenlandschaft zwischen Blankenberge und De Haan wird nicht erwähnt, nicht wahrgenommen. Willaert kneift vor Anstrengung die Augen zusammen, das macht sie noch stechender, fixiert den Verdächtigen, fixiert Maurizio. Was will der auftrumpfende Stubenhokker von seinem großartig gebräunten Schützling? Mischt sich in seine, Willaerts, Verhältnisse und Machenschaften: Wieso hat Maurizio nur noch Augen für das unverschämt grinsende Männchen?

Der Schabrackenmolch sagt: »Es zieht. Und wie.«

Das Mütterchen aber ist eingenickt. Ein wenig zittern seine Hände, tapern dem Rhythmus der Atemzüge nach. Wie klein und verlassen sie in ihrer Ecke kauert mit dem noch immer irrtümlich erbost roten Kopf.

Achtzig Kilometer lang sei die Küste von Belgien bloß, aber vollständig von der Vlaamse Kusttram befahren, alle zwanzig Minuten komme eine vorbei, erzählt Willaert plötzlich sinnlos, redet entschlossen auf Maurizio ein, etwas zu hoch klingt die Stimme, beinahe schrill, er versucht, ihm sein Gesicht anzunähern, um ihn zur Aufmerksamkeit zu zwingen. Allerdings kann der Italiener momentan nicht von seinem Wittern lassen, nicht von seiner Observierung des kriminellen Subjekts hinten in der Bahn. Willaert tastet seine Jacke ab und findet einen Kaugummi, den er mit schon hysterischem Gelächter Maurizio aufzudrängen sucht. Der hört ihn gar nicht. Willaert springt auf, wie um dem Jungen den Sichtkontakt zu dem Mann zu verderben, setzt sich und kann nur im letzten Augenblick seine Hand zurückziehen, die Maurizio entweder am Kinn fassen oder ohrfeigen wollte. Eine imponierende, umweltpolitisch beispielhafte Einrichtung immerhin an dieser verschandelten Küste, kräht Willaert durch den Wagen, er, Maurizio, solle jetzt gefälligst sofort den Kaugummi in seinen verdammten Mund stecken, schickt er mit sprichwörtlich sich überkugelnder Stimme hinterher. Der Bodyguard sieht ihn verständnislos an, auch nur flüchtig.

Kompletter Souveränitätsverlust. De Rouckl kennt das häßliche Willaertsche Fieber offenbar zur Genüge.

Bei Zeebrugge würden zwei bedeutende Kanäle, der Boudewijn-Kanaal und der Leopold-Kanaal in die Nordsee münden, setzt Willaert sein kreischendes Schauspiel fort. Hier stößt sich der Vermummte, wie er es damals in der Rezeption beim Vorstellen Maurizios getan hat, von einem nicht sichtbaren Hintergrund ab. Er packt Willaert so fest am Arm, daß es dem weh zu tun scheint, und redet schnell und zornig flämisch oder niederländisch auf ihn ein. Der Parfümeriehändler will ihn abschütteln, das gelingt ihm nicht, und allmählich beruhigt er sich ja auch, beginnt de Rouckl zuzuhören, läßt seine Augen vom Knittrigen zur Impala wandern, erkennt differenzierend dessen Blickrichtung und Interesse nach Anweisung des Schabrackenmolchs, bis die Betrunkenheit von ihm gewichen ist.

Er und de Rouckl lächeln nun verlegen die einzige Mitwisserin an, Willaert ganz in der Art eines hübschen Kindchens, das sich, in seiner Verzogenheit siegesgewiß, ein klein bißchen zu genieren herbeiläßt. Nun gut, was soll man machen, was geht's einen auch an. Frau Fesch neigt verzeihend ihr Haupt. Ihr wäre lieb, wenn sie damit ein Recht hätte, von der Auslieferung ihres »Blauen Pantöffelchens« zurückzutreten.

Willaert ist, nach befriedigender Klärung der Verhältnisse, obenauf. »Ich dachte doch wahrlich«, lügt er schmunzelnd, »hier im Waggon hätte ich eine Person entdeckt, die an Sonias Teddy wollte. Es sei vielleicht ein Kurier, der in unserer kleinen Italienerin ebenfalls einen freiwilligen oder unwissenden Boten vermutet. Man steckt hier bis zum Hals viel schneller in solchen obskuren Dingen, als man glaubt.«

Und wie jovial er nun, ohne Abstriche Herr der Lage, auf ihr Knie klapst, als die Hemerocallis brav nach dem Maskottchen greift.

»Eins der größten Übel«, so Willaert, während die Tram durch De Haan auf Bredene zurattert, »ist das inadäquate Reagieren auf Bagatellen, geringfügige Beleidigungen, störende Grimassen. Welch ein Gefühlsaufwand für nichts und wieder nichts. Welche unsinnigen Erregungen und Ablenkungen durch falsch interpretierte Wörtchen und Blicke oft! Allerdings liegt dort, genau dort auch unsere Wonne. Das Entzücken über ein Lächeln zum Beispiel, das uns vielleicht gar nicht gegolten hat. Ein Mißverständnis, aber das Vergnügen daran ist tief und echt.«

Noch einmal ruft de Rouckl ihn zur Ordnung: »Der Dauerdurchzug in der Tram ist leider kein Mißverständnis.« Ein unauffälliger Freundschaftsdienst diesmal: Warnung, Mahnung, Rat, endlich die unnötig selbstkritische Klappe zu halten.

Frau Fesch würde darauf wetten, daß Willaert trotzdem glücklich ist über seinen Gefühlsaufruhr eben.

Auch an Maurizios Ohr ist das Wort »Teddy« gedrungen. Ausgerechnet er stellt nun die Frage, die uns allen auf der Zunge liegt: Warum denn Sonia das Ding die ganze Zeit habe mitschleppen müssen?

Postwendend erkennt Willaert seine Chance, sich, wie statthaft oder nicht auch immer, für die Beunruhigung von eben zu rächen und die Zügel überhaupt zu straffen: »Du enttäuschst mich« – das erste Mal, daß er ihn vor uns so anredet, er entfernt alle Wärme aus seiner Stimme –, »du wenigstens, bei deinem Kunstverstand (besser: »Kunstsinn«?), hättest es begreifen müssen.«

Maurizio zuckt zurück und erbleicht unter Schmeichelei und Tadel wie gewünscht.

Soll das gleichzeitig eine Zurechtweisung für uns alle sein? Wir schlucken die beabsichtigte Kränkung gelassen, geradezu dickfellig. Gleich sind wir in Oostende. Willaert überprüft, ob jetzt alle auf ihn konzentriert sind. Natürlich, der kleine Mann ist ja verschwunden.

»Mein Teddy-Ritornello! Das an und für sich harmlose Stofftierchen bedeutet selbstverständlich nicht das geringste.« Willaert sieht in die Runde und genießt unsere mehr oder weniger große Verblüffung. »Es ist nur das Zeichen von etwas, nun, sagen wir: Wichtigem, nichts Spezielles. Ihr alle habt daran geglaubt, hattet selbst nach dem Piercafé noch ein Ziel. Das hat mir Spaß gemacht. Sehr sinnvoll also. Auch für euch, für euch erst recht. Ihr hattet die von mir spendierte Hoffnung, daß euch noch eine Überraschung bevorstünde. Ja, konnte ich euch, meine liebe Gemeinde, denn wohl ein größeres Geschenk machen?«

Wir starren ihn stumm an. Nur der Schabrackenmolch winkt müde ab. Er kennt die Scherze. Willaert: »Sie, Sonia, wenn Sie einmal witzig sein wollen, sollten das Kerlchen in den bewußten Hotelschrank setzen. Was glauben Sie, was geschieht? Der guten Betty könnten Sie damit einen doppelten Schrecken einjagen und zweifachen Schaden verursachen, Angriff auf den Geliebten und den Bruder auf einen Schlag!« Dazu droht Willaert im voraus mit dem kleinen Finger, als hätte nicht er den Vorschlag gemacht, sondern die bösen geheimen Gedanken der Impala gelesen und ans Licht gebracht.

Roy, sicher hauptsächlich, um endlich wieder etwas zu sagen, aber auch, um den Ensor-Mimen ein wenig in seine Schranken zu weisen, da von Maurizio ohnehin keine chevalereske Verteidigung des Antilopenschnütchens zu erwarten ist, fragt reichlich brüsk, warum er denn so oft Sonia gemahnt und geplagt habe, auf das Tierchen zu achten. Willaert verbeugt sich geschmeidig gegen Roy, dankbar, daß er jetzt auch das noch loswerden kann. Der Refrain sei es, der Refrain seiner Frage, der doch so gut zu unserem Aufenthalt am Meer gepaßt habe. Das Wort »Refrain« nämlich stamme vorn provenzalischen »refraingre« und meine die Wiederkehr der sich brechenden Wellen am Meeressaum.

Maurizio, noch immer blaß, stülpt die volle Unterlippe nach außen. Man weiß nicht, ob es Respekt oder Ekel ist. Oostende! Die Impala weckt vorsorgend und fürsorglich sanft das Mütterchen. »Huh?« ruft Frau Quapp. Sie schlägt auf ihre feurigen Wangen, um sich wach zu machen. »Ernst, bist du da? Du nur, Roy? Auch gut. Ist nicht zu ändern.«

Freundlich – hätte man nicht aber: hingebungsvoll erwartet? – schiebt die Impala das Mütterchen in Roys Arm, dessen Widerstand im Handumdrehen schmilzt vor einem besonders süß-vagen Augenaufschlag. »Außerdem«, sagt Willaert zwinkernd zu seiner müßiggängerischen Truppe, »soll man nicht zu voreilig sein. Der Tag ist längst nicht zu Ende. Eins, drei, passiert noch was.« Roy umschlingt seine Großmutter so wild, daß die Impala ihn einfach begreifen muß.

Frau Quapp: »Ernst, du erdrückst mich!«

Willaert: »Sonia, haben Sie Ihren Teddy dabei?«

Es muß diese Wiederkehr und Kreisbewegung sein, die alle Gegenwartskräfte erledigt. Man spürt, sie verlassen einen, steigen nicht mehr hoch zum Gehirn, verrascheln, verrieseln. Aber halt, was hört man da noch schnell? Das Mütterchen sagt zu Willaert: »Sie sind ein so gebildeter Herr, was soll eigentlich dieser da, in Ihrem

Gesicht, dieser Bart, verstehen Sie? Dieser komische Bart da. Wer uns sieht, hält uns für ein Ehepaar. Das müßte nicht sein. Also was sollen die vielen Haare da?«

Willaert, nur in der ersten Sekunde betroffen, mit Blick auf ihr Altfrauenkinn: »Das frage ich mich bei Ihnen, gnädige Frau.«

Frau Quapp: »Wie? Was? Könnte ich Ihre Tochter sein? Sie machen Witze, Herr Willaert. Ich bin eine einsame Witwe, bin einsam, fast blind. Esse nur noch wie ein Vögelchen. Wer fragt schon nach mir? Er war Testpilot, ganz famoser Testpilot. Da kannte er nichts. Meine Fingernägel sind zu lang, Herr Willaert, wie bei Ihnen der Bart. Ich dachte, sie wüchsen nicht mehr bei mir alter Frau.«

Willaert: »Im Gegenteil, Gnädigste, auch die alten Hunde und Katzen haben immer zu lange Krallen.«

Eins, zwei, drei passiert noch was

Damit hatte er weiß Gott recht! Man spürte, wie die Vergegenwärtigungskräfte, die mitten im Geschehen zugleich das schöne Gefühl des zurückgelehnten Imperfekts verschafften, selbst wenn man Sonias putzige Zahnlücke betrachtete, verraschelten.

Und jetzt neben Frau Fesch mit blutigem Gesicht in der Höhe des Leopold-Standbildes am Strand liegend: Stuntman Boy. Das Meer riecht wie bisher noch keinmal und schickt weiße Brandungssäume aus dem Nicht und Nein, das weit hinaus in die Tiefe reicht und immer noch schlimmer wird. Die Wellen beißen mit weißen Zahnreihen den Strand Stück für Stück weg. Die sichtbaren Zähne des Unsichtbaren. Vorn bei uns beginnend, verläuft der Strand vom Dunklen aufs Wasser zu ins Helle, das dann einfach abbricht. Eine Gruppe ist noch flüsternd und trinkend im Sand zugange. Beim Standbild und den Torbögen unterhalb kommt das Licht durch rundes Glas aus dem Boden. Wir stützen jetzt die Oberkörper auf die einzige Stufe von der Promenade zum Strand, neben dem Papierkorb. Ein Spaziergänger liest, weit nach Mitternacht, im Gehen einen Brief. Ob das möglich ist? Vielleicht kennt er ihn auswendig. Manchmal poltert ein Mopedfahrer auf dem Seedeich heran und dreht in schöner Biegung durch eins der Tore ab. Einige Zeit später tut er es wieder, es sei denn, ein anderer ist's. Aber es wird derselbe sein. Zu wohlig ist vermutlich das Gefühl, neben dem Meer eine Weile temperiert vor sich hinzulärmen und sich dann wie in plötzlicher Erleuchtung von ihm wegzulehnen, von ihm auf sauberer Linie abzuschwenken durch das Tor bei den befreit jauchzenden Kongolesen, womöglich die ganze Nacht, wenn man erst mal hinter das Vergnügen gekommen ist, jedesmal die Öffnung genau zu treffen. Ob in Roys hohem Alter ein Mensch namens Frischling oder Grünschnabel unverhofft eine große Rolle spielen wird als aufgezwungener Zimmergenosse wie beim greisen Herrn Fesch ein Mann namens Schick? Vater Fesch sprach davon, wenn man ihn bei Vollmond im Rollstuhl an einem kleinen blinkenden Bach entlangfuhr, der ihn nicht mehr interessierte, nicht so wie ihn der frostige Herr Schick fesselte, Herr Schick, ehemaliger Illusionskünstler. Die beiden alten Männer Fesch und Schick fuhren rasend vor Zorn, aber mit versteinerten Mienen und konkurrierenden Namen im Zimmer umeinander und behinderten sich. Aber das kann ja gar nicht passieren! Roy ist doch in Wahrheit ein Herr Neutling, heißt gar nicht Neuling. Also wird's auch nichts mit Grünschnabel und Frischling.

Unser Rotduckerchen hatte gleich beim Aussteigen aus der Tram für eine Überraschung gesorgt. Sie ließ weitere folgen. Ihr Anliegen, wir alle sollten jetzt noch in den Maria Hendrikapark – »het bosje?« fragte Willaert erstaunt zurück –, um uns einmal vom Meer zu erholen, es sei doch nicht weit, trug die Impala zwar wie eine Bitte vor, aber mit so reizend quengeliger Stimme, daß unser Chef es leutselig als ihr zustehende Entschädigung fürs Genarrtwerden mit dem Teddy begriff. Eine Laune, der zu ihrer Rehabilitation nachgegeben werden mußte, sicherlich, wie sollte man es zu diesem Zeitpunkt auch anders verstehen. Sie, Sonia, habe im Prospekt einen kleinen Plan und vor allem ein Foto von dem Teich dort gesehen: oh, Bäume, Schwäne, Gänse!

Zum ersten Mal hatte sie einen Wunsch geäußert, und zwar mit einer zarten, leicht heiseren Entschiedenheit, die keinen Widerspruch duldete.

Willaert betrachtete sie also neugierig und meinte, sie wolle sicher einen eleganten Kaffee im »Koninginnenhof« trinken. Das sei aber nichts weiter als ein großes Selbstbedienungsrestaurant. Pannekoeken, ja! Oh, da zuckte unsere Sonia nur die Achseln, darauf kam es dem Schlitzohr überhaupt nicht an. Sonia machte allen auf ihre stets leicht geistesabwesende Art einmal kurz schöne Augen, niemand brachte es übers Herz zu protestieren.

Frau Quapp merkte zunächst gar nicht, daß wir nicht Richtung »Malibu« gingen. Roy, durch die Tramfahrt ausgeruht, erkannte, in dämlicher Seligkeit vor sich hinfeixend, den neuen Wink Sonias an ihn. Sie blieben zusammen! Da fiel es ihm nicht mal allzu schwer, sich um sein Großmütterchen zu kümmern, während wir über einen öden, aber unblutigen »Slachthuiskaai« den kürzesten Weg zum Park nahmen. Wahrhaftig, die Taglilie riß die Führung an sich, dabei hielt sie keinen Plan in der

Hand, schritt eilig voran auf langen Beinen, den Oberkörper in der weißen Hemdbluse energisch aufgerichtet, die Kämme aus Haaren wie zum Kampf gesträubt. Der Teddy baumelte mit jedem Schritt achtlos gegen ihre ein wenig flache Hinterbacke, stieß sich ab, schwang zurück. Roy, mit dem Mütterchen am Arm, streckte einmal die Hand danach aus, zog sie aber lieber wieder unverrichteter Dinge zurück, streckte sie aus und zog sie zurück.

War man ganz verrückt geworden, auch diesen törichten Ausflug noch mit sich geschehen zu lassen? Man machte es bloß so wie die anderen, in Mattigkeit und Abscheu vor den Reststunden. Beinahe lag ein Gewitter in der Luft.

Plötzlich malte man sich aus, gelangweilt auf die stumpf schweflige Straße sehend, wie ein Mann, der es plante, dieses schläfrig schüchterne, aber sicher nicht temperamentlose Mädchen überrumpeln könnte. Wenn aber unsere Hemerocallis ihre glänzend gezackten Kämme aus präparierten Haaren bei Bedarf flach anlegen oder gereizt zucken lassen konnte und in Gefahr wieder aufstellen wie ein Perückenpapagei?

Da sagte Willaert, vielleicht doch eine Spur indigniert aufgrund der kleinen Anmaßung im Befehl der Impala: »Schönste Sonia, bedenken Sie bitte, daß Sie hier so unbehelligt einherschreiten und demnächst wieder fröhlich andere Leute frisieren können, hängt direkt mit dem gesetzlichen Wegsperren von Tausenden anders Orientierter hinter Gitter zusammen. Sonst ginge es Ihnen nämlich räuberisch ans Fell.«

Er hatte es von hinten an ihr Ohr gesagt. Sie wandte langsam den Kopf und fuhr dann mit der Hand über die Schulter, über die sein Atem weggestrichen war.

»Und das kommt hinzu: Hier in unmittelbarer Nähe sind noch aktive Reste des alten Hurenviertels, Häuschen aus der Vergangenheit, in denen mitten am Tag dann und wann ein Mann verschwindet. Das kommt, liebste Sonia, hinzu.« Noch immer war er dicht hinter ihr, er hatte sich rücksichtslos vor das Pärchen Roy-Frau Quapp geschoben, man konnte es seitlich gut beobachten, auch, wie er dabei nach Maurizio schielte. Ja, in Wirklichkeit hielt er natürlich nach dem gedrungen muskulösen Maurizio Ausschau, der alles schluckte, der ihn offenbar auch jetzt bewunderte, als er seinen häßlichen Pfauenschrei ausstieß im Schlauch der erstorbenen Straße, nach Maurizio, der höchst eingeweiht in sich hineinlächelte über den Schrei, als wäre er ein wer weiß wie erlesenes Zitat und das Flaggezeigen ihrer Geheimsekte. Man versteht nicht genug davon, aber wahrscheinlich waren die Muskeln der einzig provozierende Widerstand, den er Willaert noch zu bieten hatte. Besäße er die nicht, deren unwiderlegliches, auch für andere Interessenten lockendes Prahlen, würde er den Parfümeriehändler wohl mit seinem demütigen bißchen Verstand längst ermüdet haben. Auch Maurizio trug jetzt eine offenbar erst heute eingekaufte Sonnenbrille, ganz wie sein Herr. Man wußte es aber nicht, hatte keine Ahnung. Warum sollte nicht ausgerechnet die Andacht dieser dunklen, auf ihn gerichteten Augen in Willaert exakt die Mischung erzeugen, die er benötigte, nämlich die von Sentiment und Belustigung?

Im Park lagen kugelrunde junge Männer im Gras und rührten sich nicht. Schweres Angelgerät war neben ihnen in Position gebracht, rührte sich auch nicht, war aber auf dem Sprung. Nach der Meeresexkursion herrschte nun das sanftere Reich des Süßwassers und des sacht wehenden Grüns, und wer sich hier aufhielt, tat es extra gegen die See, die nicht weit war, allerdings. Selbst die Kinder, die auf dem Spielplatz in schnurrenden Kleinfahrzeugen aus voller Lunge Krach schlugen, wollten nichts wissen vom Atlantik, wollten den bescheideneren Himmelsausschnitt, ganz wie wir, ja, womöglich auch einmal Urlaub vom Horizontobservieren, dem für Frau Fesch ohnehin verfrühten.

Wir mußten Gott sei Dank nicht auf die große Betonplattform über dem Vergnügungsplatz. Willaert leitete uns in die stillere Zone hinter dem Restaurant, oder war es die Impala? Es gab dort eine um die gerundete Rückwand des Gebäudes gebogene, schmale Terrasse vor einer zum See unterhalb schnell abfallenden Wiese. Einige Tische standen nebeneinander, und man konnte sehr friedlich über das Wasser zu einem jenseitigen wilderen Parkstück hinüberdösen mit einem hellen Uferweg vor dem Wäldchen, ein Laufsteg, den ab und zu in Einzelauftritten Radfahrer oder die sakrosankten Kinderwagenmütter nutzten.

Wer aber hatte uns in Wirklichkeit hier an die zwei zusammengerückten Tische befohlen? Man sieht die erwartungsvolle Anordnung der Elemente noch genau vor sich, sie prägten sich sofort ein. Vielleicht lag es an ihrer Einfachheit. Es sprang auf Anhieb so nachdrücklich ins Auge, auch die Selbstbedienungstabletts, auf denen Eistee herangeschafft wurde, gehörten dazu. Plötzlich rauchten alle bis auf Frau Quapp, als hätten sie es bitter nötig. Ein Hühnerhund verfolgte im See ein Stockentenpärchen ausdauernd, ohne den Abstand zu ihnen verringern zu können. Die Enten sahen sich schelmisch nach ihm um, wenn er aufgeben wollte, warteten dann sogar, um die Distanz nicht zu vergrößern.

Ein allgemeines Geschrei und Geschnatter vom Wasser her verstärkte sich, und mit einem Mal stiegen steil aus dem Rasen vor uns in unterschiedlicher Höhe zum Zustoßen aufgerichtete Schlangenleiber oder vielmehr weiße und graue Hälse einer einzigen, mit ihrem Zentralkörper unsichtbar bleibenden Riesenseeanemone, und überall auf den auf- und absteigenden Stielen saßen kleine, mit grausam gleichgültigen Augen Ausschau haltende Köpfe, ja, elastische Tentakel, die über den Rand der Böschung hinwegspionierten. Dazu trug der Wind eine Lautsprecherdurchsage vom Bahnhof zu uns her.

»Würde man ihnen die Häupter abschlagen«, sagte der Schabrackenmolch, »hätte es keinen Zweck. Sie wuchern sofort wieder nach. Im übrigen zieht es hier, überall zieht es. Ein Verbrechen an meiner Gesundheit oder Krankheit, je nachdem.« Das verborgene Untier nahm unvermittelt, wie es sie gezeigt hatte, seine Auswüchse wieder zurück. Niemand stand auf, um sich von irgendwas zu überzeugen. Wir saßen statt dessen und rauchten wie besessen. Das Mütterchen befühlte sein Gesicht.

In die angenehme Erschöpfung im Windschatten des Restaurants hinein sagte die Impala ohne Übergang, jedenfalls hatte man die Einleitung überhört: »Damals nahm ich acht Kilo ab.«

Roy wollte als erster fragen. Es gelang ihm, während wir anderen noch mit der Vorstellung kämpften, unser Klippspringerchen sei irgendwann sechzehn Pfund dikker gewesen: »Aus Unglück?«

»Aus Glück! Es begann, als ich aus der Wohnung meines Mannes, Verzeihung, früheren Mannes nach der Scheidung ausgezogen bin. Das war der glücklichste Tag meines Lebens. In der ersten Zeit habe ich aus lauter Glück nichts gegessen.«

Sie hatte das nicht mal herausfordernd gesagt, ganz ruhig, spürte aber natürlich, wie alle, bis auf Maurizio, der schon Bescheid wußte, vor Verblüffung ausatmeten. Am meisten interessierte hierbei Roy. Er packte seine beiden großen Ohren an den roten Zipfeln und hielt sie erschrocken fest. Ob sie eine schon Geschiedene oder noch eine Jungfrau war: völlig egal. Aber wir waren genau so baff wie er, wenn auch disziplinierter baff.

Unser Rotduckerchen! Unser Springböckchen machte Geschichten! Es kam uns vor, als hätte es den Streich mit der Scheidung erst gerade begangen und müsse in verschmitzter Reue auf eine leichte Bestrafung von uns für so viel Vergangenheit bei so großer Jugend gefaßt sein. Für etwas respektheischend Schicksalhaftes schien die Trennung keiner zu halten, vielleicht wegen ihrer frechen Bemerkung vom glücklichsten Tag. Ob es sich um eine Warnung an Maurizio handelte, die ihm eine drohende Bereitschaft der Impala zur Konsequenz in Erinnerung rufen sollte, falls er es zu weit triebe mit seinem Nebenflirt? Er selbst konnte ja nicht gut der böse Ex-Mann sein. Oder doch? Die kämpferische Frisur sollte wohl als erster Hinweis am zeitigen Morgen gelten, eigentlich: gellen, an dem sie in ihres ... ihres Herzens Salon die Enthüllung geplant hatte.

De Rouckl ruckelte an seinem Pullover: » Die kleine Sonia! Tö, tö, tö!«

Merkwürdigerweise spürte Frau Fesch eine Aufwallung von Mitgefühl. Aber für wen? Sie sah in die Runde. Eins, zwei, drei, vier, fünf, sechs. Für Roy! Der sollte es sein. Schließlich verlor er durch das Geständnis, denn er wirkte auf einen Schlag im Vergleich unerfahrener als eben, der intelligente Tölpel. Gegenwärtig verehrte er die Taglilie wegen der Scheidung nur noch mehr. Wenigstens für ihn entströmte ihr nun ein Duft, der eine tropische Nuance offenbarte. Das sah man ihm allzu deutlich an. Er bemühte sich, seine vor Stolz und Verwirrung zuckenden Lippen zu beherrschen, und hatte viel damit zu tun.

Noch einmal: Warum hatte sie uns das erzählt? Aus Solidarität mit Roy bot sie die mißglückte Ehe als eine andere Art des Hinkens, oder kam es jetzt in diesem Kreis ohnehin nicht mehr auf Rücksichten an? Inzwischen erscheint das plausibel, zunächst aber konnte man auch glauben, sie wollte sich durch ein bißchen Wichtigmacherei, wie bei der Wahl der Lokalität, nach Willaerts infantilem Treiben mit dem Teddy schadlos halten.

Sieben! Auf den Gedanken, sich selbst in Erwägung zu ziehen für ein Körnchen liebes Mitleid kam man gar nicht. Sehr löblich!

Die Impala konnte zufrieden sein. Man weiß nicht, welche Reaktionen auf ihre entschleierte Biographie sie wahrnahm. Sie lehnte den schönen Gänsehals weit hinüber zum Mütterchen, weil das so stark schnaufte. Unser Mütterchen duckte sich weg, schnuffelte heftiger: Das wurde hier ja immer schöner! Praktisch eine minderjährige Geschiedene, das hatte sie begriffen, machte sich an ihren Roy heran, an ihr wehrloses Enkelkind inmitten seiner dringenden Jurastudien. Die mußte, höchste Zeit, höchster Alarm, abgeschüttelt und abgeschafft werden. Frau Quapp öffnete den Mund, sie würde jetzt zur Abschreckung von Lule Bilalu, Kosovo, sprechen.

Es war wohl so, daß der Stuntman sich gerade hier kurz von uns zurückzog. Aber vorher, vor der Offenbarung der Impala noch, passierte etwas mit den Fotos, etwas Verräterisches. Einer von beiden, Roy oder Maurizio, hatte angefangen, davon zu reden, wobei sich herausstellte, daß sämtliche Bilder »geglückt« waren, nur dasjenige nicht, welches der Italiener auf die Bitte Roys mit dem Mütterchen gemacht hatte. Das wäre nun ein Grund für Maurizio gewesen, wegen seines Versagens ein beschämtes Gesicht zu schneiden, gewissermaßen aus Höflichkeit. Aber etwas anderes geschah. Roy wurde, als er die »geglückten Bilder« erwähnte, ganz verzweifelt rot, so daß er sich schnell die Nase putzte und dabei das Gesicht ein Weilchen verstecken konnte. Alle sahen es trotzdem, dachten aber vielleicht nicht darüber nach. Er mochte sich verschluckt haben.

Roy, Frau Fesch ahnte es, hatte sich einen kleinen Hausaltar von heimlichen Impala-Fotos angeschafft und nun das Gefühl, man sei ihm durchs Verplappern auf die Schliche gekommen.

Frau Quapp holte tief Luft, als Roy uns beim Weggehen den Rücken zuwandte: »Ein guter Kerl. Ich muß bloß sagen: ›Es geht ungerecht zu auf der Welt‹, schon redet er los wie ein Wasserfall, ist schließlich Jurist, ist immerzu für Gerechtigkeit. Ich lasse ihn ein Weilchen gewähren, dann spreche ich einfach von früher. Er kennt ja von allein kein Ende. Oder ich hole ein Rezept raus und lasse ihn das Medikament lesen oder was in der Art, frage nach der Uhrzeit.«

Da war wieder, kaum hatte sie sich vom Meer abgewandt – das alte Problem für Frau Fesch –, die heiße Menschenfeindlichkeit, schlimmer als der Alptraum unentwegter Massierungen. Nicht mal in Roys ungeschlachtes Gesicht konnte sie jetzt zu ihrer Rettung, nämlich Rührung sehen.

Aber man braucht sie so, die Zeitgenossen, benötigt, zu seinem Kummer, manche dann wieder so sehr. Jetzt hat man beides, das Meer und den allerdings schlimm zugerichteten Roy dicht bei sich.

»Ich begleite ihn ans Meer, den lieben Jungen. Ich habe ihm ja das Leben geschenkt, die Mutter schenkt das Leben, aber die Großmutter ist noch früher, begleite ihn, damit der Arme sich erholt. Vom Studieren und von der schweren Krankheit. Ist aber leider unheilbar. Das Bein, meine ich. Roy hat ja ein kaputtes Bein, kaputt für immer und ewig.«

Sie hatte das deutlich an die Impala gerichtet, die durch die Fenster hinter uns, an den halb zugezogenen Gardinen vorbei, offenbar zärtlich verfolgte, wohin Roy verschwunden war. Fast schien es, als hätte sie ihn entdeckt auf seinem intimen Weg und winkte ihm zu, nun gut, etwas exaltiert wieder, es sollte ja Maurizio zur gleichen Zeit geärgert werden.

»Mit dem Bein«, sagte das Mütterchen in größerer Lautstärke, zornig über das von ihrer Bekanntmachung völlig unberührt heitere Gesicht der Taglilie, die ja aber nicht taub war, sondern bloß mit der deutschen Sprache nichts anzufangen wußte, »mit dem Bein von meinem einzigen Enkelkind ist es bis an sein Lebensende aus. Nichts zu machen. Roy ist ein Krüppel.«

Da tauchte er mit seinem glücklichen und gar nicht beherrschbaren Lächeln wieder auf. Vielleicht hatte er zwischendurch ein besonders schönes Foto Sonias betrachtet. Die Impala bemerkte ihn gar nicht gleich, sie suchte ihn wohl noch mit den Augen, dachte man, in den schwer durchschaubaren Räumlichkeiten hinter den Scheiben. Und in diesem Moment tat Willaert etwas Unbegreifliches, gerade als Roy an den Tisch trat.

Er übersetzte, als handelte es sich um eine Wetterprognose, die Quappschen Bosheiten ins Italienische.

»Ach«, sagte er etwas später, konfrontiert mit einer sehr gefaßten Impala, aber einem am Boden zerstörten, noch immer bleichen Stuntman, der, da nun die Würfel gefallen waren, kein Wort mehr reden wollte, »man bedenke einmal, welchen massiven Leiden ein Ensor täglich ausgesetzt war. Der Mann, mit einer phänomenalen Empfindlichkeit gegenüber den Reizen von Licht und Farbe ausgestattet, mußte von morgens bis abends die Kleinkariertheit seiner Familie ertragen, diese engherzigen Weiber in jeder Ecke. Die Reizbarkeit von Malernerven hört ja nicht bei den ästhetischen Erscheinungen auf.«

Begriff er nicht, daß er viel Fataleres mutwillig in Gang gebracht hatte als eine unerhebliche Gemütsverdüsterung unter Liebenden? Ließ unseren noblen Willaert alles kalt, wenn nur die eigene kleine Affäre unbehelligt blieb?

Dann, vielleicht in flüchtiger Betroffenheit wegen Roys beharrlich gesenktem Kopf, den nicht einmal der Zorn über das boshafte Großmütterchen vorübergehend aus seiner Entmutigung aufrichten konnte, gestand er leise und nur Frau Fesch: »Warum habe ich das übersetzt? Ich weiß nicht. Soll ich behaupten: ›Ich hasse mich deswegen‹? Würden Sie mir glauben? Tun Sie's nur! Ich bin wohl detestabel. Ihr ›Pantöffelchen‹ dürfen Sie mir deswegen trotzdem nicht versagen. Einer mußte auch dem hübschen Ding Sonia reinen Wein einschenken. Ihrem jungen Landsmann, Frau Fesch, tut es nur gut, wenn er die Reaktion bei seiner getäuschten Dulcinea beobachten kann, ehe er sich noch mehr verrennt. Seine Verrücktheit schreit ja zum Himmel. Dabei ist es sinnlos für ihn. Da fällt mir ein: Was war das für eine Reaktion bei der Kleinen, gab es eine?«

Gewiß. Aber Roy hatte sie im ersten Schock nicht wahrgenommen. Das Rotduckerchen hörte Willaert aufmerksam und anmutig zu, wenn man sich hier richtig erinnert, ja, lauschte ernsthaft Willaerts flüssigem Italienisch, ließ die Blicke zu Roy, der sich ungläubig an der Tischplatte festhielt, hinüberwandern, senkte sie aber rasch wieder, um voll freundlicher, ja, man hatte den Eindruck, gelassener Anteilnahme zu nicken. Offenbar war Willaerts Aufklärung für sie nichts weiter als das Bestätigen einer längeren Vermutung. Ob Roy hinkte oder nicht, beeinflußte sie nicht im geringsten. Das alles, während der zusammengesunkene Stuntman nicht wagte, sich ihren Augen zu stellen und ohne sich von ihr losreißen zu können. Gegen welchen Feind sollte er kämpfen?

Die Reaktion der Impala also! Gewiß, gewiß. Sie zeigte ihre Zahnlücke und teilte uns mit, sie habe dann aber wieder drei Kilo zugenommen und benutzte den für unsere nicht-italienischen Ohren brutalen Ausdruck »ingrassare«.

Aha, rechnete man unwillkürlich nach, dann wog sie in der Ehe nur fünf, nicht acht Kilo mehr als heute. Es war zum Vermummen!

Hier, unter den warmen, stofflichen Ballungen des Seewindes im künstlichen Dämmern verliert sich die Feindseligkeit. Bis auf Roy sind sie ja alle weit genug weg.

Man darf vor sich selbst nicht unterschlagen, daß Willaert, als Frau Fesch ihn unbeschwichtigt ansah, fest entschlossen, ihm wenigstens die Manuskriptblätter als Signal ihrer Mißbilligung zu verweigern, noch etwas mit schmeichelnder, kongodunkler Stimme hinzufügte: »Warum haben Sie eigentlich nicht versucht, meine Übersetzung zu korrigieren, ich meine abzuschwächen, wie es Frauen doch so gut verstehen? Sie hätten das Gebrechen des Jungen sehr leicht mildern, als Verständigungsproblem zwischen diesem Quapp-Weib und mir hinstellen können. Ohne weiteres hätten Sie das glaubwürdig hingekriegt. Und ich, ich hätte mich nicht gewehrt. Ich hätte mich in gewohnter Eleganz entschuldigt für ... einen Interpretationsfehler. Warum also nicht, Frau Fesch?«

Willaert ist ein Teufel.

Was fühlt man zur Zeit? Fühlt man etwas Nennenswertes? Man weiß es nicht. Man riecht das Wasser, die gestauten oder flutenden Wassermassen, riecht sie stärker, weil man sie hört und spürt, aber nicht sieht bis auf die weißen Zahnreihen eben. Man muß einfach glauben, daß da hinten, im dichten Unsichtbaren, immer weiter und weiter irgend etwas sitzt, steht oder liegt, sich zuverlässig aufhält und die Leere okkupiert, so unwahrscheinlich das ist. Die Frage müßte allenfalls lauten: Warum ist man nicht darauf gekommen?

Leichter wird es, wenn man sich vorstellt, was ein später Promenadengänger über Roy und Frau Fesch denkt, wenn er sie hier zwischen Sand und Kachelweg ausgestreckt, auf die Ellenbogen gestützt, entdeckt. Es hängt natürlich davon ab, wie scharf er sehen kann. Erkennt er wenig, wird er sich diskret abwenden, erkennt er viel, wird er Hilfe holen.

Tatsächlich hat Roy nun fast zu lange wie ein ohnmächtiger Schwerverletzter hier still gehalten. Hat ausprobiert, wie das Totsein ist. Jetzt versucht er, ohne sich zu bewegen, mit nach oben und hinten gedrehten Augen über den Platz weg das Leopold-Standbild ins Visier zu nehmen. »Antwerpen«, sagt der Kindskopf mit wackliger Stimme, mit häßlich schnarrender Halbstarken- und Stimmbruchstimme. »Meines Wissens das größte Juwelenzentrum der Welt. Jaja, jaja. Diamanten aus Afrika! Machen sieben Prozent des belgischen Außenhandels aus. Wußten Sie, daß man dort jetzt Angst um den guten Ruf hat und von ›Konfliktdiamanten‹ spricht? Auch ›Blutdiamanten‹ genannt. Wenn das bloß nicht das Weltgewissen spitzkriegt: Beste Ware, aber aus unedlen Quellen, also Sklaverei und unerlaubte Waffengeschäfte, jaja, jaja, da setzt es prompt Geschäftsschädigung, und dann geht die Welt unter.«

»Warum betrinken Sie sich nicht ein bißchen?«

»Morgen. Das hebe ich mir für morgen auf. Jaja, jaja.«

Er will also sein Unglück schmecken und auskosten. Bitte sehr.

Die Impala wurde von einer anderen Sache dann wirklich und plötzlich erschüttert. Sie atmete ein mit stürmischem Hauch und biß sich beim schon fast unflätig lauten Ausatmen mit den auseinanderstehenden Schneidezähnen in die Unterlippe. So verharrte sie, großäugig, die Haarzacken vibrierten. Und was war geschehen? Sie hatte ihren Teddy auf einem anderen Tisch entdeckt. Er saß da zwischen Aschenbecher und Bier und glotzte sie an. Ungeheuerlich. Irgendwann mußte sie natürlich die Schreckstarre aufgeben und einen Blick, dem wir alle bis auf Roy gebannt folgten, dahin werfen, wo ihr Maskottchen jetzt fehlen würde. Es fehlte aber nicht.

Maurizio blieb es vorbehalten, als erster den logischen Schluß zu ziehen. Vermutlich hatte der Bruder Bettys vor kurzem in diesem Lokal seine Runde gedreht und einen mitfühlenden Menschen angetroffen. Er bestand hier aus zwei Herren. Einer von den beiden, dachte man, wird ein jüngerer Vater sein. Vielleicht war der Verkäufer sogar noch im vorderen Bereich der Terrassen tätig. Wir hätten also um ein Haar alles wieder von vorn erlebt: Verblüffung und entzücktes Lächeln bei jedem der hervorgeholten Teddys, an jedem Tisch wie zur eigenen Überraschung, dann natürlich die schmerzliche Prozedur des Einpackens. Währenddessen pulsierte mit Geschrei die gänsehalsige Seeanemone hinter der Böschung hoch und verschwand wieder.

Da, man traute seinen Augen nicht, erschien auf dem hellen Weg am jenseitigen Ufer Betty, Betty in schwarzem ärmellosem Kleid im Laufschritt! Doch, es war wirklich unser Confidence Girl, unverkennbar die weißmolligen Arme, rundum rund in den Rumpf eingedreht, die immer eine Intimität (aber welche nur?) andeuteten und die sie gegen die Brüste preßte, als würde sie ein bißchen frieren oder sich niedlich grausen. Dabei hatte sie doch heute ihren langen Tag. War sie denn wegen eines Notfalls unterwegs? Ausgerissen? Sie konnte nicht wissen, daß wir anderen und ihr Vermummter hier sitzen würden, äugte aber, uns direkt gegenüber anhaltend, offenbar suchend herüber, rieb sich die Fäuste in den Augenhöhlen, dachte also nach und winkte uns. Aber merkwürdig, obschon die schwarze Gestalt nun durch das Rudern der weißen Arme auffiel, hatte man zugleich den Eindruck des Heimlichen, Unterdrückten. Vorsichtig Anfragenden? Wollte sie niemanden in Verlegenheit bringen und lieber abwarten, ob wir geruhten, sie wahrzunehmen? Sie kannte ihren de Rouckl wohl sehr gut. Gerade jetzt nämlich mußte er sich sehr mit seinen Pulloverumschnürungen beschäftigen und blickte gar nicht auf.

»Betty!« rief Maurizio dem Schabrackenmolch ins Ohr. Willaert belohnte ihn dafür mit boshaftem Lächeln. De Rouckl jedoch, nun gezwungen aufzusehen, wurde gleich entlastet. Drüben, auf dem Weg, der die auf ihm Wandelnden so deutlich hervorhob, traf, ebenfalls im Laufschritt, von der anderen Seite der Teddybruder bei Betty ein, die sogleich mit heftigen Bewegungen auf ihn einredete.

Der weiß-goldene Hund mußte inzwischen zurückgekehrt sein. Wieder tappte er ins Wasser und nahm die Verfolgung von Stockenten auf, die sich darüber zu freuen schienen und ihn in aller Beschaulichkeit veranlaßten, mal entschieden hierhin, mal zielbewußt dorthin zu schwimmen, wie es ihnen gerade in den Sinn kam, den Lockenten, und man wußte ja zuversichtlich, daß sie, falls er ihnen bei einer Unachtsamkeit ihrerseits doch zu nahe käme, immer noch auffliegen konnten und den Hund erschrecken mit gewaltigen Fontänen und großem Startgetöse.

Einmal streckte Betty wie sehnend die hellen, fleischigen Arme nach uns aus, und sogleich packte der Bruder sie an den Handgelenken und preßte sie fest, ja man könnte meinen, gewalttätig gegen ihren Körper. Den Beutel mit den Teddys trug er bei sich. De Rouckl war nun ganz entkrampft und beobachtete kopfschüttelnd die Szene. »Immer der Bruder!« sagte er eingeweiht. Das Winken Bettys hatte allerdings ein anderer auf sich bezogen, wie sich jetzt zeigte, genaugenommen waren es zwei, nämlich die beiden Herren am nahen Tisch. Sie hatten sich entmaterialisiert, mußten dabei aber gerannt sein wie die Teufel und tauchten nun bei Betty auf in einem Moment, wo der Bruder ausholte, um ihr einen Schlag mitten ins Gesicht zu versetzen, hier, in aller Öffentlichkeit. Der Vermummte war ächzend aufgesprungen, konnte sich nun jedoch, da Retter eingetroffen waren, wieder sacken lassen.

Ja, so ist es abgelaufen, da täuscht man sich nicht. Das Mütterchen war wohl eingenickt, es machte sich überhaupt nicht bemerkbar, nachdem es seinen privaten Coup ein für allemal gelandet hatte. Die Herren nahmen am jenseitigen Ufer die doch gar nicht ausgeführte Handlung des Bruders so schwer, daß sie ihn beide gleichzeitig ruppig am Arm faßten und damit la povera Betty in noch größere Verzweiflung stürzten. Uns schwante natürlich längst etwas anderes, am schnellsten roch Willaert den Braten. »Weg damit«, befahl er der Impala. Die wußte auf der Stelle, daß ihr Bärchen gemeint war, und ließ es in ihrer Tasche wortlos verschwinden. Die Herren hatten es wohl noch nicht an ihr entdeckt.

Was hat Roy eben, wieder nach ausführlicher Pause, von sich gegeben? »Lurchi, Mecki! Sie ahnen ja gar nicht, wie fanatisch die Leute sammeln. Erwachsene Familienväter darunter. Das ist wahre Leidenschaft, und Lurchi und Mecki, die enttäuschen nie. Damit kenne ich mich aus. Jaja, jaja.« Er holt etwas aus seiner Jackentasche und zerreißt es, etwa achtmal hört man das Längs- und das Querreißen. Die Fotos! Dann hangelt er sich, ohne aufzustehen, zum Papierkorb und wirft sie hinein.

Es sei besser so, man wisse nie, erklärte Willaert kurz und bündig, wünschte keine weiteren Nachfragen, man stellte sie auch nicht. Viel zu sehr waren wir im Bann – nicht nur das Mütterchen, auch ihr Enkelkind schien dagegen in eine Art Schlaf gefallen zu sein – der stummen pantomimischen Ereignisse, die sich zwar nicht, was alles noch zweifellos gesteigert hätte, im See verdoppelten, aber doch durch den ihnen zu Füßen gelegten Wasserspiegel den Festglanz erhielten.

»Was macht die Wunde?«

»Blutet leider nicht mehr. Jaja, Lurchi und Mecki, alles von früher. Ich verdiene daran. Die sind meine Existenzbasis. Einerseits Lurchi, andererseits Mecki. Weltweite Sucharbeit.«

Die Männer nahmen den Bruder energisch am Arm, er wehrte sich nicht, und führten ihn mit sich fort. Betty rang die Hände, hob die Arme bis über den Kopf, wie bereit, sich in den flachen See zu stürzen. Man zeigte sich unbeeindruckt von ihren Achselhöhlen. Wir wußten wieder nicht recht, ob sie nur die Herren um Nachsicht bat oder uns, am anderen Ufer, um Hilfe. Der Schabrakkenmolch grunzte vor sich hin – »Ich kümmere mich um die Rechnung«, sagte Willaert und ordnete so, vor Zeugen, er sprach ausdrücklich englisch, den Aufbruch des von der Welt Enttäuschten an –, erhob sich schließlich sehr unzufrieden und verließ uns, wohl um der anscheinend weinenden Betty, wenn nicht den Weg zu uns abzuschneiden, so doch ihr im Zeichen eines erwarteten Beistands rechtzeitig zu begegnen und sie bei ihren Pflichten im Hotel zu verstauen.

»Dieser Teddybruder hat einen Mund wie das Arschloch Luzifers«, kicherte Willaert plötzlich sorglos. So? Woher kannte er es denn?

Zum ersten Mal sieht man es klar vor sich: Willaert ist die Sonne, bei deren Auftauchen der Mond namens de Rouckl, bereits damals in der Rezeption fing es an, verblassen muß. Ob eine nährende Antwerpener Lichtspende dem Vermummten wenigstens zuverlässig den Lebensunterhalt besorgt?

»Rückfällig geworden, der Bursche. Schon hat die Polizei einen Wink gekriegt. Armes, gutes Mädchen Betty«, sagte Willaert. »Hat's nicht leicht mit den Männern. Den Teddy geben Sie mir, teure Sonia, nachher lieber zurück. Ist in jedem Fall besser so. De Rouckl übrigens soll sich nicht anstellen. Sein eigener Bruder dekoriert berufshalber kalte Platten, ist Aufschnittplattendekorateur. Wenn sie fertig sind, malt er sie in Öl ab, sein Hobby. Hunderte! Und gesammelt werden die Bilder sogar auch. De Rouckl schämt sich deswegen, schämt sich zwischen Bruder und Betty.«

Wo man sich hier wohl die Hände waschen könne, fragte die Impala den hochschreckenden Roy. Wie zartfühlend leicht verschämt sie tat und sich ausdrückte, um ihm alle Scheu zu nehmen! Zog sie nicht sogar ein wenig die starren Spitzen auf ihrem Kopf ein? Roy glotzte sie eine Weile nur an, ohne den Mund bewegen zu können. Das Rotduckerchen bemühte sich sehr, den erregten Adamsapfel keineswegs anzusehen, und wartete geduldig. Denn dann brach natürlich eine ganze, von kaum bezwungenen Schluchzern unterbrochene Doktorarbeit über sie herein, nur, um den Weg zum Klo zu beschreiben. Sie lächelte ein wenig matt, legte sogar im Aufstehen leicht die Fingerspitzen auf seine Schulter, ermutigend, begütigend, er durfte es sich selbst aussuchen. Glücklicherweise konnte sie von hinten nicht bemerken, wie sich sein Gesicht dabei verkrampfte und alle Empfindungskräfte schräg hoch zu jenen kleinen Abdruckflächen wanderten, die ihn bissen und streichelten, vergifteten und balsamisch beträufelten. Wir anderen mußten es leider konstatieren. Anstoß nahm niemand daran, nur Maurizio zog ein bißchen die Brauen zusammen, eher ein angedeutetes Zeichen als ein echter Anflug von Mißtrauen.

Die unberührt morgenfrische Hemdbluse! Die ließ sich einfach nicht übersehen, als sie nun nach ihrer Tasche griff und davonschritt, um die Biegung des Restaurants herum, die sogleich zur Leitidee des Hüftschwungs der Impala wurde. Fort aus unserem Gesichtsfeld federte unser Springböckchen.

Prompt regte sich keifend die Seeanemone mit vielen Hälsen, und diesmal, sieh an, kamen weiße und graue Gänsekörper unter jedem Hals wie selbstverständlich dazugehörend wohlgerundet auf starken Füßen zum Vorschein, schwankten pomadig die Böschung hoch, um nach dem Rechten zu sehen, vereinzelten sich, ohne eine Sekunde schweigen zu können, gingen hierhin und dorthin, wechselten bedeutungsvoll und sinnlos die Plätze – wir staunten die Kraft und Größe dieser Tiere bei ihrem stolz-gemütvollen Paradieren aus der Nähe an – und zogen sich am Ende, wie es schien, unverrichteter Dinge zurück, glaubten auch, ihr preisgegebenes Geheimnis wiedererlangen und es unbeschädigt den Abhang mit sich hinunternehmen zu können, ließen die Rümpfe miteinander verschmelzen und nur die Hälse, dann nichts als die klugen Köpfe sehen, bis auch die entschwanden.

Wer weiß, wieviel Zeit dabei vergangen war? Es hatte ja niemand auf die Uhr geachtet. Nur wurde es jetzt schon kühler. Der Schabrackenmolch hätte zumindest das schneller als wir anderen bemerkt. Das Mütterchen kuschelte sich im ganz vergnügten Halbschlaf in seine Jacke. »Der Schlaf der Gerechten«, meinte Willaert und versuchte, dem unverändert bleichen Roy männlich aufrichtend zuzuzwinkern.

Der aber hörte nun wohl die Impala hinter sich. Wieder das Gesicht, als würde sie ihn mit ihren Fingerspitzen auf der Schulter marternd trösten! Immerhin widerstand er konzentriert der Versuchung sich umzudrehen und verzog die Lippen ein wenig, als er, noch ohne sie vor sich zu haben, feststellte, daß er sich nicht getäuscht hatte im Erraten ihrer Schritte. Ein gewisses Kunststück bei so weichen Sohlen.

Sie wirkte ja aber ganz anders als vorher.

Die Hemdbluse! Es lag jedoch nicht an der. Die war nicht mehr frisch, nicht direkt fleckig, aber auch nicht wie unbenutzt, sehr schnell gealtert vielleicht. Das Gesicht mußte den entgegengesetzten Weg gegangen sein. Mit dem Raffinement seines kosmetischen Handwerks hatte sich unser Klippspringerchen vor dem Spiegel in eine perlmutterne Rarität verwandelt, ohne daß sich irgendwo die kleinsten Erneuerungsarbeiten ihrer Schminke nachweisen ließen, als wäre das alles der Ausbruch eines nicht länger zu begrenzenden und vom Herzen zu zähmenden Schimmerns. Wahrhaftig, mehr denn je bot sie sich uns dar als sanft betaut blühende und durchblutete Taglilie.

Kleiner Profi, dachte Frau Fesch anerkennend. Wie naiv war es zu glauben, sie, die schläfrige Hemerocallis, benötige irgendeine Erweckung.

Willaert: »Ah, die rosenfingrige Morgenröte!« Auch er konnte sich dem lautlosen Paukenschlag ihrer Schönheit jetzt gar nicht entziehen, dem aus Schnee modellierten Schlafwandlerinnenhals und Antilopenprofil, dem in hochmütigen Spitzen goldglänzenden Haarmassiv über allem. Willaert nickte Maurizio anerkennend zu, münzte das eigene Erschrecken über die Macht des Mädchens, ohne lange zu zögern, um in ein Lob für den anständigen Geschmack seines Knappen.

Die Impala hatte nun, da sie nicht mehr flehmte und im Sehnen ihre Energie verschwendete, um sich herum einen so knisternden Schein von Lebenslust, daß sogar ihr offizieller Liebhaber, sich erinnernd, das Kinn in die Hand stützte und sie betrachtete wie ein süßes, nie recht verstandenes, aber wenigstens neu aufgetauchtes Bild aus verschollenen Tagen.

Betty und ihr Bruder, die Drogenfahnder und der Vermummte: Sie alle waren vergessen. Es zählte nur die

Impala, und es erhöhte ihre Zauberreize, daß sie unsere Fassungslosigkeit spürte und fast peinlich berührt oder sogar schuldbewußt, absurderweise, wie man da noch glaubte, unsere Blicke abzuschütteln versuchte.

Unglücklicherweise lacht gerade aus der dunklen Strandzone eine junge Frau laut auf, einmal, noch einmal und ein bißchen vulgärer schon. Roy hält den Atem an, um nicht aufzustöhnen in der den anderen so zugänglichen tiefschwarzen Sommernacht.

Und Frau Quapp? Die gab jetzt einer unverkniffenen Freude an dem hübschen Püppchen nach, nun, wo sie ihr Enkelkind vor der Stupenda gerettet und in endgültiger Sicherheit wußte. Noch mehr als die anderen hielt sie offenbar das vom Toilettengang zurückgekehrte Mädchen für nicht identisch oder das nur kaum und unwesentlich mit der gefährlichen Person davor.

Dabei war das in Jeans gesteckte Pflanzenfresserchen jetzt noch bedrohlicher für Roy geworden. Wie er sich, ihr kaum einen Blick gönnend, vor Liebe grauste, viel schlimmer als am Morgen! Vor Liebe hatte er sein Handikap vergessen, vielleicht sogar sich selbst, den Rest der Menschheit ohnehin, bemühte sich allerdings inständig, einen Splitter oder ähnliches aus seiner Daumenkuppe zu entfernen. Natürlich, das Vordringliche zuerst. Für Bewunderung hatte er leider keine Zeit, vor allem fehlte ihm die Kraft, sich noch stärker von Sonias feurigem Schein verbrennen zu lassen. Der Splitter, den er sich plötzlich aus der Luft gefangen haben mußte, forderte seine inbrunstige Aufmerksamkeit. Nur gelegentlich konnte er der Impala ein Blinzeln, ein knappes Hochschielen zugestehen. Dabei hätte er ihr Bild am liebsten, wie die Pilger in Aachen bei der Heiligtumsfahrt die vom Domturm gezeigten Reliquien, in einem Spiegel aufgefangen, um sie wenigstens auf diese Art zu besitzen. Während er sich aber nun so emsig mühte, griff sie über den Tisch weg nach seiner Hand und drehte, seine Finger in ihrer Handmulde weich bettend, insgeheim wohl froh erregt durch ihn oder vielmehr etwas ganz anderes, von dem wir alle nichts wußten, den von Roy bearbeiteten Daumen in freundlicher Absicht zur Untersuchung unter ihre Augen.

Roy unterstellte ihr im ersten Moment gut sichtbar das Gegenteil. Man sah das wütende Zucken, als wollte er ihr die beim Schwindeln ertappte Hand entreißen. Fast hätte man dem Dummkopf einen Tritt vors Schienbein gegeben, auch Willaert begann resigniert den Kopf zu schütteln, als doch noch Erfahrung und Zuversicht im Stuntman siegten. Mit wahrhaft riesigem Aufwand an Nervenstärke überließ er seine Pfote, die sich mit dieser Erlaubnis kükengleich einschmiegte, der Impala.

Taktvoll erwähnte sie den fiktiven Splitter gar nicht erst. Als wäre es vorher ausgemacht worden, neigte sie sich über die Innenfläche der Hand und betrachtete murmelnd ihre Linien, zog sie auch leicht mit dem Fingernagel nach, so daß Roy zu aller Bitternis der Wonne nun auch noch widerwillig schmunzeln mußte. Sonia erwähnte flüsternd wahrsagend, niemand vernahm Genaues, das war auch nicht der Sinn der Sache, den Namen ihrer »nonna«. Sofort stellte das Mütterchen mißtrauisch die Ohren auf. Doch nicht? Hätte aber gut sein können.

Wir rührten uns ja alle nicht. Frau Fesch wiederholte den vorgestrigen Blick durch die Scheiben der Ensor-Taverne auf eine entrückt in einem leeren Raum selig trudelnde Gesellschaft. Diesmal gehörte sie selbst dazu. Selbst Willaert war der Grund für seine Anwesenheit entfallen in diesen träumerischen Minuten vor der dann so schnöde einbrechenden Hektik. Oder erwog er doch heimlich, ebenso wie die Impala die Hand von Roy ergriffen hatte, diejenige von Maurizio wegen vor-geschobener Prophezeiungen zu drücken?

In dem Fall wäre Frau Fesch wieder mal nur die Partnerschaft der Frau Quapp geblieben. Höchste Zeit, daß sich alles vierundzwanzig Stunden weiterdrehte! Wie saß man doch fest an diesem Tisch und wollte, daß die Nachmittagsstunden des nächsten Tages über dem Meereshorizont freudenvoll heraufglühten. Was hockte man hier mit den fremden Leuten herum und machte es nicht anders als Roy. Nur daß sie alle der vorgetäuschte Splitter waren, Ablenkungen, während sich die Gedanken woanders versteckten. Gedanken? Nannte man das nicht eher: Gefühle? Das überkam Frau Fesch ohne Anmeldung.

Um die wirklichen Wunden und das echte Blut in Roys Gesicht, hier, unter dem Leopold-Standbild, sollte sich die Impala lieber kümmern. Er würde sie wohl kaum an sich heranlassen. Sie schlagen, ihr regelrecht eine runterhauen, wie sie es verdient? Man kann es nicht sagen, hier, in der salzigen und klammen, warmen und wogenden Luft könnte das schon passieren. Und wenn sie ihn dann noch einmal mit ein bißchen Fingerspitzen-getupfe besänftigen und in die Knie zwingen würde? Man muß es nicht befürchten. Sie wird sich nicht bemühen, hat anderswo zu tun.

Man machte dann die Probe aufs Exempel, das heißt, man unternahm den Versuch auszureißen, dahin, wo sich schon nacheinander Roy und das Rotduckerchen hin retiriert hatten, sich also aus der Erstarrung zu lösen mit ein paar selbständigen Schritten, um die Restaurantbiegung herum. Verzichtbar war man augenblicklich am Tisch ohnehin, trat, wieder an eigener Festigkeit gewinnend, in das Gebäude und sah zum ersten Mal von innen geradeaus durch den großen Speisesaal und die weit geöffneten Türen auf die Vorderterrassen, die unter diesem Blickwinkel sommerlich übersprenkelt, geradezu stimmungsvoll überschwenglich wirkten. Hörte man nicht auch Musik? Man wandte sich aber nach rechts, die Treppe hinunter in den Keller zu den Toiletten und Waschräumen, alles für größeren Menschenandrang geplant. Unwichtig, diese Architektur, aber man hat sie behalten, als gehörte sie zur Konstruktionszeichnung der folgenden Ereignisse: geradeaus die nachmittäglich überschwärmten Sonnenplattformen, rechts die steile Treppe in die Tiefe.

Erst auf dem Rückweg, beim Hochsteigen der letzten Stufen bemerkte man den mit auffälligen grün-blauen Polstersesseln möblierten Salon, der, wenn man das Restaurantgebäude betrat, links lag und dessen konvex gewölbte Fensterreihe, ah und oh, die verruchte Fensterreihe, die gerundete Hinterwand unseres schmalen Terrassenwegs bildete, die Fensterreihe, deren Gardinen teils vorgezogen, teils zur Seite geschoben waren. Es hielten sich keine Gäste in dem Raum auf, der auch vollständig im Schatten lag und für besondere Gelegenheiten, sicher meist familiären Zuschnitts, reserviert zu sein schien. Deshalb hob sich die einzige Person gleich beim flüchtigen Hinsehen deutlich ab. Hätte sie ein bißchen seitlicher gestanden, wäre sie Frau Fesch entgangen.

»Durch Sonia bin ich erst richtig zum Krüppel geworden, vorher war es gar nicht so furchtbar, Lule Bilalu hat es überhaupt nicht gestört. Ohne Sonia bin ich erst recht einer.« Roy entschließt sich, wieder einen Sprechversuch zu wagen, strengt sich an, aus Diskretion dabei stotternd zu lachen, das ist ehrenwert, natürlich. Er fügt sogar, von rasendem Galgenhumor ergriffen, hinzu: »Das ist mein Schicksal, vom Regen in die Traufe, vom Krüppel zum Superkrüppel, jaja, Superkrüppel und Lurch.«

Immerhin kein Schabrackenmolch. Kann sein, daß Roy auf dem Weg der Besserung ist. Köstlich, von einem richtigen »Schicksal« spricht der Kleine schon! Diese sehr jungen Leute mit ihren Gesichtern, in denen selbst der Schmerz nur wie ein flacher Außenabdruck in frischem Hefeteig sichtbar wird. Wenn sie erst solche Einschnitte haben, daß selbst die Freude keine wesentlichen Umgruppierungen der Züge mehr schafft, gehen ihnen dann die Augen auf?

»Wissen Sie was?«

Wieder dieser halsbrecherische, verspätete Stimmbruchlaut: »Wissen Sie, wie ich mir vorkomme? Als würde ich mich selbst durch Wassertropfen beobachten, nämlich zersplittert, perforiert.«

Als Roy noch den Mund hielt, war es fast angenehmer hier draußen. »Durchlöchert, ausgetauscht, annulliert. Ausgetauscht mit Lurchi und Mecki. Leider nur partiell. Entschuldigen Sie, war wohl eine Entgleisung. Bitte nichts Blödes denken. Der Blutverlust ist schuld. Mit Lurchi, Mecki ... und Teddy. Wer hat den jetzt eigentlich? Willaert? Vielleicht wird er gerade in Antwerpen aufgeschlitzt und in einer Mülltonne beerdigt.«

»Sie sind sicher, daß Sie nicht doch ärztlich versorgt werden müssen?«

»Lächerlich! Ärztlich!«

Da stand er also, der kleine knittrige Mann und machte sich nicht die Mühe, sich vor Frau Fesch zu verbergen, lehnte sich in der Nähe der Gardinen gegen eine hohe Sessellehne und führte zwischen Mittel- und Ringfinger seine Zigarette zum Mund. Der Spanner und Spitzel grinste Frau Fesch an – eine alte Bekannte inzwischen, nach unserem intimen Blickwechsel konnte er jede Scheu fallen lassen –, als wollte er ihr spendabel eine anbieten, falls sie Verlangen danach spürte, und seine Miene gestand alles nicht weniger generös: Hier, für uns verborgen hinter den Gardinen, aber mit freier Sichtschneise, hatte er uns die ganze Zeit über ins Visier genommen und kontrolliert, wie die Impala seinen Zeichen, wenn nicht Befehlen folgte.

Voyeur! Augenzeuge? Schnüffler!

Man sagte das natürlich nicht laut, aber der Spion las die Gedanken und bekümmerte sich nicht im geringsten darum, die Hand, die er nicht zum Rauchen brauchte, bequem in der Hosentasche untergebracht. Der Agent tat hier nichts weiter, als streng ökonomisch seine Ziele in Angriff zu nehmen, befand sich auch wohl schon im Endspurt und in entsprechend blendender Laune. Schließlich hatte er eben der keineswegs begriffsstutzigen Taglilie die Hemdbluse eigenhändig fälteln dürfen zu deren gewaltiger Begeisterung, die jede Verschönerungs- und Strahlkraft eines herkömmlichen Make-ups dann auch spielend ersetzte.

Wann hatte er Gelegenheit gehabt, ihr diesen Rendezvous-Ort zuzuflüstern oder auf einem Zettelchen zuzustecken? Seit spätestens gestern abend, als Betty und Frau Fesch die anderen vorzeitig verließen, gab es zwischen den beiden Verrätern Kontakt. Deshalb auch war uns zum Frühstück eine verwandelte Impala entgegengetreten, für den Rest des Tages erst recht. Beide mußten sich während seiner Fuchsjagd nach Blankenberge und zurück sehr vergnügt haben.

In wahrhaft ausgesuchter Unverschämtheit legte der Schnitzeljäger einen Finger auf den Mund, und zwar so, daß es wie eine angedeutete Kußhand aussah, nickte lachend und wiegte sich zu Recht in Sicherheit. Armer Roy! Konnte man sich hier etwa einmischen? Das Mädchen war von Anfang an in Gedanken immerzu bei diesem Kerl gewesen. Nicht anders jetzt. Man stand nicht dicht genug an den Scheiben, um sie zu sehen, und ging auch schnell weg von denn Männchen und Schürzenjäger, um nicht länger die impertinenten Augen zu spüren.

Willaert sah gerade auf die Uhr, gab einen kurzen Pfiff von sich und stellte sein Telefon an. Was mochten die beiden verabredet haben, erwog man noch, in Gedanken versunken, als es klingelte. Der Anrufer hatte wohl schon den ganzen Tag von einem Fuß auf den anderen getreten. Sogleich begann, auf flämisch wohl, ein erregtes Gespräch, bei dem Willaert zweimal aufsprang und sich wieder setzte. War wohl verrückt geworden, der betagte Truthahn. »Godverdomme!« schrie er zum Schluß, Ende des Telefonats. »Wie die kleinen Kinder!« Willaert gelang ein beinahe überlegenes Lachen. Er hatte sich bereits wieder in der Gewalt. »Ein bißchen geschäftlicher Ärger. Man kann sich nicht mal einen Tag Unterhaltung gönnen. Man muß sie beaufsichtigen. Debile!«

Er wandte sich an die Impala. Oh sie Maurizio für diesen Abend und den größten Teil der Nacht entbehren könne? Er hoffe, von ihm jetzt gleich nach Antwerpen chauffiert zu werden und dann in wenigen Stunden wieder zurück. Willaert wartete gar nicht auf ihre Antwort, sondern machte sich rasch einige Notizen.

Dabei fiel die Reaktion auf seine Eröffnung vielgestaltig, in einer anderen Situation auch für ihn gewiß unterhaltsam aus. Sonia hatte ein heuchlerisches Schnütchen gezogen. Es fiel ihr aber doch schwer, die unbändige Freude – das würde hinter den Gardinen auch ein gewisser Beobachter wahrnehmen, und sie wußte es! – über Willaerts Plan zu verhehlen.

Maurizio hatte blanke runde Augen bekommen vor Glück (er rieb sich sogar die Hände, um es allen anzuzeigen), seinem Lehrer und Sponsor mit allen Kräften und Geschicklichkeiten dienstbar sein zu dürfen. Wird das eine Raserei und Spritztour! stand stürmisch auf seiner Stirn geschrieben. Nun liebte er Willaert wohl schon bodenlos. Bei Roy dauerte es etwas länger. Erst als er sich von der diebischen Fröhlichkeit der Impala überzeugt hatte, begriff er, so wie ihm das möglich war, die Gunst der Stunde: Die Impala war seine Komplizin. Alle Befürchtungen ungültig! Da preßte er seine Hände, daß die Knöchel weiß wurden.

Wir brachen auf. Willaert ergriff den Arm von Frau Fesch. Als Beweis, daß sie ihm seinen »Übersetzungsfehler« verzeihe, müsse sie das »Blaue Pantöffelchen« an der Rezeption hinterlegen.

»Pantöffelchen! Ach gleich, gleich endlich geht's in die Pantoffeln. Ich wünsche sie mir schon seit Stunden an die Füße, die sind mir einfach zu schwer. Deshalb trage ich immer Schuhspray bei mir zum Dehnen«, sagte Frau Quapp, »davon habe ich mir heute morgen versehentlich was ins Gesicht gesprüht, keine Rheumasalbe. Am Abend kann man es sicher zugeben. Fühlen Sie nur die Dicke!«

Was wohl die beiden kleinen Strandschwarzen auf ihrer Schaukel bedeuteten? Man hoffte doch zuversichtlich, noch einmal dahinterzukommen.

Das Mütterchen hatte sich zwischen Willaert und mich gedrängt, mich geradezu weggestoßen. Was gab es für sie denn noch zu tuscheln? »Haben Sie gesehen, was für böse Augen Frau Fesch hat? Die haßt uns alle. Warum spioniert sie uns dann so nach, Herr Willaert?«

Die Bemerkung versetzte Frau Fesch einen Stich. Schrecklich, daß ihr selbst das dumme Mütterchen auf die Schliche kam. Es stimmt ja, man ist an ihnen allen interessiert, aber selbst auch nur ein schwacher Mensch. Es sind zu viele. Schließlich kann man keinen einzigen von ihnen allen mehr sehen, egal welchen.

O Gott, hoffentlich stellt sich so eine Grille nicht ausgerechnet morgen ein, wenn das Schiff nichtsahnend heranrauscht, springt Frau Fesch nicht an aus dreckigem Nest und läßt es sich bei ihr wohlergehen! Ist man, unter einer gewissen oberflächlichen Biederkeit, nicht überhaupt ziemlich verwahrlost in der langen Zwischenzeit?

»Einmal«, sagt man laut vor sich hin, Roy soll es ruhig hören, vielleicht steckt irgendein Nutzen für ihn darin, wenn nicht, kann man es auch nicht ändern, »bin ich im Gebirge gewandert. Es lag Schnee, an manchen Stellen wurde es plötzlich glatt. Diese Vereisungen tauchten unversehens auf, aber man ging ja im Grunde auf einem gesicherten Wanderweg bei feuchtem und nur wenig nebligem Wetter von der Höhe ein Stück tiefer, erreichte die Baumgrenze, wanderte durch den Waldschnee auf einem vorbereiteten Pfad in vielen Kehren bis hinunter in den steilen, schattigen Taleinschnitt eines Bachbetts. Man sah schon von oben, wie sich das Wasser zwischen großen Steinen und umgefallenen Bäumen gliederte, alles klobig überwölbt vom Schnee, dunkelfingrig zwischen dem fast modrigen Weiß in der Tiefe. Da auf einmal, auf einer geraden, aber überfrorenen Strecke an der Schräge des Abhangs, konnte ich vor Entsetzen nicht weitergehen. Angst vor dem Absturz, sagte ich mir zum Trost und mit Vernunft, während ich mich mit Knien und Händen auf dem Eis festhielt. Die Gefahr war ja nur sehr klein, das Zittern und Grauen, das mich von unten anhauchte und gerade hier angriff, in meine Kehle biß und um die Kniekehlen strich, das aber war ohne die geringste Vernunft. Es paßte gar nicht, war nur beim allerkleinsten Anlaß, auf der Suche nach einem geeigneten Aufenthaltsort losgesprungen.«

»Sie meinen, das kleine Mädchen sei meiner großen … Sympathie nicht würdig«, antwortet Roy nach einer Pause. Natürlich, er denkt nur an sich und sein amouröses Debakel. Dachte in Wirklichkeit auch Frau Fesch daran? Ach, geht alle zur Hölle.

»Ist Ihnen die Zahnlücke aufgefallen? Ich habe sie schon auf dem Bahnsteig bemerkt. Wegen der Zahnlücke habe ich Vertrauen gefaßt, ohne sie hätte ich mich nie an eine so schöne Frau herangetraut. Ist schon Mitternacht, punkt zwölf? Ich könnte mir was wünschen.«

Roy mit dem blauen Eimerchen! »Halb zwei.«

»Dann hat mein Sprachbuchhomunculus schon wieder Hochzeit, falls ich die Lektion heute wiederhole. Habe aber keine Lust mehr auf Italienisch.« Was für glänzende dunkle Augen in den Höhlen.

In seiner Bitterkeit spürt er natürlich nicht die stoffliche Ödnis, den blinden Stoff da draußen mit seiner beträchtlichen, wenn auch stumpfen Bosheit. Das stierende Nichts, das es im Auge zu behalten gilt, nein, davon hat er keine Ahnung, wie es uns anglotzt und vorne das Gebiß bleckt und hinten den zahnlosen salzigen Rachen aufsperrt. Er weiß gar nicht, wie gut er es hat mit seinem zierlichen Unglück, das ihn so vollständig gefangennimmt.

Aber Frau Fesch hat doch selbst eine schöne Verwicklung in Aussicht. Schon, aber dem unglücklichen Jungen hier bleibt keine Wahl, Frau Fesch bedauerlicherweise vielleicht doch? Kennt sie etwa nicht das Gefühl, die ewige Verdammnis sei nichts gegen den Verzicht auf das frontale erotische Standhalten und Stirnbieten, das es ohne Bedenken zu erzwingen gilt, weil man sonst wegschmilzt ins Irreale wie die Sandfigur, die von der Flut verstümmelt und ausgelöscht wird und schließlich niemals gewesen ist?

»Hätte der Dummkopf Maurizio besser aufgepaßt, wäre nichts passiert«, Roy kräht wieder im schluchzenden Halbstarkenton, »läßt sich statt dessen vom alten Willaert verführen! Andererseits wäre auch ich keinen Zentimeter an die Blöde, an die blöde Schöne rangekommen. Das bin ich ja immerhin, wenn auch nicht besonders. Schön blöd, Mann, das ist gut.«

Das Stöhnen einer abdankenden Krähe. Roy schämt

sich unverzüglich und verteidigt sich: »Lassen wir die Idiotin beiseite. Willaert hat mich belehrt: Kongo ist das Land mit den ungesündesten Menschen der Welt, Belgien das mit den gesündesten. Jaja, die gehören vom Schicksal her unauflöslich zusammen. Eins oben, eins unten.«

Idiotin also! Das Rotduckerchen hört es ja nicht, es würde auch wohl nur mit der Achsel zucken. Man wüßte aber doch gern, wie Roy zum intriganten Mütterchen steht. »Alles in allem ein schöner Tag, Herr Willaert. Und ich sterbe ja auch gar nicht«, hat Frau Quapp zum Schluß gesagt.

»Ihre Großmutter behauptet, ich hätte böse Augen.«

Roy krächzt auf. »Sie ist ein Satan, aber in diesem Punkt hat sie recht. Das ist mir an Ihnen schon im Zugabteil, also noch vor der Zahnlücke der Idiotin aufgefallen. Sehr böse Augen, wenn auch nicht ständig. Wirkt sicher unhöflich, jetzt nicht zu fragen, warum. Warum, Frau Fesch, heh, kucken Sie nicht huldvoller aus der Wäsche? Aber ich erkundige mich nicht. War bloß eine Scheinfrage. Ich kann mich nur mit dem ganz Nahen«, er schlägt sich auf die Brust, »und mit dem ganz Fernen«, er läßt den Kopf hintenüber Richtung Leopold-Standbild fallen, »beschäftigen. Zwei Privatiers, einer leicht, einer schwer kriminell. Wer weiß, ob ich nicht noch aufhole.«

Man weiß ja, welches Bild er vor Augen hat, egal, ob er sie aufreißt oder zudrückt, und vielleicht nie mehr, eine Weile zu seiner Qual, vergessen wird. Insofern ist sein mimisches Pathos, zumal im Halbdunkel, verzeihlich.

»Eine andere Frage aber muß gestellt werden. Höchste Zeit. Eine Revision liegt in der Luft. Die Überlegung lautet: Ist die Idiotin eigentlich wirklich schön? Hat sie nicht« – Roy versucht mit der Hand Nase und Mund grimassierend nach vorn zu ziehen – »ein eher unnatürliches, menschenunähnliches Profil? Von irgend jemandem ziemlich verschnitten, das Ganze. Obschon ... obschon ich Flöhe kriege. Es juckt überall. Die nähren sich von meinem Blut. Wem danach ist, der kann es natürlich ... hübsch nennen, ganz besonders und unwiderstehlich hübsch. Ich persönlich hatte den Eindruck.«

Unser blutjunger Stuntman spielt sich selbst eine ihm rapid zugewachsene Reife vor. Dabei kennt man das Bild, das ihm sofort wieder alle Gelassenheit raubt, sobald er still ist:

Man hätte sie guten Gewissens halbnackt nennen können, nur war sie nicht so dumm, es wirklich zu sein. Hatte Willaert ihr nicht ahnungslos nahegelegt, die Puppenbrüstchen ganz leicht zu verhüllen? Natürlich nicht mit einem grinsenden und einem greinenden Frätzchen um die dunkel im Kreisrunden sitzende Nasenspitze herum. Die Impala trug ein Netz aus Metallfäden, das ohne Glanz wohl die Farbe von rosigem Puder hatte und also vor der darunter kaum verborgenen Haut allenfalls als Dunst, gefrorener Duft, als leichte Trübung der Kontur zu ahnen war. An ausgewählten Stellen aber, die das Licht und ihre eigenen Bewegungen bestimmten, blitzte der Oberkörper veränderlich auf, dort schimmerten die zu Spiralen dichter gefügten Maschen, die Fläche von der Taille bis zum Schlüsselbein, wo das Hemdchen in einer massiv gewirkten Halsfessel endete, die aber aus demselben zarten Metallgarn gewirkt war und hier in einigen farbigen, aber wie von einem Pastellhauch zugleich wieder beschwichtigten Reflexen nicht nur den Stoff, sondern auch das ihn überfließende Licht energisch bündelte.

Man fragt sich nur eben zwischendurch, ob alle ein einzelnes Schicksal haben. Wenn nicht, möchte einem das Herz vor Gram erstarren, weiß aber nicht, weshalb.

Ob das Textilstückchen nicht kratzte auf der so unnütz verpackten Haut? Das mußte sich doch jeder, der die Impala sah, ohne Zögern fragen. Wer aber zu fragen begonnen hatte, den packte schon Mitgefühl mit dem empfindlichen, aufrecht gehaltenen Körper, der tapfer nicht mit der Wimper zuckte samt den Brustspitzen darunter, und so war es vor allem gedacht. Bei der geringsten Drehung kam es zu kleinen Reibungen, die einen Reiz veranlassen würden. Wie mußte Roy diese zerbrechliche Unnahbarkeit treffen, ein lächerliches, boshaftes Hindernis vor einem Leib, den er immerhin schon an seinem gespürt hat, ein Leib, der durch das Gespinst entmaterialisiert wurde, und das er doch auch widerspruchsvoll, ganz leicht schwitzend vor Lebendigkeit, durchatmete. Um die Taille hatte die Impala ein leuchtend rotes Lederband geschlungen, das überleitete zum engen Rock, ein Satinsockel, aus dem sich der obere Teil wie am Tag aus den Jeans entfaltete, aber im gleißenden Ton der vom Licht getroffenen und sich verzweigenden Adern des Netzes, die, nun begriff man die Idee, von dem grauen Rosa, das eng die Hüften der Taglilie umschloß, aus diesem geschmeidigen Stamm und Organismus fortwährend mit Glanz versorgt wurden. Der grellrote Gürtel verstärkte nur die Subtilität des Transports von unten nach oben.

Das rohe, im Kummer gealterte Enkelkind wird, einen Moment aus größter Nähe, etwas anderes bestaunt haben, und auch das nur – ihm freilich wird das niemals klar werden –, weil die Netzverhüllung schräg zwischen der Hälfte des Oberarms und der jeweiligen Brustwarze zur Halsfassung verlief und also Schultern und Achsel der Hemerocallis ostentativ unbedeckt ließ: die winzigfeiste Fältelung zu Beginn der Achselhöhle, ganz anders als bei der molligen Betty, an der rechten Seite zu allem Übel begleitet von einem Muttermal in der Farbe der

Brustspitze, eine unschuldige, fleischliche Einkerbung. Es waren wohl, ein bißchen unregelmäßig, drei. Sah man es? Denkt man es sich? Drei dunkle Linien, zusammengepreßte Ritzungen, die unser Springduckerchen gleich in doppelter Entblößung, als wäre nichts, zur Schau trug. Davon wird Roy seine Blicke kaum haben losreißen können und hat auch, wer weiß, nicht mal so schnell begriffen in der kurzen Zeit, die ihm gegönnt, vielmehr nicht mal gegönnt war, warum ausgerechnet diese Partie ihn so bezwang und nicht die ihn durch ihre Gitter anstarrenden, ihre Befreiung zwitschernd ersehnenden oder erträumenden Brüstchen.

Ganz zu schweigen selbstverständlich vom mutwilligen Zickzack der Schatten bei jedem Schritt auf dem weichen, zugleich aber auch strahlenden Stoff über den sacht und seidig sich abzeichnenden Hüftknochen. Oben, über all dem natürlich, der Kopf der Idiotin.

Man war auf dem Rückweg wohl zu sehr beschäftigt mit der zugemuteten Übergabe des »Blauen Pantöffelchens« an Willaert gewesen, erinnert sich aber, daß Roy und die Impala zusammen gingen, nachdem Maurizio ein bißchen – was konnte es den in hoffender Gewißheit schwelgenden Roy da noch verdrießen – sein Bräutchen anstandshalber wie ein Fischer seine Bellamaria zur Treue mahnend, getätschelt hatte. Vermutlich hat das Mädchen zu allen Vorschlägen und fixen Abmachungen Roys für Abend und Nacht selig geistesabwesend genickt. Bloß jetzt keinen Lärm, keine Komplikationen durch Widerspruch, um uns desto müheloser zu entglitschen!

Roy kehrte mit einem herrlichen Strauß von Zusagen nach Hause zurück. Der lahme Weber träumte, daß er webe, die kranke Lerche träumte, daß sie schwebe.

Aus dem Hotelrestaurant kam uns Betty entgegen. Wenn man sich auskannte, bemerkte man sofort die verräterischen Abdruckstellen in ihrem weich geschwollenen Gesicht. Weiß der Himmel, sie hatte heute wirklich ihren anstrengenden Tag. »Geweint?«, sagte Frau Quapp, das Köpfchen zufrieden und mitleidig schief gelegt. Es sei ein Mißverständnis, die Verhaftung im Park ein Verbrechen, der Bruder unschuldig, seit damals immerzu unschuldig geblieben, trotz der Teddys, beteuerte Betty gleich im ersten Satz.

Wir verstanden sie nicht recht, aber niemand forschte nach aus Zeitmangel. Wo de Rouckl sei, wollte Willaert wissen und verlangte sonst nicht die geringste Auskunft, den Nachmittag betreffend. Er ruhe, alles habe ihn so schrecklich aufgeregt, versicherte Betty uns allen ernsthaft. Er wolle nun niemanden sehen und habe alles in seinem Zimmer verhängt gegen Geräusche und Licht.

Hier fiel dem Mütterchen erst wieder ein, was sie beobachtet hatte. Sie fuhr sich in ihrem eigenen Gesicht herum, um Frau Fesch aufmerksam auf die Spuren bei Betty zu machen. Dabei zog sie die Schultern ein und begann, wie selbst ertappt, zu kichern.

Es ging dann blitzschnell. Das Auto für ihn und Maurizio warte schon, keine Minute sei mehr zu verlieren, das erneut versprochene Libretto solle Frau Fesch unserem bestimmt nicht zu Trickbetrügereien neigenden Confidence Girl anvertrauen, dann habe er jederzeit Zugriff, je nachdem, wann er zurück sei, Frau Fesch aber, falls nötig, nicht weniger. Los jetzt, frisch machen konnte man sich in Antwerpen. Nämlich in seiner Wohnung, setzte Willaert rücksichtslos nach. Maurizio kniff das Rotduckerchen ins Ohrläppchen zum hochvergnügten Abschied. Roy bemühte sich, höhnisch den Kopf zu schütteln, als handelte es sich um eine erhebliche Taktlosigkeit. Das meiste bemerkten sie alle aber nicht aneinander, nur Frau Fesch mit ihren guten, guten Augen, die legte es nicht darauf an, bekam es aber mit, es passierte ohne ihr Zutun.

Ob gerade jemand einem anderen in einer der Wohnkabinen aus der Appartementmauer fast lautlos den Schädel einschlägt?

Noch im Hotel setzten sich Willaert und sein Moritz ihre neuen Sonnenbrillen auf, lachten wie triumphierende Schwerverbrecher und rauschten davon. Dann stand man allein mit Betty an der Fahrstuhltür. Sie wollte noch etwas loswerden.

»Schon um Mittag fing es mit dem Unglück an. Frau Collin war ausnahmsweise allein ausgegangen, um eine Freundin aus Paris zu treffen. Ihr Mann mag die nicht leiden und hat einen kleinen Spaziergang zum Meer gemacht. Madame und Monsieur sollten lieber immer zusammen sein. Sonst geht es nicht gut. Sehr bald ist er schon zurückgekommen und hier an der Rezeption zusammengebrochen, mir gleich in die Arme! Nicht direkt zusammengebrochen, aber es war ein Schwächeanfall. Er hat sich richtig an mir festgeklammert in seiner Not, ließ mich gar nicht mehr los, wollte aber keinen Arzt. So ein Schrecken. Als seine Frau kam, konnte er langsam wieder aufstehen.« Betty lächelte nicht, nicht einmal arglos, beim Erzählen. »Er war furchtbar blaß. Und auch sein Blick war furchtbar.«

Sie wurde in die hinteren Räume gerufen, preßte zerstreut die Oberarme gegen die Brüste und gehorchte, indem sie, plötzlich müde und viel älter als eben noch, davontappte.

Als man Roy im Laufe des Abends genau an dieser Stelle wiedertraf, hatte er sich vollständig verändert. Er trug sein offenbar bestes Zeug, einen hellen Sommeranzug, wie jetzt, wo er ihn zum eigenen Genuß im Hin- und Herrollen beschmutzt, und wirkte so verstört wie noch nie während der ganzen Zeit. Man war nicht besonders überrascht, hätte sich vielleicht gewünscht, dieser Anzug wäre nicht in seinem Gepäck gewesen, weil er

Roys Unglück so grell herausstellte, daß man es bald schon selbst nicht ertrug. Gefragt werden mußte also nicht, man konnte abwarten, was er selbst erzählen würde, sobald er nämlich endlich aufhörte, so übertrieben zu schwitzen. Roy wischte ununterbrochen den Hals, das Gesicht, die Hände. Man wollte noch einen letzten Gang allein zum Meer machen. Er kam einfach mit, ohne um Erlaubnis zu bitten.

Die Impala hatte ein zugesagtes Stelldichein nicht eingehalten, wahrscheinlich gar nicht registriert, daß sie eins versprochen hatte, sondern war längst duftend und blinkend auf und davon. Versehentlich zu einem anderen als dem verabredeten Ort? Wohl kaum. Ein kleiner Mann habe sie ganz selbstverständlich erwartet und in den Arm genommen. Das Confidence Girl hatte es dem Stuntman schließlich berichtet, damit dessen Gerenne im Hotel aufhörte.

Am elendigsten schienen Roys Ohren und der Adamsapfel zu leiden. Der Schmerz hatte sich roh und rot dort versammelt.

»Die große Idiotin ...«

»Hat sie kein Recht, frei zu wählen?«

»Wenn sie so läufig ist, kann sie auch mich nehmen. Aber halt! Keinen Krüppel. Jedes Männchen, mich nicht.«

Man möchte, wenn man schon hier harmlos die Nacht mit ihm verbringt, endlich wissen, wieviel Schuld er seiner Großmutter gibt: »Trifft sich Sonia nur mit einem anderen, weil sie erfahren hat, daß Ihre Krankheit keine, wie soll man sagen, keine vorübergehende ist?«

»Die Idiotin, nicht Sonia bitte, immer: Idiotin, oder auch: Große Idiotin. Richtig! Das ist der Grund, der immer klarere Grund, Frau Fesch, Frau Fesch: Meine lemurische Großmutter hat es verraten. Aus reiner Tücke. War mal eine gute Frau. Sonst hätte ich sie nicht mit ans Meer genommen. Jetzt kann sie ihr Gift nicht mehr bei sich behalten. Im Alter ist das Gift angestiegen in ihr und will raus. Richtig, ich hatte es fast vergessen. Sie hat die Schuld! Hat mir alles verderben wollen. Der Idiotin sollte ich es eigentlich gar nicht verübeln. Meine Haushexe, die war's. Danke, danke Frau Fesch. Zum ersten Mal sehe ich wieder klar. Aus Eifersucht, aus Zerstörungslust. Es wäre ja alles gut gegangen. Ich läge jetzt nicht hier, ich läge ganz woanders, da hätte ich es besser. Es dämmert mir jetzt wieder taghell, wie es sich abgespielt hat, danke, Frau Fesch!«

Nein, Roy, nie und nimmer durchschaust du die Abfolge. Man kann sich aber nun nicht versagen, auch Willaert etwas Last aufzuladen. »Erst durch die Übersetzung hat Sonia ...«

»Immer noch, einstweilen bitte immer noch: Idiotin! Irregeleitete, unmündige Klein-Idiotin!« Er lacht oder schluchzt, man weiß es nicht.

»... von der Unheilbarkeit erfahren. Ihre Großmutter hat ja mehr ins Blaue gesprochen.«

»Aber der böse Wille war in ihr. Sie wird sich gar nicht klar gemacht haben, daß die Idiotin sie nicht begriffen hat. Die hinterhältige, hutzelige Hexe! Reine Niedertracht.«

Der böse Wille als leichtfertiger Anflug, Roy, steckte auch in Willaert, der jetzt mit Maurizio Geschäfte erledigt und nicht ausplaudert, welche, und ob nicht alles nur Theater war, um sich mit Maurizio ungestört zu amüsieren in aparter Umgebung, nämlich mit dem muskulösen Fang in seinen Kreisen zu renommieren.

»Sie hat so einen Ausdruck im Gesicht. Mir hätte genügt, sie den ganzen Abend anzusehen. Mehr wollte ich nicht verlangen in Wirklichkeit. Gern mehr, weiß Gott mehr, aber es hätte mir gereicht.«

»Sie schließt fast nie die Lippen vollständig, und die

Augen zeigen, wenn sie nicht gerade nach unten kuckt, viel Weißes unter den Pupillen, wie die Heiligen bei El Greco. Daran liegt es, Roy, hauptsächlich daran.«

Im Dämmerlicht erkennt man, daß auch Roys Mund jetzt offensteht, vielleicht um die Impala spöttisch zu imitieren, vielleicht in hingerissener Erinnerung an sie. Dann sagt er aber: »Der Ausdruck des ganz leicht Idiotischen?«

»Oder auch Entrückten.«

»Das alte Weib mochte sie von Anfang an nicht, von der ersten Sekunde an hat es die Gefahr gewittert. Alle Achtung, fast früher als ich. Auch heute wollte es mich nicht weglassen. Das Alter macht schlecht, ich dachte bisher, es macht besser im Herzen. Die saugt alles Leben, alle Triebe und auch die Ideen aus mir raus. Wie sie das macht? Sie entzieht einfach allem den Sauerstoff, indem sie tief einatmet.«

Roy starrt überkopf den königlichen Reiter an und schneidet ihm Fratzen: »Ich habe immer noch vor Augen, wie sie in einem schwarzen Kleid als meine gute, meine allerbeste Großmutter auf einem Küchenstuhl neben einem Strauch in ihrem Garten saß und den ganzen Sommernachmittag lang rote Johannisbeeren in einen blauen Eimer erntete. Eine Geschichte nach der anderen hat sie mir erzählt. Erzählen Sie jetzt was!«

»Ich!« Soll man ihm die kleinen Schwarzen schildern? »Ich habe in Blankenberge am Strand zwei kleine Afrikaner auf einer Schaukel gesehen. Jeder war vertieft in sein Heftchen, keiner sah auch nur einmal auf, keiner sagte etwas. Aber gleichmäßig, langsam, seelenruhig und mechanisch stieg einmal der eine, dann der andere auf und wieder ab, auf und wieder ab, als wären sie dafür bezahlt, etwas darzustellen. Ich komme nur nicht dahinter, was gemeint war.«

Roy dreht sein Gesicht herum. Er sieht mit den blutigen Streifen schauerlich verwüstet aus, gut möglich, daß er sich gefallen würde. Man wünscht sich, Frau Quapp dürfte ihn jetzt aus ihrem Bett zur guten Nacht so ansehen: »Ist doch einfach. Jeder in sich vertieft, der eine obenauf, der andere tief unten, dann umgekehrt? Ich will es folgendermaßen zusammenfassen: Genauso geht es zu, wenn der eine die hohe Liebe erhofft, der andere aber nichts weiter als die sexuelle Nutznießung. Und nun fragt sich, wer der eine und wer der andere ist. Was will die Idiotin? Was will ich? Daher die Schaukelbewegung.«

Der Stuntman, kein Wunder nach einem solchen Geistesgewitter, läßt sich zurückfallen und schweigt.

Wir sind nicht zum Meer, sondern zufällig in ein italienisches Restaurant gegangen, zwischen Wapenplein und Visserskaai. Man hielt es in Gegenwart des verzweifelten Jungen für einen guten Einfall. Das war es leider nicht. Offensichtlich merkte man uns beiden eine große Zerfahrenheit an und gestattete uns gerade eben mit resigniertem Achselzucken, zu zweit an einem freien Vierertisch Platz zu nehmen. Die Karte wurde uns erst auf ausdrücklichen Zuruf präsentiert. Roy brütete vor sich hin, sagte kein Wort, man war auf sich allein angewiesen. Hielten sie ihn hier etwa für den unterdrückten Sohn von Frau Fesch und straften sie als Mutter durch Mißachtung? Irgendwann brachte man tatsächlich Wein, viel später, nach zweifacher Mahnung, eine riesige Wasserflasche, die wie eine Drohung zwischen uns stand. Der Kellner weigerte sich augenrollend, unser Englisch, Französisch, Italienisch zu verstehen. Das war geschickt von ihm. Es demoralisierte uns vollends. Roy und Frau Fesch saßen als Verlierer am Tisch und sollten das bis zur Neige auskosten, da sie nicht die Kraft aufbrachten, das Lokal zu verlassen. Unsere Auskünfte nach den Gerichten veranlaßten den Belgier zu Kopfschütteln, wir standen noch immer nicht auf. Roy schien einzuschlafen, betrachtete den Kellner begriffsstutzig, wischte sich aber nach wie vor den Schweiß ab. Man roch es über den Tisch weg, sehr ungern. Vielleicht hatte das die Bedienung erzürnt?

Daß man wagte, so mit uns umzuspringen! Alle anderen Gäste wurden korrekt behandelt, uns dagegen hatte die Courage verlassen mit allen guten Geistern zusammen. Was Roy betraf, so war ja alles verständlich, aber man selbst? Woher kam die grundlose, betäubende Mutlosigkeit? War sie wie der Geruch des unglücklichen jungen Mannes über Teller und Bestecke hergedrungen, zunächst nach allen Seiten ausgeschwärmt und hatte es sich dann aber rasch, da sie nirgends landen konnte, bei der nächsten Person, die weder geneigt, noch gefeit war, bequem gemacht? Als nach einer Stunde das Essen kam und man sich nun doch mit schärferer Stimme beschwerte, kniete der Kellner, uns verhöhnend, in gespieltem Schuldbewußtsein vor dem Tisch nieder und rang die nichtsnutzigen Hände. Uns blieb wirklich nur die Schande des Davonschleichens. Allerdings aß Roy vorher noch alles bis zum letzten Bissen auf.

Kaum standen wir aufrecht, schüttelte Frau Fesch gottlob die Entkräftung aus den Gliedern und schritt erhobenen Hauptes und mit hoffentlich beleidigender Grußlosigkeit aus der Tür.

»Müßten Ihre Verletzungen nicht doch behandelt werden?«

»Erzählen Sie mir was. Den Riß haben Sie doch mit Ihrem letzten Parfümrest längst desinfiziert.«

Sein liebes Großmütterchen hätte statt dessen vermutlich ihr Schuhdehnungsspray genommen. Ob ihn interessiert, daß nicht nur Leopold im Kongo den Schwarzen die Hände und Arme hatte abhauen lassen, sondern gegenwärtig die Südafrikaner ihren Landsleuten alles mögliche abschneiden und nach Tarif auf dem Markt verkaufen, für diverse Heil- und Zauberzwecke? Lieber zum Trost etwas Landschaftliches. Aber würde es ihn wirklich zerstreuen? Man wußte ja auch hier wieder nicht, was die schnelle weiße Wolke damals wollte, was sie sollte.

»Was ist gefällig? Zum hiesigen Ambiente passend noch ein Erlebnis aus den Bergen?«

»Platt, spitz, tief unten, hoch oben, alles ist recht, nur sprechen Sie ein bißchen.«

Ach, die Berge. Sie beweisen, daß es die Höhe, die große Höhe wirklich gibt. Sie sind die immerwährende Nagelprobe: »Eines Tages, im Sommer ...«

Man war nicht allein gewesen, sondern in Begleitung eines rundlichen Mannes, eines Barockengels mit vielen Locken. Aber warum sollte man ausgerechnet davon dem jungen Verunglückten erzählen.

»... bin ich in ein abgelegenes Hochtal gegangen. Man wurde von Etage zu Etage weitergereicht, aus der Vegetation, der glühenden Alpenflora heraus ins Geröll. Natürlich mußte man schnaufend alles selbst bewältigen, auf immer schmalerem Weg, an zwei Seen vorbei, einem grünen und einem grauen. Zuerst saßen noch ein paar Menschen auf Felsbrocken und aßen ihre Butterbrote. Wo das Quellwasser in Trögen gesammelt wird, tranken sie aus den Händen und grüßten glücklich mit nassen Gesichtern, denn der Tag war da noch sehr heiß. Das dauerte allerdings nicht allzu lange. Die Ehepaare, dachten sie nicht in der übergroßen Landschaft an abendlich winkende Wurstplatten, lokale Spezialitäten? Nur ein Hündchen bellte, so klar und lauter wie das Wasser, wenn es in seiner Dummheit über die Steine sprang. Als man schließlich auf dem Talboden ging, war er bedeckt mit grauen und roten Platten, kreuz und quer. Die Steinbrocken, abgeblättert und von den Hängen gerollt, vielleicht im Frühjahr durch Lawinen herabgestürzt, zeigten noch bis hoch oben zu den Graten ihre Bahn an und auch, daß es ihren Genossen ein Leichtes sein würde, es ähnlich zu machen, jederzeit. In der großen Stille, in der dem kleinsten prasselnden Steinchen ein donnerndes Geräusch gelang, begann die Landschaft sich auf dröhnende Weise zu äußern, in der Wankelmütigkeit der Schutthänge links und der rechten Abhänge, die durch die Grasnarbe viel stabiler waren, aus denen nur ab und zu gewaltige weiße Klötze ragten und in deren Einkerbungen sogar der dunkelblaue Eisenhut und die Alpendistel wuchsen. Schlafen Sie, Roy?«

»Ich halte mich mühsam wach.«

»Das hörte dann auf, auch die winzigsten Blumen hörten auf. Man ging auf einem fußbreiten Pfad, der aber seine natürlich geschweifte Form aufgegeben hatte und über dem jetzt ungeheuerliche Vorsprünge aus der Wand ragten. Wüsteste, ungeformte Ballungen wogten und erstarrten. Es war auch kalt geworden, man zog alles an, was man bei sich im Rucksack hatte. Wenn man hochsah, hielt man sich an Steinen fest, um an den Füßen nicht schwindlig zu werden. Der Talgrund, obwohl auch er kontinuierlich anstieg auf die Schlußabriegelung durch einen Gebirgswall zu, lag tief unten. Da entdeckte man einen dritten See, den kleinsten, von dem man wußte, daß er auch im Sommer gefroren blieb. Sie sind noch wach, Roy, sind Sie sicher?«

»Im Halbschlaf. Ich nehme Ihr Gesäusel als Wiegenlied wahr. Mein Kopf fällt von allein gegen Ihre ... betäubende Schulter.«

Übt er schon wieder?

»Dort wollte man hin und versuchte, einen Weg zu finden, mußte aber erst weit zurück. Es gab keine Tiere, nur die Steine, den Himmel und das an den Rändern aufgetaute Wasser. Der Blick dorthin, wo man hergekommen war, wurde sogleich durch eine Windung abgeschnitten. Es war die lauernde Felseneinöde, keine Menschenseele.«

Mein Gott, wie sagt man das Wort »Felseneinöde« gern! Dabei wurde dort schon vor 500 Jahren eine Zeitlang Eisenerz geschürft.

»Man atmete so vor sich hin. Irgendwas im Rücken und sofort auch im Auge zitterte, und keinem einzigen Stein entging es. Vorn, über der Felsenbarriere, tauchte plötzlich ein weißes Wölkchen auf, blickte geradezu freundlich über den Kamm. Man sah woandershin und dann wieder zum Wölkchen. Da wußte man gleich, daß es mit heiterer Scheinheiligkeit herschaute und wuchs. Es wuchs und näherte sich so schnell, daß man sich wieder an den Steinen festhielt, um nicht zu torkeln und um einen Rückhalt in der Vernunft zu haben, denn die Wolke sauste fauchend den Berg hinunter und füllte im Nu den ganzen Talkessel aus ...« – sein Kopf liegt nun wirklich schwer auf der linken Brust von Frau Fesch. Ob er das extra macht? Jedenfalls wird er sich sein blutiges Gesicht weiter verschmieren und ihr das Hemdchen – »hatte alles unter ihre Macht gebracht und weiß gemacht. Es gab nichts mehr als die Wolke, die ein Atmen kaum erlaubte. ›Nur keine Panik‹ sagte man sich im Wattierten, wußte nicht, wo oben und unten war. Auch wurde der Mund bis in die Kehle zugestopft. Falsch, Roy, so ist es falsch erzählt. Es setzte ja nicht ein, als man von der Wolke umhüllt wurde, sondern als sie mich ins Auge faßte da oben, ganz persönlich ins Visier nahm. Man drehte sich um, ob nicht noch ein anderer da war, dem in dieser Einsamkeit die gefährliche Aufmerksamkeit gelten könnte, aber es gab keinen.«

Keinen? Das ist fett gelogen, der Junge wird es jedoch so besser verstehen.

»Das Unheimlichste war der Moment, als man von ihr

im Geröll entdeckt worden war und sie mit verteufelter Geschwindigkeit, die ihrer leichten Gestalt widersprach, als nähme sie mich präzise, etwa durch den Leitstrahl eines Geruchs wahr, auf mich losstürzte. Roy?«

»Fünf Prozent von mir sind noch wach.«

»Das ist die komplette Geschichte. Mehr kommt nicht. Sie werden denken: Was für ein Getue wegen eines harmlosen Wölkchens, nicht mal Gewitterwölkchens.«

»Sie meinen demnach, Frau Fesch, ich solle mich nicht anstellen wegen einer Sache, die in Wahrheit nichts ist als ein bißchen italienischer Dunst und Friseusenschminke? Gut, ich bin glücklich. Ich bin von jetzt an nur noch alle Tage meines Lebens hundeglücklich.«

Jedenfalls wach wie ein Schießhund! Es ist aussichtslos, in seinen Kopf etwas anderes einräumen zu wollen als seine gegenwärtigen Leiden.

»Nein, Roy, Sie täuschen sich.«

»Hundeglücklich, hinke- und humpelglücklich bis in alle Ewigkeit, Amen.«

»Es gefiel mir ja, das alberne Grauen beim Niederschweben ohne Getöse, den ganzen Abhang hinab ohne Abweichung, wo kein Weglaufen geholfen hätte, und wo kein anderer gemeint war in der kalten Einöde am gefrorenen See, während dort, wo man hergewandert war, bewährte Ehepaare in der Hitze lachend das Wasser über den Trögen auffingen, aus denen, wenn sie Durst hatten, die Kühe soffen.«

Als man sich dann mit Roy zufällig in einem Schaufenster spiegelte, zeigte sich, daß man mit ihm zusammen gar kein schlechtes Paar abgab. Die Leute konnten sich Interessantes zu uns einfallen lassen. Eigentlich machten wir durchaus etwas her, gerade das winkende erotische Fragezeichen hätte uns Bewunderung verschaffen müssen. War es Roy, von dem Frau Fesch, ein bißchen in kuriose Gedanken versunken, zur Spielhölle an der Vlaanderenstraat geführt wurde, ohne es zu bemerken, und dann in das bengalische Glühen und Krachschlagen der abendlichen Langestraat hinein? Man erinnert sich nicht genau, ob es zu diesem Zeitpunkt schon dunkel gewesen war, aber hier, auf Anhieb, war Nacht, Nacht um der glimmenden, gegen die Schwärze darüber versiegelten Effekte willen, eine gold- und rotstichige Schlauchwelt in einer plötzlich gesteigerten Wärme, die vielleicht aus dem Pflaster, aus den geöffneten Discotüren brach oder aus den Hemdausschnitten der Männer, die, trinkend, vor lauter Kennerschaft mürrisch lächelnd an Hausmauern und Motorräder gelehnt, mit entwickelter Zunge für das Synthetische, die Mädchen in ihren Kleiderhäuten studierten. Sie, die Frauen, schlugen allerlei Beischlafhaltungen wie versehentlich, ja unwissentlich vor, auf parkende Autos gestützt und gelegentlich zu ein paar somnambul vollführten Tanzräkeleien aufkreischend, dabei scheinbar in todernste Gespräche untereinander vertieft: alles von der Beleuchtung hübsch gemachte Heuchlerinnen. Wen interessierte jetzt schon das Reallicht! Es herrschte nicht nur ein Generalrhythmus vor, sondern auch ein Parfüm für alle. In groben Schnellabgüssen wurde etwas früher Gelebtes nachgestellt. Es ging nicht um eine jeweilige Gemützentrale, nur um einen kleinen Mechanismus, der auf Signale reagierte, und das in vorgestanzter Form. Es war kein rechter, kein glaubwürdiger Schwung im Halbtingeltangel. Wie angenehm dagegen Roys trauriges Einzelgesicht.

Nichts von all dem im Augenblick, das traurige Einzelgesicht schon, aber nicht der geringste Überdruß. Denn plötzlich, ein flüchtiges, willkürliches Geschenk des Himmels, spürt Frau Fesch mit den bösen Augen ihr gutes, menschenfreundliches Ich, nicht nur das, es füllt und erhellt den wüsten Raum bis zum Horizont. Wie ihr das unverdient in den Schoß fällt! Da will sie gern den bekümmerten Jungen an Schulter oder Brust, den sie nicht dorthin gerufen hat, ertragen.

Man hätte schneller darauf kommen können. Roy hatte sich, wie schon kürzlich, mit Begleitung auf die Suche nach der Impala gemacht, wußte es vielleicht selbst nicht, nein, auf die Suche wohl nicht, das war zu hoffnungslos, wollte aber wenigstens mit ihr durch ein und dasselbe Vergnügungsfluidum gleiten, wer weiß: bloß jetzt keine Einsamkeit. Er rätselte neben Frau Fesch über die Lücken in den Leuchtschriften und bildete sich ein, sie würde nicht bemerken, wie er sehnsüchtig an den Eingängen in die Lokale dahinter schielte. Das war nun anders als das ruppige Forschen vor zwei Abenden. Waren es zwei? Drei?

»Offenbar kann man, wenn man allein ist, stundenlang Leute beobachten und schämt sich gar nicht dabei.«

»Das heißt?«

»Das Beobachten von Leuten, die nicht ahnen, daß sie observiert werden, meine ich.«

»Die beiden haben sich doch praktisch im Schaufenster gezeigt.« Roy fängt sogleich an zu stöhnen.

»Ich habe einmal über Wochen abends, im Winter, vom Fenster aus einen Mann im Nachbarhaus ohne schlechtes Gewissen, einfach gedankenlos angestarrt. Er saß in seinem Zimmer, sah vor sich hin, kratzte sich unter den Achseln, knackte Nüsse und holte mit listiger Miene, als käme er ihnen auf die Schliche, die Reste aus den Schalenwindungen mit einer Schere. Er studierte Fliegen, führte womöglich kleine Intelligenztests mit ihnen durch und löste Kreuzworträtsel. Ab und zu setzte der Mann sich ruckhaft gerade hin und griff dann nach seinem Arbeitsgerät, besonders gern nach einer kleinen Maschine zum Anspitzen der Bleistifte. Er drehte an der Kurbel wie rasend, als wäre er in höchster Eile. Kurz darauf betrat jedesmal seine Frau das Zimmer, die sich meist mühsam ein Lachen verkniff. Wenn sie wieder draußen war, erschlaffte er sofort. Die Frau schien stets gut gelaunt zu sein. War es schlimm, Roy, was meinen Sie, daß sie sich weniger an ihrem Mann als an ihrem heimlichen Liebhaber in einem anderen Zimmer, auch mit einem Fenster, freute? Im selben Haus saß eine dicke Frau im Rollstuhl, die las und manchmal auch strickte. Wenn ihr das Buch oder das Strickzeug hinfiel, verfolgte sie es entsetzt von ihrem Thron aus, begann in ihrer Hilflosigkeit zu weinen und sah immer dorthin, wo das Abgestürzte lag, rührte sich aber nicht.«

»Die beiden vorhin kümmerten sich doch gar nicht darum, ob man sie bekuckte oder nicht. Und das war das Scheußlichste!«

»Was ich sagen will: Es wirkt durch die Scheibe immer exaltierter als in Wirklichkeit und im Zusammenhang.«

»Unfug. Ich mich drinnen von den Tatsachen mich überzeugt, haben mich überzeugt. Die waren ja noch fataler.«

Gewiß, man kann vom Stuntman jetzt keine Ziselierungen verlangen.

Manchmal versucht man ein Zimmer, das lange schon in Leblosigkeit verblichen ist, so herauszuputzen, in Erwartung eines bestimmten, nun ja, teuren Besuchs, daß alles in ihm, jedes Tischchen, jeder Aschenbecher den Atem vor Neugier und Spannung anhält, ah, wie es schließlich bebt, bangt, bibbert, bis die gemeinte Person eintritt und das auf der Lauer liegende Foto des Urgroßvaters an der Wand und den hocherregt wartenden, zwei Jahre alten Scherzartikel auf der Fensterbank entflammt. So war es mit der Langestraat. Wir hatten es nicht gewittert, als wir dort entlangstrichen, aber kaum trat es ein, gingen die Rückstrahler an: Alle Darsteller hatten heimlich auf das Ereignis spekuliert.

War Roy nicht, an jenem unschuldigen Abend vor der Ensor-Taverne, als er plötzlich: »Da also« sagte, weiß geworden bis knapp vor den Ohren, zugleich in Entspannung gähnend? Diesmal entfuhr ihm ein Schreckensschrei, dann folgte schnell ein schamhaftes Husten als Zudecke. Danach kam nichts mehr. Er krallte sich nur in den Arm von Frau Fesch, ließ sie nicht weitergehen, lockerte den Griff, verstärkte ihn wie er es gerade benötigte, und so fort.

Der Stuntman muß sich mal eben in die Dunkelheit entfernen. Sein Schweißgeruch bleibt, man riecht jetzt schon selbst danach und wirklich, die Bluse, zumindest die linke Brustseite, ist wie befürchtet blutverschmiert. Schon ist er wieder da, aber diesmal bis auf die Unterhose nackt. Seinen Anzug trägt er unterm Arm und bettet sich – wer dürfte ihn momentan zurückweisen – an die Achsel von Frau Fesch, als wär's sein angestammter Platz. Irgendwann hat man angefangen, an den Männern neu Maß zu nehmen, bleibt ungerührt von jugendlicher Schlaksigkeit, wird eher wach oder schwach angesichts eines standfesten Neptuns, Roy. Weiter weg hört man jemanden lateinisch singen. War das nicht schon am ersten Abend so? Singt mit Teilen eines Hochamts gegen das Meer an, ein alter Meßdiener, der die Schönheiten seiner liturgischen Jugend nicht vergessen kann.

»Lurchi und Mecki«, flüstert Roy vor sich hin. »Ich hatte mir von meiner Jugend mehr versprochen.«

»In welchem Alter, um Himmels willen?«

»Früher, früher eben. Oder auch nachträglich. Ich war erst ein einziges Mal in Italien. Am Rand eines grauen Ackers lagen zwei alte, graue Leute auf den Knien, holten da wohl Rüben oder Kartoffeln raus. Es wirkte aber, als wollten sie sich, im Gegenteil, mit den bloßen Händen in die Erde reinwühlen.«

Verstehe, verstehe, Stuntman, da ist dir jetzt nach

Doubeln zumute. Den beiden hinter der Scheibe war es ganz und gar gleichgültig, ob man sie sah und beobachtete oder nicht. Aber nicht nur das. Wir, Roy und Frau Fesch, nahmen überhaupt nichts anderes mehr wahr als sie, während der Mann und die phantastisch schimmernde Impala uns zweifellos ebenfalls sahen, aber keine Miene verzogen. Es war völlig unerheblich, ob wir da standen und sie entdeckten und verfolgten mit unseren Blicken oder nicht, wir oder Fremde, ein Polizist oder ein Laternenpfahl. Solche Indifferenz hatte man bisher nur bei den großen Raubkatzen im Zoo bemerkt. Oder vielleicht doch noch woanders, bei Schwachsinnigen?

Roy: »Einer fehlt noch, ich bin drei. Wer ist der Dritte? Glücklich bis ans Ende meiner Tage als hinkende Majestät und belanglose Trinität: Lurchi, Mecki, Teddy. Vielleicht wollen mich meine Sammler-Kunden haben. Als Tripelrarität, als Triptychon, als Trompete.«

»Warum sind Sie gestern abend nicht ins Molencafé gekommen?«

»Das Rabenaas Quapp hat mich in Anspruch genommen.«

»Warum hat sie das heute nicht getan?«

»Weil sie heute, nach dem langen Tag, todmüde war. Ich hätte es mir diesmal auch nicht bieten lassen, und wenn sie sich auf den Kopf gestellt und mit den Beinen Raddampfer gemimt hätte. Außerdem hat sie vom Nachmittag her ein schlechtes Gewissen, wenn auch nicht schlecht genug.«

»Wären Sie dort aufgetaucht, wäre das alles vorhin wahrscheinlich gar nicht passiert.«

Warum sagt Frau Fesch das jetzt? Es war unnötig. Drängt es sie etwa, zu Experimentierzwecken Öl ins Feuer zu gießen? Roy hat gottlob nicht richtig hingehört.

»Mein Leben zwischen Rabenaas Quapp und – genial,

genial – Aasgeier Leopold. Gefällt mir. Der richtige Rahmen. Was hat Willaert noch gesagt: Engherzige Weiber in Ensors Haushalt an jeder Ecke?«

»Er hat die familiären weiblichen Plagegeister sogar als Masken gemalt. Die haben ihn kleingekriegt und vermutlich fertiggemacht.« Und nun, o Gott, wird mein Stuntman sagen: »Aber Ensor hatte seine Malerei, um sich von ihnen zu befreien.«

Roy: »Aber er hatte zur Entlastung seine Malerei. Sie wissen schon, die ganze Wut ins Ensorblau, in die Feuerfarben Rot, Grün, Gelb.«

Man darf nichts anderes von dem Jungen verlangen. Da redet er nicht intelligenter, als es Maurizio tun würde.

»Frau Fesch! Ist Ihnen denn gar nicht aufgefallen, wie blitzschnell ich von meiner kleinen Erledigung zurückgekommen bin an meine Schlafstelle hier? Gar nicht bemerkt und honoriert? Und was meinen Sie, warum? Ich bekam plötzlich Angst, Sie würden sich in der Zwischenzeit aus dem Staub machen. Ihr gutes Recht, aber sehr schlecht für mich.«

Hatte man es in Erwägung gezogen? Wohl nicht. Doch jetzt fragt man sich, und nicht ohne Beklommenheit, was denn wohl passiert wäre, wenn er, der unglückliche Grobohrige, das höchstverliebte Enkelkind, seinerseits aus dem Dunkel nicht mehr wiedergekehrt wäre an die von ihm weidlich kompromittierte sogenannte Schulter von Frau Fesch.

Man weiß es nicht?

Als Frau Fesch die beiden sah, fiel ihr in unserer Not ein, daß ein bestimmter Ausdruck praktisch nicht mehr existiert. Ausgestorben ohne Bestattungsfeierlichkeiten. Früher wurde er häufig und für alles mögliche benutzt, jetzt nie mehr: Hautgout. Dieses Pärchen da drinnen hatte ihn. »Hautgout«, sagte Frau Fesch als ersten Kommentar zu sich selbst. Wir standen vor der Scheibe und blickten als Arme auf den Tisch der Reichen. Es war kein Tanzlokal, sondern ein schlichtes italienisches Restaurant ohne weitere Gäste, jedenfalls sahen wir keine. Die Tische zur Seite geräumt, so daß eine winzige freie Fläche auf den Kacheln entstanden war. Musik hörte man nicht bis draußen. Vielleicht war der Mann auch der Besitzer des Ristorante und wohnte gleich darüber. Dann hatten sie es nicht weit. Vielleicht war der Mann aber auch derjenige, der kürzlich am frühen Morgen über den Wapenplein aus dem Bordell gekommen war, vielleicht war er beides. Roy rührte sich nicht. Er mußte plötzlich zu vieles gleichzeitig verkraften, nämlich nicht nur den Bekannten vom Tage, der hier mit seiner nächtlichen Taglilie beschäftigt war und sie eindeutig in seine Gewalt gebracht hatte. Der Stuntman sah sich ja außerdem mit dem vollen Gewitter von Sonias Schönheit konfrontiert, und das eben im falschen Machtbereich. Hilflos bestaunen mußte er das Netz um den Oberkörper der Impala, die matt glänzenden Schulterkugeln und darunter die Schatten am gefältelten Ansatz der Achselhöhlen, als wären dort zarte Blüten eingeklemmt, das gleißend rote Lederband doppelt um die Taille geschlungen, das über Hüftknochen und Oberschenkel unbeständig gleitende Aufstrahlen und Verdämmern des Satins in der Tönung heller, nur eben vergoldeter Haut.

Man kennt es, man kennt es, Roy, nichts Neues das alles. Du kannst dir natürlich nicht vorstellen, daß man auch von einem bestimmten grünen Lichtschein unter grauem Himmel auf einem davon schwer berauschten Laubbaum mitten ins Herz getroffen und angenagelt wird. Aber Frau Fesch, umgekehrt, die weiß, daß unser Rotduckerchen und Springinsfeld dir in diesem Augenblick die gesamte, von ihr so schön erleuchtete Welt als Kadaver vor die Füße geknallt hat.

»Lule Bilalu ist eine richtige Hirtin, mit grünem Hut und Schwarzhemd. Eine Unternehmerin, das hat mich ja auch so gereizt. Sie besitzt eine Herde von braunen und schwarzen Schafen und einige Ziegen obendrein. Die gehören ihr, mit denen ist sie unterwegs, Büro im Grünen. Manchmal geht das Handy, klingeling, und es gibt neue Aufträge. Sie beweidet mit ihren Tieren Naturschutzflächen. Sozusagen museale Landschaftspflege. Bäh, bäääh. Schließt richtige Arbeitsverträge mit den entsprechenden Behörden ab. Abends wird die Herde eingepfercht, und sie fährt mit dem Auto nach Hause, sieben Tage in der Woche, bei jedem Wetter. Als ich sie zum ersten Mal gesehen habe, saß am Ende eines langen Weges ein Schäfer auf einem Pfosten mit seinen beiden Hunden am Knie. Ich mußte zwangsläufig dran vorbei. Da drehte sich die ruhige Figur plötzlich um und war Lule. Sie sieht immer aus wie gerade ganz rosig geduscht. Ich, wenn ich ihr helfe, stinke sofort nach Ziege.«

Jetzt pfeift der arme Junge irgendwas vor sich hin und weint dabei. Man nimmt es besser ohne Tröstungsbemühungen zur Kenntnis, obschon das kaum auszuhalten ist. Überhaupt wünschte man sich ein anderes Gewicht, ein etwas älteres, wenn auch ein ganz leicht pausbäckiges Gesicht an die Stelle, ein stärker gezeichnetes, Roy, in dem man gemächlich und mit um so größerer Lust im Anschauen die Jugendlichkeit und dann die frühe Jugend und schließlich die Kindheit, den kindlichen Eigensinn versteckter Linien und kleiner, von heimlich besitzergreifenden Blicken wieder freigelegter Wölbungen entdeckt, so daß man vor Freude singen oder mit den Zähnen knirschen könnte.

Der Größenunterschied sprang sogleich und anstößig ins Auge, die straffe, funkelnde Gestalt der Impala und der kleine Mann, an dem alles verknittert und staubig war, ausdrücklich mit dem arrogant weißen Hemd und den gewienerten Schuhen. Sein Kopf lag fast an ihrer Brust, berührte sie aber nicht, er betrachtete nur deren kaum versteckte Spitzen. Hätte sie sich geschüttelt, wäre er wie ein Insekt oder Frosch von ihr abgefallen. Sie dachte allerdings nicht daran, das zu tun. Seine Anzugjacke trug er aufgeknöpft, und während wohl die rechte Hand oder nur der Daumen, für uns unsichtbar, irgendwo auf dem Rücken der Hemerocallis dirigierend ruhte, steckte seine linke bequem in der Hosentasche. Der für uns erkennbare Arm der Impala war angewinkelt. Sie hielt eine Zigarette in Höhe seines leicht gebeugten Nackens. Wie kerzengerade aber richtete sie sich auf, frisch emporgeschnellt! Die Haare lagen, als wären sie abgeschnitten worden, helmartig dicht am Kopf. Sie schien in einem durch das Glas hindurch spürbaren, frischen Glitzern eben einem Meeresmorgenbad entstiegen zu sein.

Die Anstößigkeit des Größenunterschieds war gewollt und wurde – ob Roy das begriff? – von beiden genossen. Rosig-silbrige Schuhe der Impala, gut möglich, daß es sich um ein Geschenk des Mannes handelte, bewiesen es. Die enorme Höhe der Absätze zwang sie, ununterbrochen auf den Zehenspitzen zu stehen, auch reichten ihre Fersen nicht ganz, um die Sohle hinten, wo nur Riemchen etwas Halt boten, zu bedecken. Durch die Anstrengung traten ihre Beinmuskeln hervor, was wiederum die Waden im Vergleich zu ihrer sonstigen Erscheinung sinnenfroh derb, beinahe plebejisch wirken ließ, in weiß der Himmel schlitzohrigem Kontrast zur eigentlich ätherischen Emphase der Schuherhebung und von dieser veranlaßt. Die Idee zu all dem mußte auf den Mann zurückgehen. Es war sein Geschmack, und die Impala folgte ihm in rasanter Eile und Intuition.

Doch, so war es, ganz sicher! In solchen Schuhen konnte sie die wenigen Schritte vom »Malibu« bis zur Langestraat weder gelaufen noch gestöckelt sein. Er hatte die Impala gewiß nicht getragen, sie ihr also hier, extra für diese Szene, geschenkt.

Etwa geliehen?

Ausgeliehen und zur weiteren Verwendung wieder an ihn zurückzuerstatten? Geschenkt oder geliehen zu seinem Vergnügen, nämlich dem, mit Antilopen und Springböcken von seinen Gnaden zu tanzen, zu deren Erhöhung. Zu deren Erniedrigung angesichts seiner Kleinheit, deren Ungehörigkeit er durch maskuline Zauberkräfte um so triumphaler besiegte. Vielleicht schaffte er es ja, bei der Impala Stück für Stück – physisch auszuziehen gab es nicht mehr allzu viel – das sich windende Seelenwürmchen bloßzulegen. Fast könnte man Herzklopfen kriegen, wenn man daran denkt. Die Schuhe! Akzeptiert von der Hemerocallis als leichte, gewollte Unterwerfung bei jedem Schritt.

Gerade trat er ihr auf die Zehen. Gewiß nicht versehentlich. Sie mochte ihm aufgrund der beleidigenden Plumpheit noch mehr verfallen. Überlief sie nicht ein Zittern, ohne daß sich ihre Miene verändert hätte? Sie würde den kalkulierten, raffiniert beherrschten Druck tagelang nicht vergessen können, auch Roy, der Zuschauer, dem hier leidvolle Belehrungen erteilt wurden, mußte ihn zu seinem Widerwillen und Schmerz behalten.

Man war versucht, wie bei Zierfischen an die Scheiben zu klopfen, um den steinernen Augen der beiden Figuren eine Reaktion zu entlocken. Die Impala flehmte nicht mehr, jedenfalls nicht nach außen. Sie horchte nach innen und benötigte alle Konzentrationskräfte für den Genuß ihrer ersten Sättigung. Richtig, sie und Roy hatten im selben Moment den jeweiligen Höhe- und Tiefpunkt in Glück und Unglück erreicht. Wie hätte sich Roy auf dieser Schaukel hochschnellen sollen?

Bewegte sich das Pärchen eigentlich? Lief da drinnen eine Musik oder blieb es ganz stumm? Ein schwungvolles Herumwirbeln gestatteten die Schuhe nicht. Es gab nur manchmal ein Zucken, einen elektrischen Schlag in den beiden, das genügte ihnen. Sie waren ineinander verstrickt. Sie brauchten sich nicht aneinanderzuklammern, fühlten sich ihrer Begierde so sicher, daß sie deren Stillung aufschieben konnten, und waren ihrer Vermengung so gewiß, daß sie sich öffentlich zeigten in einer Luststarre.

Nein, die Impala sehnte sich nicht mehr. Sie befand sich im wollüstigen Sog einer für sie maßgeschneiderten Zwangsläufigkeit wie Roy, den sie gleichgültig wahrnahm oder auch nicht, nur mit unseligerem Effekt in seinem Fall.

Wie kam man bloß darauf, Willaert habe es irgendwann prophezeit und registriere jetzt mit Genugtuung den Beweis: »Alte Bauernregel: Gerade weil das Mädchen so aufs diffus Sublime, aufs extraordinäre Fernziel aus ist, wird sich die Degradierung als das Richtige für sie erweisen.« Der kleine Knittrige hatte es physiognomisch durchschaut und angebissen auf den ersten Blick. Wieder zuckten die beiden reptilartig in einem schnellen Krampf der Muskeln, berührten sich jedoch kaum. Roy schnaufte und knirschte neben Frau Fesch und konstatierte an dem Mann vermutlich nur, daß er nicht hinkte, alles andere, das Wesentliche, entging ihm.

Bei manchen, hätte man ihm sagen können, die so dösig verschlafen aussehen wie deine Impala, ist der Einstieg in die sexuelle Erregung die Gewalt, bei anderen zuzüglich der leichte Ekel, das Gefühl, einem Sakrileg am eigenen Leib beizuwohnen. Hätte sie sich sonst, gerade heute abend, zur Lilie stilisiert? Wenn du das begriffen hättest, Roy, wären deine Karten mit deinem lahmen Bein nicht die schlechtesten gewesen. Gerade Amputierte rühmen sich oft ihrer Erfolge bei Frauen. Und hast du dir nicht selbst, das heißt: deinen höchst halbedlen, durchaus subtilen Neigungen durch den groben Titel »Idiotin« eine verbale Befriedigung verschafft, derbe Artikulation des Fragilen, als würdest du mit rücksichtslosem Grill den zerbrechlichen Körper packen und bestrafen? Getroffen? Das machen, dir zum Trost, erwachsene Männer nicht anders.

Ist er jetzt doch eingeschlafen? Er röchelt durch die Nase, entweder weil er seufzt oder weil er schnarcht.

Sagen wir so, Roy, hätte man ihm erklären können, statt mit ihm stumm fixiert durch das Fenster zu glotzen – schwer zu sagen, wie lange eigentlich –, der direkte sexuelle Appell, die Triebrauschkraft, die sich zunächst, ihrer selbst sicher als tyrannische Unterströmung, in Anspielungen verlagert ... nein, er würde es nicht verstehen ... zugleich die todsichere Schutzmacht einer gewissen Brutalität ... Man erinnert sich plötzlich, hier zwischen Promenade und Strand liegend mit dem verletzten Bürschchen an der Seite an einen Vogelgesang, an das zu Herzen gehende Gezwitscher und Geschluchze an einem hellen Abend im Wald, viel, viel früher – wie stets bleibt die Umgebung schärfer im Gedächtnis als der Liebesheld selbst, Frau Fesch bittet bis an ihr Lebensende immer um eine Liebe, damit sich die Landschaften und Stimmungen eingravieren –, man war so dämlich wie du jetzt ungefähr. Man trug ein grünes Jeanskleid, wie zufällig tief ausgeschnitten, was aber nur zu bemerken war, wenn man sich vorbeugte. Man ging nicht allein und extra so, daß sich der Stoff wegen des Einblicks immer zur richtigen Seite vorwölbte. So ging man und ging, wanderte und stapfte neben dem sehr jungen Dummkopf. Als er endlich zugriff, war die Balance zwischen Lauern und Aufreizen längst dahin, und er glaubte wahrhaftig, man sei gekränkt wegen seiner Dreistigkeit! Dabei grämte man sich doch nur wegen seines schlechten Zeitgefühls, der Zauber der Vögel verschwand, es war wie zu langes Händeschütteln ... Wie soll man es dir erklären, Roy ... die beiden hatten sich eventuell kaum mehr angefaßt zu dem Zeitpunkt als du und die Impala, nur ...

Gab es gar keine anderen Passanten, die sich für das Paar da drinnen interessierten? Der Mann griff in seine Jackentasche, holte eine kleine Sache heraus, etwas, mit dem er die Brüste der Impala bestreute, um es dann, gut beleuchtet, durch den zarten Stoff hindurch abzulecken wie eine Ziege das Salz.

Plötzlich war Roy verschwunden. Man hatte noch beobachtet, daß er seine zehn Finger gespreizt gegen das Glas gedrückt hatte und fühlte auch die Zugluft seines Abstoßes von dort. Er war weg, tauchte aber schon wieder auf, jetzt drinnen, stand da in seinem guten Sommeranzug, schweißüberströmt und bleich mit roten Ohren drinnen in dem leeren Lokal vor den beiden. Die Hände wie eingefroren, noch ganz so wie draußen, zu unsinnigen Fächern gespreizt hingen sie an ihm herunter. Er bemerkte es, klappte sie ein und verbarg sie, dem Beispiel des kleinen Mannes sehr linkisch folgend, zunächst in den Jackentaschen, so daß sich das Kleidungsstück ungünstig verschob, als hätte er sich nun auch obenrum eine Behinderung zugezogen, als wäre eine zweite Verwachsenheit ans lachhafte Tageslicht gekommen, während der Faltige seine lässig vergrabene Linke nicht rührte, zunächst nicht mal aufgesehen hatte, obschon Roy in seinem Rücken stand und sogar, sicher weil er ahnte, wer der Eindringling sein würde und wie er ihn foppen könnte, ausgerechnet jetzt zum ersten Mal einen Kuß zwischen die Brüste der Impala plazierte und dabei leise mit bebenden Schultern zu lachen schien.

Roy konnte nicht damit gerechnet haben, daß drinnen alles so weitergehen würde. Es änderte sich ja gar nichts. Er stand nur dabei als gratis hinzugefügter, unbeachteter Gegenstand, ein beiseitegeräumtes Möbelstück, das in den Vordergrund drängte. Er hatte wohl erwartet, man würde den Einbruch ins Idyll als Attacke werten, mit Aufkreischen und Gebrüll oder kalt gezischten Beleidigungen. So, wie es ablief, war es eine Gemeinheit. Für Frau Fesch ließ sich nicht feststellen, ob ein Wort geredet wurde. Es sah alles durch die Scheibe sehr stumm aus, nur Roy stand in schreiender Hilflosigkeit herum, bis er eine Pose gefunden hatte. Die des zynischen Augenzeugen, der sich provozierend eine Zigarette ansteckt und in den Knien dabei wippt, bereit zu allem. Viel auf einmal, aber er versuchte es.

Die Impala öffnete die Lippen nicht weiter als bisher schon, ihr Blick wurde nicht wacher. Solange Roy nicht störte, störte er sie nicht.

Was ist das da oben? Stern? Satellit? Flugzeug? Moment, Geduld. Eindeutig Flugzeug. »Bestie«, sagt Roy zu ihm hoch und schnarcht schon wieder davon, spielt hier lauthals den Schlafenden, wie er dort den kühlen Ermittler markieren wollte.

Sie ließen da drinnen einander noch in Ruhe, der eine stand, die anderen drehten sich unendlich langsam. Täuschte man sich, spähte der stählerne Stuntman ratsuchend nach draußen, zu Frau Fesch? Die Spannung aber zwischen den beiden Formationen stieg unaufhaltsam an. Das spürte man sogar und vielleicht besonders durch das Glas hindurch.

Haben wir schon darüber gesprochen, Roy, daß dir die Stunden ohne die Impala deshalb so unerträglich sind, weil sie bodenlos fade schmecken, es fehlt ein bestimmtes Gewürz, nichts weiter. Man will im Grunde nur dieses Aroma und du bekommst es nicht ohne sie, auf sie selbst könntest du im Grunde verzichten, aber wie sollst du die Welt aushalten ohne diesen Geschmacksverstärker, den du nun mal kennengelernt hast!

Oder ist es, neues Angebot, eher das: Durch die Untreue werden alle Zeichen und heimlichen Signale von einem anderen Fluchtpunkt reklamiert und aufgesogen. Eine Verfälschung deiner eigenen Wahrnehmung findet statt, alles ist Irrtum, alles hat in Wirklichkeit nichts bedeutet, die wunderbare Schwere der Gesten verliert sich, statt Marmor Pappmaché?

Noch ein Vorschlag, Roy: Es ist nicht nur der spezielle Geschmack, den die Welt durch sie erhalten hatte, die Aufhellung, das Melos, die wunderbare Schlüssigkeit, die Hermetik des Glücks gegen die Durchlöcherungen des Elends, als versänke man in einem geliebten Musikstück, einem ... Ensorschen Fächer- und Maskenstrauß, sondern noch viel ärger. Wie soll man wissen, ob du das jetzt schon spürst, junges Bürschchen: Es ist die vorher noch nie betretene Landschaft, geordnet nach dem Reim, den sich der andere auf die Dinge macht, das fremdartig keimende oder, bitte sehr, konstruierte Universum, das plötzlich, unrettbar ungültig geworden, zusammenstürzt.

La Stupenda wunderte sich über nichts. Ihr gesamtes Körpergewicht mußte vorn von den Fußballen getragen werden, vielleicht schon seit der Zeit, wo Roy und Frau Fesch verstört auf ihr Abendessen gewartet hatten. Sie verschob, ohne je zu schwanken, zentimeterweise, in schleifenden Rucks, ihre von böswilligen Schuhen exaltiert verformten Füße und benötigte keine Stütze. Der Mann dachte auch gar nicht daran, ihr eine anzubieten. Das aufrechte Stehen mußte sie allein schaffen. Es gelang ihr glänzend, aber es blieb dabei nicht das geringste Mitgefühl für Roy übrig.

Roy riß auf einmal die Hände aus den Taschen, als wollte er klatschen, besah sie dann aber und beschloß, sie zu Fäusten zu ballen. Er sagte etwas, man hörte es als Geräusch. Der Mann hob sein Gesicht vom Brustansatz des Rotduckerchens. Es war dort noch verknitterter geworden. Seine Hand begann in der Hosentasche mit einem Gegenstand zu spielen. Er grinste Roy gutmütig, nur leicht verärgert, eher ungläubig an. Die Impala schloß die Augen und zog die Brauen hoch. Die beiden hatten sich nicht von einander gelöst, so wenig ihre Berührung auch von den Körperoberflächen in Anspruch nahm. Wahrscheinlich sagte Roy nun etwas über das Alter des Mannes, denn der betrachtete im Gegenzug interessiert und offensichtlich Roys steifes Bein, lächelte es geradezu zärtlich, voller Zuneigung an, als hätte er ihm was zu verdanken.

In dieser Sekunde, in der nachfolgenden genaugenommen, legte sich das Bild von Maurizio und der Impala vor dem Abrißhaus über die Szene, das Bild des auseinanderfliegenden Paares, das sich mit rasender Ausdauer, als besäße es den Halsmechanismus eines Spechts, wiederholt hatte und kam endlich und endgültig zum Stillstand. Diesmal hatte es Roy mit seinen Baggerschaufelhänden allein bewirkt. Beide, der Mann und das Mädchen, taumelten gleichermaßen. Dem Mann gelang es nach einigen rudernden Bewegungen nicht, sich auf den Beinen zu halten, er stürzte, und zwar grotesk, auf sein Hinterteil. Die Impala, von Roy ebenso grob wie ihr Liebhaber gegen die Brust gestoßen, zersplitterte sofort, jedenfalls brachen die Absätze, ihre Beine ragten ein wenig obszön, ohne Würde, aber noch immer nicht ohne Grazie, in den Raum. Der Anschlag auf die Verschmolzenheit der beiden war simultan erfolgt, mit beiden

Händen, ein Wegstemmen von innen nach außen als vehementer Überraschungscoup. Ob Roy sich an den gestrigen Vormittag erinnerte? Er sah seit langem wieder zufrieden aus.

Der kleine Mann, noch am Boden sitzend, betrachtete gedankenvoll einen Gegenstand und benötigte viel Zeit dabei. Er ließ das Messer ordentlich blitzen. Daß es so blitzte, war wohl die Hauptsache. Als er wieder stand, hielt er es noch immer in der Hand. Die Impala war damit beschäftigt, sich die zerstörten Schuhe auszuziehen. Beim Aufblicken sah sie das Messer. Sofort begann sie, erst jetzt wirklich aufwachend, begeistert zu schreien, immer wieder, rührte sich aber nicht: »E pazzo! E pazzo!« Wen meinte sie? Vielleicht wußte sie es selbst nicht. Entweder wollte sie den verrückten Roy bei dem Mann in beschützender Absicht entschuldigen oder Roy vor ihrem gefährlich verrückten Verehrer warnen. Keinen Augenblick zog sie in Erwägung, und tat recht daran, Roy könnte der Bedrohlichere sein.

»Sono pazzi!«, so entschlüpfte sie dem Zwiespalt, aufatmend jede Verantwortung abgebend, als Frau Fesch, da es keine andere Möglichkeit gab, nun hinter Roy das Lokal betrat und sich sehr anstrengte, als aufgeregter Rettungsengel beschwörende Ruhe auszustrahlen.

Tatsächlich war mit ihr der kühle Lufthauch der Vernunft eingetreten. Beinahe kindlich enttäuscht über die zweite Anwesenheit eines erwachsenen Menschen nahm der Mann Abschied von seinem Messer, nicht ohne es wenigstens einmal, im Angesicht der Spielverderberin, in reinlicher Nacktheit gegen Roy zu richten, der noch nicht wieder zur Besinnung gekommen war und sich also auch nicht fürchten konnte.

Er stand, in Betäubung und allmählich abflauendem Siegesrausch in der Mitte des Raumes und machte merkwürdige Anstalten, sich kniend den Beinen der

Impala zu nähern, ein Zettel fiel ihm dabei aus der Hosentasche, er versuchte, ihn aufzufangen, es mißlang, er vergaß ihn – wieviel Wein hatte der Junge eigentlich während unseres langen Wartens getrunken? Vernachlässigung der Aufsichtspflicht, Frau Fesch! –, als der kleine Mann ihn von hinten packte, am guten Sommerjackett herumriß, aufstellte und viermal mit schwer beringter Hand professionell in sein schutzlos hin- und herkippendes Gesicht schlug oder wohl eher hämmerte. Roy wollte noch eine alberne schulmäßige Boxerhaltung einnehmen, da war er schon bestraft. Er stolperte, sackte vornüber, der Mann schob ihn mit den Füßen ohne sonderlichen Kraftaufwand aus der Tür. Er hielt sie gleich für Frau Fesch mit auf. Sein Gesichtsausdruck teilte mit: Schonung Ihnen zuliebe. Ihnen? Dir zuliebe. Der siezte nicht.

»Bestie!« Roy sagt es wieder zu einem Flugzeug, das über dem Meer, von England her, aufsteigt und sich nähert.

»Was hat es Ihnen getan?«

Von der Impala hörten wir nur ein: »No! No!« – dabei zeigte sie die entwaffnende Zahnlücke – und ein Knirschen: Sie probierte, ob man in den Schuhen mit den dezimierten Absätzen doch noch stehen konnte. War ihr »No« nun ein Protest oder eine schlichte Verneinung?

»Nichts. Aber zu irgendwem, irgendwas muß ich das Wort sagen. Bestie, Bestie, Bestie. Aah! Krieg muß sein. Seit einiger Zeit sagen das fast alle. Deutschland soll endlich aus seinem unmündigen Nachkriegsnickerchen aufwachen und seinen Verstand gebrauchen. Frau Fesch, ich dachte immer, Krieg geht auf den Unterleib, auf die Instinkte: Jemandem eine reinsemmeln. Jetzt ist es plötzlich die Vernunft, der Verstand, der sozusagen als Ausweis von Zivilisation die Notwendigkeit von Kriegen begreifen soll?«

»Aufrüsten ist eine Sache der Rechtschaffenheit, neuerdings auch rationaler und nationaler Zuversicht: Wahlversprechen und Schulden müssen beglichen werden. Das weiß jedes Kind, aber im Eifer des Gefechts ... Frau Quapp wird jetzt ...«

»Schutz der Freiheit? So ein Gefasel, was für eine Bauernfängerei, und die Journalisten tun so, sind so dämlich oder so opportunistisch, als nähmen auch sie das für bare Münze. Alles Geld in die Rüstungsindustrie, alle Kräfte und Rechte für den Geheimdienst. Bekämpfung von großen Wirtschaftsverbrechen und Drogenhandel wird sekundär, das Militär immer einflußreicher. Ist das die Lobbysippschaft von Anfang an? Auch wenn ein Volksführer schicke Anzüge zum schikken Haarschnitt trägt, ganz hypothetisch, kann seine Spur durch die Geschichte trotzdem nach Fäkalien riechen.«

»Eine Sache der Nasenempfindlichkeit, Roy. Was wohl unser Parfümeriehändler in Antwerpen ausgerichtet hat?«

»Er hat vor allem mir, dem großen Casanova Roy Neutling, ursprünglich einen Gefallen getan und diesen komischen Italiener entführt. Wenn auch zu seinem eigenen Vergnügen und zu meinem allergrößten Schaden und zum Riesenvortcil des Schlägers und, sie will es ja nicht anders, zu dem der Idiotin. Bestie, Krieg, Quapp: Was ich auch quatsche, es tut weh beim Sprechen. Ich werde vorerst nur noch zischen.«

»Immerhin ließ er uns lebend entwischen.«

Wir starren einander an, peinlich berührt vom unfreiwilligen Reimen im falschen Moment. Schnell sagt Frau Fesch: »Morgen wird Ihnen außerdem Ihr Anblick wehtun.«

»Vielleicht gelingt es mir, mit der Visage die Idiotin zu schockieren. Defekt von Kopf bis Fuß. Completamente rotto. Hoffentlich ist am Morgen nicht schon alles wieder geheilt.«

Wie ihm plötzlich jämmerlich die Stimme hinstirbt. Die Nacht ist auf einmal unwirtlich. Man muß hier weg. Allerdings ist die Gefühlspatrouille für Roy noch nicht vollständig abgeschritten. Die Verdauungssäfte brauchten noch ein Opfer, ein bißchen Stoff und Materie. Er will unbedingt einen Kontrollblick durch ein gewisses Restaurantfenster werfen. Es hat keinen Zweck, ihn davon abzuhalten. Bitte, wenn er es auskosten will!

Woher kommt es denn, daß die nichtigen Vorgänge überhaupt so enttäuschen können, das heißt: woher die maßlosen Erwartungen? Hat uns etwa jemand etwas Ungeheures ins Ohr geflüstert, Glanz, Glück über alle endlichen Verrichtungen hinaus? Man weiß es selbst nicht, am Werk ist eine zäh größenwahnsinnige Energie, ein Verlangen, das sich nicht beherrschen läßt und immer nur auf zu klein geratene Abfindungen stößt.

Bei der ersten Möglichkeit, sich zu spiegeln, betrachtet Roy hingerissen sein verschandeltes Gesicht. Was wird Frau Quapp zu ihrem Enkelkind sagen! Will er wirklich noch zu der Unglücksstätte? Neue Leiden, er kann nicht darauf verzichten.

Das Lokal ist dunkel, alle Lichter sind gelöscht. Nur im ersten Stock erkennt man hinter einem Vorhang die matte Beleuchtung. Roy geht extra auf die andere Straßenseite, um hinaufzustarren. Eine Weile steht er da und mahlt mit den Kiefern, um seinen Schmerz zu verstärken, steht, als könnte er sich haßerfüllt nie mehr losreißen von dem unanständig bleckenden Viereck in der Nacht. Dann kommt ihm eine Idee:

»Sie wird längst wieder im ›Malibu‹ sein aus Angst vor ihrem Italiener. Ist ja schon früher Morgen, wird ja schon hell. Sehen Sie nur, wie hell. Die Idiotin schläft fromm in ihrem Bettchen, jede Wette, damit der Kerl der

Einfachheit halber erst mal nichts merkt. Es wird doch schon hell, Frau Fesch.«

Das letzte »hell« jauchzt er fast. Ihm fällt ein Stein vom Herzen. Er haut sich ins Gesicht, daß er freudig aufschreit über die frische Wunde. Die Impala muß im Hotel sein, in Sicherheit, gleich unter einem Dach mit ihm, Roy, gerettet für ihn, Roy. Unzurechnungsfähig und übermüdet lacht er vor sich hin, kann nun gar nicht schnell genug dort sein. Starkes Hinken, egal, zum immer noch ohne Pardon sinnlos angestrahlten Wapenplein. Am Fahrstuhl läßt man sich zur Sicherheit schwören, daß er brav, ohne irgendeine weitere Unternehmung und Überprüfung in das Zimmer gehen wird, in dem der verprügelte Stuntman bei seiner Großmutter schlafen muß. Angenehmerweise besitzt er ausreichend Stil, um zu unterlassen, was man befürchtet hat. Er fällt seinem Schutzengel zum Abschluß nicht um den Hals.

Im Licht sieht er tatsächlich, verbeult und dunkel verkrustet, aus wie ein Drittel der von ihm beschworenen Trinität, kein lustiger Igel, kein drolliger Teddy, aber doch, gescheckt und salamandrig, ein Lurch im fleckigen Sommeranzug.

Und nun, Frau Fesch? Noch ein bißchen unqualifizierter, ganz persönlicher Menschenhaß? Ein wenig Liebessehnsucht übers Meer, England anpeilend, in letzter einsamer Nacht? Am Wasser ist es wie im Zoo: Für die Dauer der Versenkung verliert man sein Alter. Die Meeresfinsternis haben wir beide am Strand erfolgreich abgewehrt. Die spielte doch beinah gar keine Rolle. Wir haben ja nicht mal darauf geachtet, ob das Meer sich anpirschte oder aus dem Staub gemacht hat. Natürlich hat Frau Fesch das meiste allein geschafft. Würde sie sich nicht dauernd was aufsagen, könnte das Wasser allzu bequem über uns weggeflutet sein. Man wird manchmal gerade am Meer bis zur Formlosigkeit, über die eigenen Umrisse weg zerdehnt. War nicht die erste Oper, die man gesehen hat, als Kind noch, »Fidelio«? Das grauenhafte Dunkel, in dem ein hilfloser, kaum sichtbarer Gefangener sang, trieb ihr so den Schweiß auf die Haut, daß sie den Schurken Pizarro als Erretter empfand, nicht weil er Herr über die Finsternis war, sondern als deren Personifizierung. Statt des schwarzen Nichts die verkörpernde Figur.

Und was ist das? Ein Kind schleicht sich zu dieser späten oder schauerlich frühen Stunde aus einem Hotelzimmer, gerade als man selbst im eigenen verschwinden will, ein eigenartig kräftig gebautes, männliches Kind mit feuerroten Haaren. Man wird sich hier keinesfalls einmischen, o nein, um keinen Preis.

Aber es ist ja kein Kind! Man gafft es ungeniert und plötzlich sehr verlegen an. Der Mann ist sicher fünfundvierzig, er wirft herausfordernd, mit großer Machtfülle den viel zu alten Kopf in den Nacken. Ob dieser diabolische Bösewicht und Liliputaner, der aber keine Lederhosen, sondern einen richtigen kleinen Herrenanzug mit lasziv geöffneter Krawatte trägt, am Ende der Hotelbesitzer ist, der auch über das Schicksal der guten großen Betty entscheidet?

Jeder kann sich vom anderen einen Grund für das Erscheinen im Hotelflur ausmalen.

Grußlos geht er vorbei, beobachtet Frau Fesch aber zornig von der Seite und beginnt zu pfeifen. Frau Fesch ist in diesem Augenblick eine Beleidigung für ihn. Sie verdirbt ihm zu ihrem Leidwesen die Stimmung und sollte am besten aus Takt ein Stück im Boden versinken. Er schleicht nicht mehr, er marschiert auf seinen nicht nur kurzen, sondern auch krummen Beinen zum Aufzug, sehr keß – was kostet die Welt – und trotzig zu dieser Stunde irgendwas flötend. Da ist die Ähnlichkeit gefunden: Roy mit seinem Pfeifen aus lauter wilder Unabhängigkeit am Strand von Blankenberge.

Aber etwas ist auch unmittelbar vor dem Ausstrecken zum Einschlafen nicht geklärt. Wie nämlich das selbstklebende Preisschildchen kürzlich beim Aufwachen auf den Körper von Frau Fesch gelangt ist. Sie will es gar nicht wissen und ist zu erschöpft, um sich was vorzustellen. Ob die Welt noch lange zum Wiedererkennen bleibt? Bis morgen abend bestimmt. Bis morgen abend wird es gutgehen. Jetzt hat man doch immer öfter das Gefühl, nicht mehr recht durchatmen zu können, bis sich morgen am späten Nachmittag alles ändert. Man erzählt sich das alles in Wirklichkeit aus keinem anderen Grund, als bis dahin die Zeit totzuschlagen.

Letzter Morgen

Letzter Morgen! Was wird da in wem wach? Ein Ich in Frau Fesch, Frau Fesch in einem Körper? Was für ein befremdliches Schürfen aneinander.

De Rouckl und Willaert reden unten im Hotelgärtchen wohl schon eine Weile in ihrer unverständlichen Muttersprache, das heißt, Willaert kann kaum geschlafen haben. Einige Male hört man das Wort »Maurizio« heraus. Unversehens sagt er: »Das blaue Pantöffelchen«. Da ist man auf einen Schlag wachgerüttelt. Es kommt aus dem Afrikadunkel seines belgischen Mundes. Soll das ein Morgenständchen werden?

De Rouckl hat ihn lachend unterbrochen. Man springt aus dem Bett, um sie vom verglasten Vorbau aus zu beäugen. Die Fenster waren über Nacht zurückgeschoben, man kann sich weit vorbeugen, ohne von ihnen bemerkt zu werden, da sie ganz mit sich selbst beschäftigt sind. De Rouckl wird keinen Pullover im Schrank verstaut haben. Er trägt im schattigen Innenhof ja vermutlich alle am Leib, dabei bequem auf einem Gartenstuhl sitzend. Man hätte durchaus Lust, wenn nicht einen Pullover des Vermummten, dann eben einen eigenen von oben auf eine der Buchsbaumkugeln oder einen der beiden Köpfe fallen zu lassen, wegen des schönen Sinkens und um zu stören. Willaert dagegen steht da in Ensor-Aufmachung, Radmantel, Hut und mit ausgebreiteten Armen in Deklamationspose. Vor ihm auf dem Tischchen liegen die Manuskriptblätter, die Frau Fesch wohl gut kennt. Eins hält er fächelnd in der Hand. »Das ... blaue ... Pantöffelchen« kommt erneut von Willaert, und nun wiederholt es de Rouckl nachäffend in etwas schlechterer Aussprache. Willaert redet noch nicht weiter. Er hebt die Arme in die Diagonale, dann über seinen Kopf. Verkehrspolizist! Nimmt den Hut ab, setzt ihn gravitätisch auf, räuspert und verbeugt sich vor den Blumentöpfen ringsum. Alter Kasper!

»Jetzt keine Unterbrechung mehr«, sagt Willaert auf deutsch, karikierend, mit offenbar absichtlich falsch gestellten Lippen, »kein Zwischenapplaus, Beschwerden zum Schluß.«

In der Lücke, gerade bevor er den ersten Satz sagt, hat man die Vorstellung, man würde tatsächlich den Pullover oder, wäre er zur Hand, den Teddy der Impala oder einen blauen Schuh oder am liebsten, anstatt, wie geschehen, das Manuskript an Betty weiterzureichen, die einzelnen Blätter auf einmal? Stück für Stück? zu den zwei Ganoven hinuntersegeln und -schneien lassen.

Der Liliputaner!

Der Liliputaner der letzten Nacht betritt den Hof, zieht sich aber sogleich zurück. Er trägt jetzt Lederhosen. Dann war er es also doch und besitzt, damit sie das Schlimmste von ihm abwehren, noch seine beiden El-

tern. Aber das Flammenhaar, hatte er das kürzlich auch
schon? Es wäre doch hübsch, wenn peu à peu die
Impala allen Angestellten und Gästen des Hotels einen
neuen, heimlich schon immer erträumten Kopfputz ver-
paßte.

So nervös, Frau Fesch, so viel Lampenfieber wegen
der beiden Schmierenkomödianten da unten? Und
wenn sie das ganze Oostender Meer mit dem Text bel-
ärmten, keine einzige Welle würde davon zusammenzucken.

»Alice oder Das Blaue Pantöffelchen«, liest Willaert
mit seinem deutlichen, aber gut erträglichen Akzent und
pausiert noch einmal, als müßte er sich Mut machen für
die Strapaze, die vor ihm liegt. Willaert: »Ein noch un-
erlebtes« – er liest wahrhaftig das Motto mit! – »gegen-
standsloses Sehnen. (Jean Paul)« und nuschelt dazu Un-
verständliches. Jetzt aber:

»Erstes Bild

*(Hafenstadt einer kleinen Insel im Indischen Ozean, zweite
Hälfte des 19. Jahrhunderts. Durch das weit geöffnete Friedhofstor erkennt man im Hintergrund auf einer Anhöhe ein
monumentales Grabmal mit weißer, trauernder Engelsfigur. In
der Nähe des Tores eine Gruppe dunkel gekleideter Männer an
einer frischen Grube. Die meisten wischen sich mit Ta-
schentüchern die Augen und bewegen sich dabei langsam auf
den Ausgang zu. Nachmittägliche Beleuchtung.)*

CHOR DER TRAUERNDEN KAPITÄNE:
Das kleine Grab greift uns ans Herz,
ein Gram, den wir auf See nie fühlen,
erfüllt uns hier.
Im fremden Hafen

schluchzen wir beschämt
vor einem Sarg,
in dem das fremde Söhnchen
eines fremden Vaters liegt.
Sind wir denn sonst nicht rauhe See-
bären und rohe Chefs?
Melancholie,
ein Weh, das wir im Weiten,
auf den Meereswogen
niemals fühlen,
erfüllt uns vor dem kleinen Sarg,
an Land.
Erbärmlich kleiner Sarg,
der eingezwängt ist in die kleine Grube,
für immer eingezwängt bleibt
in die stumme, fremde Grube,
wie mächtig schmerzt du uns
hier, auf der festen Erde,
läßt uns schwanken,
kindisch wanken auf dem sichren Grund.
(Die Trauergäste lösen sich in Gruppen auf)«

Mein Gott Willaert, Sie lesen ja, daß man sich fragt, ob
der Text von Ihnen oder von Frau Fesch ist!

»DER JUNGE KAPITÄN *(etwas abseits):*
Mir wäre wohler,
wenn ich flennen könnte,
die Tränen laufen lassen
vor der kleinen Grube.
Ich kann's nur aber nicht
und schäme mich deshalb.
Wo alles derart wäßrig trauert,
so wohlig trauert,
möchte' ich's auch.

314

Statt an den abgestorbnen kleinen Wicht
denk' ich, und kann nicht anders,
mürrisch ans Geschäft:
Frachtraten, Zuckerrohr, Kartoffeln, Säcke.
Kein Wunder,
drüben taucht Jacobus auf.

DER VATER DES TOTEN KINDES *(noch halb weinend zum
jungen Kapitän tretend):*
Sie guter Mensch!
So mitleidvoll in Ihrer großen Jugend.
Wie Sie, ich seh's ja, mit mir trauern,
zu meinem Trost in großem Schmerz.

DER JUNGE KAPITÄN:
Ich möchte nur ...

DER VATER DES TOTEN KINDES:
Wie Sie trauern
mit mir,
zu meinem Trost in großem Schmerz.

DER JUNGE KAPITÄN:
Mein Beileid ...

DER VATER DES TOTEN KINDES:
In Ihrer großen Jugend
sind Sie ein mitleidvoller Mensch ...

DER JUNGE KAPITÄN:
... und Anteilnahme ...

DER VATER DES TOTEN KINDES:
... dem ich, ein Vater ohne Trost,
das Eine rate: Nicht zu heiraten ...

DER JUNGE KAPITÄN:
Ich hab's nicht vor.

DER VATER DES TOTEN KINDES:
... bevor Sie Meer und Schiff und Profession
Ade gesagt, gekündigt haben.

DER JUNGE KAPITÄN:
Ich hab's nicht vor.

Ich will nicht heiraten,
will nicht die Seefahrt an den Nagel hängen.

DER VATER DES TOTEN KINDES:
Da sehen Sie, da geht Jacobus!

DER JUNGE KAPITÄN:
Der Schiffshändler
Jacobus, Alfred Jacobus, wohlgemerkt.
(für sich:)
Der mir die dümmste Lieferung in diesen Breiten,
die heikelste,
Kartoffeln, ausgerechnet, zehn-, ja fünfzehntonnen-
weise
andreh'n will!

DER VATER DES TOTEN KINDES:
Ein guter, allerbester Mensch
und Trost in meinem großen Schmerz.
Mein kleiner Sohn,
zehn leere Jahre sehnsuchtsvoll erwartet,
die er dann füllte mit dem festen Körperchen,
manchmal schnarchte er ein bißchen
vor Vergnügen,
erkrankte schwer auf See,
die lange Flaute hielt uns fest.
Der sanfte Glanz auf seinem Näschen,
ach, die Fingerchen, die nach mir griffen,
die Nägel, winzig klein wie Punkte noch.
Er starb, als endlich Land in Sicht kam.
Das ist nicht gerecht.
Und meine Frau
ist fast verrückt geworden
neben unsrer lieben Leiche,
der lieben, kleinen Leiche
unten in dem Schiff, der ›Stella‹,
jetzt ins Grab gesenkt,
das Glück, für immer hier vergraben.

Jacobus kam an Bord,
sobald ich in den Hafen einlief.
Auf der Stelle, ohne viele Worte
hat er die Formulare, die Papiere …
ich unten bei der Frau in ihrer Qual …
mein Gott, die Mutter,
keine Schere in der Nähe, ganz umdüstert, und kein
Strick,
durch den Tod beinah um den Verstand gebracht …
alles erledigt, sogar dies, die Blumen, alles.
Ich in meiner Qual, ein guter Mensch, Jacobus.
Es ist ungerecht.
Leben Sie wohl.
Nicht heiraten, Sie guter Mensch, erst kündigen!
Mein ganzes Glück, von mir verlassen,
ich von ihm,
zurückgelassen in der schwarzen Grube.
Mein Gott, wer tröstet uns?
(stürzt weg)

DER JUNGE KAPITÄN:
Sein Kummer überzeugt mich.
Da gibt es nichts zu deuteln. –
Ich heiraten? Niemals!

KAPITÄN DER ›HILDA‹ (zum jungen Kapitän tretend, sich
mit elegantem Hut Luft zufächelnd):
Ah, jetzt wird die Luft ein wenig angenehmer.
Ihr Schiff, Ihr erstes wohl? gefällt mir,
eine hübsche kleine Bark!

DER JUNGE KAPITÄN (mit höflicher Verbeugung):
Nichts gegen Ihre ›Hilda‹!
In die könnt' ich mich glatt verlieben.

KAPITÄN DER ›HILDA‹ (setzt den Hut auf):
Ach, die ›Hilda‹!
Verlieben! So!
Ohne Emmy ist sie mir

fast nichts mehr wert.
Doch Emmy
machte sie zum Götterschiff.
Verlieben! So!
Sie war das Schönste,
Emmy war die Schönste auf der See.
(breitet die Arme aus)
Die vollen weißen Arme hielt sie ausgebreitet,
immer ausgebreitet,
rund
und
wie geschnitzt aus Elfenbein,
und süß dazwischen,
süß gewölbt ... wie sagte ich? So süß
die freien Brüste.
Sie sprangen weiß und weit heraus aus dem Gewand,
oh, oh,
dem blauen, goldgesäumten.
Weiß die Brüste
und weit heraus und rosig atmend.
Ohne Scheu, die vollen, nackten Brüste,
drängten sie sich vor,
ich nenn' es strotzend, liebestrotzend.
Die Arme lockend,
immer ausgebreitet, hingegeben jederzeit.
Tag und Nacht der Welt ergeben,
in der sie stets die Allerschönste war.
Dazu das blaue Kleid, am tiefen, tiefen Ausschnitt
goldumrandet.
Das Gesicht, nun ja, das war nicht so gelungen.
Nicht häßlich, aber auch nicht hübsch.
Ein bißchen grob, ein wenig derb, wenn nicht gar
schief.
Doch was ist ein Gesicht bei solchem Frauenkörper!
Zwanzig Jahre, ach, besaß ich sie zu meiner Freude.

Dann ging sie eines Nachts
– Golf von Bengalen sei verflucht –
ganz unbemerkt vom Schiff.
Sie löste sich von seinem Bug,
die Arme ausgebreitet, lockend,
im Finstern, meine Emmy
verschwand auf Nimmerwiedersehen.
Kein Mensch weiß wie.
Die Königin der Meereswogen
entwich vom Bug der ›Hilda‹,
(mit Emphase)
wollüstige Priesterin der weißen Gischt.

DER JUNGE KAPITÄN *(lächelnd):*
Ihre Galionsfigur?

DER KAPITÄN DER ›HILDA‹:
Ein schweres Unglück. Den Verlust,
wie sollte ich den je verwinden?
Zwanzig Jahre! Aus! Vorbei!
Vorbei und aus. Dahin.
Entschwunden in die Meereswüste,
ohne Wiederkehr.
Das Unglück wird mir Unglück bringen.

DER JUNGE KAPITÄN:
Und läßt sich nicht Ersatz beschaffen?

KAPITÄN DER ›HILDA‹ *(vom Ausdruck der Wehmut abrupt
in den des Zorns wechselnd):*
Ersatz? Ersatz für meine Emmy?
Sie schlechter Mensch!
Nach zwanzig Jahren eine Neue?

DER JUNGE KAPITÄN:
Nun ja, Herrgott, man könnte doch …

KAPITÄN DER ›HILDA‹:
Seit achtundzwanzig Jahren, junger Leichtfuß,
seit achtundzwanzig Jahren bin ich Witwer.
Sie raten mir wohl auch zu einer neuen Frau?

Fix heiraten, fix eine frische Emmy kaufen?
Pfui!

DER JUNGE KAPITÄN:
Ich meine nur …

KAPITÄN DER ›HILDA‹:
Ein schlechter Mensch.
Ja, schlecht wie jener Schuft Jacobus,
der dort von Kapitän zu Kapitän schleicht,
stets in Geschäften unterwegs.
Auch wenn's um eine solche Herzenssache geht,
wie meine eine ist.
Der kam an Bord,
sobald ich eingelaufen war.
Schon ganz im Bilde,
schlug er mir einen Kauf vor,
die Galionsfigur, die könne er mir liefern,
liefern wie Schnaps, Zigarren und Konserven.
Ohne weiteres.
In seinem Garten liege
eventuell noch eine für mich rum.
Hören Sie,
erschrecken Sie:
In seinem Garten liege
noch eine rum für mich, eventuell.
Der kupplerische Schuft, Beschaffer von Galionsfiguren!

DER JUNGE KAPITÄN:
Ein hübsches Ornament tut's vielleicht auch?

KAPITÄN DER ›HILDA‹:
Ihr jungen schlechten Leute!
Ein Ornament, ein wenig Gold,
wo meine Emmy war.
Die weißen Arme lockend,
immer ausgebreitet, hingegeben jederzeit.
Ein bißchen Gold und Schnitzwerk,

wo einmal Emmy war?
Wie schlecht ihr alle seid.
JACOBUS *(tritt heran, den Hut lüftend. Der Kapitän der ›Hilda‹ läßt seinen auf):*
Jetzt ist die Luft ein wenig angenehmer.
(er wiederholt den Satz zweimal, sich vor beiden Männern verbeugend. Gleichzeitig mit Jacobus:)
DER JUNGE KAPITÄN:
Jetzt ist die Luft, man könnte sagen: angenehmer.
(Wiederholung, zugleich mit:)
KAPITÄN DER ›HILDA‹:
Jetzt ist die Luft durchaus nicht angenehmer.
(Wiederholung, dann, allein:)
Im Gegenteil, mein Herr.
Noch eben war sie besser.
Und merken Sie sich eins, Jacobus:
Der Kapitän der ›Hilda‹
nimmt nichts, was andre weggeworfen haben!
Nimmt nichts,
kauft nichts,
will nichts kurzum
aus Ihrem Garten.
(stürzt weg)«

De Rouckl sagt irgendwas, Willaert antwortet mit einem Lachen. Sollte das doch und schon der Zwischenapplaus sein?

»DER JUNGE KAPITÄN *(lachend zu Jacobus, der zu Boden sieht):*
Er hat die Holzfigur
und mit ihr seinen Kopf verloren.
Der Kapitän der ›Stella‹, Herr Jacobus,
pries Sie aber sehr.

JACOBUS:
> Das ging schon so in Ordnung.
> Die schönsten Blumen dort am Grab,
> die sind aus meinem Garten.
> Ich pflückte sie am Morgen,
> nicht weit von hier.
> Erinnern Sie sich noch?
> Auch Ihnen brachte ich
> am Tag der Ankunft einen Strauß.
> Doch der war zum Willkommen,
> mit allem Duft.

DER JUNGE KAPITÄN *(zerstreut)*:
> Duft?
> Ich habe Sorgen.
> Ein Problem ist aufgetaucht.

JACOBUS *(sehr wachsam)*:
> Sie wollen doch die Säcke mit Kartoffeln!

DER JUNGE KAPITÄN *(scharf)*:
> Niemals! Ich sagte es bereits.
> Ich brauche Säcke, aber leere Säcke.
> Plötzlich sind sie knapp geworden.
> Gewarnt hat mich hier niemand.
> Alle wußten es. Ich nicht.
> Wie soll ich meine Fracht befördern,
> wenn mir vierzehnhundert Säcke fehlen?

JACOBUS *(wieder träge, schleppend)*:
> Wie sollen Sie die Fracht befördern,
> wenn Ihnen vierzehnhundert Säcke fehlen.
> Sie liegen also fest?
> Sie mußten das Beladen stoppen?

DER JUNGE KAPITÄN:
> Sie können sie beschaffen?

JACOBUS *(gleichmütig)*:
> Das wird nicht leicht sein,
> wird gar nicht leicht sein und wird dauern.

(Er wischt sich den Schweiß von der Stirn)
Jetzt ist die Luft ein wenig angenehmer.

DER JUNGE KAPITÄN:
Sie helfen mir?

JACOBUS:
Das wird nicht leicht sein,
wird nicht ruckzuck klappen.
Kommen Sie,
wir überdenken es in aller Ruhe
in meinem Garten.
Dort ist niemand außer Alice,
im wunderschönen alten Garten,
Alice, meine Tochter.
Und nun kommen Sie!

BEIDE *(sehr unterschiedlich)*:
Dort ist die Luft ein wenig angenehmer.

(Jacobus geht voraus. Die ersten Paare der vornehmen Inselgesellschaft sind eingetroffen und haben die beiden beobachtet. Sie machen um Jacobus einen deutlichen Bogen.)

DER JUNGE KAPITÄN:
Mir wäre wohler,
wenn ich von der Insel könnte
hinaus aufs Meer.
Wie hat sie aus der Ferne,
als ich sie erstmals,
vom Schiff aus sah am Horizont,
verheißungsvoll geschimmert,
das Glück, golden und blau
hat es mir zugewinkt.
Fortuna, schwebend, freundlich lächelnd.
Man hoffte unwillkürlich, ohne Grund
auf etwas funkelnd, blitzend Künftiges
mit aller Kraft.
Das Herz flog ihm entgegen –

323

hätte mich nicht Geschäftliches gehindert,
allerdings –,
flog ihm entgegen,
wußte nicht warum,
doch flog.
Mir wäre heute wohler,
wenn ich von der Insel könnte,
augenblicklich hinaus aufs Meer.
Denn sie gefällt mir aus der Nähe nicht,
die Insel.
Aus der Ferne
will ich sie wieder ›Perle‹ nennen.
Mir wäre wohler,
wenn ich von der Insel könnte
hinaus aufs freie Meer.
So stickig ist es hier.
Weg von der Zuckerinsel
in die beißend klare Salzluft
des Ozeans.
Jedoch ich brauche Säcke,
circa vierzehnhundert Säcke.
Und also:
muß ich zu Jacobus in den Garten.
(folgt Jacobus)«

Willaert legt eine Pause ein und unterhält sich mit de
Rouckl. Man versteht natürlich nichts. Sie scheinen sich
nicht einig zu sein. Vielleicht weist er auf die roten
Striche hin, die man für die Arienstellen an den Rand
gemacht hat. Sie sollen sich aus dem Sprechgesang hoch-
schrauben als sporadisches Verlassen der musikalischen
Schicklichkeit. Es soll etwas Künstliches, zugleich aber
ein todernstes Sichversteigen sein.

»(Inzwischen mischen sich weitere Paare der vornehmen Insel-
gesellschaft zum nachmittäglichen Promenieren unter die rest-
lichen Kapitäne)

CHOR DER RESTLICHEN TRAUERNDEN KAPITÄNE:
Das kleine Grab griff uns ans Herz,
ein Gram, den wir auf See nie fühlten,
erfüllte uns.
Im fremden Hafen
schluchzten wir beschämt
vor einem Sarg,
in dem das fremde Söhnchen
eines fremden Vaters liegt.
Das kleine Grab,
wie griff es uns ans Herz.
Vorhin.
(Sie stecken im Abgehen ihre Taschentücher ein)
CHOR DER INSELGESELLSCHAFT:
Jetzt ist die Luft erheblich angenehmer,
wo uns der schamlose Jacobus
verlassen hat.
Jetzt sind wir unter uns
in Ehrbarkeit, in Anstand,
und Geschmack,
und jener Sittenlose stört uns nicht
beim Promenieren,
Konversieren,
schicklichen Charmieren
unter uns.
ERSTE EHEFRAU:
Die Kreatur,
hätt' er sie bloß nicht mitgebracht!
ZWEITE EHEFRAU:
Auch wenn er sie vor uns versteckt hält:
Es bleibt ein Ärgernis.

ERSTE EHEFRAU:
Man stelle es sich vor,
man sagt es gar nicht oft genug.

ZWEITE EHEFRAU:
Versteckt in seinem Garten!
Beleidigend für uns
Und seinen großen Bruder Ernest.

ERSTER EHEMANN:
Ernest Jacobus,
größter Importeur von allen auf der Insel,
Gastgeber und spendabler Junggeselle.

ZWEITER EHEMANN:
Ein Gentleman,
Ehrenmann,
Weltmann.

ERSTE EHEFRAU *(enthusiastisch)*:
Mannsbild!

CHOR DER INSELGESELLSCHAFT:
Der andere Jacobus,
Alfred Jacobus, Ehebrecher,
stolz auf seiner Schändlichkeit Beharrender,
ein Lieferant, der früher
ehrenwerter Kompagnon des Bruders war.
Geniert sich nicht,
unter dem hohen Grabmal der Familie
sich in Geschäften rumzutreiben.

ZWEITER EHEMANN *(lachend)*:
Das hohe Grabmal,
dem er sich samt illegaler Brut,
nicht mal als Leiche nähern darf,
inzwischen.

ZWEITE EHEFRAU:
Mit solchen Ehren ist es aus für ihn.
Besaß er nicht ein eheliches Töchterchen
und eine wohlhabende Frau?

ERSTE EHEFRAU *(mit sich steigernder Erregung):*
So, wie wir alle hier.
Dann kam die Zirkusschlampe
und der Ehrvergeßne,
Wahnsinnige,
verfiel dem Weib.

ALLE EHEMÄNNER:
Verfiel dem liederlichen Weib.
Ja, wenn das alle täten!

ERSTE EHEFRAU *(hysterisch):*
Verfiel der Zirkushure.
Vergaß sich selbst, die Sitte, die Familie,
reiste mit ihr und ihrer Schmiere durch die Welt.
Vergötterte nur sie.
Was kümmerten ihn Frau und Töchterchen und
Bruder?
Und Wohlstand, Würde?
Einen Dreck.
Er sah nur sie, die Nutte.

ZWEITE EHEFRAU:
Aber nicht, wie abgetakelt sie schon war.

ERSTE EHEFRAU *(in ruhigerem Haß):*
Jacobus folgte ihr nach Hundeart,
demütig.
Sie betrog und schlug ihn.
Machte für viele,
aber länger nicht für ihn die Beine breit.
Er nahm es hin.
So hörte man es hier
von Augenzeugen.

ERSTER EHEMANN:
Widerlich!

ZWEITER EHEMANN:
Zum Kotzen,
recht besehen.

ERSTE EHEFRAU *(noch ruhiger, fast neutral)*:
Als er zurückkam, endlich,
war seine Frau gestorben,
der gute Bruder nahm die Tochter auf,
die eheliche.
Gab ihr einen ordentlichen Mann.
Einen Herrn Doktor!
Er aber, Alfred,
brachte eine zweite Tochter mit,
die Frucht der unzüchtigen Leidenschaft.
Wagte, sie einfach mitzuschleppen.
Zu uns!

CHOR DER INSELGESELLSCHAFT:
Das können wir ihm nie verzeihen:
Wagte, sie einfach mitzuschleppen.
Zu uns!
In unsern Kreis!
Nach allem!

ERSTE EHEFRAU:
Auch wenn er sie im Garten,
hinter hohen Mauern stets verbirgt:
Er hält sie hier, in unsrer Mitte,
in seinem Haus
wie eine rechtmäßige Erbin.

ALLE EHEMÄNNER:
Wir sind nicht kleinlich,
sein Vergnügen braucht der Mann, höhö,
bisweilen,
aber doch diskret, mit Takt.
Keine Skandale,
die uns kränken, bitte.

ERSTE EHEFRAU:
Schließlich
kommt die Dirne auch noch angereist.
Ach, man kann es gar nicht oft genug erzählen.

Ausgemergelt, krank,
fast tot,
ein Zirkuspferd hat sie getreten.
CHOR DER INSELGESELLSCHAFT:
Toll! Ein Zirkuspferd!
Das nenn' ich Stil.
ALLE EHEMÄNNER *(betont männlich)*:
Getreten? In den Unterleib?
ERSTE EHEFRAU *(droht ihnen scherzhaft)*:
Ohne einen Pfennig kommt sie,
ohne Scham, versteht sich.
CHOR DER INSELGESELLSCHAFT:
Sterbend,
schamlos,
bargeldlos,
versteht sich.
ERSTE EHEFRAU:
Doch was macht Jacobus
angesichts der ungeheuerlichen Mutter,
die ihr Kind nicht einmal sehen will?
Mietet ihr ein Haus
und läßt sie pflegen bis zum Tod.
Sterbend,
hat sie ihn mit Flüchen rausgeworfen.
CHOR DER INSELGESELLSCHAFT:
Und wir alle
mußten den Skandal ertragen.
ZWEITE EHEFRAU:
Jenes Wesen wird jetzt etwa achtzehn sein.
ALLE EHEMÄNNER *(noch männlicher)*:
Sieh an, müßte jetzt achtzehn sein.
Müßte jetzt circa achtzehn sein,
das Ding, nun, Dingelchen.
Höhö, das Luderchen, höhö?

ZWEITE EHEFRAU:
Seit sie kein Kind mehr ist,
hat niemand sie gesehen
von uns.
Doch schlimm und Ärgernis genug,
daß sie vorhanden ist in seinem Haus.

*(Ein auffallend magerer junger Mulatte in abgerissener Klei-
dung mit einem Arbeitsbeutel versucht, von der Gruft der
Jacobus-Familie kommend, durch das Tor möglichst unauffällig
wegzuschleichen. Jedoch die Ehemänner nehmen ihn lachend
in ihre Mitte. Der Junge duckt sich ängstlich.)*

ERSTER EHEMANN *(sichtlich erfreut)*:
Nanu, wie hübsch, wen haben wir denn da!
ZWEITER EHEMANN:
Hast du auch brav den Stein gewaschen,
gepflegt, poliert?
Daß du das darfst, das ist ein Zeichen.
ERSTER EHEMANN:
Ein Zeichen großer Güte deines Herrn.
Die Blumen treu begossen?
Dich nicht gescheut, den Rücken krumm zu machen
und ordentlich zu schwitzen
für die Ahnen deines gutherzigen Herrn?
ZWEITER EHEMANN *(zieht ihn neckend an den Ohren)*:
Der dir, solange du am Leben bist,
ein Dach über dem Kopf und Brot gibt?
ERSTER EHEMANN *(schlägt ihn gutmütig in den Rücken)*:
Und wenn es mal was setzt,
dann weißt du,
daß es schlimmer kommen könnte!
Jetzt sag uns,
wie der neue Kapitän dich aufgehetzt hat.

ERSTE EHEFRAU:
  ... der neue Kapitän,
  der mit dem anderen Jacobus zuviel redet ...
ERSTER EHEMANN:
  ... aufgehetzt hat,
  anstiften wollte,
  unglaublich, unerhört,
  dich gegen deinen edlen Herrn,
  Ernest Jacobus,
  aufzulehnen.
DRITTES EHEPAAR *(gemeinsam, der Mann boxt ihn gutmütig
  in die Seite):*
  Raus mit der Sprache!
  Nur weil Herr Jacobus,
  den du beim Mittagsschlaf gestört hast,
  im Büro,
  weil es der neue Kapitän von dir verlangte,
  dir einen Tritt
  in deinen dummen Hintern gab,
  sollst du in Zukunft ... Was?
ERSTE EHEFRAU *(zieht ihn spielerisch an den Haaren):*
  Dir einen Hammer in die Tasche stecken,
  hat er gesagt,
  zu deinem Schutz?
ZWEITE EHEFRAU *(tritt ihm spielerisch vors Schienbein):*
  Scherz oder Lüge?
  War's ein schlechter Scherz vom Kapitän? Von dir
  dagegen eine Lüge?

(Der Mulatte hält sich beide Ohren zu und entwischt ihnen)

ERSTER EHEMANN *(ihm kopfschüttelnd nachsehend):*
  Fast zu gutherzig ist Herr Jacobus,
  dem Mulatten,
  einstmals nebenbei

mit einer Negerin ohne Skandal,
diskret von ihm gezeugt,
in seinem Haus Beschäftigung zu geben.

CHOR DER INSELGESELLSCHAFT *(die dabei wieder das paar-*
weise Promenieren aufnimmt, ernsthaft):
Fast zu gutherzig ist Herr Jacobus,
Ernest Jacobus, Junggeselle,
größter Importeur der Insel,
weltbekannt bei Reedereien,
der dem Bastard was zu essen gibt,
ihn nicht davonjagt,
Arbeit,
außerdem noch Brot und Kleidung gibt.
Spendabler Gentleman,
Grandseigneur Jacobus,
Weltmann.

ERSTE EHEFRAU *(saftig):*
Mannsbild!«

Willaert unterbricht sich. Klingt eigentlich beruhigend
sachlich, was er zu de Rouckl sagt. Vielleicht fragt er ihn,
ob auch er die Vorlage kennt?

»Zweites Bild

(Üppig tropischer Garten, von Mauern umgeben, im späten
Nachmittagslicht. Eine schwarzgekleidete Alte schießt strik-
kend zwischen den Blumengebüschen umher. Alice sitzt in
einem Korbstuhl mit dem Rücken zum Publikum und anfangs
vor ihm verborgen. Man erkennt erst allmählich den Fuß eines
übergeschlagenen Beines. An der Fußspitze ein blaues, hoch-
hackiges Pantöffelchen, das, wie bei einer Katze der Schwanz,
im Verlauf der gesamten Gartenszene, ohne das Alice es ahnt,
je nach Gemütszustand verräterisch zu wippen beginnt. Am

besten wäre, man hörte 90 sec. lang – echt oder nachgeahmt,
am besten zuerst echt, dann grotesk nachgeahmt durch Instru-
mente o. ä. – nur die harten Absätze der Alten, ihre Strick-
nadeln und das Knarren des Korbstuhls.)

DIE ALTE VERWANDTE *(als sagte sie ein Strickmuster auf):*
  Aus und vorbei!
  Vorbei, vorbei!
  Aus, aus, aus!
  Frieden dahin,
  Ruhe dahin.
  Und das nicht allein.
  Ich armes Schwein!
  Die arme Verwandte
  als Wärterin.
  Wen hätte man sonst dafür nehmen sollen?
  Bezahlt,
  bezahlt, die arme Verwandte,
  als Wächterin.
  Wer hört ihren Rat?
  Nicht sie, nicht er.
  Die Welt ist abscheulich aufgequollen
  von Tücke und Mord.
  Hinter den Bäumen,
  hinter den Mauern
  braut sich's zusammen,
  das Männerwerk.
  (schreit zum Mädchen)
  Du kennst sie nicht,
  die teuflische Welt,
  (leiser, für sich)
  bist selbst vielleicht
  von den Teufeln einer?
  (wie zu Anfang)
  Aus, aus, vorbei und aus!

Der Frieden ist aus,
der Anstand vorbei
in diesem Haus,
alles einerlei.
(setzt sich in einen Schaukelstuhl)
Was will dieser Schnösel und Kapitän?
Tanzt jeden Nachmittag an zur Balz,
und du, du schamloses Engelchen?
Hörst ihm tapfer zu!
Bleibst hocken, brav!
Kriegst den kleinen Arsch durchaus nicht hoch.
Den Vater, ach was, den kümmert's nicht,
der macht Geschäfte,
erst draußen, dann hier.
(lacht gehässig)
Was wird das wohl für ein Handel sein?
Was führen Schnösel und Vater im Schilde?
(sie geht zu Alice und flüstert ihr etwas zu. Alice schreit auf)
Jetzt bist du im Bilde!
Das führt man im Schilde.
Und nun, Früchtchen:
Sieh dich selber an!
Zeigt man sich so
einem fremden Mann?
Das Leibchen verrutscht,
halb offen dazu,
die Haare wirr und wie abgelutscht
die Beine nackt,
überm schlampigen Schuh,
der Morgenmantel abgeschmackt,
im Unterkleid.
Vom Stamm fällt eben der Apfel nicht weit.«

Willaert scheint unsicher zu sein, ob er die Stimme weiblich verstellen soll, gibt aber bald auf.

»*(Alice springt auf mit starkem Knarrton des zurückgeschobenen Stuhls. Man erkennt sofort, wenn sie im eben beschriebenen Zeug aufgerichtet dasteht, daß sie ein sehr schönes, allerdings etwas verwahrlostes Mädchen ist. In allem, auch in der wirren Haarmasse, drückt sich eine überwältigende Schläfrigkeit aus, die momentan im Kontrast steht zu ihrem Zorn.)*

ALICE:
Schluß!
DIE ALTE VERWANDTE:
Verdorbenes Kind,
wen wundert das,
deine Eltern sind
das entsprechende Maß.
ALICE:
Halt den bösen Mund!
DIE ALTE VERWANDTE:
Dein Herr Papa,
der wird geschnitten.
Nicht dort, noch da
ist er wohlgelitten.
ALICE:
Zahnloses Maul!
DIE ALTE VERWANDTE:
Aber gut ist mein Ruf!
Du tückisches Mädchen:
Der dich einst schuf,
bringt dich auch unters Rädchen.
ALICE:
Scheusal, Hexe!
DIE ALTE VERWANDTE:
Bringt dich unters Rädchen,
wo du schon bist.
Da hilft dir, Mädchen,
keines Händlers List.

Zur Mama keine Silbe,
zur Streunerin,
Zigeunerin,
zur Zirkusmilbe,
aus meinem Mund.
In räudiger Stund',
die dein Vater erschlich,
empfing sie dich.
Ich bekreuzige mich.

ALICE *(verzweifelt):*
Giftmist ... Jauchewurm ... Gespensternot.

DIE ALTE VERWANDTE:
Die Milbe ist tot,
wie gut für dich.
Doch das bringt nichts ins Lot.
Fast freu ich mich.

ALICE *(schwächer werdend):*
Erst wenn ich im Grab bin,
gibst du Ruhe.

DIE ALTE VERWANDTE:
Vor dir spring wohl ich
in die schwarze Truhe.
Und hab' vom Leben nicht mehr gehabt,
mich an seinen Freuden
nicht wilder gelabt,
als du, fauler Bankert.
Als du, verwöhnt,
von der Welt nichts wissend,
doch unversöhnt
mit der feinen Gesellschaft
und von ihr fern.
Nicht deine Schuld.
Nur dein Unglücksstern.
Nicht meine Schuld.
Wer hat Arme gern?

Jetzt stampfst du wütend
mit hohen Hacken.
Doch dein Unschuldsärschchen
Ist festgebacken.

ALICE:

Schlangen ... Schlangenfurz.

*(Sie stürzt sich auf die Alte, die sich zischend zurückzieht.
Dann steht sie bewegungslos mit geballten Fäusten da, läßt
sich aber nach einer Weile erschöpft in den Schaukelstuhl
fallen. Dort beginnt sie nach einer weiteren Pause rasend
zu schaukeln. Schließlich springt sie auf. In der folgenden
Szene sollte es beim unruhigen Hin- und Hergehen zu
möglichst aufreizenden Enthüllungen ihres Körpers kommen, die aber auf keinen Fall den Hauch einer Absicht haben
dürfen)*

ALICE *(zunächst mit Geräuschen wie Knurren, Brummen,
Fauchen, dann stammelnd, fast wie buchstabierend):*

Mir wäre wohler,
wenn – ich weiß es nicht.

(stampft wütend auf:)

Ich weiß es nicht.

(bleibt plötzlich stehen:)

Wenn ich weinen könnte?

(versuchsweise:)

Mir wäre wohler,
wenn ich weinen könnte?
Bah, bäh, bäh, ich hab' nichts zu weinen.
Ich hab' ziemlich gar nichts.

*(hat ein Geräusch gehört und flüchtet sofort in die alte
Haltung im Korbstuhl. Als es still bleibt, kommt sie wieder
hervor und beginnt, stumm die Hände zu ringen)*

Es ist ja nichts,
die Blumen blühen wie verrückt,
die Luft weht mild,
macht keine Umstände
hier drinnen.

Und wie sie draußen weht, weiß ich ja nicht.
Sie weht dort wohl, wie man so hört –
von ihr, von ihm –
weit wenig angenehmer.
Man könnte still hier sitzen
und was denken
über ein Einzelding der Welt.
Doch das ist schwierig, da man sie nicht kennt,
die Welt.
Ich stelle sie mir vor:
Viel Schauerliches
kommt dabei zum Vorschein.
(zitternd:)
Es betrifft mich aber nicht.
Ich will den Atem anhalten,
solange es nur geht.
Es soll mich nicht betreffen.
Ist ja lange gut gegangen.
Oder ging es schlecht, die ganze Zeit schon?
Ich weiß es nicht, mir ist nicht wohl,
sehr unwohl ist mir,
und den beiden ist's egal.
Ich fürchte mich,
so könnte man es nennen:
entsetzlich.
(wirft sich in den Schaukelstuhl, bewegt sich sachte, wie nachdenklich. Plötzlich beginnt sie wieder rasend zu schaukeln, springt schließlich auf.)
Ich glaube nicht,
daß dieser Schwätzeraffe,
Heuchler-Störenfried
damit zu tun hat!
Zwar ist er ein Mann ...
Jedoch ... die alte Hexe lügt.
Obschon ... ein Mann ...

Das ist ein schlechtes Omen,
und man fürchtet sich
entsetzlich.
Das, weil es vorher hier so still war,
man spürte nichts.
Ich saß und mit dem Licht auf Gras und Blumen
ging ich auf und unter, Tag für Tag.
War ohne Neugier auf das Schauerliche,
das mir die Hexe von der Welt erzählte,
und ohne Angst davor.
Ich saß tagaus, tagein und starrte,
empfand wohl gar nichts,
sah, wie sich die Tiere,
ob schön geschuppt, ob schön gefiedert,
jagten, töteten und fraßen,
warum auch nicht.

*(glaubt, ein Geräusch gehört zu haben, erstarrt auf der
Flucht zum Gartenstuhl, beruhigt sich, als sie den Irrtum
bemerkt)*

Zufrieden war ich dabei nicht,
warum auch,
aber es war friedlich.
Mein Hund nahm seinen Knochen
zwischen seine scharfen Zähne
und schleuderte wie wild den Kopf.
Wie war er glücklich,
weil er diesen Knochen beißen konnte,
ihn schleudern hin und her,
als wär's sein liebster Feind,
sein schlimmster Freund.
Dann lag er lange still und selig.
Ich aber fürchte mich,
weiß nicht, weshalb, wovor,
weiß nicht, was ist,
verliere die paar Gramm Verstand,

die ich besitze.
Ich wollte,
ich hätte einen Knochen, den ich schleudern könnte.
Hin und her!

(sie macht verbissen die Kopfbewegung nach, zuckt plötzlich zusammen und läuft zu ihrem Stuhl, verbirgt sich tief darin. Nur, wie zu Anfang, ein blauer Pantoffel bleibt sichtbar. Der junge Kapitän tritt schnell auf, bleibt abrupt stehen, geht dann ein Stück wieder rückwärts. Dabei immer den Schuh ansehend)

JUNGER KAPITÄN:
Das Pantöffelchen!
Wie eine blaue Blume vor dem Grün!
Sie ahnt nicht, daß ich hier bin,
ahnt nicht, daß der Schuh,
den sie so achtlos baumeln läßt,
mir ihren Platz verrät.
Was sie wohl denkt und träumt,
wenn sie so sitzt, nichts tut,
nur starrt?
Man darf es nicht erschrecken,
dieses reizende, sehr unfreundliche Mädchen,
tät es aber gern,
verdammt nach Kräften,
selbst wenn man es schlagen müßte, gern!
So struppig, wild und unerzogen.
Wie sie träge kaum die finstren Augen öffnet,
nicht antwortet,
kaum Antwort gibt,
und wenn, ist sie beleidigend,
die kratzbürstige, schöne Statue,
einsam, von aller Welt verlassen: kurios.
Die Arme, mein Gott, sind sehr wohlgerundet,
das Haar, zerzaust und herrlich,
bringt mich zum Lachen.

Die unverfrorene Figur und dann:
die Ähnlichkeit mit den Verwandten der Jacobus-Sippe,
grotesk,
mit Alfred, Ernest,
auch mit dem Mulatten.
Ich schmecke sie,
auf meiner Zunge,
eine zwielichtige Speise,
ein schroffer Wein,
der hinterrücks gefährlich ist.
Von dieser blauen Spitze an, die wippt,
da drüben,
kenn ich das Mädchen
mitsamt der rauhen Stimme auswendig inzwischen,
begreif' es aber nicht,
ah, die hellen Knie
läßt sie achtlos sehen,
hell wie die Kehle, die sie, aus Gewohnheit
höhnisch, zurückwirft,
die Hüften,
unterm zerfransten Morgenrock
feurig geschwungen,
der Rücken ...
Kurz: Mir graut davor, auf See zu gehen!
Jedoch: Die Säcke sind beschafft, seit heute,
ich habe keinen Grund, zu bleiben.
(zerstreut)
Jacobus hat es über sich gebracht,
den feinen Bruder aufgesucht,
zum ersten Mal nach zwanzig Jahren,
ihn überredet
zu diesem Handel.
Merkwürdig. Und wem zuliebe?
Ich habe
seit heute keinen Grund zu bleiben.

Das ist der Haken.
(entschlossen auf Alice zugehend)
Einmal noch!
Ein letztes Mal zumindest
(wie vorher anhaltend und zurückweichend)
sie sehn.
Die Brüske, Schläfrige,
unendlich Gleichgültige
und stets wie Wutentbrannte
sehn,
die vielleicht Stumpfsinnige, gar etwas Blöde,
die mich nicht sucht,
nicht flieht,
mir zuhört wie ein Stein.
Und nichts als dies: ›Was geht das mich an!‹,
dieses ›Kehren Sie sich nicht daran!‹,
das mich erzürnt, entzückt ...
(die Alte kommt aus dem Haus und baut sich dreist vor ihm auf)

DIE ALTE VERWANDTE:
Schon wieder!
Noch immer nicht genug von uns?
Mein Lieber, ich weiß, wie so was endet.

DER JUNGE KAPITÄN *(für sich)*:
Es hat doch gar nichts angefangen.

DIE ALTE VERWANDTE:
Nun hören Sie mal, guter Mann.
Es reicht
und wäre schön, wenn Sie verschwänden.

ALICE *(aufspringend)*:
Sei still!
Geh in den Winkel und sei still.

DIE ALTE VERWANDTE:
Satanskind!
(die Alte zieht sich mit ironischer Verbeugung zurück. Der

Kapitän und Alice stehen einen Augenblick stumm vorein-
ander, dann setzt sich das Mädchen in den Schaukelstuhl)

DER JUNGE KAPITÄN *(lauernd):*
So redet sie mit Ihnen, Fräulein Alice?
In dem Ton?

ALICE, DER JUNGE KAPITÄN GEMEINSAM:
Kehren Sie sich nicht daran!
(Alice beginnt daraufhin heftig zu schaukeln)

DER JUNGE KAPITÄN:
Es empört mich aber, Alice!

ALICE, DER JUNGE KAPITÄN GEMEINSAM:
Was geht das mich an!
(Alice hört abrupt auf zu schaukeln, wippt jetzt heftig mit dem Fuß)

DER JUNGE KAPITÄN:
Und außerdem:
Ich will nicht!
Ich werde nicht!
Keine Lust!:
Haben Sie, Fräulein Alice, vielleicht
einen wichtigen fünften Satz?

ALICE:
Lassen Sie mich …

DER JUNGE KAPITÄN:
… in Ruhe? Der Satz ist nicht neu.

ALICE *(plötzlich ängstlich flüsternd):*
… hier! Lassen Sie mich hier!

DER JUNGE KAPITÄN *(gedankenversunken):*
In Ruhe lassen!
Morgen
fahr' ich schon.

ALICE *(erstarrt):*
Nein!

DER JUNGE KAPITÄN *(ungläubig):*
Ich soll nicht?

Mein Geschäft ist erledigt,
Ihr Vater und ich wurden handelseinig.
(mehr zu sich)
Ernest Jacobus,
erstaunlich, erstaunlich,
der mich nicht mag,
Ihren Vater erst recht nicht,
Ihr Onkel hat sich erweichen lassen.
Ich kriege die Säcke,
vierzehnhundert,
wie gewünscht!

ALICE *(verkriecht sich im Schaukelstuhl, der sich heftig bewegt)*:
Ich flehe Sie an.

DER JUNGE KAPITÄN *(stutzend, dann überwältigt)*:
Aber ... Alice ...

ALICE:
Warum kommen Sie her?

DER JUNGE KAPITÄN *(plötzlich im Verführerton)*:
Warum bleiben Sie jeden Nachmittag
gepudert hier sitzen?
Halten auch still,
egal, was ich sage?
(erst jetzt nimmt er die Verzweiflung des Mädchens wahr, das die Hände in den dicken Haaren verkrallt hat)
Was ist jetzt wieder los?
Sie zittern ja!

ALICE *(noch stärker zitternd)*:
Bitte gehen Sie fort!

DER JUNGE KAPITÄN *(halb neugierig, halb betroffen)*:
Was entsetzt Sie so?

ALICE *(sich steif aufrichtend, mit äußerster Beherrschung)*:
Kehren Sie sich nicht daran!
Denn wenn Sie mich greifen und mit sich schleppen
und auf jene kahle Insel sperren,

ohne Erbarmen,
werde ich mich mit meinen Haaren
erdrosseln,
erdrosseln mit meinen eigenen Haaren,
kann ich mich immer,
immer noch.

DER JUNGE KAPITÄN *(deutlich gebannt von ihrem Anblick,*
halb lachend vor Grausen über die Offenbarung, nach einer
Pause):
Verrückt!
Mein Gott, die Alte,
die Alte war's in ihrer Tücke!
(sich Alice stärker nähernd)
Glauben Sie Ihrer Tante nicht,
wenn sie närrische Märchen spinnt
über die Welt, die Männer und mich.
Glauben Sie mir!

ALICE:
Ich weiß es nicht.
Ich weiß es ja nicht.
Nicht.

DER JUNGE KAPITÄN *(sehr aufrichtig):*
Ich schwöre,
kein einziges Haar
krümme ich Ihnen, kein einziges
dieser herrlichen Haare.
Niemand soll Sie erschrecken.

ALICE:
Mais papa ...

DER JUNGE KAPITÄN:
Hol ihn der Satan!
Nichts, nichts,
keine Sorge, Alice, schon morgen
(für sich)
übermorgen

bin ich ja fort,
ich allein,
und Sie,
Sie bleiben in Ihrem Garten
(bewegt)
wie immer,
für immer.

ALICE *(nachdem sie den Kapitän eine Weile still angesehen hat):*
 Aah! Aaah!

(sie streckt sich in ihrem Stuhl und schließt die Augen, läßt Beine und Arme hängen, beginnt sacht wie in einer Wiege zu schaukeln, dazwischen tiefe Seufzer der Entspannung. Sie scheint, nach ungeniertem Räkeln, in Schlaf zu fallen, hat den Besucher völlig vergessen in ihrer Erleichterung. Der Kapitän bleibt in ihren Anblick versunken, dicht bei ihr. Dann tritt er zurück, umkreist sie mit heftigen Schritten, steht schließlich mit geballten Fäusten vor ihr)

DER JUNGE KAPITÄN:
 Alice!
 Keine Antwort?
 Alice!
 Sie rührt sich nicht,
 hört mich nicht,
 hat die falschen Augen zugemacht,
 die Kloster-Unschuld.
 Eidechsenleib!
 Ein fetter Säugling in Sicherheit.
 Vergessen die gefährliche Welt
 und ich!
 Nichts geht sie was an.
 Leer das Gesicht, das Herz, die Seele.
 Verdammt,
 bin ich ein Stuhl oder Tisch?

(leise drohend) Mach die Augen auf,
schöne Alice!
Sieh mich an,
böse Alice, aufgewacht,
dumme Alice, sofort!

(Alice schlägt die Augen auf und sieht ihn schläfrig an. Der Kapitän ist zunächst sprachlos, stammelt dann)

Die Sache ist die:
Ich ... zum Teufel!

(er reißt sie aus dem Stuhl, der rasend zu schaukeln beginnt, in seine Arme, in denen sie sich, in der Haltung einer leblosen Puppe, apathisch von ihm küssen läßt. Der Kapitän bedeckt Mund, Gesicht, Hals, Brust wie ausgehungert mit Küssen. Er dreht sich mit ihr im Kreis herum, sie läßt alles geschehen)

Alice! Alice!

(plötzlich versucht sie sich zu befreien, indem sie ihn von sich stößt. Der Kapitän lacht grimmig auf und hält sie um so fester)

So keinesfalls, Alice!
Du willst schon fort?
Ich kehr' mich nicht dran!

(Jacobus erscheint im Hintergrund. Es ist nicht sicher, wie lange er dort schon gestanden hat. Der Kapitän bemerkt ihn nicht, er dreht sich wieder mit der schlaffen Puppe Alice im Kreis, lachend und zugleich wütend trällernd)

Ich kehr mich nicht dran,
ich kehr mich nicht dran.
So keinesfalls.

JACOBUS *(gleichzeitig, leiser):*
Ach, mein Kind, mein Kind,
mein armes Mädchen,
endlich, Alice.

(Plötzlich taucht Alice aus den Armen des Kapitäns nach

unten weg und entschlüpft. Sie rennt ins Haus, hinkend, da sie einen der Pantoffel verloren hat. Der Kapitän starrt ihr entgeistert nach. Stille)

DER JUNGE KAPITÄN:
Das Satansmädchen!
Endlich, endlich,
Alice!

JACOBUS *(gleichzeitig):*
Mein armes Mädchen!
Endlich, endlich,
Alice!

DER JUNGE KAPITÄN:
Es ist noch nicht gut,
du Teufelin,
kleine Schlangenbrut,
mit des Vaters Kinn
voll Eigensinn.
Sei auf der Hut
vor meinem Zorn
und meiner Glut,
die dich packen will,
von hinten, von vorn.
Halt einmal noch still ...

(er droht mit geballter Faust in Richtung der Fenster und öffnet sie dann zur Kußhand. Jacobus tritt noch einen Schritt vor. Der Kapitän entdeckt ihn und zuckt zusammen. Er murmelt für sich)

Was hat er gesehen?

(Jacobus greift, noch weiter wortlos, nach der Lehne des Stuhls, in dem das Mädchen anfangs gesessen hat)

Das gibt eine Schlägerei!
(zu Jacobus gewandt, mühsam)
Heute kommen Sie früh.

JACOBUS *(matt):*
Wenig Geschäfte.

DER JUNGE KAPITÄN:
Und ich,
ich gehe bald fort,
natürlich.

JACOBUS:
Gewiß, Kapitän.
Schon übermorgen.
(er läßt sich in den Stuhl fallen und manövriert ihn im Sitzen so, daß er selbst gut sichtbar ist und vollen Blick auf den Kapitän hat. Jetzt bemerken beide das blaue Pantöffelchen. Sie sehen es schweigend und unverwandt an. Man hört aus dem Haus Geräusche. Die Alte schreit ›Alice‹. Die beiden Männer rühren sich nicht, gebannt vom Pantöffelchen. Dann beugt sich Jacobus ungeschickt vor und hebt es auf. Er hält es in seiner Hand und betrachtet es von allen Seiten)
Setzen Sie sich, Kapitän!
(er untersucht weiter den schlampigen, aber extravaganten Schuh. Der Kapitän setzt sich in den Schaukelstuhl und versucht, dessen albernes Schaukeln zu unterbinden. Jacobus spricht mit sanfter Stimme)
Daß ich Sie hier angetroffen habe!
Das freut mich, freut mich sehr.«

Willaert und de Rouckl streiten jetzt wahrscheinlich über die Vorlage. Man hört öfter »Joseph Conrad« heraus. Willaert:

»DER JUNGE KAPITÄN:
Damit ist es nun bald vorbei.

JACOBUS *(in der folgenden Szene hält er immer den Schuh in der Hand, betrachtet ihn von allen Seiten usw.):*
Die Luft, wie angenehm
in diesem Garten
mit seinen Blumen,
die duften und glühen.

(schnuppert gemächlich, wischt sich Schweiß von der Stirn)
Worüber wir beide reden sollten,
jetzt, Kapitän,
endlich, Kapitän,
ist unser Kartoffelgeschäft.

DER JUNGE KAPITÄN *(energisch):*
Nein, Jacobus, ich handele nicht!
(er steht auf, um zu gehen. Der Schaukelstuhl wippt heftig)

JACOBUS *(bleibt sitzen):*
Das sollten Sie aber.

DER JUNGE KAPITÄN *(für sich):*
Ach, sie noch einmal zu sehen,
ach, das Grauen, auf See zu gehen!
Das Gefühl und das Stechen,
das Schneiden und Brechen
die reizende Qual
ein letztes Mal.
Ach, das Grauen, auf See zu gehen,
ach, das Eidechschen noch einmal zu sehen!
(entschlossen zu Jacobus)
Sie meinen, wir sollten Geschäfte machen?

JACOBUS *(sanft):*
Das ginge in Ordnung.

DER JUNGE KAPITÄN *(für sich):*
Das blaue Schühchen,
wie hoch die Hacke,
wie schief dabei!
(laut)
Das glauben Sie wirklich?

JACOBUS:
Es wäre das Beste,
für Sie, für mich.

DER JUNGE KAPITÄN *(für sich):*
Das Pantöffelchen!
So klein in seiner großen Hand.

Er wird es zerdrücken.
(laut)
Dann, Jacobus,
werden wir's tun!
(er setzt sich wieder)
JACOBUS *(wie grüblerisch milde):*
Die ganze Partie, Kapitän,
dreißig Tonnen.
DER JUNGE KAPITÄN:
(springt wieder auf. Stuhl schaukelt wild)
Unmöglich!
Dazu fehlt mir das Geld.
JACOBUS *(drohend, während er an dem Pantoffel zu schnup-*
pern scheint):
So? Nein?
Wieviel haben Sie denn,
Kapitän?
DER JUNGE KAPITÄN:
Nicht genug für die Hälfte.
JACOBUS *(argwöhnisch):*
So?
(zornig)
So?
Sie könnten versuchen,
mit Ihren Verladern ...
DER JUNGE KAPITÄN:
Durchaus nicht!
Das Konto des Schiffes ist abgeschlossen.
Ich tät's auch nicht,
Jacobus,
tät's nicht.
Sie gehen, Jacobus, zu weit
mit dem Jacobus-Geschacher.
Tät's ums Verrecken:
nicht!

(Jacobus senkt den Kopf und betrachtet den Schuh, knetet ihn grimmig. Man hört nur knurrende, ächzende Laute von ihm. Er biegt den Schuh jetzt mit beiden Händen hin und her. Der Kapitän geht mit schnellem Schritt weit weg von ihm. Für sich)

Das Gefühl und das Stechen,
das Schneiden und Brechen,
die reizende Qual
ein letztes Mal.

(stellt sich dicht und hochmütig vor Jacobus)
Mein Vorschlag ist der:
Ich kaufe alles,
so weit mein Geld reicht,
geschätzte achtzig Gold-Sovereigns.
Die Kartoffeln bringen Sie auf einem Leichter
längsseits des Schiffes,
jetzt gleich.
Informieren Sie Burns,
den Ersten Offizier.
Hier der Schlüssel zu meinem Schreibtisch.
Dort ist mein Bargeld.
Ausräumen, alles!
Nur gehen Sie gleich,
sofort!«

Donnerwetter, Willaert hat auf Anhieb begriffen, daß man den »Vorschlag« mit schon übertrieben neutraler Sprechstimme sagen muß! Das müßte auch der Sänger so machen.

»JACOBUS *(er ist aufgesprungen und stürzt los, bemerkt den Schuh in seiner Hand, kehrt um und legt ihn auf seinen Stuhl):*

Das geht in Ordnung,
Herr Kapitän.

Und wenn Burns mir nicht glaubt?

DER JUNGE KAPITÄN (*schadenfroh auflachend*):

Das mag schon sein.

Dann müssen Sie warten,

längsseits des Schiffes.

Ich komme bald nach.

JACOBUS (*mit Blick auf Schuh, Kapitän, Schuh, dann schnell ab*):

Verstehe,

(*zögert plötzlich, rafft sich auf, schweratmend*)

geht in Ordnung,

verstehe.

DER JUNGE KAPITÄN (*als es ganz still ist, nur Vogelstimmen hörbar, wie in großer Not*):

Alice!

Alice! Alice!

(*nichts rührt sich. Er nimmt den Schuh und preßt ihn abwechselnd an Mund und Brust. Langsames Zwischenspiel. Die Dämmerung setzt ein*)

Wie fahl es wird!

Die Glut erlischt,

ein Welken und Ergrauen überall.

Das Leuchten flieht vor mir

und schwindet ganz.

Alice, deine Blumen

lösen sich auf in Schatten.

Das Unbestimmte in meinem Herzen

wächst,«

O Gott, wächst vom schieren Anhören im Herzen von Frau Fesch sofort mit!

»das Vage nimmt schnell zu.

Ach, mir ist nicht wohl,

Alice.

(flüsternd)
Sehr unwohl ist mir.

(Alice kommt schließlich hinkend aus dem Haus. Sie läßt sich in ihren Sessel fallen)

ALICE *(bemüht unfreundlich):*
Noch immer hier?
Noch immer nicht gegangen?

DER JUNGE KAPITÄN *(breitet wie in letztem Bemühen um Emphase die Arme aus, läßt sie dann sinken):*
Schließlich sind Sie gekommen.

ALICE *(forciert barsch):*
Ich suche meinen Schuh.
Sonst nichts.

DER JUNGE KAPITÄN:
Hier ist er!
(für sich)
Doch wo ist das Gefühl,
das Stechen, Schneiden, Brechen
in meinem Herzen.
Da ist nichts mehr.
Kein Zittern,
Schütteln,
Sengen
in meiner Brust.
(laut, zu Alice)
Geben Sie mir
jetzt Ihren Fuß.
Ich zeige Ihnen,
wie man Pantoffel
wie diesen anzieht,
mit Riemchen und Schnallen.

(er kniet sich vor Alice hin und hebt leicht ihren Rock an, um den Fuß zu ergreifen und ihr den Schuh anzuziehen. Sie läßt es widerspruchslos geschehen. Während der Prozedur bleibt es ganz still)

Ihr Vater hat den Schuh gefunden!

ALICE *(sie sitzt jetzt mit übergeschlagenen Beinen wie zu Anfang. Der Schuh wippt, aber jetzt ist sie voll sichtbar von vorn. Übertrieben verwegen):*

Und?

Ich habe keine Angst vor ihm.

DER JUNGE KAPITÄN:

Sie fürchten den Papa nur dann,

wenn er mit einem Schurken-Mann

wie ich's bin, Handel treiben kann?

ALICE *(stammelnd):*

Ich ...

ich fürchte mich nicht mehr vor Ihnen.

DER JUNGE KAPITÄN:

Wie unbedacht!

Denn, Alice, ich habe mein Wort gebrochen.

Ich habe mit ihm ein Geschäft gemacht

und hatte es Ihnen anders versprochen.

ALICE *(weich):*

Das jagt mir keinen Schrecken mehr ein.

DER JUNGE KAPITÄN:

Zu Ihrem Glück!

In diesem dämmernden Gartenhain

lass' ich Sie unbehelligt zurück.

Reizende Alice, leben Sie wohl,

(für sich)

mein Herz, ach, wie erbleicht und hohl!

(laut)

auch auf hoher See sind Sie mir nicht fern,

(für sich)

auf dem salzigen Meer wäre ich jetzt gern.

(laut)

Sie lieben den Garten,

sonst nichts, will mir scheinen.

Ihr Papa soll nicht warten ...

ALICE *(in höchster Erregung):*
Ich liebe keinen!
DER JUNGE KAPITÄN *(ahnungslos, für sich):*
Was für ein undurchdringliches Wesen,
in ihrer Seele kann ich nicht lesen,
nicht in ihren Augen, ihrem Gesicht.
(laut)
Adieu, Alice, vergiß mich nicht.

(er steht unschlüssig da, Alice sieht ihn gebannt, aber schwei-
gend an. Er geht auf sie zu und küßt sie auf die Stirn. Alice
streckt ihm beide Arme entgegen, zieht seinen Kopf zu sich
hinab und küßt ihn auf den Mund. Es muß etwas ver-
unglückt und schüchtern wirken! Dann senkt sie ihren eige-
nen Kopf tief auf den Schoß. Nur ihre Haare sind noch sicht-
bar Der Kapitän entfernt sich rasch. Kurz bevor er die
Bühne verläßt, bleibt er stehen, wischt sich über die Lippen
und sieht zurück)

Um Gottes willen, das ist
fatal, ganz ohne List
habe ich's erreicht,
der armen Kleinen Herz erweicht,
doch wollte ich's kaum und ... und
will es gewiß nicht zu dieser Stund'.

Sie hat mich auf den Mund geküßt,
noch unerfahren, ich tat's wüst
vorhin. Doch es entglitt
und nahm das Feuer mit
längst jener hitzige Moment
der Zeit, die rennt.

Die rennt, die schöne Liebe, wenn
es eine war, mit ihr, der Zeit, denn
alles ist in mir entschwunden,
Aroma, Würze, die ich kurz gefunden

beim spröden Mädchen, das, entflammt,
die Lippen willig bot wie Samt.

Ach Gott, wie ankern allzu flüchtig
Empfindungen. Kurz sind wir süchtig,
dann von Geschäften abgelenkt.
Sie aber bleibt zurück, gekränkt.
Die Liebe hat sie eben erst gefunden
in mir und schon bin ich entschwunden.

L'amour, parbleu, ist in ihr gesprossen,
sie bleibt in den Garten eingeschlossen.
Sitzt dort in der größten Verlassenheit.
Mich ruft mein Schiff, ich bin bereit.
Dem Ozean sei mein Leben geweiht,
der salzigen See, den schlichten Genossen.
(im Laufschritt ab)«

Man kann nur hoffen, daß der Komponist, wenn er es
überhaupt macht, die Wichtigkeit der jeweiligen Zwi-
schen- und Überleitungsmusik begreift!

»ALICE: *(sie hält den Kopf noch eine Weile gesenkt, sieht dann
vorsichtig hoch in Richtung des entschwundenen Kapitäns,
befühlt Gesicht, Hals, Schultern, Mund, sieht schließlich den
Schuh an, betastet auch ihn)*
Den Schuh
möchte' ich nie wieder ausziehen.
Es sei denn, allerdings,
ich zöge ihn beständig an
und aus,
verlöre ihn
und ein Gewisser zöge ihn mir wieder an.
Er höbe meinen Rock ein Stückchen hoch
und zöge ihn recht fest

357

mit allen Riemchen
allen Schnallen
um den Fuß.
Ich weiß noch alles,
wie es war.
(nach einer Pause, wobei sie das Kinn in die Hand stützt, bei
übergeschlagenen Beinen)
Das Hinken!
Ich habe ja dann das Hinken genossen!
Zum Schluß
verstand ich die Wörter nicht,
verstand nur ein Knistern, ein Geräusch.
Ich fühlte zu viel.
Aber davor:
›Kein einziges dieser herrlichen Haare.‹
(sie greift andächtig in ihr Haar. Im Haus gehen einige
Lichter an)
Ich mußte warten,
bis es dämmerte.
Die Augen unter den herrlichen Haaren,
die durfte er nicht sehen im Hellen.
(Pause, sie betastet wieder die Lippen)
Wie ich seine Küsse nicht mehr vergesse,
vergißt er meinen Kuß niemals.
Wie er meinen Kuß nie mehr vergißt,
vergesse ich seine Küsse niemals.
Bis er kommt,
bald schon wiederkommt,«

Das hofft man ja selbst, in wenigen Stunden wiederkommt!

»will ich ihn hin- und herbewegen,
schütteln, schleudern und rütteln,
nichts als ihn,

in meinem Herzen.
Hier.

(sie zieht das Pantöffelchen aus und hinkt einmal lächelnd um den Stuhl herum, setzt sich statuenhaft gerade und umklammert den Schuh wie ein Wahrzeichen. Aus dem Haus kommt die Alte)«

Hier könnte sehr gut die Schubertsche Vertonung vom goldenen Becher des Königs von Thule anklingen.

»DIE ALTE VERWANDTE *(scharf):*
Alice!«

Willaert sieht jetzt auf die Uhr. Die beiden überlegen offenbar, ob der Schluß noch gelesen werden soll. Wer überredet wen? Jedenfalls nicken beide. Aber der Gesichtsausdruck! Ein gutes Zeichen? Das Stück zum ersten Mal mit Akzent zu hören, ist vielleicht ein gnädiger Umstand für Frau Fesch. Man kann die Vortragsweise zum Sündenbock machen.

»Drittes Bild

(Szene wie zu Anfang. Monumental das Grabmal der Familie Jacobus, jetzt mit frisch vergoldeten Spitzen. Wie im ersten Bild die trauernden Kapitäne, so bewegt sich, vorerst noch in Formation, die vornehme Inselgesellschaft in festlicher Trauerkleidung und mit Kindern, unvermischt vergrößert um eine Gruppe einfacher Inselbewohner, durch das weit geöffnete Tor nach vorn. Am Grabmal sieht man von hinten die beiden Jacobus-Brüder stehen. Nachmittägliche Beleuchtung)

CHOR DER INSELGESELLSCHAFT:
Ach, ach, wie sind uns Herz und Magen
so tief betrübt bei diesem Tod.
Wie quält er uns! Ihn zu beklagen,
das sei uns heiligstes Gebot.

ERSTE EHEFRAU:
Das junge Leben,
viel zu früh
und still verhaucht,
sehr sanft entschlafen.
Scheu verborgen
hat die Schöne
mitten unter uns gelebt.
Mitten in Blumen
fand man die Bleiche.
Unter Blumen
ruht sie nun,
die, ach, Liliengleiche.

CHOR DER INSELGESELLSCHAFT:
Ach, wie sind uns Herz und Magen
tief betrübt bei ihrem Tod,
der geschah vor vier, fünf Tagen.
Längst steht sie vor ihrem Gott.

ZWEITE EHEFRAU:
Die, ach, Liliengleiche
ließ uns zurück.
Nie werden wir uns
des Anblicks der scheuen,
Blumengärtnerin erfreuen,
Nein, nimmermehr!
Armer Vater!
Genommen sind ihm
Farbe, Glanz und Duft seiner Tage.
Ach, ach, welch plötzliche Einsamkeit,

nach stiller Freude
die laute Klage.

CHOR DER INSELGESELLSCHAFT:
Oh, wie sind uns Herz und Magen
schwer gebeugt von solcher Not.
Kaum, daß wir zu lächeln wagen,
vom Morgen- bis zum Abendbrot.

ERSTER UND ZWEITER EHEMANN *(währenddessen versuchen
die beiden Ehefrauen zu erspähen, was die Brüder am Grab
tun):*
Armer Onkel!
Hochgeehrter Ernest Jacobus,
größter Importeur der Insel,
Gutherziger! Großherziger!
Großherzog, ja, Großherzog!
Wie zog er die scheu Verstorbene
umstandslos an sein Herz, das große!
Bereitete ihr,
den Bund mit dem Bruder zu erneuern,
dies Heim, so hold,
die herrliche Gruft
samt trauerndem Engel
und frischem Gold.

CHOR DER INSELGESELLSCHAFT:
Ach, ach, wie sind uns Hirn und Magen
tief beschwert von ihrem Tod.
Vieles gibt es noch zu fragen,
es nicht zu tun, sei uns Gebot.

*(Vom Grabmonument kommen gemessen die beiden Brüder
Jacobus dicht nebeneinander durch das Friedhofstor. Die Gesellschaft weicht respektvoll zurück. Gleichzeitig ziehen alle
ihre Taschentücher heraus und verneigen sich leicht vor dem
trauernden Paar. Sie gehen zu einem letzten Abschied durch
das Tor und schaufeln während der folgenden Szene nachein-*

*ander Erde auf den Sarg. Die Brüder treten, sich so stark wie
möglich von einander entfernend, nach vorn)*

ALFRED JACOBUS *(vom Weinen geschüttelt. Er findet kein
Taschentuch und wischt sich wie ein Kind mit bloßen Händen
die Tränen ab):*
    Mein armes Kind!
    (versucht sich zu fassen, Pause, dann)
    Es ist nicht gut gegangen, Alice.
    Alles
    ist mir mißlungen.
ERNEST JACOBUS *(der ihn von weitem im Auge behält):*
    Es ist genug.
ALFRED JACOBUS *(mühsam beherrscht):*
    Zu hoch gespielt, Alice.
    Das Risiko,
    ich hätte es wissen müssen.
    Wer besser als ich
    mußte es kennen. *(er ist wieder von Weinen geschüttelt)*
ERNEST JACOBUS:
    Ich darf um Fassung bitten!
ALFRED JACOBUS:
    Habgierig war ich deinetwegen,
    arme Alice.
    Wohlstand
    sollte dir Glück ersetzen,
    das plötzlich, plötzlich möglich schien.
    Die Liebe, ach mein Kind,
    ich kannte sie von früher.
    Die Säcke, Alice,
    sollten ihn verpflichten,
    deinen Kapitän.
    Und Ernest gab sie mir,
    weil ich mich sehr erniedrigte vor ihm.
    (er schlägt die Hände vors Gesicht)

ERNEST JACOBUS *(verärgert):*
Schmerzgebeugter Vater:
Contenance!
Genug jetzt!
ALFRED JACOBUS:
Es geraten jedoch
außer Rand und Band
die Geschäfte
wie die Liebe.
Ich wollte, zu deinem Besten,
glaub mir, Alice,
Alice, mein Kind,
beides verquicken.
Ich ahnte nicht,
wie sehr du erkrankt warst
an der Liebe.
Deiner war er nicht wert.
Er hat sich zum Handel pressen lassen.
Doch jetzt, Alice,
ruhst du im schönsten Grab.
ERNEST JACOBUS:
Sie ruht im schönsten Grabmal weit und breit.
BEIDE:
Sie ruht im schönsten Grabmal weit und breit.
Dort bleibt sie gegen alles Leid gefeit.
Goldene Lanzen umstellen den Hügel.
Den Leumund hütet des Engels Flügel.
ALFRED JACOBUS:
Großer Bruder,
welch ein Trost in meinem Schmerz!
Dankbar seh' ich sie dort liegen,
in der ehrwürdigen Gruft.
Dankbar, dankbar, dankbar bin ich.
(noch einmal schüttelt ihn ein Weinkrampf. Ernest Jacobus reicht ihm zurechtweisend ein Taschentuch)

Dankbar,
dankbar,
dankbar,
dankbar.

ERNEST JACOBUS *(er geht einige Schritte auf den Bruder
zu):*
Anstand, Alfred,
Anstand muß sein in der Gemeinschaft,
Gesetz.
Eine Schicklichkeit
muß regieren.
Ja, wir sind Menschen,
du und ich,
haben beide Jacobus-Blut,
kennen Schwächen,
Dämonien,
den Trieb zum Weib und zum Geld,
du und ich!
Doch Regel und Ordnung müssen sein.
Parole muß sein.
Was sollte aus jenen am Grab dort werden?
Unzucht nähme schnell überhand.
Der Schein ist die Tugend einer Gesellschaft,
ist einzige Tugend solch tugendloser
Schafe!
Sie wollen gehorchen,
verlangen nach Regel, Ordnung, Parole.
Du siehst sie parieren und gerne glauben.
Gern sind sie vergeßlich,
ist ihnen nur ein Rahmen gesteckt.
Freilich,
von Zeit zu Zeit,
muß sich der Hirte
selbst
einpflocken mit ihnen.

Darum werde ich dich,
Bruder,
Alfred,
von jetzt an leiten,
zu deinem Nutzen,
Alfred Jacobus!
ALFRED JACOBUS *(steht mit geballten Fäusten, gesenktem*
Kopf, sich dabei in unterdrückte Wut steigernd):
Dankbar,
dankbar,
dankbar,
dankbar.«

Hahaha, man könnte das Ding auch »Oper der geballten Fäuste« nennen! Den beiden da unten fällt es Gott sei Dank nicht unangenehm auf.

»*(Die Trauergäste kommen durch das Tor zurück. Ernest greift Alfred herzlich unter den Arm und wendet sich den Leuten zu, als wollte er mit dem Bruder geknipst werden. Vorher zu Alfred)*

ERNEST JACOBUS:
Komm,
es muß ihnen unvergeßlich sein!
(zur Gesellschaft)
Im schönsten Grabmal weit und breit,
ruht Alice, das geliebte Kind,
bewahrt vor der Vergeßlichkeit,
weil unsre Herzen treulich sind.
ALFRED JACOBUS:
Im schönsten Grabmal weit und breit,
schläft Alice, ach, mein armes Kind.
Wie bin zu sterben ich bereit,
derweil mein Blut lebendig rinnt!

BRÜDER UND CHOR *(in festlicher Stimmung, nachdem Ernest den Bruder noch einmal energisch gepackt hat):*
Im schönsten Grabmal weit und breit,
ruht Alice, das geliebte Kind,
bewahrt vor der Vergangenheit,
weil unsere Herzen folgsam sind.

ERNEST JACOBUS:
Nun folgt uns zum Bestattungsmahl
und bringt auch jene Kleinen mit!
(er tätschelt ein paar Kinderköpfe. Dann gehen die Brüder Arm in Arm voraus)

CHOR ALLER INSELBEWOHNER:
Großherziger Jacobus!
(den beiden nachsehend)
Großes Wunder! Große Zeichen!
Seht die brüderliche Eintracht!
Hier, am Ort von Tod und Leichen,
ist dem Zwist ein End' gemacht.

ERSTE EHEFRAU:
Und was warfen die beiden ins Grab,
auf den Sarg
unsrer schönen Alice?
Nicht Blumen,
nicht Erde.

ZWEITE EHEFRAU:
Zwei reizende, blaue,
an den Hacken ein wenig silbergraue
Pantoffelschühchen.«

Ja, und hier zum zweiten Mal eine kurze musikalische Anspielung auf den Thule-Becher, der, ins Meer geworfen, versinkt.

»ERSTE EHEFRAU:
Jeder der guten Brüder

warf einen,
Vater und Onkel.
Was sie wohl meinen?

CHOR DER INSELGESELLSCHAFT:
Solchem Geheimnis beuge man sich,
das Rätsel ist uns zu schwer.

BEIDE EHEFRAUEN:
Vor solchem Mysterium neige ich mich,
Von anderen Dingen wissen wir mehr.

ERSTE EHEFRAU:
Viel zu früh,
in der ersten Blüte
ist sie schmerzlos von uns geeilt.
An dem erkrankt,
was außer der Ehe
der Tod nur heilt.

(etwas erhöht, am Grabmonument, wird die Alte sichtbar)

CHOR DER EHEMÄNNER:
Gleich tot?
Tot umgefallen?
Wieso?
Wer fand sie?

ZWEITE EHEFRAU:
Sie ist allmählich,
klaglos
verschmachtet.
Der mächtigste Baum
war tief umnachtet
dort, unter ihm fand schließlich die alte
Wärterin die Tote, die kalte.

CHOR DER EHEMÄNNER:
Wie hieß die Krankheit?

ERSTE EHEFRAU:
Ihr Name ist: Liebe!

ZWEITE EHEFRAU:
Die Liebe, so plötzlich
über die Scheue hereingebrochen,
zu stark
für das zarte Mädchen,
zu sehr
sehnte sie sich in der Gartenstille
nach dem, der sie feurig umworben hatte.
Bei seiner Abfahrt ihr anverlobt,
ja fast schon ihr Gatte.

CHOR DER EHEMÄNNER:
Wer war's?

BEIDE EHEFRAUEN:
Der junge, hübsche Kapitän.

CHOR DER EHEMÄNNER:
Der für seine Zuckerladung
vierzehnhundert Säcke brauchte
und sie von niemandem bekam?

DIE BEIDEN EHEFRAUEN:
Der schließlich doch beladen konnte,
der vierzehnhundert Säcke kriegte,
der schweren Herzens Abschied nahm,
weil ihn Geschäfte dringend riefen,
Abschied von unserer Alice nahm,
der allzu luftigen Schwärmerin,
die allzu lange im dämmernden Freien
fortan sich verzehrte,
Tage und Wochen.

ERSTE EHEFRAU:
Der Verlobte auf Handelsfahrt,
er wickelte, sein Geschick zu beweisen
vor Schwiegervater und Braut,
glänzend seine Geschäfte ab,
hört man, in einer verdurstenden Kolonie,
wo nichts so sehr wie Kartoffeln fehlte.

Die ganze Fracht von siebzehn Tonnen,
riskant geladen,
verkaufte er dort,
sehr weit von hier,
in Port Philip Heads
mit Gewinn.

CHOR DER EHEMÄNNER:
Mit tollem Gewinn!
Man staunt,
wie der junge, der blutjunge Fuchs
derart gerissen Beute machte.

ZWEITE EHEFRAU:
Die schöne Alice, die arme Alice,
verblich indessen,
wurde schwächer,
erlosch.

CHOR ALLER INSELBEWOHNER:
So wollen wir's glauben.
Fromm wie die Tauben.
So glauben wir's gern
Jacobus, dem Herrn.

ERSTE EHEFRAU:
Ob der ferne Bräutigam
die Unglücksbotschaft schon bekam?

ZWEITE EHEFRAU:
Naht uns durch Wetter aller Arten?
Zu spät!
Beerdigen kann nicht warten.

CHOR ALLER INSELBEWOHNER:
Uns ist, als wär' er mitbegraben
dort in goldbewehrter Gruft,
wo wir das Paar bestattet haben,
berauscht von schwerstem Blumenduft.

ERSTER EHEMANN:
Das ganze Paar?

ZWEITER EHEMANN:
 Dann eben das halbe!
CHOR ALLER INSELBEWOHNER *(hingerissen):*
 Ewiges Denkmal dem schönen und treuen,
 nicht unbegüterten, jungen Paar.
 Drum wollen wir uns trotz des Grabes freuen
 der Liebe, die stärker als alles war.
 (sie stehen nach der Begeisterung verstummt und etwas
 ratlos herum. Die alte Verwandte kommt durchs Tor und
 baut sich höhnisch vor ihnen auf)
ERSTER EHEMANN:
 Nanu, wen haben wir denn da?
DIE ALTE VERWANDTE:
 Mich!
ERSTE EHEFRAU:
 So ganz für sich?
DIE ALTE VERWANDTE:
 Hab mit euch, ihr Affen,
 nicht mehr zu schaffen,
 als vor dem Skandal.
BEIDE EHEFRAUEN:
 So alt, so kahl,
 so zahnlos das Maul,
 doch die Zunge, nicht faul,
 sagt ein teuflisches Wort.
 (zu den anderen)
 Jagt sie doch fort!
DIE ALTE VERWANDTE:
 An diesem Ort?
 Eine alte Jacobus, zu dieser Stunde?
 Vorher legt sie den Finger in die Wunde.
 Dann trollt euch zum Bestattungsfest,
 damit ihr alles tapfer vergeßt.
 CHOR ALLER INSELBEWOHNER:
 Schweig still!

DIE ALTE VERWANDTE:
Erst wenn ich will!
(parodierend)
›Die Liebe, so plötzlich
über die Scheue hereingebrochen,
zu stark
für das zarte Mädchen.‹
(lacht ordinär)
Seid ihr verrückt?
Habt ihr den Satan etwa gekannt?
Kaum hatte die erstmals
die Kraft von Matrosenmuskeln gespürt,
da war's um ihren Verstand geschehen.
CHOR ALLER INSELBEWOHNER:
Der Satan bist du!
DIE ALTE VERWANDTE:
Der Bräutigam, der sogenannte,
der ›schweren Herzens Abschied nahm‹?
(lacht wieder vulgär)
Der wollte von Heirat gar nichts wissen,
ist ausgerissen,
hat sich losgekauft
mit circa achtzig Gold-Sovereigns.
Kartoffel,
Pantoffel,
Pantoffel,
Kartoffel.
Haha, ums Verrecken
versteht ihr das nicht.
CHOR ALLER INSELBEWOHNER:
Vertreibt die Hexe!
DIE ALTE VERWANDTE:
Ich würde gerne mit euch lügen.
Bringt's mir was ein?
Nichts bringt mir was ein.

Drum sag' ich die Wahrheit, statt zu betrügen.
Hier auf der Insel
war ein Freier mit Anstand nicht zu kriegen,
für Alice nicht.
Alfred suchte daher auf Brechen und Biegen
nach einem Fremden,
beschaffte ihm Säcke
von seinem Feind.
Doch etwas lief
schief, lief
ganz schief.
Reißaus
nahm der Gast
und für die Last
der Liebe lieber
die von Kartoffeln,
ließ zurück die Pantoffeln.
und kam nie wieder.

CHOR ALLER INSELBEWOHNER *(widerwillig lauschend, teils sich die Ohren zuhaltend):*
Schlagt die Alte nieder!
Die Hassenswerte!

DIE ALTE VERWANDTE:
Die euch nur belehrte.
Der ›Bräutigam‹ hat den Dienst quittiert,
gekündigt, wer weiß, was aus ihm wird.
Den seht ihr nicht mehr.
Der kommt nie mehr her.
(als sie loslacht, stoßen die beiden Ehefrauen sie um. Vom Boden aus)
Anständig begraben liegt immerhin
unser Täubchen, hier steckt der geheime Sinn
auch wieder im Handel und dessen Wende:
Alfred ergibt sich in Ernests Hände.

DER CHOR DER INSELBEWOHNER:
Wir glauben ihr nicht.
Die Furie ist vom Satan besessen.
(sie schlagen auf die Alte währenddessen ein)
ERSTE EHEFRAU *(beschwörend):*
Ewiges Denkmal dem schönen und treuen
ZWEITE EHEFRAU DAZU:
nicht unbegüterten, jungen Paar!
DIE BEIDEN EHEMÄNNER DAZU:
Drum wollen wir trotz des Grabes uns freuen
CHOR ALLER INSELBEWOHNER:
der Liebe, die stärker als alles war.
ERSTE EHEFRAU:
Jetzt rasch zum Fest, zu Jacobus hin!
*(sie lassen die Alte und gehen zielstrebig ab, zuerst die Insel-
gesellschaft, dann die anderen sich anschließend)*
DIE ALTE VERWANDTE *(im Staub liegend):*
Zu dem ich nicht geladen bin.
(sich ein wenig aufrichtend)
Daß ich das Mädchen vom Baum schnitt
mit diesen Händen,
vom Baum, an dem sie sich aufgehängt hat,
in der Finsternis,
das habe ich lieber
nicht gesagt, denn Alfred und Ernest
drohen
mir mit dem Tod.
Ich glaube ihnen:
das!
(verzweifelnd)
Ich habe jetzt nichts
und niemanden mehr.

(Vorsichtig kommt mit seinem zerrissenen Arbeitszeug der Mulatte von der Grabanlage. Als er die Alte sieht, erschrickt er, setzt sein Werkzeug ab und will ihr helfen)

Die alte Verwandte *(erschrickt ebenfalls):*
Hast du gelauscht?
(der Mulatte schüttelt den Kopf. Er beugt sich zu ihr und versucht sie aufzurichten. Sie stößt ihn, plötzlich mit frischer Energie, zurück)
Rühr du mich nicht an!
Dreck!

(Offensichtlich unter großen Schmerzen humpelt sie schnell mit erhobenem Kopf davon. Der Mulatte sieht ihr mit hängenden Armen nach. Dann schließt er sehr behutsam das Friedhofstor. Von außen bleibt er am Gitter stehen mit dem Rücken zum Publikum. Es wird dunkel, nur der Engel leuchtet bläulich im Mondlicht. Der Mulatte kauert jetzt, von dem Anblick gebannt, vor dem Tor. Die Musik sollte eine überschwengliche, entrückende Färbung annehmen, zu der sich der Vorhang langsam schließt)«

Und davon hängt das ganze Ding ja ab, Komponist, von dieser musikalischen Rettung und Apotheose. Zufrieden?

Man weiß es nicht. Keine einzige Unterbrechung da unten beim letzten Bild. Wollten sie es zügig hinter sich bringen, und hörte man nicht gegen Ende Willaerts Mißtrauen beim Vorlesen heraus? Hat sich immer öfter verhaspelt, war am Ende schlecht zu verstehen. Man macht sich jetzt lieber schleunigst davon, würde ja doch nur ihr Maulen da unten für Lob halten oder umgekehrt. Der Akzent von Willaert allerdings, der war manchmal fast eine Art Rezitativ. Eventuell hat er das sogar beabsichtigt als melodische Spielerei. »Beschwerden zum Schluß«? Ein Einspruch von euch wird Frau Fesch nicht aufhalten.

Immerhin: Die Abänderung durch Willaerts flämisches oder niederländisches Deutsch milderte die Schrecken der Uraufführung. Ernstfall, aber nur zum Spaß.

Mit was für Gesichtern werden sie zum Vorschein kommen?

Da ist Betty! Das Kleidchen so rot, daß sie selbst darüber schmunzelt. Sie hat Frau Fesch, die sich heute viel Zeit mit dem Aufstehen ließ, wohl ein bißchen vor dem Frühstücksraum aufgelauert, weil sie was loswerden muß. Zwischendurch ringt sie die rauhen Hände, hält sie ans zarte Fleisch ihrer Kehle und ringt sie wieder.

Der Bruder sei auf freiem Fuß. Falscher Alarm und unstatthafte Beleidigung ihres Familienstolzes am hellen Tage in der Öffentlichkeit. Nichts Verbrecherisches konnte ihm nachgewiesen werden. Die Geschwister entspringen einem ehrenwerten Clan, und selbst er, der Bruder, hat so vieles geleistet, war doch Eisverkäufer in Blankenberge, am Pier, in seinem kleinen Kiosk rechts zu Beginn der langen Brücke und einmal Vertreter für ganz unvorstellbare Uhren, die den Gezeitenstand von 175 weltberühmten Küsten anzeigten, rund um den Globus das Hoch- und Niedrigwasser. Bei der stärksten Brandung hielten die durch. Springfluten verrieten sie für die nächsten 200 Jahre, also ab jetzt wäre das bis Juli 2202. Eine herrliche Uhr. Davor in einem Baumarkt. Wer da hereinkam, den begrüßten ein Pferd, ein Schwein, ein Hund, eine Ziege, eine Katze und ein scharrendes Huhn, alle künstlich, zum Aufstellen im eigenen Garten. Jeweils lebensgroß wie der Bruder selbst. Leider war ihm eines Tages, als er bei den großen Teppichrollen arbeitete, etwas zugestoßen. Erst was Kleines, dann was Größeres. Er hatte nur vergessen, die Banderole an einer der riesigen Rollen zu verschließen, aber dann hatten sich die vielen Meter eines Teppichbodens, allerbeste Auslegeware, abgespult und im Laufwerk so verklemmt, daß nichts mehr davon zu retten war. Ja und dann.

Und dann, Frau Fesch! Seine Frau sei Friseuse für alte Leute, sie suche sie in deren Wohnungen auf und mache ihnen dort preiswert die Haare. Sehr ordentlich, sehr adrett. Frisuren wie die der Italienerin dürfe sie dort natürlich nicht können. Sonntags verkaufe sie obendrein Miederwaren auf Flohmärkten, sie, Betty, wisse nicht, ob gebraucht, aber wie neu oder ob wirklich neu. Ganz blond, ein Engel, nur habe sie leider den Bruder verlassen und das Kind mitgenommen.

»Frau Fesch, Sie haben freundliche Augen. Frau Fesch hat liebliche Augen, sage ich mir. Ich erzähle Ihnen so gern, und, ja und auch mir selbst wird manches mitgeteilt, ich präge mir alles mit Freuden ein, so gut es geht. Ich glaube herzlich an das Gute. Ja, glaube an das Gute im Menschen. Meist erkenne ich es, und es gibt mir Kraft im ›Malibu‹ und beim Bruder, so schwer es ist, das Gute zu erkennen, wenn er herumzieht und die Teddys verkauft. Sein Gesicht aus der Nähe, wie er die belästigten Gäste anlächelt. Furchtbar, dieses Lächeln. O Gott, dieses Grinsen. Er beißt dabei zu sehr die Zähne zusammen. Sehr wenig glaubt er an das Gute bisher.«

Manchmal sucht sie ein englisches Wort, findet aber immer eins, wenn sie tüchtig die Hände geknetet hat. Zwei, drei Tränen rollen ihr über die diesmal nicht verunstalteten Wangen, Tränen nicht vor Kummer, vor Emphase bloß. Fast möchte man ihr eine Fahne in die Hand drücken.

Aber wie habe sie es auch so glücklich getroffen. Mit de Rouckl brauche sie sich nicht zu fürchten. Er sei seltsam, sie wisse noch, was sie erst kürzlich gestanden habe, und bereue das auch, weil man nun schlecht über ihn denken könne. Aber ein wunderbarer Mensch sei er. Wenn sie auch manchmal an seiner Liebe zweifle, denn anfangs habe er sie oft fotografiert und jetzt nie mehr.

»Mai piu, mai piu«, singt da Magda Olivero in der herrlichsten Todtraurigkeit im Kopf von Frau Fesch.

Nie mehr, nicht im neuesten Kleid. Seit sie ihn kenne und er hier wohne in seinen Pullovern, habe sie einen solchen Schwung in ihrem Leben verspürt, als wäre er ... – sie hebt die Arme, und da ist die alte liebe Geste. Schon schwellen die Oberarme seitlich und die Brüste in der Klemme von innen dagegen an, daß es eine drollige Lust ist, während sie beim scharfen Nachdenken die Augenhöhlen mit den rundlichen Fäusten reibt – ... in Verbindung ... unglaublich ... mit dem Heiligen Geist! Das sagt sie wahrhaftig, schüttelt dann allerdings schnell den Kopf über sich:»Hören Sie nicht auf mich, Frau Fesch. Das Ehepaar Collin ist heute morgen abgereist, und ich soll sie von Madame grüßen.«

Man erinnert sich an ein nur halbbewußtes Stutzen darüber, daß man während des ganzen Vortrags der beiden Mimen im Hof keinen Laut aus dem Nachbarzimmer hörte.

»Sie hat es durchgesetzt. Monsieur Collin erlitt doch den Schwächeanfall, bei dem ich ihn aufgefangen habe. Er soll in Brüssel von seinem Arzt untersucht werden. Brüssel ist neuerdings die Stadt der Diebe. Ich glaube, er wollte gar nicht gern von Oostende weg. Zum Schluß hat er mich so schrecklich unglücklich angesehen, daß ich fast geweint hätte, deshalb, ach und ich weiß nicht warum. So sieht mich sonst keiner an, keiner, Frau Fesch.« Zum beteuernden Zeichen zwickt sie sich zutraulich in die Betty-Brust.

Plötzlich begreift man die eigene, immer leise sich

einstellende Heiterkeit in der Nähe der alten Sängerin. Es lag an ihrem Gesichtsausdruck, der sich in diesem Punkt nie änderte. Natürlich: Dauereingeschnapptsein einer ehemaligen Schönheit und von Beifall gestreichelten Interpretin gegenüber der Zeit, die ihr süffisant, wenn auch demokratisch eine Taktlosigkeit angetan hat und ihr jeden Tag nach wie vor höchstpersönlich neu zufügt. Dabei ist es die ironische Strafe der Jahre dafür, daß sie so viele eigentlich als Solitär gedachte Genüsse der Liebe, der Kunst, deren guten Ruf absoluter Einmaligkeit zerstörend, wohl wieder und wieder ausgekostet hat.

Aber bildete sie nicht mit ihrem Gesang in jüngeren Tagen den Trichter, in dem sich die zaghaften Gefühle des Publikums sammelten und auch außerhalb ihrer Körper sogar, weiß der Geier, veredelten? Nun ja, so gut sie es eben verstand.

Ob der Taschendieb, den wir vom Frühstücksfenster aus beobachtet hatten, gerade wieder stiehlt?

Und ob. Auch wenn man ihn nicht überwacht, muß er stehlen. Wie locken ihn die Einblicke in die treudoofen Einkaufstaschen, wie zuckt es ihm in den Händen, die säuglingsgleich darin schlummernden Geldbörsen zu kitzeln und mit schlängelndem Griff zu entführen in ein anderes Bettchen, dann auch sie wiederum zur Preisgabe ihrer finanziellen Wundergaben zu zwingen, sie davon zu befreien und als Lappen weit von sich fort zu schleudern.

Betty will den überlegenen, bis zur Unverständlichkeit überlegenen Geist des Vermummten noch schnell zu seinem Ruhm an einem Beispiel darlegen. Er sage etwa folgendes: Es sei eine Fiktion, daß man auf Erden leben könne. Man könne es nicht, beziehungsweise könne es nur, solange es gelänge, die Fiktion aufrechtzuerhalten, daß man es könne.

Das ist groß! In Ulm und um Ulm und um Ulm herum. So werden früher die Nonnen Meister Eckeharts Predigten nach bestem Wissen und Gewissen kolportiert haben, hier zusätzlich de Rouckls Worte von Betty ins Englische übersetzt für Frau Fesch, die es automatisch deutsch nachzudenken versucht. Vielleicht sagte de Rouckl was ganz anderes, aber Betty kann nun mal diesen Wortlaut ihres rundum zugestrickten Mystikus und mutwilligen Dornröschens auswendig, verehrt ihn und denkt sich was dazu.

Das gutmütige Mädchen hat, schon auf dem Sprung zu den nächsten Pflichten, das Mütterchen in der Frühstücksküche bei sich sitzen gehabt, seit dem frühen Morgen, als Willaert sich die Blätter bei ihr abholte, die von Frau Fesch am Abend folgsam übergebenen. Ach, Frau Quapp hatte gar nichts von Roys Expedition bemerkt, weil sie nach dem langen Tag sofort in Tiefschlaf gefallen war? Jetzt nur in der Küche bei der guten Betty gesessen, ihr beim Arbeiten zugesehen und vom tüchtigen Studenten Roy erzählt, von Lule Bilalu, der eitlen Italienerin und dem undurchsichtigen Herrn Willaert, der ihr immer Pralinen schenkt, wahrscheinlich weil er was von ihr will. Auch von den bösen Augen der Frau Fesch? Man fragt nicht, es würde Betty in Verlegenheit bringen. Roy habe so fest geschlafen, daß sie ihn nicht wecken mochte. Auf dem Gesicht habe er gelegen, so Frau Quapp, und den Kopf einfach nicht herumdrehen wollen vor lauter Erschöpfung nach dem Marsch gestern mit dem armen Bein.

Das weiß Confidence Betty ein bißchen besser, wenigstens was den Anfang des gestrigen Abends betrifft. Sie berichtet es aber, als wären die Tatsachen mit dem Rapport des Mütterchens neu geboren. Unschuldig versierte erste »Malibu«-Kraft Betty!

Kaum hat man den ersten Schritt ins Frühstückszimmer getan, fällt der Blick auf drei sehr verschiedene Gesichter. Für sich allein sitzend das Mütterchen, ausgeschlafen, in rosiger Nettigkeit, keine Spuren vom Schuhspray-Malheur sind zurückgeblieben. Am Tisch daneben das italienische Pärchen. Pärchen-als-wär'-nichts-gewesen? Wohl doch nicht ganz. Bei Maurizio sind die hauptsächlichen Gesichtszüge, die meist so zuverlässig finsteren, himmelschreiend durcheinandergeraten. So verstört, italienischer Liebhaber? Und wenn, wegen Willaert oder wegen der Impala? Die sitzt zwar neben ihm, aber ein Stück abgerückt, ein wenig unter Staub. Abgerückt und vor allem abgezehrt, nicht verwirrt wie der Bodyguard, bloß mitgenommen, bloß restlos ermattet. Zwischen ihnen liegt erstmals ein Kartenspiel. Nicht dumm.

Sie beachten Frau Fesch nicht im geringsten. Das ist nämlich andererseits etwas Ähnliches bei den dreien: nicht nur, daß sie alle den Kopf in dieselbe Richtung gedreht haben. Sie beobachten etwas höchst angespannt, aber halten es zu dritt, sicher ohne Absprache, für schlauer, das nur diskret zu tun. Fast ist hier das große ehemalige Flehmen der Impala über sie gekommen, allerdings ein verstohlenes. Man würde am liebsten ein Weilchen so stehenbleiben und die dreifache Anwandlung studieren.

Zwei weitere Schritte erklären ja schon alles. Ein kleines Mädchen schleicht, tief in sich versunken, um Tische und Stühle, spinnt Glasfäden um sich herum. Ein unnahbares Figürchen, das uns Zeichen gibt, ohne es zu wissen. Die kleine Schlafwandlerin wiegt sich, unbegriffene erotische Vorschriften nachahmend, tanzt nach einer Musik – spanisch verzögernd, schleifend, in wechselnden und genau wiederholten Verrenkungen –, hörbar allein für sich selbst, mit zwei Servietten als Papierblüten in den balancierenden Händen. Ein Klirren lauert schon. Alle Zuschauer halten still, damit nicht zu unserem, des unbenötigten Publikums Nachteil, der Bann bricht.

Das zerzauste Rotduckerchen aber wird sich an sein eigenes, ebenso lautloses, weniger unschuldiges Tanzen erinnern, froh nebenbei, von der gähnenden Distanz zu Maurizio so unverfänglich, so herzlich plausibel abgelenkt zu sein.

Da fällt hinten in der Küche Betty oder einer Gehilfin ein Teller zu Boden. Vor Schreck verliert die Kleine das Gleichgewicht und stürzt auf die Knie, ganz stumm. Die Unterbrechung genügt für die Impala. Erlöst springt sie auf, geht schnell auf Frau Fesch zu, um ihr einen Zettel zu geben. Statt der lädierten Abendaufmachung trägt sie wieder die bequemen Schuhe und Jeans vom Wandertag, nur die Bluse ist diesmal streng violett. Reuefarben. Roy habe ihn gestern abend verloren. Sie zuckt die Achseln. Nein, die Bedeutung des Substantivs kann sie nicht begriffen haben, aber man weiß, welches draufsteht, muß es nicht nachprüfen. In den Augen des Rotduckerchens liest man die eigentliche Botschaft: eine überflüssige Bitte um Schweigen. Als hätte man nicht auch so schon verstanden, daß sie in ihre alten Verhältnisse heimkehren will. Den Zettel aber sollte sie nicht Frau Fesch, vielmehr an Frau Quapp ausliefern.

Man will ihn durchaus nicht, hat ihn aber nun.

Wo steckt die gestürzte Kleine? Fort, von sich selbst beschämt verschlichen.

Schon wird das nächste Papier gebracht, diesmal ein ganzes Büschel davon: Jetzt weiß Frau Fesch, was ihr in der letzten Nacht so gefehlt hat. Willaert verbeugt sich sehr artig vor dem jungen Pärchen und der alten Frau, tritt aber ohne Zögern an den Tisch von Frau Fesch, neigt sich tief über deren Hand und hat gleich eine Boshaftigkeit parat beim Aufrichten: »Schöne Frau, ich selbst wäre nur Dichter geworden, wenn ich wenigstens ein komplettes Jahrzehnt von Konkurrenten mit meinen Werken indiskutabel gemacht hätte.« Damit reicht er das Manuskript zurück, fragt, ob er Platz nehmen darf, und beschränkt sich einstweilen darauf, die beiden italienischen Gäste wohlwollend zu betrachten.

»Großartig«, flüstert er.

Das Libretto?

»Eine herrliche Doppelplastik, und herrlich jetzt auch von Leben erfüllt! Wie sprechend und fromm gedacht das Farbenspiel!«

Offenbar glaubt Willaert, hier ein Meisterstück in Fleisch und Blut, und zwar von seiner Hand geschaffen, ins Auge zu fassen.

Maurizios T-Shirt ist puterrot wie das Kleidchen von Betty.

»De Rouckl habe ich Ihr ganzes Stück vorgelesen. War der glücklich! Mehr durch mich als durch Sie. Endlich mußte er sich nichts über Ensor anhören.« De Rouckl habe anschließend geäußert, er selbst würde, falls er in die Verlegenheit käme, ein Stück schreiben über die Zersetzung der Wirklichkeit durchs Fernsehen und ihre Wiederauferstehung aus dem Geiste des Gesangs.

»O Gott«, sagt Frau Fesch.

»Nicht ganz, sondern: Hol ihn der Teufel mit dem Quatsch«, sagt Willaert. »Und jetzt soll noch Musik dazu?«

»Der Text ist darauf angewiesen, ausdrücklich darauf hingeschrieben, Herr Willaert. Ein Li-bret-to!«

Kein Wunder wäre ja de Rouckls Aufatmen gewesen. Schließlich hat Willaert sein gesamtes Leben dem alten Ensor aufgehalst, alle Banalitäten und Passionen unter das Ensor-Markenzeichen gestellt. Und was tut Frau Fesch?

»Erfuhr ich bereits, ob Sie einen Komponisten dafür gefunden haben?«

»Das wird sich innerhalb der nächsten vierundzwanzig Stunden klären.« Was hört man da für ein Herzklopfen? Was geht einem das Wort »arrossire« durch den Kopf? To blush? Langsames und schnelles Erröten.

»Ich hatte ja schon den größten Teil der Nacht dem Burschen drüben vom genialen James erzählt. Sehen Sie, und nun ist es vorbei. Auf Dauer weiß man einfach nicht, was man mit dem bildhübschen, aber allzu schlichten Jungen reden soll. Morgen reisen die beiden da drüben über Brügge und Brüssel nach Italien zurück. Ich selbst breche noch heute abend hier meine Zelte ab, aber dieser Tag ist als letzter Ihnen allen geweiht. Nur kurz geht es dann in meinen Giftpflanzengarten. Wenn ich das überlebe, weiter zu einer Reise in den Osten Ihres Landes, das ich fast zu gut und lange kenne. Was für eine Verwahrlosung in den Zügen der Deutschen Bahn! In der Organisation und beim Publikum. Wenn ich da an die pünktliche und schweigende Schönheit meiner Tollkirschen denke! Sind damit alle Fragen beantwortet?«

»Die Geschäfte in Antwerpen?«

»Kummer kommt meist daher, daß wir sogenannten Zufälligkeiten des Schicksals nicht gewachsen sind. Ich löse jedes Problem, sobald mir einfällt: Es ist dir geschickt. Von wem? Irgendwem. Was sollst du aus dieser Sache machen? Welchen Sinn hat die Störung? Vergäße ich es nur nicht immer wieder! Manchmal male ich mir meine Beerdigung aus, die vielen Tränen derer, die mich lieben. Wird nicht der Zauber meines Ablebens bestehen im Ereignis so viel fließenden salzigen Wassers? In einem bin ich meinem Idol überlegen. Ich besitze und kultiviere schon jetzt die olympische Heiterkeit seines hohen Alters. Sagte ich etwas von geschäftlichen Sorgen?

Verlor ich Geld, Reichtümer, Besitz? Ich muß mich falsch ausgedrückt haben. Meine Parfümartikelchen werden weiterhin und vermehrt ganz Belgien durchduften. Oder müßte ich sagen: verpesten? Die neuen, schnell zusammengepanschten, allzu eindeutigen Parfüms sind, wie die grellen Orchideen aus dem Supermarkt, im Zuge des generellen Kulturverfalls die bei Jung und Alt beliebtesten. Edle, ausgereifte Produkte werden nur zu Weihnachten verlangt und nur noch dann in den Geschäften vorrätig gehalten. Auch ich muß in diesem Fall dem Triumph des schlechten Geschmacks gehorchen. Ich würde Sie an dieser Stelle bitten, endlich etwas von sich auszuplaudern, Frau Fesch. So nennen Sie sich doch? Nur habe ich ja schon fast alles heute morgen erfahren über Sie, nicht wahr? Als hätte ich aus Ihren Handlinien gelesen.«

Das sagt er nur so dahin. Aber er soll es bereuen. Schon geht's los: »Geboren wurde ich aus Zufall, aus einer Laune heraus in Ulan Bator. Mein Vater war nur achtzehn Jahre älter als ich, meine Mutter manierliche fünfundzwanzig. Mein Vater war immer gut zu Pferden, Hunden, Krähen, Kühen. Scharrende Hühner entzückten ihn. Allerdings hat er gern von den Leiden der Tiere erzählt, wie Sie, Herr Willaert, von entsetzlichen Tierquälereien, die ich nie verraten habe, damit man sie nicht nachmacht. Nicht von Anfang an umstanden mich also die großen Idole meines Lebens, das Meer, der Wald, die Berge. Dreimal bin ich, eine Redensart, Herr Willaert, dem Tod von der Schippe gesprungen: Als Kleinkind wäre ich beinahe ertrunken, als Kind nahezu von einem Lastwagen überfahren worden, halbwegs einem Raub- oder gar Sexualmord durch drei Afrikaner, eventuell aus dem Kongo? zum Opfer gefallen, halbwegs einmal vor Lachen qualvoll gestorben. Die Musik hat erst durch die Liebe Einzug in mein Leben gehalten.

Da ich früh spürte, wie zwingend ein auf mich abzielender erotischer Wille für mich ist, mußte ich den Kreis derjenigen, die meinem Geschmack auch nur entfernt entsprechen können, von vornherein streng begrenzt halten.«

»Sehen Sie, Frau Fesch, man wird bei dem Thema schnell uferlos. Was ich noch sagen wollte, ich glaube, zum Fall Maurizio. Oder ist es mir wegen Ihres Stückes durch den Kopf gewandert? Ideale gehen zwangsläufig unter. Aber trotzdem muß die, ja, wie nennen wir es, Frau Dichterin, müssen wir wirklich Liebe sagen ...« – er greift sich kurz, aber unverschämt mit dem kleinen Finger in die Mundhöhle – »... ungern, Frau Fesch, ungern, aber wenn Sie darauf bestehen als Frau und eben Dichterin: nichts dagegen, muß dieser passionierte Individualquatsch trotzdem mit seinem Abbruch nicht ungültig sein. Man sollte nur den Blitz und Einschlag retten. Die ausführlichen Schrecken und Wonnen der, nun, eigentlichen Anekdote mit all den populären, oft allzu bourgeoisen Auswalzungen sind lediglich Oberflächen eines – da wird es schwierig, helfen Sie mir – ... Gefüges mit vielen Etagen?« Wieder benutzt er den kleinen Finger, bohrt sich flüchtig damit im Ohr. »Man muß lernen, die Liebe als Symbol, nein, als ... als Abkürzung, nichts weiter, zu verstehen.«

»Abkürzung?«

»Törichte Frau Fesch«, droht Willaert da vergnügt, »Sie wollen mich aufs Glatteis führen. Wie ungezogen! Nennen wir beide es: für die gewaltige Maschinerie der Dämonen? So ziehen wir bequem den Kopf aus der Schlinge und wahren unser Gesicht. Das wird der traurige Tropf Maurizio, sehen Sie ihn bloß an, wie er die Flügel hängen läßt, noch begreifen, so wie er kann. Vielleicht wie ein kleiner dicker Bär es begriffe.«

Willaert lacht laut und fröhlich, zeigt dazu das koloniale Dämmerlicht seiner Mundhöhle: »Das ist übrigens Ihr Irrtum bei der Oper, fällt mir gerade ein. Gefühlvoll ist man heutzutage dort nicht mehr, nicht mehr mit der rechten Verve. Sie werden es schwer haben.«

Er schielt betont heimlich zu Maurizio hinüber: »Wie ein trinkendes oder schon Gras futterndes Kälbchen auf der Weide. Wie ein schmatzendes Robbenbaby, wie ein junger Plumplori. Ja! Ja und ja! Das ist Maurizio, so denkt und fühlt er. Ein junger Plumplori auf Entdeckungsreise, fern von der Herrenausstatterautorität des Vaters.«

Will er in erster Linie seine Spezialsprachkenntnisse vorführen?

»Ach, was wird das demnächst in Firenze ein grüblerisches Hemdenverkaufen! Von weit her strömt das Publikum, um die Attraktion des Geschäfts, den in Zeitlupe turnenden Maurizio zu bestaunen. Ich müßte etwas in der Art meinen Filialen empfehlen, Verkäufer in Plumplorifell. Aber sollte man bei Parfum nicht doch was anderes wählen? Plumploris riechen nicht gut.«

Daß Willaert selbst aus der Affäre als Gekränkter hervorgegangen ist, läßt sich plötzlich nicht ganz von der Hand weisen.

»Was sagen Sie jedoch zu unserer Schönen, zu unserem verheirateten und geschiedenen Schwan, der uns alle damit gestern so verblüfft hat? Wer durfte so an ihr zupfen und sie rupfen zwischen Abend und Morgen? Ihr italienischer Gefährte hätte in einem ganzen Monat nicht solche Spuren an ihr zustande gebracht. Da sind wir, Sie, Frau Fesch und ich, doch d'accord? Meine Meinung ist die: Sie ist fix und fertig, aber es hat ihr ... wie sagen Sie? behagt. Gönnen wir es ihr. Und jetzt ist sie ja wieder gut aufgehoben.«

Der letzte Satz klingt wahrhaftig väterlich.

»Aber ich bitte Sie, Frau Fesch, Frau Fesch, was für

ein Verunglückter kommt da in unsere stille Welt gewankt und versetzt uns in Angst und Schrecken?«

Er schlägt die Hände vors Gesicht, um seine Begeisterung zu verbergen. Eins ist klar: Willaert und Frau Fesch sind die einzigen, die hier einander in gewissem Grad durchschauen.

Man würde so gern die Mienen der Anwesenden einzeln nacheinander studieren und ausspionieren, ist aber vollständig von Roy selbst in Anspruch genommen. Es gibt jetzt kein tanzendes Mädchen mehr im Raum. Er kann nicht von sich ablenken, ist vielmehr ein eigenwilliger, ebenbürtiger Ersatz geworden. Die Risse und Krusten von gestern fallen zwar kaum noch auf, aber er hat Schwellungen um die Augen und leider auch Blutergüsse, die sich lurchisch zu färben beginnen. Sieht er nicht aus wie ein neugeborener Brillenbär?

»Ist das der Enkel Roy? Ist er das wirklich? Welche Metamorphose, die uns zur Ehrfurcht zwingt!« flüstert Willaert genießerisch.

Natürlich weiß Roy nicht, wohin er sich setzen soll. Es gibt hier einiges Mobiliar, ein paar Menschen. Vielleicht will er auch ewig so stehenbleiben, starrt nur die Impala an, sättigt sich so offensichtlich an ihrem Anblick, deren Verstaubung er nicht registriert, daß man erschrocken daraus schließen muß: Ihre größte Macht über Roy ist nicht mal die Schönheit, sind nicht die delikaten Schatten unter den heute noch etwas lichtscheuen Augen. Es ist die rohe Freiheit, ihm, wie es ihr beliebt, ihre Anwesenheit zu schenken oder zu entziehen. Mein Gott, der Junge posiert und weiß es selbst nicht, als geschlagener Krieger, der kapitulierend seine Waffen abgibt, ein Verlierer, aber zum erstenmal, im tragischen Pathos seiner Verunstaltungen, ein fast unwiderstehlicher.

Frau Quapp schreit auf. Es dauert nicht lange, da setzt sie hinterher: »Die Quittung, wenn du dich nachts herumtreibst.« Hat es also doch bemerkt, hat sich bloß, wie immer unzuverlässig in ihrer Tücke, schlafend gestellt bei Roys Heimkehr? »Das passiert, wenn du ohne die Großmutter weggehst.«

Roy steht unbewegt, als hätte er nichts gehört. Aber er sieht etwas:

Die Impala, die offenbar doch Entscheidendes verstanden hat, verbeißt sich das Lachen. Schlimmer, seine Idiotin grinst.

Das Grinsen der Impala

Es ist das zahnlückenzeigende Lächeln der Impala gewesen, das die Mahnung des Großmütterchens bei Roy zu ihrer verhängnisvollen Wirkung gebracht hat!

Darauf läuft es hinaus. Von diesem Moment an lag – man spürte ein Entzündungspochen und wollte es nicht wahrhaben, ist aber genau von da an ins Trudeln geraten – etwas Bedrohliches in der Luft, auch wenn der Stuntman keine Regung zeigte. Ein Wechsel der Gesichtsfarbe war ohnehin bei der malträtierten Haut nicht auszumachen, die Ohren stachen vom Rest gar nicht mehr ab.

Teilt euch die Schuld, giftiges Großmütterchen, perfide Impala, könnte der Schuldige verlangen.

Ist exakt von da an ins Trudeln geraten und findet erst jetzt, wo wir alle wie wild im Kreis herumgeschwenkt und irgendwo in den Sand gefallen ausruhen, zu wachem Bewußtsein zurück.

Willaert hatte auch da schon, wie später dann ja viel gravierender, blitzschnell reagiert. Der trainierte Geschäftsmann und joviale Plauderer spürte als erster – wozu hat man die Wellen vor der Nase? – das stille Auftürmen der Woge bis zum gefährlichen Glitzern ihrer Kammbildung oder vielleicht nur im debilen Stieren Roys den vorgelagerten Sog, mit dem sie Teile von uns in ihre drohende Masse reißen wollte. Ostentativ war er in ein flämisches Gelächter ausgebrochen und sagte auf dem Weg zu Frau Quapp, am konsternierten Enkel vorbei, eine niederländische Gemütlichkeit, die wörtlich niemand verstand, die aber gerade deshalb sehr flüssig die Rettung der Situation einleitete, deren Hintergründe er nur ahnen konnte. Willaert griff in seine Tasche und stellte vor dem bösen, dummen Urähnchen eine Parade winziger Parfümproben auf, Glasminiaturen, von denen man glaubte, es gäbe sie längst nicht mehr. Natürlich eilte man wie alle, wie sogar schließlich Roy hinzu und erkannte in der Prozession gläserner Figürchen auch in etwa die kleine, zersprungene Frühstückstänzerin wieder. Die Impala konnte gar nicht begreifen, daß all die skurrilen Fläschchen nur für die alte Frau sein sollten und keins für sie. Wirkte sie übrigens nicht, ob vorteilhaft oder nicht, eher abgestaubt oder vielleicht abgeschmolzen?

Frau Quapp ließ uns nicht lange kucken. Dankend packte sie alles in eine Handtasche, damit es vor uns sicher war. Niemand beachtete Roy. Man weiß nicht, inwiefern er weiterhin die Impala fixierte, die allerdings inzwischen ein anderes Gesicht schnitt als vorhin und jetzt auf dem Ergaunern einer der niedlichen Flaschen schmollend bestehen wollte, zumal Willaert ihr ja den geschenkten Teddy ersatzlos geraubt hatte.

Heute sei sein endgültig letzter Tag hier. Er wolle Frau Quapp so gern noch eine unvergängliche Schönheit Oostendes zeigen, nicht weit von hier, ein paar Schritte bis zur Straßenbahnhaltestelle am Marie-José-Plein, dann nur ein Fahrtabschnitt hinter dem Seedeich und hoppla, sei man da.

Noch immer weiß man nicht genau, was Willaert ursprünglich im Schilde führte. Jedenfalls sagte er es so entschlossen, daß keiner widersprach. »Los, los, meine allerletzten Stunden mit euch!« Bemerkte er nicht, wie tief Maurizio daraufhin seinen Kopf senkte? Statt dessen fragte er, als wir später in der Tram fuhren, Frau Fesch, ob sie nicht erschrocken sei über die haßerfüllte Miene Roys. Er, Willaert, habe die längst fällige Explosion des armen Burschen befürchtet. Frau Fesch müsse auf ihren jungen Landsmann achtgeben. Eine leichte Schlägerei sei ja im Prinzip kein Schaden, aber der sei innen genau so zerschunden wie außen. Und war Frau Fesch nicht aufgefallen, daß Roy heute sein Hinken nicht im geringsten zu verbergen suche? Gelassenheit? Bei einer solchen Grimasse?

Willaert sagte das alles nicht unzufrieden und betrachtete dabei das beklommene Schweigen der drei jungen Leute, schnupperte auch professionell am Mütterchen, das sich schon die erste Probe über den Kopf geschüttet hatte. Die Tram fahre jetzt auf der Koningin Astridlaan, Straße der Königin Astrid, der sehr beliebten Frau von Leopold III.

»Nachfolgerin als Königsgattin war nach Astrids Tod die Oostender Industriellentochter Liliane Baels, schön und jung, die momentan, und wohl immer noch schön, wohl immer noch so eben lebt. Aber nicht mehr lange. Das ist ganz klar. Bald ist es auch für sie mit dem Leben vorbei. Die Hochzeit mit der, bedenken Sie, bürgerlichen Flämin fand Ende 1941 statt. Man hat die flämische Nationalbewegung grundsätzlich der Kollaboration mit den Deutschen bezichtigt. Was die Razzien gegen Juden angeht, muß man das vor allem von der Antwerpener Polizei sagen. Das werden Sie ja wohl wissen, Frau Fesch. Die Wallonen im antideutschen Widerstand, im sehr gefährlichen Widerstand gegen Ihres Hitlers Terror, fühlten sich brüskiert, Sie verstehen das doch? 1941, da war übrigens das Großväterchen von Präsident Fash noch in Geschäfte mit Hitler verwickelt. Ist aber später dafür vor Gericht gekommen. Verziehen hat man dem König diese Heirat nie. Nach Verschleppung, Exil und Straßenschlachten mußte er zehn Jahre später auf den Thron verzichten und Platz machen für seinen Sohn, jenen famosen Spätkongo-Boudewijn, der, von der europäischen Presse ohne Unterlaß kommentiert, seiner Fabiola kein vollständiges Kind machen konnte.«

Willaert zeigte bereitwillig sein durchfunkeltes Mundinneres und gab Frau Quapp fürsorglich ein Zeichen, es sei gleich Zeit auszusteigen, wies dann auch diskret auf Roy, Maurizio und das Springböckchen hin.

»Sehen Sie nur, Frau Fesch: Große Oper zwischen den Geschlechtern! Zuspitzung und Verteilung der Eigenschaften auf Mann und Frau. Auch vor allem für uns, die Zuschauer. Wie es sich angenehm polarisiert. Eine dramatische, plakative Welt der gedachten Grundmuster als Medizin für uns kompliziertere Naturen. Das angeblich Elementare daran mag Fiktion, mag Wunschdenken sein. Aber ab und zu so ein wunderbares Arkanum! Er ... er ...« Willaert sah plötzlich müde aus. Er schien auf der Stelle einschlafen zu wollen, warf sich statt dessen flugs eine Pille in den Mund. »Erlesenes Bauerntheater. Frau Fesch, ich bin ein ziemlich kranker Mann. Unter uns: geradezu sterbenskrank.«

Dabei reichte er bereits seinem erkorenen Ehrengast, dem stark duftenden Mütterchen, den Arm und flüsterte ihr dann zu, ihr Enkelkind habe heute nacht eine von allen bewunderte Heldentat vollbracht, deren respektable Spuren sie bewundern könne, aber psst! Sie solle seiner männlichen Bescheidenheit Respekt zollen und ihn nicht darauf ansprechen.

»Sie hätten seine Eltern sehen sollen«, wisperte das Mütterchen verstockt zurück, »er kommt sich wer weiß wie vor. Dabei ist er bloß zur Hälfte dem einen, zur Hälfte der anderen aus dem Gesicht geschnitten, sonst nichts.«

Das kaputte Bein als Roys einzige Individualität? Willaert blinzelte den kleinen Teufel an seinem Arm ratlos von der Seite an. Was trug Frau Quapp überhaupt für ein Kleid! Am gezackten Ausschnitt ließ es einen aprikosenfarbenen Rand sehen, als handelte es sich um das hier etwas überstehende Futter des Ganzen, und es erinnerte an Abendwolken, hinter denen die Sonne – des Mütterchens Leib – im Untergehen den oberen Rand luxuriös bändert. Vielleicht hatte sie schamhaft verborgen beim Kofferpacken eben doch auf einen Ausflug ins Casino gehofft und jetzt, da es offensichtlich nichts mehr wurde damit, verschleuderte sie den Glanz an den Alltag. Zwischendurch und sicher zur Strafe gab unser Capo einige Details über die tyrannischen Weiberteufel um Ensor und deren böse malerische Verewigung an die darüber allerdings nicht nachdenklich werdende Großmutter weiter.

Es war ja keineswegs ein origineller Einfall, uns noch einmal zum Leopold-Standbild zu führen unter dem Vorwand, auch Frau Quapp müsse das unbedingt anschauen. Willaert – ist er wirklich so krank, der bleiche Mann? – hatte wohl, durch Betty teilweise informiert von den Abwegen der Impala, aus Angst vor einer teutonischen Entgleisung im Frühstücksraum, matt nach dem erstbesten Ziel gegriffen. Während wir uns dem Kongohelden von hinten näherten und auf die Durchblicke zum Meer sahen wie auf die zwei geplünderten Heiligennischen eines Altars, klärte er seinen alten Schützling über den Herrscher auf: »Dabei wäre das de Rouckls Aufgabe und Spezialgebiet. Aber er grollt gerade ganz besonders. Ein alter deutscher Malerkollege, lange Jahre Saufkumpan von de Rouckl, sein Name ist Bienengeil, glaube ich, oder Imkerwurst, hat in Shanghai Riesenerfolg mit esoterisch-ironisch hingerotzten Schinken, absolute Nummer Sicher. Prahlt in der Presse, Elite und Medien Chinas lägen ihm zu Füßen, und man hätte das von deutscher und also wie immer viel zu schlafmütziger Seite noch ganz anders politisch ausschlachten können.«

Der Stuntman zischte beim Überholen: »Ich möchte wissen, ob sie wenigstens den Schlüpfer gewechselt hat.«

»Schlüpfer!« wiederholte man scherzhaft, um dann lieber doch nicht hinzuzufügen, wie er das denn rauskriegen wolle in der geringen, noch verbleibenden Zeit und mit dem frisch erworbenen Feuersalamandergesicht zwischen den ohnehin permanent lodernden Ohren. Hinkte er eigentlich extra so verzweifelt übertrieben, um uns alle für sein Unglück haftbar zu machen? Noch trugen wir an dieser Bestrafung leicht. Das kommt eben vor, Roy, sagte sich Frau Fesch, daß man an die Wand gestellt wird durch ein erotisches Hinrichtungskommando. Wie schön du die Arme hochreißt, aber warte lieber, ob die Schüsse nicht ausbleiben und du zu einem sehr untragischen umgedrehten »Mario! Mario!« wirst und deine fehlbesetzte Tosca sich totlacht, weil du noch lebst, obwohl du so entschlossen das Sterben markiert hast.

Aber da war Roy schon zwischen den Pomp- und Bußfarben der Ecclesia gelandet, hatte die Lücke zwischen dem roten Maurizio und der violetten Impala besetzt und zeigte der Gruppe dahinter die Rückenansicht seines schneeweißen T-Shirts: einen aufgedruckten, als personifizierte Gemütsruhe grienenden Igel.

Die drei gingen, als wollten sie die Fahnenfarben einer

neuen, bisher haarscharf verfehlten Nationalität vorschlagen. Violett, weiß, knallrot. Sogar ein Wind schien sie zu durchrieseln bei ihren unterschiedlichen Gangarten. Allzeit stimulierbare Patriotismuskräfte würden sich schon noch für das imaginäre Vaterland finden lassen. Die Impala sah den betont lahmenden Roy einmal an, neugierig, als befürchte sie, er würde ein Holzbein abschnallen, um sie zu verprügeln. Es versteht sich, daß sie nicht die Haarzapfen von gestern und auch nicht die Seitensprungfrisur trug. Jetzt, es konnte Roy nicht entgehen, hob sie klassisch träge die Arme, um nach Auskosten der Verlangsamung dann in der verzaubernden professionellen Geschwindigkeit einer Fachkraft die Haare aufzustecken.

Da traten wir auch schon durch die rechte Heiligennische unbeschadet unterhalb der Hufe des Leopold-Rosses aufs Meer zu. Zwei seitlich zu Frau Fesch hin gesprochene Sätze von Willaert, ohne Zusammenhang, aber einprägsam in diesem Moment: »Der ästhetische Triumph des unaufhaltsamen Sieges von Mehrheiten beim Aufbau einer Brandungswelle, aber nur dort.« Und: »Ob unsere schöne Friseuse eine befriedigende Affäre mit einem Engel oder einem Besenstiel hatte, hat, haben wird: Was geht es mich an!«

Die Impala würde den Effekt von den felsigen Küsten an der Westseite ihres Landes kennen, wenn die Sonne hinter den östlichen Bergen aufsteigt, den Glanz aber vom Horizont über dem Wasser gegen den schattigen Strand hin ausrollt. Hier statt der Berge die Appartementmauer, vollgestopft mit Mehrheiten, unterhalb der ästhetischen Ansprüche Willaerts also. Und was erwartete die Impala bei den südlichen Meereserinnerungen weiter? Die Wetterschwankungen eines Tages, gedacht als das Hin- und Herkippen, als das schlingernde Perlmuttfutter einer riesigen Austernschale, zwischen Licht

und Gräue schwappend. Ach, hinter Frau Fesch damals
ein gewisses männliches Barockengelgesicht ganz in ihrer Nähe, das Zetern junger Neuntöter aus dem Busch-
werk der Küstenhügel, vor ihr schweres Rollen der Kie-
sel beim Rücklauf, bis es ein einziges Geräusch wurde,
aus einer winzigen Kehle trichterförmig vergrößert bis
zu den beiden steinern rahmenden Buchtvorsprüngen,
anschwellend zum Donnern des Wassers.

Kann man sich vorstellen, daß unser Rotduckerchen
ein ehemaliges jugendliches Laster der Frau Fesch teilt,
nämlich an mediterranen Stränden die Körper Erwachsener nach Gusto und Instinkt zu lüsternen, kummer-
vollen, hysterischen und schläfrigen Paaren zu sortieren
und zusammenzufesseln, die eigenen Augenschlitze dabei nur zur nötigsten Bildaufnahme geöffnet? Unvergeßlich ein mit allen Muskeln vibrierender, zudem von
schwarzem Haargekräusel umsponnener und darin ver-
fangener Orientale und die ihm bestimmte, auf eine mit
Puppen bedruckte Decke plazierte, weißfleischig weibliche Frucht. Nein, die Impala wird sich nie so weit weg
vom eigenen verzogenen Leib begeben haben. Aber was
ist dann mit dem Flehmen?

»So ein Schuft und Scheusal und Schwein!« rief da die
von Willaert belehrte Frau Quapp. Man mußte in ihren
jetzt weißlichen Augen nach den Pupillen suchen. Die
kleine Frau sah zum Leopold-Denkmal hoch. Wir anderen taten es nicht, wir waren das Ding da oben leid.
Willaert aber hatte nur auf einen derartigen Einwurf
gelauert. War er, keinen Aufwand scheuend, womöglich
allein um diese Falle zu stellen mit ihr hierher gegangen?

»Gnädige Frau!« setzte Willaert an. »Madame!« Ach,
wie lächelte da das Mütterchen erwartungsvoll und
nachgiebig. »Lassen wir galant die tausendjährige Epo-
che beiseite samt deren Hauptpersönlichkeit – Sie kann-
ten den Solitär Hitler gewiß noch im Fleische –, die Ihr

Enkel mit seinen Generationsgenossen jetzt auf dem Buckel hat: Man muß in Belgien als Deutscher etwas leiser schreien, in dieser Umgebung speziell. Wandern wir zum Anfang des Ersten Weltkriegs zurück, als Sie noch Ihrem Wilhelm II. dienten. Da haben Ihre Soldaten, Frau Quapp, teilweise nur auf Gerüchte hin, aber immer nach Befehl, bei geringfügigsten Widersetzlichkeiten die belgische Zivilbevölkerung abgeschlachtet. Deutsche Kriegsgreuel am Rande, die wir, Ihr Einverständnis vorausgesetzt, neben den Bomben nicht vergessen wollen!«

Er verbeugte sich, sah aber, was einer aufmerksamen Beobachterin nicht entging, dabei ausschließlich Roy an. »Nimm dich zusammen, nutz deine letzte Chance, Schafskopf!« mahnte sein Blick, streng und lächelnd, Maurizios Unglück damit freilich vergrößernd. Ohne direkten Übergang und gewiß nur, um den mißhandelten Verliebten aus der fürs stupende Rotduckerchen nicht gerade verführerischen Reserve zu locken – Willaerts Zuneigung zum Stuntman war offenbar eine rundherum keusche –, fragte er: »Was gibt's Neues über den wie auch immer gewählten Präsidenten Fash von den Guten?« Willaert äugte zu Maurizio hinüber: »Juniorfash vom Fashionshop ... äh: von der Weltherrschaft?«

Roy reagierte nicht. Frau Quapp aber sagte laut: »Mir gefällt Präsident Fash als Sohn.« Das schreckte den Jungen auf, als hätte sie ihn mit der Nadel gestochen.

»Schlaumeier Fash vom Großen Staatsgeheimnis und von der inoffiziellen Außenpolitik der Freiheitsstaaten, Fash von der verdeckten Operation, Fash vom Buchführungstrick und von der Bodenspekulation? Präsident Fash vom Ende der Zivilgesellschaft? Fash von der Öllobby und vom Anrecht der Freiheitsstaaten auf Zugang zu allen Bodenschätzen überall auf der Erde? Fash von der Todesstrafe, folgerichtig Fash vom feschen Krieg

einschließlich Befragungsstüberl, Fash von den Erstick-
ten (alles feindliche Söhne) in Gefangenencontainern,
Fash von den Massakern und Massengräbern im fernen
Wüstensand? Präsident Fash von der freiheitsstaatlichen
Permanentimmunität, jeder enthirnte Freistaatsoldat ge-
setzlich eingeschweißt, damit seiner Aktivität keine
Grenzen gesetzt sind? Fash von der biochemischen
Aufrüstung im eigenen Land? Er hat, soviel ich weiß,
jetzt jedem Flecken und Fleckchen der Erde ein Militär-
kommando zugeordnet oder auch jedes Fleckchen einem Kommando bei-, zu- und untergeordnet.« Roy
wiederum sah, solange er sprach, nur seine Großmutter
an, mit Augen, als wollte er sie verschlingen: »Fash, der
Steinzeitpräsident Jedermann vom nationalen Interesse,
sprich: präsidialen Privatinteresse, Fash von der einschlägigen Fash fuck family, kurz: Fff, Völkerrechtsver-
dreher Fash.«
Roy lachte seinem Großmütterchen ins Gesicht. Das
nickte und lachte zurück: »Fff? Nach Bohnen, Erbsen,
Linsen muß der Poppo grinsen« und meinte dann zu uns
allen: »Sehen Sie? Was habe ich gesagt! Er kann dann
nicht mehr aufhören.«
Willaert erkundigte sich rhetorisch und nur murmelnd
bei Frau Fesch, ab wann sich unser junger Tor als ange-
hender Jurist, der Karriere machen wolle, ein bißchen
geschmeidiger nach der politischen Decke strecken werde, meinte dann, ihn freue aber doch zu hören, daß Roy
Fash nicht nur wegen angeblicher Hirnleere für enorm
gefährlich halte. In seinem Alter, antwortete Frau Fesch
bedauernd, genügten oft ein, zwei Bücher oder der
Wechsel der Zeitungslektüre wegen einer neuen Freundin, zack, sehe man die Welt samt Weltbank und Welt-
währungsfonds im Sinne der beruflichen Zukunft.
Beim Stuntman hat sie aber heimliche Zweifel daran.
Gerade da spürte man das lästige Gekrauche guter

und böser Gedanken über uns alle, und es fiel einem die unverwitterte Schönheit der Begriffe ›Meer‹ und ›Gebirge‹ ein, machtvoll, als wären es altertümliche Tugenden, die niemand anzweifelte, oder aber im Legendären längst versunkene Charaktereigenschaften.

»Wird es also Krieg gegen Teufel- und Neu-Hitlerland geben?« fragte Willaert wieder, amüsiert konstatierend, wie heftig Roy angebissen hatte.

»Man hat im großen und ganzen nichts mehr gegen Krieg, es ist einfach die Farbe Rot oder Schwarz in der Palette der ... historisch verbürgten, der notorischen Existenzweisen. Seitens der Intellektuellen wird ästhetisch reagiert. Das heißt aber diesmal nichts Gutes, nein. Nein, falsch, ›ästhetisch‹ ist nicht korrekt. Geschmäcklerisch, so muß es heißen, para-, vielmehr pseudoästhetisch. Sie erschnuppern in den Einwänden gegen eine Konzeption von Krieg als normalem, rationalem Mittel der Politik den ... Muff eines abgelebten Infantilpazifismus. Ja, ich merke es doch: Gerade die friedfertigsten Seelen zwingen sich, an dieser Stelle erwachsen zu werden! Kriegsstimmung ist neuer, frischer, ein letztlich lang entbehrtes Aroma, solange vor allem nur der arme kleine Mann weit weg konkret beim kriegshandwerklichen Vollzug bluten muß. Aber sie werden irgendwann auch wieder, bombig motiviert, die eigenen Familienangehörigen schicken, auch bei zeitweiligen Stimmungseinbrüchen. Warten Sie's nur ab. Inzwischen wird das Ausbrechen der freiheitsstaatlichen Globaldiktatur verschlafen.«

Man muß zu seiner Seligkeit wohl gar nicht unbedingt recht haben, nur eines Tages mit gerettetem Weltbild untergehen.

»Ein möglichst großer Teil der Welt«, rief Roy nun lachend seinen rhetorischen Schwips abrundend, »soll für die erlittene Wunde des aber gerade durch sie endlich vollkommen ausgeschlüpften Weltbeherrschers büßen. Wer sich widersetzt, wird durch Isolationsandrohung rechtzeitig kirre gemacht. Wer Fragen stellt, ist sogleich Opfer von Verschwörungstheorien. Wetten? Kollaboration im Abmurksen restlicher Moralvorstellungen wird strikt verlangt.«

Freshman Roy über Fashman! Vielleicht wollte Willaert auch Maurizio ärgern, indem er Roy Gelegenheit gab, recht flüssig und feurig seine Vortragsweise noch einmal parodierend zu steigern?

»Ihre ›friedfertigsten Seelen‹, mein Guter, wollen wohl vor allem den Frieden mit der Umgebung, und sei es mit der kriegswilligen, bewahren durch, sagen wir mal: Übereinstimmung, durch Harmoniewillen auf Kriegskurs gebracht. Doch täuschen Sie sich nicht überhaupt mit Ihren Prognosen, fanatischer junger Mann? Schwupps, sind dann vielleicht doch alle gegen den Krieg. Wer weiß. Über die Friedenstölpel hat man beim ersten Golfkrieg gelacht. Da waren Sie aber noch ein Kind! Vielleicht kommen die jetzt wieder in Mode«, kommentierte Willaert leise. »Langfristig sind die Schrecken nie zu verhindern. Das Bösartige bricht sich Bahn, dann kurz das Bessere, dann immer wieder das sehr Schlechte. Aber wir Einzelnen? Ist es bei uns anders? Wir spüren, daß wir jemandem gehören. Aber wem?« Dann, nur zu Frau Fesch: »Ach! Achachach! Das junge, unschuldige Blut. Engelsmusik aus fernen Tagen. Der Duft der Jugend, wenn auch hier mit ein bißchen Schweiß vermischt, immerhin ist es junger Schweiß. Leider richtig: Fash, der wird seinen im Grunde nicht unüblen Freiheitsstaaten patriotisches Parieren beibringen. Kitzelt sie am richtigen Nerv. Wollt Ihr den Krieg? Jaaaaaaah! Er wird seinen Krieg bekommen.«

Die Impala, die nichts verstand, schon gar nicht, jenseits der Sprache, das mühsam verborgene Schluchzen in

Roys Stimme, betrachtete ihn, wie er den Mund auf- und zumachte und offenbar bis eben mit seiner alten Großmutter sehr ungezogen schimpfte. Aber auch das beschäftigte sie nicht sonderlich. Sie schien ein wenig über etwas nachzudenken und runzelte zum Zeichen die Stirn.

Was mochte denn das wohl sein?

Was mochte das bloß sein? Hauch eines mehr gefühlten als gedachten Gedankens: Wie ihr der Verknitterte auf den Fuß langsam und mit Nachdruck getreten hatte, und das war ja erst des Paradieses Anfang gewesen?

»Wir wollen«, sagte Willaert nach einem kurzen flämischen oder niederländischen Telefongespräch, das diesmal auffällig müde, wenn nicht gleichgültig klang, »hier auf der Meeresseite zur nächsten Haltestelle gehen, dann fahren wir zurück. Ich lade Sie alle zu einem niedlichen Abschiedsessen ein.«

Maurizio sah nicht wesentlich beschwingter aus als Roy. Jedoch sagte sich Frau Fesch in den Koninklijke Gaanderijen, wo Frau Quapp in charmanter Schadenfreude darüber lachte, daß der Sand über die wie von einer Hausfrau geputzten Fußbodenkacheln wehte, als die drei wieder in einer Reihe vor uns anderen dreien marschierten: Zwar lassen sie die Köpfe hängen und vermeiden jede Berührung, aber Roy wird trotzdem glücklich in der Nähe der Impala sein und der Bodyguard immerhin erleichtert, Willaert nicht mit dem Stuntman beschäftigt zu sehen. Die Impala hingegen freue sich gefälligst, nach den genossenen Demolierungen durch ihr nächtliches Abenteuer so wiedergutmachend von den beiden gerahmt zu werden. Freue sich auf der Stelle, die kleine Gans!

Willaert kam noch einmal in pädagogischer Hartnäkkigkeit auf die familiären Frauenplagen um Ensor zurück und die Rache in den Maskendarstellungen des gerade hier allerdings überaus »herrlichen Koloristen«. »Bitteschön, Herr Willaert, dann ist es ja gut ausgegangen. Er hat sich noch rechtzeitig besonnen«, antwortete das Großmütterchen überraschend, und Willaert verschlug es für einen Augenblick die Sprache. Zur Überbrückung trommelte er seine kleine Gruppe zusammen: »Da drüben, das Monstrum hinter den vielen Wimpeln: Opernhaus der Reine des Plages? Modernistisches Spukschloß? Feudaler Schlachthof? Sie wissen es längst: Nur die Wellington Renbaan, das Wellington Hippodrome, jedenfalls in Verbindung mit den Rückseiten der Appartements, auch wenn die Vorderseiten genauso katastrophal sind, immer wieder Augenschmaus und Apokalypse.«

Wir gingen an der bittersten Stelle des Seedeichs vorschriftsmäßig ein kurzes Stück auf dem gelben Deichpflaster, bis wir im korrekten rechten Winkel auf dem Zebrastreifen die Koningin Astridlaan überqueren konnten, die dann um die Königliche Galerie herum einen weiten Bogen stadteinwärts macht. Der Schauplatz für Roys unmittelbar bevorstehende Attacke lag endlich vor uns in all seiner boshaften Belanglosigkeit. Etwa: Unentrinnbarkeit?

Immer schöner war aber das Wetter geworden. Wie zärtlich die Welt jenseits des Seedeichs! Nur hier hatte sie einen Kater gekriegt, trat auf in lichtlosem Betongrau, Enttäuschungsgrau. Vor uns also beim Überqueren der breiten Fahrbahn das Hippodrome, im Rücken die bemalte Porzellanwelt von Himmel und Meer, links, schon etwas abgerückt, die Galerie, rechts der entvölkert und ganz konsterniert dastehende Appartementkeil.

Ein gefährlicher Verkehrsabschnitt. Darauf weisen die verschiedenen Absperrungen des Mittelstreifens zwischen den beiden Fahrtrichtungen hin. Besondere Aufmerksamkeit erfordern hier die aus Knokke und De Panne auf- und abtigernden Trams. Bedrohlich nicht für den, der sich an alle Anordnungen hält. Weiß stand auf blauem Grund über dem Fahrerfenster: De Panne, und wir ließen die Bahn ordentlich passieren, gingen über beide Schienenstränge hinweg und warteten also auf der Rennbahnseite des Mittelstreifens, um dann ja bloß vermutlich zwei Stationen in die Innenstadt zurückzufahren. Man wußte nicht, welches Lokal Willaert ins Auge gefaßt hatte. Weit in der Ferne, noch hinter dem Casino, sah man die weißen Brücken der Hafeneinfahrt und das sanft schimmernde Café am Ende. Weiß wehte ein Schiff darauf zu.

Das Englandschiff Hoverspeed Seacat Catamaran natürlich noch nicht. Frau Fesch aber war ganz unvermittelt so übermäßig froh zumute, daß sie sich, eigentlich ohne ihr Zutun, Betty und dann Ensor überschwenglich loben hörte. Sie hatte die beiden einfach rausgegriffen, um sich lassen und fassen zu können. Genauso wäre anderes möglich gewesen, der Zoo von Antwerpen oder die schönen Haare ihres seligen Großvaters.

Vor uns jetzt das Meer, spiegelnde Flächen auf dem Sand, vorgelagert den träumerischen, verzögert rollenden Schaumkronen. Welcher Wahnsinn, sich davon zu trennen und in eine Tram einzusteigen, nur weil Frau Quapp nicht länger laufen konnte, denn da kam ja schon, flammende Hieroglyphen auf gelbem Grund, zu Reklamezwecken auch »überirdische Metro« genannt, die Knokkebahn angerauscht in schrillender Mechanik, wie aufgezogen und unbewacht, und galt also uns. Wir standen eng beieinander in dem Zwischenraum von Schiene und der metallenen Absperrung zur Fahrbahn hinter uns. Die Bahn näherte sich wie wild.

Dann ist es passiert, Roy, ein für alle Mal passiert.

Ein für alle Mal passiert

Der wieder verstummte Stuntman hielt sich im Rücken seiner Großmutter auf. Plötzlich sah man und hoffte augenblicklich sich zu irren, wußte es zugleich aber leider besser, daß er sie treffsicher im gefährlichsten Moment, mit beiden Händen, die er hob, die ihm hochzuckten und die er vorstreckte zu seiner beabsichtigten Untat – unmittelbar vor der Straßenbahn, kein Zweifel, er tat es wirklich, genau da –, genau vor der Straßenbahn auf die Gleise, sein eigenes Großmütterchen, unsere kleine Frau Quapp, schneller, als daß er dazu noch eine Grimasse hätte schneiden können: mit beiden Händen, wirklich, er machte es, tat es für alle Ewigkeit: stieß.

Jetzt

Noch schneller jedoch hat Willaert die alte Frau, die schon hilflos strauchelnde Frau, die vielleicht doch verloren gewesen wäre, hätte der Fahrer nicht bereits das normale Stoppen eingeleitet, zurückgerissen und die Wankende eine Weile in seinen Armen aufbewahrt, so lange, bis der Tramfahrer beruhigt an seinen Platz zurückkehrte. Währenddessen wiederholte sich Willaerts Blickwechsel mit Roy, der ungefragt die ganze Zeit über stammelte: »Man hat mich gestoßen ... Was? ... Sie hat mich gestoßen, jemand hat uns gestoßen ... Ist klar, wie komisch ... Man hat mich gestoßen.« Dabei wollte er unbedingt seine Hände ansehen, hob sie fast in Augenhöhe, aber Willaert, Roy unerbittlich fixierend, erlaubte es nicht. So klammerte sich Roy nur an eine der dynamisch verzogenen Stangen der Absperrung, von der man ihm später vorsichtig die Finger lösen mußte, stotterte seinen Vers und zitterte. Das tut er jetzt noch, auch das Blut ist nicht wieder in sein Gesicht zurückgekehrt.

Es seien nicht seine ausgezeichneten Reflexe gewesen, gestand Willaert später Frau Fesch. Ihm sei die Rettung des Mütterchens, genauer: die Rettung Roys, quasi vorherbestimmt. Er habe Roy seine finstere Absicht eine Sekunde vor der Ausführung angesehen und daraufhin noch gerade »Armer Junge« denken können.

Ob er die Ermunterung: Tu's doch, Stuntman! in den Augen von Frau Fesch hätte lesen können? Doch sicher nicht. Um Himmels willen.

Das Mütterchen sitzt mittlerweile, wie es scheint, zufrieden im elfenbeinfarbigen Sand und packt blaue Badeschuhe aus: »Sehen Sie nur, Frau Fesch, ich habe sie für den Ausflug mitgenommen. Sie heißen ›Fashy‹, hier an der Seite ist es aufgedruckt, aus Gummi. ›Fashy‹.« Roy verfolgt alle ihre Regungen und hält eine Hand vor die Lippen. Vielleicht will er verhindern, daß man das Zähneklappern hört. Er hat ja auch Nasenbluten.

Aber was sagt seine Großmutter auf einmal? Übergangslos laufen Tränen in den Faltenrinnen über ihr Gesicht. Ach, diese wenigen, schrecklichen Wassertropfen auf den alten Wangen. Das kann auch Frau Fesch kaum ertragen. Ob gerade irgendwo ein nach Salz dürstender Falter von der Tränenflüssigkeit eines Kaimans trinkt?

»Hier sind Ihre Parfümpröbchen, Herr Willaert, bis auf eins alle wieder zurück. Das eine habe ich leider schon verbraucht. Sie haben mich gestoßen. Hier! Alle wieder zurück. Sie wollten mich betäuben und planten meinen Tod. Mein guter Roy wird mich aber immer beschützen.« Sie schluchzt plötzlich und hebt und senkt die zarten Schultern. »Alle wieder zurück!«, holt sie aus ihrer Tasche, zählt sie in Willaerts Hand: »... fünf, sechs, sieben, acht.«

Dann flüstert sie zu Frau Fesch: »Acht Heftzwecken

im Hintern.« Kommt nicht aber auch diese mit ihren bösen Augen, kommt nicht das Rabenaas Stupenda als Verdächtige in Frage?

Der verblüffte Willaert will seine zurückgewiesenen Geschenke im ersten Moment in den Sand fallen lassen, dann lächelt er, lächelt rechtzeitig das Mütterchen an und steckt die Flaschen ein, als wären sie nun eine doppelt wunderliche Rarität geworden, schüttelt dabei den Kopf, sieht gar nicht, daß die Impala, zerstreut aufwachend, die gläsernen Schätze kurz voller Begehrlichkeit ins Auge faßt, schüttelt den Kopf immer weiter, während Maurizios Blicke zwischen Willaert und Roy wandern, offenbar nach Erklärungen für manches Unbegreifliche suchend.

Roy hält sein Taschentuch unter die Nase. Er bemüht sich, nicht allzu beunruhigt zu erscheinen. Aber wie in der Nacht hört man nun doch sein Stöhnen hinter dem blutigen Lappen. Darüber hinweg versucht er, Willaert einmal kurz anzusehen. Es kostet seine ganze Kraft, vielleicht wünscht er, endlich zusammenzuklappen. Fallen kann er ja nicht, da er im Sand hockt. Nun nimmt das Mütterchen seine freie Hand und sagt: »Nicht, Roy! Nicht als Jurist. Kein Weinen. Wir werden schon sicher und auch heil nach Hause kommen. Ich stehe ja unter deinem Schutz und dadurch auf der Seite des Gesetzes. Sicher und heil.«

»Man hat mich gestoßen. Mich hat jemand gestoßen, dann ich dich, ich sie«, bettelt Roy durch sein Taschentuch hindurch.

»Dort drüben«, ruft das Mütterchen, »dort sitzt Bischof Niemeier. Doch, er ist es, er hat seine Bischofskette um.« Sie winkt einem dicken Mann zu, aber der rührt sich nicht, trägt allerdings einen dicken Pullover mit einer eingestrickten Schmuckleiste auf der Brust. »Warum segnet er mich nicht?«

Willaert wirft sich eine Pille in den Mund, kippt anschließend auf den Rücken.

Was für eine irrwitzige Gesellschaft, einer macht dem anderen etwas, und zwar viel vor, hier, auf dem makellosen Untergrund, mit einigen zerbrochenen Gläsern und Treibgut nur, ausruhend von einem beinahe vollzogenen Mord oder doch Totschlag, zwischen dem grausen Kontinentalabschluß des Appartementfestungswalls und dem zur Zeit wie in ewiger Kindlichkeit lallenden Meer, das die Impala und natürlich auch Frau Fesch ganz anders kennen, etwa unter absteigender Sonne ergrauend und dann noch einmal hellgrün gleißend, glühend schließlich in schwärmerischer Fleischlichkeit, bis es endlich in einer Stoffgräue, dem würdevollen Inbegriff von Verlorenheit landet, dann aber, je nach Lust und Laune, bei Eintritt der Nachtschwärze, putzmunter und blinkend auf und nieder hopst bis weit nach Mitternacht oder auch, nicht wahr, Rotduckerchen, das ein begleitendes Barockengelgesicht nie kennenlernen wird, wenn finstere, strahlende Ebenen in der gesamten Raumtiefe des Meeres in großer Eile ineinandertreiben, einander überströmen, Stauchungen und Dehnungen in Windeseile, die blanke Schwärze und Glanz erzeugen, gemorste Silben, Schwärze, Glanz, gestammelte Buchstaben, Botschaften im Sturmschritt, wie nichts durchs komplette Gesichtsfeld fegend.

Willaert bittet den sofort aufspringenden Maurizio, mit ihm ein kleines Essen einzukaufen, man wolle angesichts der Umstände aus dem geplanten Restaurantmahl lieber ein Strandpicknick machen. Sie gehen und schlagen sich, was lustig anzusehen ist, als wäre es der Folkloretanz eines Bergvolks, gegenseitig den Sand von den Kleidern. Es scheint sich die legendäre Gestalt seines alten Doppelgängers zu entfernen. Fragt sich nur, wer es bemerken wird. Wir anderen bleiben stumm, glauben wohl, das Meer zu begaffen, betrachten aber statt dessen

ganz in unserer Nähe eine Zigarettenkippe beim Hin-
und Herrollen auf einer blauen Plastikplane. Sie rollt in
Halbkreisen, für mehr reicht der Wind nicht, für mehr
reicht unsere Kraft nicht. Ja, das verfolgen wir vier, Roy
und die drei Frauen.

Als Willaert das Mütterchen nach deren Straucheln in
den Armen hielt, war der Rock hochgerutscht. Über den
Knien wurde erkennbar, daß sie dicke Gummibänder
um die Strümpfe geknotet hatte, damit sie ohne Halter
nicht von den dünnen Schenkeln rutschten. Wie mühelos
Maurizio eben hochgeschnellt ist! Jederzeit im Voll-
besitz der Muskelkräfte, sagte sein strotzender Gang
neben dem ein wenig taumelnden Willaert. Sieht man
das jetzt bloß mit den Augen des unglücklichen Stuntman so? Egal, momentan haben wir nur Interesse für das
halbherzige Rotieren des Zigarettenmundstücks, das
zwischen den Mühlsteinen von Himmel und Strandebe-
ne noch viel kleiner ist als wir selbst.

Liegt es daran, daß wir uns mit Zähnen und Klauen an
das Festland klammern wollen, angesichts des Überma-
ßes an Leere und Pracht da draußen, wo sich das Meer
ins Fiktionale wendet, eine zuckende Verflüssigung des
Lichts und unendlicher Gebirgsketten vor dem sausenden Horizontstrich, die Blendung, die uns in Trance
zwingt, bis uns eine kleine Störung, ein Sandkorn im
Augenwinkel, wieder in die Stofflichkeit einrücken läßt,
eine Unterbrechung nur, dann neu die waagerecht flu-
tende Lichtmasse, um dies oder das zu veranschaulichen,
vielleicht, daß entschiedenste Liebe und sublime Gleich-
gültigkeit dasselbe sind? Ein glitzerndes Heranstürzen
und Zurück, dabei sieht man den Zigarettenstummel an,
und alles erhält eine Beimischung von kreidigem Weiß,
das uns mitsamt der Umgebung in schrill glühende Farben verwandeln könnte, während ja nur die blaue Plane
mit ihrem unzuverlässigen Zigarettenpendel existiert,

auf das wir debil oder erschöpft starren, ohne es recht zu wissen und zu wollen.

Ob es einmal Gott gegeben hat? fällt Frau Fesch ein, nicht als echte Frage, als Zitat nur, aber woher? Von ihr selbst? Ob es wirklich das Meer gibt? Mare absconditum? Das Mütterchen hält ja noch immer heimlich Roys Hand!

Da sind die beiden Picknickbeschaffer mit großen Papiertüten und Broten unterm Arm zurück. Wir prüfen nicht nach, wie lange sie weg waren. Willaert hat uns ein Stilleben mit nackten und noch plump oder filigran gepanzerten Meeresfrüchten in allen Nuancen von rosigstem Weiß über Lachsrot zu goldbraun Geräuchertem, Korallen- und Bernsteinabstufungen in Tiergestalt, mit gekühltem Chablis hingezaubert, weiß der Satan, woher so schnell, in Pappschälchen, wie vorherbestellt, und mit kleinen Plastikgabeln, dazu sogar das schulmäßige Petersiliengrün und Zitronengelb. Als alles ausgebreitet ist, holt er aus einer mit Seidenpapier gefütterten Schachtel die Gläser und sagt: »Diesmal keine Pommes frites. Diesmal mein Abschied. Adieu, meine Kinder!« Unser wie stets altertümlich eleganter, heute sehr bleicher Gastgeber, ein Verschollener in voller Leibhaftigkeit, versucht, im Sand sitzend, offenbar für einen Augenblick seinen Schrei, läßt es dann aber und kaschiert den mißglückten Anlauf mit einem dezidiert konventionellen Hüsteln. Der Schrei wird von ihm durch eine kleine Rede ersetzt. Er spricht jeden von uns einzeln an und zwingt auch Roy, seinen Blick auszuhalten:

»Trinken wir auf den großen James, der uns so reich mit seinem grellen, mit seinem delikaten Farbenspiel beschenkte, der euch, meine Lieben, beschenkte!« Dabei sieht er das tote Meeresgetier an.

Aber was ist mit Roy, sobald das Mütterchen seine Hand freigegeben hat? Eine verstohlene Bewegung zu beiden Seiten seiner Oberschenkel und, wie er wohl annimmt, in deren optischem Schutz. Er schiebt die Unterarme aus der Ellenbogenbeuge simultan nach vorn. Langsam, aber eigentlich mit einem einzigen Ruck (das heißt, man begreift schon, damit es nicht auffällt) verzögert er den Schub. Gemeint ist, fühlen und erforschen will er und will es nicht, den einen heftigen Stoß, immer wieder, mit Ingenieursinteresse, wie es zu dem Defekt in seiner Mechanik kommen konnte, will sich einbilden, es wäre bloß ein physischer Konstruktionsfehler gewesen. Bis er die Hände unter die Beine klemmt, damit sie endlich Ruhe geben.

»Meine lieben Krustentiere! Seht ihr nicht aus wie vom Architekten Hille entworfen? Werte Plantagenkreaturen! Wie lange ist es her, daß eure Art draußen im wilden Meer gefangen wurde, von den armen Oostender Fischern, bei ihrem dirty, demanding und dangerous Job.« Offenbar um Roy zur Contenance zu mahnen, hat Willaert durchweg deutsch gesprochen. Jetzt fährt er englisch fort:

»Ach, wären wir doch so durchglüht, wie ER euch einst malte, mit eurer bezaubernden, metaphysischen Oberfläche! Nur dann würden wir eurer Schönheit und Transzendenz gerecht. Statt dessen fällt uns bloß ein, euch zu fressen. Wer errettct uns vor dem zunehmenden und sich verschärfenden Maskenwesen, vor der Bedrängnis durch die widerlichen Menschenkrusten? Der große Maler, der sie durch seine wunderbare Farbigkeit – hört ihr, daß sie knattert wie Fahnen und zischt wie Schlangen? – für seine Zwecke zähmt! Begreifen wir das? Haben wir das alle jetzt kapiert? Nie sehen wir die Wirklichkeit, immer nur die Dämonen, die Dämonen Quapp, Maurizio, Roy, Fesch, Sonia, de Rouckl, Willaert, Betty? Nein, Betty vielleicht nicht, o doch, Betty als Dämonie des Guten, so gut ist sie nämlich auch wieder nicht.

Verbreitet die Falschmeldung, die kleine Schwindlerin, der Bruder sei aus der Haft schon wieder entlassen und so weiter. Nicht zum Aushalten. Nur der Maler, nur der Blick auf die Kunst und auf eure patschnasse Heimat, hochverehrte Meerestiere, läßt uns überleben und hoffen auf eine Brüderlichkeit. Das merkt euch, Ihr Zuhörer. Einzig und allein der Blick auf das Kunstwerk und auf die See eint uns in Mitmenschlichkeit und erhellt uns, hellt unsere modrigen Farben auf. Anders sind wir gegenseitig nicht lange zu ertragen, auch nicht wir selbst von uns selbst. Was für ein blöder Irrtum« – auf deutsch sagt er zusätzlich: »Was für ein Scheißkerl-Irrtum« –, »in sich zu gehen! Da ist es bloß dunkel. Warum aber gibt es so viele von uns, so entsetzlich viele und immer, immer neue stehen parat? Wären sie wenigstens alle, alle meine Kunden, sprühten sich ein mit meinen Düften, ffft, ffft, dann hätte es immerhin einen Willaert-wirtschaftlichen Minimalsinn mit ihnen. Fragen, die mich, Willaert, nicht mehr lange beschäftigen werden, da ich meinen Abschied nehme von euch allen.«

Ob er das nur der Wirkung wegen sagt? Roy setzt schon wieder seine Handbewegungen fort.

»Jetzt endgültig Schluß damit, Roy«, fährt Willaert ihn so scharf an, daß das Mütterchen zu beben beginnt. Aber sanft und leise und in deutscher Sprache folgt: »Ist der Blick aufs Meer jetzt nicht der aufs himmlische Jerusalem? Die Jugend, geliebte und von mir verhätschelte Patienten, sieht darin das Inbild aller ihr höchst selbstverständlich zustehenden Herrlichkeiten. So soll das ganze Leben sein! Haha, oje. Dabei ist es nur ein Sonderfall, eine Exaltation, ihr drolligen Parfümfläschchen und heranwachsenden Tollkirschen. Eine Oase inmitten der immerwährenden Schrecken. Unter dem Druck des Augenblicks verdichten sich alle Spuren oder wenn ihr wollt, liebe verliebte Gemeinde, Spurenelemente des ehemals erlebten und erträumten Guten zu einer vergänglichen Gegenwart, so erkennt für euch Willaert aus Antwerpen, und zu einem beständigen Bild. Guten Appetit!«

Sogleich packen alle zu und lassen es sich schmecken. Hauen rein. Das haben sie sich durch Anhören verdient, bei dem wir aussahen wie die schlummernden Soldaten von Giottos Auferstehung. Jetzt dürfen wir nach harmonischem Halbschlaf also zulangen, und selbst Roy, von Willaerts strengen Blicken dirigiert, gibt sich Mühe mit Krabbben, Scampi, Tintenfischringen und Langusten. Willaert legt Frau Quapp, ganz ironische Demut, die besten Happen vor. Das Mütterchen lacht angesichts des für sie ein wenig spitzfindigen Essens. Alle sehen es mit Entsetzen, denn infolge des kurzfristig lähmenden Unfallschocks wirkt es wie ein schmerzliches Weinen, das von uns kaum zu ertragen ist. »Hm-hm«, macht sie, als wäre es die größte und höflichste Tapferkeit, ein paar Bissen davon zu verputzen.

Müßte uns ein Vorübergehender nicht für eine glückliche, glücklich hingelagerte Familie halten? Nur ein rosig perlmutterner Säugling, das Näschen feucht schimmernd, fehlt uns vielleicht, denn wir haben einzig die Meerestiere, um uns über sie zu beugen. Hier gibt es einen weißhaarigen Großvater Willaert und eine niedliche Urgroßmutter Quapp, eine Tante Fesch, ein junges Ehepaar und einen noch ungebundenen, frei schweifenden Schwager Roy. Wir bieten ein paradiesisch bürgerliches Tableau, und wenn man will, könnte man die Rollen auch ein wenig interessanter besetzen, aber immer, wie man es auch dreht, wenn man uns betrachtet bei unserem guten Mahl am Strand posierend, kommt etwas Glorioses dabei heraus, ein schöner, trügerischer Schein nämlich.

Der Schein, sagt Frau Fesch nun ihrerseits ohne Lippenbewegung zu den Krustentieren, die gerade verzehrt werden, den immerhin haben wir auf unserer Seite, den sieghaften, der natürlich wieder zergehen wird, wie in der wirklichen, schrecklichen Natur das süße Bild des Morgens in das stumme, selten lärmende Bild diverser Todesarten aus der Nähe, wohin man auch sieht. Nichts bleibt ja übrig, ihr still verfallenden Meerestiere, die nun hier mit unterschiedlichem Appetit genossen werden. Selbst der edle Schrott eurer zierlichen Gliedmaßen und Panzer zählt noch aus der Ferne zum vereinbarten schönen Schein. Und tatsächlich, weicht man ein bißchen zurück, ist er wieder da, trotz des besseren beziehungsweise schlechteren Wissens, der Schäferspiel-Anblick von uns sechs genießerischen Wanderern aus der Distanz, überredend wie eine morgendliche Sommerwiese, nicht die aktennotorische Wahrheit über uns, aber, und auch tiefgründiger: die Illusion.

Das Meer sollen wir ansehen, sobald wir mit dem Krabbenkram fertig sind? Als vertrauter Vers, als Bild steht es uns gegenüber, stößt an uns an, so daß unsere Zerstreutheit, unsere allzu mickrige Lebensschuld schwindet. Ja, Willaert, wir glotzen und glotzen gehorsam, bis sich der Meeresglanz auf unseren Gesichtern spiegelt, nichts weiter. Wir erhoffen nichts, starren nur dorthin, als würde uns unser eigener Fluchtpunkt eröffnet, dem wir insgeheim, jeder für sich, zustreben von Beginn an.

Was ist los? Was ist das jetzt?

»Es handelt sich«, plaudert Willaert, erschöpft und redselig zugleich in drei Sprachen durcheinander, seine Augenringe können es inzwischen mit denen der Impala aufnehmen, ein Schweißtröpfchen läuft über die totenblasse Stirn der Augenbraue zu, als wäre er es, der uns am Ende wegsterben will, »um den Augenblick, nicht um die abscheuliche Addition von lauter Vergänglichkeiten, sondern um die Einpflanzung ins … ins souverän Andauernde, ihr schorfigen, aber doch werten Miesmuscheln. Jeder, meine jungen Krebse und etwas älteren Garnelen, steuert seinen kleinen Anteil bei und holt sich aus dem anschwellenden Gesamten, mein mir hoffentlich gewogener Meeresunfug, den Abglanz des Totalen. Begreift endlich, italienische und deutsche Tentakeltierchen, zum Anbeißen oder auch nicht, daß es keine Vergänglichkeit gibt. Gegen den Augenschein herrscht die Ewigkeit. Amen! Amen! Und nochmals dasselbe! Der geniale Faulpelz und beleidigte Schmarotzer de Rouckl aber, wie würde er es formulieren, ihr meine verpatzten Stilleben und mißglückten Blumensträuße? Ungefähr so: ›Der seinerseits flüchtige Augenblick, konstruiert und konturiert durch seine als Folie fungierende Negation in Gestalt der Flüchtigkeit und Flüssigkeit zum hochelektrifizierten Jetzt, pünktlich zum zeitlichen Andenken ...‹ Elektrischen? Elektrische Straßenbahn? Tut mir leid, Frau Quapp, ich wollte nicht daran rühren. Wie gesagt: Amen.«

»Bahnhof«, murmelt Roy, »ich verstehe Bahnhof.«

»Sprecht ihr über mich?« ruft das Mütterchen aufschreckend. »Wird über mich geredet? Ich muß doch verletzt sein, an irgendeiner Stelle schwer verletzt. Sind die Beine noch dran? Wir wollen nach Hause, mein Roy. Dann kaufen wir tüchtig ein, Charles, bei Aldi mit den vielen Kassen. Die Gitterwagen geben uns einen schönen Halt beim Gehen auf dem glatten Boden. Weshalb sind wir denn noch hier, überhaupt eigentlich hier? Warum verstecken wir uns nicht?«

»Du wolltest ein letztes Mal ... Du wolltest wieder einmal das Meer ansehen.«

Die alten Augen ein letztes Mal sättigen, bevor die lustig-grausige Küstenbahn kommt? Der Fast-Mörder Roy wird rot, nicht weil er stottert, sondern weil er sich verplappert hat. Willaerts Blick aber sagt, falls man sich nicht sehr irrt: Roy Neuling, halte dich in Zukunft fern vom Großmütterchen. Sonst versuchst du es noch einmal. Dann bin ich nicht da, um dich zu beschützen, nicht da, um dich zu retten im letzten Moment.

Frau Quapp flüstert Frau Fesch was ins Ohr: »Ich wollte bloß weg, irgendwohin, weil man mich beleidigt hat zu Hause, in unserer Straße. Eine fremde Frau, strenggenommen eigentlich fremd, eine Pfarrhelferin oder Fußpflegerin war ja auf mich zugekommen, gibt mir die Hand, das blöde, unbekannte Weib und sagt: ›Wie schön, daß Sie noch nicht tot sind.‹ Denken Sie nur, Frau Fesch: ›Wie schön, daß Sie noch nicht tot sind.‹ Da wollte ich weg von dort und meinen Geburtstag hier feiern, in diesem Kleid.«

Jetzt widersteht Roy nicht länger der Versuchung, in die versteckte Wiederholung seiner Attentatsbewegung zu verfallen, gleichzeitig aber fängt die Impala – erst da entdeckt man die strichförmige, offenbar frische und bisher von Make-up verdeckte Wunde auf ihrer linken Wange in Höhe des Ohrläppchens –, in Erinnerung an die Nacht wohl, mit einem Wiegen des Oberkörpers an, so daß die beiden einen gemeinsamen Tanz, nicht eines Bergvolks in diesem Fall, sondern eher das Eröffnungsritual einer Reptilienbegattung darstellen. Das schmiegt sich sacht in unsere Entrückung ein, auch das aus der Unendlichkeit gelöste, hingehauchte weiße Schiffchen, ganz fern, kaum sichtbar, ein gestricheltes Einzelwölkchen am Horizont.

Ein heranrasendes Sturmwölkchen mit der aufschrekkenden Botschaft: Catamaran Dover – Oostende!

Telefonieren nur für den alleräußersten Notfall. So war es abgemacht. Hotel nicht verabredet. Frau Fesch springt auf, aus dem Stand die Roheit in Person. Sie muß sie alle, die von ihr abfallen wie Katzenjunge, wenn die Alte zur Jagd losschießt, ihrem undeutlichen Schicksal überlassen, pauschaler Abschied, egal von wem, ob für immer oder nicht. Willaert schenkt ihr noch schnell eins seiner Fläschchen, sie zieht die Schuhe an, hört nicht, was gerufen wird. Doch, unser Hirte stößt seinen Schrei aus. Aber warum bei der Herde bleiben, wenn sie sich ohnehin zerstreut?

»Lassen Sie sich, so ohne unsere Aufsicht und Fürsorge, keinen Teddy von Fremden andrehen!« ruft er zum Schluß.

Nur das ehrwürdige Mütterchen schafft es, sie doch noch dicht an ihren Mund zu winken: »Frau Fesch«, flüstert sie kläglich, »wie alt bin ich strenggenommen?«

Darauf kann Frau Fesch nicht mehr antworten. In diesen vertrödelten Oostender Tagen, die für eine eventuelle Feinarbeit am verdammten Leben, nein, Libretto geplant waren, hat sie auf nichts anderes als diesen Moment gewartet. Stuntman Roy sieht sie an, als würde sie durch ihren Aufbruch einen Verrat an ihm begehen, an ihm, der in schwerster Doppelnot verharrt. Sie läuft los über die gelben Seedeichkacheln. Was kann Frau Fesch dazu, daß die Welt nur zu ertragen ist als Begleitumstand einer Liebe und die eigene Mordlust allein zügelbar durch erotische Ablenkung? Man läuft, kümmert sich um nichts anderes, die lange Strecke zwischen Meer und Appartementreihe zum Bahnhof, um zu schaffen, was gar nicht zu schaffen ist, dreht sich nicht mal mehr um.

Wird man es schaffen?

Komm: »Flüstre meinem Sang Melodien zu.«

Schritt um Schritt, eilig, eilig, Fuß vor Fuß.

Los, los: »Flüstre meinen Sang Melodien zu.«

Mio ben, ben mio, darling, please: »Flüstre meinem Sang Melodien zu.«

Friedhelm? Friedhelm, Hinz und John: »Flüstre meinem Sang Melodien zu.«

Laufschritt, schleunigst, Fuß vor Fuß.

Zu viele Leute auf dem Seedeich in beide Richtungen jetzt, verrammeln in trägem Trotten, verrammeln den Weg mit Kindern auf Dreirädern, verrammeln ihn mit Urahnen in Rollstühlen. Links immer das böse verfrühte Schiffchen, das es gut meint, weit, weit in der Ferne die sehnende Hafeneinfahrt, beide Landungsbrücken dem Eintreffenden entgegengereckt. Dazwischen: der Schlund namens Havengeul. Jetzt verlängert sich das Molencafé, geht in die Breite und läuft aus: Ein Schiff verläßt den Hafen.

»Vieni sul mar, vieni a pagar«?

Auf die Kacheln achten, auf die Kinderchen und ihre querschießenden Höllenfahrzeuge. Auf die schrägen Tausendfüßlerhunde. Ob sie, ihre Besitzer und strammen Fleischfresser, durch ein gequältes Hündchen im TV zu mobilisieren sind, sich gegenseitig die Schädel einzuschlagen, vielmehr in patriotischer Formation die einer anderen Nationalgruppierung? Don Giovanni in den Appartementhäusern? Müßte was sein für seinen Geschmack am Überdruß, diese Massen von Frauen, zig Tausende in Batterien und Verrichtungsboxen. Gleichmäßig atmen, keine Pause einlegen, wie beim Bergsteigen!

»...l'inflation de vacanciers aux budgets limités.« War das der Monsieur Collin? Kann gar nicht sein, hörte sich aber so an, ist ja angeblich schon in der Hauptstadt beim Arzt.

Frau Fesch dachte so sehr und immerzu in Wirklichkeit an ihren Barockengel, daß sie ihn darüber unmittelbar vergessen hat. Allzu launischer Teufel mit den nicht mehr allzu jungen Pausbäckchen und den stets schiefen Absätzen: Als einziger, als einziger, als einziger hat er den Schlüssel zu ihrem He-, zu ihrem Herz-, zu ihrem Herzen.

Junge Frauen schieben ohne Sorgen ihren Begleitern die Hände zwischen die Hinterbacken. Ob man Betty und den Vermummten noch einmal erspähen wird, Betty, die vielleicht gerade ihre Maske aufsetzen muß, mal rasch zwischendurch und sich dabei das Lachen verbeißt und die Tränen runterschluckt? Würde man es nicht ganz genau wissen, hielte man für unvorstellbar, daß diese öffentlichen Ferienpassanten hier in gewaltigen Multiplikationen im Geheimen verdauen, alpträumen, sich paaren.

Man darf es nicht, muß es nicht, darf es nicht, darf sie gar nicht erst verstehen wollen, keine Pause, niemals nie verstehen wollen.

Fesch, wer heißt schon gern so? War nicht von Geburt an der Name der Frau. Jetzt jagt sie mit dem Schiff um die Wette, das sie noch immer nicht deutlich sieht und in seiner Geschwindigkeit Richtung Hafeneinfahrt nicht abschätzen kann, rennt und riskiert was: Ein Mädchen und zwei wüst am halbnackten Rücken tätowierte Männer – Haarschöpfe, als wären es heruntergekommene Facharbeiter vom Blankenberger Piercafé –, die sie beinahe umgerissen hat, wie viele Leute heute stolpern!, verstellen ihr mit erhobener Faust den Weg, zu Recht, bis sie sich voll Zorn entschuldigt, rennt, als wären ihre Verpflichtungen und stabilen familiären Verflochtenheiten außer Kraft gesetzt.

Da jetzt einer, der am Ende des Ärmels eine Schnur hängen hat, daran ein kleiner Hund mit einem schnurgeraden Schwanz dran.

Die Liebe brennt ... Was für eine Schnapsidee, was für eine beliebte und temporär immer erneut erfolgreiche Schnapsidee ... die Liebe sengt, Roy ... den Leuten, deren Masse dichter und dichter wird ... die Liebe sengt durch die Umrisse der geherzten Gestalt, Roy ... eigens ausgedachte Muster zum militärischen Rechts- und Linksherum ... ein Loch, einen Ausblick ins Unendliche ... und den eigenen gottverdammten Präsidenten- und degoutanten Staatschefwillen aufzuzwingen ... ins Unendliche, Roy, einen Ausguck, einen Türspion ... aber die Bevölkerung hat die Gängelei im Schnitt ja doch vorübergehend furchtbar gern, ob der Schäfer nun ein guter oder diabolischer ist.

Friedlich, zufrieden, ohne Überschwang, nur stillvergnügt sitzen die Belgier momentan allerdings an ihrem belgischen Meer und sehen es an als besonders geglückte vierte Zimmerwand, die alle gemeinsam haben. Sind ihnen die allseitigen Gefahren von abstrusen Überschwemmungen und grotesken Starkregen, giftigen Emissionen bei Verkehrsunfällen und Explosionen, dann Creutzfeldt-Jakob- und ... und Meningitis-Erkrankung bewußt? Und kriegswillige, fällige Opfer für den großen Menschheitsstoffwechsel, trotzdem noch obendrauf? Nein, die hier bisher ja wohl nicht. Die Liebe, Roy ... man ringt rennend nach Atem, wie Betty auf der Suche nach den englischen Vokabeln ihre Hände knetet ... die Liebe macht es wie die alten Frauen, die zur Jungfrau Maria beten. Sie brennen sich durch die Heiligenfigur ein Loch in die Unendlichkeit, die dann ... wenn aber die Seitenstiche unerträglich werden, was dann? ... in lieblicher Formung einströmen kann.

Brich nicht, Steg, Himmel, stürz nicht ein, bis Frau Fesch bei ihrem Liebsten mag sein oder so ähnlich! Dem einzigen, dem einzigen, dem einzigen. Tap, tap, tap, das Herz, die Schritte, die Atemzüge. Danach, wenn er eingetroffen ist, können die Appartementburgen zusammenkrachen, wie sie wollen.

Che c'è? What's on? Die Welt will, die Welt will, die Welt will uns in Gott eingewöhnen. What's up? Sagt Meister Eckehart, der seine Sätze in die Luft wirft und abwartet, was draus wird. What? Augenblickszurufe, gastliche Ruinen für alles mögliche Kroppzeug. Wie für Frau Fesch ein gewisser männlicher Schlurfgang und immer wieder schief gelaufene Absätze. Irgendwo oben eventuell die fragwürdigen Barocklocken. Noch schwarz? Schon schütter? Das ist es, was Frau Fesch von der Oper verlangt: Man will enge, immer unvermeidlichere Gänge treppauf, treppab gejagt werden.

Die Titelseite vom »Standaard« schleift über den Boden, das Schiff kommt nur langsam voran: »... Amerikanen misbruikten ...«

Willaert hat nur vorgetäuscht, mit uns zu essen! Waren die Blicke, mit denen er verfolgte, wie das Essen in unseren Mündern verschwand, nicht leicht angewidert?

»... computerstoring ...«

Ach Roy, noch was zur Liebe, Stuntman. Das kann öfter vorkommen. Du steigerst dich in ganz tolle Euphorien. Dann fällt der Blick auf die gemeinte Person, die alles ausgelöst hat, und du denkst: Was? So ein Häufchen dumme Haut und blinde Knochen? Das kann nicht wahr sein und hat nichts miteinander zu tun? Dann, Stuntman, sind Nerven wie Stahl gefragt.

Das Schiff! Das Schiff!

Das Starren auf den Inbegriff? Im freien Sehnsuchtsfall alle Elemente der Realität an sich reißen und verformen? Los, los! Läßt sich der Verknitterte mit den lüsternen Augen nicht noch einmal sehen? Das Schiff! Oder war er uns, seit wir unterwegs sind, insgeheim nahe? Schiff, Schiff, Schiff! Steht Belgien leer, wenn sie alle hier sind, in ihren Eigentumswohnungen und gemieteten Zimmern, einschließlich Albert, dem König, und dem Ministerpräsidenten Guy Verhofstadt mit seiner liberal-sozialistisch-grünen Koalitionsregierung? Außenminister Michel aber nicht, der hat sein Ferienhaus in Frankreich und nimmt kein Blatt vor den frankophonen Mund.

Das Schiff, das Schiff, keine Zeit, aber da ist ein zweites am Horizont. Welches nun? Ein eingeschweißtes Würstchen aus einem Schwarm silberner fliegender Fische fliegt Frau Fesch an den Kopf in der Höhe des Leopold-Standbilds. Mein Gott, so viele Leute, unspezialisierte Allesfresser, strecken beide Arme nach weiteren aus, die büschelweise unters dicke, unters runde, unters pfannkuchendick mollige, jedoch wie unterernährt sich gebärdende Volk geworfen werden. Direkt unter dem König, auf einer Tribüne jetzt ein Trupp blutjunger Untertaninnen, die in Badeanzügen, willige, gesunde Sklavinnen in alles in allem züchtigen Badeanzügen, exerzieren. Schiff, Schiff, Schiff, hhh, hhh, hhh. Circa fünfzehnfacher Triumph perfekter Gleichzeitigkeit, Kußhändchen, Beckenkreisen, gloriose Argumentation des Simultanen. Im Kontrast dazu geht es dann um die Auslese: Ein Schild erklärt's: »Miss Belgian Beauty-Happening«. Graue Schuppenreihen links, ja, hat man die vorhin gar nicht mitgekriegt? Die Dächer der weißen Badekabinen, Badekabinen versperren doch hier den Blick aufs Meer, ja Blick aufs Meer.

Kein Stop, keine Pause, keine Rast.

Auf welches Schiff geht die Konzentration? War das eben nicht de Rouckl? Vielmehr der Verknitterte, dem man die vielen durchliebten Nächte ansieht auf den ersten Blick, man sieht ihm den Bettgeruch an. Ach was.

Alles soll vor dem unwiderruflichen Auseinanderfliegen sich bündeln in der einen – bevor die lustige Küstenbahn kommt, die zum Schreien fatale Finalbahn kommt, unser aller Kusttram – inbrünstigen Gestalt, der kleinen Figur, dem Fingerchen vor dem Horizont? Kann sie es aufnehmen mit dem Meer dahinter? O Quatschquatschquatsch. Hier eine alte dünne Frau im durchsichtigen Leopardenanzug, das Haar schütter und aprikosenfarbig, passend zu Frau Quapps Ausschnittkante. Alice Jacobus in ihrem herzzerreißenden Alter? Quappquapp quappquapp.

Da, wahrhaftig, das war beinahe der Schabrackenmolch!

Vielleicht hat die Impala ihre Schnittwunde auch nur aufgeschminkt aus Wichtigtuerei, als erotische Dekoration und Delikatesse?

War beinahe der Schabrackenmolch. War es nicht, knapp bevor er es war. Was sollte er auch hier einen Karton mit beiden Händen vor sich hertragen, vorsichtig, als wären junge Tierchen oder handgefertigte Backwaren darin.

Nur kein Aufenthalt jetzt, das Casino ist passiert. Häufig erprobte Version: Jemand ist schon tot, die Würfel sind gefallen, hhh, hhh, hhh, aber man zeigt dem wissenden Publikum eine Szene, wo Ahnungslose noch mit seinem Leben spekulieren. Oder das: breite Empfangsorgie für einen bereits Verblichenen, versehentlich. Dann groß angelegt ein Verführungsversuch für eine, die unwiderruflich ihr Herz anderweitig vergeben hat.

Hhh, hhh, hhh. Plötzlich sieht man das selbst produzierte Geräusch in Buchstaben vor sich.

Sind eingeweckte Freuden garantiert unbeschadet aus dem Keller zu holen? Viel zu lange nicht gesehen? Drei Jahre oder fünf, vier? Fern mittlerweile wie nur geträumt. Die Endlichkeit, die Frostigkeit, sie sind nicht weit. Enttäuschung macht sich bitter ... Irgend etwas dröhnt und vibriert. Und wenn er das Libretto ablehnt? Na und!

Hat dieser musikalische Kräuselkopf nicht irgendwann gesagt, ihm gefiele alles einzig und allein auf englisch, sogar die Weltliteratur: nur in englischer Übersetzung, und dabei getan, als würde er sich deshalb flüchtig genieren? Na und? Na und und na und!

Aber da! Was ist das?

Was ist das für eine Frau mit dem strengen Rückenzopf von Polizistinnen in mächtiger Strickjacke, aber mit nackten Beinen in Hausschuhen? An ihrem Arm, um Gottes willen, hat sie einen kindlich schmächtigen Mann hängen, der eine Anzughose mit Bügelfalten trägt, auf dem Rücken der armen Seele ein schlaff zusammengefallener Rucksack, Haarzotteln wie nie gewaschen, leichenhaft durchscheinend darunter die Haut?

Weiter, los!

Man hat keine Zeit und dreht sich trotzdem um, kann ja nicht anders: Als würde sich sein Gesicht, das woanders ist, hier von der Brille an abwärts in welligem Glas unvollständig spiegeln. Aber es ist leider schon sein echtes und einziges Gesicht. Die Lippen – man hat keine Zeit dafür, keine Zeit – ein vorgestülpter Dichtungsring, zerstörte mechanische Einrichtung mit organischer Empfindlichkeit. Hochbedenklicher Tiefseefisch, der vergeblich ein hundertprozentiger Mensch werden wollte. Senkrechter Fisch im danebengegangenen Menschenkleid.

Um Himmels willen, das Schiffschiffschiff!

Die Frau hat sich den Mißglückten gefangen als Sohn oder Mann. Hält für ihn mit aller Kraft und Zähnen und Klauen den Schein der Zivilisation aufrecht. Die beiden flanieren hier, als wäre nichts, als wäre überhaupt nichts. Ist etwa was? Wehe!

Der Belgier liebt das simultane Tanzen in Formation, aber fürchtet nicht die Abweichung, fürchtet allenthalben, wie sympathisch, nicht die Abweichung. Da zuckt er nicht mit der Wimper. Das ist dein liebenswertes Kennzeichen, molliger Belgier!

Los, los, die letzten Meter, praktisch die letzten Meter schon. War das, Frau Fesch, jetzt wieder und für wie lange, die große Mitmenschen-Sympathie? Da und weg und weg und da. Und der da, der sich immer auf den Kopf schlägt? Der macht sich bloß klar, daß er es selbst ist und nicht einer von denen, die mit ihm strömen.

»... Melodien zu«. Und wenn der Gewisse, einzig in Frage Kommende trotz seiner Locken die Vertonung ablehnt? Will man sie wirklich? Egal. Es dröhnt immer herrischer.

Und jetzt, erst jetzt zeigt sich ja der Catamaran, der die See aus den Angeln heben will. Man hat wegen des kuriosen Paars nicht gleich bemerkt, wie er vom Horizont her plötzlich übers Meer ziemlich steil gegen die Hafeneinfahrt schießt und prescht, sie gleich aufs Korn nimmt in Fluten weißen Schaums.

Zum Brüllen! Die ganze Zeit hat man sich an einem falschen Schiff gemessen, und dieses hier ist viel zu schnell.

Hier, vom Zeeheldenplein aus, könnte man mit den Händen nach ihm greifen, aber man muß ja zum Bahnhof, rafft alle Kräfte zusammen, den Visserskaai entlang, Montgomery Dok, die Stände, die all das anbieten, was wir eben gegessen haben, noch einmal die »werten Plantagenkreaturen« in allen Korallentönen von Weiß bis Feuersglut auf geraspelten Möhren zur schönen Farbsteigerung, in Öl gebackene Fische außerdem, Mosselenberge, glänzend wie fette Kohlenstücke, Stockfischvorhänge, farblich zartfleischige Liebeshöhlen. Ein Kolorist läßt den Geruch weg. Man sieht es unwillkürlich und läuft.

Läuft unwillkürlich und sieht. Nein, man wird nach dem Mahl im Sand riechen wie die stets und darüber erbitterten Fischverkäuferinnen: »Melancholische Fischweiber«. Hahaha. Deshalb also! Schnell auf einer Bank über die Hände Willaerts Parfümpröbchen gekippt, Lippen blind nachziehen, in den Mund ein altes Hustenbonbon. Erkennt man nicht in dem Schlauch oder Tunnel zwischen Schiff und Station die ersten fernen Menschenköpfchen hinter den Fenstern? Jeder könnte jeder sein. Die hintere Schleusenbrücke ist hoch, aber, um Gottes willen, gottlob, die vordere, die vordere nicht!

Wie merkwürdig, dieser Sohn oder zarte Gatte mit der aufgepfropften Hälfte eines bebenden Fischgesichts unter der Sonnenbrille, rekonvaleszierend von schrecklichen Alpträumen, die sein Körper erlitten hat und jetzt am machtvollen Leib der Frau ankernd. Auch der Liliputaner mit dem Fuchshaar in der vergangenen Hotelnacht und der Erbitterte mit der roten Jacke von Blankenberge: Was wollen die bloß?

Hafen und Bahnhof Oostende! Nur: Was wollen die bloß?

Gleich, nur noch keuchend mit letzter Energie über die Vorplatzwüste mit dem Pack der schwarzen, glück- oder unglückbringenden Zipfelfrauen zur Ankunftsstelle auf der Rückseite durch die Halle an den Schließfächern vorbei. Dann: Wie wird er sich unverkennbar und verräterisch abheben vom Hintergrund und dann nur noch bestimmt für Frau Fesch!

Derjenige, der beinahe der vermummte de Rouckl war, hat vielleicht in der Schachtel nicht junge kleine, sondern sehr alte kleine Tiere getragen. Ach so, sehr alte kleine Tiere, die sich aneinanderklammerten, um nicht auf dem Kartonboden zu verrutschen und sich die greisen Knöchelchen zu brechen. Oder war es der Bruder, der seine kalten Platten zum Fest oder Fotografieren transportierte?

Zu spät, ach. Ach, die Passagiere kommen uns, unter die anderen Leute gemischt und verstreut, schon eilig entgegen. Der Herz …, das Blut … Man hält Ausschau, muß dafür blitzschnell in alle Richtungen spähen, nach den international bekannten Barocklocken, die vielleicht durch die Jahre etwas gelitten haben, die ihm immer, las man noch neulich, »wie eben aufs Papier geworfene Noten ungezähmt« um den Kopf flattern. »Flattern«? Hieß es nicht »fliegen«, hieß es nicht »wirbeln«? Vielleicht wäre es besser, ihn nur aus einiger Entfernung zu beobachten, in Sicherheit, ungestörter Genuß. Vielleicht genügt das ja schon. Vielleicht wird man den Text fürs Operchen im letzten Moment gar nicht rausrücken, lieber erst gar nicht hergeben.

Da! Alle seine altbewährten Werkzeuge für die Erneuerung der Wunden bereit, das Lächeln, irreführend schüchtern, vielfach erprobt. Doch doch, das könnte er, ganz mio ben, wirklich gut sein, muß es sein, da drüben, ganz unverwechselbar schief, leicht schief dort sein Gang. Unglauben, fort! Erkannt, erkannt! Große Flächen auf Brust und Rücken waren naß vom Schweiß, als man ihn kennenlernte. Man hätte ihm anbieten müssen, ins Bad zu gehen: »Wollen Sie sich nicht ein wenig erfrischen?« Man hat es bleiben lassen, um die Flecken zu studieren. Gaben sie nicht der Anfangskonversation sofort die schwelende Note?

Er hat geflötet, jetzt weiß man es plötzlich! Der zusammengeflickte Gatte hat neben seiner gewaltigen Isis unter getönten Augengläsern in Wirklichkeit geflötet, damit alle sehen, daß nichts ist mit ihm, bloß der Mund sich vorstülpt in nichts als leidenschaftlichem Dauerflöten. Hat jammernd geflötet wie Roy in Blankenberge und der Liliputaner im Hotelflur.

O Gott, muß es – verräterisch schief der Gang nach Jahr und Tag wie eh und je –, was soll man sonst machen, der Liebe, ja Liebe jetzt freie Bahn, zum Teufel, zum Beispiel: muß es endlich, muß es endlich wohl sein.

Richtig, unbeugsam der Hals, nur vom Rücken in eine

leichte Neigung gezwungen, richtig, der vorsorglich schmollende, stets dies oder das ertrotzende Mund.

Die Freude jetzt, die untrügliche mit dem schrecklichen Zittern Hals über Kopf!

Man hatte sie vergessen, ach, die truglose, ganz vergessen, wie es ist, wenn sie kommt, die sehr große Freude, als Trompete, Gebirge, als brausende – das kann doch nie, wirklich niemals ein anderer, kann unmöglich ein verwechselter sein, was soll man sonst machen, hat wohl zur Tarnung geflötet, der kleine Rucksackmann? – Flut.

Brigitte Kronauer bei Klett-Cotta:

»Brigitte Kronauer hat uns dorthin heimgeleuchtet, wo Kunst zu Hause ist, in der Genauigkeit nämlich und in der Emphase.«   *Die Zeit*

Eine Auswahl:

Teufelsbrück

Roman. 507 Seiten, Leinen, Lesebändchen, ISBN 3-608-93070-1

»Teufelsbrück« ist der Roman eines Liebesabenteuers, einer Verzauberung und ihr Ende. Ein reiches, auch märchenhaftes Buch, das in die Tradition der deutschen Literatur und in aktuellste Gegenwart tief eingelassen ist.

»Dieses wild und hell blühende Buch, tief verträumt, verschwärmt und doch topwach, immer geistesgegenwärtig... «
Reinhard Baumgart / Die Zeit

Zweideutigkeit

Essays und Skizzen. 320 Seiten, gebunden, ISBN 3-608-93334-4

Brigitte Kronauer legt hier Texte aus zehn Jahren vor: Prosastücke, die zu den verschiedensten Anlässen entstanden.
Literarische Rezensionen zu zeitgenössischenSchriftstellern und großen, von ihr neu gelesenen Autoren der Literaturgeschichte wie Joseph Conrad und Herman Melville.

Rita Münster

Roman. 271 Seiten, englisch broschiert, ISBN 3-608-95218-7

Rita Münster entdeckt ihre Liebe zu einem verheirateten Mann, der, kaum daß sie ihn kennengelernt hat, nach Kanada zurückkehrt und mit dem sie später nur wenige Tage auf einer Nordseeinsel zusammen ist. Auf dieses Zusammensein lebt sie zu, alle inneren und äußeren Wahrnehmungen im Ablauf der Monate bezieht sie darauf.

Klett-Cotta
www.klett-cotta.de

Brigitte Kronauer im dtv

»Brigitte Kronauer ist die beste
Prosa schreibende Frau der Republik.«
Marcel Reich-Ranicki

Die gemusterte Nacht
Erzählungen
ISBN 3-423-11037-6

Berittener Bogenschütze
Roman
ISBN 3-423-11291-3

Ein Junggeselle, Literatur-
wissenschaftler, auf der Suche
nach dem »schönen Quentchen
Verheißung«. »Voller Leben,
Gegenwart, direkt, komisch,
sinnlich.« (Frankfurter Allgemeine Zeitung)

Rita Münster
Roman
ISBN 3-423-11430-4

»Ein weiblicher Entwicklungs-
roman, ohne Wehleidigkeit, ohne Berufung auf das wärmende
Gruppengefühl. In ihrer starken Individualität, ihren Wider-
sprüchen und ihrem Beharren
auf Glück ist Rita Münster eine
ganz und gar überzeugende
Figur.« (Deutsches Allgemeines
Sonntagsblatt)

Die Frau in den Kissen
Roman
ISBN 3-423-12206-4

Frau Mühlenbeck im Gehäus
Roman
ISBN 3-423-12732-5

Die Lebensgeschichten zweier
Frauen. »Zwei Möglichkeiten,
Wirklichkeit zu erleben.«
(Salzburger Nachrichten)

Das Taschentuch
Roman
ISBN 3-423-12888-7

Die Geschichte eines Apothe-
kers. »Die Galerie kunstvoll-
lebensnah erzählter Porträts
aus der bürgerlich-mittelstän-
dischen westdeutschen Gesellschaft ist um ein packendes
Beispiel reicher.« (Süddeutsche
Zeitung)

Schnurrer
Geschichten
ISBN 3-423-12976-X

Teufelsbrück
Roman
ISBN 3-423-13037-7

»Ein großer poetischer Roman
über die Elbe, die Liebe und
die Romantik in unromanti-
scher Zeit.« (Die Zeit)

Margriet de Moor im dtv

»Ich möchte meinen Leser genau in diesen zweideutigen
Zustand versetzen, in dem die Gesetze der
Wirklichkeit aufgehoben sind.«
Margriet de Moor

**Erst grau dann weiß
dann blau**
Roman
Übers. v. Heike Baryga
ISBN 3-423-12073-8

Eines Tages ist sie einfach fort.
Ohne Ankündigung verläßt
Magda ihr angenehmes Leben,
den kultivierten Ehemann.
Ebenso plötzlich ist sie wieder
da. Über ihre Abwesenheit
verliert sie kein Wort.

Der Virtuose
Roman
Übers. v. Helga van Beuningen
ISBN 3-423-12330-3

Neapel zu Beginn des 18.
Jahrhunderts – die junge Con-
tessa Carlotta ist verzaubert
von der Stimme Gasparo
Contis, eines faszinierend
schönen Kastraten. Sie ver-
führt ihn nach allen Regeln
der Kunst.

Herzog von Ägypten
Roman
Übers. v. Helga van Beuningen
ISBN 3-423-12716-3

Die Liebesgeschichte zwischen
Lucie, der Bäuerin, und Joseph,
dem Zigeuner. Ein Panorama
menschlicher Schicksale.

Die Verabredung
Roman
Übers. v. Helga van Beuningen
ISBN 3-423-12958-1

Eines Nachts findet Vincent
auf der Straße einen Taschen-
kalender, darin seinen eigenen
Namen…

Kreutzersonate
Eine Liebesgeschichte
Übers. v. Helga van Beuningen
ISBN 3-423-13226-4

Eine Geschichte von Liebe,
Gefahr und Eifersucht – mit
musikalischem Leitmotiv.

Rückenansicht
Erzählungen
Übers. v. Rotraut Keller
ISBN 3-423-12101-7

Doppelporträt
Drei Novellen
Übers. v. Rotraut Keller
ISBN 3-423-08433-2

Ich träume also
Erzählungen
Übers. v. Helga van Beuningen
ISBN 3-423-12576-4

Bitte besuchen Sie uns im Internet: www.dtv.de